Nackte Angst · Phantom

Dean R. Koontz

Nackte Angst

Phantom

Zwei Romane in einem Band

Dean R. Koontz
Nackte Angst · Phantom

Genehmigte Sonderausgabe für area verlag gmbh 2004
Copyright der deutschsprachigen Ausgabe © 1996/1998
by Wilhelm Heyne Verlag, München
in der Verlagsgruppe Random House GmbH, München

Titel der Originalausgabe: The Face of Fear
Copyright © 1977 by Brian Coffey
Aus dem Amerikanischen von Heinz Zwack

Titel der Originalausgabe: Phantoms
Copyright © 1983 by Dean R. Koontz
Aus dem Amerikanischen von Ulrike Laszlo

Alle Rechte vorbehalten

Einbandgestaltung: agilmedien, Köln
Illustration: K. Teuber
Satz & Layout: Andreas Paqué, Ramstein
Druck und Bindung: Oldenbourg Taschenbuch GmbH,
Hürderstraße 4, 85551 Kirchheim

Printed in Czech Republic 2004
ISBN 3-89996-260-5

Inhalt

Nackte Angst 7

Teil Eins 11
Teil Zwei 111
Teil Drei 131
Teil Vier 183
Epilog 277

Phantom 285

Teil Eins – Opfer 289
Teil Zwei – Phantome 515
Eine Anmerkung für den Leser 797

Nackte Angst

Für Barbara Norville

TEIL EINS

Freitag: 12 Uhr 01 bis 20 Uhr

1

Eigentlich rechnete er nicht mit Schwierigkeiten, war aber darauf vorbereitet, als er seinen Wagen gegenüber dem dreigeschossigen Ziegelbau parkte. Er schaltete den Motor ab – und hörte hinter sich auf der Straße das Heulen einer Sirene.

Die sind hinter mir her, dachte er. Irgendwie haben sie rausgefunden, daß ich derjenige bin.

Er lächelte. Er würde sich von ihnen keine Handschellen anlegen lassen und würde es ihnen nicht leichtmachen. Das war nicht sein Stil.

Frank Bollinger war nicht ängstlich. Genaugenommen konnte er sich überhaupt nicht erinnern, *jemals* Angst gehabt zu haben. Er wußte genau Bescheid, wie man sich schützte. Mit dreizehn schon hatte er die Größe von einem Meter achtzig erreicht und hatte nicht zu wachsen aufgehört, bis er schließlich ein Meter fünfundneunzig gewesen war. Er hatte einen breiten Nacken, mächtige Schultern und den Bizeps eines Bodybuilders. Mit siebenunddreißig verfügte er noch über dieselbe gute Kondition, wenigstens äußerlich, die er mit siebenundzwanzig gehabt hatte – ja sogar mit siebzehn. Dabei trainierte er eigentlich nie. Er hatte weder die Zeit noch jemals die Neigung für die endlosen Liegestütze, Kniebeugen oder gar das Laufen auf einem Laufband gehabt. Seine Größe und seine harten Muskelpakete waren ein Geschenk der Natur, einfach Veranlagung. Obwohl er einen gesunden Appetit hatte und nie irgendwelche Diätkuren machte, waren ihm die Fettpolster an den Hüften erspart geblieben, das Schicksal so vieler Männer seines Alters. Sein Arzt hatte ihm das so erklärt: Weil er dauernd unter extremer nervlicher Anspannung stand und es obendrein ablehnte, die Mittel einzunehmen, mit denen man seinen Zustand hätte regulieren können, würde er mit hoher Wahrscheinlichkeit nicht alt werden und an Hypertonie sterben. Streß, innere Unruhe, Nervenanspannung – diesen Faktoren war es zuzuschreiben, daß er nicht zunahm, sagte der Arzt. Aufgeputscht und dauernd auf Hochtouren laufend, konnte er essen, soviel er wollte, weil er sofort alles Fett verbrannte.

Aber Bollinger konnte dieser Diagnose nur zur Hälfte zustimmen. Nervös: Nein. Spannung: Ja. Er war nie nervös, das Wort existierte für ihn einfach nicht. Aber angespannt war er schon. Er *bemühte* sich sogar darum, angespannt zu sein, arbeitete daran, in sich Nervenspannung aufzubauen, weil er darin eine Art Überlebensfaktor sah. Stets war er wachsam. Immer hellwach. Immer angespannt. Immer bereit. Für alles bereit. Deshalb gab es für ihn auch nichts, wovor er Angst hatte: Nichts auf der Welt konnte ihn überraschen.

Als die Sirene lauter wurde, sah er in den Rückspiegel. Noch etwas mehr als einen Häuserblock entfernt pulsierte rotes Licht in der Nacht.

Er zog den 38er Revolver aus seinem Schulterhalfter, legte eine Hand auf den Türöffner und wartete auf den richtigen Augenblick, die Tür aufzureißen.

Der Streifenwagen kam immer näher – und fegte dann vorbei. Zwei Blocks weiter bog er um die Ecke.

Sie waren ihm also gar nicht auf der Spur.

Er empfand einen leichten Anflug von Enttäuschung.

Die Waffe wieder wegsteckend, musterte er die Straße. Sechs Straßenlampen – zwei an jedem Ende des Häuserblocks und zwei in der Mitte – tauchten den Asphalt, die Autos und die Gebäude in ein gespenstisches, grellweißes Licht. Die Straße war von zwei- und dreistöckigen Gebäuden gesäumt, einige aus Sandstein, einige aus Backstein gebaut, die meisten in recht gutem Zustand. Hinter den erleuchteten Fenstern war niemand zu sehen. Das war gut so, er wollte nicht, daß man ihn sah.

Ein paar Bäume fristeten am Rand des Bürgersteigs ihre bescheidene Existenz, verkrüppelte Platanen, Ahornbäume und Birken – das einzige, womit New York außerhalb seiner öffentlichen Parks noch aufwarten konnte, alle im Wachstum gehemmt, skelettartig, mit Ästen wie angekohlte Knochen, die nach dem mitternächtlichen Himmel griffen. Ein sanfter, aber kühler Januarwind trieb Papierfetzen am Rinnstein entlang, und wenn eine Bö aufkam, klapperten die Äste der Bäume mit einem Geräusch, wie es Kinder machen, die mit einem Stöckchen an einem Staketenzaun entlanglaufen. Die anderen geparkten Fahrzeuge sahen aus wie Tiere, die sich gegen die kalte Nachtluft aneinandergekuschelt hatten; sie waren leer. Beide Bürgersteige schienen auf die ganze Länge des Häuserblocks verlassen.

Er stieg aus dem Wagen, überquerte schnell die Straße und ging die Vortreppe des Wohngebäudes hinauf.

Das hellerleuchtete Foyer machte einen gepflegten Eindruck. In dem auf Hochglanz polierten Mosaikboden – eine Girlande aus verblühenden Rosen auf beigefarbenem Untergrund darstellend – fehlte kein einziges Steinchen. Die innere Tür war abgesperrt und ließ sich nur mit dem Schlüssel oder mit einem Summer aus einer der Wohnungen öffnen.

Im obersten Stockwerk gab es drei Appartements, drei im ersten Stock und zwei im Parterre. Appartement 1A gehörte Mr. und Mrs. Harold Nagly, den Besitzern des Gebäudes, die gerade ihre jährliche Pilgerreise nach Miami Beach absolvierten. In dem kleinen Appartement im hinteren Teil des Erdgeschosses wohnte Edna Mowry. Er vermutete, daß Edna in diesem Augenblick einen kleinen nächtlichen Imbiß einnahm, oder vielleicht auch einen wohlverdienten Martini schluckte, um sich von der langen Nachtarbeit zu erholen.

Sein Besuch galt Edna. Er wußte, daß sie zu Hause sein würde. Er war ihr jetzt sechs Nächte lang gefolgt und hatte herausbekommen, daß sie nach einem strengen Zeitplan lebte, viel zu streng für eine so junge, attraktive Frau wie sie. Sie kam immer um zwölf von der Arbeit nach Hause und selten mehr als fünf Minuten später.

Hübsche kleine Edna, dachte er. Du hast so lange, schöne Beine.

Er lächelte.

Und drückte den Klingelknopf unter dem Schild von Mr. und Mrs. Yardley im zweiten Stock.

Eine Männerstimme krächzte blechern aus dem Lautsprecher über den Briefkästen. »Wer ist da?«

»Wohnt dort Hutchinson?« fragte Bollinger, der sehr wohl wußte, daß das nicht der Fall war.

»Sie haben den falschen Knopf gedrückt, Mister. Die Hutchinsons wohnen im ersten Stock. Ihr Briefkasten ist neben dem unseren.«

»Entschuldigung«, sagte Bollinger, als Yardley die Verbindung unterbrach.

Er klingelte bei Hutchinson.

Die Hutchinsons, die allem Anschein nach Besuch erwarteten und nicht so vorsichtig wie die Yardleys waren, drückten einfach den Knopf der Schließanlage, und die Eingangstür ließ sich öffnen.

In der Halle im Erdgeschoß war es angenehm warm. Der brauneflieste Boden und die beigegetünchten Wände waren makellos sauber. Auf halbem Weg durch den Korridor stand links eine Marmorbank, über der ein großer Spiegel hing. Die beiden mit Messingbeschlägen versehenen Wohnungstüren aus dunklem Holz befanden sich auf der rechten Seite.

Er blieb vor der zweiten Tür stehen, bewegte seine Finger, die in Handschuhen steckten, und holte seine Brieftasche aus der Innentasche seines Jacketts sowie ein Messer aus einer Manteltasche. Während er den Knopf an dem Türschild aus Messing drückte, sprang die Klinge federnd heraus; sie war fast zwanzig Zentimeter lang, dünn, schmal und fast so scharf wie ein Rasiermesser.

Die glitzernde Messerklinge zog Bollinger in ihren Bann und ließ vor seinem inneren Auge grelle Bilder erscheinen.

Er war ein großer Bewunderer von William Blake und hielt sich sogar für eine Art Jünger des Dichters. So war es nicht überraschend, daß ihm in diesem Augenblick eine Stelle aus Blakes Werken in den Sinn kam und wie Blut, das durch die Rinnen eines Autopsietisches abfloß, durch sein Bewußtsein strömte.

Dann spürten die Bewohner jener Städte,
wie ihre Nerven sich in Mark verwandelten,
wie ihre Knochen sich zu verhärten begannen
in Krankheit und rasender Qual,
unter Stoßen und Pochen und Mahlen
weithin an allen Küsten;
bis ihre Sinne versagten,
im dunklen Netz des Gifts.

Denen wird das Mark in den Knochen schmelzen, dachte Bollinger. Ich werde dafür sorgen, daß die Bewohner *dieser* Stadt sich nachts hinter ihren Türen verstecken. Doch bin ich nicht das Gift; ich bin die Heilung. Ich bringe Heilung für alles, was auf dieser Welt nichts taugt.

Er klingelte. Kurz darauf hörte er sie auf der anderen Seite der Tür und klingelte noch einmal.

»Wer ist da?« fragte sie. Ihre Stimme klang angenehm, fast melodisch, wenn jetzt auch ein leichter Unterton von Furcht in ihr mitschwang.

»Miss Mowry?« fragte er.

»Ja?«

»Polizei.«

Sie gab keine Antwort.

»Miss Mowry? Sind Sie da?«

»Was ist denn los?«

»Dort, wo Sie arbeiten, hat es Ärger gegeben.«

»Ich mache nie Ärger.«

»Das habe ich ja auch nicht gesagt. Mit Ihnen hat der Ärger nichts zu tun. Wenigstens nicht direkt. Aber möglicherweise haben Sie irgend etwas Wichtiges gesehen. Vielleicht waren Sie Zeugin.«

»Für was?«

»Ihnen das zu erklären, würde eine Weile dauern.«

»Ich kann unmöglich Augenzeugin gewesen sein. Wenn ich dort arbeite, sehe ich überhaupt nichts, als ob ich Scheuklappen tragen würde.«

»Miss Mowry«, sagte er streng, »wenn Sie sich nicht von mir befragen lassen, besorge ich mir eine gerichtliche Anordnung.«

»Woher weiß ich denn überhaupt, daß Sie Polizist sind?«

»Echt New York«, sagte Bollinger in gespielter Entrüstung. »Großartig. Jeder verdächtigt jeden.«

»Ist doch kein Wunder.«

Er seufzte. »Mag sein. Hören Sie, Miss Mowry, haben Sie eine Sperrkette an der Tür?«

»Natürlich.«

»Natürlich. Also, dann lassen Sie die Sperrkette, wo sie ist, und machen die Tür einen Spalt auf, dann zeige ich Ihnen meinen Ausweis.«

Zögernd zog sie den Riegel zurück. Die Sperrkette war so kurz, daß man die Tür kaum zwei oder drei Zentimeter weit öffnen konnte.

Er zeigte ihr seine Dienstmarke. »Detective Bollinger«, sagte er. Das Messer hielt er in der linken Hand und gegen seinen Mantel gepreßt, so daß die Spitze auf den Boden zeigte.

Sie spähte durch den schmalen Spalt. Einen Moment lang ruhte ihr Blick auf der Dienstmarke, die innen an seiner

Brieftasche befestigt war, dann musterte sie sorgfältig den Lichtbildausweis in dem Plastikfenster unter der Marke.

Als sie das Foto lange genug studiert hatte und dann zu ihm aufsah, erkannte er, daß ihre Augen gar nicht blau waren, wie er angenommen hatte – schließlich hatte sie auf der Bühne gestanden, und er hatte sich im Schatten gehalten –, sondern von tiefem Grün. Er hatte noch nie so attraktive Augen gesehen. »Zufrieden?« fragte er.

Ihr volles Haar war ihr über ein Auge gefallen. Sie schob es sich aus dem Gesicht. Ihre Finger waren lang und schön, die Nägel blutrot lackiert. Wenn sie auf der Bühne im Licht der Scheinwerfer agierte, sahen ihre Nägel schwarz aus. »Von welchem Ärger reden Sie?« fragte sie.

»Ich muß Ihnen eine ganze Menge Fragen stellen, Miss Mowry. Müssen wir das die nächsten zwanzig Minuten durch einen Spalt in der Tür besprechen?«

»Nein, wahrscheinlich nicht«, sagte sie mit einem Stirnrunzeln. »Warten Sie einen Augenblick, ich ziehe mir nur schnell etwas über.«

»Ich kann warten. Geduld ist der Schlüssel zur Zufriedenheit.«

Sie sah ihn neugierig an.

»Mohammed«, sagte er.

»Ein Bulle, der Mohammed zitiert?«

»Warum nicht?«

»Sind Sie ... gehören Sie dieser Religion an?«

»Nein.« Ihre Formulierung der Frage amüsierte ihn. »Ich habe mir nur ziemlich viel Wissen angeeignet, um damit gelegentlich Leute zu schockieren, die alle Polizisten für hoffnungslos ungebildet halten.«

Sie zuckte zusammen. »Tut mir leid. Entschuldigung.« Dann lächelte sie. Er hatte sie bis jetzt noch nicht lächeln sehen, kein einziges Mal in der ganzen Woche, seit er sie das erste Mal zu Gesicht bekommen hatte. Sie stand stets im Scheinwerferlicht, jeden Abend, bewegte sich im Rhythmus der Musik, legte ihre Kleidungsstücke ab, wiegte sich in den Hüften, ließ ihr Becken kreisen, strich sich liebkosend über ihre nackten Brüste und beobachtete dabei ihr Publikum mit den kalten Augen und der starren Miene einer Schlange. Ihr Lächeln, das sie jetzt aufblitzen ließ, war betörend.

»Ziehen Sie sich etwas über, Miss Mowry.«

Sie schloß die Tür.

Bollinger ließ die Foyertür am anderen Ende der Eingangshalle nicht aus den Augen und hoffte, daß niemand herein- oder hinausgehen würde, während er so dastand.

Er steckte seine Brieftasche weg.

Das Messer behielt er in der linken Hand.

In weniger als einer Minute war sie zurück. Sie hakte die Sperrkette aus, öffnete die Tür und sagte: »Kommen Sie rein.«

Er ging an ihr vorbei in die Wohnung.

Sie schloß die Tür, schob den Riegel wieder vor, drehte sich zu ihm um und sagte: »Also, was war das für Ärger, den …«

Mit einer für einen Mann seines Körpergewichts ungewöhnlich schnellen Bewegung preßte er sie gegen die Tür, riß das Messer hoch, wechselte es von der linken in die rechte Hand und drückte der Frau die Spitze gegen die Kehle.

Ihre grünen Augen weiteten sich. Er hatte sie so unsanft gegen die Tür geschleudert, daß ihr der Atem stockte und sie keinen Schrei herausbrachte.

»Keinen Laut«, sagte Bollinger schnell. »Wenn du um Hilfe schreist, dann ramm' ich dir diesen Krötenstecher in den hübschen Hals, und zwar so, daß er auf der anderen Seite wieder rauskommt. Hast du verstanden?«

Sie starrte ihn mit vor Entsetzen geweiteten Augen an.

»*Ob du verstanden hast?*«

»Ja«, keuchte sie schwach.

»Wirst du vernünftig sein?«

Sie sagte nichts. Ihr Blick wanderte von seinen Augen über seine kräftige Nase, die vollen Lippen und das ausgeprägte Kinn zu seiner Faust hinunter, die das Messer umklammerte.

»Wenn du nicht vernünftig bist«, sagte er leise, »dann steche ich dich gleich hier an der Tür ab. Dann nagle ich dich an diese verdammte Tür.« Sein Atem ging schwer.

Ein Zittern überlief sie.

Er grinste.

Immer noch zitternd flüsterte sie: »Was wollen Sie?«

»Nicht viel. Gar nicht viel. Bloß ein bißchen Liebe.«

Sie schloß die Augen. »Sind Sie ... Sind Sie *er*?«

Ein dünner, kaum sichtbarer Blutfaden rann unter der nadelscharfen Messerspitze hervor, ein winziges Rinnsal auf ihrem Hals bis hinunter zum Ausschnitt ihres roten Morgenrocks. Er beobachtete das winzige Rinnsal, als wäre er ein Wissenschaftler, der eine seltene Bakterie unter dem Mikroskop beobachtet. Wie gebannt starrte er den roten Faden an, freute sich sichtlich darüber und sagte dann: »Er? Wer ist ›er‹? Ich weiß nicht, wovon du redest.«

»Doch, das wissen Sie«, entgegnete sie, kaum hörbar.

»Leider nein.«

»Sind Sie *er*?« Sie biß sich auf die Unterlippe. »Der ... der all die anderen Frauen aufgeschlitzt hat?«

Er blickte von ihrem Hals auf und sagte: »Jetzt verstehe ich. Ja, natürlich. Du meinst den, den die Leute den Schlächter nennen. Du meinst, daß ich der Schlächter bin.«

»Sind Sie es?«

»Ich habe in den *Daily News* eine ganze Menge über ihn gelesen. Er schlitzt ihnen den Hals auf, nicht wahr? Vom einen Ohr zum anderen. Stimmt's nicht?« Jetzt spielte er mit ihr und genoß das ungeheuer. »Manchmal schneidet er ihnen auch den Bauch auf. Ist es nicht so? Du mußt es mir sagen, wenn es nicht stimmt. Aber das tut er doch manchmal?«

Sie gab keine Antwort.

»Ich glaube, ich habe in den *News* gelesen, daß er einer die Ohren abgeschnitten hat. Als die Polizei sie schließlich fand, lagen ihre Ohren auf dem Nachttisch neben ihrem Bett.«

Sie zitterte jetzt am ganzen Körper.

»Arme kleine Edna. Du meinst, daß ich der Schlächter bin? Kein Wunder, daß du solche Angst hast.« Er tätschelte sie an der Schulter, strich ihr über das dunkle Haar, als würde er ein Tier beruhigen. »Wenn ich in deiner Haut steckte, hätte ich jetzt auch Angst. Aber ich stecke nicht in deiner Haut und bin auch nicht dieser Typ, den die Leute den Schlächter nennen. Du kannst ganz ruhig sein.«

Ihre Augen weiteten sich und suchten die seinen, versuchten herauszufinden, ob er die Wahrheit sprach.

»Für was für einen Mann hältst du mich denn, Edna?« fragte er und tat so, als hätte ihr Argwohn ihn verletzt. »Ich will dir doch nicht weh tun. Nur wenn ich muß, werde ich das. Ganz mächtig werd' ich dir weh tun, wenn du nicht vernünftig bist. Aber wenn du brav bist, wenn du nett zu mir bist, bin ich auch nett zu dir. Ich werde dich sehr glücklich machen und dich genauso wieder verlassen, wie ich dich vorgefunden habe. Makellos. Du bist nämlich makellos, weißt du das? Eine perfekte Schönheit. Und dein Atem riecht wie Erdbeeren. Ist das nicht hübsch? Ein schöner Anfang ist das für uns, wirklich schön, dieser Erdbeerduft. Warst du gerade beim Essen, als ich geklopft habe?«

»Sie sind verrückt«, sagte sie leise.

»Jetzt komm schon, Edna, wir wollen doch vernünftig sein. Also, hast du gerade Erdbeeren gegessen?«

Jetzt begannen ihr Tränen aus den Augen zu quellen.

Er drückte die Messerspitze etwas fester an ihre Kehle.

Sie fing zu wimmern an.

»Also?« fragte er.

»Wein.«

»Was?«
»Es war Wein.«
»Erdbeerwein?«
»Ja.«
»Ist noch welcher da?«
»Ja.«
»Ich hätte gern welchen.«
»Ich hole ihn.«

»Ich hole ihn mir selbst«, sagte er. »Aber zuerst muß ich dich ins Schlafzimmer bringen und dich festbinden. Aber, aber, jetzt hab nur keine Angst. Wenn ich dich nicht festbinde, machst du über kurz oder lang einen Fluchtversuch. Und dann müßte ich dich töten. Also, du verstehst schon, ich muß dich zu deinem eigenen Besten fesseln, damit du mich nicht zwingst, dir weh zu tun.«

Ihr immer noch das Messer gegen den Hals pressend, küßte er sie. Ihre Lippen waren kalt und starr.

»Bitte nicht«, sagte sie.

»Jetzt beruhige dich doch, Edna, ganz ruhig.« Er löste den Gürtel ihres Morgenrocks. Darunter war sie nackt. Sanft drückte er ihre Brüste. »Wenn du schön mitmachst, wird dir nichts passieren. Und eine Menge Spaß wirst du auch haben. Ich werde dich nicht töten, wenn du mich nicht dazu zwingst. Ich bin nicht der Schlächter. Ich ... Ich bin nichts weiter als ein ganz gewöhnlicher Vergewaltiger.«

2

Graham Harris spürte, daß Ärger bevorstand. Er rutschte in seinem Sessel herum, fand aber keine bequemere Position, blickte auf die drei Fernsehkameras und hatte plötzlich das Gefühl, von intelligenten, feindseligen Robotern umgeben zu sein. Fast hätte er über diese bizarre Vorstellung gelacht. Die Nervenanspannung verursachte ein leichtes Schwindelgefühl.

»Nervös?« fragte Anthony Prine.

»Ein wenig schon.«

»Dafür ist aber kein Anlaß.«

»Vielleicht nicht, solange die Werbung läuft, aber ...«

»Auch nicht, wenn wir wieder auf Sendung sind«, sagte Prine. »Bis jetzt waren Sie wirklich klasse.« Obwohl Prine genauso ein Amerikaner wie Harris war, sah er irgendwie wie ein britischer Bilderbuchgentleman aus: weltgewandt, ein wenig müde, aber in Wirklichkeit bloß gelangweilt, völlig entspannt und voller Selbstvertrauen. Er saß in einem hochlehnigen ledernen Armsessel, dem genauen Gegenstück zu dem, den Graham plötzlich so unbequem fand. »Sie sind ein äußerst interessanter Gast, Mr. Harris.«

»Vielen Dank. Sie selbst sind auch interessant. Ich weiß nicht, wie Sie das so durchhalten. Ich meine, so viel Fernsehen und *live* noch dazu, fünf Abende die Woche ...«

»Aber gerade daß es live ist, macht es ja so aufregend«, entgegnete Prine. »*Live* auf Sendung zu sein, alles riskieren, immer in Gefahr, sich zu blamieren – das hält einen in Schwung. Deshalb sträube ich mich auch so dagegen, die Show an andere Stationen zu verkaufen oder sie im ganzen Land auszustrahlen. Die würden dann alles auf Band haben wollen. Hübsch von zwei Stunden auf neunzig Minuten heruntergeschnitten. Und das wäre nicht dasselbe.«

Der Programmdirektor, ein massiger Mann in einem weißen Rollkragenpullover und einer kleinkarierten Hose, sagte: »Zwanzig Sekunden, Tony.«

»Ganz ruhig«, ermahnte Prine. »Noch eine Viertelstunde, dann haben Sie es hinter sich.«

Harris nickte. Prine wirkte so freundlich – und doch wurde er einfach das Gefühl nicht los, daß dieser Abend noch eine unangenehme Überraschung für ihn bringen würde, und zwar bald.

Anthony Prine war der Moderator von *Manhattan um Mitternacht*, einer zwanglosen, zweistündigen Talkshow, die von einer Station in New York City ausgestrahlt wurde. *Manhattan um Mitternacht* lieferte dieselbe Unterhaltung, wie man sie in all den anderen Talkshows auch fand – Schauspieler und Schauspielerinnen, die ihre neuesten Filme anpriesen, Schriftsteller, die auf ihre jüngsten Werke aufmerksam machen wollten, Musiker mit ihren neuesten Schallplatten, Politiker auf Wahlfeldzug – nur daß in ihr mehr Gedankenleser, Hellseher und UFO-»Experten« zu Wort kamen als in den meisten anderen Talkshows. Prine gehörte zu den Menschen, die an solche Phänomene glaubten. Und außerdem beherrschte er sein Handwerk perfekt, so gut, daß sich hartnäckig das Gerücht hielt, ABC wäre hinter ihm her, um mit ihm eine landesweit ausgestrahlte Fernsehshow zu produzieren. Er war nicht so witzig wie Johnny Carson und nicht so gemütlich wie Mike Douglas, aber keiner stellte bessere oder bohrendere Fragen als er. Die meiste Zeit blieb er ruhig und gelassen und hielt die Fäden seiner Show scheinbar träge in der Hand; ja, wenn alles gut lief, wirkte er wie ein etwas schlanker gewordener Weihnachtsmann: komplett mit weißem Haar, einem runden Gesicht und fröhlichen blauen Augen. Er schien völlig außerstande, etwa unhöflich oder rüpelhaft zu sein. Aber trotzdem gab es Gelegenheiten – höchstens einmal pro Nacht und manchmal nur einmal pro Woche –, wo er plötzlich einen seiner Gäste aufs Korn nahm und ihm bewies, daß er ein Lügner war, oder ihn sonst irgendwie mit einer Reihe bösartig spitzer Fragen in Verlegenheit brachte. Solche Attacken dauerten nie länger als drei oder vier Minuten, aber sie kamen dann ebenso brutal und unbarmherzig wie überraschend.

Manhattan um Mitternacht hatte eine große, treue Zuhörerschaft, insbesondere wegen dieser Überraschungsattakken. Hätte er jeden Gast schlecht behandelt, wären seine Zuschauer gelangweilt gewesen, aber sein auf Unberechenbarkeit abgestellter Stil machte ihn so faszinierend wie eine Kobra. Millionen von Menschen, die den größten Teil ihrer Freizeit vor einem Fernsehgerät verbrachten, hatten offenbar an dieser Art Gewalttätigkeit aus zweiter Hand mehr Spaß als an jeder anderen Form der Unterhaltung. Sie sahen sich die Krimiserien an, um zu beobachten, wie Leute geschlagen, beraubt und ermordet wurden, und sie sahen sich Prine wegen jener unerwarteten Augenblicke an, wo er plötzlich über einen Gast mit Formulierungen herfiel, die ebenso vernichtend wie Keulenschläge waren.

Vor fünfundzwanzig Jahren hatte er als Nachtclubentertainer angefangen, hatte alte Witze erzählt und in billigen Bars Prominente imitiert. Er hatte seinen Weg von ganz unten bis zur Spitze gemacht.

Der Direktor gab Prine ein Zeichen. An einer der Kameras leuchtete ein rotes Lämpchen auf.

Der Talkmaster wandte sich an sein unsichtbares Publikum. »Ich unterhalte mich hier mit Mr. Graham Harris, einem Bewohner Manhattans, der sich als ›Hellseher‹ bezeichnet, einem, sagen wir, Visionär. Ist das die richtige Definition, Mr. Harris?«

»So ungefähr«, sagte Graham. »Obwohl es so formuliert ein wenig religiös klingt. Und das ist es natürlich nicht. Ich schreibe meine außersinnlichen Wahrnehmungen keineswegs Gott zu – und auch keiner anderen übernatürlichen Macht.«

»Sie hatten vorher gesagt, Sie seien überzeugt, daß Ihre hellseherischen Fähigkeiten auf eine Kopfverletzung zurückzuführen sind, die Sie sich bei einem schweren Unfall zugezogen haben. Wenn das das Werk Gottes ist, dann sind seine Wege noch unergründlicher, als wir das bisher angenommen hatten.«

Graham lächelte. »Genau.«

»Nun weiß ja jeder, der Zeitung liest, daß man Sie gebeten hat, der Polizei bei der Auffindung von Hinweisen auf die Identität dieses Mannes, den man den Schlächter nennt, behilflich zu sein. Aber was ist mit Ihrem letzten Fall, dem Mord an den Havelock-Schwestern in Boston? Das war auch sehr interessant. Erzählen Sie uns davon.«

Graham rutschte unbehaglich auf seinem Stuhl herum. Er spürte immer noch, daß sich Unheil über ihm zusammenbraute, aber woraus dieses Unheil bestand, oder wie er ihm aus dem Weg gehen könnte, blieb ihm verschlossen. »Die Havelock-Schwestern …«

Die neunzehnjährige Paula und die zweiundzwanzigjährige Paige Havelock hatten zusammen ein hübsches kleines Appartement in Boston, in der Nähe der Universität bewohnt, wo Paula eine Studentin in den unteren Semestern war und Paige an ihrer Diplomarbeit in Soziologie arbeitete. Am Morgen des zweiten November des letzten Jahres war Michael Shute zu dem Appartement gekommen, um Paige zum Mittagessen auszuführen. Sie hatten sich am vergangenen Abend telefonisch verabredet. Shute und die ältere Havelock-Schwester waren ein Liebespaar, und er besaß einen Schlüssel zu ihrer Wohnung. Als sich auf sein Klingeln niemand meldete, beschloß er, selbst aufzuschließen und auf sie zu warten. Drinnen freilich stellte er fest, daß sie doch zu Hause waren. Paula und Paige waren in der Nacht von einem oder mehreren Eindringlingen geweckt worden, die sie nackt ausgezogen hatten; auf dem Boden verstreut lagen Pyjamas und Unterwäsche herum. Die Frauen waren mit einem dicken Seil gefesselt, anschließend vergewaltigt und schließlich im eigenen Wohnzimmer erschossen worden.

Weil es den Behörden nicht gelungen war, auch nur eine einzige brauchbare Spur zu finden, hatten die Eltern der ermordeten Mädchen am zehnten November mit Graham Verbindung aufgenommen und ihn um Unterstützung gebeten. Er war zwei Tage später in Boston eingetroffen. Obwohl die Polizei ihm gegenüber sehr skeptisch war – einige Beamte gaben sich sogar ausgesprochen feindselig –, war ihnen daran gelegen, die Havelocks zu beruhigen, die in der Stadt über nicht unbeträchtlichen politischen Einfluß verfügten. Also brachte man ihn in die versiegelte Wohnung und erlaubte ihm, den Schauplatz des Verbrechens zu inspizieren. Aber ohne jedes Ergebnis: Keinerlei Ausstrahlungen, keinerlei Visionen – nur ein eisiges Gefühl, das ihm über den Rücken kroch und sich in seinem Magen festsetzte. Später erlaubte man ihm, unter den argwöhnischen Blicken eines Polizeibeamten das Kissen zu betasten, das der Killer dazu benutzt hatte, seine Schüsse zu dämpfen – und dann auch die Pyjamas und die Unterwäsche, die man neben den Leichen gefunden hatte. Als er dann über den blutdurchtränkten Stoff strich, erwachte sein paranormales Talent plötzlich, eine wahre Flut von Visionen drängte in sein Bewußtsein wie schäumende Brandung, die sich am Strand bricht.

Anthony Prine unterbrach Graham. »Einen Augenblick, bitte. Ich glaube, Sie sollten das etwas näher erklären. Wollen Sie sagen, daß einfach das Berühren der blutbesudelten Pyjamas Ihre Visionen veranlaßt hat?«

»Nein. Nicht veranlaßt. Es hat sie *befreit*. Die Pyjamas waren wie ein Schlüssel, der das Schloß zu jenem Teil meines Bewußtseins öffnete. Das ist eine Eigenschaft, die fast alle Mordwaffen und die Kleidungsstücke der Opfer gemeinsam haben.«

»Warum, glauben Sie, ist das so?«

»Das weiß ich nicht«, sagte Graham.

»Sie haben nie darüber nachgedacht?«

»Ich habe endlos darüber nachgedacht«, widersprach Graham. »Aber ich bin nie zu irgendeinem Schluß gekommen.«

Obwohl Prines Stimme in keiner Weise feindselig klang, war Graham fast sicher, daß der Mann einen Anhaltspunkt suchte, um eine seiner berüchtigten Attacken zu starten.

Einen Augenblick lang dachte er, *das* könnte der bevorstehende Ärger sein, den er schon seit einiger Zeit auf sich zukommen sah. Und dann begriff er plötzlich, kraft seines sechsten Sinnes, daß sich über jemand anderem Unheil zusammenbraute. Jemandem außerhalb der Wände dieses Studios.

»Als Sie die Pyjamas berührten«, sagte Prine, »haben Sie da die Morde so vor sich gesehen, als würden sie in diesem Augenblick vor Ihren Augen verübt?«

»Nicht genau. Ich habe gesehen, wie alles ablief – aber, nun ja, *hinter* meinen Augen.«

»Was wollen Sie damit sagen? Sind Ihre Visionen so etwas ähnliches wie Tagträume?«

»So könnte man es vielleicht nennen. Aber viel deutlicher als Tagträume. Fantastisch und voll Farbe.«

»Haben Sie in dieser Vision den Mörder der Havelocks gesehen?«

»Ja. Ganz klar und deutlich.«

»Und sein Name? Haben Sie den auch gesehen?«

»Nein«, sagte Graham und schüttelte den Kopf. »Aber ich konnte der Polizei eine detaillierte Beschreibung des Täters geben. Er war Anfang dreißig, nicht kleiner als einen Meter fünfundsiebzig und nicht größer als einen Meter achtzig. Leicht korpulent. Fliehender Haaransatz. Blaue Augen. Eine schmale Nase, insgesamt scharfgeschnittene Gesichtszüge. Ein kleines Muttermal an seinem Kinn ... Wie sich später herausstellte, war das die genaue Beschreibung des Hausmeisters jenes Gebäudes.«

»Und Sie waren ihm vorher nie begegnet?«

»Nein, ich habe ihn zum ersten Mal in dieser Vision gesehen.«

»Sie hatten nie ein Foto von ihm vor Augen?«

»Nein.«

»War er schon verdächtig, ehe Sie der Polizei diese Beschreibung geliefert haben?« fragte Prine.

»Ja. Aber die Morde ereigneten sich in den frühen Morgenstunden seines freien Tages. Er behauptete, er sei zu seiner Schwester gefahren, um dort die Nacht zu verbringen, und habe das Haus schon Stunden vor der Ermordung der Havelock-Schwestern verlassen; seine Schwester hat diese Aussage bestätigt. Da sie über achtzig Meilen entfernt wohnte, schien er als Täter nicht in Frage zu kommen.«

»Und seine Schwester hat gelogen?«

»Ja.«

»Wie haben Sie das bewiesen?«

Graham berichtete von seiner Vision. Wie er gespürt habe, daß der Mörder zwei Stunden, nachdem die Morde stattgefunden hatten, zum Haus seiner Schwester gefahren war – nicht bereits am vergangenen Abend, wie er behauptet hatte. Er fühlte auch, daß die Waffe – eine 32er Smith & Wesson Terrier – im Haus der Schwester versteckt war, in der untersten Schublade eines Geschirrschrankes.

Später begleitete er einen Detective der Bostoner Polizei und zwei Beamte der Staatspolizei zum Haus der Schwester. Sie erschienen dort unangemeldet und erklärten ihr, daß sie sie wegen neu aufgetretener Indizien befragen wollten. Zehn Sekunden, nachdem er ihr Haus betreten hatte und die Frau über ihr plötzliches Auftauchen noch überrascht war, fragte Graham sie, weshalb sie gesagt habe, ihr Bruder sei am Abend des ersten November gekommen, wo er doch tatsächlich erst kurz nach Anbruch der Morgendämmerung am zweiten November aufgetaucht sei. Ehe sie die Frage beantworten konnte und sich von ihrer Überraschung ganz erholt hatte, fragte er sie, weshalb sie die Mordwaffe in der untersten Schublade ihres Geschirrschrankes verborgen halte. Von seinem Wissen aufs äußerste erschreckt, gab die Frau kurz darauf nach weiteren Fragen des Detectives die Wahrheit zu.

»Erstaunlich«, sagte Prine. »Und Sie haben ihr Haus, bevor Sie diese Vision hatten, noch nie von innen zu Gesicht bekommen?«

»Auch nicht von außen«, sagte Graham.

»Weshalb hat sie denn ihren Bruder geschützt, wo sie doch wußte, daß er ein so schreckliches Verbrechen begangen hatte?«

»Das weiß ich nicht. Ich kann Dinge sehen, die sich zugetragen haben – und ganz selten auch Dinge die sich bald zutragen werden –, an Orten, wo ich noch nie zuvor war. Aber ich kann keine Gedanken lesen. Und ich kann keine menschlichen Beweggründe erklären.«

Der Programmdirektor gab Prine ein Zeichen: fünf Minuten bis zum nächsten Werbespot.

Prine beugte sich zu Harris vor und sagte: »Wer hat Sie darum gebeten, bei der Ergreifung dieses Mannes behilflich zu sein, den man den Schlächter nennt? Die Eltern einer der ermordeten Frauen?«

»Nein. Einer der den Fall bearbeitenden Detectives hat im Hinblick auf meine Fähigkeiten nicht so viele Vorbehalte wie die meisten Polizeibeamten. Er glaubt, daß ich das tun kann, was ich behaupte. Und möchte mir eine Chance geben.«

»Haben Sie die neun Tatorte untersucht?«

»Ich habe fünf davon gesehen.«

»Und die Kleider der Opfer in der Hand gehalten?«

»Einige.«

Prine rutschte auf seinem Stuhl nach vorn und sah Harris verschwörerisch an. »Was können Sie uns über den Schlächter sagen?«

»Nicht viel«, entgegnete Graham Harris und runzelte die Stirn, weil ihn das selbst beunruhigte. Dieser Fall bereitete ihm mehr Schwierigkeiten als sonst. »Es ist ein großer Mann. Gutaussehend. Jung. Sehr selbstsicher und ...«

»Wieviel bezahlt man Ihnen?« fragte Prine.

Graham war von der Frage verwirrt. »Wofür?«

»Dafür, daß Sie der Polizei behilflich sind«, sagte Prine.

»Ich bekomme überhaupt nichts bezahlt.«

»Sie tun das also nur aus edlen Motiven?«

»Ich tue es, weil ich *muß*. Ein innerer Zwang ...«
»Wieviel haben Ihnen die Havelocks bezahlt?«

Plötzlich merkte er, daß Prine sich nicht etwa verschwörerisch vorgebeugt hatte, sondern hungrig, wie ein Raubtier, das sich anschickt, seine Beute zu greifen. Seine Ahnung hatte ihn nicht getrogen. Dieser Hurensohn hatte ihn heute als sein nächtliches Opfer auserkoren. Aber *warum?*

»Mr. Harris?«

Graham hatte kurzzeitig die Kameras (und die vielen Zuschauer draußen vor den Fernsehgeräten) vergessen. Aber jetzt waren sie ihm auf unbehagliche Weise wieder bewußt. »Die Havelocks haben mir überhaupt nichts bezahlt.«

»Sind Sie da sicher?«

»Selbstverständlich bin ich sicher.«

»Aber *manchmal* bezahlt man Sie doch für Ihre Dienste, oder?«

»Nein. Ich verdiene mir meinen Lebensunterhalt auf andere Weise ...«

»Vor sechzehn Monaten ist irgendwo im Mittelwesten ein Junge ermordet worden. Den Namen des Ortes, in dem das Verbrechen verübt wurde, wollen wir nicht erwähnen, um der Familie des Opfers unerwünschte Publicity zu ersparen. Seine Mutter hat um Ihre Unterstützung bei der Suche nach dem Mörder gebeten. Ich habe gestern mit ihr telefoniert. Sie sagt, sie hätte Ihnen etwas über eintausend Dollar bezahlt – und Sie hätten dann den Mörder nicht ausfindig machen können.«

Worauf zum Teufel will der Mann hinaus? fragte sich Graham. Er weiß, daß ich nicht gerade ein armer Mann bin. Er weiß, daß ich es nicht nötig habe, durchs halbe Land zu reisen, bloß um tausend Dollar abzustauben. »Zunächst habe ich ihnen gesagt, wer das Kind getötet hat und wo sie die entsprechenden Beweise finden könnten. Aber die Polizei hat es ebenso wie diese Frau abgelehnt, meinen Hinweisen nachzugehen.«

»Weshalb haben sie das abgelehnt?«

»Weil der Mann, den ich als Mörder bezeichnet habe, der Sohn einer wohlhabenden Familie in jener Ortschaft ist. Außerdem ist er ein angesehener Geistlicher und der Stiefvater des toten Jungen.«

Prines Gesichtsausdruck ließ deutlich erkennen, daß die Frau ihm diesen Aspekt verschwiegen hatte. Trotzdem bohrte er weiter. Das war für ihn ungewöhnlich. Normalerweise hackte er nur dann auf seinen Gästen herum, wenn er *wußte*, daß er über genügend Beweise verfügte, um den Betreffenden fertigzumachen. Prine war nicht gerade ein liebenswürdiger Mensch, aber Fehler pflegte er eigentlich keine zu machen. »Aber sie hat Ihnen die tausend Dollar bezahlt?«

»Das war für meine Spesen. Die Flugtickets, die Kosten für den Mietwagen und die Hotelspesen, während ich den Fall bearbeitet habe.«

Prine lächelte, als ob er damit seinem Opfer den Garaus gemacht hätte. »Lassen Sie sich normalerweise Ihre Spesen bezahlen?«

»Natürlich. Man kann doch nicht von mir erwarten, daß ich überall im Land herumreise und Tausende von Dollars ausgebe, um ...«

»Haben die Havelocks Sie bezahlt?«

»Meine Spesen.«

»Aber haben Sie denn nicht erst vor einer Minute gesagt, daß die Havelocks Ihnen gar nichts bezahlt hätten?«

»Sie hatten mich nicht *bezahlt*«, erwiderte Graham empört. »Sie haben mir nur meine Spesen ersetzt ...«

»Mr. Harris, verzeihen Sie mir, wenn es den Anschein hat, als würde ich Ihnen etwas vorwerfen, was Sie gar nicht getan haben. Aber mir geht so durch den Kopf, daß ein Mann mit Ihrem Ruf als Wundertäter ohne Mühe Leichtgläubigen Tausende von Dollars pro Jahr abknöpfen könnte. Wenn er keine Skrupel hätte, natürlich.«

»Jetzt hören Sie mal ...«

»Wenn Sie mit Ihren Ermittlungen beschäftigt sind, kommt es da manchmal vor, daß Sie Ihre Spesen ein wenig aufrunden?« fragte Prine.

Graham war wie vom Blitz gerührt. Er rutschte auf seinem Stuhl nach vorn und beugte sich zu Prine hinüber. »Das ist unerhört!« Jetzt merkte er, daß Prine sich zurückgelehnt und in dem Augenblick, in dem die erwartete Reaktion seines Gastes eingetreten war, die Beine übereinandergeschlagen hatte. Das war äußerst geschickt und ließ Grahams Antwort übertrieben erscheinen. Plötzlich hatte er das Gefühl, *er* sei der Schuldige, und seine durchaus gerechtfertigte Verärgerung wirke wie die schwächliche Verteidigung eines Verzweifelten. »Sie wissen, daß ich das Geld nicht brauche. Ich bin kein Millionär, aber einigermaßen wohlhabend. Mein Vater war ein erfolgreicher Verleger und hat mir ein kleines Vermögen hinterlassen. Außerdem besitze ich selbst eine gutgehende Firma.«

»Ich weiß, daß Sie zwei teure Zeitschriften über Bergsteigen herausgeben«, sagte Prine. »Aber die Auflage ist ziemlich klein. Und was das Vermögen angeht ... davon ist mir nichts bekannt.«

Er lügt, dachte Graham. Er bereitet sich minutiös auf diese Shows vor. Als ich dieses Studio betrat, hat er fast genauso viel über mich gewußt, wie ich selbst weiß. Weshalb lügt er also? Was bringt es ihm ein, mich zu verleumden? Was zum Teufel geht hier vor?

Die Frau hat grüne Augen, klare, schöne, grüne Augen, aber jetzt steht die Angst in ihnen geschrieben, und sie starrt das Messer an, die blitzende Klinge, und holt Luft, um zu schreien, und die Messerklinge senkt sich in einem Bogen auf sie herab ...

Die Bilder waren ebenso schnell wieder verflogen, wie sie gekommen waren. Er wußte, daß es Hellseher gab – darunter die beiden berühmtesten, Peter Hurkos und seinen holländischen Landsmann Gerard Croiset –, die extrasensorische Wahrnehmungen empfangen, interpretieren und einordnen konnten, ohne dabei ihr Gespräch unterbrechen zu müssen. Dazu war Graham nur selten imstande. Gewöhnlich lenkten ihn die Visionen ab. Gelegentlich, wenn sie einen besonders gewalttätigen Mord betrafen, überwältigten sie ihn so, daß sie die Realität völlig von ihm abschirmten. Die Visionen waren mehr als nur eine intellektuelle Wahrnehmung; sie berührten ihn auch emotional und spirituell. In dem Augenblick, wo die grünäugige Frau hinter seinen Augen aufgetaucht war, hatte er die ihn umgebende Welt nicht mehr *vollständig* wahrgenommen: das Studio, die Kameras, Prine. Er zitterte.

»Mr. Harris?«

Er blickte von seinen Händen auf.

»Ich habe Sie etwas gefragt«, sagte Prine.

»Tut mir leid. Ich habe die Frage nicht gehört.«

Jetzt schießt das Blut aus ihrem Hals, und ihr Schrei bleibt stumm, er zieht die Klinge heraus, hebt sie hoch in die Luft und stößt erneut zu. Mit aller Kraft bohrt er das Messer zwischen ihre nackten Brüste, und dabei grinst er weder, noch blickt er grimmig, und er lacht auch nicht wie ein Irrer, sondern tötet auf geradezu handwerkliche Art, als ob das sein Beruf wäre, als ob er nichts anderes wäre als ein Mann, der Autos verkauft, um sich damit den Lebensunterhalt zu verdienen, oder der Fenster putzt, einfach eine Aufgabe, die man erledigt – stechen und schlitzen und reißen und das Blut aufspritzen lassen ... Und dann steht er auf und geht nach Hause und schläft zufrieden, befriedigt davon, seine Arbeit gut erledigt zu haben ...

Graham zitterte jetzt am ganzen Körper. Der Schweiß war ihm ausgebrochen, und doch hatte er das Gefühl, in einem kühlen Luftzug zu sitzen. Seine eigene Fähigkeit machte ihm angst. Seit jenem Unfall, bei dem er fast ums Leben gekommen war, hatten ihn viele Dinge geängstigt. Aber diese unerklärlichen Visionen riefen eine Angst in ihm hervor, die durch nichts zu überbieten war.

»Mr. Harris?« fragte Prine. »Fühlen Sie sich nicht wohl?«

Die zweite Welle von Eindrücken hatte nur drei oder vier Sekunden lang gedauert, wenn sie ihm auch viel länger vorgekommen war. Aber während jener paar Sekunden hatte er das Studio und die Kameras überhaupt nicht wahrgenommen.

»Er tut es wieder«, sagte Graham leise. »Gerade jetzt, in diesem Augenblick.«

»Wer?« fragte Prine und runzelte die Stirn. »Was tut er?«

»Töten.«

»Sie sprechen von dem – dem ›Schlächter‹?«

Graham nickte und leckte sich die Lippen. Seine Kehle war so trocken, daß ihm das Reden ein wenig Mühe bereitete. Er hatte einen unangenehmen, metallischen Geschmack im Mund.

Prine wirkte erregt. Er blickte in eine der Kameras und sagte: »Vergessen Sie dies hier nicht, liebe New Yorker, Sie erleben es hier in dieser Show zum ersten Mal hautnah.« Dann wandte er sich wieder Graham zu und sagte: »Wen tötet er?« Plötzlich hatte ihn eine geradezu krankhafte Gier erfaßt.

»Eine Frau. Grüne Augen. Hübsch.«

»Wie ist ihr Name?«

Schweißtropfen rannen Graham in die Augen, brannten. Er wischte sich mit dem Handrücken über die Stirn – und fragte sich, wie albern er wohl für die Hunderttausende aussehen mußte, die ihn jetzt an ihren Bildschirmen beobachteten.

»Können Sie mir ihren Namen sagen?« fragte Prine.

Edna ... die hübsche kleine Edna ... die arme kleine Edna ...

»Edna«, sagte Graham.

»Und? Der Nachname?«

»Ich ... kann ihn nicht sehen.«

»Versuchen Sie es. Sie müssen es versuchen.«

»Vielleicht ... Tänzerin.«

»Edna Tänzerin?«

»Ich weiß nicht ... vielleicht nicht ... vielleicht stimmt das mit Tänzerin nicht ... vielleicht ... bloß Edna ...«

»Strengen Sie sich an«, sagte Prine. »Bemühen Sie sich. Können Sie es nicht erzwingen?«

»Geht nicht.«

»*Sein* Name?«

»Daryl ... nein ... Dwight.«

»Wie Dwight Eisenhower?«

»Ich bin nicht sicher, daß das wirklich sein Vorname ist ... oder auch sein Nachname ..., aber die Leute haben ihn so gerufen ... Dwight ... ja ... und er hat auch darauf reagiert.«

»Unglaublich«, sagte Prine, der allem Anschein nach vergessen hatte, daß er gerade im Begriff gewesen war, den Ruf seines Gastes zu demolieren. »Sehen Sie seinen anderen Namen, Vor- oder Nachname?«

»Nein. Aber ich spüre ... die Polizei kennt ihn schon ... irgendwie ... ja, sie ... sie kennen ihn gut.«

»Sie meinen, daß er bereits verdächtig ist?« fragte Prine.

Die Kameras schienen näherzurücken.

Graham wünschte, sie würden ihn in Ruhe lassen. Er wünschte, Prine würde ihn in Ruhe lassen. Er hätte nie hierherkommen dürfen. Und am allersehnlichsten wünschte er sich, daß seine hellseherischen Kräfte ihn loslassen, wieder in sein Unterbewußtsein zurücktauchen würden, aus dem der Unfall sie befreit hatte.

»Ich weiß nicht«, sagte Graham. »Ich nehme an ... er muß ein Verdächtiger sein, aber wie auch immer ... sie kennen ihn ...« Er zuckte zusammen.

»Was ist?« fragte Prine.

»Edna ...«

»Ja?«

»Jetzt ist sie tot.«

Graham hatte das Gefühl, sich übergeben zu müssen.

»*Wo* ist es passiert?« fragte Prine.

Graham sank in seinen Sessel zurück und hatte alle Mühe, die Kontrolle über sich zu behalten. Fast fühlte er sich, als ob er Edna wäre, als ob man ihm das Messer in den Leib gestoßen hätte.

»Wo ist sie ermordet worden?« fragte Prine erneut.

»In ihrer Wohnung.«

»Und die Adresse?«

»Das weiß ich nicht.«

»Wenn die Polizei rechtzeitig hinkommen könnte ...«

»Ich habe sie verloren«, sagte Graham. »Jetzt ist die Vision weg. Es tut mir leid. Jetzt ist alles vorbei.«

Er fühlte sich kalt und ausgebrannt.

3

Kurz nach zwei Uhr morgens, nachdem er sich noch mit dem Programmdirektor besprochen hatte, verließ Anthony Prine das Studio und ging über den Korridor in seine Suite, die ihm als eine Kombination aus Büro, Garderobe und zweites Zuhause diente. Sein erster Weg führte ihn zur Bar, wo er zwei Eiswürfel in ein Glas warf und dann nach der Bourbonflasche griff.

Sein Geschäftspartner und Manager, Paul Stevenson, saß auf der Couch. Er trug teure, maßgeschneiderte Kleidung. Prine legte großen Wert auf elegante Kleidung und wußte dies auch an anderen Männern zu schätzen. Das Problem war nur, daß Stevenson es immer wieder fertigbrachte, die Wirkung seines äußeren Erscheinungsbildes durch irgendein völlig bizarres Detail zu zerstören. Heute trug er einen Savile Row Anzug – graues Kammgarn mit mitternachtsblauem Thai-Seidenfutter –, ein hellblaues Maßhemd, eine dunkelbraune Krawatte, schwarze Krokodillederschuhe,

Und hellrosa Socken – mit grünen Zifferblättern an der Seite. Wie Küchenschaben auf einer Hochzeitstorte!

Stevenson war aus zwei Gründen der perfekte Partner: Er hatte Geld, und er tat das, was man von ihm verlangte. Prine war von großer Hochachtung für den allmächtigen Dollar erfüllt. Und daß es jemanden gab, der über die Erfahrung, die Intelligenz oder das Recht verfügte, *ihm* zu sagen, was er zu tun habe, war für ihn unvorstellbar.

»Hat irgend jemand für mich auf der Geheimnummer angerufen?« fragte Prine.

»Keine Anrufe.«

»Bist du ganz sicher?«

»Natürlich.«

»Du warst die ganze Zeit hier?«

»Ich habe mir die Show an diesem Apparat angesehen«, sagte Stevenson.

»Ich erwarte einen Anruf.«

»Tut mir leid. Es kam keiner.«

Prine blickte finster.

»Die Show heute war klasse«, sagte Stevenson.

»Bloß die erste halbe Stunde. Nach Harris wirkten die anderen Gäste langweiliger, als sie eigentlich waren. Irgendwelche Zuschaueranrufe?«

»Mehr als hundert, alle positiv. Glaubst du, er hat wirklich gesehen, wie der Mord verübt wurde?«

»Du hast ja die ganzen Details gehört, die er geschildert hat. Ihre Augenfarbe. Ihren Namen. Mich hat er überzeugt.«

»Bis das Opfer gefunden wird, weißt du ja nicht, ob die Details gestimmt haben.«

»Die haben gestimmt«, sagte Prine. Er leerte sein Glas und schenkte sich nach. Er konnte ziemlich viel Whisky vertragen, ohne davon betrunken zu werden. Auch wenn es um Essen ging, nahm er riesige Portionen zu sich und setzte trotzdem kein Fett an. Ständig machte er Jagd auf hübsche junge Frauen und ließ sich daneben auch mit Prostituierten ein. Meistens orderte er dann zwei Callgirls gleichzeitig. Es war nicht etwa so, daß er ein Mann in mittleren Jahren gewesen wäre, der sich dauernd beweisen müßte, daß seine Jugend noch nicht dahin war. Er *brauchte* Whisky, gutes Essen und Frauen wie Treibstoff, und zwar in großen Dosen. Fast sein ganzes Leben lang hatte er gegen die Langeweile und die Übersättigung angekämpft und seine Umgebung als schal und abgedroschen empfunden. Jetzt ging er unruhig auf und ab, immer wieder einen Schluck von seinem Bourbon nehmend, und sagte: »Eine grünäugige Frau namens Edna ... das stimmt ganz sicher ... wir werden morgen in den Zeitungen davon lesen.«

»Du kannst doch nicht *wissen* ...«

»Wenn du neben dem Mann gesessen hättest, Paul, dann würdest du jetzt auch nicht daran zweifeln.«

»Aber ist es denn nicht seltsam, daß sich diese ›Vision‹ genau in dem Augenblick einstellte, wo du ihn gerade festgenagelt hattest?«

»Wieso festgenagelt?« fragte Prine.

»Na ja ... weil er Geld genommen hat. Weil er ...«

»Falls er je mehr als seine Spesen für diese Art Arbeit bekommen hat, habe ich jedenfalls keine Beweise dafür«, sagte Prine.

Stevenson sah ihn verblüfft an. »Warum hast du dann so auf ihm rumgehackt?«

»Weil ich ihn kleinkriegen wollte. Weil ich ihn als hilflosen Schwächling vorführen wollte, der nicht mehr weiß, was er redet.« Prine lächelte.

»Aber wenn die Beschuldigungen gar nicht zutreffen ...«

»Er hat sich in anderer Hinsicht schuldig gemacht.«

»Wie denn?«

»Das wirst du schon noch erfahren.«

Stevenson seufzte. »Es macht dir Spaß, die Leute vor der Kamera zu demütigen.«

»Selbstverständlich.«

»Warum?«

»Warum nicht?«

»Ist es das Gefühl der Macht?«

»Überhaupt nicht«, erklärte Prine. »Es macht mir Spaß, sie als Schwachköpfe vorzuführen, weil sie Schwachköpfe *sind*. Die meisten Menschen sind das. Politiker, Geistliche, Dichter, Philosophen, Geschäftsleute, Generale und Admirale. Mit der Zeit werde ich die führenden Leute in allen Berufszweigen fertigmachen. Ich werde den unwissenden Massen zeigen, daß ihre führenden Persönlichkeiten genauso stumpfsinnig sind wie sie selbst.« Er nahm wieder einen Schluck Bourbon. Als er dann weitersprach, war seine Stimme härter geworden. »Vielleicht werden sich diese Idioten irgendwann einmal gegenseitig an die Gurgel gehen und die Welt uns wenigen überlassen, die sie wirklich zu schätzen wissen.«

»Was willst du damit sagen?«

»Ich habe mich doch klar ausgedrückt, oder?«

»Du klingst so – verbittert.«

»Dazu habe ich auch ein Recht.«

»Du? Nach dem Erfolg, den du hast?«

»Trinkst du nichts, Paul?«

»Nein. Tony, ich verstehe einfach nicht ...«

»Ich finde, du solltest dir auch einen Drink nehmen.«

Stevenson wußte, wann man von ihm erwartete, daß er das Thema wechselte. »Ich will wirklich nichts trinken.«

»Hast du dich jemals richtig sinnlos betrunken?«

»Nein. Mir gibt der Alkohol nichts.«

»Bist du je mit zwei Frauen gleichzeitig ins Bett gegangen?«

»Was soll das denn?«

»Du genießt dein Leben nicht so, wie du das solltest«, sagte Prine. »Du bemühst dich nicht um neue Erfahrungen. Du gehst nicht oft genug aus dir heraus. Das ist das einzige, was mit dir nicht stimmt, Paul – abgesehen von deinen Socken.«

Stevenson sah auf seine Füße. »Was ist denn an meinen Socken auszusetzen?«

Prine ging ans Fenster. Aber er blickte nicht etwa auf die nächtliche Lichterpracht der Stadt hinaus, sondern starrte sein Spiegelbild in der Scheibe an und grinste sich zu. Er fühlte sich großartig. Besser, als er sich seit Wochen gefühlt hatte, und das war alles Harris zu verdanken. Der Hellseher hatte seinem Leben neuen Nervenkitzel verschafft und ihm damit ein neues Ziel gegeben, etwas, das ihn interessierte. Obwohl Graham Harris das noch nicht wußte, hatte sich Prine ihn als das nächste wichtige Ziel seiner Karriere ausgesucht. Wir werden ihn vernichten, dachte Prine vergnügt; ihn auslöschen, ihn für alle Zeit fertigmachen. Er wandte sich Stevenson zu. »Bist du ganz sicher, daß kein Anruf kam? Da *muß* doch jemand angerufen haben.«

»Nein. Niemand.«

»Vielleicht warst du mal eine Minute draußen?«

»Tony, jetzt hör zu, ich bin doch nicht blöd. Ich war die ganze Zeit hier, und dein Geheimapparat hat kein einziges Mal geklingelt.«

Prine leerte sein zweites Glas Bourbon. Der Whisky brannte in seiner Kehle, ein angenehmes Gefühl durchflutete ihn. »Warum trinkst du nicht einen Schluck mit?«

Stevenson stand auf und streckte sich. »Nein, ich muß jetzt wirklich gehen.«

Prine trat an die Bar.

»Du trinkst das Zeug verdammt schnell, Tony.«

»Ich habe etwas zu feiern«, sagte Prine, als er Eiswürfel in sein Glas warf und Bourbon darübergoß.

»Was denn?«

»Den Untergang eines weiteren Schwachkopfes.«

4

Connie Davis erwartete Graham, als er in das Stadthaus heimkehrte, das sie gemeinsam in Greenwich Village bewohnten. Sie nahm ihm den Mantel ab und hängte ihn in die Garderobe.

Sie war hübsch. Vierunddreißig Jahre alt. Schlank. Brünett. Graue Augen. Eine vornehme Nase. Sinnlicher Mund. Sexy.

Ihr gehörte ein gutgehender, winziger Antiquitätenladen in der zehnten Straße. Im Geschäftsleben war sie genauso knallhart, wie sie hübsch war.

Sie und Graham lebten jetzt seit achtzehn Monaten zusammen. Beide hatten sie noch nie eine so aufrichtige Beziehung erlebt, ohne daß dabei die Romantik zu kurz gekommen wäre.

Aber es war mehr als nur eine Romanze. Sie war ihm nicht nur Geliebte, sondern zugleich auch Ärztin und Pflegerin. Seit dem Unfall vor fünf Jahren war er auf bestem Wege gewesen, den Glauben an sich selbst zu verlieren, und seine Selbstachtung war von Jahr zu Jahr geringer geworden. Und jetzt war sie da, um ihm zu helfen, ihn zu heilen. Sie verstand selbst nicht ganz, weshalb das so war, aber diese Aufgabe war jedenfalls für sie das Wichtigste geworden, was es in ihrem Leben gab.

»Wo warst du denn so lang?« fragte sie. »Es ist schon halb drei.«

»Ich mußte nachdenken, und da bin ich noch eine Weile spazierengegangen. Hast du die Sendung gesehen?«

»Darüber reden wir später. Zuerst mußt du dich aufwärmen.«

»Allerdings. Draußen hat es bestimmt zwanzig Grad unter Null.«

»Geh jetzt ins Arbeitszimmer und setz dich hin. Entspann dich«, sagte sie. »Ich habe im Kamin Feuer gemacht und bringe dir was zu trinken.«

»Cognac?«

»Was kann man in einer Nacht wie dieser sonst trinken?«

»Du bist fast vollkommen.«

»*Fast?*«

»Na ja, ich will ja nicht, daß du überheblich wirst.«

»Ich bin viel zu vollkommen, um unbescheiden zu sein.« Er lachte.

Sie wandte sich ab und ging zur Bar am anderen Ende des Wohnzimmers.

Ihr eigener sechster Sinn sagte ihr, daß er ihr einen Augenblick lang nachstarrte, ehe sie aus dem Zimmer ging. Gut. Genauso, wie sie es geplant hatte. Er *sollte* ihr nachstarren. Sie trug einen engen weißen Pullover und knapp sitzende Blue Jeans, die ihre schlanke Taille und ihren Po betonten. Sie wäre enttäuscht gewesen, wenn er ihr nicht nachgestarrt hätte. Nach dem, was er heute nacht durchgemacht hatte, brauchte er mehr als bloß einen lauschigen Platz vor dem Kamin und ein Glas Brandy. Er brauchte sie. Ihre Berührung, ihre Küsse, ihre Liebe. Und sie war bereit – mehr als bereit, geradezu versessen darauf – ihm das zu bieten.

Nicht, daß sie sich damit nur wieder in ihrer Mutterrolle geübt hätte. Sie neigte ohne Zweifel dazu, in einer Beziehung die Stärkere zu sein, Männern gegenüber so liebevoll und verständnisvoll und verläßlich zu sein, daß sie anfingen, sich ganz auf sie zu verlassen. Aber diese Beziehung war ganz anders als alle bisherigen. Und sie wollte, daß es so war, daß sie Graham ebenso brauchte, wie er sie. Diesmal sollte es ebenso ein Geben wie ein Nehmen sein. Vor ihm hatte es noch nie einen Mann gegeben, der solche Gefühle in ihr ausgelöst hatte. Sie wollte jetzt mit ihm schlafen, damit seine Verspannung sich lockerte, aber das gleiche wünschte sie sich auch von ihm. Sie hatte immer einen gesunden, stark ausgeprägten Sexualtrieb gehabt, aber Graham hatte dieses Bedürfnis in ihr noch konzentriert und dazu beigetragen, daß es sich klarer ausprägte.

Sie trug die zwei Gläser mit Remy Martin ins Arbeitszimmer und setzte sich neben ihn auf das Sofa.

Nachdem er eine Zeitlang stumm in die Flammen gestarrt hatte, sagte er: »Was sollte das Verhör? Was wollte der Mann?«

»Prine?«

»Wer sonst?«

»Du hast seine Show doch oft genug gesehen. Du weißt doch, wie er ist.«

»Aber gewöhnlich hat er einen Grund für seine Attacken Und er hat für das, was er sagt, immer Beweise.«

»Nun, du hast ihn ja mit deiner Vision von dem zehnten Mord mundtot gemacht.«

»Die Vision war echt«, sagte er.

»Das weiß ich schon.«

»Es war so lebhaft und deutlich ... als ob ich dabei wäre.«

»War es schlimm? Blutig?«

»So schlimm wie noch nie. Ich habe gesehen, wie er ... ihr das Messer in den Hals rammte und es dann herumdrehte.« Er nahm schnell einen Schluck von seinem Cognac.

Sie lehnte sich an ihn, küßte ihn auf die Wange.

»Ich bekomme einfach kein klares Bild von diesem Schlächter«, sagte er besorgt. »Mir ist es noch nie so schwergefallen, ein Bild eines Mörders zu bekommen.«

»Du hast doch seinen Namen gespürt.«

»Vielleicht. Dwight ... Ich bin mir da nicht ganz sicher.«

»Du hast der Polizei eine recht gute Beschreibung von ihm geliefert.«

»Aber viel mehr über ihn bekomme ich nicht heraus«, sagte er. »Wenn die Visionen sich einstellen und wenn ich dann versuche, das Bild dieses Mannes, dieses Schlächters, in die Mitte zu rücken, dann ist es plötzlich, als würden Wellen von ihm ausgehen ... Wellen des Bösen. Nicht Krankheit, nicht der Eindruck eines krankhaften Bewußtseins. Nur allgewaltige, alles überwältigende Bosheit. Ich weiß nicht, wie ich das erklären soll – aber dieser Schlächter ist nicht einfach ein Irrer. Wenigstens nicht im klassischen Sinne. Wenn er mordet, dann nicht in krankhaftem Blutrausch.«

»Er hat jetzt neun unschuldige Frauen abgeschlachtet«, sagte Connie. »*Zehn*, wenn du die mitzählst, die die Polizei bis jetzt noch nicht gefunden hat. Manchmal hat er ihnen die Ohren und die Finger abgeschnitten. Manchmal den Bauch aufgeschlitzt. Und du sagst, er sei *nicht verrückt?*«

»Er ist kein Irrer, jedenfalls nicht nach den Definitionen, die wir für diesen Begriff kennen. Darauf würde ich meinen Kopf verwetten.«

»Vielleicht nimmst du keine Geistesgestörtheit wahr, weil er selbst nicht weiß, daß er krank ist. Amnesie ...«

»Nein, keine Amnesie. Keine Schizophrenie. Er weiß sehr wohl, daß er mordet. Das ist nicht wie bei Dr. Jekyll und Mr. Hyde. Ich wette, der würde jede psychiatrische Untersuchung mit fliegenden Fahnen bestehen. Das läßt sich nicht so ohne weiteres erklären. Ich habe jedenfalls das Gefühl, daß er, wenn er *doch ein Irrer ist*, einer ganz neuen Gattung angehört. So etwas wie ihn hat es bisher noch nicht gegeben. Ich denke – verdammt, ich *weiß* –, daß er nicht einmal wütend oder besonders erregt ist, wenn er diese Frauen tötet. Er ... er geht einfach methodisch vor, ganz systematisch.«

»Wenn ich das so höre, läuft es mir eiskalt über den Rücken.«

»Dir? Ich habe jetzt das Gefühl, als hätte ich seine letzte Tat in seinem Kopf miterlebt. Mir läuft es nicht nur eisig über den Rücken, sondern diese Eiseskälte ist bei mir ein chronischer Zustand.«

Im Kamin knackte ein Holzscheit.

Sie griff nach seiner Hand. »Laß uns jetzt nicht über Prine oder diese Morde reden.«

»Wie kann ich nach dem, was heute nacht war, nicht darüber reden?«

»Du hast gut ausgesehen – so auf dem Bildschirm«, sagte sie, bemüht, ihn auf ein anderes Thema zu bringen.

»Ja, gut. Geschwitzt habe ich, und blaß war ich, und habe am ganzen Leib gezittert ...«

»Nicht während der Visionen. Vorher. Du würdest im Fernsehen eine gute Figur machen. Sogar im Film. In Hauptrollen.«

Graham Harris sah gut aus. Dickes, rötlich-blondes Haar. Blaue Augen mit feinen Fältchen um die Augenwinkel. Lederne Haut, mit tief eingegrabenen Falten, von all den Jahren, die er vorwiegend draußen in der Natur verbracht hatte. Einen Meter fünfundsiebzig; nicht groß, aber schlank und hart. Er war achtunddreißig, trug aber immer noch Züge knabenhafter Verletzlichkeit an sich.

»Hauptrollen?« sagte er und lächelte. »Vielleicht hast du recht. Ich gebe das Verlagsgeschäft und diese widerwärtige Hellseherei auf und geh' zum Film.«

»Der Nachfolger Robert Redfords.«

»Robert Redford? Ich hatte eher an Boris Karloff gedacht.«

»Redford«, beharrte Connie.

»Wenn ich richtig darüber nachdenke, war Karloff, solange er nicht geschminkt war, ein recht gutaussehender, eleganter Mann. Vielleicht bemühe ich mich um die Nachfolge von Wallace Beery.«

»Wenn du Wallace Beery bist, bin ich Marie Dressler.«

»Hallo, Marie.«

»Hast du jetzt wirklich einen Minderwertigkeitskomplex, oder hast du dir den nur angewöhnt, weil du damit so charmant wirkst?«

Er grinste und nahm einen weiteren Schluck aus seinem Glas. »Erinnerst du dich an diesen alten Film, *Tugboat Annie* hieß er, mit Beery und der Dressler? Glaubst du, daß Annie je mit ihrem Mann ins Bett gegangen ist?«

»Na klar!«

»Die haben doch dauernd gestritten. Er hat sie die ganze Zeit angelogen – und die meiste Zeit war er betrunken.«

»Aber auf ihre Art haben die beiden einander *geliebt*«, sagte Connie. »Sie waren wie füreinander geschaffen.«

»Ich frage mich, was das für eine Ehe war. Er war ein solcher Schwächling, und sie so stark.«

»Aber vergiß nicht – wenn es drauf ankam, war er immer der Starke; am Ende des Films, beispielsweise.«

»So hat eben jeder von uns seine guten Seiten, wie?«

»Er hätte von Anfang an stark sein können. Gehindert daran hat ihn bloß sein mangelndes Selbstvertrauen.«

Graham starrte ins Feuer. Er drehte seinen Cognacschwenker in der Hand.

»Was ist mit William Powell und Myrna Loy?« fragte sie.

»Die Dünner-Mann-Filme?«

»Die waren beide stark«, sagte sie. »Das könnten wir sein. Nick und Nora Charles.«

»Ich habe immer ihren Hund gemocht. Asta. *Das* war vielleicht eine gute Rolle.«

»Wie meinst du denn, daß es war, wenn Nick und Nora miteinander geschlafen haben?« fragte sie.

»Leidenschaftlich.«

»Aber auch sehr lustig.«

»Mit kleinen Witzeleien.«

»Genau.« Sie nahm ihm das Glas weg, stellte es neben das ihre auf den Kaminsims und küßte ihn ganz leicht, spielte mit ihrer Zunge an seinen Lippen. »Ich wette, wir könnten Nick und Nora spielen.«

»Ich weiß nicht. Muß doch ganz schön anstrengend sein, sich im Bett zu wälzen und zugleich witzig zu sein.«

Sie setzte sich auf seinen Schoß, legte ihm die Arme um den Hals und küßte ihn drängender; als seine Hand dann unter ihren Pullover glitt, lehnte sie sich ein Stück zurück.

»Nora?« sagte er.

»Ja, Nicky?«
»Wo ist Asta?«
»Den habe ich zu Bett gebracht.«
»Wir wollen doch nicht, daß er uns stört.«
»Er schläft.«
»Vielleicht wäre er geschockt, wenn er sehen würde ...«
»Ich hab' schon dafür gesorgt, daß er schläft.«
»Oh?«
»Ich hab' ihm ein Schlafmittel in sein Chappi getan.«
»Bist ein schlaues Mädchen.«
»Mit einem hinreißenden Körper«, sagte sie.
»Ja, richtig umwerfend bist du.«
»Wirklich?«
»O ja.«
»Dann wirf mich doch um.«
»Mit Vergnügen.«
»Das will ich auch hoffen.«

5

Eine Stunde später war er eingeschlafen. Connie freilich lag noch wach. Von der Seite studierte sie im weichen Schein der Nachttischlampe sein Gesicht.

Seine Wesensmerkmale und seine Erfahrung hatten sich in seinen Gesichtszügen eingeprägt. Da war ebenso deutlich seine Zähigkeit zu erkennen wie auch etwas Jungenhaftes. Seine Freundlichkeit. Seine Intelligenz. Humor und Einfühlungsvermögen. Er war durch und durch ein *guter* Mann. Aber da schimmerte auch etwas von Angst durch, die Angst vor dem Fallen und vor all dem Häßlichen, was daraus erwachsen war.

Als Zwanzigjähriger, und auch noch Anfang der Dreißig, war Graham einer der besten Bergsteiger der Welt gewesen.

Er lebte für das Abenteuer Berg, für das Klettern, das Risiko und den Triumph. In seinem Leben gab es nichts, was ihm auch nur halb soviel bedeutet hätte. Er war von seinem dreizehnten Lebensjahr an ein aktiver Kletterer gewesen und hatte sich Jahr für Jahr anspruchsvollere Ziele gesetzt. Mit sechsundzwanzig organisierte er bereits Teams, die die schwierigsten Gipfel in Europa, Asien und Südamerika eroberten. Als er dreißig war, führte er eine Expedition zum Mount Everest, überquerte mit seinem Team den Westkamm und kehrte über die Südroute zurück. Mit einunddreißig bezwang er die Eigernordwand im Alpinstil, erstieg also die nahezu senkrechte Wand ohne Verwendung fest angebrachter Seile. Derartige Leistungen, in Verbindung mit seinem guten Aussehen, seinem Witz und seinem Ruf als Casanova (den freilich sowohl seine Freunde als auch die Presse stark übertrieben) machten ihn damals in der Welt der internationalen Bergsteiger zur schillerndsten und zugleich populärsten Figur.

Vor fünf Jahren, als es kaum noch eine bergsteigerische Herausforderung für ihn gab, sammelte er ein Team um sich, das die gefährlichste Felswand in Angriff nehmen wollte, die bekannt war – die Südwestflanke des Mount Everest, eine Route, die noch nie jemand bis zum Gipfel zurückgelegt hatte. Als er zwei Drittel des Weges bewältigt hatte, stürzte er ab, brach sich dabei sechzehn Knochen und zog sich eine Vielzahl innerer Verletzungen zu. Man leistete ihm in Nepal Erste Hilfe und flog ihn dann, mit einem Arzt und zwei Freunden an der Seite, nach Europa. Alle nahmen an, daß er diesen Flug nicht überleben würde, doch statt dessen fügte er seiner Liste der Rekorde einen weiteren hinzu und verbrachte sieben Monate in einer Schweizer Privatklinik. Als er das Krankenhaus verließ, war freilich seine Heimsuchung noch nicht vorüber. Das Schicksal hatte ihm einen bleibenden Denkzettel verpaßt: Graham hinkte.

Die Ärzte hatten ihm erklärt, daß er, wenn er dies wünsche, als Freizeitsport immer noch einfache Kletterpartien machen könne. Mit genügend Übung würde er vielleicht sogar lernen, die Nachteile auszugleichen, die ihm durch das zum Teil gelähmte rechte Bein entstanden und sich wieder ehrgeizigeren Kletterpartien zuwenden können. Aber nicht dem Eiger. Und auch nicht dem Everest, auf keiner Route. Schließlich gab es Hunderte kleinere Gipfel, die ihm als Ansporn dienen könnten.

Zunächst war er insgeheim überzeugt davon, daß er innerhalb eines Jahres zum Everest zurückkehren würde. Dreimal versuchte er dann zu klettern, und dreimal setzte innerhalb der ersten dreißig Meter des Aufstiegs Panik ein. Da ihn selbst die einfachsten Bodenerhebungen zum Rückzug zwangen, erkannte er schnell, daß ihm der Everest, oder auch nur annähernd ähnliche Berge, vermutlich Todesangst einjagen würden.

Im Laufe der Jahre hatte sich diese Angst verstärkt, hatte sich ausgebreitet und war gewachsen wie ein Geschwür. Seine Angst vor dem Klettern hatte sich zu einer ganz allgemeinen Angst gesteigert, die jeden Aspekt seines Lebens beherrschte. Er war überzeugt, daß er sein Erbe mit Fehlinvestitionen verlieren würde und begann, das Börsengeschehen mit soviel nervösem Interesse zu verfolgen, daß er damit zum Schrecken seines Maklers wurde. Er gründete seine drei teuren Bergsteigermagazine, als Vorsorge für den Fall einer Börsenkatastrophe, und obwohl alle drei durchaus Ertrag abwarfen, prophezeite er immer wieder ihr Scheitern. Mit der Zeit witterte er in jeder Erkältung, jedem Anfall von Kopfschmerzen und jeglicher Verdauungsstörung das gefürchtete Schreckgespenst einer Krebserkrankung. Seine hellseherische Begabung erfüllte ihn mit Angst und Schrecken, und er befaßte sich nur deshalb damit, weil er sich dem Ganzen nicht entziehen konnte. Manchmal drängte sich die Angst sogar in den intimsten

Augenblicken zwischen ihn und Connie und nahm ihm die Potenz.

In letzter Zeit war er in eine besonders tiefe Depression versunken und hatte tagelang einfach keinen Ausweg mehr gesehen. Vor zwei Wochen war er Zeuge eines Raubüberfalles auf offener Straße geworden, hatte die Hilferufe des Opfers gehört – und war geflüchtet. Vor fünf Jahren hätte er ohne zu zögern den Kampf auf der Seite des Opfers aufgenommen. Er kam nach Hause und berichtete Connie von dem Überfall, machte sich selbst Vorwürfe und fing mit ihr zu streiten an, als sie den Versuch machte, ihn zu verteidigen. Sie hatte Angst, daß in ihm eine Art Haß auf die eigene Person im Entstehen begriffen war, und wußte, daß eine derartige Einstellung einen Mann wie Graham unvermeidlich in den Wahnsinn treiben würde.

Dabei zweifelte sie an ihrer eigenen Fähigkeit, ihm zu helfen. Sie kannte sich selbst recht gut und wußte, daß ihr starker Wille und ihre Kämpfernatur früheren Liebhabern mehr geschadet als genutzt hatten. Nicht, daß sie sich für eine Frauenrechtlerin gehalten hätte, und schon gar nicht für eine Emanze; sie war einfach seit Eintritt der körperlichen Reife zäher und intelligenter und selbstsicherer als die meisten Männer ihrer Umgebung gewesen. In der Vergangenheit hatte sie sich stets in Männer verliebt, die ihr emotionell wie intellektuell nicht das Wasser hatten reichen können. Doch allem Anschein nach kamen Männer nur mit Frauen zurecht, die ihnen unterlegen waren. Dem Mann, mit dem sie vor Graham zusammengelebt hatte, war sie beinahe zum Verhängnis geworden, einfach nur deshalb, weil sie darauf beharrt hatte, mit ihm gleichberechtigt zu sein, womit sie – zumindest in seiner Vorstellung – die Rolle entwertet hatte, die er als wesentlichen Teil seiner männlichen Selbstbestätigung brauchte.

Im Hinblick auf den zerbrechlichen Zustand von Grahams Ego hatte sie die Grundzüge ihrer Persönlichkeit in einem Ausmaß verdrängen müssen, das sie nie für möglich gehalten hätte. Doch die Anstrengung lohnte sich, weil sie in ihm den Mann sah, der er vor dem Unfall gewesen war. Sie wollte den Panzer seiner Angst zerbrechen und dem alten Graham Harris zum Durchbruch verhelfen. Was er früher gewesen war, das entsprach dem Mann, nach dem sie sich schon so lange gesehnt hatte: ein Mann, der sie als gleichberechtigt empfand und sich nicht durch eine Frau bedroht fühlte, die ihm gewachsen war. Während sie sich bemüht hatte, den *früheren* Graham wieder ins Leben zurückzurufen, war sie mit äußerster Vorsicht und Geduld vorgegangen, weil der *gegenwärtige* Graham dabei so leicht Schaden nehmen konnte.

Ein Windstoß ließ die Fensterscheiben klirren.

Obwohl es unter der Decke warm war, fröstelte sie.

Das Telefon klingelte. Aufgeschreckt rollte sie sich von Graham weg.

Das Telefon gab keine Ruhe. Schrill und unbarmherzig hallte sein Klingeln gespenstisch durch den Raum.

Sie riß den Hörer von der Gabel, damit das Klingeln aufhören und ihn nicht wecken sollte. »Hallo?« sagte sie leise.

»Mr. Harris, bitte.«

»Wer ist denn da?«

»Ira Preduski.«

»Es tut mir leid, aber ich ...«

»Detective Preduski.«

»Es ist vier Uhr morgens«, sagte sie.

»Ich bitte um Entschuldigung. Wirklich. Es tut mir leid, ehrlich, wenn ich Sie geweckt habe ... Mir ist das schrecklich peinlich. Aber, verstehen Sie, er hat mich gebeten, ihn sofort anzurufen, wenn es irgendwelche – neuen Entwicklungen bezüglich der Schlächter-Morde gäbe.«

»Einen Augenblick.« Sie sah zu Graham hinüber.

Er war wach und sah sie an.

»Preduski«, sagte sie.

Er nahm ihr den Hörer weg. »Hier Harris.«

Als er eine Minute später den Hörer sinken ließ, legte sie ihn für ihn auf die Gabel. »Sie haben Nummer zehn gefunden?«

»Ja.«

»Und wie heißt sie?« fragte Connie.

»Edna. Edna Mowry.«

6

Das Bettzeug war durch und durch blutgetränkt. Der Teppich auf der rechten Seite des Bettes zeigte einen dunklen Fleck, zerlaufen und gezackt wie von einem Rorschachtest. Eingetrocknetes Blut klebte hinter dem Messingkopfteil des Bettes an der Wand.

Drei Beamte der Spurensicherung arbeiteten unter Leitung des Coroners im Zimmer, zwei davon auf Händen und Knien neben dem Bett. Der dritte bestäubte das Nachtkästchen auf der Suche nach Fingerabdrücken, obwohl er wußte, daß er keine finden würde. Hier war der Schlächter am Werk gewesen, und der Schlächter trug stets Handschuhe. Der Coroner versuchte aus den Blutspuren an der Wand und deren Verlauf herauszubekommen, ob der Mörder Links- oder Rechtshänder gewesen war.

»Wo ist die Leiche?« wollte Graham wissen.

»Tut mir leid, aber die ist schon vor zehn Minuten in die Leichenhalle gebracht worden«, sagte Detective Preduski, als müsse er sich für einen Fauxpas entschuldigen. Graham fragte sich, ob Preduski sich eigentlich immer entschuldigte. Der Beamte neigte dazu, stets die Schuld für alles auf sich zu nehmen – selbst dann, wenn überhaupt nichts an seinem Verhalten auszusetzen war. Er war ein unauffälliger, blasser Mann mit wäßrigen braunen Augen. Doch trotz dieses Aussehens und seines offenkundigen Minderwertigkeitskomplexes genoß er in der Mordkommission von Manhattan höchstes Ansehen. Einige seiner Kollegen hatten Graham gegenüber keinen Zweifel daran gelassen, daß Ira Preduski der beste Mann ihrer Abteilung wäre. »Ich habe die Ambulanz aufgehalten, solange es ging. Sie haben ziemlich lange gebraucht, bis Sie hergekommen sind. Aber ich habe Sie natürlich auch mitten in der Nacht aufgeweckt. Das hätte ich nicht tun dürfen. Und dann mußten Sie sich wahrscheinlich ein Taxi rufen und warten, bis es endlich kam. Es tut mir wirklich leid. Und jetzt habe ich Ihnen wahrscheinlich alles kaputtgemacht. Ich hätte die Leiche noch ein wenig länger hierbehalten sollen. Ich *wußte* ja, daß Sie sie hier am Tatort würden sehen wollen.«

»Das macht nichts«, sagte Graham. »Ich habe sie ja sozusagen schon aus erster Hand vor Augen gehabt.«

»Ja, natürlich«, nickte Preduski. »Ich habe Sie in der Prine-Talkshow gesehen.«

»Sie hatte doch grüne Augen, oder?«

»Genau, wie Sie es gesagt haben.«

»Und man hat sie nackt aufgefunden?«

»Ja.«

»Mit vielen Stichwunden?«

»Ja.«

»Und einer ganz besonders brutalen Wunde am Hals?«

»Das stimmt.«

»Er hat sie auch verstümmelt, oder?«

»Ja.«

»Wie denn?«

»Auf scheußliche Art«, sagte Preduski. »Ich wollte, ich müßte Ihnen das jetzt nicht schildern. Niemand sollte sich so etwas anhören müssen.« Preduski rang die Hände. »Er hat ihr ein Stück Fleisch aus dem Bauch geschnitten. Mit ihrem Nabel in der Mitte. Scheußlich.«

Graham schloß die Augen, ihn schauderte. »Dieses ... dieses Stück Fleisch ...« Er spürte, wie ihm der Schweiß ausbrach. Ihm war übel. Aber im Augenblick empfing er keine Vision, nur ein starkes Gefühl von dem, was hier vorgefallen war, eine Ahnung, die man nicht einfach verdrängen konnte. »Er hat dieses Stück Fleisch ... in ihre rechte Hand gelegt und ihre Finger darüber geschlossen. So haben Sie sie gefunden. Stimmt das?«

»Ja.«

Der Coroner wandte sich von der mit Blut bespritzten Wand ab und starrte Graham fasziniert an.

Sehen Sie mich nicht so an, dachte Graham. »Ich *will* diese Dinge gar nicht wissen.«

Ihm wäre viel lieber gewesen, wenn seine hellseherische Gabe ihm die Möglichkeit eröffnet hätte, das Ansteigen irgendwelcher Aktienkurse vorherzusagen, und nicht die Greueltaten irgendwelcher Verrückter. Er hätte viel lieber die Namen von Pferden gesehen, die beim Rennen gewannen, als die Namen von Mordopfern.

Wenn er imstande gewesen wäre, seine besondere Fähigkeit einfach verschwinden zu lassen, dann hätte er das schon lange getan. Aber weil das nicht möglich war, empfand er eine besondere Verantwortung dafür, sein hellseherisches Talent zu entwickeln und die Visionen, die sich ihm aufdrängten, zu interpretieren. Er glaubte, auch wenn es vielleicht unvernünftig war, daß er auf diese Weise wenigstens teilweise einen Ausgleich für die Feigheit liefern könne, die ihn die letzten fünf Jahre überwältigt hatte.

»Was halten Sie denn von der Botschaft, die er uns hinterlassen hat?« fragte Preduski.

An der Wand, neben der Frisierkommode, war mit Blut etwas hingekritzelt, was wie Zeilen aus einem Gedicht aussah.

Rintah brüllt und schürt sein Feuer
in der lastend schweren Luft;
hungrig raubt der Wolken Schleier ...

»Haben Sie eine Ahnung, was das bedeutet?« fragte Preduski.
»Leider nein.«
»Wissen Sie, von wem das stammen könnte?«
»Nein.«
»Ich auch nicht.« Preduski schüttelte betrübt den Kopf. »Leider bin ich nicht sehr gebildet. Ich war nur ein Jahr auf dem College. Mehr konnte ich mir nicht leisten. Ich lese ziemlich viel, aber alles kann man auch nicht lesen. Wenn ich eine bessere Allgemeinbildung hätte, wüßte ich vielleicht, wer das geschrieben hat. Das wäre gut. Wenn der Schlächter sich die Zeit nimmt, es hinzuschreiben, muß es etwas sein, das für ihn wichtig ist. Ein Hinweis also. Was bin ich denn für ein Detektiv, wenn ich einem so offenkundigen Hinweis nicht nachgehen kann?« Er schüttelte wieder den Kopf und schämte sich, ganz offensichtlich, seiner Unfähigkeit. »Kein guter. Wirklich nicht.«

»Vielleicht hat er es selbst gedichtet«, sagte Graham.
»Der Schlächter?«
»Könnte sein.«
»Ein dichtender Mörder? T. S. Elliot mit mörderischen Instinkten?«

Graham zuckte die Schultern.

»Nein«, sagte Preduski. »Normalerweise begehen Leute solche Verbrechen nur, weil sie damit die Wut zum Ausdruck bringen können, die in ihnen brennt. Diese Metzelei lindert den Druck, der sich in ihnen aufgebaut hat. Ein Dichter dagegen kann seine Gefühle mit Worten ausdrücken. Nein. Wenn es irgendein holpriger Knittelvers wäre, könnte er vielleicht vom Schlächter stammen. Aber das ist zu tief, zu einfühlsam, zu gut. Jedenfalls erinnert es mich an irgend etwas. Irgendwo in meinem dicken Schädel läßt es irgend etwas anklingen.« Preduski studierte die blutige Botschaft noch einen Augenblick, dann drehte er sich um und ging zur Schlafzimmertür. Sie stand offen, und er schloß sie. »Und dann wäre da noch das hier«, sagte er.

Auf der Rückseite der Tür waren in Druckbuchstaben mit dem Blut der Ermordeten fünf Worte geschrieben.

ein Seil über einem Abgrund

»Hat er früher schon einmal so etwas hinterlassen?« fragte Graham.

»Nein. Sonst hätte ich es Ihnen schon gesagt. Aber bei dieser Art von Verbrechen ist das nicht ungewöhnlich. Es gibt eine bestimmte Art von Psychopathen, die sich einen Spaß daraus machen, denjenigen, die die Leiche auffinden, irgendwelche Botschaften zu hinterlassen. So hat Jack the Ripper der Polizei einige Botschaften übermittelt. Die Manson-Familie schmierte mit Blut Botschaften, die immer aus einem Wort bestanden, an die Wände. ›Ein Seil über einem Abgrund.‹ Was will er uns damit mitteilen?«

»Ob die Zeile aus demselben Gedicht stammt wie die anderen?«

»Ich habe wirklich nicht die leiseste Ahnung.« Preduski seufzte und schob die Hände in die Taschen. Er wirkte bedrückt. »Langsam frage ich mich, ob ich ihn *jemals* zur Strecke bringen kann.«

Edna Mowrys Wohnzimmer war klein, aber nicht ohne Geschmack eingerichtet. Die indirekte Beleuchtung tauchte alles in einen freundlichen, bernsteinfarbenen Schein. Schwere, goldfarbene Samtvorhänge. Hellbraune Grasfasertapeten. Ein brauner Plüschteppich, ein beigefarbenes Veloursofa und zwei dazu passende Sessel. Ein schwerer, gläserner Couchtisch mit Messingbahnen. Ein Chromregal mit Glasplatten, vollgestellt mit Büchern und kleinen Kunstgegenständen. Ein paar limitierte Drucke von zeitgenössischen Künstlern an der Wand. Alles geschmackvoll, behaglich und teuer.

Auf Preduskis Bitte nahm Graham auf einem der Sessel Platz.

Sarah Piper saß in der Sofaecke und wirkte ebenso teuer wie der Raum. Sie trug einen Jersey-Hosenanzug – dunkelblau mit hellgrünem Muster –, goldene Ohrringe und eine elegante, flache Armbanduhr. Sie war höchstens fünfundzwanzig, eine auffallend gutaussehende, attraktive Blondine mit einem Gesicht, dem man die Erfahrung ansah.

Offensichtlich hatte sie vor einer Weile geweint. Ihre Augen waren noch gerötet und angeschwollen. Jetzt hatte sie sich wieder im Griff.

»Wir haben das alles doch schon einmal durchgekaut«, sagte sie.

Preduski saß neben ihr auf der Couch. »Ich weiß«, sagte er. »Es tut mir auch leid. Wirklich leid. Es ist schrecklich spät, zu spät für all das. Aber es bringt *tatsächlich* etwas, die gleichen Fragen zwei- oder dreimal zu stellen. Man glaubt, man hätte alles Wesentliche gesagt. Aber möglicherweise hat man doch irgend etwas vergessen. Weiß der Himmel, auch ich übersehe immer wieder etwas. Ihnen mag dieses Verhör überflüssig erscheinen, aber ich arbeite nun einmal so. Ich muß mir alles mehrmals anhören, um ganz sicher zu sein, daß ich nichts vergessen habe. Nicht, daß ich stolz darauf wäre. Ich bin einfach so. Meine Kollegen kriegen vielleicht beim ersten Mal alles heraus. Aber ich kann das leider nicht. Es war Ihr Pech, daß der Mord gemeldet wurde, als ich gerade Dienst hatte. Bitte haben Sie etwas Geduld mit mir. Es dauert nicht mehr lange, dann können Sie nach Hause gehen. Das verspreche ich Ihnen.«

Die Frau sah Graham an und verdrehte die Augen, als wolle sie sagen, *das darf doch nicht wahr sein.* Graham lächelte.

»Wie lange kennen Sie die – Verstorbene schon?« fragte Preduski.

»Etwa ein Jahr.«

»Und wie gut haben Sie sie gekannt?«

»Sie war meine beste Freundin.«

»Glauben Sie, daß Edna ihrer Meinung nach auch *Ihre* beste Freundin war?«

»Sicher. Ich war die einzige Freundin, die sie hatte.«

Preduski zog die Brauen hoch. »Die Leute mochten sie also nicht?«

»Natürlich haben sie sie gemocht«, sagte Sarah Piper. »Sie hat sich nur nicht so leicht mit den Leuten angefreundet. Sie war ein ziemlich stiller Typ und fühlte sich am wohlsten allein.«

»Wo haben Sie sie denn kennengelernt?«

»Bei der Arbeit.«

»Und was ist das für eine Arbeit?«

»Das wissen Sie doch. Im Rhinestone Palace.«

»Und was hat sie dort gemacht?«

»Das wissen Sie ebenfalls.«

Der Detective nickte, tätschelte ihr väterlich das Knie und sagte: »Ganz richtig. Das weiß ich. Aber sehen Sie, Mr. Harris weiß es nicht. Ich habe es bisher leider versäumt, ihn davon zu informieren. Meine Schuld. Tut mir leid. Würden Sie es ihm bitte sagen?«

Sie sah Graham an. »Edna war Stripperin. Wie ich.«

»Ich kenne das Rhinestone Palace«, sagte Gaham.

»Waren Sie einmal dort?« fragte Preduski.

»Nein. Aber ich weiß, daß es ein sehr gepflegtes Lokal ist, nicht wie die meisten Stripteaseclubs.«

Einen Augenblick lang wirkten die wäßrig-braunen Augen des Detectives weniger abwesend als gewöhnlich. Er musterte Graham scharf. »Edna Mowry war Stripperin. Was sagen Sie dazu?«

Graham wußte ganz genau, was der Detective gerade dachte. In der Talkshow hatte er gesagt, das Opfer könne möglicherweise Edna Tänzerin heißen. Das stimmte zwar nicht – aber ganz falsch war es auch nicht gewesen, denn wenn ihr Name auch Mowry war, *verdiente sie sich immerhin ihren Lebensunterhalt als Tänzerin.*

Nach Sarah Pipers Aussage war Edna am vergangenen Abend gegen siebzehn Uhr zur Arbeit erschienen. Die nächsten sieben Stunden war sie jede Stunde jeweils zehn Minuten lang aufgetreten und hatte sich auf der Bühne aus einer Vielzahl von Kostümen geschält, bis sie ganz nackt gewesen war. Zwischen ihren Auftritten hatte sie sich, in einem schwarzen Cocktailkleid, ohne BH, unter die Gäste gemischt – bei denen es sich hauptsächlich um Männer handelte, allein und in kleinen Grüppchen – und sie vorsichtig und hart am Rande der Prostitutionsgesetze des Staates New York zum Trinken animiert. Ihren letzten Auftritt hatte sie um zwanzig Minuten vor Mitternacht beendet und das Rhinestone Palace höchstens fünf Minuten später verlassen.

»Glauben Sie, daß sie auf direktem Weg nach Hause gegangen ist?« wollte Preduski wissen.

»Das hat sie immer getan«, sagte Sarah. »Sie hatte nie Lust, auszugehen und sich zu amüsieren. In puncto Nachtleben reichte ihr das Rhinestone Palace völlig aus. Kann man ihr ja schließlich nicht verübeln, oder?«

Ihre Stimme zitterte, als würde sie jeden Augenblick wieder in Tränen ausbrechen.

Preduski nahm ihre Hand und drückte sie beruhigend. Sie ließ zu, daß er sie hielt, und ihm schien das eine Art unschuldiges Vergnügen zu bereiten. »Sind Sie gestern nacht aufgetreten?«

»Ja. Bis Mitternacht.«

»Und wann sind Sie hierhergekommen?«

»Um viertel vor drei.«

»Warum wollten Sie Edna so spät noch besuchen?«

»Edna saß gerne die ganze Nacht da und hat gelesen. Sie ist nie vor acht Uhr oder neun Uhr morgens zu Bett gegangen. Ich hatte ihr gesagt, ich würde sie besuchen kommen, damit wir zusammen frühstücken und ein wenig tratschen könnten. Das habe ich oft getan.«

»Sie haben mir das wahrscheinlich schon einmal gesagt ...« Preduski verzog das Gesicht – es drückte jetzt Verlegenheit, Entschuldigung und Enttäuschung aus, alles auf einmal. »Es tut mir leid. Mein Gedächtnis ist manchmal wie ein Sieb. Hatten Sie mir schon gesagt, warum Sie nicht gleich um Mitternacht hierhergekommen sind, gleich nach der Arbeit?«

»Ich war verabredet«, sagte sie.

Ihr Gesichtsausdruck und ihr Tonfall verrieten Graham, daß es eine »Verabredung« mit einem zahlenden Kunden gewesen war. Das bedrückte ihn ein wenig. Er hatte bereits angefangen, sie zu mögen. Man mußte sie einfach gern haben. Er empfing von ihr unterschwellige Schwingungen, sehr positive, sanfte und warme Schwingungen. Sie war eine ausnehmend nette Person. Das *wußte* er einfach. Und er wollte, daß ihr nur Angenehmes widerfuhr.

»War Edna auch verabredet?« fragte Preduski.

»Nein. Das habe ich Ihnen doch gesagt. Sie ist gleich nach der Arbeit nach Hause gegangen.«

»Vielleicht hat ihr Freund hier auf sie gewartet?«

»Sie hatte sich gerade von ihrem letzten Freund getrennt.«

»Vielleicht hat sie ein ehemaliger Freund besucht, um sich mit ihr zu unterhalten?«

»Nein. Wenn Edna mit einem Typen Schluß machte, dann war *endgültig* Schluß.«

Preduski seufzte, kniff sich in die Nasenspitze und schüttelte traurig den Kopf. »Ich stelle Ihnen diese Frage wirklich ungern ... Sie waren ihre beste Freundin. Aber was ich wissen möchte ... bitte verstehen Sie, daß ich damit nichts Schlechtes über sie sagen will. Das Leben ist hart. Wir müssen alle manchmal Dinge tun, die uns eigentlich zuwider sind. Ich bin auch nicht auf jeden Tag in meinem Leben stolz. Weiß Gott nicht. Bloß nicht zu schnell ein Urteil über andere fällen. Das ist mein Motto. Es gibt nur ein einziges

Verbrechen, für das ich keine Entschuldigung finden kann. Mord. Ich stelle diese Frage wirklich höchst ungern ... War sie ... Glauben Sie, daß sie jemals ...«

»Ob sie eine Prostituierte war?« stellte Sarah an seiner Stelle die Frage.

»Oh, so würde ich es nicht formulieren! Das ist so ein schrecklicher ... Ich habe wirklich gemeint ...«

»Keine Sorge«, sagte sie und lächelte süß. »Ich bin nicht beleidigt.«

Graham stellte amüsiert fest, daß sie dem Detective die Hand drückte. Jetzt war sie diejenige, die tröstete.

»Ich habe es auch schon gelegentlich für Geld getan«, erklärte Sarah. »Nicht oft. Einmal die Woche vielleicht. Aber dann muß ich den Typen mögen, und er muß schon zweihundert Dollar springen lassen. Für mich ist das eigentlich dasselbe wie strippen. Aber Edna hätte so etwas nie getan. Die war in diesen Dingen erstaunlich altmodisch.«

»Ich hätte nicht fragen sollen. Es geht mich ja wirklich nichts an«, sagte Preduski. »Ich dachte nur, daß es bei der Art von Arbeit für eine junge Frau, die Geld braucht, eine ganze Menge Versuchungen geben muß.«

»Sie hat achthundert Dollar die Woche mit Strippen und für das Animieren verdient«, sagte Sarah. »Und sie hat ihr Geld nur für ihre Bücher und ihre Wohnung ausgegeben. Den Rest hat sie auf die Bank getragen. Sie brauchte nicht mehr.«

Preduski blickte zerknirscht. »Aber Sie verstehen doch, weshalb ich die Frage stellen mußte? Wenn sie ihrem Mörder aufgemacht hat, muß er doch jemand gewesen sein, den sie gekannt hat, wenn auch vielleicht nur flüchtig. Das ist es, was mir an diesem ganzen Fall am meisten zu denken gibt. Wie bringt der Schlächter seine Opfer dazu, ihm die Tür zu öffnen?«

Darüber hatte Graham nie nachgedacht. Die ermordeten Frauen waren alle jung, aber sie stammten aus völlig unterschiedlichen Gesellschaftsschichten. Eine war Hausfrau gewesen, eine Rechtsanwältin. Zwei Lehrerinnen. Drei Sekretärinnen. Ein Model, eine Verkäuferin ... Wie brachte der Schlächter es fertig, daß so viele Frauen völlig unterschiedlicher Herkunft ihm mitten in der Nacht die Tür öffneten?

Auf dem Küchentisch lagen die Überreste eines hastig zubereiteten und ebenso hastig hinuntergeschlungenen Mahls herum. Brotreste. Die angetrocknete Haut von einem Stück Salami. Verschmierter Senf und Mayonnaise. Zwei abgenagte Apfelgehäuse. Eine leer gegessene Dose Pfirsiche mit nur noch ein bißchen Sirup darin. Eine abgenagte Hühnerkeule. Ein halber Doughnut. Drei zerdrückte Bierdosen. Der Schlächter mußte geradezu heißhungrig gewesen sein und recht schlampig.

»Zehn Morde«, sagte Preduski, »und jedesmal geht er nachher in die Küche und holt sich etwas zu essen.«

Graham brachte nur ein Nicken zuwege. Die psychische Ausstrahlung der Küche, in der er den Mörder beinahe körperlich noch spürte, war fast ebenso ausgeprägt wie im Schlafzimmer der Toten und hatte einen bedrückenden, beengenden Einfluß auf ihn. Die Unordnung auf dem Küchentisch, in ausgeprägtem Kontrast zu der sonst so ordentlich aufgeräumten Küche, beunruhigte ihn zutiefst. Die leere Pfirsichdose und die Bierdosen waren mit braunroten Flecken bedeckt; der Mörder hatte beim Essen seine blutigen Handschuhe anbehalten.

Preduski schlurfte bedrückt ans Fenster neben der Spüle und starrte auf das Nachbarhaus. »Ich habe mit ein paar Psychiatern über diese Mahlzeiten gesprochen, die er jedesmal nach seinem grausigen Werk einnimmt. Soviel ich verstanden habe, gibt es für Psychopathen zwei grundlegende Verhaltensmuster, die immer dann zum Tragen kommen, wenn sie ihr Opfer getötet haben. Nummer eins, das wäre der bescheidene Typ. Für ihn ist der eigentliche Mord alles, sein ganzer Daseinszweck, das einzige, was seinem Leben Farbe und Inhalt verleiht. Wenn er den Mord verübt hat, ist alles vorbei, und er wird wieder zum Nichts. Er geht dann nach Hause und setzt sich vor den Fernseher, schläft viel, versinkt in einen tiefen Abgrund der Langeweile, bis der Druck sich in ihm wieder aufbaut und er erneut tötet. Nummer zwei ist der Typ von Mensch, den der Mord aufputscht. Für ihn setzt der eigentliche Nervenkitzel nicht während des Tötens, sondern erst nachher ein. Er begibt sich auf direktem Wege vom Ort des Verbrechens in eine Bar und trinkt dort alle unter den Tisch. Sein Adrenalinpegel ist hoch. Sein Herz schlägt schneller. Er ißt wie ein Schwerarbeiter und gabelt sich manchmal halbdutzendweise Nutten auf. Unser Töter gehört offenbar dem zweiten Typ an. Nur, daß ...«

»Nur was?« fragte Graham.

Preduski wandte sich langsam vom Fenster ab und sagte: »Siebenmal hat er in der Wohnung seiner Opfer eine riesige Mahlzeit vertilgt. Die anderen dreimal hat er Essen aus dem Kühlschrank geholt und nur den Anschein erweckt, als hätte er eine große Mahlzeit eingenommen.«

»Den Anschein erweckt? Was wollen Sie damit sagen?«

»Mord Nummer fünf, Liedstrom hieß die junge Frau«, sagte Preduski. Er schloß die Augen, als könne er ihre Leiche und das Blut noch vor seinem inneren Auge sehen. »Damals kannten wir seine Vorgehensweise schon. Wir haben sofort in der Küche nachgesehen. Auf dem Tisch stand eine leere Dose Birnen, ein leerer Becher, in dem Hüttenkäse gewesen war, die Überreste eines Apfels und ein paar andere Dinge. Aber keine Unordnung. Die ersten vier Male war er schlampig gewesen – so wie heute nacht auch. Aber in der Liedstrom-Küche hatte er keine Essensüberreste hinterlassen. Keine verschmierte Butter und keinen Senf oder Mayonnaise oder Ketchup. Und keine Blutflecken auf den Bierdosen.«

Erst jetzt schlug er die Augen auf und ging an den Tisch. »In zwei der ersten vier Küchen hatten wir abgenagte Apfelgehäuse gefunden.« Er deutete auf die Überreste eines Apfels, die vor ihm auf dem Tisch lagen. »So wie das hier. Im Labor hat man dann sogar die Zahnspuren daran überprüft, aber in der Liedstrom-Küche hatte er den Apfel geschält und das Gehäuse ganz sorgfältig herausgeschnitten. Die Schalen und das Kerngehäuse lagen ordentlich am Rand seines Tellers. Das war völlig anders als das, was wir bisher zu sehen bekommen hatten. Und das hat mich nachdenklich gemacht. Warum hatte er die ersten vier Male wie ein Steinzeitmensch gegessen – und beim fünften Mal wie ein Gentleman? Ich ließ die Jungs von der Spurensicherung den Siphon unter der Spüle aufschrauben und den Abfallzerkleinerer herausnehmen. Die haben das alles überprüft und dann festgestellt, daß alles Essen, von dem Überreste auf dem Tisch zurückgeblieben waren, in den letzten paar Stunden durch den Abfallzerkleinerer gejagt worden war. Um es kurz zu sagen, der Schlächter hatte von nichts, was in der Küche der Liedstrom herumlag, auch nur einen Bissen zu sich genommen. Er hatte das Essen aus dem Kühlschrank geholt und es in den Abfallzerkleinerer geworfen. Und dann hat er den Tisch so gedeckt, daß es *aussah*, als ob er eine große Mahlzeit zu sich genommen hätte. Und bei den Morden sieben und acht hat er es genauso gemacht.«

Harris kam dieses Verhalten besonders unheimlich vor. Die Luft in der Küche fühlte sich plötzlich feuchter und drückender als zuvor an. »Sie sagten, das Essen nach dem Mord sei Teil seines zwanghaften Verhaltens?«

»Ja.«

»Wenn er diesen Zwang aus irgendeinem Grund im Fall Liedstrom nicht empfunden hat, warum hat er sich dann die Mühe gemacht, ihn vorzutäuschen?«

»Das weiß ich nicht«, sagte Preduski. Er strich sich mit seiner schmalen Hand über das Gesicht, als könne er damit die Müdigkeit wegwischen. »Das übersteigt einfach mein

Begriffsvermögen. Wirklich. Wenn er verrückt ist, warum ist er dann nicht jedesmal auf die gleiche Weise verrückt?«

Graham zögerte. Dann meinte er: »Ich glaube nicht, daß ein vom Gericht bestellter Psychiater ihn für geistesgestört erklären würde.«

»Sagen Sie das bitte noch einmal!«

»Ich bin sogar der Ansicht, daß selbst der beste Psychiater, wenn er nicht über die Morde informiert wäre, diesen Mann als geistig völlig normal bezeichnen würde.«

Preduski blinzelte überrascht. »Jetzt komme ich aber nicht mehr mit. Er sticht zehn Frauen ab, wie Schlachtvieh, und läßt sie einfach liegen, und Sie glauben nicht, daß er verrückt ist?«

»Dieselbe Reaktion habe ich auch von einer Bekannten bekommen, als ich ihr das sagte.«

»Das wundert mich gar nicht.«

»Trotzdem bleibe ich dabei. Mag ja sein, daß er verrückt ist. Aber nicht auf die herkömmliche Art, die man diagnostizieren kann. Bei ihm haben wir es mit etwas völlig Neuem zu tun.«

»Und das fühlen Sie?«

»Ja.«

»Als Vision?«

»So ähnlich.«

»Könnten Sie sich ein wenig deutlicher ausdrücken?«

»Tut mir leid.«

»Fühlen Sie sonst noch etwas?«

»Nur das, was Sie in der Talkshow gehört haben.«

»Und nichts Neues, seit Sie hierhergekommen sind?«

»Gar nichts.«

»Wenn er *überhaupt nicht* geistesgestört ist, dann muß es doch einen Grund für all diese Morde geben«, sagte Preduski nachdenklich. »Irgendwie stehen sie doch miteinander in Verbindung. Das meinen Sie doch auch, oder?«

»Ich weiß nicht recht, was ich wirklich meine.«

»Man kann sich einfach nicht vorstellen, daß da keine Verbindung vorliegt.«

»Sicher nicht.«

»Ich habe nach Zusammenhängen gesucht, habe mir wirklich Mühe gegeben. Und ich hätte gehofft, Sie würden hier irgend etwas wahrnehmen. An dem blutigen Bettzeug vielleicht. Oder an diesem Durcheinander auf dem Tisch.«

»Ich fühle gar nichts«, sagte Harris. »Deshalb bin ich ja so sicher, daß er entweder überhaupt nicht geistesgestört ist, oder aber auf eine völlig neue Art und Weise. Gewöhnlich ist es so, daß ich beim Studieren oder Berühren eines auf intime Weise mit dem Mord in Verbindung stehenden Gegenstandes die Empfindung, die Manie, die Leidenschaft hinter dem Verbrechen wahrnehmen kann. Es ist, als würde man in einen Strom gewalttätiger Gedanken, Empfindungen, Bilder hineinspringen ... Aber diesmal ist das einzige, was ich wahrnehme, ein Gefühl von kühler, unbeirrbarer, böser *Logik*. Mir ist es bisher noch nie so schwergefallen wie diesmal, den Mörder zu identifizieren.«

»Mir geht es genauso«, sagte Preduski. »Ich habe nie für mich in Anspruch genommen, Sherlock Holmes zu sein. Ich bin auch kein Genie. Eher ein langsamer Arbeiter. Das war bei mir schon immer so. Und ich habe oft Glück gehabt. Weiß Gott. Ehrlich gesagt, schreibe ich es in erster Linie dem Glück zu, daß ich so viele Täter dingfest machen konnte. Aber diesmal habe ich überhaupt kein Glück. Gar keines. Vielleicht ist für mich der Zeitpunkt gekommen, wo man mich auf das Altenteil setzen sollte.«

Als Harris hinausging, blieb Ira Preduski in der Küche zurück und starrte weiter auf die Überreste der makabren Mahlzeit des Schlächters. Sarah Piper saß im Wohnzimmer, weil der Detective sie gebeten hatte, noch zu bleiben. Sie saß, die Füße auf den Couchtisch gelegt, auf dem Sofa und rauchte eine Zigarette. Der Rauch kräuselte sich über ihrem

Kopf in seltsamen Formen zur Decke. Nach oben starrend, wandte sie Harris den Rücken zu.

In dem Augenblick, da er sie sah, blitzte ganz deutlich ein Bild hinter seinen Augen auf, so deutlich, daß es ihm den Atem nahm: *Sarah Piper, über und über mit Blut bedeckt.*

Er blieb stehen. Zitterte. Wartete, daß noch mehr kommen würde.

Nichts.

Er strengte sich an, versuchte, weitere Bilder zu empfangen.

Nichts. Nur ihr Gesicht. Und das Blut. Und dann war alles ebenso schnell wieder verflogen, wie es sich vor seinem inneren Auge eingestellt hatte.

Jetzt bemerkte sie seine Anwesenheit und drehte sich herum. »Hallo«, sagte sie.

Er leckte sich die Lippen und zwang sich zu einem Lächeln.

»Und Sie haben das hier vorhergesagt?« fragte sie und machte eine weitausholende Handbewegung in Richtung auf das Schlafzimmer der Toten.

»Leider ja.«

»Das ist direkt unheimlich.«

»Ich wollte sagen ...«

»Ja?«

»War nett, Ihre Bekanntschaft zu machen.«

Sie lächelte ebenfalls.

»Ich wünschte, die äußeren Umstände wären angenehmer gewesen«, fügte er zögernd hinzu und überlegte, wie er ihr von seiner kurzen Vision berichten sollte. War es richtig, ihr überhaupt etwas zu sagen?

»Das könnte ja noch kommen«, sagte sie.

»Was?«

»Daß wir uns unter anderen Umständen begegnen.«

»Miss Piper ... Seien Sie vorsichtig.«

»Ich bin immer vorsichtig.«

»Die nächsten Tage ... Seien Sie besonders vorsichtig.«
»Nach dem, was ich heute nacht gesehen habe«, sagte sie und lächelte jetzt nicht mehr, »können Sie sich darauf verlassen, daß ich besonders vorsichtig sein werde.«

7

Frank Bollingers Appartement in der Nähe des Metropolitan Museum of Art war klein und spartanisch eingerichtet. Die Schlafzimmerwände waren schokoladenbraun getüncht, der Holzfußboden blank poliert und ohne Teppiche. Das ganze Mobiliar bestand aus einem breiten Bett, einem Nachttisch und einem tragbaren Fernseher. Die Wandschränke hatte er mit Regalen versehen, um darin seine Kleider zu verwahren. Die Wohnzimmerwände waren weiß getüncht, der Boden derselbe wie im Schlafzimmer. Dort bestand das einzige Mobiliar aus einer schwarzen Ledercouch, einem Korbsessel mit schwarzem Kissen, einem Couchtisch mit einer verspiegelten Platte und Regalen voller Bücher. Die Küche enthielt die üblichen Geräte und einen kleinen Tisch mit zwei hochlehnigen Stühlen. An den Fenstern hingen nur Raffrollos, keine Gardinen. Das Appartement wirkte eher wie eine Mönchszelle als wie ein Heim, und so wollte er es auch haben.

Am Freitag morgen um neun Uhr stieg er aus dem Bett, duschte, stöpselte das Telefon ein und braute sich eine Kanne Kaffee.

Er war von Edna Mowrys Wohnung auf direktem Weg nach Hause gekommen und hatte die frühen Morgenstunden damit verbracht, Scotch zu trinken und Gedichte von Blake zu lesen. Als die Flasche halbgeleert war, fühlte er sich zwar immer noch nicht betrunken, aber richtig glücklich und ging, Verse aus den *Vier Zoas* rezitierend, zu Bett, wo er sofort einschlief. Als er fünf Stunden später aufwachte, kam er sich erfrischt und wie ein neuer Mensch vor – so, als ob er wiedergeboren wäre.

Er goß sich gerade die erste Tasse Kaffee ein, da klingelte das Telefon.

»Hallo?«
»Dwight?«
»Ja.«
»Ich bin es, Billy.«
»Wer auch sonst.«

Dwight war sein Mittelname – Franklin Dwight Bollinger –, sein Großvater mütterlicherseits, der gestorben war, als Frank noch nicht einmal ein Jahr alt gewesen war, hatte so geheißen. Bis er Billy kennengelernt und sich angewöhnt hatte, Billy zu vertrauen, war seine Großmutter der einzige Mensch gewesen, der je seinen Mittelnamen benutzt hatte. Sein Vater hatte kurz nach seinem vierten Geburtstag die Familie verlassen, und seine Mutter hatte die Entdeckung gemacht, daß ein Vierjähriger das hektische gesellschaftliche Leben einer geschiedenen Frau beeinträchtigte. Abgesehen von ein paar gelegentlichen und ziemlich qualvollen Monaten mit seiner Mutter – die nur dann zu kurzzeitigen Aufwallungen elterlicher Zuneigung imstande war, wenn ihr Gewissen sie plagte – hatte er seine Kindheit bei seiner Großmutter verbracht, die den Jungen nicht nur bei sich haben wollte, sondern ihn geradezu verwöhnte. Sie behandelte ihn so, als wäre er nicht nur der Mittelpunkt ihres eigenen Lebens, sondern als würde sich die ganze Welt um ihn drehen.

»Franklin ist ein so üblicher Name«, pflegte seine Großmutter zu sagen. »Aber *Dwight* ... das ist etwas Besonderes. Dein Großvater hat so geheißen, und das war ein wunderbarer Mann. Nicht so wie all die anderen Leute, nein, er war einmalig. Du wirst genauso sein wie er, wenn du einmal erwachsen bist, etwas Besonderes, wichtiger als andere. Sollen dich ruhig alle anderen Frank nennen. Für mich wirst du immer Dwight sein.« Seine Großmutter war vor zehn Jahren gestorben. Neuneinhalb Jahre lang hatte niemand ihn Dwight genannt, und dann, vor sechs Monaten, war ihm Billy begegnet. Billy hatte Verständnis dafür, wie es war, wenn man einer neuen Rasse angehörte, wenn man von Geburt an den meisten Menschen überlegen war. Billy war ebenfalls überlegen und hatte deshalb das Recht, ihn Dwight zu nennen. Ihm tat es gut, nach so langer Zeit diesen Namen wieder zu hören. Er war ein Schlüssel zu seiner Psyche, wie ein Knopf, den man nur zu drücken brauchte, um ihn in Hochstimmung zu versetzen. Etwas, das ihn daran erinnerte, daß er dafür bestimmt war, in seinem Leben auf schwindelnde Höhen zu gelangen.

»Ich habe letzte Nacht ein paarmal versucht, dich anzurufen«, sagte Billy.

»Ich habe den Telefonstecker herausgezogen, um ein wenig Scotch zu trinken und dann in Frieden schlafen zu können.«

»Hast du heute morgen schon Zeitung gelesen?«

»Ich bin gerade erst aufgestanden.«

»Du hast noch nichts von Harris gehört?«

»Von wem?«

»Graham Harris. Du weißt schon, dieser Hellseher.«

»Oh. Nein. Gar nichts. Was gibt es denn da zu hören?«

»Besorg dir die Zeitung, Dwight. Und dann sollten wir vielleicht zusammen Mittag essen. Du hast doch heute frei, oder?«

»Ich habe Donnerstag und Freitag immer frei. Aber du kannst es mir ja gleich sagen – was ist denn los?«

»In der *Daily News* steht, was los ist. Besorg sie dir. Wir treffen uns um halb zwölf im *Leopard*.«

Bollinger runzelte die Stirn. »Hör zu ...«

»Halb zwölf, Dwight.«

Billy legte auf.

Es war ein trüber, kalter Tag. Dicke, dunkle Wolken trieben nach Süden. Sie hingen so tief am Himmel, daß es so aussah, als würden sie an die Spitzen der höchsten Gebäude stoßen.

Drei Straßen von dem Restaurant entfernt stieg Bollinger aus seinem Taxi und kaufte sich an einem Zeitungsstand die *Daily News*. Der Verkäufer sah in seinem dicken Mantel, den mehreren übereinandergezogenen Pullovern und mit seinen Handschuhen, Halstüchern und der wollenen Pudelmütze wie eine Mumie aus.

Die untere Hälfte der Titelseite zeigte ein Werbefoto von Edna Mowry, lanciert vom Rhinestone Palace. Sie lächelte darauf strahlend. Von der oberen Hälfte der Seite sprang eine dicke schwarze Schlagzeile ins Auge:

ZEHNTES OPFER DES SCHLÄCHTERS
HELLSEHER SAGT MORD VORAUS

Vor der nächsten Kreuzung blätterte er auf die zweite Seite um und versuchte, den Mordbericht zu lesen, während er darauf wartete, daß die Ampel umschaltete. Der eisige Wind trieb ihm die Tränen in die Augen und zerrte an seiner Zeitung, so daß die Buchstaben vor seinen Augen verschwammen.

Er überquerte die Straße und suchte unter dem Vordach eines Bürogebäudes Schutz. Immer noch mit vor Kälte klappernden Zähnen, aber jetzt wenigstens nicht mehr vom Wind gestört, las er von Graham Harris' Auftritt in *Manhattan um Mitternacht*.

Sein Name ist Dwight, hatte Harris gesagt.

Die Polizei kennt ihn bereits, hatte Harris gesagt.

Herrgott! Wie konnte dieser Hurensohn das alles wissen? Hellseherische Fähigkeiten? Das war doch alles Blödsinn. So etwas gab es nicht. Oder doch?

Beunruhigt ging Bollinger zur nächsten Straßenecke, warf die Zeitung in einen Abfallkorb, stemmte sich gegen den Wind und lief weiter in Richtung des Restaurants.

Das *Leopard* an der fünfzigsten Straße, in der Nähe der Second Avenue, war ein bezauberndes kleines Restaurant mit einer Handvoll Tischen, wo man ausgezeichnet aß. Der eigentliche Speisesaal war nicht viel größer als ein normales Wohnzimmer. In der Mitte stand ein scheußliches Arrangement aus Kunstblumen, aber das war der einzige Mißgriff in der sonst eher zurückhaltenden Dekoration.

Billy saß an einem guten Fensterplatz. In einer Stunde würde das *Leopard* von Gästen wimmeln, dann konnte man sein eigenes Wort nicht mehr verstehen. Im Augenblick, vielleicht eine Viertelstunde, bevor die Stammgäste sich von ihren Schreibtischen und aus ihren Konferenzsälen wegstehlen würden, war Billy noch der einzige Gast. Bollinger nahm ihm gegenüber Platz. Sie gaben sich die Hand und bestellten sich Drinks.

»Widerliches Wetter«, sagte Billy. Sein Südstaatenakzent war nicht zu überhören.

»Ja.«

Sie starrten einander über die kleine Vase mit der einzelnen Rose an, die in der Tischmitte stand.

»Scheußliche Nachrichten«, sagte Billy schließlich.

»Ja.«

»Was denkst du?«

»Dieser Harris ist unglaublich«, sagte Bollinger.

»Dwight ... Außer mir kennt dich keiner unter diesem Namen. Damit können sie also nicht viel anfangen.«

»Mein Mittelname steht in meinen sämtlichen Papieren – und auch in meiner Personalakte.«

Billy entfaltete eine Stoffserviette. »Sie haben keinen Grund anzunehmen, daß der Mörder Polizist ist.«

»Harris hat gesagt, daß die Polizei den Schlächter bereits kennt.«

»Daraus werden sie nur schließen, daß es jemand ist, der bereits einmal polizeilich verhört wurde.«

Bollinger runzelte die Stirn. »Wenn der Typ noch eine winzige Einzelheit dazuliefert«, meinte er dann, »bin ich erledigt.«

»Ich dachte immer, du glaubst nicht an Hellseher.«

»Das war ein Irrtum. Du hast recht gehabt.«

»Entschuldigung angenommen«, sagte Billy und lächelte schwach.

»Dieser Harris – kann man mit dem reden?«

»Nein.«

»Du meinst, er würde es nicht verstehen?«

»Er ist keiner von uns.«

Der Kellner brachte ihre Getränke.

Als sie wieder allein waren, sagte Bollinger: »Ich habe diesen Harris noch nie gesehen. Wie sieht er aus?«

»Ich beschreibe ihn dir später. Zuerst einmal ... Macht es dir was aus, mir zu sagen, was du jetzt tun willst?«

Darüber brauchte Bollinger nicht nachzudenken. »Ihn töten«, sagte er, ohne zu zögern.

»Ah«, machte Billy leise.

»Was dagegen?«

»Absolut nicht.«

»Gut. «Bollinger kippte mit einem Schluck den halben Inhalt seines Glases hinunter. »Ich würde es nämlich trotzdem tun. Auch wenn du Einwände hättest.«

Der Oberkellner kam an den Tisch und fragte, ob er ihnen sagen dürfe, was heute als Menü angeboten würde.

»Lassen Sie uns noch fünf Minuten«, sagte Billy. Als der Mann wieder gegangen war, fügte er hinzu: »Wenn du Harris erledigt hast, wirst du ihn dann so hinterlassen, wie der Schlächter das tun würde?«

»Warum nicht?«

»Na ja, die anderen waren Frauen.«

»Das wird sie noch mehr verwirren und wütend machen«, meinte Bollinger.

»Wann wirst du es tun?«

»Heute nacht.«

»Ich glaube nicht, daß er allein lebt«, sagte Billy.

»Bei seiner Mutter?« fragte Bollinger finster.

»Nein. Ich glaube, er lebt mit einer Frau zusammen.«

»Jung?«

»Das könnte ich mir gut vorstellen.«

»Hübsch?«

»Nun, er scheint einen guten Geschmack zu haben.«

»Ist ja prima«, entgegnete Bollinger.

»Ich habe mir schon gedacht, daß du das so sehen würdest.«

»Zwei auf einen Streich«, sagte Bollinger. »So macht es noch mehr Spaß.« Er grinste.

8

»Detective Preduski möchte Sie gerne sprechen, Mr. Harris.«

»Ja, stellen Sie ihn durch. Hallo?«

»Tut mir leid, Sie stören zu müssen, Graham. Es ist Ihnen doch recht, wenn ich Graham sage? Ich mag Förmlichkeiten nicht.«

»Aber gern.«

»Sagen Sie bitte Ira zu mir.«

»Ist mir eine Ehre.«

»Sie sind sehr liebenswürdig. Ich hoffe, ich störe Sie gerade nicht.«

»Nein.«

»Ich weiß, daß Sie ein vielbeschäftigter Mann sind. Wäre es Ihnen lieber, wenn ich später anrufe? Oder möchten Sie zurückrufen, wenn es Ihnen besser paßt?«

»Sie stören nicht. Was möchten Sie denn?«

»Sie wissen doch – diese Schrift, die wir an der Wand der Mowry-Wohnung gefunden haben?«

»Ich erinnere mich ganz deutlich.«

»Also, ich habe die letzten paar Stunden versucht rauszubekommen, wo dieser Text her ist, und ...«

»Sie haben um zwei Uhr nachmittags immer noch Dienst?«

»Nein, nein. Ich bin zu Hause.«

»Schlafen Sie denn nie?«

»Ich wünschte, ich könnte schlafen. Die letzten zwanzig Jahre habe ich nie mehr als vier oder fünf Stunden am Stück geschafft. Wahrscheinlich ruiniere ich mir damit meine Gesundheit. Ich *weiß* sogar, daß es so ist. Aber mein Gehirn ist eben ein wenig durcheinander. Ich habe den Kopf voll mit allem möglichen Schrott, tausend sinnlose Sachen, und muß die ganze Zeit daran denken. Ständig grüble ich über die verrücktesten Sachen nach. Zum Beispiel über die Schrift in dem Mowry-Appartement. Ich mußte die ganze Zeit daran denken und konnte nicht einschlafen.«

»Und sind Sie fündig geworden?«

»Na ja, ich habe Ihnen doch schon letzte Nacht gesagt, daß mir der Text irgendwie bekannt vorkam. ›*Rintah brüllt und schürt sein Feuer in der lastend schweren Luft; hungrig raubt der Wolken Schleier.*‹ Später habe ich mir dann plötzlich gesagt: ›Ira, das stammt aus einem Gedicht von William Blake.‹ Wissen Sie, als ich dieses eine Jahr auf dem College verbrachte, war Literatur mein Hauptfach. Ich mußte eine Arbeit über Blake schreiben. Das ist fünfundzwanzig Jahre her. Verstehen Sie jetzt, was ich meine, wenn ich von all dem Schrott in meinem Kopf rede? Ich erinnere mich an die sinnlosesten Dinge. Jedenfalls habe ich heute morgen die Gesamtausgabe von Blakes Werken gekauft. Und dort habe ich tatsächlich diese Zeilen gefunden, in ›Der Streit‹, einer Passage von *Die Vermählung von Himmel und Hölle*. Kennen Sie Blake?«

»Leider nein.«

»Er war ein Mystiker und eine Art Visionär.«

»Hellseher?«

»Nein. Aber er hat sich viel mit außersinnlichen Wahrnehmungen befaßt. Er war fest überzeugt davon, daß der Mensch die Gabe besitzt, sich gottgleiche Macht anzueignen. Während einer längeren Schaffensperiode hielt er sich für einen Dichter des Chaos und der Vernichtung; dabei war er im Grunde genommen ein unverbesserlicher Optimist. Erinnern Sie sich noch an das, was der Schlächter auf die Schlafzimmertür geschmiert hat?«

»Ja. ›Ein Seil über einem Abgrund .‹«

»Haben Sie eine Ahnung, wo das herstammt?«

»Nein.«

»Ich wußte es auch nicht. Mein Kopf ist voll Schrott. Da bleibt kein Platz für irgendwelche wichtigen Dinge. Und mit meiner Allgemeinbildung ist es nicht so weit her. Eigentlich bin ich überhaupt nicht gebildet. Also habe ich einen Freund angerufen, er ist Professor an der Columbia Universität. Ihm hat das auch nichts gesagt, aber er hat mit ein paar seiner Kollegen darüber gesprochen. Und einer davon glaubte, das Zitat zu kennen. Also hat er sich eine Konkordanz aller wichtigen Philosophen besorgt und das komplette Zitat nachgeschlagen. ›Der Mensch ist ein Seil, geknüpft zwischen Tier und Übermensch – ein Seil über einem Abgrund.‹«

»Wer hat das gesagt?«

»Hitlers Lieblingsphilosoph.«

»Nietzsche?«

»Sie kennen seine Werke?«

»Flüchtig.«

»Er glaubte daran, daß Menschen zu Göttern werden könnten – oder zumindest gewisse Menschen –, wenn die Gesellschaft, in der sie lebten, ihnen Wachstum und Entfaltung ihrer Kräfte ermöglichte. Er glaubte auch daran, daß die Menschheit in einer Entwicklung begriffen wäre, die sie zu diesem Ziel hinführte. Sehen Sie, zwischen Blake und Nietzsche gibt es gewisse oberflächliche Parallelen. Deshalb ist gut vorstellbar, daß der Schlächter sie beide zitiert. Allerdings gibt's da ein Problem, Graham.«

»Was für eines denn?«

»Blake war durch und durch Optimist. Nietzsche war durch und durch Pessimist. Blake war überzeugt, daß der Menschheit eine strahlende Zukunft bevorstehe. Nietzsche hingegen glaubte, daß der Menschheit zwar eine strahlende Zukunft *bestimmt* sei, daß sie sich aber selbst vernichten würde, noch bevor sich der Übermensch aus ihr entwickeln könne. Blake hatte anscheinend sehr viel für Frauen übrig. Nietzsche verachtete sie. Tatsächlich war er überzeugt davon, daß die Frauen ein Makel des Menschengeschlechts wären und den Menschen an seinem Aufstieg zur Gottähnlichkeit hinderten. Verstehen Sie, worauf ich hinaus will?«

»Sie wollen sagen, daß der Schlächter, wenn er sowohl der Philosophie Blakes wie auch der Nietzsches anhängt, schizophren sein muß.«

»Und Sie haben gesagt, daß er nicht einmal verrückt ist.«

»Augenblick mal.«

»Letzte Nacht ...«

»Ich habe lediglich gesagt, daß er, wenn er wahnsinnig ist, eine *neue Art* des Wahnsinns in sich tragen muß. Damit meinte ich, daß er nicht im landläufigen Sinne verrückt ist.«

»Was die Möglichkeit der Schizophrenie ausschließt?«

»Ja, wahrscheinlich schon, Ira.«

»Ich dagegen halte ein gespaltenes Bewußtsein für durchaus wahrscheinlich ... Natürlich kann ich mich irren ... Weiß Gott ... Aber vielleicht sieht er in sich so etwas wie einen Übermenschen, im Sinne Nietzsches. Ein Psychiater würde das als Größenwahnsinn bezeichnen. Und Größenwahnsinn ist eine typische Begleitform von Schizophrenie und Paranoia. Glauben Sie *immer noch*, daß der Schlächter jeden psychiatrischen Test bestehen würde?«

»Ja.«

»Sie spüren das mit Ihrer übersinnlichen Begabung?«

»Das ist richtig.«

»Haben Sie schon einmal etwas auf diese Weise gespürt und dann festgestellt, daß es falsch war?«

»Nicht regelrecht falsch. Höchstens so etwas wie meine Annahme, daß Edna Mowry Edna Tänzerin hieße.«

»Natürlich. Ich kenne ja Ihren Ruf. Ich weiß, daß Sie gut sind und wollte Ihnen nicht zu nahetreten. Sie verstehen doch? Aber trotzdem – ich weiß jetzt wirklich nicht mehr, wie ich weitermachen soll.«

»Mir geht es genauso.«

»Graham … Wenn Sie sich ein Buch mit Blakes Gedichten vornehmen und vielleicht eine Stunde lang darin lesen würden, könnte das dann vielleicht bewirken, daß Sie sozusagen auf die gleiche Wellenlänge kämen wie der Schlächter? Würde das vielleicht einen Funken in Ihnen erzeugen – wenn nicht eine Vision, dann wenigstens so etwas wie eine Ahnung?«

»Könnte sein.«

»Würden Sie mir dann einen Gefallen tun?«

»Was denn?«

»Wenn ich Ihnen mit einem Boten Blakes Werke hinüberschicke, könnten Sie sich dann eine Stunde damit befassen und feststellen, was passiert?«

»Sie können mir die Bücher heute schicken, wenn Sie wollen. Aber ich werde erst morgen Zeit haben.«

»Vielleicht bloß *eine halbe* Stunde …?«

»Nicht einmal das. Ich muß heute eine meiner Zeitschriften durchredigieren und sie morgen früh an die Druckerei schicken. Ich bin bereits drei Tage im Rückstand und werde fast die ganze Nacht daran arbeiten. Aber morgen nachmittag oder morgen abend nehme ich mir die Zeit für Blake.«

»Vielen Dank. Ich bin Ihnen wirklich dankbar. Ehrlich. Ich verlasse mich auf Sie. Sie sind meine einzige Hoffnung. Dieser Schlächter ist mir einfach eine Nummer zu groß, er ist mir zu clever. Ich komme nicht weiter. Absolut nicht. Wenn wir nicht bald auf eine brauchbare Spur stoßen, weiß ich wirklich nicht, was noch passiert.«

Paul Stevenson trug ein maßgeschneidertes blaues Hemd, eine blau-schwarz gestreifte Seidenkrawatte, einen eleganten schwarzen Anzug, schwarze Socken und hellbraune Schuhe mit weißen Ziersichen. Als er am Freitag nachmittag um zwei Anthony Prines Büro betrat, ohne zu bemerken, daß der Anblick seiner Schuhe Prine schockierte, war er verärgert. Da er unfähig war, Prine anzuschreien, zog er einen Schmollmund. »Tony, warum hast du Geheimnisse vor mir?«

Prine lag lang ausgestreckt auf der Couch, ein Kissen unter dem Kopf, und las die *New York Times*. »Geheimnisse?«

»Ich habe gerade erfahren, daß die Firma auf deine Anweisung eine Privatdetektei damit beauftragt hat, Graham Harris nachzuschnüffeln.«

»Nicht nachzuschnüffeln. Ich will nur wissen, wo Harris sich an bestimmten Tagen zu bestimmten Zeitpunkten aufgehalten hat.«

»Du hast die Detektive angewiesen, keinen persönlichen Kontakt mit Harris oder seiner Freundin aufzunehmen. Das bezeichne ich als schnüffeln. Und du hast verlangt, daß der Auftrag innerhalb von achtundvierzig Stunden erledigt wird, was das Honorar verdreifacht. Warum fragst du ihn nicht selbst, wenn du wissen willst, wo er war?«

»Ich glaube, daß er mich anlügen würde.«

»Weshalb sollte er lügen? Und was für bestimmte Zeitpunkte? Was für bestimmte Tage?«

Prine legte die Zeitung weg, setzte sich auf, erhob sich von der Couch und streckte sich. »Ich will wissen, wo er sich jeweils befunden hat, als diese zehn Frauen ermordet wurden.«

Das verblüffte Stevenson so, daß er zu blinzeln anfing und Prine schließlich mit aufgerissenem Mund anstarrte. »Warum?« fragte er.

»Wenn er in allen zehn Fällen zur Tatzeit allein war – allein gearbeitet hat, sich einen Film angesehen hat oder allein spazierengegangen ist –, dann könnte es sein, daß vielleicht er sie getötet hat.«

»*Harris?* Du meinst, Harris ist der Schlächter?«

»Könnte sein.«

»Und auf eine so vage Vermutung hin engagierst du Detektive?«

»Ich habe dir doch gesagt, daß mir dieser Mann von Anfang an suspekt war. Und wenn ich recht haben sollte – stell dir mal vor, was das für ein Knüller für uns wäre!«

»Aber Harris ist kein Mörder. Er *fängt* Mörder.«

Prine ging an die Bar. »Wenn ein Arzt in einer Woche fünfzig Patienten gegen Grippe behandelt und fünfzig weitere die Woche darauf, würde es dich dann überraschen, wenn er selbst in der dritten Woche eine Grippe bekäme?«

»Ich glaube, ich verstehe nicht ganz, worauf du hinaus willst.«

Prine füllte sein Glas mit Bourbon. »Harris hat seit Jahren die tiefsten Tiefen seines Bewußtseins auf Mord eingestellt und sich in einem Maße, wie das nur wenige Menschen tun, einem Trauma ausgesetzt. Er ist buchstäblich in das Bewußtsein von Frauenmördern, Kindermördern, Massenmördern abgetaucht ... Wahrscheinlich hat er mehr Blut und Gewalt gesehen als die meisten Polizisten in ihrer ganzen beruflichen Laufbahn. Könnte man sich nicht vorstellen, daß ein Mensch, der von Anfang an nicht besonders stabil ist, unter all der Gewalt zerbricht? Könnte man sich nicht vorstellen, daß er selbst zu der Art von Psychopath wird, die er zu überführen sich so bemüht?«

»Nicht stabil?« fragte Stevenson und runzelte die Stirn.
»Graham Harris ist genauso stabil wie du oder ich.«

»Wie gut kennst du ihn eigentlich?«

»Ich habe ihn in deiner Show gesehen:«

»Nun, dann solltest du wissen, daß es da noch einiges mehr gibt.« Prine sah sein Abbild in dem Spiegel hinter dem Barschrank und strich sein üppiges weißes Haar mit der Hand zurecht.

»Was denn zum Beispiel?«

»Ich werde mir den Spaß machen, den Amateurpsychologen zu spielen – Amateur, aber wahrscheinlich mit dem richtigen Instinkt. Zuallererst einmal ist Graham Harris in äußerst ärmlichen Verhältnissen aufgewachsen und ...«

»Augenblick mal. Sein alter Herr war Evan Harris, der Verleger.«

»Das war sein Stiefvater. Sein leiblicher Vater starb, als Graham ein Jahr alt war. Seine Mutter arbeitete als Bedienung in einer Bar. Sie hatte häufig Mühe, die Miete zu bezahlen, weil die Arzt- und Medikamentenrechnungen für ihren Mann sie fast pleite machten. Jahrelang haben sie am Rande der Armut gelebt. So etwas hinterläßt Spuren bei einem Kind.«

»Und wie hat sie dann Evan Harris kennengelernt?« fragte Stevenson.

»Das weiß ich nicht. Graham hat jedenfalls, nachdem sie geheiratet hatten, den Namen seines Stiefvaters angenommen. Die späteren Jahre seiner Kindheit hat er in einer Villa verbracht. Nachdem er an der Universität seine Examina abgelegt hatte, verfügte er über genug Zeit und Geld, um einer der bekanntesten Bergsteiger der Welt zu werden. Der alte Harris hat das unterstützt. In gewissen Kreisen war Graham Harris berühmt, ein Star sozusagen. Ist dir eigentlich bewußt, wie viele schöne Frauen sich zu berühmten Bergsteigern hingezogen fühlen?«

Stevenson zuckte mit den Schultern.

»Nicht, um an Kletterexpeditionen teilzunehmen«, sagte Prine. »Nein, um sich mit ihnen in der Öffentlichkeit zu zeigen – und um mit ihnen ins Bett zu gehen. Mehr Frauen, als du dir wahrscheinlich vorstellen kannst. Wahrscheinlich ist es die Nähe des Todes, die sie anzieht. Jedenfalls hat Graham Harris sich gute zehn Jahre lang umschwärmen lassen. Dann stürzte er ab. Eine schlimme Geschichte. Als die körperlichen Folgen überwunden waren, hatte er panische Angst vor dem Klettern.« Prine hörte seiner eigenen Stimme zu und war offenbar von der Theorie fasziniert, die er entwickelte. »Verstehst du das, Paul? Er ist als ein *Niemand* zur Welt gekommen, hat die ersten sechs Jahre seines Lebens als ein *Niemand* verbracht – und wurde dann über Nacht *Jemand*, als seine Mutter Evan Harris heiratete. Ist es da ein Wunder, daß er Angst davor hat, wieder ein *Niemand* zu werden?«

Stevenson ging an die Bar und schenkte sich etwas Bourbon ein. »Es ist doch höchst unwahrscheinlich, daß er wieder ein Niemand wird. Er hat ja das Geld seines Stiefvaters geerbt.«

»Geld ist nicht dasselbe wie Ruhm. Vielleicht hat er in der Zeit, als er zur Prominenz gehörte, selbst innerhalb des engen Kreises, den die Welt der Bergsteiger darstellt, Geschmack daran gefunden. Vielleicht ist er süchtig nach Ruhm geworden. Das kann jedem widerfahren. Ich habe einige Leute gekannt, bei denen es so war.«

»Ich auch.«

»Und wenn das bei ihm so ist ... Nun, vielleicht ist Harris dann für sich zu dem Schluß gelangt, daß es ebensogut ist, berüchtigt zu sein wie berühmt. Als Schlächter macht er Schlagzeilen; er ist berüchtigt, wenn auch nur unter einem *nom de guerre*.«

»Aber er war doch gestern nacht mit dir zusammen im Studio, als die Mowry ermordet wurde.«

»Vielleicht. Vielleicht auch nicht.«

»Was? Er hat doch ihren Tod vorhergesagt.«

»Hat er das? Oder hat er uns einfach nur gesagt, wen er sich als nächstes Opfer auswählen wollte?«

Stevenson starrte ihn an, als ob er den Verstand verloren hätte.

Prine lachte laut. »Natürlich war Harris bei mir im Studio«, sagte er. »Aber vielleicht nicht zum Zeitpunkt des Mordes. Ich habe einen meiner Freunde bei der Polizei angezapft und mir eine Kopie des Berichts des Coroners besorgt. Nach Angabe des Pathologen ist Edna Mowry irgendwann zwischen halb zwölf Uhr Donnerstag nacht und halb zwei Uhr Freitag morgen ermordet worden. Graham Harris hat das Studio um halb eins verlassen. Er hätte also eine Stunde Zeit gehabt, um bei Edna Mowry aufzutauchen.«

Stevenson nahm einen Schluck Bourbon. »Herrgott, Tony, wenn du recht hast, wenn du diese Story durchziehen kannst, dann gibt dir ABC sofort eine Talkshow. *Live*, meine ich, und die kannst du so gestalten, wie du willst.«

»Das kann ich mir gut vorstellen.«

Stevenson leerte sein Glas. »Aber du hast keine Beweise. Das Ganze ist bloß eine Theorie. Und noch dazu eine recht weit hergeholte Theorie. Man kann einen Mann nicht einfach deshalb verurteilen, bloß weil er aus einem armen Elternhaus stammt. Herrgott, deine Kindheit war viel schlimmer als die seine, und du bist auch kein Mörder.«

»Im Augenblick habe ich keine Beweise«, nickte Prine. *Aber wenn sich keine finden lassen, kann man sie ja auch konstruieren*, fügte er in Gedanken hinzu.

10

Am frühen Freitag nachmittag war Sarah Piper mit Packen beschäftigt. Sie würde fünf Tage mit Ernie Nolan in Las Vegas verbringen, einem Hersteller von Herrenkonfektion, der seit drei Jahren auf ihrer speziellen Kundenliste stand und der alle sechs Monate nach Vegas reiste. Er zahlte ihr fünfzehnhundert Dollar für die Zeit, die er mit ihr im Bett verbrachte, und dazu fünfhundert Dollar Spielgeld für die Kasinos. Selbst wenn Ernie ein Scheusal gewesen wäre, was nicht der Fall war, hätte sich dieser Urlaub für sie gelohnt.

Sie hatte sich, beginnend mit dem heutigen Tag, eine Woche Urlaub vom Rhinestone Palace genommen und war jetzt froh darüber, daß sie am Abend vor dem Abflug morgen früh nach Las Vegas nicht arbeiten mußte. Nach der Rückkehr von Ednas Wohnung hatte sie nur zwei Stunden Schlaf gefunden, in denen sie Alpträume quälten. Sie würde heute früh zu Bett gehen, um morgen ausgeruht und für Ernie in Form zu sein.

Während sie packte, fragte sie sich, ob mit ihr noch alles in Ordnung war. Hatte sie noch ein Herz, normale Empfindungen? Sie hatte gestern nacht geweint, und der Tod Ednas war ihr sehr nahegegangen. Aber jetzt befand sie sich bereits wieder in Hochstimmung. Sie war sogar richtig aufgeputscht und freute sich darauf, von New York wegzukommen. In sich hineinhorchend, konnte sie keinerlei Schuldgefühle entdecken. Sie hatte zuviel von der Welt gesehen und erlebt – Gewalt, Verzweiflung, Selbstsucht, Habgier –, um sich jetzt Vorwürfe darüber zu machen, daß ihr Kummer schon wieder verflogen war. So war eben die menschliche Natur; die Fähigkeit vergessen zu können half einem, seinen Verstand zu bewahren. Das war vielleicht keine angenehme Erkenntnis, aber es stimmte jedenfalls.

Als sie um drei gerade ihren dritten Koffer zuklappte, klingelte das Telefon. Es war ein Mann, der sich mit ihr für den Abend verabreden wollte. Sie kannte ihn nicht, aber er behauptete, ihren Namen von einem ihrer Stammkunden bekommen zu haben. Obwohl er eine sympathische Stimme hatte und sehr nett wirkte – ein richtiger Gentleman aus den Südstaaten –, mußte sie nein sagen.

»Wenn Sie sich schon anderweitig festgelegt haben«, sagte er, »zahle ich Ihnen so viel, daß es sich für Sie lohnt, ihm abzusagen.«

»Das ist es nicht. Aber ich fliege morgen früh nach Las Vegas und brauche vorher meinen Schlaf.«

»Was nehmen Sie denn für gewöhnlich?« fragte er.

»Zweihundert, aber ...«

»Ich gebe Ihnen dreihundert.«

Sie zögerte.

»Fünfhundert.«

»Wollen Sie die Namen von ein paar Mädchen ...«

»Ich möchte aber den Abend mit *Ihnen* verbringen. Man hat mir gesagt, daß Sie die aufregendste Frau von ganz Manhattan sind.«

Sie lachte. »Da wären Sie dann sicher sehr enttäuscht.«

»Ich habe es mir nun einmal in den Kopf gesetzt. Und wenn ich mir etwas in den Kopf gesetzt habe, dann bin ich durch nichts in der Welt mehr davon abzubringen. Fünfhundert Dollar.«

»Das ist zuviel. Wenn Sie ...«

»Hören Sie, junge Frau, für mich sind fünfhundert ein Klacks. Ich habe Millionen im Ölgeschäft verdient. Fünfhundert – und Sie brauchen auch nicht die ganze Nacht mit mir zu verbringen. Ich komme gegen sechs, dann machen wir es uns eine Weile gemütlich – und dann gehen wir zusammen Abend essen. Bis zehn sind Sie zu Hause und haben noch genug Zeit, um sich für Las Vegas auszuschlafen.«

»Sie geben nicht so leicht auf, was?«

»Dafür bin ich bekannt. Störrisch wie ein Esel, sagen die Leute zu Hause. Ich ziehe die Formulierung Beharrlichkeit vor.«

Sie lächelte unwillkürlich und sagte: »Na schön. Soll mir recht sein. Fünfhundert. Aber bis zehn sind wir zurück, das versprechen Sie mir?«

»Großes Ehrenwort«, sagte er.

»Sie haben mir noch gar nicht gesagt, wie Sie heißen.«
»Plover«, sagte er. »Billy James Plover.«
»Soll ich Billy James sagen?«
»Bloß Billy.«
»Und wer hat mich Ihnen empfohlen?«
»Das möchte ich lieber nicht am Telefon sagen.«
»Okay. Um sechs also.«
»Nicht vergessen.«
»Ich freue mich schon darauf«, sagte sie.
»Ich auch«, entgegnete Billy.

11

Obwohl Connie Davis lange geschlafen, ihren Antiquitätenladen erst nach dem Mittagessen geöffnet und auch nur einen Kunden bedient hatte, war es bis jetzt ein guter Tag gewesen. Sie hatte sechs zusammengehörige spanische Stühle aus dem siebzehnten Jahrhundert verkauft; Stühle aus dunklem Eichenholz mit geschwungenen Beinen, die in stilisierten Löwenpfoten endeten. Die Armlehnen waren vorne mit kunstvoll geschnitzten Dämonenköpfen von der Größe einer Orange verziert. Die Frau, die die Stühle gekauft hatte, besaß eine Wohnung mit vierzehn Zimmern, mit Blick auf die Fifth Avenue und den Central Park, und wollte sie für den Raum, in dem sie manchmal Seancen abhielt.

Als Connie später wieder allein im Laden war, ging sie in die kleine Nische ganz hinten, die ihr als Büro diente. Sie machte eine frische Dose Kaffee auf und schaltete die Kaffeemaschine ein.

Plötzlich hörte sie vorne im Raum die Fenster klirren. Connie blickte von der Kaffeemaschine auf, um zu sehen, wer in den Laden gekommen war. Aber da stand niemand. Die Fenster bebten nur, weil eine kräftige Windbö sie getroffen hatte. Vor einer Weile hatte winterliches Wetter eingesetzt, und der Wind war stärker geworden.

Sie setzte sich an ihren gut erhaltenen Sheraton-Schreibtisch aus dem Jahre 1780 und wählte Grahams Geheimnummer, um damit seine Sekretärin zu umgehen. Als er sich meldete, sagte sie: »Hallo, Nick.«

»Tag, Nora.«

»Wenn du mit deiner Arbeit einigermaßen vorangekommen bist, will ich dich heute abend zum Essen einladen. Ich habe gerade die spanischen Stühle verkauft, und mir ist nach Feiern zumute.«

»Geht leider nicht. Ich werde fast die ganze Nacht durcharbeiten müssen, um hier fertig zu werden.«

»Könnten nicht deine Angestellten mal ein wenig Überstunden machen?« fragte sie.

»Die sind mit ihrer Arbeit fertig. Du weißt ja, wie ich bin. Ich muß alles doppelt und dreifach kontrollieren.«

»Ich komme dir helfen.«

»Da gibt's nichts, wobei du mir helfen kannst.«

»Dann setze ich mich in die Ecke und lese.«

»Wirklich, Connie, du würdest dich bloß langweilen. Geh nach Hause und mach dir einen schönen Abend. Ich komme irgendwann zwischen ein und zwei Uhr früh.«

»Kommt nicht in Frage. Ich verspreche dir, ich werde dich nicht stören. Ich setze mich einfach auf einen Besucherstuhl und lese. Nora braucht heute abend ihren Nick. Ich bringe was zu essen mit.«

»Also dann ... meinetwegen. Als ob ich es nicht gleich gewußt hätte, daß du kommst.«

»Eine große Pizza und eine Flasche Wein? Was hältst du davon?«

»Klingt gut.«

»Wann?« fragte sie.

»Ich bin schon an der Schreibmaschine eingeschlafen. Wenn ich heute abend noch etwas zustande bringen will, sollte ich ein kleines Nickerchen machen. Sobald die Angestellten gegangen sind, werde ich mich ein wenig hinlegen. Wie wäre es, wenn du die Pizza um halb acht bringen würdest?«

»Ist gebongt.«

»Um halb neun kriegen wir dann Besuch.«

»Wen denn?«

»Einen Detective von der Polizei. Er will mit mir über ein paar neue Hinweise reden, die sich in dem Schlächter-Fall ergeben haben.«

»Preduski?« fragte sie.

»Nein. Einer seiner Kollegen, Bollinger heißt er. Er hat vor ein paar Minuten angerufen und wollte noch heute abend vorbeikommen. Ich habe ihm gesagt, wir beide würden bis spät in die Nacht hinein hier arbeiten.«

»Na schön, wenigstens kommt er nach dem Essen«, sagte sie. »Vor dem Essen über den Schlächter zu reden, würde mir den Appetit verderben.«

»Bis halb acht also.«

»Schlaf gut, Nicky.«

Als die Kaffeemaschine abschaltete, goß sie dampfenden Kaffee in einen Becher, fügte Sahne hinzu und ging nach vorne in den Laden, wo sie auf einem Stuhl in der Nähe eines der Sprossenfenster Platz nahm und auf die windzerzauste Straße hinausblickte.

Ein paar Leute hasteten vorbei. Sie trugen alle dicke Mäntel, hatten die Hände tief in den Taschen vergraben und den Kopf eingezogen. Vereinzelte Schneeflocken trieben zwischen den Gebäudefassaden und fegten über den Asphalt.

Sie trank den Kaffee in kleinen Schlucken, genoß die Wärme, die sich dabei in ihr ausbreitete und dachte an Graham; dabei wurde ihr noch wärmer. Wenn sie an Graham dachte, konnte die Kälte ihr nichts anhaben. Und auch der Wind und der Schnee nicht. Und der Schlächter auch nicht. Sie fühlte sich in Grahams Gesellschaft sicher – schon bei dem bloßen Gedanken an ihn. Sicher und geschützt. Sie wußte, daß er trotz der Angst, die sich seit seinem Sturz in ihm breitgemacht hatte, ohne zu zögern sein Leben für sie opfern würde, wenn es je dazu kommen sollte. Ebenso wie sie ihr Leben geben würde, um das seine zu retten. Nicht daß es wahrscheinlich gewesen wäre, daß einer von ihnen jemals vor eine so dramatische Wahl gestellt werden sollte. Abgesehen davon war sie überzeugt davon, daß Graham allmählich seinen Mut und seine Selbstachtung wiederfinden würde, und zwar ohne daß es dazu einer Krise bedurfte.

Plötzlich ließ ein Windstoß die Fensterscheiben aufs neue erzittern. Der Sturm heulte und klagte und klatschte Schneeflocken wie Gebilde aus Schaum und Speichel auf das kalte Glas.

12

Der Raum war lang und schmal, mit einem braunen Kachelboden, beigefarbenen Wänden, einer hohen Decke und Neonbeleuchtung. Dicht hinter der Tür standen zwei Metallschreibtische, auf denen Schreibmaschinen, Briefkörbe, Vasen mit Kunstblumen und die Überreste von einem Tag Büroarbeit lagen. Die zwei gutgekleideten, seriös wirkenden Frauen, die hinter den Schreibtischen saßen, sahen trotz der düsteren Büroatmosphäre freundlich und vergnügt aus. Fünf Cafeteriatische waren so aneinandergestellt, daß sie einen rechten Winkel zu den Schreibtischen bildeten. Auf der anderen Seite der Tischreihe standen zehn Metallstühle, ordentlich aufgereiht. Der ganze Raum machte den Eindruck eines Klassenzimmers, in dem zwei Lehrerinnen die Aufsicht führten.

Frank Bollinger stellte sich als Ben Frank vor und sagte, er sei Angestellter einer größeren New Yorker Architektengemeinschaft. Er bat um die komplette Akte über das Bowerton-Gebäude, zog den Mantel aus und setzte sich an den ersten Tisch.

Die beiden Frauen erwiesen sich als so kompetent, wie sie auf den ersten Blick gewirkt hatten, und brachten ihm schnell aus einem Archivraum die Bowerton-Unterlagen: Originalzeichnungen, Ergänzungen der Zeichnungen, Kostenvoranschläge, Anträge auf alle möglichen Baugenehmigungen, Abrechnungen, Umbaupläne, Fotografien, Briefe ... Jedes Formular und alles, was das Gesetz erforderte, das auf den Bau Bezug hatte und den Amtsweg durch ein städtisches Büro genommen hatte, befand sich in dieser Akte. Es war ein beeindruckender Papierstapel, aber jedes einzelne Stück war sorgfältig etikettiert und chronologisch geordnet.

Das zweiundvierzigstöckige Bowerton Hochhaus an der Lexington Avenue war im Jahre 1929 fertiggestellt worden und seitdem im wesentlichen unverändert geblieben. Es gehörte zu den Art déco-Vorzeigegebäuden Manhattans und übertraf in seiner stilistischen Reinheit sogar das mit Recht berühmte Chanin-Gebäude, das nur ein paar Straßen davon entfernt war. Vor einem reichlichen Jahr hatte sich eine Bürgerrechtsbewegung darum bemüht, das Gebäude unter Denkmalschutz stellen zu lassen, um zu verhindern, daß seine eindrucksvolle Art déco-Fassade einer der gelegentlichen »Modernisierungswellen« zum Opfer fiel. Aus Bollingers Sicht freilich war das Wichtigste am Bowerton-Gebäude, daß die Büros von Graham Harris im vierzigsten Stockwerk lagen.

Eine Stunde und zehn Minuten lang studierte er die Pläne des Baus. Haupteingänge. Lieferanteneingänge. Notausgänge. Anordnung und Funktionsweise der sechzehn Fahrstühle. Anordnung der zwei Treppenhäuser. 1969 hatte man ein bescheidenes elektronisches Überwachungssystem eingebaut, praktisch nur eine Wachstation mit Fernsehkameras und Monitoren. All diese Unterlagen studierte er sorgfältig und mehrmals, bis er ganz sicher war, auch nicht die kleinste Einzelheit übersehen zu haben.

Um sechzehn Uhr fünfundvierzig stand er auf, gähnte und streckte sich und schlüpfte dann lächelnd und leise vor sich hin summend in seinen Mantel.

Zwei Straßen von der City Hall entfernt, betrat er eine Telefonzelle und rief Billy an. »Jetzt habe ich mich gründlich informiert.«

»Bowerton?«

»Genau.«

»Und was meinst du?« fragte Billy interessiert.

»Läßt sich machen.«

»Mein Gott. Bist du auch sicher?«

»So sicher, wie man sein kann, ehe man angefangen hat.«

»Vielleicht sollte ich dir helfen. Ich könnte ...«

»Nein«, sagte Bollinger. »Wenn irgend etwas schiefgeht, kann ich meine Dienstplakette zeigen und sagen, ich hätte dort Ermittlungen angestellt. Und dann kann ich mich in aller Stille verdrücken. Aber wenn wir beide dort sind – wie sollten wir uns da rausreden?«

»Da hast du wahrscheinlich recht.«

»Wir bleiben also bei unserem ursprünglichen Plan.«

»In Ordnung.«

»Sei um zehn in der Seitenstraße.«

»Und was ist, wenn du hinkommst und feststellst, daß es nicht klappt?« wollte Billy wissen. »Ich habe keine Lust, da zu warten ...«

»Wenn ich aufgeben muß«, erklärte Bollinger, »rufe ich dich rechtzeitig an. Aber wenn ich nicht anrufe, *bist du in der Seitenstraße.*«

»Selbstverständlich. Was denn sonst? Aber länger als bis halb elf warte ich nicht. Ich *kann nicht* länger warten.«

»Das muß auch reichen.«

Billy seufzte zufrieden. »Dann stellen wir beide also diese Stadt auf den Kopf?«

»Morgen nacht wird keiner ein Auge zutun.«

»Hast du dich schon entschieden, was du an die Wand schreiben wirst?«

Bollinger wartete, bis ein städtischer Bus an der Telefonzelle vorbeirumpelte. Er hatte sich bei seiner Zitatenauswahl Mühe gegeben und wollte, daß Billy davon gebührend beeindruckt war. »Na klar, ich habe ein langes Nietzsche-Zitat ausgesucht: ›Ich will die Menschen den Sinn ihrer Existenz lehren, nur der ist Übermensch, der Blitz ist aus der dunklen Wolke Mensch.‹«

»Oh, das ist ausgezeichnet«, sagte Billy. »Ich hätte selbst keine bessere Wahl treffen können.«

»Danke.«

»Und von Blake?«

»Bloß ein Fragment aus der siebten Nacht in den *Vier Zoas*. ›Herzen, dem Licht bloßgelegt ...‹«

Billy lachte.

»Ich habe doch gewußt, daß es dir gefallen würde.«

»Ich nehme an, du hast auch vor, diesen Leuten die Herzen offenzulegen?«

»Na klar«, sagte Bollinger. »Ihre Herzen und alles andere auch, vom Hals bis runter zum Unterleib.«

13

Um Punkt sechs klingelte es an der Tür.

Sarah Piper ging öffnen. Ihr professionelles Lächeln verblaßte, als sie den Mann im Flur erkannte. »Was machen *Sie* denn hier?« fragte sie überrascht.

»Darf ich reinkommen?«

»Also ...«

»Sie sehen heute richtig klasse aus. Umwerfend.«

Sie trug einen enganliegenden, dunkelorangefarbenen Hosenanzug aus fast durchsichtigem Material, mit einem tiefen Ausschnitt, der ihre cremig-weißen Brüste mehr als nur erahnen ließ. Verlegen legte sie sich die Hand über das Dekolleté. »Tut mir leid, aber ich kann Sie nicht hereinbitten. Ich erwarte Besuch.«

»Ja. Ganz richtig, mich«, sagte er. »Billy James Plover.«

»Was? So heißen Sie doch nicht. Ich kenne Sie doch!«

»Aber sicher heiße ich so. Unter dem Namen bin ich zur Welt gekommen. Ich habe ihn aber vor Jahren geändert.«

»Warum haben Sie mir am Telefon nicht Ihren richtigen Namen genannt?«

»Ich muß schließlich auf meinen Ruf achten.«

Immer noch ein wenig durcheinander, trat sie beiseite, um ihn eintreten zu lassen, schloß die Tür und sperrte sie ab. Wohl wissend, daß das, was sie tat, alles andere als höflich war, musterte sie ihn neugierig. Sie wußte einfach nicht, was sie sagen sollte.

»Ich scheine Sie schockiert zu haben, Sarah.«

»Ja, allerdings«, sagte sie. »Da haben Sie wahrscheinlich recht. Sie wirken auf mich einfach nicht wie die Art von Mann, der einer Frau ... Nun, der zu einer wie mir kommt.«

Die ganze Zeit hatte er unverwandt gelächelt. Jetzt wurde ein breites Grinsen daraus. »Was ist denn gegen jemanden wie Sie zu sagen? Sie sehen wirklich umwerfend aus.«

Das ist einfach verrückt, dachte sie.

»Ihre Stimme«, sagte sie.

»Der Südstaatenakzent?«

»Ja, genau.«

»Der kommt auch noch aus meiner Jugend, so wie der Name. Wäre es Ihnen lieber, wenn ich den Akzent nicht so betone?«

»Ja. Wenn Sie so reden – das ist einfach nicht richtig. Das ist unheimlich.« Sie preßte die Arme gegen den Leib, als ob ihr plötzlich kalt wäre.

»Unheimlich? Und ich habe gedacht, es würde Ihnen Spaß machen. Und wenn ich mich Billy nenne ... Ich weiß nicht ... Mir macht das irgendwie Spaß ... Ich komme mir dann wie ein völlig anderer vor.« Er musterte sie scharf und sagte: »Irgend etwas läuft nicht richtig. Wir sind irgendwie aus dem Tritt gekommen. Oder vielleicht ist es noch etwas Schlimmeres? Wenn Sie nicht mit mir ins Bett wollen, müssen Sie es sagen. Ich hätte da Verständnis. Vielleicht ist etwas an mir, das Sie abstößt. Ich habe nicht immer Erfolg bei Frauen. Manchmal ziehe ich auch eine Niete. Weiß der Himmel. Sie brauchen es also bloß zu sagen. Dann gehe ich wieder. Ich nehme es Ihnen nicht übel.«

Sie setzte wieder ihr berufsmäßiges Lächeln auf und schüttelte den Kopf. Ihr volles blondes Haar wippte dabei. »Tut mir leid. Sie brauchen nicht zu gehen. Ich war einfach bloß überrascht, sonst gar nichts.«

»Ganz ehrlich?«

»Ganz ehrlich.«

Er warf einen Blick in das Wohnzimmer hinter dem Türbogen, der aus dem Vorraum hineinführte, beugte sich vor und betastete den antiken Schirmständer neben der Tür. »Hübsch haben Sie es hier.«

»Vielen Dank.« Sie öffnete den Flurschrank und holte einen Kleiderbügel heraus. »Geben Sie mir Ihren Mantel.«

Er zog ihn aus und reichte ihn ihr.

Als sie den Mantel in den Schrank hängte, sagte sie: »Die Handschuhe auch. Die stecke ich in die Manteltasche.«

»Die Handschuhe behalte ich an«, sagte er.

Als sie sich zu ihm umdrehte, stand er zwischen ihr und der Wohnungstür und hielt ein bösartig blitzendes Klappmesser in der rechten Hand.

»Stecken Sie das weg«, sagte sie.

»Was haben Sie gesagt?«

»Sie sollen das wegstecken!«

Er lachte.

»Das ist mein voller Ernst«, sagte sie.

»Einer so kaltblütigen Braut wie Ihnen bin ich noch nie begegnet.«

»Stecken Sie das Messer ein. Stecken Sie es weg, und dann verschwinden Sie.«

Die Messerspitze auf sie gerichtet, sagte er: »Wenn die anderen kapiert haben, daß ich sie aufschlitzen will, dann lassen die allen möglichen Blödsinn raus. Aber ich glaube nicht, daß auch nur eine von denen je *ernsthaft* auf die Idee gekommen ist, sie könnte es mir ausreden. Da wären Sie die erste. Eiskalt.«

Sie wich zur Seite und rannte aus der Diele in das Wohnzimmer. Ihr Herz schlug wie wild, sie zitterte am ganzen Leib, war aber fest entschlossen, sich nicht von der Angst lähmen zu lassen. Sie hatte eine Pistole in der obersten Nachttischschublade. Wenn sie es schaffte, ins Schlafzimmer zu kommen und die Tür abzuschließen, würde sie ihn lange genug aufhalten können, um die Pistole rauszuholen.

Aber nach ein paar Schritten packte er sie an der Schulter.

Sie versuchte sich loszureißen.

Er war stärker, als man ihm ansah. Seine Finger bohrten sich wie Krallen in ihre Schulter. Er riß sie herum und schleuderte sie nach hinten.

Sie verlor das Gleichgewicht, stolperte gegen den Couchtisch und fiel darüber. Die massive Holzplatte prellte ihre Hüfte, und der Schmerz schoß ihr glühendheiß durch den Schenkel.

Er stand über sie gebeugt, hielt immer noch das Messer in der Hand und grinste.

»Mistkerl!« schrie sie.

»Für dich gibt es jetzt zwei Möglichkeiten zu sterben, meine liebe Sarah. Du kannst versuchen, wegzurennen und dich zu wehren, und mich dazu zwingen, dich jetzt zu töten – auf schmerzhafte Weise und langsam. Oder du machst hübsch mit, kommst ins Schlafzimmer, dann sorge ich dafür, daß du noch ein wenig Spaß hast – und verspreche dir, daß du anschließend schnell und schmerzlos stirbst.«

Bloß nicht in Panik geraten, sagte sie sich. Du bist Sarah Piper und kommst von ganz unten und hast etwas aus dir gemacht, und warst schon ein dutzendmal ganz unten, warst k. o., buchstäblich und bildlich, und bist immer wieder auf die Beine gekommen, und das wirst du dieses Mal auch. Du wirst das überleben, das wirst du, verdammt noch mal. Das wirst du.

»Okay«, sagte sie und stand auf.

»Braves Mädchen.« Er hielt das Messer in einer Hand, knöpfte mit der anderen das Oberteil ihres Hosenanzuges auf und griff mit der Hand unter den dünnen Stoff. »Hübsch«, sagte er.

Sie schloß die Augen, als er näherkam.

»Ich sorg' auch dafür, daß es dir Spaß macht«, sagte er.

Sie stieß ihm das Knie zwischen die Beine.

Obwohl sie ihr Ziel nicht direkt traf, taumelte er einen Schritt zurück.

Sie griff sich die Stehlampe und warf sie nach ihm. Ohne abzuwarten, ob sie getroffen hatte, rannte sie ins Schlafzimmer und schloß die Tür. Ehe sie den Schlüssel im Schloß drehen konnte, warf er sich auf der anderen Seite dagegen und schob die Tür einen Spaltbreit auf.

Sie versuchte, sie wieder zuzudrücken, aber er war stärker als sie. Sie wußte, daß sie das Kräftemessen höchstens ein oder zwei Minuten durchstehen würde. Deshalb ließ sie, als er besonders heftig drückte und deshalb am wenigsten damit rechnen würde, die Tür los und rannte zu ihrem Nachttisch.

Überrascht taumelte er ins Zimmer und wäre fast gestürzt.

Sie riß die Nachttischschublade auf und holte die Pistole heraus. Er schlug sie ihr aus der Hand. Sie prallte gegen die Wand und fiel außer Reichweite zu Boden.

Warum hast du bloß nicht geschrieen? fragte sie sich. Warum hast du nicht um Hilfe geschrieen, solange du die Tür noch zuhalten konntest? Es ist natürlich unwahrscheinlich, daß dich jemand in einem so gut gebauten Appartement hört, aber den Versuch wäre es wenigstens wert gewesen, eine Chance hättest du gehabt.

Aber sie wußte, warum sie nicht geschrieen hatte. Sie war Sarah Piper. Sie hatte ihr ganzes Leben lang nie um Hilfe gerufen. Sie hatte immer ihre Probleme selbst gelöst, hatte immer ihre Schlachten allein geschlagen. Sie war hart und zäh und stolz darauf. Sie schrie nicht.

Panische Angst nahm ihr den Atem, sie zitterte, ihr war vor Furcht übel, aber sie wußte, daß sie so sterben mußte, wie sie auch gelebt hatte. Wenn sie jetzt zusammenbrach, wenn sie jetzt zu jammern und zu wimmern anfing, wo es keine Chance auf Rettung mehr gab, würde sie ihr ganzes bisheriges Leben in Frage stellen. Wenn ihr Leben überhaupt einen Sinn gehabt haben sollte, dann würde sie jetzt so sterben müssen, wie sie gelebt hatte: zäh, hart und stolz. Sie spuckte ihm ins Gesicht.

14

Mörddezernat.«

»Ich möchte gerne mit einem Detective sprechen.«

»Mit welchem?«

»Irgendeinem. Ist mir egal.«

»Handelt es sich um einen Notfall?«

»Ja.«

»Von wo rufen Sie an?«

»Tut nichts zur Sache. Ich will einen Detective sprechen.«

»Es ist Vorschrift, daß ich Ihre Adresse, Ihre Telefonnummer und Ihren Namen aufnehme ...«

»Das können Sie sich sonstwohin stecken! Geben Sie mir jetzt einen Detective, sonst lege ich auf.«

»Hier Detective Martin.«
»Ich habe gerade eine Frau umgebracht.«
»Von wo rufen Sie an?«
»Aus ihrer Wohnung.«
»Wie ist die Adresse?«
»Sie war wunderschön.«
»Wie ist die Adresse?«
»Ein reizendes Mädchen.«
»Wie hieß sie?«
»Sarah.«
»Kennen Sie den Familiennamen?«
»Piper.«
»Würden Sie mir den buchstabieren?«
»P-i-p-e-r.«
»Sarah Piper.«
»Ganz richtig.«
»Und wie heißen Sie?«
»Der Schlächter.«
»Und wie heißen Sie richtig?«
»Das werde ich Ihnen nicht sagen.«
»Doch, das werden Sie. Deshalb haben Sie doch angerufen.«
»Nein. Ich habe angerufen, um Ihnen zu sagen, daß ich noch ein paar Leute umbringen werde, ehe die Nacht vorüber ist.«
»Wen?«
»Eine davon ist die Frau, die ich liebe.«
»Wie heißt sie?«
»Ich wollte, ich müßte sie nicht umbringen.«
»Dann tun Sie es doch nicht. Sie ...«
»Aber ich glaube, sie hat einen Verdacht.«
»Warum können wir dann nicht ...«

»Nietzsche hat recht gehabt.«
»Wer?«
»Nietzsche.«
»Wer ist das?«
»Ein Philosoph.«
»Ach so.«
»Er hat mit dem recht gehabt, was er über Frauen gesagt hat.«
»Was hat er denn über Frauen gesagt?«
»Daß sie uns bloß behindern. Sie hindern uns daran, vollkommen zu werden. All die Energie, die wir darauf verwenden, ihnen den Hof zu machen und sie dann zu vögeln – alles Verschwendung! All die verschwendete Energie, die beim Sex draufgeht, könnte man anders nutzen, zum Nachdenken und zum Studieren. Wenn wir unsere Energie nicht an Frauen verschwenden würden, könnten wir uns zu dem entwickeln, wozu wir ausersehen sind.«
»Und wozu sind wir ausersehen?«
»Versuchen Sie, diesen Apparat ausfindig zu machen, von dem aus ich spreche?«
»Nein. Nein, bestimmt nicht.«
»Doch, natürlich tun Sie das.«
»Nein, wirklich, das tun wir nicht.«
»Ich werde hier in einer Minute weg sein und wollte Ihnen bloß sagen, daß Sie morgen wissen, wer ich bin, wer der Schlächter ist. Aber fangen werden Sie mich trotzdem nicht. Ich bin der Blitz aus der dunklen Wolke Mensch.«
»Lassen Sie uns doch versuchen ...«
»Auf Wiedersehen, Detective Martin.«

15

Freitag abend, neunzehn Uhr, setzte in Manhattan leichter Schneefall ein, feiner Pulverschnee, der immer dichter fiel. Der Schnee sank aus dem schwarzen Himmel herab und erzeugte auf den dunklen Straßen blasse, sich ständig verändernde Muster.

Frank Bollinger sah von seinem Wohnzimmer aus zu, wie die Millionen von winzigen Schneeflocken am Fenster vorbeiströmten. Der Schnee kam ihm hervorragend gelegen. Bei dem bevorstehenden Wochenende, und ganz besonders jetzt mit dem Wetterumschwung, war es zweifelhaft, daß außer Harris und seiner Freundin noch jemand im Bowerton-Gebäude arbeiten würde. Er hatte das Gefühl, daß seine Chance beträchtlich gestiegen war, an die beiden heranzukommen und seinen Plan ungestört auszuführen. Der Schnee war sein Komplize.

Um neunzehn Uhr zwanzig holte er seinen Mantel aus der Flurgarderobe, schlüpfte hinein und knöpfte ihn sich bis oben zu.

Die Pistole steckte bereits in der rechten Außentasche. Er nahm nicht seinen Polizeirevolver, weil man dessen Geschosse zu leicht würde identifizieren können. Seine Waffe war eine Walther PPK, eine kompakte neun Millimeter Pistole, deren Einfuhr in die Vereinigten Staaten seit 1969 verboten war. Sie war mit einem Schalldämpfer versehen, nicht etwa einem Stück selbstzusammengebasteltem Schrott, sondern einem Präzisionsaufsatz, der von Walther selbst für verschiedene europäische Polizeibehörden produziert wurde. Selbst mit aufgeschraubtem Schalldämpfer ließ sich die Waffe mühelos in der tiefgeschnittenen Manteltasche verstauen. Bollinger hatte die Waffe einem Toten abgenommen, einem Mann, den man des Rauschgifthandels und der Zuhälterei verdächtigt hatte. Sofort als er sie gesehen hatte, war ihm klar gewesen, daß er sie an sich nehmen mußte und nicht anmelden durfte. Das lag jetzt fast ein Jahr zurück; bis heute hatte sich keine Gelegenheit ergeben, die Waffe zu gebrauchen.

In der linken Manteltasche Bollingers steckte eine Schachtel mit fünfzig Schuß Munition. Wahrscheinlich würde der Magazininhalt der Pistole ausreichen, aber er hatte vor, auf jede Eventualität vorbereitet zu sein.

Er verließ seine Wohnung und rannte die Treppe hinunter, immer zwei Stufen auf einmal nehmend, begierig auf die Jagd, die jetzt gleich beginnen würde.

Draußen trieb der Wind den in Graupel übergegangenen Schnee wie geschliffene Glasstückchen vor sich her. Der Nachtsturm heulte gespenstisch in den Häuserschluchten, die Äste der Straßenbäume rieben sich klappernd aneinander.

Graham Harris' Büro, das größte von fünf Räumen in der Suite, die der Harris Verlag im vierzigsten Stockwerk des Bowerton-Gebäudes gemietet hatte, sah nicht so aus, als würden darin Geschäfte gemacht. Es war mit dunklem Holz vertäfelt, richtigem massivem Holz, nicht bloß Furnier – und hatte eine beigegestrichene, abgehängte Decke. Die von der Decke bis zum Boden reichenden dunkelgrünen Vorhänge paßten zu dem dicken Plüschteppich. Der Schreibtisch war früher einmal ein Steinway-Flügel gewesen; man hatte ihn ausgeweidet, den Deckel abgesenkt und fest mit dem Korpus verschraubt. Hinter dem Schreibtisch reichten mit Büchern über Skilauf und Bergsteigen gefüllte Regale bis zur Decke. Vier Stehlampen mit altmodischen Keramikschirmen, hinter denen die Glühbirnen verborgen waren, erleuchteten den Raum. Außerdem standen auf dem Schreibtisch noch zwei Messingleselampen. Ein kleiner Besprechungstisch mit vier Sesseln befand sich vor dem Fenster. Neben der in den Korridor führenden Tür stand ein kunstvoll geschnitzter britischer Kleiderständer aus dem siebzehnten Jahrhundert. Eine antike Bar mit geschliffenem Glas, Facettenspiegeln und Intarsienarbeiten war neben der Tür zum Empfangszimmer installiert worden. An den Wänden hingen Fotos von Bergsteigerteams in Aktion sowie ein Ölgemälde, eine Berglandschaft. Der Raum ähnelte eher dem privaten Arbeitszimmer eines pensionierten Professors, wo man Bücher las und Pfeife rauchte und ein Spaniel den Platz zu Füßen seines Herrn einnahm.

Connie öffnete die mit Folie ausgeschlagene Schachtel auf dem Konferenztisch. Von der Pizza stieg Dampf auf, würziges Aroma erfüllte das Büro.

Der Weißwein war gekühlt. Sie hatte ihn in der Pizzeria in den Kühlschrank legen lassen, bis die Pizza fertig war.

Ein paar Minuten lang aßen und tranken sie beide hungrig, ohne ein einziges Wort zu wechseln.

Schließlich fragte sie: »Hast du dich ein wenig hingelegt?«

»Und ob ich das habe.«

»Wie lange?«

»Zwei Stunden.«

»Gut geschlafen?«

»Wie ein Toter.«

»Du siehst gar nicht so aus.«

»Wie ein Toter?«

»Wie einer, der geschlafen hat.«

»Vielleicht habe ich geträumt.«

»Du hast dunkle Ringe um die Augen.«

»Das ist mein Rudolf-Valentino-Blick.«

»Du solltest nach Hause gehen und dich dort ins Bett legen.«

»Damit mir morgen die Setzerei die Hölle heiß macht?«

»Deine Zeitschriften erscheinen doch *vierteljährlich.* Ein paar Tage hin oder her macht doch nichts.«

»Ich bin aber ein Perfektionist.«

»Als ob ich das nicht wüßte.«
»Ein Perfektionist, der dich liebt.«
Sie warf ihm eine Kußhand zu.

Frank Bollinger parkte in einer Seitenstraße und ging die letzten drei Straßen bis zum Bowerton-Gebäude zu Fuß.

Eine dünne Schneeschicht, vielleicht einen Zentimeter dick, die jedoch beständig wuchs, bedeckte Straße und Bürgersteig. Abgesehen von ein paar Taxis, die für den Straßenzustand viel zu schnell vorbeihuschten, war auf der Lexington Avenue kaum Verkehr.

Der Haupteingang zum Bowerton-Gebäude war reichliche fünf Meter vom Bürgersteig nach hinten versetzt. Von den vier Glasdrehtüren waren drei zu dieser späten Stunde abgesperrt. Dahinter lag die großzügige Empfangshalle mit ihrem Marmorboden und viel Messing- und Kupferzierat, erfüllt von warmem, weichem Licht.

Bollinger tastete in seiner Manteltasche nach der Pistole und trat ein.

Eine Fernsehkamera an der Decke war auf die einzige unversperrte Tür gerichtet.

Bollinger stampfte mit den Füßen auf, um sich den Schnee von den Schuhen zu streifen und der Kamera Zeit zu lassen, ihn zu studieren. Der Mann in der Überwachungskabine würde keinen Verdacht schöpfen, wenn er sich nicht vor der Kamera versteckte.

Ein uniformierter Wachmann saß in der Nähe der Fahrstühle auf einem Hocker, hinter einer Art Theke.

Bollinger ging auf ihn zu und verließ damit den Aufnahmebereich der Kamera.

»Guten Abend«, sagte der Wachmann.

Bollinger zog im Gehen die Brieftasche heraus und ließ seine goldene Dienstplakette aufblitzen. »Polizei.« Seine Stimme hallte gespenstisch von den Marmorwänden und der hohen Decke wider.

»Was nicht in Ordnung?« fragte der Wachmann.
»Arbeitet noch jemand im Gebäude?«
»Bloß vier Leute.«
»Alle im selben Büro?«
»Nein. Was ist denn los?«
Bollinger deutete auf die Kladde, die der Mann vor sich liegen hatte. »Ich möchte gern alle vier Namen wissen.«
»Augenblick mal ... Harris, Davis, Ott und MacDonald.«
»Wo finde ich Ott?«
»Sechzehntes Stockwerk.«
»Und wie heißt die Firma?«
»Cragmont Import.«
Der Wachmann hatte ein rundes, blasses Gesicht mit einem kleinen Mündchen und einem Oliver-Hardy-Schnurrbart darüber. Als er sich bemühte, den Polizeibeamten interessiert anzusehen, verschwand der Schnurrbart fast in seinen Nasenlöchern.

»In welchem Stockwerk ist MacDonald?« fragte Bollinger.
»Im gleichen. Sechzehn.«
»Arbeitet er mit Ott zusammen?«
»Richtig.«
»Also bloß diese vier?«
»Bloß diese vier.«
»Vielleicht macht sonst noch jemand Überstunden, und Sie wissen es bloß nicht?«
»Unmöglich. Wenn nach halb sechs jemand hinaufgeht, muß er sich bei mir eintragen. Um sechs gehen wir durch alle Etagen, um nachzusehen, wer noch arbeitet, und die Betreffenden müssen sich dann bei uns abmelden, wenn sie weggehen. Die Hausverwaltung hat ganz strenge Feuerschutzvorschriften erlassen. Das gehört auch mit dazu.« Er tippte auf sein Buch. »Wenn es je zu einem Brand kommt, wissen wir genau, wer im Gebäude ist und wo wir den Betreffenden finden können.«

»Und was ist mit dem Reinigungspersonal?«

»Was soll mit denen sein?«

»Hausmeister. Putzfrau. Arbeitet von denen jetzt jemand im Haus?«

»Nicht an einem Freitagabend.«

»Sind Sie da sicher?«

»Natürlich bin ich das.« Das Verhör fing sichtlich an, dem Mann auf die Nerven zu gehen, und er schien zu überlegen, ob er sich das weiter gefallen lassen sollte. »Aber morgen sind sie den ganzen Tag da.«

»Und der Wartungsdienst?«

»Schiller. Er hat die Nachtschicht.«

»Wo ist Schiller?«

»Unten im Keller.«

»Und wo?«

»Er sieht eine der Heizungspumpen nach, glaube ich.«

»Ist er allein?«

»Mhm.«

»Wie viele Wachmänner sind sonst noch da?«

»Wollen Sie mir jetzt endlich sagen, was los ist?«

»Herrgott nochmal, wir haben einen Notfall!« entgegnete Bollinger. »Wie viele Wachmänner gibt es außer Ihnen noch?«

»Bloß zwei. Was für einen Notfall denn?«

»Eine Bombendrohung.«

Die Lippen des Wachmannes fingen zu zittern an. Sein Schnurrbart drohte ihm jeden Augenblick aus dem Gesicht zu fallen. »Sie machen Witze.«

»Das würde ich mir auch wünschen.«

Der Wachmann rutschte von seinem Hocker und kam hinter seinem Pult hervor.

Im gleichen Augenblick zog Bollinger die Walther aus der Tasche.

Der Wachmann wurde blaß. »Was ist das?«

»Eine Kanone. Lassen Sie bloß die Ihre stecken.«

»Hören Sie, diese Bombendrohung ... Da müßte ich doch etwas davon wissen ... *Ich* hab' aber nichts gemeldet.«

Bollinger lachte.

»Ehrlich, ich hab' nicht angerufen.«

»Das glaube ich Ihnen.«

»Hey ... An der Waffe ist ja ein Schalldämpfer.«

»Stimmt.«

»Aber Polizeibeamte haben doch keine ...«

Bollinger schoß ihm zweimal in die Brust.

Der Aufprall der Kugeln schleuderte den Wachmann gegen die Marmorverkleidung an der Wand. Einen Augenblick lang blieb er kerzengerade stehen, als warte er darauf, daß jemand seine Körpergröße abmesse und dafür einen Strich an der Wand mache. Dann sackte er zusammen.

TEIL ZWEI

Freitag: 20 Uhr bis 20 Uhr 30

1

Bollinger wandte sich sofort von dem Toten ab und warf einen Blick auf die Drehtüren. Niemand war zu sehen, auch draußen auf dem Bürgersteig nicht, niemand, der den Mord hätte beobachten können.

Schnell, aber ohne Hast steckte er die Pistole ein und packte die Leiche unter den Armen. Er zerrte sie in den Wartebereich zwischen den beiden ersten Fahrstuhlreihen. Jemand, der zur Tür hereinkam, würde jetzt nur die leere Eingangshalle sehen.

Der tote Mann starrte ihn an. Der Schnurrbart sah so aus, als ob man ihn auf seine Oberlippe gemalt hätte.

Bollinger drehte die Taschen des Wachmannes um und fand dort etwas Kleingeld, einen zerknüllten Fünfdollarschein sowie einen Schlüsselring mit sieben Schlüsseln.

Er kehrte wieder in den vorderen Bereich der Eingangshalle zurück.

Eigentlich wollte er direkt zur Tür gehen, wußte aber, daß das nicht gut sein würde. Die Kamera konnte ihn dabei erfassen. Wenn die Männer an den Monitoren sahen, wie er die Tür absperrte, konnte sie das neugierig machen. Sie würden kommen, um nachzusehen, und damit würde er den Vorteil, den ihm das Element der Überraschung verschaffte, verlieren.

Er rief sich die Einzelheiten der Pläne, die er am Nachmittag studiert hatte, ins Gedächtnis zurück, ging in den hinteren Teil der Halle und von dort in einen kurzen Korridor zur Linken. Vier Räume lagen an diesem Gang. Die zweite Tür auf der rechten Seite führte in den Wachraum, und diese Tür stand offen.

Ob das Quietschen seiner nassen Schuhe wohl für das Wachpersonal ebenso laut klang wie für ihn, dachte er, während er sich der offenen Tür näherte.

Drinnen unterhielten sich zwei Männer und beklagten sich, wenn auch eher gelangweilt, über ihre Arbeit.

Bollinger zog die Pistole aus der Manteltasche. Er trat ein.

Die beiden Männer saßen an einem kleinen Tisch vor drei Fernsehmonitoren. Aber sie achteten nicht auf die Bildschirme, weil sie Karten spielten.

Der ältere der beiden war Mitte fünfzig. Massig gebaut. Grauhaarig. Er hatte das typisch aufgedunsene, etwas zerdrückte Gesicht mit der schiefen Nase, wie es ehemalige Boxer haben. Auf seiner linken Hemdtasche steckte ein Namensschild: »Neely.« Er wirkte langsam und war es auch. Zwar blickte er auf, als er Bollinger wahrnahm, reagierte aber nicht so, wie er auf die Waffe hätte reagieren sollen, sondern sagte, ohne eine Spur von Angst: »Was soll das?«

Der andere Wachmann war um die Dreißig. Drahtig. Asketisches Gesicht. Blasse Hände. Als er sich herumdrehte, um zu sehen, was Neely vom Spiel abgelenkt hatte, sah Bollinger, daß auf seiner Hemdtasche »Faulkner« stand.

Er erschoß Faulkner zuerst.

Der griff sich mit beiden Händen an die zerfetzte Kehle, viel zu spät, um das Leben noch aufzuhalten, das aus der Wunde heraussprudelte, und sank dann rückwärts in seinen Stuhl.

»Hey!« Der korpulente Neely war jetzt endlich aufgesprungen. Sein Pistolenhalfter war zugeknöpft. Er hantierte daran herum.

Bollinger gab zwei Schüsse auf ihn ab.

Neely vollführte eine recht ungraziöse Pirouette, fiel über den Tisch, brach darauf zusammen und rutschte mit ein paar Spielkarten auf den Boden.

Bollinger tastete nach dem Puls der beiden.

Sie waren tot.

Als er den Raum verließ, schloß er die Tür hinter sich.

In der Eingangshalle sperrte er die letzte Drehtür ab, steckte die Schlüssel ein, ging an das Pult und setzte sich auf den Hocker. Dann holte er die Munitionsschachtel aus der linken Manteltasche und füllte das Magazin seiner Pistole wieder auf.

Er sah auf die Uhr. Zwanzig Uhr zehn. Genau nach Plan.

2

»Die Pizza war gut«, sagte Graham.

»Der Wein auch. Nimm noch ein Glas.«

»Ich habe genug.«

»Nur noch einen kleinen Schluck.«

»Nein. Ich muß arbeiten.«

»Blödsinn.«

»Das hast du doch gewußt, als du hergekommen bist.«

»Ich wollte dich betrunken machen.«

»Mit einer Flasche Wein?«

»Und dich dann verführen.«

»Morgen abend«, sagte er.

»Bis dahin bin ich blind vor Verlangen.«

»Macht nichts. Liebe macht ohnehin blind.«

Sie stöhnte theatralisch.

Er stand auf, ging um den Tisch herum und gab ihr einen Kuß auf die Wange. »Hast du dir etwas zu lesen mitgebracht?«

»Einen Krimi mit Nero Wolfe.«

»Na fein, dann kannst du ja lesen.«

»Darf ich wenigstens von Zeit zu Zeit einen kleinen Blick auf dich werfen?«

»Was gibt es da schon zu sehen?«

»Warum kaufen *Männer* sich den Playboy?« fragte sie.

»Ich habe nicht vor, nackt zu arbeiten.«

»Brauchst du auch nicht.«

»Ziemlich langweilig.«

»Du bist selbst in angezogenem Zustand sehr sexy.«

»Okay«, sagte er und lächelte. »Schauen darfst du, aber nicht reden.«

»Darf ich wenigstens die Augen verdrehen?«

»Wenn es sein muß.«

Natürlich genoß er ihre Schmeicheleien, und sie freute sich über seine Reaktion. Sie hatte das Gefühl, daß sein Minderwertigkeitskomplex mit der Zeit ein paar Sprünge bekam und schrieb das ihrem Einfluß zu. Mit der Zeit würde sie schon dafür sorgen, daß er ihn ganz überwand.

3

Der Mann, der nachts für den Wartungsdienst zuständig war, war Ende vierzig, blond und stämmig gebaut. Er trug eine graue Hose, ein grau-weiß-blau kariertes Hemd und rauchte Pfeife.

Als Bollinger die Treppe aus der Eingangshalle herunterkam, die Pistole in der Rechten, fragte der Mann: »Was zum Teufel wollen Sie denn hier?« Er sprach mit leichtem deutschem Akzent.

»Sie sind Herr Schiller, nicht wahr?« fragte Bollinger in deutscher Sprache. Sein Großvater und seine Großmutter waren aus Deutschland eingewandert, und er hatte die Sprache als Kind gelernt und nie vergessen.

Überrascht, deutsch angesprochen zu werden, von der Waffe beunruhigt und zugleich von Bollingers Lächeln verwirrt, sagte Schiller, auch in deutscher Sprache: »Der bin ich.«

»Freut mich sehr, Sie kennenzulernen.«

Schiller nahm die Pfeife aus dem Mund. Er leckte sich nervös über die Lippen. »Wozu die Pistole?«

»Die brauche ich für einen kleinen Mord«, sagte Bollinger und feuerte zweimal.

Wieder oben in der Eingangshalle angelangt, öffnete Bollinger die Tür, die genau gegenüber dem Wachraum lag. Er schaltete das Licht an.

In der kleinen Kammer waren die Telefonanlage und Geräte für die Stromversorgung untergebracht. Wände und Decken hatte man verputzt gelassen. Zwei grellrote Feuerlöscher hingen in Griffhöhe an der Wand.

Er ging bis zur Rückwand, wo zwei Blechkästen an der Wand befestigt waren, auf beiden das Schild der Telefongesellschaft. Die Türen waren nicht abgesperrt, obwohl eine Zerstörung der darin enthaltenen Relais und Kabel sämtliche Verbindungssysteme im ganzen Gebäude unbrauchbar machen würde. Jeder der Schaltschränke enthielt sechsundzwanzig kleine Kippschalter, die alle auf »Ein« standen. Bollinger schaltete sie einen nach dem anderen aus.

Er trat vor einen Kasten mit der Aufschrift »Im Brandfall öffnen«, brach ihn auf und machte sich an den Drähten zu schaffen.

Anschließend ging er noch einmal in den Wachraum auf der anderen Seite des Korridors, stieg vorsichtig über die Leichen und hob dann den Hörer eines der beiden Telefone vor den Bildschirmen ab.

Kein Freizeichen.

Er drückte ein paarmal hintereinander auf die Gabel.

Kein Ton zu hören.

Er legte wieder auf und nahm das andere Telefon ab.

Auch hier kein Freizeichen.

Leise vor sich hinpfeifend, trat Bollinger in die erste Aufzugkabine.

Am Schaltbrett waren zwei Schlüssellöcher. Mit dem oberen konnte man die Frontplatte für Reparaturzwecke öffnen. Mit dem unteren konnte man den Fahrstuhl abschalten.

Er probierte die Schlüssel aus, die er dem toten Wachmann abgenommen hatte. Der dritte paßte in das untere Schloß.

Er drückte den Knopf für den fünften Stock. Kein Licht leuchtete auf; die Türen schlossen sich nicht; der Fahrstuhl rührte sich nicht vom Fleck.

Während er damit beschäftigt war, vierzehn von den restlichen fünfzehn Fahrstühlen außer Betrieb zu setzen, pfiff er vergnügt vor sich hin. Den letzten Fahrstuhl brauchte er, um damit ins sechzehnte Stockwerk zu fahren, wo Ott und MacDonald arbeiteten, und später dann in den vierzigsten Stock, wo Harris und seine Freundin ihn erwarteten.

4

Obwohl Graham kein Wort gesagt hatte, wußte Connie, daß etwas nicht in Ordnung war. Sie blickte von ihrem Buch auf und sah, daß er zu arbeiten aufgehört hatte und mit halb offenstehendem Mund und glasigem Blick ins Leere starrte. »Was ist denn los?«

»Nichts.«

»Du bist ganz blaß geworden.«

»Bloß ein wenig Kopfschmerzen.«

»Du zitterst ja.«

Er gab keine Antwort.

Sie stand auf, legte ihr Buch beiseite, ging zu ihm und setzte sich auf die Schreibtischkante. »Graham?«

»Schon gut. Jetzt fühle ich mich wieder ganz wohl.«

»Nein, das tust du nicht.«

»Doch.«

»Aber vor einer Minute warst du ganz blaß und hast gezittert.«

»Vor einer Minute hatte ich noch Kopfschmerzen«, gab er zu.

Sie nahm seine Hand, die sich eisig anfühlte. »Eine Vision?«
»Ja«, sagte Graham.
»Wovon?«
»Ich habe mich gesehen, wie jemand auf mich schießt.«
»Das ist ganz und gar nicht komisch.«
»Das soll auch kein Witz sein.«
»Du hast noch nie eine Vision gehabt, die *dich selbst* betrifft. Du hast immer gesagt, deine hellseherische Gabe funktioniert nur, wenn es um andere Leute geht.«
»Aber diesmal ist es anders.«
»Vielleicht hast du dich geirrt.«
»Das bezweifle ich. Ich hatte das Gefühl, als würde mir jemand mit einem Vorschlaghammer einen Schlag ins Genick versetzen. Mir blieb die Luft weg, und dann sah ich mich selbst fallen.« Seine blauen Augen hatten sich geweitet. »Und da war Blut, eine Unmenge Blut.«
Connie fühlte sich elend, eine eisige Faust krampfte sich um ihr Herz. Er hatte sich noch nie getäuscht, und jetzt prophezeite er, daß jemand ihn erschoß.
Er drückte ihre Hand ganz fest, als würde er versuchen, Stärke aus ihr heraus und in sich hineinzuziehen.
»Meinst du angeschossen – oder tot?«
»Das weiß ich nicht«, sagte er. »Vielleicht tot, vielleicht aber auch nur verwundet. Ein Schuß in den Rücken. Soviel kann ich klar erkennen.«
»Wer hat geschossen ... wird schießen?«
»Der Schlächter, glaube ich.«
»Hast du ihn gesehen?«
»Nein. Nur ganz deutlich gespürt.«
»Und wo ist es passiert?«
»An einem Ort, den ich sehr gut kenne.«
»Hier?«
»Vielleicht ...«
»Zu Hause?«
»Vielleicht.«

Eine heftige Bö pfiff um das Hochhaus; die Fensterscheiben vibrierten hinter den Gardinen.

»Und wann wird das passieren?« wollte sie wissen.

»Bald.«

»Heute nacht?«

»Genau weiß ich es nicht.«

»Morgen?«

»Könnte sein.«

»Sonntag?«

»Nein, solange dauert es nicht.«

»Was machen wir jetzt?«

5

Der Fahrstuhl hielt im sechzehnten Stock. Bollinger schaltete die Liftanlage mit dem Schlüssel ab, ehe er die Kabine verließ. Sie würde jetzt mit offenstehenden Türen hier warten, bis er sie wieder brauchte.

Das sechzehnte Stockwerk war größtenteils in Dunkelheit gehüllt. Eine Neonröhre an der Decke erhellte die Nische mit den Fahrstühlen, ansonsten stammte die einzige Beleuchtung von zwei schwachen roten Leuchten über den Notausgängen an beiden Enden des Gebäudes. Bollinger hatte damit gerechnet, daß es dunkel sein würde. Er holte eine Taschenlampe heraus und knipste sie an.

Im sechzehnten Stock hatten zehn kleine Firmen Büros gemietet, sechs auf der rechten und vier auf der linken Seite der Fahrstühle. Er ging nach rechts. Die dritte Tür trug die Aufschrift CRAGMONT IMPORTS.

Er schaltete die Taschenlampe aus, steckte sie ein und zog statt dessen die Walther PKK heraus.

Herrgott, dachte er, das geht alles wie geschmiert. So einfach. Sobald er bei Cragmont Imports fertig war, konnte er sich seinen eigentlichen Zielen zuwenden. Zuerst Harris.

Dann die Frau. Wenn sie hübsch war ... Naja, er war jetzt seinem Zeitplan soweit voraus, daß er fast eine Stunde übrig hatte. Eine Stunde Zeit für die Frau, falls sie es wert war. Er war jetzt für eine Frau in Stimmung, voll Energie und Appetit und aufgeputscht. Eine Frau, ein gedeckter Tisch und eine Flasche guter Whisky. Aber hauptsächlich eine Frau. Wenn er eine Stunde Zeit hatte, konnte er wirklich alles mit ihr anfangen.

Er versuchte, die Tür zu öffnen, die in die Büros von Cragmont Imports führte. Sie war nicht abgesperrt.

Leise betrat er die Anmeldung. Der Raum lag im Halbdunkel, der einzige Lichtschein drang aus einem Büro, dessen Tür zur Hälfte geöffnet war.

Er ging auf den Lichtkegel zu, blieb stehen und hörte den Männern zu, die in dem Büro miteinander redeten. Schließlich schob er die Tür auf und trat ein.

Sie saßen an einem Besprechungstisch, auf dem sich Papiere und Aktenordner stapelten. Beide trugen kein Jackett und keine Krawatte und hatten sich die Hemdsärmel hochgekrempelt; der eine trug ein blaues, der andere ein weißes Hemd. Sie sahen die Pistole sofort, brauchten aber ein paar Sekunden, um darauf zu reagieren und den Blick auf ihn zu richten.

»Hier riecht es nach Parfüm«, sagte Bollinger.

Die beiden starrten ihn wortlos an.

»Hat sich einer von Ihnen parfümiert?«

»Nein«, sagte der mit dem blauen Hemd. »Parfüm gehört zu den Dingen, die wir importieren.«

»Ist einer von Ihnen MacDonald?«

Sie blickten auf die Waffe, sahen einander an und blickten wieder auf die Waffe.

»MacDonald?« fragte Bollinger.

Der mit dem blauen Hemd sagte: »Er ist MacDonald.«

Der mit dem weißen Hemd sagte: »*Er* ist MacDonald.«

»Das ist eine Lüge«, sagte der mit dem blauen Hemd.

»Nein, *er* lügt«, sagte der andere.

»Ich weiß nicht, was Sie von MacDonald wollen«, sagte der mit dem blauen Hemd. »Aber mich lassen Sie da jedenfalls bitte raus. Machen Sie mit ihm, was Sie wollen, und dann verschwinden Sie wieder.«

»Du lieber Gott«, rief der mit dem weißen Hemd. »Ich bin *nicht* MacDonald! Der *da* ist es, dieses Arschloch, nicht ich!«

Bollinger lachte. »Ist eigentlich egal. Ich habe es nämlich auch auf Mr. Ott abgesehen.«

»*Auf mich?*« fragte der in dem blauen Hemd. »Wer um alles in der Welt würde denn mich umbringen wollen?«

6

Du mußt Preduski anrufen«, sagte Connie.

»Warum?«

»Damit du Polizeischutz bekommst.«

»Das nützt nichts.«

»Er glaubt an deine Visionen.«

»Das weiß ich.«

»Er wird dafür sorgen, daß du beschützt wirst.«

»Natürlich«, sagte Graham. »Das habe ich auch nicht gemeint.«

»Was denn?«

»Connie, ich habe gesehen, wie ich hinterrücks erschossen werde. Es wird also geschehen. Dinge, die ich sehe, geschehen *immer.* Niemand kann etwas dagegen tun oder es verhindern.«

»So etwas wie Vorherbestimmung gibt es nicht. Man kann die Zukunft verändern.«

»Kann man das?«

»Das weißt du doch ganz genau.«

Seine blauen Augen blickten plötzlich gehetzt. »Das bezweifle ich aber sehr.«

»Du kannst doch nie ganz sicher sein.«

»Ich bin es aber.«

Diese Einstellung, seine Bereitschaft, alle seine Fehler der unabänderlichen Macht der Vorherbestimmung zuzuschreiben, machte Connie große Sorge und ärgerte sie mehr als alles andere an ihm. Das war eine besonders schlimme Art der Feigheit, mit der er jegliche Verantwortung für sein Leben von sich schob.

»Du mußt Preduski anrufen«, sagte sie.

Er senkte den Blick und starrte ihre Hand an, schien aber allem Anschein nach nicht wahrzunehmen, wie fest er sie gepackt hielt.

»Wenn dieser Mann zu uns *nach Hause* kommt, um dich zu töten«, sagte sie, »werde ich wahrscheinlich auch da sein. Meinst du, er wird dich erschießen und dann einfach wieder gehen und *mich* leben lassen?«

Sie hatte damit gerechnet, daß ihn die Vorstellung erschrecken würde, sie dem Schlächter ausgeliefert zu sehen, und so war es auch. »Mein Gott«, sagte er gehetzt.

»Ruf Preduski an.«

»Also gut.« Er ließ ihre Hand los, griff nach dem Telefon, lauschte einen Augenblick und drückte auf den Knöpfen herum.

»Was ist denn?«

»Kein Wählton«, sagte er mit gefurchter Stirn. Er legte auf, wartete ein paar Sekunden und nahm den Hörer dann wieder ab. »Immer noch tot.«

Sie rutschte von seinem Schreibtisch. »Probieren wir es am Apparat deiner Sekretärin.«

Sie ging ins Vorzimmer.

Auch dort war der Apparat tot.

»Seltsam«, murmelte er.

Ihr Herz schlug jetzt schneller, als sie sagte: »Wird er in dieser Nacht kommen?«

»Ich hab' dir doch gesagt, daß ich es nicht genau weiß.«

»Ist er im Augenblick hier im Gebäude?«

»Du meinst, daß er die Telefonleitung unterbrochen hat?«
Sie nickte.

»Das scheint mir ziemlich weit hergeholt«, meinte er. »Sicher ist das bloß eine Störung.«

Sie ging zur Tür, öffnete sie und trat in den Korridor hinaus. Er ging leicht hinkend hinter ihr her.

Im Korridor herrschte Dunkelheit. Auf beiden Seiten glomm schwach die rote Notbeleuchtung über den Ausgängen ins Treppenhaus. Etwa fünfzehn Meter entfernt leuchtete ein schwacher bläulicher Lichtkegel an der Stelle, wo die Aufzüge waren.

Abgesehen von ihren Atemzügen herrschte völlige Stille im vierzigsten Stockwerk.

»Ich bin keine Hellseherin«, sagte sie, »aber mir gefällt das hier auch nicht. Ich spüre es, Graham. Irgend etwas stimmt hier nicht.«

»In einem solchen Hochhaus sind die Telefonleitungen in den Wänden verlegt. Außerhalb des Gebäudes verlaufen sie unterirdisch. In New York sind alle Leitungen unterirdisch. Wie sollte er da herankommen?«

»Das weiß ich nicht. Aber *er* weiß das vielleicht.«

»Damit würde er ein großes Risiko eingehen«, sagte Graham.

»Das wäre nicht das erste Mal. Er ist schon zehnmal ein Risiko eingegangen.«

»Aber nicht so. Wir sind hier nicht allein. In diesem Gebäude gibt es Wachmänner.«

»Aber vierzig Stockwerke unter uns.«

»Weit weg«, nickte er. »Laß uns hier verschwinden.«

»Wahrscheinlich benehmen wir uns albern.«

»Wahrscheinlich.«

»Wahrscheinlich sind wir dort, wo wir sind, völlig in Sicherheit.«

»Wahrscheinlich.«

»Ich hole unsere Mäntel.«

»Laß die Mäntel, wo sie sind.« Er griff nach ihrer Hand. »Komm. Gehen wir zum Aufzug.«

Bollinger brauchte acht Schüsse, um MacDonald und Ott zu erledigen. Sie duckten sich immer wieder hinter irgendwelche Möbelstücke.

Als er sie schließlich getötet hatte, war der Schalldämpfer im Eimer. Kein Schalldämpfer verkraftete mehr als ein Dutzend kurz hintereinander abgegebene Schüsse; das Dämmaterial wurde von den Kugeln zusammengepreßt, und jeder Schuß wurde lauter. Die letzten drei klangen bereits wie das scharfe Bellen eines mittelgroßen Wachhundes. Aber das hatte nichts zu bedeuten. Der Lärm würde weder bis zur Straße noch ins vierzigste Stockwerk hinaufdringen.

Im Vorzimmer von Cragmont Imports schaltete er das Licht ein, setzte sich auf eine Couch, lud das Magazin der Walther nach, schraubte den Schalldämpfer ab und steckte ihn in die Tasche. Er wollte nicht riskieren, daß es damit beim nächsten Schuß irgendwelche Probleme gab. Außerdem war jetzt niemand mehr im Gebäude, der die Schüsse hätte hören können, wenn er Harris und seine Freundin tötete. Und der Knall eines Schusses, der im vierzigsten Stockwerk abgefeuert würde, konnte ganz bestimmt nicht unten auf der Lexington Avenue gehört werden.

Er sah auf die Uhr. Zwanzig Uhr fünfundzwanzig.

Nachdem er das Licht ausgeschaltet hatte, verließ er das Büro von Cragmont Imports und ging über den Korridor zum Aufzug.

Im vierzigsten Stock gab es acht Aufzüge, aber keiner von ihnen funktionierte.

Als Connie am letzten Lift erfolglos den Rufknopf betätigt hatte, sagte sie: »Zuerst das Telefon und jetzt das.«

In dem spärlichen, unfreundlichen Neonlicht wirkten Grahams Falten tiefer und schärfer ausgeprägt als gewöhnlich. Sein Gesicht erinnerte an das eines Kabuki-Schauspielers, den man so geschminkt hat, daß sein Gesicht äußerste Angst ausdrücken soll. »Wir sitzen in der Falle.«

»Es könnte auch eine ganz gewöhnliche Panne sein«, sagte sie. »Technisches Versagen. Vielleicht arbeiten sie im Augenblick bereits an der Reparatur.«

»Und die Telefone?«

»Reiner Zufall. Vielleicht hat das alles nichts zu bedeuten, jedenfalls nichts Bedrohliches.«

Plötzlich begannen die Leuchtziffern über der Aufzugtür vor ihnen eine nach der anderen aufzuleuchten: Sechzehn ... Siebzehn ... Achtzehn ... Neunzehn ... Zwanzig ...

»Da kommt jemand«, sagte Graham.

Connie spürte, wie sie eine Gänsehaut bekam.

... Fünfundzwanzig ... Sechsundzwanzig ... Siebenundzwanzig ...

»Vielleicht die Wachmänner«, sagte sie.

Er blieb stumm.

Sie wollte kehrtmachen und wegrennen, war aber wie gelähmt. Die Leuchtziffern hypnotisierten sie förmlich.

... Dreißig ... Einunddreißig ... Zweiunddreißig ...

Sie dachte an Frauen in blutigem Bettzeug, Frauen, denen man die Kehle durchgeschnitten und die Finger und die Ohren abgetrennt hatte.

... Dreiunddreißig ...

»Die Treppe!« riß Grahams Stimme sie aus ihrer Starre.

»Treppe?«

»Die Fluchttreppe.«

... Vierunddreißig ...

»Was ist damit?«

»Wir müssen hinunter.«

»Uns ein paar Stockwerke tiefer verstecken?«

... Fünfunddreißig ...

»Nein. Bis hinunter in die Eingangshalle.«

»Das ist zuweit!«

»Aber dort finden wir Hilfe.«
… Sechsunddreißig …
»Vielleicht brauchen wir keine Hilfe.«
»Doch, die brauchen wir«, sagte er.
… Siebenunddreißig …
»Aber dein Bein …«
»Ich bin kein *völliger* Krüppel«, sagte er mit scharfer Stimme.
… Achtunddreißig …
Er packte sie an der Schulter. Es tat ihr weh, aber sie wußte, daß er gar nicht merkte, wie fest er zupackte. »Komm, Connie!«
… Neununddreißig …
Verärgert über ihr Zögern, gab er ihr einen leichten Stoß und schob sie aus der Nische heraus. Sie taumelte und dachte einen Augenblick, sie würde fallen. Er hielt sie fest.
Als sie durch den finstern Korridor davonrannten, hörte sie, wie sich hinter ihnen die Aufzugtüren öffneten.

Bollinger, der aus der Aufzugnische herauskam, sah zwei Leute wegrennen. Sie waren nicht mehr als gespenstische Schatten, die sich nur undeutlich vor dem unheimlichen Glühen der roten Notbeleuchtung am Ende des Korridors abzeichneten.
Waren das Harris und die Frau? überlegte er. Hat man sie gewarnt? Wissen sie, wer ich bin? Wie können sie das wissen?
»Mr. Harris?« rief Bollinger.
Sie blieben im Korridor stehen, vor der offenen Tür, die in den Harris-Verlag führte, und drehten sich um; in dem roten Lichtschein konnte er ihre Gesichter nicht sehen.
»Mr. Harris, sind Sie das?«
»Wer sind Sie?«
»Polizei«, sagte Bollinger. Er ging einen Schritt auf sie zu, dann noch einen. Dabei zog er die Brieftasche mit seiner Dienstplakette aus dem Jackett. Da er den Lichtschein der

offenen Liftkabine hinter sich hatte, wußte er, daß sie ihn besser sehen konnten als er sie.

»Bleiben Sie stehen, wo Sie sind«, sagte Harris.

Bollinger blieb stehen. »Was ist denn?«

»Ich möchte nicht, daß Sie näherkommen.«

»Warum?«

»Wir wissen nicht, wer Sie sind.«

»Ich bin ein Detective. Frank Bollinger. Wir sind für halb neun verabredet. Haben Sie das vergessen?« Wieder ein Schritt. Dann noch einer.

»Wie sind Sie hier heraufgekommen?« Harris Stimme klang schrill.

Der hat eine Höllenangst, dachte Bollinger. Er lächelte und sagte: »Hey, was haben Sie denn? Warum sind Sie denn so gereizt? Sie haben mich doch erwartet.« Bollinger ging ganz langsam auf sie zu, wie ein Raubtierbändiger, der seine Tiere in Sicherheit wiegen will.

»Wie sind Sie hier heraufgekommen?« fragte Harris erneut. »Die Fahrstühle funktionieren nicht.«

»Da täuschen Sie sich. Ich bin mit einem Fahrstuhl heraufgekommen.« Er hielt die Dienstplakette in der ausgestreckten linken Hand und hoffte, daß das Licht von hinten das Gold darauf zum Leuchten bringen würde. Jetzt hatte er vielleicht ein Fünftel der Strecke zu ihnen zurückgelegt.

»Die Telefone sind tot«, sagte Harris.

»Wirklich?« Wieder ein Schritt. Und noch einer.

Er schob die rechte Hand in die Jackettasche und umfaßte den Griff seiner Pistole.

Connie konnte den Blick nicht von der schemenhaften Gestalt wenden, die sich langsam auf sie zubewegte. Leise sagte sie zu Graham: »Erinnerst du dich, was du in der Talkshow bei Prine gesagt hast?«

»Was?« Seine Stimme klang brüchig.

Laß nicht zu, daß die Angst dich überwältigt, dachte sie. Du darfst jetzt hier nicht zusammenbrechen und mich mit diesem Mann allein lassen.

»In deiner Vision hast du gesehen, daß die Polizei den Mörder gut kennt«, sagte sie.

»Und?«

»Vielleicht ist der Schlächter ein Bulle.«

»Herrgott, ja, genau, das ist es!«

Er sprach so leise, daß sie ihn kaum hören konnte.

Bollinger rückte unaufhaltsam näher, ein hünenhafter Mann, wie ein Bär. Sein Gesicht lag im Dunkel. Er hatte jetzt die Hälfte der Distanz zu ihnen zurückgelegt.

»Bleiben Sie stehen«, sagte Graham. Aber seine Stimme strahlte keine Autorität aus, klang nicht entschlossen.

Bollinger blieb trotzdem stehen. »Mr. Harris, Sie verhalten sich sehr eigenartig. Ich bin *Polizeibeamter*. Wissen Sie ... Sie verhalten sich ja gerade so, als ob Sie soeben etwas getan hätten, das Sie vor mir verbergen wollen.« Er machte wieder einen Schritt, noch einen, einen dritten.

»Das Treppenhaus?« flüsterte Connie.

»Nein«, sagte Graham. »Der Vorsprung reicht nicht aus. Mit einem kaputten Bein hätte er uns in einer Minute eingeholt.«

»Mr. Harris?« sagte Bollinger. »Was reden Sie da? Bitte flüstern Sie nicht.«

»Wohin dann?« hauchte Connie.

»Das Büro.«

Er gab ihr einen leichten Schubs, und sie huschten in das Büro, schlugen die Tür hinter sich ins Schloß und sperrten sie ab.

Gleich darauf warf Bollinger sich mit der Schulter von draußen gegen die Tür. Sie bebte in ihrem Rahmen. Er rüttelte heftig am Türknauf.

»Er hat wahrscheinlich eine Waffe«, sagte Connie. »Über kurz oder lang kommt er herein.«

Graham nickte. »Ich weiß.«

TEIL DREI

Freitag: 20 Uhr 30 bis 22 Uhr 30

1

Ira Preduski parkte am Ende einer Reihe von drei Streifenwagen und zwei weiteren Zivilfahrzeugen, die eine Hälfte der zweispurigen Straße blockierten. Obwohl keines der fünf Fahrzeuge besetzt war, liefen alle Motoren, die Scheinwerfer waren eingeschaltet, und auf den drei Polizeifahrzeugen kreisten die roten Markierungslampen. Preduski stieg aus seinem Wagen und sperrte ihn ab.

Die dünne Schneeschicht ließ die Straße sauber und gepflegt erscheinen. Als er auf das Wohngebäude zuging, schlurfte er mit den Schuhen auf dem Bürgersteig und wirbelte dabei weiße Schneewölkchen auf. Der Wind trieb ihm den vom Himmel fallenden Schnee in den Rücken, und die kalten Flocken fanden ihren Weg unter seinen Kragen. Das erinnerte ihn an die Zeit, wo seine Familie nach Albany im Staat New York gezogen war, im Februar – damals war er vier Jahre alt gewesen und hatte sein erstes Schneegestöber erlebt.

Ein uniformierter Streifenbeamter, Ende der Zwanzig, stand am Fuß der Außentreppe, die in das Wohngebäude führte.

»Ein harter Job, den Sie da heute abend haben«, sagte Preduski.

»Macht mir nichts aus. Ich mag Schnee.«

»Tatsächlich? Ich auch.«

»Und außerdem«, sagte der Beamte, »stehe ich lieber hier draußen in der Kälte als dort oben in all den Blutlachen.«

Das Zimmer roch nach Blut, Exkrementen und Fingerabdruckpuder.

Die Tote lag neben dem Bett auf dem Boden. Ihre Augen waren weit geöffnet und die Finger zu Krallen verkrümmt.

Zwei Beamte von der Spurensicherung waren mit der Leiche beschäftigt. Sie studierten sie gründlich, ehe sie schließlich mit Kreide ihre Lage auf dem Boden markierten und sie dann zur Seite zogen.

Die Tatortermittlung wurde von Ralph Martin geleitet. Er war korpulent, völlig kahl, hatte buschige Augenbrauen und trug eine Brille mit einem dunklen Gestell. Im Moment bemühte er sich, die Leiche nicht anzusehen.

»Der Schlächter hat um achtzehn Uhr fünfzig angerufen«, sagte Martin. »Wir haben sofort versucht, Sie zu Hause zu erreichen, kamen aber erst gegen acht Uhr durch.«

»Ich hatte den Telefonstecker rausgezogen und bin erst um viertel nach acht aufgestanden. Schließlich habe ich heute die Nachtschicht.« Er seufzte und wandte sich von der Toten ab. »Was hat er denn gesagt – dieser Schlächter?«

Martin zog zwei zusammengefaltete Blatt Papier aus der Tasche. »Ich habe das Gespräch, so gut ich mich daran erinnern konnte, diktiert, und eines der Mädchen im Büro hat Kopien gemacht.«

Preduski las. »Er hat nicht gesagt, wen er heute nacht sonst noch umbringen will?« fragte er dann.

»Bloß das, was hier steht.«

»Dieser Anruf paßt nicht zu ihm.«

»Es paßt auch nicht zu ihm, in zwei Nächten hintereinander zuzuschlagen«, sagte Martin.

»Es paßt auch nicht zu ihm, zwei Frauen zu töten, die einander kannten und Arbeitskolleginnen waren.«

Martin zog die Brauen hoch. »Sie meinen, Sarah Piper hat etwas gewußt?«

»Sie meinen, wer ihre Freundin umgebracht hat?«

»Genau. Glauben Sie, daß er Sarah umgebracht hat, um sie am Reden zu hindern?«

»Nein. Er hat sie wahrscheinlich bloß beide im Rhinestone Palace gesehen und konnte sich nicht entscheiden, welche ihm besser gefiel. Bestimmt wußte Sarah Piper nicht, wer Edna Mowry ermordet hat. Darauf würde ich meinen Kopf verwetten. Ich habe freilich nicht gerade die beste Menschenkenntnis. Genaugenommen stelle ich mich da sogar manchmal ziemlich blöd an. Aber diesmal glaube ich nicht, daß ich mich irre. Wenn sie es gewußt hätte, dann hätte sie es mir gesagt. Die war nicht der Typ dazu, so etwas vor einem zu verbergen. Sie war offen. Aufrichtig. Auf ihre Art ehrlich. Ein verdammt nettes Mädchen.«

Martin warf einen Blick auf das Gesicht der Toten, das inmitten von all dem Blut erstaunlich glatt und rein geblieben war. »Richtig hübsch war sie.«

»Ich meine nicht bloß, daß sie nett *ausgesehen* hat«, sagte Preduski. »Ich meine, sie war ein netter *Mensch*.«

Martin nickte.

»Sie sprach mit diesem weichen Georgia-Akzent, der mich an zu Hause erinnert hat.«

»Zu Hause?« Martin sah den anderen verblüfft an. »Sie stammen aus Georgia?«

»Ja, warum nicht?«

»Ira Preduski, aus Georgia?«

»Ja, da drunten gibt es auch Juden und Slawen.«

»Und wo haben Sie Ihren Akzent gelassen?«

»Meine Eltern stammten selbst nicht aus dem Süden, also hatten sie auch keinen Akzent, den sie mir hätten vererben können. Und dann sind wir in den Norden gezogen, als ich noch keine vier Jahre alt war, und so hatte ich nie Gelegenheit, mir den Akzent anzugewöhnen.«

Ein paar Augenblicke lang starrten sie die Leiche von Sarah Piper und die zwei Leute von der Spurensicherung an, die wie altägyptische Totenwärter über sie gebeugt waren.

Preduski wandte sich von der Leiche ab, holte ein Taschentuch heraus und schneuzte sich.

»Der Coroner ist in der Küche«, sagte Martin. Sein Gesicht war bleich und glänzte vor Schweiß. »Er hat gesagt, Sie sollen sich bei ihm melden, wenn Sie hier auftauchen.«

»Lassen Sie mir noch ein paar Minuten Zeit«, sagte Preduski. »Ich will mich hier ein wenig umsehen und mit diesen Leuten reden.«

»Macht es Ihnen was aus, wenn ich im Wohnzimmer warte?«

»Nein, ganz und gar nicht. Ich komme dann zu Ihnen.«

Martin überlief ein Frösteln. »Ein beschissener Job ist das.«

»Beschissen«, nickte Preduski.

2

Der Schuß peitschte durch den finsteren Korridor und hallte dröhnend von den Wänden wider.

Das Schloß sprang auf, und das Holz zersplitterte unter der Wucht der Kugel.

Der Geruch von Pulverdampf und heißem Metall veranlaßte Bollinger, die Nase zu rümpfen, ehe er die Tür aufstieß.

Der Empfangsraum war dunkel. Als er den Lichtschalter schließlich fand und anknipste, stellte er fest, daß niemand hier war.

Der Harris-Verlag hatte die kleinste der drei Büroeinheiten im vierzigsten Stockwerk gemietet. Neben der Korridortür, durch die er hereingekommen war, gab es in dem Vorraum noch zwei andere Türen, eine nach links und eine nach rechts. Fünf Zimmer also insgesamt, wenn man den Vorraum mitzählte. Harris und seine Freundin hatten also nicht viel Platz, um sich zu verstecken.

Zuerst probierte er es mit der linken Tür. Sie führte in einen schmalen Innengang, an dem drei Büros lagen: Eines für einen Redakteur und seine Sekretärin, eines für einen Anzeigenverkäufer und eines für die zwei Grafiker. Weder Harris noch die Frau hielten sich in einem der Räume auf.

Bollinger war ganz ruhig und kühl, gleichzeitig aber auch ungeheuer erregt. Die Jagd auf Menschen war der faszinierendste Sport, den er sich vorstellen konnte, und bereitete ihm mehr Vergnügen als das eigentliche Töten. Und einen noch größeren Nervenkitzel verschafften ihm die ersten paar Tage unmittelbar *nach* einem Mord. Sobald die Tat begangen war, sobald tatsächlich Blut geflossen war, mußte er sich den Kopf darüber zerbrechen, ob er einen Fehler begangen, vielleicht einen Hinweis hinterlassen hatte, der die Polizei geradewegs zu ihm führen würde. Das versetzte ihn in einen Zustand höchster Anspannung und brachte sein Blut in Wallung. Wenn dann hinreichend Zeit verstrichen war und er sicher sein konnte, wiederum ungestraft gemordet zu haben, erfüllte ihn ein wohliges Gefühl – ein Gefühl von Macht und Überlegenheit und gottgleicher Größe – wie ein magisches Elixier, das in einen leeren Krug strömt.

Die andere Tür führte in den Empfangsraum und Graham Harris Chefbüro. Sie war abgesperrt.

Er trat ein paar Schritte zurück und gab zwei Schüsse auf das Schloß ab. Das weiche Metall wurde zerfetzt, und Holzsplitter flogen in die Luft.

Er konnte die Tür immer noch nicht öffnen. Sie hatten auf der anderen Seite ein schweres Möbelstück davor gerückt.

Als er sich gegen die Tür stemmte und mit aller Kraft dagegendrückte, schaffte er es nicht, sie aufzubekommen; wohl aber, daß das unsichtbare Möbelstück auf der anderen Seite vor und zurückwippte. Er nahm an, daß es sich um einen hohen Gegenstand handelte, wenigstens so breit wie die Tür. Vielleicht ein Bücherregal. Etwas mit hochliegendem Schwerpunkt. Er begann, rhythmisch gegen die Tür zu drücken: Stoßen, nachlassen, heftig stoßen, nachlassen, heftig stoßen ... Bei jedem Mal wippte das Hindernis schneller und weiter – und plötzlich stürzte es mit einem lauten Krachen, in das sich das Klirren von Glas mischte, nach hinten.

Der scharfe Geruch von Whisky lag jetzt in der Luft.

Er zwängte sich durch die Tür, die immer noch teilweise blockiert war, und stieg über die antike Bar hinweg, die sie als Sperre benutzt hatten. Dabei trat er in eine Pfütze aus teurem Scotch.

Die Beleuchtung war eingeschaltet, aber niemand war im Raum.

Am anderen Ende des Raumes gab es eine weitere Tür. Er ging darauf zu und öffnete sie. Dahinter lag der düstere Korridor des vierzigsten Stockwerks.

Während er Zeit damit vergeudet hatte, die Büros zu durchsuchen, hatten sie sich auf diesem Umweg wieder nach draußen auf den Flur geschlichen und sich damit ein paar Minuten Vorsprung verschafft.

Raffiniert.

Aber nicht raffiniert genug.

Schließlich waren die beiden nichts als dummes Wild, und er war der Meisterjäger.

Er lachte leise in sich hinein.

Im roten Lichtschein der Notbeleuchtung ging Bollinger bis ans Ende des Korridors und öffnete lautlos die Feuertür, trat auf den Treppenabsatz und schloß die Tür ebenso lautlos wieder hinter sich. An der Wand über ihm brannte eine schwache, weiße Glühbirne.

Aus der Tiefe hallten ihre Schritte, verstärkt durch das Echo, das die kalten Betonwände zurückwarfen.

Er trat an das Stahlgeländer und spähte in die sich abwechselnden Schichten aus Licht und Schatten hinunter: Treppenabsätze mit Beleuchtung und dunkle Treppen. Zehn oder zwölf Treppen weiter unten, fünf oder sechs Stockwerke tiefer, erschien gerade die Hand der Frau am Geländer. Sie bewegte sich langsamer, als er gedacht hätte. An ihrer Stelle wäre er viel schneller gerannt, hätte mit jedem Schritt zwei Stufen genommen, vielleicht sogar noch mehr. Weil der Innenschacht so schmal war, die Treppenabsätze aber nur einen Meter breit, konnte Bollinger nicht schräg nach unten sehen. Lediglich das sich davonschlängelnde Treppengeländer war sichtbar, aber nichts von seiner Beute, mit Ausnahme ihrer weißen Hand. Eine Sekunde später tauchte Harris Hand aus dem samtigen Schatten auf und schob sich in das Licht eines Treppenabsatzes; er griff nach dem Geländer, folgte der Frau durch den schwachen Lichtschein, tauchte wiederum in der Dunkelheit unter und entfernte sich stetig.

Einen Augenblick lang überlegte Bollinger, ob er ihnen auf der Treppe nachlaufen und sie von hinten erschießen sollte, aber dann verwarf er den Gedanken fast ebenso schnell wieder, wie er ihm in den Sinn gekommen war. Sie würden ihn kommen hören. Aller Wahrscheinlichkeit nach würden sie dann durch eine der Stockwerkstüren rennen und sich ein anderes Versteck oder eine andere Fluchtroute suchen. Er würde nicht genau wissen, in welchem Stockwerk sie die Treppe verlassen hatten, weil er nicht gleichzeitig hinter ihnen herrennen und ihre Hände am Geländer im Auge behalten konnte.

Obwohl ihm eine interessante, komplizierte Jagd durchaus angenehm war, wollte er nicht, daß sie sich über die ganze Nacht hinzog. Zum einen würde Billy um zehn Uhr draußen in der Seitenstraße mit dem Wagen warten. Zum zweiten wollte er sich für die Frau wenigstens eine halbe Stunde Zeit nehmen, wenn sie einigermaßen gut aussah.

Ihre blasse Hand schob sich wieder ins Licht.

Dann Harris Hand.

Sie bewegten sich immer noch für seine Begriffe viel zu langsam.

Er versuchte, die Treppen zu zählen. Zwölf bis vierzehn ... Das bedeutete, daß sie sechs oder sieben Stockwerke unter ihm waren.

Und auf welcher Höhe etwa war das?

Dreiunddreißigstes Stockwerk?

Bollinger wandte sich vom Geländer ab, öffnete leise die Tür und rannte draußen auf dem Korridor zu der Fahrstuhlkabine, mit der er nach oben gekommen war. Er schaltete den Lift mit seinem Schlüssel ein, zögerte und legte den Finger dann auf den Knopf für das sechsundzwanzigste Stockwerk.

3

Connie kamen die Treppen endlos vor. Der ständige Wechsel zwischen rötlichem Dunkel und schwachem Licht wirkte auf sie, als bewege sie sich auf einem langen Weg, der sie in die Hölle führte, mit dem Schlächter in der Rolle des zähnefletschenden Höllenhundes, der sie immer weiter in die Tiefe trieb.

Obwohl die abgestandene Luft eher kühl war, schwitzte sie.

Sie wußte, daß sie viel zu langsam vorankamen, aber Grahams Bein behinderte sie. Einmal wurde sie fast wütend, weil er ihre Flucht so behinderte. Im gleichen Augenblick war die Wut dann aber auch wieder verflogen, und Schuldgefühl stieg in ihr auf. Sie war überrascht und hatte geglaubt, daß es nichts geben könne, was in ihr eine so negative Reaktion im Hinblick auf ihn auslösen könnte. Aber jetzt, wo es um das nackte Überleben ging, kamen in ihr Gefühle hoch, die sie an anderen kritisiert hätte. Extreme Umstände konnten also die Persönlichkeit eines Menschen verändern. Plötzlich begriff sie Grahams Ängste in einem Maße, wie ihr das nie zuvor möglich gewesen war. Schließlich hatte er ja am Everest nicht stürzen *wollen*, hatte sich die Verletzung, die er sich dabei zugezogen hatte, nicht *gewünscht*. Und wenn man in Erwägung zog, welche Schmerzen es ihm bereitete, wenn er mehr als ein oder zwei Stockwerke Treppen steigen mußte, dann mußte sie sogar zugeben, daß er sich verdammt gut hielt.

Jetzt keuchte Graham gerade hinter ihr: »Lauf doch schneller.« Er hatte es schon einige Male gesagt. »Du kommst doch schneller vorwärts.«

»Kommt nicht in Frage«, entgegnete sie außer Atem.

Das Echo ihrer leisen Stimmen klang unheimlich, zischend und verzerrt.

Sie erreichte den Treppenabsatz im dreiunddreißigsten Stock, wartete, bis er sie eingeholt hatte, und fuhr ihn an. »Ich werde dich nicht im Stich lassen. Zu zweit ... haben wir eine bessere Chance gegen diesen Mistkerl ... Besser als einer von uns allein.«

»Er hat eine Pistole. Wir haben überhaupt keine Chance.«

Sie gab keine Antwort, sondern nahm weiter Stufe für Stufe.

»Lauf voraus«, sagte er, mühsam nach Luft ringend. »Hol den ... Wachmann ... Beeil dich ... Bevor er mich ... umbringt.«

»Ich glaube, daß die Wachmänner tot sind.«

»Was?«

Sie hatte es nicht aussprechen wollen, so als würde ihre Angst zur Realität, wenn sie sie in Worte kleidete. »Wie hätte er denn sonst ... an ihnen vorbeikommen sollen?«

»Einfach das Gästeregister unterschreiben.«

»Und seinen Namen hinterlassen ...? Damit die Bullen ihn dann finden?«

Ein Dutzend Stufen später sagte er: »Herrgott!«

»Was ist?«

»Du hast recht.«

»Keine Hilfe ... zu kriegen«, sagte sie. »Wir müssen einfach ... aus dem Gebäude ... raus.«

Irgendwie hatte er in seinem linken Bein letzte Kraftreserven entdeckt. Als sie das dreißigste Stockwerk erreichten, brauchte Connie nicht darauf zu warten, daß er aufholte.

Eine Sekunde später hallte ein Knall, wie von einem Kanonenschuß, von unten herauf. Sie verharrten in dem ausgefransten Lichtkegel im neunundzwanzigsten Stock.

»Was war das?«

»Eine Feuertür«, sagte Graham. »Jemand hat sie zugeschlagen ... Dort drunten.«

»Er?«

»Ruhig ...«

Sie standen völlig unbeweglich da und versuchten, trotz ihres keuchenden Atems zu hören, ob sich etwas bewegte.

Connie hatte das Gefühl, als würde der sie umgebende Lichtkegel einschrumpfen, sich zusammenziehen, bis er nur noch ein winziger heller Punkt war. Sie hatte Angst davor, blind und hilflos zu sein und in der pechschwarzen Dunkelheit ein bequemes Ziel zu bieten. Bestimmt verfügte der Schlächter über mythische Kräfte und konnte im Dunkel sehen.

Als sie ihren Atem schließlich unter Kontrolle hatten, herrschte Totenstille im Treppenschacht.

Es war zu still.

Unnatürlich still.

Schließlich rief Graham: »Wer ist da?«

Beim Klang seiner Stimme zuckte sie erschreckt zusammen.

Der Mann unter ihnen sagte: »Polizei, Mr. Harris.«

»Bollinger«, zischte Connie.

Sie stand am äußeren Rand der Treppe und blickte nach unten in den Schacht. Vier Treppen unter ihnen war eine Männerhand am Geländer zu sehen, höchstens zwei oder drei Stufen vom Treppenabsatz entfernt, so daß die schwache Beleuchtung die Hand gerade noch erfassen konnte. Auch sein Mantelärmel war zu sehen.

»Mr. Harris«, sagte Bollinger. Seine Stimme war kalt und hohl und vom Treppenschacht verzerrt.

»Was wollen Sie?« fragte Graham.

»Ist sie hübsch?«
»Was?«
»Ob sie hübsch ist?«
»Wer?«
»Ihre Freundin.«

Jetzt setzte Bollinger sich nach oben in Bewegung. Ohne Hast. Ganz gemächlich. Eine Stufe nach der anderen.

Dieses langsame, stetige Näherrücken machte Connie mehr Angst, als wenn er auf sie zugerannt wäre. Indem er sich Zeit ließ, machte er ihnen klar, daß es keinen Ausweg für sie gab, daß er die ganze Nacht Zeit hatte, um an sie heranzukommen, wenn er es so lange hinziehen wollte.

Wenn wir nur eine Waffe hätten, dachte sie.

Graham griff nach ihrer Hand, und sie stiegen wieder nach oben, so schnell er das konnte. Es fiel ihnen beiden nicht leicht. Ihr Rücken und ihre Beine taten weh. Und bei jeder Stufe knirschte Graham entweder mit den Zähnen oder stöhnte laut.

Als sie zwei Stockwerke hinter sich gebracht hatten, vier Treppen, mußten sie stehenbleiben und ausruhen. Er beugte sich vor und massierte sein schlimmes Bein. Sie ging ans Geländer und spähte in die Tiefe.

Bollinger stand vier Treppen unter ihnen. Offensichtlich war er gerannt, als er sie rennen gehört hatte, aber jetzt war er wieder stehengeblieben. Er beugte sich über das Geländer, vom Licht eingerahmt, die Waffe in der rechten Hand ausgestreckt.

Er lächelte ihr zu und sagte: »Hey, du bist ja tatsächlich hübsch.«

Sie schrie auf und fuhr zurück.

Er feuerte.

Die Kugel pfiff durch den Treppenschacht, prallte vom Geländer ab und fuhr als Querschläger über ihnen gegen die Wand, prallte erneut ab und traf klirrend auf eine der Treppenstufen.

Sie klammerte sich an Graham fest, und der legte die Arme um sie.

»Jetzt hätte ich dich umbringen können!« rief Bollinger ihr zu. »Aber das wollte ich nicht, Süße. Wir beide werden nachher noch eine Menge Spaß miteinander haben.«

Dann setzte er sich wieder in Bewegung, setzte seinen Aufstieg fort. So wie vorher. Seine Schuhe scharrten unheilverheißend über den nackten Beton: *Schrr ... Schrr ... Schrr ... Schrr ...* Er fing an, leise vor sich hinzupfeifen.

»Der macht nicht bloß Jagd auf uns«, sagte Graham wütend. »Dieser Schweinehund spielt mit uns.«

»Was machen wir jetzt?«

Schrr ... Schrr ...

»Wir können ihm nicht entkommen.«

»Aber das müssen wir.«

Schrr ... Schrr ...

Harris zog die Feuertür auf. Dahinter lag das einunddreißigste Stockwerk. »Schnell.«

Sie war nicht überzeugt, daß es für sie ein Vorteil war, die Treppe zu verlassen, aber da auch sie nicht wußte, was tun, verließ sie das weiße Licht und trat in die rötliche Düsternis.

Schrr ... Schrr ...

Graham schloß die Tür und bückte sich daneben. An der rechten Ecke war ein umklappbarer Türstopper befestigt. Er drückte ihn ganz hinunter, bis der Gummibelag fest gegen den Boden gepreßt war, und legte dann den Arretierungshebel um. Seine Hände zitterten, und einen Augenblick lang sah es so aus, als würde er selbst eine so einfach Aufgabe nicht schaffen.

»Was machst du da?« fragte sie.

Er richtete sich auf. »Wenn man dieses Ding hier nicht verriegeln könnte, würde es wahrscheinlich nicht funktionieren. Aber Gott sei Dank kann man das. Siehst du die Schwelle? Sie liegt einen Zoll höher als der Boden auf der anderen Seite. Wenn er versucht, die Tür zu öffnen, stößt er gegen die Schwelle. Das ist fast so gut wie ein Riegel.«

»Aber er hat eine Waffe.«

»Das macht nichts. Durch eine stählerne Feuertür kann er nicht schießen.«

Connie hatte immer noch panische Angst, gleichzeitig war sie aber erleichtert, daß Graham die Initiative ergriffen und offenbar seine Angst überwunden hatte.

Die schwere Tür ratterte, als Bollinger auf der anderen Seite die Klinke niederdrückte. Dann stieß die Tür gegen den Stopper und die Schwelle und hielt stand; die Tür ließ sich nicht öffnen.

»Er muß jetzt ein Stockwerk nach oben oder nach unten«, sagte Harris, »und über die Treppe an der anderen Seite des Gebäudes wieder heraufkommen; oder er benutzt den Fahrstuhl. Das verschafft uns ein paar Minuten.«

Bollinger rüttelte wütend an der Tür und stemmte sich mit seiner ganzen Kraft dagegen. Aber sie ließ sich nicht bewegen.

»Was nützen uns ein paar Minuten?« fragte Connie.

»Das weiß ich nicht.«

»Graham – werden wir hier lebend herauskommen?«

»Wahrscheinlich nicht.«

4

Dr. Andrew Enderby, der Gerichtsmediziner, der die Ermittlungen am Tatort leitete, war ein außergewöhnlich höflicher, gutaussehender Mann, der für einen Endfünfziger ungewöhnlich fit wirkte. Er hatte dichtes dunkles Haar, das an den Schläfen weiß geworden war, klare braune Augen und eine lange, aristokratische Nase. Sein buschiger, graumelierter Schnurrbart war groß und gepflegt. Er trug einen gutsitzenden grauen Anzug mit geschmackvollen Accessoires, was Preduskis Aussehen noch schlampiger wirken ließ.

»Hallo, Andy«, sagte Preduski.

»Das wäre Nummer elf«, entgegnete Enderby. »Ungewöhnlich. Wie Nummer fünf, sieben und acht.« Wenn Enderby erregt war, was nicht häufig vorkam, drückte sich seine Ungeduld in seiner Redeweise aus: er sprach dann manchmal abgehackt und in Satzfetzen. Jetzt deutete er auf den Küchentisch und sagte: »Sehen Sie es? Keine Butterschmierer. Keine Marmeladenreste. Keine Krümel. Zu verdammt ordentlich. Wieder ein Schwindel.«

Ein Labortechniker entfernte gerade den Müllzerkleinerer aus dem Rohrgestänge unter der Spüle.

»Warum?« fragte Preduski. »Warum täuscht er uns vor, daß er sich wieder vollgestopft hat, wenn er einfach nicht hungrig ist?«

»Ich kenne den Grund. Ich bin sogar sicher.«

»Dann sagen Sie es mir«, bat Preduski.

»Zunächst einmal – wußten Sie, daß ich Psychiater bin?«

»Sie sind Coroner und als Pathologe ausgebildet.«

»Psychiater auch.«

»Das wußte ich nicht.«

»Ich habe Medizin studiert, anschließend mein Jahr als Assistenzarzt absolviert und mich dabei auf den Hals-, Nasen-, Ohrenbereich spezialisiert. Widerwärtig. Sich auf diese Art seinen Lebensunterhalt verdienen zu müssen! Meine Familie hatte Geld, ich brauchte also nicht zu arbeiten, ging noch einmal auf die Universität zurück und habe Psychiatrie studiert.«

»Das muß interessant sein.«

»Faszinierend. Aber ich bin damit nicht fertig geworden. Mir sind die Patienten auf die Nerven gegangen.«

»Tatsächlich?«

»Sich den ganzen Tag mit Neurotikern abgeben zu müssen! Ich hatte immer das Gefühl, die Hälfte von denen gehörte hinter Schloß und Riegel. Also bin ich ausgestiegen. Das war besser für mich *und* die Patienten.«

»Das würde ich auch sagen.«

»Dann habe ich ein wenig rumgegammelt. Und vor zwanzig Jahren bin ich dann Pathologe bei der Polizei geworden.«

»Bei den Toten haben Sie wenigstens nicht mit Neurotikern zu tun.«

»Allerdings.«

»Und Hals-, Nasen-, Ohrenkrankheiten haben die auch nicht.«

»Und stecken mich auch nicht an«, sagte Enderby. »Man verdient natürlich in diesem Job herzlich wenig. Aber Geld habe ich genug. Und die Arbeit macht mir Spaß. Ich eigne mich auch gut dafür. Meine psychiatrische Ausbildung verschafft mir eine ganz andere Perspektive. Einblicke, die andere Pathologen vielleicht nicht haben. So wie den, den ich heute nacht hatte.«

»Sie meinen, weshalb der Schlächter sich manchmal vollstopft und manchmal *nur so tut*, als würde er sich vollstopfen?«

»Ja«, sagte Enderby. Dann atmete er tief durch. »Das kommt daher, daß es in Wirklichkeit zwei sind.«

Preduski kratzte sich am Kopf. »Schizophrenie?«

»Nein, nein, das nicht. Ich meine ... Es gibt nicht nur einen Mann, der die Stadt unsicher macht und Frauen tötet. Es gibt *zwei*.« Er lächelte triumphierend.

Preduski starrte ihn ungläubig an.

Enderby nickte, wie um seine These zu bekräftigen, und schlug sich mit der geballten rechten Hand in die linke Handfläche. »Ich weiß, daß ich recht habe«, sagte er. »Schlächter Nummer eins hat die ersten vier Opfer getötet. Ihm macht das Morden Appetit. Schlächter Nummer zwei hat die fünfte Frau getötet. Hat sie genauso zugerichtet, wie Schlächter Nummer eins das getan hätte. Aber er war ein wenig zarter besaitet als der erste Schlächter. Ihm hat das Morden den Appetit *verdorben*, also hat er das Festmahl nur vorgetäuscht.«

»Warum sollte er sich die Mühe machen?«

»Ganz einfach. Er wollte, daß keine Zweifel aufkamen, wer sie umgebracht hatte. Er wollte, daß wir meinen, daß es der Schlächter war.«

»Preduski wurde plötzlich bewußt, wie exakt Enderbys Krawatte geknotet war. Er griff sich verlegen an den eigenen Schlips. »Verzeihung. Sie müssen entschuldigen, aber ich verstehe das nicht ganz. Meine Schuld. Weiß Gott. Aber Sie müssen wissen, wir haben den Zeitungen nie etwas von der Szene in den verschiedenen Küchen an den Tatorten gesagt. Wir haben das für uns behalten, um falsche Geständnisse von vornherein aussortieren zu können. Wenn dieser sogenannte Schlächter Nummer zwei den echten Schlächter imitieren wollte, woher sollte er dann etwas von diesen Freßorgien gewußt haben?«

»Sie haben mich nicht verstanden.«

»Ja, das glaube ich auch.«

»Schlächter Nummer eins und Schlächter Nummer zwei kennen einander. Sie stecken unter einer Decke.«

»Die beiden sind Freunde?« fragte Preduski verblüfft. »Sie meinen, die beiden ziehen aus und morden – so wie andere Männer gemeinsam kegeln gehen?«

»Ich würde es nicht ganz so formulieren.«

»Sie bringen Frauen um und versuchen, es so aussehen zu lassen, als ob das das Werk eines Mannes wäre?«

»Ja.«

»Warum?«

»Weiß ich nicht. Vielleicht wollen sie uns das Persönlichkeitsbild eines Mörders vorspielen, das ganz anders ist als das des einen oder anderen. Um damit von der Spur abzulenken, meine ich, um sich zu schützen.«

Preduski fing an, vor dem mit Speiseresten übersäten

Tisch auf und ab zu gehen. »Zwei Psychopathen begegnen sich in einer Bar ...«

»Es muß nicht unbedingt eine Bar sein.«

»Sie kommen ins Gespräch, freunden sich an und schließen einen Pakt, sämtliche Frauen in Manhattan zu töten.«

»Nicht sämtliche«, sagte Enderby. »Aber eine ganze Menge.«

»Tut mir leid. Ich bin wahrscheinlich ein wenig begriffsstutzig. Ich bin nicht sehr gebildet. Kein Arzt wie Sie. Aber mir geht das einfach nicht ein. Ich kann mir nicht vorstellen, daß Psychopathen so reibungslos und effizient zusammenarbeiten.«

»Warum nicht? Ich darf Sie an die Tate-Morde in Kalifornien erinnern. In der Manson-Familie gab es einige Psychopathen, und trotzdem haben sie alle reibungslos und effizient zusammengearbeitet und eine große Zahl von Morden begangen.«

»Aber man hat sie gefaßt«, sagte Preduski.

»Ja, aber es hat eine ganze Weile gedauert.«

5

Im einunddreißigsten Stockwerk des Bowerton-Gebäudes waren die Büros von sechs Firmen untergebracht. Graham und Connie versuchten, einige Türen zu öffnen – alle waren versperrt. Sie wußten, daß die anderen ebenfalls abgeschlossen sein würden.

Dann entdeckte Connie neben den Fahrstühlen eine unbeschriftete Tür, die nicht abgesperrt war. Sie öffnete sie, und Graham tastete nach dem Lichtschalter und fand ihn. Sie gingen hinein.

Der Raum war etwa drei Meter tief und vielleicht zwei Meter breit. An der linken Seite gab es eine knallrot gestrichene Stahltür, daneben an der Wand einen Ständer mit Besen, Mops und Bürsten. An der rechten Wand stand ein Blechregal mit Desinfektions- und Reinigungsmitteln.

»Eine Besenkammer«, sagte Graham.

Connie ging zu der roten Tür. Öffnete sie, trat in den Raum dahinter, hielt aber die Tür dabei geöffnet. Von dem, was sie sah, war sie sichtlich überrascht und angetan. »Graham! Hey, schau dir das an«, sagte sie.

Er reagierte nicht.

Sie drehte sich um, trat einen Schritt zurück und sagte: »Graham, schau, was ich …«

Er war nur einen Schritt von ihr entfernt und hielt eine große Schere in der Hand. Er hatte sie so in der Faust, wie man einen Dolch hält. Die Schneiden der Schere blitzten wie poliert, und die scharfen Spitzen glitzerten im Licht der Deckenbeleuchtung.

»Graham?« sagte sie.

Jetzt ließ er die Schere sinken und sagte: »Die habe ich dort drüben auf dem Regal gefunden. Ich kann sie als Waffe benutzen.«

»Gegen eine Pistole?«

»Vielleicht können wir ihm eine Falle stellen.«

»Was für eine Falle?«

»Ihn an eine Stelle locken, wo ich ihn überraschen kann, bevor er Zeit hat, seine verdammte Pistole einzusetzen.«

»Wo zum Beispiel?«

Seine Hand zitterte, Lichtreflexe tanzten über die Klingen. »Das weiß ich nicht«, sagte er bedrückt.

»Das funktioniert ganz bestimmt nicht«, sagte sie. »Außerdem habe ich hier einen Weg nach draußen gefunden.«

Er blickte auf. »Tatsächlich?«

»Komm, sieh dir das an. Du wirst die Schere nicht brauchen. Leg sie hin.«

»Ich werde es mir anschauen«, sagte er. »Aber die Schere behalte ich für alle Fälle.«

Ihre Sorge war, daß er es vorziehen würde, sich dem Schlächter mit der Schere bewaffnet entgegenzustellen, wenn er den von ihr gefundenen Fluchtweg sah.

Er folgte ihr durch die rote Tür auf eine von einem Geländer umgebene Plattform, die nur einen halben Meter breit und einen reichlichen Meter lang war. Darüber strahlte eine Glühbirne an der Wand, und in einiger Entfernung waren andere Lämpchen zu sehen, die eine eigenartige, zunächst nicht gleich zu identifizierende Leere beleuchteten.

Sie befanden sich in einem der beiden Fahrstuhlschächte, die vom Erdgeschoß bis hinauf zum Dach reichten. Der Schacht diente vier Aufzügen, die alle unten abgestellt waren. Vor Connie und Graham hingen dicke Kabel herunter. In dieser und der gegenüberliegenden Wand des gewaltigen Schachts waren vom Dach bis hinunter ins Kellergeschoß in jedem zweiten Stockwerk solche Türen und Plattformen angebracht wie die, auf der sie standen. Genau gegenüber von Graham und Connie war auch eine zu sehen, und dieser Anblick machten ihnen erst richtig bewußt, in welch schwindelnder Höhe sie sich befanden. Beiderseits waren im Schacht Metallsprossen in die Wand eingelassen: Eine Art Leiter, die die Türen in den einzelnen Stockwerken miteinander verbanden.

Dieses System diente zu Wartungszwecken und auch dazu, Leute aus steckengebliebenen Fahrstuhlkabinen im Brandfall oder bei Stromausfall zu evakuieren. Über jeder Tür war ein kleiner weißer Beleuchtungskörper angebracht, ansonsten gähnte der Schacht in völliger Finsternis. Als Connie nach oben blickte, und ganz besonders beim Blick nach unten, schienen die weiter entfernten Lichter näher beieinander zu stehen als die in unmittelbarer Nähe. Der Weg nach unten war weit.

»*Das* soll ein Fluchtweg sein?« sagte er, und seine Stimme zitterte dabei.

Sie zögerte eine Weile und meinte dann: »Wir könnten hinunterklettern.«

»Nein.«

»Die Treppen können wir nicht benutzen. Die wird er beobachten.«

»Das hier kommt trotzdem nicht in Frage.«

»Es ist ganz anders als Bergsteigen.«

Sein Blick huschte unruhig von links nach rechts und wieder zurück. »Nein.«

»Wir haben doch die Leiter.«

»Und wir sollen einunddreißig Stockwerke in die Tiefe klettern?« fragte er.

»Bitte, Graham. Wenn wir jetzt anfangen, schaffen wir es vielleicht. Selbst wenn er feststellt, daß die Besenkammer nicht abgesperrt ist, und selbst wenn er diese rote Tür sieht – vielleicht glaubt er dann, daß wir nicht den Mut haben, in diesen Schacht zu klettern. Und wenn er uns *wirklich* entdecken sollte, könnten wir den Schacht in einem anderen Stockwerk verlassen. Auf diese Weise würden wir Zeit gewinnen.«

»Ich kann das nicht.« Er umklammerte das Geländer mit beiden Händen so fest, daß sie nicht erstaunt gewesen wäre, wenn sich dabei die Geländerstangen verbogen hätten.

»Graham, was bleibt uns denn *sonst* übrig?« fragte sie bedrückt.

Doch Graham starrte nur in den Schlund aus Beton.

Als Bollinger schließlich erkannte, daß Harris und die Frau die Feuertür von innen abgesperrt hatten, rannte er ins dreißigste Stockwerk hinunter. Er hatte vor, dort durch den Korridor zum anderen Ende des Gebäudes zu laufen und dann auf der zweiten Feuertreppe ins einunddreißigste Geschoß zurückzugehen und die *andere* Brandtür zu probieren. Aber die graue Tür am nächsten Treppenabsatz trug in schwarzen Schablonenbuchstaben die Aufschrift »Hallowfield Immobilien«, was besagte, daß das ganze Stockwerk einem einzigen Mieter gehörte. Also würde es in dieser Etage keine der Öffentlichkeit zugänglichen Korridore geben, und man würde die Brandtür auch nur von innen öffnen können. Das gleiche galt für das neunundzwanzigste und das achtundzwanzigste Stockwerk, das *Sweet Sixteen Cosmetics* beherbergte. Trotzdem versuchte er beide Male, die Türen zu öffnen, was ihm aber nicht gelang.

Er war jetzt besorgt, er könne die Fährte seiner Opfer verlieren, und rannte ins sechsundzwanzigste Stockwerk zurück. Dort war er ursprünglich das erste Mal in den Treppenschacht eingedrungen, und dort hatte er auch den Fahrstuhl warten lassen.

Als er die Feuertür öffnete und in den Korridor hinaustrat, warf er einen Blick auf die Uhr. Einundzwanzig Uhr fünfzehn. Die Zeit verrann viel zu schnell, unnatürlich schnell, als ob das Universum aus dem Gleichgewicht geraten wäre.

Er rannte zum Fahrstuhl und suchte in der Tasche nach den Schlüsseln des toten Wachmannes. Sie verhängten sich im Futter. Als er sie schließlich losriß, entglitten Sie ihm und fielen mit einem leichten Klingeln zu Boden.

Er kniete nieder, tastete in der Dunkelheit nach ihnen herum und erinnerte sich erst dann daran, daß er ja eine Taschenlampe hatte. Selbst mit deren Hilfe brauchte er mehr als eine Minute, um die Schlüssel zu finden.

Als er sich schließlich wieder aufrichtete, fragte er sich, ob Harris und seine Freundin etwa hier auf ihn warten würden. Er steckte die Taschenlampe weg, zog die Pistole heraus, stand völlig reglos da und blickte suchend in die Finsternis. Falls sie sich hier versteckt hielten, würde das helle Licht aus den Fahrstuhlschächten sie silhouettenhaft abzeichnen.

Bei einigem Nachdenken wurde ihm freilich bewußt, daß sie unmöglich wissen konnten, in welchem Stockwerk er den Fahrstuhl verlassen hatte. Außerdem hätten sie unmöglich vor ihm hier sein können.

Ganz anders sah es im einunddreißigsten Stockwerk aus. Dort oben könnten sie genügend Zeit gehabt haben, um ihm eine Falle zu stellen. Vielleicht warteten sie vor dem Lift, weil er in dem Augenblick, in dem die Türen sich öffneten, am verletzbarsten war.

Andererseits war schließlich *er* derjenige mit der Pistole. Was hatte es also schon zu bedeuten, wenn sie ihm mit irgendwelchen improvisierten Waffen auflauerten? Sie hatten keine Chance, ihn zu überwältigen.

Er schob den Schlüssel in die Öffnung und setzte die Fahrstuhlkabine in Bewegung.

Ein Blick auf seine Uhr verriet ihm, daß es einundzwanzig Uhr neunzehn war.

Wenn es jetzt nicht zu weiteren Verzögerungen kam, konnte er Harris töten und hatte dann immer noch zwanzig Minuten bis eine halbe Stunde mit der Frau.

Er fing wieder zu pfeifen an und drückte auf den Knopf mit der Aufschrift 31.

6

Der Labortechniker schraubte den Abfallzerkleinerer ab, wickelte ihn in eine dicke weiße Plastikplane und trug ihn aus der Wohnung.

Preduski und Enderby blieben allein in der Küche zurück.

In der Diele schlug eine Standuhr die Viertelstunde: Zwei gedämpfte Glockenschläge, die Uhr ging fünf Minuten nach. Wie als Begleitmusik dazu flötete der Wind musikalisch durch die Regentraufe über dem Küchenfenster.

»Wenn Ihnen die Vorstellung schwerfällt, daß zwei Psychopathen so reibungslos zusammenarbeiten«, sagte Enderby, »sollten Sie vielleicht einmal die Möglichkeit in Betracht ziehen, daß es sich um Psychopathen von einer Art handelt, wie wir sie in unserer Praxis bisher nicht zu sehen bekommen haben.«

»Jetzt reden Sie wie Graham Harris.«

»Ich weiß.«

»Der Schlächter ist geistesgestört, sagt Harris. Aber Harris sagt auch, man würde ihm das nicht ansehen, wenn man ihm begegnet. Entweder sind die Symptome seiner Geistesgestörtheit äußerlich nicht sichtbar, oder er hat gelernt, sie zu verbergen. Harris sagt, er würde jeder psychiatrischen Untersuchung standhalten.«

»Mit der Zeit fange ich an, mich seiner Meinung anzuschließen.«

»Nur daß Sie sagen, daß wir es mit zwei Schlächtern zu tun haben.«

Enderby nickte.

Preduski seufzte, ging ans Fenster und zeichnete mit dem Finger die Umrisse eines Dolches in den feuchten Beschlag. »Wenn Sie recht haben, muß ich meine Theorie aufgeben. Dann ist er kein gewöhnlicher paranoider Schizophrener. Daß ein Einzelgänger unter psychotischem Zwang so handelt, könnte man sich noch vorstellen. Aber nicht zwei, die gemeinsam agieren.«

»Hier liegt kein psychotischer Zwang vor«, pflichtete Enderby ihm bei. »Beide Männer wissen ganz genau, was sie tun. Und keiner von beiden leidet an Amnesie.«

Preduski wandte sich vom Fenster ab, wo die Umrisse des Dolches sich bereits wieder in einzelne Tropfen auflösten, die an der Scheibe herunterrannen. »Aber ob es sich nun um eine neue Art von Psychopathen handelt oder nicht, das eigentliche Verbrechen folgt dem vertrauten Muster. Sexualmorde sind …«

»Hier handelt es sich nicht um Sexualmorde«, sagte Enderby.

Preduski legte den Kopf zur Seite. »Wie bitte?«

»Hier handelt es sich nicht um *Sexual*morde.«

»Sie töten nur Frauen.«

»Ja, aber ...«

»Und vorher werden sie vergewaltigt.«

»Ja. Es handelt sich um Morde mit einer sexuellen *Komponente.* Aber nicht um *Sexual*morde.«

»Tut mir leid. Jetzt komme ich nicht mehr mit. Meine Schuld. Nicht Ihre.«

»Sex ist bei diesen Morden nicht das auslösende Motiv. Wenn diese Männer Frauen angreifen, werden sie nicht ausschließlich und nicht einmal in erster Linie von sexuellen Motiven angetrieben. Die Gelegenheit zur Vergewaltigung bietet sich an, also nehmen sie sie wahr. Sie werden die Frauen ja ohnehin töten. Indem sie vorher von ihnen vergewaltigt werden, steigern sie ihr Risiko nicht. Sex ist für sie sekundär. Sie morden nicht aus psychosexuellem Impuls.«

»Ich verstehe nicht, wie Sie das annehmen können«, meinte Preduski und schüttelte den Kopf. »Sie haben sie ja nie zu Gesicht bekommen. Was für Beweise haben Sie denn, daß hier nicht im Grunde genommen sexuelle Motive vorliegen?«

»Indizien«, erklärte Enderby. »Zum Beispiel die Art und Weise, wie sie die Leichen verstümmeln.«

»Was ist damit?«

»Haben Sie die Verstümmelungen sorgfältig studiert?«

»Ich hatte ja wohl keine andere Wahl.«

»Gut. Haben Sie irgendwelche Verstümmelungen im Analbereich gefunden?«

»Nein.«

»Im Genitalbereich?«

»Nein.«

»Verstümmelungen an den Brüsten?«

»In einigen Fällen hat er den Unterleib und den Brustkorb aufgeschnitten.«

»Aber keine ausschließlichen Verstümmelungen an den Brüsten?«

»Wenn er den Brustkorb aufschneidet ...«

»Ich meine, hat er je einer Frau die Brustwarzen abgeschnitten, oder vielleicht sogar die ganze Brust, wie das Jack the Ripper immer getan hat?«

Ein Ausdruck des Ekels legte sich über Preduskis Gesicht. »Nein.«

»Hat er je den Mund eines Opfers verstümmelt?«

»Den Mund?«

»Hat er je Lippen abgeschnitten?«

»Nein. Niemals.«

»Hat er je einem Opfer die Zunge herausgeschnitten?«

»Du lieber Gott, nein! Andy, müssen wir so weitermachen? Das ist ja widerlich. Und ich kann nicht erkennen, worauf das hinaus soll.«

»Wenn es sich bei den Schlächtern um manische *Sexualmörder* handeln würde, mit dem Drang, ihre Opfer zu verstümmeln«, sagte Enderby, »dann hätten sie sich an diesen Körperteilen zu schaffen gemacht.«

»Anus, Brüste, Genitalien und Mund?«

»Eindeutig. Wenigstens an einem Bereich, wahrscheinlich aber an allen. Aber das haben sie nicht. Also handelt es sich bei den Verstümmelungen um etwas, was sie sich nachher überlegt haben und was nicht aus sexuellem Zwang heraus geschah. Fassade.«

Preduski schloß die Augen und drückte beide Hände darauf, als versuchte er, unangenehme Bilder zu verdrängen. »Fassade? Ich muß gestehen, daß ich wieder einmal nicht kapiere, was Sie meinen.«

»Um uns zu beeindrucken.«

»Die Polizei?«

»Ja. Und die Zeitungen.«

Preduski ging ans Fenster, wo er vorher das Messer gezeichnet hatte. Er wischte den feuchten Beschlag weg und starrte nach draußen, wo immer noch dichte Schneeschwaden im Schein der Straßenlaterne vom Himmel wehten. »Warum sollte er uns beeindrucken wollen?«

»Das weiß ich nicht. Aber aus welchem Grund auch immer er es getan hat, was auch immer hinter diesem Wunsch steckt, uns zu beeindrucken – genau das ist das wahre Motiv. Wenn es uns bekannt wäre, könnten wir vielleicht das durchgängige Muster in den Morden erkennen. Und dann könnten wir vielleicht seinen nächsten Schritt vorhersehen.«

Plötzlich schlug sich Enderby mit der Hand an die Stirn und sagte: »Warten Sie mal, jetzt fällt mir ein anderer Fall ein. Zwei Mörder, die gemeinsam arbeiteten. Chicago. Neunzehnhundertvierundzwanzig. Zwei junge Männer, Millionärssöhne, keine zwanzig Jahre alt.«

»Leopold und Loeb?«

»Sie kennen den Fall?«

»Flüchtig.«

»Sie haben einen Jungen getötet, Bobby Franks. Vierzehn Jahre alt. Sohn reicher Eltern. Sie hatten nichts gegen den Jungen persönlich. Keinen der üblichen Gründe. Kein klassisches Motiv. Die Zeitungen schrieben, sie hätten die Tat aus reinem Nervenkitzel begangen. Ein äußerst blutiger Mord. Aber sie haben Franks aus anderen Gründen getötet. Nicht nur des Nervenkitzels wegen. Für ein philosophisches Ideal.«

Preduski, der die ganze Zeit zum Fenster hinausgestarrt hatte, drehte sich jetzt um. »Tut mir leid«, sagte er. »Ich habe da wohl irgend etwas nicht ganz mitbekommen. Für mich gibt das alles keinen Sinn. *Was für ein philosophisches Ideal?*«

»Sie hielten sich für etwas Besonderes. Übermenschen. Die ersten Vertreter einer neuen Rasse. Leopolds Idol war Nietzsche.«

Preduski runzelte die Stirn und sagte: »Eines der Zitate dort drinnen an der Schlafzimmerwand stammt wahrscheinlich von Nietzsche, das andere von Blake. Und letzte Nacht, an Edna Mowrys Wand, gab's auch ein Zitat von Nietzsche.«

»Leopold und Loeb. Ein unglaubliches Mörderpaar. Sie dachten, wenn sie das perfekte Verbrechen begehen, wäre das der Beweis dafür, daß sie Übermenschen sind. Sie dachten, der perfekte Mord sei der *Beweis* für überlegene Intelligenz und überlegene Schlauheit.«

»Waren die beiden nicht homosexuell?«

»Ja. Aber das macht Bobby Franks noch nicht zum Opfer eines Sexualmordes. Sie haben sich nicht an ihm vergangen und hatten auch nicht die Absicht, das zu tun. Ihr Motiv war nicht ihr Sexualtrieb. Überhaupt nicht. Loeb bezeichnete ihre Tat später als Resultat einer ›intellektuellen Übung‹.«

Trotz seiner Erregung hatte Enderby bemerkt, daß seine Hemdmanschetten unter seine Jackettärmel gerutscht waren. Er zog sie heraus, eine nach der anderen, bis sie vorschriftsmäßig einen Zentimeter weit vorstanden. Obwohl er eine ganze Weile in dem mit Blut besudelten Schlafzimmer und anschließend in der Küche gearbeitet hatte, fand sich an seiner Kleidung nicht der kleinste Fleck.

Den Rücken dem Fenster zuwendend, an den Fenstersims gelehnt und sich sehr wohl seiner schmutzigen Schuhe und der ausgebeulten Hosenbeine bewußt, sagte Preduski: »Ich habe immer noch Verständnisschwierigkeiten. Sie müssen Geduld mit mir haben. Sie kennen mich ja. Manchmal bin ich ein wenig begriffsstutzig. Aber wenn diese beiden jungen Leute, Leopold und Loeb, der Ansicht waren, daß Mord eine intellektuelle Übung sei, dann waren Sie doch verrückt, oder nicht? Das waren sie doch, oder?«

»In gewisser Weise schon. Eine Art Machtrausch. Macht im realen Sinn ebenso wie eingebildete Macht.«

»Hätten Sie den Eindruck von Geisteskranken gemacht?«

»Überhaupt nicht.«

»Wie ist das möglich?«

»Sie erinnern sich vielleicht, daß Leopold schon als Siebzehnjähriger seinen Collegeabschluß machte. Er hatte einen Intelligenzquotienten von beinahe zweihundert. Er war ein Genie. Und Loeb ebenso. Sie waren intelligent genug, um ihre Nietzsche-Fantasien für sich zu behalten, ihre eingebildete Überlegenheit vor ihrer Umwelt zu verbergen.«

»Was wäre gewesen, wenn sie sich einem psychiatrischen Test unterzogen hätten?«

»Das war 1924, da waren die psychiatrischen Tests noch nicht sehr weit entwickelt.«

»Aber wenn damals so ausgeklügelte Tests wie heute möglich gewesen wären – hätten Leopold und Loeb die dann bestanden?«

»Wahrscheinlich mit fliegenden Fahnen.«

»Hat es seit damals ähnliche Fälle wie Leopold und Loeb gegeben?« fragte Preduski.

»Nicht daß ich wüßte. Jedenfalls nicht in so ausgeprägter Weise. Die Manson-Familie hat aus ziemlich wirren politischen und religiösen Gründen gemordet. Sie glaubten, Manson sei Jesus Christus, und dachten, es würde den Armen und Unterdrückten helfen, wenn sie Reiche töteten. Für meine Begriffe lupenreine Spinner. Denken Sie an ein paar andere Mörder, insbesondere Massenmörder. Charles Starkweather. Richard Speck. Albert De Salvo. Alles Psychopathen. Und alle angetrieben von Psychosen, die in ihnen wie ein Geschwür herangewachsen waren und sie von Kindheit an langsam in den Wahnsinn getrieben hatten. Bei Leopold und Loeb lagen allem Anschein nach keinerlei ernsthafte Kindheitstraumata vor, die sie zu ihrem Verhalten hätten zwingen können. Keine dunkle Saat, die später Früchte trug.«

»Wenn es sich also bei dem Schlächter tatsächlich nicht um einen, sondern um zwei Täter handelt«, sagte Preduski nachdenklich, »haben wir es mit einer Neuauflage von Leopold und Loeb zu tun. Sie morden, um damit ihre Überlegenheit unter Beweis zu stellen.«

Enderby fing an, auf und ab zu gehen. »Mag sein. Aber es ist ebensogut möglich, daß noch mehr dahinter steckt. Etwas viel Komplizierteres.«

»Was denn?«

»Das weiß ich nicht. Aber ich habe das Gefühl, daß es sich nicht um einen *genauen Abklatsch* der Leopold und Loeb Geschichte handelt.« Er trat an den Tisch und starrte die Überreste des Mahles an, das nie gegessen worden war. »Haben Sie Harris angerufen?«

»Nein«, sagte der Detective.

»Das sollten Sie tun. Er hat versucht, ein Bild von dem Mörder zu empfangen. Aber bis jetzt ist ihm das nicht geglückt. Vielleicht liegt es daran, weil er sich auf ein einzelnes Bild konzentriert. Weil er versucht, sich nur ein Gesicht auszumalen. Sagen Sie ihm, daß es *zwei* Mörder sind. Vielleicht verschafft ihm das den Durchbruch. Vielleicht bekommt er damit einen Ansatz.«

»Wir *wissen* aber doch nicht, daß es zwei sind. Das ist nur eine Theorie.«

»Sagen Sie es ihm trotzdem«, meinte Enderby. »Kann es denn etwas schaden?«

»Ich sollte es ihm heute noch sagen. Das sollte ich wirklich. Aber es geht nicht«, sagte Preduski. »Er ist wegen diesem Fall mit seiner eigentlichen Arbeit in Rückstand geraten. Das ist meine Schuld. Ständig habe ich ihn angerufen, mit ihm geredet und immer wieder Druck auf ihn ausgeübt. Er will heute nacht durcharbeiten, um seine Rückstände aufzuarbeiten. Ich möchte ihn nicht stören.«

In der Diele schlug die Standuhr die halbe Stunde an, wieder fünf Minuten zu spät.

Preduski warf einen Blick auf seine Armbanduhr und sagte: »Jetzt ist es bald zehn. Ich sollte gehen.«

»Gehen? Hier gibt es noch Arbeit.«

»Mein Dienst hat noch nicht angefangen.«

»Nachtschicht?«

»Ja.«

»Ich weiß, daß Ihnen Überstunden noch nie etwas ausgemacht haben.«

»Also, ich bin gerade erst aufgestanden, war gerade dabei, mir Spaghetti zu kochen, als die Zentrale anrief und mich hierher beordert hat. Ich hatte noch keine Gelegenheit, etwas zu essen, und bin am Verhungern.«

Enderby schüttelte den Kopf. »Jetzt kenne ich Sie schon so lange, habe Sie aber, glaube ich, noch nie richtig essen sehen. Jedesmal, wenn ich Sie treffe, haben Sie sich gerade ein Sandwich geschnappt, um die Arbeit nicht unterbrechen zu müssen. Und zu Hause kochen Sie sich Spaghetti? Sie brauchen eine Frau, Ira.«

»Eine Frau?«

»Andere Männer sind doch auch verheiratet.«

»Schon. Aber ich? Sie machen sich wohl über mich lustig!«

»Wäre gut für Sie.«

»Andy, sehen Sie mich an.«

»Tu ich doch.«

»Dann schauen Sie genauer hin.«

»Und?«

»Sie müssen blind sein.«

»Was sollte ich denn sehen?«

»Können Sie sich eine Frau vorstellen, die mich heiraten würde?«

»Jetzt hören Sie gefälligst mit dem Blödsinn auf, Ira«, sagte Enderby und lächelte. »Mir machen Sie nichts vor. Ich weiß, daß hinter all dem Geschwätz, mit dem Sie sich selbst immer heruntermachen, ein ganz gesundes Selbstbewußtsein steckt.«

»Na, wenn Sie das sagen – schließlich sind Sie ja Psychiater.«

»Ganz richtig. Ich bin weder ein Verdächtiger noch ein Zeuge, also können Sie mich mit der ganzen Schaumschlägerei auch nicht blenden.«

Preduski grinste.

»Ich wette, es hat mehr als nur eine Frau gegeben, die sich in Ihre Maske von Naivität verliebt hat.«

»Naja, ein paar schon«, räumte Preduski ein wenig unbehaglich ein. »Aber die Richtige war nie dabei.«

»Wer hat denn etwas von der *Richtigen* gesagt? Die meisten Männer sind durchaus bereit, Kompromisse einzugehen.«

»Aber ich nicht.« Preduski sah wieder auf die Uhr. »Jetzt muß ich wirklich gehen. Ich komme gegen Mitternacht wieder. Martin ist bis dahin wahrscheinlich noch nicht mit dem Verhör der anderen Mieter fertig. Schließlich ist das ein ziemlich großes Gebäude.«

Dr. Enderby seufzte, als lasteten jetzt wieder alle Probleme der ganzen Welt auf seinen Schultern. »Die anderen werden auch noch hier sein. Die Möbel nach Fingerabdrücken absuchen, die Teppiche absaugen, um Haare, Fädchen oder so etwas zu finden, wobei man wahrscheinlich nichts entdeckt. Derselbe Zirkus wie immer.«

7

Grahams Fuß rutschte von der Leitersprosse ab.

Obwohl er sich ja mit beiden Händen festhielt, stieg sofort Panik in ihm auf. Er trat mit den Füßen um sich, als ob die Leiter ein lebendiges Wesen wäre, dem er zuerst seinen Willen aufzwingen müsse, ehe er wieder festen Halt darauf finden könne.

»Graham, was ist denn?« fragte Connie, die über ihm auf der Leiter stand. »Graham?«

Ihre Stimme riß ihn in die Realität zurück, und er hörte auf, gegen die Leiter zu treten. Mit beiden Händen an der Sprosse hängend wartete er, bis sein Atem wieder beinahe normal ging und die schreckliche Erinnerung an den Mount Everest verblaßte.

»Graham?«

Er tastete mit beiden Füßen nach einer Sprosse und fand schließlich eine nach Sekunden, die ihm wie Stunden vorkamen. »Schon in Ordnung. Ich bin nur ausgeglitten. Wieder alles okay.«

»Sieh nicht nach unten.«

»Das habe ich auch nicht getan. Will ich auch nicht.«

Er suchte die nächste Sprosse, trat darauf und setzte seinen Abstieg fort.

Ihm war so heiß, als ob er Fieber hätte. Das Haar klebte ihm feucht im Nacken, und auf der Stirn standen Schweißtropfen, hingen wie winzige Perlen an seinen Augenbrauen, brannten in seinen Augenwinkeln, erzeugten einen salzigen Geschmack auf seinen Lippen. Und dann fing er plötzlich zu frösteln an, während er den mühsamen Abstieg fortsetzte. Er war sich der Leere bewußt, die ihn umgab, als wäre sie ein Dolch, dessen Spitze sich zwischen seine Schulterblätter bohrte.

Im einunddreißigsten Stockwerk betrat Frank Bollinger in diesem Augenblick die Besenkammer. Sein Blick fiel auf die rote Tür. Jemand hatte den Türstopper, der daran befestigt war, heruntergetreten, so daß sie jetzt ein paar Zentimeter weit offenstand. Er wußte sofort, daß Harris und die Frau durch diese Tür gegangen waren.

Aber weshalb stand die Tür offen?

Es wirkte wie ein Signal, das ihn anlocken sollte.

Das konnte auch eine Falle sein! Er bewegte sich mit großer Vorsicht, hielt die Walther PPK in der rechten Hand und streckte die linke Hand vor sich aus, um die Tür festzuhalten, für den Fall, daß sie vorhatten, sie plötzlich aufzureißen.

Er hielt den Atem an, lauschte nach dem leisesten Geräusch, hörte aber nur das weiche Quietschen seiner Schuhsohlen.

Nichts. Stille.

Mit der Schuhspitze schob er den Türstopper ganz in die Höhe, bevor er die Tür öffnete und auf die schmale Plattform trat. Er bekam gerade noch mit, wo er sich befand, als die Tür sich hinter ihm schloß und alle Lichter im Schacht ausgingen.

Zuerst dachte er, Harris hätte sich hinter ihm in die Besenkammer geschlichen, aber als er die Tür zu bewegen versuchte, stellte er fest, daß sie nicht versperrt war. Und als er sie öffnete, flammten die Lichter alle wieder auf. Die Notbeleuchtung brannte nicht vierundzwanzig Stunden am Tag; sie ging nur an, wenn eine der Zugangstüren geöffnet wurde, und das war auch der Grund, weshalb Harris die Tür einen Spaltbreit offengelassen hatte.

Bollinger war von dem ganzen System, der Beleuchtung, den Plattformen und den Leitern beeindruckt. Nicht jedes in den zwanziger Jahren gebaute Hochhaus war mit solchen Vorkehrungen für Notfälle ausgerüstet worden. Tatsächlich verfügten sogar nur verdammt wenige Wolkenkratzer, die seit dem Krieg gebaut worden waren, über solche Sicherheitseinrichtungen. Wenn man heutzutage in einem Fahrstuhl steckenblieb, erwartete man, daß der Betreffende einfach ausharrte, bis er repariert war, ob das nun zehn Stunden oder zehn Tage dauerte. Und wenn man ihn nicht reparieren konnte, dann blieb einem die Wahl, sich von Hand herunterkurbeln zu lassen oder in der Kabine zu verfaulen.

Je mehr Zeit er in dem Gebäude verbrachte und je tiefer er in sein Innenleben eindrang, desto mehr faszinierte es ihn. Zwar war es nicht mit jenen wahrhaft gigantischen Stadien, Museen und Hochbauten zu vergleichen, die Hitler vor dem Zweiten Weltkrieg und auch noch in seinen Anfangsjahren für die »Reine Rasse von Herrenmenschen« entworfen hatte. Aber andererseits waren Hitlers Prachtbauten auch nie in

Stein und Mörtel Wirklichkeit geworden. Wohingegen dieser Bau tatsächlich existierte. Die Männer, die diesen Bau entworfen und errichtet hatten, mußten wahre Olympier gewesen sein, dachte er. Er wunderte sich selbst darüber, daß er so beeindruckt war, weil er wohl wußte, daß er tagsüber, wenn das Gebäude voll Menschen war und in ihm das übliche Getriebe herrschte, seine beeindruckenden Dimensionen und das Geschick seiner Erbauer überhaupt nicht zur Kenntnis genommen hätte. Man nahm das Alltägliche als gegeben an, und für einen New Yorker gab es an einem zweiundvierzigstöckigen Bürogebäude wirklich nichts, was irgendwie aus dem Rahmen gefallen wäre. Jetzt dagegen, für die Nacht von seinen Insassen verlassen, schien der Wohnturm unglaublich mächtig und kompliziert; ganz allein und in der Stille hatte man Zeit, ihn in seiner gewaltigen, beeindruckenden Größe zu betrachten und zu bewundern. Er kam sich wie eine Mikrobe vor, die durch die Adern und Eingeweide eines lebenden Wesens wanderte, eines kolossalen Monstrums von unvorstellbaren Ausmaßen.

Bollinger fühlte sich den Geistern verwand, die ein solches Monument errichten konnten. Er war einer der ihren, jemand, der die Dinge bewegte und die Erde zum Erzittern brachte. Er war ein Übermensch. Die gigantischen Ausmaße des Gebäudes – und das Genie der Architekten, die es geschaffen hatten – ließen in ihm verwandte Saiten anklingen und riefen ihm seine eigene Gottgleichheit ins Gedächtnis. Von der Erkenntnis der eigenen Größe erfüllt, war er mehr denn je entschlossen, Harris und die Frau zu töten. Sie waren, verglichen mit ihm, nichts als Tiere. Läuse. Parasiten. Und Harris stellte mit seiner krankhaften hellseherischen Gabe für Bollinger eine Bedrohung dar. Sie versuchten, ihm seinen angestammten Platz in diesem neuen Zeitalter streitig zu machen, jener Epoche, in der der neue Mensch sich immer ungestümer anschickte, seinen rechtmäßigen Platz in der Geschichte einzunehmen.

Er trat den Türstopper herunter, um die Tür offenzuhalten und damit zu bewirken, daß die Beleuchtung brannte. Dann trat er an den Rand der Plattform und spähte die Leiter hinunter.

Sie befanden sich drei Stockwerke unter ihm. Die Frau oben, ihm um ein paar Sprossen näher, Harris darunter. Keiner von beiden blickte hoch. Sie hatten natürlich das kurzzeitige Verlöschen der Beleuchtung wahrgenommen und wußten, was es zu bedeuten hatte. Eilig bewegten sie sich auf die nächste Plattform zu, wo sie den Schacht verlassen konnten.

Bollinger kniete nieder und prüfte, wie stabil das Geländer war. Er lehnte sich dagegen, hielt sich aber mit beiden Händen fest, um nicht in die Tiefe zu stürzen.

Natürlich hatte er nicht die Absicht, sie hier zu töten. Der Ort und die Art und Weise, wie die beiden den Tod fanden, waren in dieser Nacht von äußerster Wichtigkeit. Hier würden sie einfach in die Tiefe des Schachtes stürzen, und das würde nicht in den Plan passen, den er und Billy am Nachmittag ausgeheckt hatten. Er war nicht bloß gekommen, um sie einfach zu ermorden; er mußte sie auf eine ganz bestimmte Art und Weise beseitigen. Wenn er es richtig machte, würde die Polizei verwirrt sein, in die Irre geführt werden, und die Menschen von New York würden sich einem wachsenden Regiment des Schreckens ausgesetzt sehen, dem nichts gleichkam, was sie bisher in ihren schlimmsten Alpträumen erlebt hatten. Er und Billy hatten sich einen verdammt schlauen Schachzug ausgedacht, und von dem würde er nicht abweichen, solange auch nur die leiseste Chance bestand, ihn wie vorgesehen zu Ende zu führen.

Es war jetzt fast Viertel vor zehn. In einer Viertelstunde wollte Billy draußen auf der Seitenstraße eintreffen und nur bis halb elf warten. Bollinger erkannte jetzt, daß er wahrscheinlich keine Zeit für die Frau haben würde, aber daß er seinen Plan in einer Dreiviertelstunde würde durchführen können, stand für ihn immer noch außer Zweifel.

Außerdem wußte er nicht, wie Harris aussah, und es kam ihm einfach feige vor, einen Menschen zu töten, dem man nie in die Augen gesehen hatte. Es war genauso, als würde man jemanden von hinten erschießen. Diese Art des Tötens – selbst wenn man nur ein Tier tötete, also Ungeziefer wie Harris – ließ sich nicht mit Bollingers Vorstellung des Übermenschen in Einklang bringen. Er trat seiner Beute gern von Angesicht zu Angesicht gegenüber, damit wenigstens eine Andeutung von Nervenkitzel dazukam.

Er mußte sie also dazu zwingen, den Schacht zu verlassen, ohne sie dabei zu töten; mußte sie an einen Ort treiben, wo er seinen Plan durchführen konnte. Er zielte mit der Pistole nach unten, vorbei am Kopf der Frau, und drückte ab.

Der Schuß hallte, und sein Echo dröhnte in Connies Ohr. Dann konnte sie die Kugel als Querschläger vorbeisausen hören.

Die ganze Situation war so unwirklich, daß sie sich ernsthaft überlegte, ob das alles sich nicht nur in ihrem Traumbewußtsein vollzog. Möglicherweise befand sie sich in einem Krankenhaus, und all dies war nur das Produkt ihrer fiebernden Fantasie, irrlichternde Wahnvorstellungen, die nichts mit der Wirklichkeit zu tun hatten.

Sie kletterte weiter und ertappte sich einige Male dabei, wie sie leise vor sich hin murmelte: Manchmal waren es wirre Phrasen, die kaum einen Sinn ergaben, manchmal einfach aneinander gereihte Laute ohne jede Bedeutung. Ihr Magen drehte sich um wie ein Fisch auf dem Trockenen. Sie verspürte ein Zittern in ihren Eingeweiden und hatte plötzlich das Gefühl, als hätte eine Kugel sie getroffen und ihre Organe zerfetzt.

Bollinger feuerte erneut.

Der Schuß peitschte diesmal nicht so laut wie der letzte. Das kam daher, daß ihr Gehör vom Nachhall der ersten Explosion noch betäubt war.

Für eine Frau, die ihr ganzes Leben lang noch nie physische Angst empfunden hatte, hielt sie sich erstaunlich gut.

Als sie nach unten blickte, sah sie, daß Graham die Leiter mit einer Hand losließ. Er griff nach dem Geländer, das die Plattform umgab. Dann nahm er einen Fuß von der Leiter, zögerte, beugte sich etwas zur Seite, setzte dazu an, den Fuß wieder zurückzuziehen, und fand dann plötzlich den Mut, ihn auf den Rand der Plattform zu setzen. Einen Augenblick lang verharrte er in dieser Haltung, gegen seine eigenen Ängste ankämpfend, hin- und hergerissen und wie gelähmt zwischen zwei Punkten, die ihm Sicherheit boten. Sie wollte ihm gerade zurufen und ihn aufmuntern, als er sich schließlich von der Leiter löste, am Rande der Plattform kurz zuckte, als ob er stürzen würde, dann sein Gleichgewicht wieder gewann und über das Geländer kletterte.

Sie stieg das letzte Dutzend Sprossen viel zu schnell hinunter und erreichte die Plattform, als Bollinger gerade einen dritten Schuß abgab. Dann hetzte sie durch die rote Tür, die Graham ihr aufhielt, in die Besenkammer im siebenundzwanzigsten Stockwerk.

Das erste, was sie sah, war das Blut an seinem Hosenbein. Ein dunkelroter Fleck, so groß wie ein Silberdollar, der auf dem grauen Stoff feucht glänzte. »Was ist passiert?«

»Ich hatte das da in der Tasche«, sagte er und zeigte ihr die Schere. »Ein Stück weiter oben, als ich beinahe gestürzt wäre, hat das Ding sich durch das Futter gebohrt und mir den Oberschenkel aufgerissen.«

»Ist es schlimm?«
»Nein.«
»Tut es weh?«
»Nicht sehr.«
»Wirf das Ding lieber weg.«
»Nein, ich will es behalten.«

Bollinger ließ sie nicht aus den Augen, bis sie den Schacht verlassen hatten. Sie waren zwei Plattformen unter ihm hinausgeflüchtet. Da nur jedes zweite Stockwerk einen solchen Zugang besaß, befanden sie sich demzufolge im siebenundzwanzigsten Stockwerk.

Er richtete sich auf und rannte zum Aufzug zurück.
»Komm schon«, sagte Graham. »Wir müssen zur Treppe!«
»Nein. Wir müssen im Schacht zurück nach oben klettern.«
Er sah sie an, als glaube er nicht richtig gehört zu haben.
»Das ist doch Unsinn!«
»Im Schacht wird er uns nicht suchen. Wenigstens die nächsten paar Minuten nicht. Wir können zwei Stockwerke hinaufklettern und dann die Treppen nehmen, wenn er im Schacht nachsieht.« Sie öffnete die rote Tür, durch die sie erst vor Sekunden aus dem Schacht herausgekommen waren.
»Ich weiß nicht, ob ich das noch einmal schaffe«, sagte er.
»Natürlich schaffst du es.«
»Du hast gesagt, im Schacht *nach oben?*«
»Richtig.«
»Wir müssen doch nach unten, wenn wir ihm entkommen wollen.«

Sie schüttelte den Kopf; ihr dunkles Haar umgab ihn wie eine Art Heiligenschein. »Erinnerst du dich, was ich über die Nachtwächter gesagt habe?«
»Das sie vielleicht tot sind.«
»Wenn Bollinger sie umgebracht hat, um mit uns freie Hand zu haben, dann kann es doch sein, daß er unten sämtliche Ein- und Ausgänge dichtgemacht hat. Was ist denn, wenn wir die Eingangshalle erreichen, mit Bollinger direkt hinter uns, und dann feststellen, daß alle Türen versperrt sind? Ehe wir die Scheiben einschlagen und nach draußen gelangen könnten, hätte er uns getötet.«
»Aber vielleicht sind die Wachmänner gar nicht tot. Vielleicht hat er sich irgendwie an ihnen vorbeigeschlichen.«
»Können wir es uns leisten, dieses Risiko einzugehen?«

Er runzelte die Stirn. »Wahrscheinlich nicht.«

»Ich will erst dann in die Halle, wenn wir ganz sicher sind, daß wir reichlichen Vorsprung vor Bollinger haben.«

»Schön, wir klettern also nach oben. Und wieso ist das besser?«

»Wir können nicht über siebenundzwanzig Stockwerke hinweg mit ihm Katz und Maus spielen. Das nächste Mal, wenn er uns im Schacht oder auf der Treppe erwischt, wird er keine Fehler mehr machen. Aber wenn er nicht merkt, daß wir *nach oben* klettern, dann könnten wir über dreizehn Stockwerke zwischen dem Schacht und der Treppe hin und her wechseln, bis wir dein Büro erreicht haben.«

»Warum mein Büro?«

»Weil er bestimmt nicht damit rechnet, daß wir wieder dorthin zurückkehren.«

Grahams Augen waren jetzt nicht mehr wie vorher von Furcht geweitet, sondern hatten sich nachdenklich verengt. Langsam erwachte der Überlebenswille wieder in ihm, die ersten Anzeichen des alten Graham Harris wurden sichtbar und fingen an, den Panzer der Angst zu sprengen.

»Mit der Zeit wird er ganz sicher merken, was wir getan haben, auf diese Weise gewinnen wir höchstens eine Viertelstunde«, sagte er.

»Das reicht vielleicht aus, um uns etwas Besseres einfallen zu lassen. Komm jetzt, Graham. Wir vergeuden hier Zeit. Er wird jetzt jeden Augenblick in diesem Stockwerk erscheinen.«

Etwas weniger widerstrebend, aber immer noch nicht sehr begeistert, folgte er ihr in den Aufzugsschacht.

»Geh du voran«, sagte er, als sie auf der Plattform standen. »Ich klettere hinterher. Auf diese Weise stoße ich dich wenigstens nicht von der Leiter, wenn ich abstürze.«

Aus demselben Grund hatte er beim Abstieg darauf bestanden, die Spitze zu übernehmen.

Sie umarmte ihn, gab ihm einen Kuß, drehte sich dann um und fing zu klettern an.

Bollinger verließ die Fahrstuhlkabine im siebenundzwanzigsten Stock und eilte zu der Treppe am Nordende des Gebäudes. Niemand zu sehen.

Er rannte durch den ganzen Korridor zur anderen Seite und öffnete die Tür zum Treppenhaus an der Südseite. Fast eine Minute lang wartete er auf dem Treppenabsatz und lauschte nach irgendwelchen Geräuschen. Nichts zu hören.

Er eilte in den Korridor zurück und suchte, ob irgendeine Tür nicht abgeschlossen war, bis ihm plötzlich bewußt wurde, daß sie vielleicht wieder in den Schacht gestiegen sein könnten. Schnell fand er die Besenkammer, wo die rote Stahltür offenstand.

Wie beim letzten Mal näherte er sich ihr vorsichtig. In dem Augenblick hörte er, wie im Schacht eine andere Tür geschlossen wurde.

Er betrat die Plattform, beugte sich über das Geländer und blickte in die schwindelerregende Tiefe. Durch welche der Türen mochten sie wohl in das Gebäude zurückgekehrt sein?

Wie viele Stockwerke Vorsprung hatten sie inzwischen gewonnen?

Verdammt!

Laut fluchend eilte Bollinger mit fliegenden Mantelschößen zu der Treppe am Südende zurück, um dort nach Geräuschen zu lauschen.

Als sie auf der Nordtreppe zwei Stockwerke hinter sich gebracht hatten, schoß Graham bei jedem Schritt ein glühender Schmerz von der Sohle bis zur Hüfte durch sein schlimmes Bein. Er spannte jedesmal alle Muskeln an, um dem Schmerz zuvorzukommen, und bald war auch seine ganze Bauchmuskulatur verkrampft. Wenn er dem Rat seiner Eltern gefolgt wäre und nach seinem Sturz am Mount Everest weiterhin Sport getrieben hätte, wäre er jetzt in Form gewesen. Er hatte seinem Bein in dieser Nacht bereits mehr Belastung zugemutet, als es normalerweise in einem ganzen Jahr abbekam. Jetzt bezahlte er mit seinen Schmerzen für fünf Jahre der Untätigkeit.

»Nicht langsamer werden«, sagte Connie.

»Versuche ich ja.«

»Zieh dich am Geländer hoch.«

»Wie weit willst du denn noch?«

»Noch ein Stockwerk.«

»Das ist ja noch ewig.«

»Anschließend nehmen wir wieder den Lichtschacht.«

Die Leiter im Schacht war ihm lieber als die Treppe. Auf der Leiter konnte er das Gewicht auf sein gesundes Bein verlagern und sich mit beiden Händen in die Höhe ziehen; damit vermied er, daß das andere Bein belastet wurde. Auf der Treppe dagegen würde er, wenn er das lahme Bein überhaupt nicht einsetzte, praktisch von Stufe zu Stufe hüpfen müssen. Und das war zu langsam.

»Noch eine Treppe«, sagte sie aufmunternd.

Graham versuchte den Schmerz zu überlisten, indem er einen Spurt einlegte und zehn Stufen so schnell er konnte hinaufrannte. Das ließ den Schmerz in schiere Agonie übergehen. Er mußte sein Tempo wieder verlangsamen, quälte sich aber weiter.

Bollinger stand auf dem Treppenabsatz und lauschte im südlichen Treppenschacht nach Geräuschen.

Nichts zu hören.

Er blickte über das Geländer und versuchte, mit zusammengekniffenen Augen die Dunkelheit zu durchdringen, die den Raum zwischen den Absätzen erfüllte.

Nichts.

Fluchend kehrte er in den Korridor zurück und eilte zu dem Treppenhaus an der Nordseite.

8

Billy bog in die Seitenstraße ein. Sein Wagen hinterließ im frischgefallenen Schnee tiefe Spuren.

Hinter dem Bowerton-Gebäude gab es einen zwölf Meter langen und sechs Meter breiten Hinterhof mit vier Türen. Eine davon war eine große, grüne Garagentür, wo Lieferungen von Büromöbeln und anderen Gegenständen erfolgten, die zu groß waren, um die Glastüren im Eingangsbereich passieren zu können. Über der grünen Tür glühte eine Natriumdampflampe und hüllte die Steinmauern, die Mülltonnen, die darauf warteten, am Morgen abgeholt zu werden, und den Schnee in ihr gelbliches Licht. Die Schatten zeichneten sich in harten Konturen ab.

Von Bollinger weit und breit nichts zu sehen.

Billy fuhr rückwärts in den Hof, bereit, jederzeit loszufahren, falls es irgendwo Anzeichen von Gefahr gab. Er schaltete die Scheinwerfer ab, ließ den Motor aber laufen. Dann kurbelte er auf seiner Seite das Fenster einen Spaltbreit herunter, damit die Scheiben nicht beschlugen.

Als Bollinger nicht herauskam, sah Billy auf die Uhr. Zwei Minuten nach zehn.

Vor ihm wirbelte Pulverschnee über die Straße. Im Hof, wo es windstill war, blieb der Schnee liegen.

Nachts fuhren häufig Streifenwagen durch schwach beleuchtete Seitenstraßen wie diese, weil man dort immer wieder Einbrecher mit halbgefüllten Lieferwagen oder Straßenräuber aufgreifen konnte, die sich gerade über ihr Opfer hermachten. Aber nicht in dieser Nacht und bei diesem Wetter. Die uniformierten Streifenbeamten der Stadt waren jetzt an anderer Stelle beschäftigt. Die meisten würden mit Autounfällen zu tun haben, die bei solch schlechtem Wetter an der

Tagesordnung waren. Aber wenigstens ein Drittel der Spätschicht hielt sich im Augenblick ganz bestimmt in irgendwelchen Lieblingsschlupfwinkeln auf, damit beschäftigt, Kaffee – und in manchen Fällen auch stärkeren Stoff – zu trinken, die letzten Sportereignisse zu diskutieren oder über Frauen zu reden. Sie würden erst dann an die Arbeit gehen, wenn die Zentrale sie über Funk an irgendeinen Einsatzort schickte.

Billy sah wieder auf die Uhr. Vier Minuten nach zehn.

Er würde genau sechsundzwanzig Minuten warten. Keine Minute weniger und ganz sicher auch keine Minute mehr. So hatte er es mit Dwight abgesprochen.

Wieder hörte Bollinger in dem Augenblick, in dem er den Liftschacht erreichte, wie eine Tür geschlossen wurde.

Er beugte sich über das Geländer und blickte in die Tiefe. Aber da war nichts zu sehen außer weiteren Geländern, anderen Plattformen und anderen Notleuchten und einer Menge Dunkelheit. Harris und die Frau waren verschwunden.

Er war es jetzt leid, mit ihnen Verstecken zu spielen, von einem Treppenhaus zum anderen und dann wieder zum Liftschacht zu hetzen. Von dem ewigen Hin und Her schwitzte er, das Hemd klebte ihm unter Jackett und Mantel am Leib. Er verließ die Plattform, ging zum Fahrstuhl, drehte den Schlüssel herum und drückte auf den Knopf mit der Aufschrift »Lobby«.

Im Erdgeschoß zog er seinen dicken Mantel aus und ließ ihn neben der Fahrstuhltür fallen. Der Schweiß rann ihm über die Brust und den Nacken. Ohne sich die Handschuhe auszuziehen, wischte er sich mit dem linken Handrücken und noch einmal mit dem Hemdärmel über die schweißtriefende Stirn.

Dann lehnte er sich an die Marmorwand am Ende der Nische mit den vier Aufzügen. Wo er stand, würde man ihn von der Straße aus nicht sehen können, dafür konnte er von seinem Standort aus die zwei weißen Türen an der Nord- und der Südseite der Eingangshalle beobachten. Bei diesen Türen handelte es sich um den Ausgang der Feuertreppen. Wenn Harris und die Frau durch eine dieser Türen herauskamen, würde er ihnen ihr gottverdammtes Hirn aus dem Kopf blasen. O ja, mit dem größten Vergnügen würde er das tun.

Als Harris durch den Korridor im vierzigsten Stockwerk auf das Licht zuhumpelte, das aus der offenen Tür seines Verlagsbüros drang, entdeckte er den Feuermelder. Es war ein quadratischer Kasten mit etwa zwanzig Zentimeter Seitenlänge, der in die Wand eingelassen war. Der Stahlrahmen, der die Glasscheibe umschloß, war rot lackiert.

Er wunderte sich, daß er nicht schon früher daran gedacht hatte.

Connie, die ein paar Schritte Vorsprung hatte, merkte, daß er stehengeblieben war. »Was ist denn los?«

»Da, schau.«

Sie drehte sich um.

»Wenn wir den Feueralarm auslösen«, sagte Graham, »dann kommen die Wachmänner zu uns herauf.«

»Wenn sie nicht schon tot sind.«

»Selbst wenn sie tot sind, alarmiert es die Feuerwehr. Das macht Bollinger einen Strich durch die Rechnung.«

»Vielleicht gerät er auch gar nicht in Panik, wenn er die Alarmglocke hört. Schließlich bedeuten wir für ihn eine solche Gefahr, daß er uns umbringen *muß*. Es könnte durchaus sein, daß er dableibt, uns tötet und sich an den Feuerwehrleuten vorbei ins Freie schleicht.«

»Könnte sein«, nickte Graham, beunruhigt von dem Gedanken, jemand würde in finsteren Korridoren, in denen Alarmglocken schrillten, auf sie Jagd machen.

Beide starrten auf den Metallhebel hinter der Glasplatte, der im roten Licht der Notbeleuchtung schimmerte.

Er spürte, wie die Hoffnung die Spannung in seiner Schultermuskulatur am Hals und im Gesicht etwas lockerte.

Zum ersten Mal in dieser Nacht rechnete er sich eine ernsthafte Chance aus, daß sie vielleicht entkommen könnten.

Dann erinnerte er sich an die Vision. Die Kugel. Das Blut. Jemand würde ihn in den Rücken schießen.

»Der Alarm ist wahrscheinlich so laut, daß wir Bollinger nicht hören können, wenn er kommt«, sagte sie.

»Aber das gilt für ihn genauso«, entgegnete er. »*Er* wird *uns* auch nicht hören können.«

Sie preßte die Finger gegen das kühle Glas, zögerte und nahm die Hand dann wieder weg. »Okay. Aber da ist kein Hammer, um die Scheibe einzuschlagen.« Sie deutete auf die Kette, an der normalerweise neben dem Feuermelder ein Hammer hätte hängen sollen. »Was nehmen wir denn sonst?«

Lächelnd zog er die Schere aus der Tasche und hielt sie hoch, als wäre sie ein Talisman.

»Applaus, Applaus«, sagte sie. Allmählich kam auch in ihr Hoffnung auf und ermutigte sie zu dem kleinen Scherz.

»Vielen Dank.«

»Sei vorsichtig«, sagte sie.

»Tritt beiseite.«

Das tat sie.

Graham hielt die Schere an der geschlossenen Schneide und schlug mit dem schweren Griff die dünne Glasscheibe ein. Ein paar Splitter blieben am Rahmen hängen. Um sich nicht zu schneiden, brach er die Splitter heraus, ehe er hineingriff und den Stahlhebel von Grün auf Rot riß.

Kein Laut.

Keine Glocke.

Stille.

Herrgott!

»O nein«, sagte sie.

Verzweifelt und immer noch von der neuen Hoffnung angetrieben, drückte er den Hebel zurück auf die grüne Marke und riß ihn dann ein zweites Mal herunter.

Immer noch keine Reaktion.

Bollinger war mit dem Feueralarm genauso gründlich gewesen wie mit den Telefonen.

Die Scheibenwischer fuhren klatschend vor und zurück, fegten den Schnee von der Windschutzscheibe. Das rhythmische *Wupp, Wupp, Wupp* fing an, ihm auf die Nerven zu gehen.

Billy blickte über seine Schulter durch das Rückfenster auf die grüne Garagentür und dann auf die anderen drei Türen.

Zweiundzwanzig Uhr fünfzehn.

Wo zum Teufel steckte Dwight?

Graham und Connie gingen in das Büro der Grafiker, um dort ein Messer oder andere scharfe Gegenstände zu suchen, die sich als Waffe eignen könnten. In der Mittelschublade des Art-directors fand er zwei scharfe, skalpellähnliche Federmesser.

Als er aufblickte, sah er, daß Connie in Gedanken versunken vor sich hinstarrte. Sie stand dicht an der Tür, vor einem hellblauen Fotohintergrund. Davor lagen Kletterutensilien aller Art – Seile, Felshaken, Steigeisen, Karabinerhaken, Kletterschuhe, daunengefütterte Nylonjacken und ein gutes Dutzend weiterer Gegenstände.

»Da, schau, was ich gefunden habe«, sagte Graham und zeigte ihr die beiden Federmesser.

Sie schien das nicht zu interessieren. »Was ist mit dem Zeug hier?« fragte sie und zeigte auf die Kletterutensilien.

Er ging um den Schreibtisch herum und erklärte es ihr: »In der neuesten Ausgabe bringen wir einen Einkaufsführer. Die Sachen hier sind alle für den Artikel fotografiert worden. Warum fragst du?« Dann hellte sein Gesicht sich auf. »Oh, ich verstehe schon.« Er kauerte sich vor dem Haufen nieder und hob einen Eispickel auf. »Das ist natürlich eine viel besser Waffe als ein Grafikermesser.«

»Graham?«

Er blickte auf.

Ihr Gesichtsausdruck drückte eine Mischung aus Verwirrung, Angst und Verblüffung aus. Obwohl ihr ganz offensichtlich etwas von großer Wichtigkeit durch den Kopf ging, ließen ihre grauen Augen keinen Rückschluß darauf zu. »Wir sollten nicht gleich hinausrennen und ihn angreifen«, sagte sie. »Laß uns zuvor alle Möglichkeiten durchdiskutieren, die wir haben.«

»Deshalb sind wir ja hier.«

Sie trat in den kurzen Innengang, legte den Kopf etwas zur Seite und lauschte.

Graham richtete sich auf, und seine Hand spannte sich um den Griff des Eispickels.

Als sie sich vergewissert hatte, daß draußen keine unmittelbare Gefahr drohte, kam sie in den Raum zurück.

Er ließ den Eispickel sinken. »Ich dachte, du hättest etwas gehört.«

»Ich bin bloß vorsichtig.« Sie blickte noch einmal auf das Klettergerät, ehe sie sich auf die Schreibtischkante setzte. »Uns stehen jetzt fünf Möglichkeiten offen. Nummer eins: Wir stellen uns Bollinger zum Kampf.«

»Damit«, sagte er und hob den Eispickel.

»Und mit allem anderen, was wir sonst noch finden.«

»Wir können ihm eine Falle stellen.«

»Da gibt's zwei Probleme.«

»Die Pistole?«

»Ja, das ist eindeutig eins davon.«

»Wenn wir es geschickt anstellen, hat er keine Zeit zu schießen.«

»Wichtiger ist«, sagte sie, »daß keiner von uns beiden ein Killertyp ist.«

»Wir könnten ihn auch bloß bewußtlos schlagen.«

»Triffst du ihn mit einem solchen Eispickel am Kopf, machst du ihm damit den Garaus.«

»Wenn es darum geht, zu töten oder getötet zu werden, wäre ich dazu, glaube ich, imstande.«

»Vielleicht. Aber wenn du im letzten Augenblick Skrupel bekommst und zögerst, sind wir erledigt.«

Daß ihr Glaube an ihn Grenzen hatte, störte ihn nicht. Er wußte, daß sie keinen Anlaß hatte, ihm rückhaltlos zu vertrauen. »Du hast von fünf Möglichkeiten gesprochen.«

»Nummer zwei: Wir können uns irgendwo ein Versteck suchen.«

»Wo?«

»Das weiß ich nicht. Wir müßten uns vielleicht ein Büro suchen, das jemand versehentlich nicht abgesperrt hat, hineingehen und hinter uns abschließen.«

»Das vergißt keiner.«

»Vielleicht können wir weiterhin Katz und Maus mit ihm spielen.«

»Wie lange noch?«

»Bis die nächste Wachschicht die Toten findet.«

»Wenn er die Wachmänner nicht getötet hat, werden ihre Kollegen auch nicht wissen, was hier oben abläuft.«

»Das stimmt.«

»Außerdem glaube ich, daß sie Zwölfstundenschichten haben, vier Tage die Woche. Ich kenne einen von den Wachmännern. Er hat sich bei mir einmal über die lange Schicht beklagt und war zugleich voll des Lobes über die acht Stunden, für die er jede Woche Überstunden bezahlt bekommt. Das heißt, wenn sie jeden Tag um sechs ihren Dienst beginnen, haben sie auch erst um sechs Uhr morgens Schluß.«

»Siebeneinhalb Stunden.«

»Das ist zu lange, um das Katz und Maus Spiel im Liftschacht und auf den Treppen fortzusetzen. Ganz besonders mit meinem kaputten Bein.«

»Nummer drei«, sagte sie. »Wir könnten eines deiner Bürofenster öffnen und um Hilfe schreien.«

»Im vierzigsten Stockwerk? Selbst bei gutem Wetter würde man dich unten auf dem Bürgersteig nicht hören können.

Und bei dem Wind reicht deine Stimme nicht einmal zwei Stockwerke weit.«

»Ich weiß. Und in einer Nacht wie dieser wird ohnehin keiner dort drunten spazieren gehen.«

»Warum schlägst du es dann vor?«

»Nummer fünf wird dich überraschen«, sagte sie. »Du solltest aber bedenken, daß ich dann wirklich jede erdenkliche Fluchtmöglichkeit in Betracht gezogen habe.«

»Dann will ich Nummer fünf hören.«

»Zuerst Nummer vier. Wir öffnen ein Fenster und werfen Möbel auf die Straße, um damit auf uns aufmerksam zu machen.«

»Falls jemand bei diesem Wetter draußen ist.«

»Irgend jemand kommt ganz bestimmt vorbei. Und wenn es nur ein Taxi ist.«

»Aber wenn wir einen Stuhl hinauswerfen, wissen wir nicht, was der Wind damit anfängt. Wir haben keine Ahnung, wo er landen wird. Was ist, wenn er eine Windschutzscheibe zerschlägt und jemanden tötet?«

»Daran habe ich auch gedacht.«

»Das geht nicht.«

»Ich weiß.«

»Also Nummer fünf?«

Sie rutschte vom Schreibtisch und ging zu dem Haufen Bergsteigerausrüstung. »Wir müssen uns mit diesem Zeug da ausrüsten.«

»Ausrüsten?«

»Ja, mit Stiefeln, Jacken, Handschuhen, Seilen – dem ganzen Kram hier.«

Er starrte sie verblüfft an. »Warum?«

Sie sah ihn mit großen Augen an. »Für den Abstieg.«

»Was für einen Abstieg?«

»An der Außenwand des Gebäudes. Wir klettern an der Außenwand auf die Straße hinunter.«

TEIL VIER

Freitag: 22 Uhr 30 bis Samstag 4 Uhr

1

Um punkt halb elf verließ Billy den kleinen Hof hinter dem Hochhaus.

In der letzten halben Stunde hatte es angefangen, dichter zu schneien, und der Wind hatte gefährliche Ausmaße angenommen. Das Schneegestöber in den Lichtkegeln seiner Scheinwerfer war fast so dicht wie eine Nebelbank.

Als er den Hof verließ und in die Seitenstraße rollte, drehten seine Räder auf dem vereisten Pflaster durch, und der Wagen geriet ins Schleudern. Er korrigierte mit dem Steuer und konnte gerade noch einen Zusammenstoß mit einem am Randstein geparkten Lieferwagen vermeiden.

Er war zu schnell gefahren und sich dessen überhaupt nicht bewußt gewesen. Das war gar nicht seine Art. Eigentlich war er ein sehr gewissenhafter Mensch, der sein Verhalten immer unter Kontrolle hatte. Immer. Er ärgerte sich über seine Unvorsichtigkeit.

Er fuhr jetzt auf die Hauptstraße zu, erwischte eine grüne Ampel und bog ein. Das nächste Fahrzeug war drei oder vier Häuserblocks von ihm entfernt, ein einsames Scheinwerferpaar, das im Schneegestöber nur schwach leuchtete. Er bog in die Lexington.

Hundert Meter weiter erreichte er den Haupteingang des Bowerton-Gebäudes. Eine sechs Meter lange, rechteckige Bronzetafel mit Blumen- und Farnreliefs krönte den Steingiebel über den vier Drehtüren. Dahinter konnte man die riesige Eingangshalle sehen, die allem Anschein nach völlig menschenleer war. Er fuhr an den Randstein, ließ den Wagen ganz langsam rollen und studierte das Gebäude und den Bürgersteig davor, entdeckte aber nichts.

Trotzdem mußte der Plan gescheitert sein. Irgend etwas war dort drinnen schiefgelaufen. Entsetzlich schiefgelaufen.

Wird Bollinger auspacken, wenn man ihn festnimmt? fragte Billy sich beunruhigt. Wird er mich mit hineinziehen?

Er würde jetzt zur Arbeit fahren müssen, ohne zu wissen, was mit Dwight passiert war, ohne zu wissen, ob die Polizei Bollinger festnehmen würde. Schwierig für ihn, sich in dieser Nacht auf seine Arbeit zu konzentrieren. Auf alle Fälle mußte er ein Alibi aufbauen, um den Kopf aus der Schlinge zu ziehen, falls Dwight möglicherweise ein Geständnis ablegte, mußte sich ganz gelassen geben, in keiner Weise auffallen, und weiterhin der gründliche, umsichtige Mitarbeiter sein, als den man ihn kannte.

Franklin Dwight Bollinger fing an, unruhig zu werden. Er war am ganzen Körper von einer dünnen, klebrigen Schweißschicht überzogen. Seine Finger schmerzten bereits, so fest hielt er die Walther PPK umklammert. Er hatte jetzt den Treppenausgang seit über zwanzig Minuten beobachtet, aber von Harris und der Frau war weit und breit nichts zu sehen.

Billy war inzwischen weggefahren, ihr Zeitplan war aufgeflogen. Bollinger hoffte, daß es ihm doch noch gelingen würde, den Plan zu retten. Aber in Wirklichkeit wußte er genau, daß das nicht möglich war. Ihm blieb jetzt nur noch übrig, die beiden zu erledigen und dann auf Teufel komm raus zu verschwinden.

Wo steckt Harris? fragte er sich. Hat er gespürt, daß ich hier auf ihn warte? Hat er sein gottverdammtes hellseherisches Talent, diesen Jahrmarktstrick, eingesetzt und herausgefunden, daß ich hier stehe?

Er beschloß, noch fünf Minuten zu warten. Dann würde er wohl oder übel die beiden suchen müssen.

Graham starrte durchs Bürofenster auf das gespenstische Panorama der riesigen schneebedeckten Gebäude und der verschwommenen Lichter hinaus und meinte: »Es ist unmöglich.«

Connie stand neben ihm und legte ihm die Hand auf den Arm. »Warum ist es unmöglich?«

»Weil es das eben ist.«

»Das ist kein Argument.«

»Ich schaffe diese Kletterpartie nicht.«

»Das ist keine Kletterpartie.«

»Was dann?«

»Es ist ein Abstieg.«

»Als ob das einen Unterschied machen würde!«

»Ist es zu schaffen?«

»Von mir jedenfalls nicht.«

»Die Leiter im Aufzugsschacht hast du auch geschafft.«

»Das ist etwas anderes.«

»Wieso?«

»Außerdem hast du überhaupt keine Klettererfahrung.«

»Du kannst es mir ja beibringen.«

»Nein.«

»Aber sicher kannst du das.«

»Du kannst nicht mitten in einem Schneesturm an der Fassade eines vierzigstöckigen Wolkenkratzers das Klettern lernen.«

»Ich habe aber einen verdammt guten Lehrer«, sagte sie.

»Ja, und was für einen. Einen, der seit fünf Jahren nicht mehr geklettert ist.«

»Du weißt immer noch, wie es geht. So etwas vergißt man nicht.«

»Ich bin nicht in Form.«

»Du bist kräftig und stark.«

»Du hast mein kaputtes Bein vergessen.«

Sie wandte sich vom Fenster ab und ging zur Tür, um zu lauschen, ob Bollinger inzwischen aufgetaucht war. »Weißt du noch, wie Abercrombie und Fitch einen Mann an ihrem Hochhaus hochklettern ließen, um damit für ihre Bergsteigerausrüstung zu werben?«

Er wandte den Blick nicht vom Fenster. Die Nacht schien ihn völlig in ihren Bann gezogen zu haben. »Na und?«

»Damals hast du gesagt, was der Mann getan hat, sei gar nicht so schwierig gewesen.«

»Habe ich das gesagt?«

»Ja, du hast damals gesagt, ein Gebäude mit all seinen Vorsprüngen und Simsen und Fensternischen sei verglichen mit einem Berg spielend leicht zu erklettern.«

Er gab keine Antwort. Natürlich erinnerte er sich daran, das gesagt zu haben, und wußte, daß es auch stimmte. Aber als er das gesagt hatte, wäre ihm auch nie eingefallen, daß man von ihm einmal erwarten würde, es wirklich zu *tun*. Bilder vom Mount Everest und von Krankenhauszimmern zogen an seinem geistigen Auge vorbei.

»Diese Ausrüstungsgegenstände, die ihr für den Einkaufsratgeber ausgewählt habt ...«

»Was ist damit?«

»Das ist doch das beste, was es zur Zeit auf dem Markt gibt, oder nicht?«

»Ja, im großen und ganzen schon.«

»Wir hätten also eine perfekte Ausrüstung.«

»Wenn wir es versuchen, ist das unser Tod.«

»Wenn wir hierbleiben, ist das auch unser Tod.«

»Vielleicht auch nicht.«

»Ich glaube schon. Unbedingt.«

»Es muß eine Alternative geben.«

»Die Alternativen habe ich dir bereits aufgezählt.«

»Vielleicht können wir uns doch vor ihm verstecken.«

»Wo?«

»Das weiß ich nicht ...«

»Jedenfalls können wir uns nicht sieben Stunden lang verstecken.«

»Verdammt noch mal, das ist doch verrückt!«

»Weißt du etwas Besseres?«

»Laß mir Zeit.«

»Bollinger kann jeden Augenblick hier auftauchen.«

»Der Wind weht ganz bestimmt mit sechzig Stundenkilometern. Wenigstens bei Böen. Und hier oben sind es eher achtzig.«

»Wird er uns wegblasen?«

»Wir müßten Zoll für Zoll gegen den Wind ankämpfen.«

»Würden wir denn die Seile nicht verankern?«

Er wandte sich vom Fenster ab. »Ja, schon, aber ...«

»Und würden wir denn nicht so etwas tragen?« Sie deutete auf zwei Klettergurte, die sie inmitten der Ausrüstungsgegenstände entdeckt hatte.

»Dort draußen wird es verdammt kalt sein, Connie.«

»Wir haben doch daunengefütterte Jacken.«

»Aber keine isolierten Hosen. Du trägst ganz gewöhnliche Jeans, und ich auch. Die nützen überhaupt nichts. Da könnten wir ebensogut von der Hüfte abwärts nackt sein.«

»Ich kann Kälte ertragen.«

»Aber nicht sehr lange. Und keine so bittere Kälte.«

»Wie lange brauchen wir, bis wir die Straße erreichen?«

»Das weiß ich nicht.«

»Aber eine gewisse *Vorstellung* davon mußt du doch haben.«

»Eine Stunde. Vielleicht zwei.«

»So lange?«

»Du bist eine Anfängerin.«

»Könnten wir uns nicht einfach abseilen?«

»Abseilen?«

Das verschlug ihm die Sprache.

»Es sieht doch so einfach aus. Man schwingt vor und zurück und kommt bei jedem Schwung ein oder zwei Meter weiter nach unten, stößt sich von der Fassade ab, schwingt dann an der Hauswand ...«

»Es sieht vielleicht einfach aus, ist es aber nicht.«

»Aber es geht schnell.«

»Herrgott! Du bist noch nie geklettert und willst dich frei abseilen!«

»Ich habe eben Mumm.«

»Aber dafür keinen gesunden Menschenverstand.«

»Okay«, gab sie nach. »Dann seilen wir uns eben nicht ab.«

»Nein, ganz entschieden nicht.«

»Wir machen es auf die langsame, bequeme Tour.«

»Wir machen es überhaupt nicht.«

Sie tat, als hätte sie nicht gehört und fuhr fort: »Zwei Stunden halte ich die Kälte aus. Ich weiß, daß ich das kann. Und wenn wir uns in Bewegung halten, macht es uns vielleicht gar nicht so viel aus.«

»Wir werden erfrieren.« Davon ließ er sich nicht abbringen.

»Graham, eigentlich ist die Entscheidung ganz einfach: Wir können gehen oder bleiben. Wenn wir den Abstieg wagen, *kann es sein*, daß wir stürzen oder erfrieren. Wenn wir hierbleiben, bringt Bollinger uns bestimmt um.«

»Ich bin mir nicht so sicher, daß es da wirklich keine andere Wahl gibt.«

»Du weißt ganz genau, daß ich recht habe.«

Er schloß die Augen, ärgerte sich über sich selbst und schämte sich, daß er nicht imstande war, sich mit den unangenehmen Realitäten abzufinden, Schmerzen in Kauf zu nehmen und sich seiner eigenen Angst zu stellen. Es würde in der Tat eine gefährliche Kletterpartie werden. Sogar in höchstem Maße gefährlich. Vielleicht würde sie sich am Ende als der schiere Wahnsinn erweisen, und sie würden in den ersten paar Minuten ihres Abstieges den Tod finden. Aber wenn sie sagte, daß sie keine andere Wahl hatten, traf sie damit eindeutig den Nagel auf den Kopf.

»Graham? Wir vergeuden Zeit.«

»Du kennst den eigentlichen Grund, warum der Abstieg nicht möglich ist.«

»Nein«, sagte sie. »Sag ihn mir.«

Er spürte, wie ihm im Gesicht heiß wurde. »Connie, du läßt mir keinen Funken Selbstachtung.«

»Die habe ich dir nie weggenommen, das hast du schon selbst getan.« In ihrem hübschen Gesicht stand jetzt die Sorge. Er konnte deutlich erkennen, wie sehr es sie schmerzte, so mit ihm reden zu müssen. Sie ging auf ihn zu und legte ihm die Hand an die Wange. »Du hast deine Selbstachtung und den Respekt vor dir selbst Stück für Stück aufgegeben.« Ihre Stimme war ganz leise, fast nur ein Flüstern. »Ich sorge mich um dich und habe Angst, daß dir, wenn du damit nicht aufhörst, am Ende gar nichts übrigbleibt. Gar nichts.«

»Connie ...« Er hätte am liebsten geweint – wenn er für sich selbst noch Tränen übrig gehabt hätte. Er wußte ganz genau, was er sich angetan hatte, und *verachtete* den Mann, der aus ihm geworden war. Er spürte, daß er in seinem Innersten immer ein Feigling gewesen war und daß sein Sturz am Mount Everest ihm nur den Vorwand geliefert hatte, sich in seine Feigheit zurückzuziehen. Warum sonst hätte er es abgelehnt, einen Psychiater aufzusuchen? Jeder seiner Ärzte hatte ihm psychiatrische Behandlung empfohlen. Er argwöhnte, daß er sich in seiner Angst in Wirklichkeit ganz wohl fühlte, und bei dem Gedanken wurde ihm übel. »Ich habe Angst vor meinem eigenen Schatten. Dort draußen würde ich dir nichts nützen.«

»Du hast heute nicht soviel Angst, wie du gestern hattest«, sagte sie zärtlich. »Heute hast du schon einiges geleistet. Wie war das denn im Liftschacht? Noch heute morgen hätte dich der Gedanke, die Leiter hinunterzuklettern, völlig gelähmt.«

Er zitterte.

»Das ist deine Chance«, sagte sie. »Du kannst die Angst überwinden. Ich weiß, daß du es kannst.«

Nervös leckte er sich die Lippen. Dann ging er zu den Ausrüstungsgegenständen, die vor dem Fotokarton aufgestapelt waren. »Ich wünschte, ich hätte auch nur halb soviel Vertrauen zu mir selbst, wie du es hast.«

»Mir ist wohl bewußt, was ich von dir verlange«, sagte sie und folgte ihm. »Ich weiß, daß das die härteste Probe ist, der du dich in deinem ganzen Leben je stellen mußtest.«

Er erinnerte sich ganz deutlich an den Sturz. Er brauchte bloß die Augen zu schließen – wo auch immer er sich befand, auch mitten in einer Menschenmenge – und konnte es wieder durchleben: Wie sein Fuß ausglitt, der Schmerz in seiner Brust, als die Sicherheitsgurte sich zusammenzogen, und dann das plötzliche Nachlassen des Schmerzes, als das Seil riß, sein Atem, der sich wie ein Klumpen in seiner Kehle fing – und dann das Schweben, das endlose Schweben. Der Sturz ging nur über hundert Meter und hatte in einer dichten Schneewehe geendet, aber ihm war er wie eine Meile vorgekommen.

»Wenn du hierbleibst, wirst du sterben«, sagte sie, »aber es wird ein leichter Tod sein. Bollinger wird sofort schießen, wenn er dich sieht. Er wird keine Sekunde zögern. Für dich wird alles in einer Sekunde vorbei sein.« Sie griff nach seiner Hand. »Aber nicht für mich.«

Er blickte auf. Aus ihren grauen Augen leuchtete eine so urtümliche, lähmende Angst, wie er sie selbst empfand.

»Bollinger wird seine ganze Wut an mir abreagieren«, sagte sie.

Er brachte keinen Ton heraus.

»Mit dem Messer wird er auf mich losgehen«, sagte sie.

Plötzlich drängte sich ihm ein Bild von Edna Mowry auf. Ihr blutiger, aufgeschlitzter Bauch ...

»Er wird mich verstümmeln.«

»Vielleicht ...«

»Er ist der Schlächter. Vergiß das nicht. Vergiß nicht, wer er ist. Und was er ist.«

»Gott steh mir bei«, sagte er.

»Ich will nicht sterben. Aber wenn ich sterben *muß*, dann will ich nicht, daß es auf diese Weise geschieht.« Sie schauderte. »Wenn wir nicht an der Gebäudefassade hinunterklettern, wenn wir bloß hier auf ihn warten, dann möchte ich, daß du mich tötest. Schlag mir irgendeinen schweren Gegenstand auf den Hinterkopf. Aber schlag kräftig zu.«

Er sah sie mit erstaunt geweiteten Augen an. »Wovon redest du da?«

»Daß du mich töten sollst, ehe Bollinger mich in seine Gewalt bekommt. Graham, soviel bist du mir schuldig. Du mußt es tun.«

»Ich liebe dich doch«, sagte er niedergeschlagen. »Du bist mein ein und alles.«

Sie war ganz ruhig, wie eine Leidtragende bei ihrer eigenen Hinrichtung. »Wenn du mich liebst, dann begreifst du auch, weshalb du mich töten mußt.«

»Dazu wäre ich nie imstande.«

»Wir haben nicht viel Zeit«, sagte sie. »Entweder fangen wir jetzt an, uns auf den Abstieg vorzubereiten – oder du tötest mich. Bollinger wird jeden Augenblick hier sein.«

Bollinger warf einen letzten Blick auf den Haupteingang, um zu sehen, ob jemand versuchte hereinzukommen, ging dann quer durch die Halle zu der weißen Tür und öffnete sie. Er stand jetzt an der Nordtreppe und lauschte, ob er Schritte hören könnte. Doch da war nichts zu hören, keine Schritte, keine Stimmen, überhaupt kein Geräusch. Er spähte in den schmalen Treppenschacht hinauf – niemand zu sehen.

Schnell ging er zur Südtreppe.

Auch dort niemand.

Er sah auf die Uhr. Zweiundzwanzig Uhr achtunddreißig.

In Gedanken zitierte er einige Verse von Blake, um sich damit zu beruhigen, und lief zum Fahrstuhl.

2

Für jeden, der den Klettersport ernsthaft betreibt, sind gute Stiefel von ausschlaggebender Bedeutung. Sie sollten zwischen fünfzehn und zwanzig Zentimeter hoch, aus dem besten Leder gefertigt und auch ledergefüttert, vorzugsweise handgenäht, sein, außerdem mit einer dicken, schaumstoffgepolsterten Zunge versehen. Und das Allerwichtigste sind die Sohlen, die hart und steif und mit Beschlägen aus Vibran versehen sein müssen.

Genau solche Stiefel trug Graham jetzt. Sie saßen perfekt, eher wie Handschuhe denn wie Fußbekleidung. Obwohl ihn beim Anziehen und Verschnüren erneut Angst vor dem überkam, was ihm bevorstand, empfand er die Stiefel doch zugleich auf seltsame Weise als angenehm und beruhigend. Seine Vertrautheit mit ihnen und jeglicher Art von Kletterausrüstung schien ihm wie ein Prüfstein für den alten Graham Harris, eine Art Test für den Mut und die Courage, die er früher einmal an den Tag gelegt hatte.

Die übrigen Stiefel, die sich noch in dem Haufen fanden, waren für Connie alle vier Nummern zu groß. Und wenn sie sie an der Spitze und an den Seiten mit Papier ausstopfte, würde sie das Gefühl haben, Zementblöcke an den Füßen zu tragen und wahrscheinlich an der ersten kritischen Stelle einen Fehltritt tun.

Zum Glück fand sie ein paar Kletterschuhe, die recht gut paßten. Kletterschuhe waren leichter, flexibler und nicht so hoch wie die für das Hochgebirge bestimmten Kletterstiefel. Sie hatten Gummisohlen, die nicht überstanden, so daß man damit auch auf dem schmalsten Sims Halt finden konnte.

Für die ihnen bevorstehende Kletterpartie waren die Schuhe nicht perfekt geeignet, würden aber in Ermangelung von etwas Besserem herhalten müssen. Das Oberleder bestand aus Wildleder, war nicht wasserdicht und eignete sich daher nur für Einsatz bei schönem Wetter, nicht im Schneegestöber.

Um sicherzustellen, daß ihre Füße nicht naß wurden und um sie vor der Kälte zu schützen, trug Connie dicke Socken und wickelte eine Plastikhülle darüber. Bei den Socken handelte es sich um dicke graue Wollsocken, die ihre halbe Wade bedeckten. Die Plastikhüllen dienten normalerweise dazu, den Proviant zu verpacken, den Kletterer im Rucksack mitführten. Graham hatte ihr zwei davon um die Füße gewickelt und sie an den Knöcheln mit Gummibändern festgehalten.

Beide trugen sie schwere, knallrote Nylonparkas mit Kapuzen, die man unter dem Kinn zubinden konnte. Zwischen der Nylonaußenschicht und dem Nylonfutter besaß seine Jacke ein zusätzliches Vliesfutter, das zwar für die herbstliche Witterung ausreichte, nicht aber für die Kälte, die sie draußen erwartete. Ihr Parka war in der Beziehung wesentlich besser – was er ihr freilich verschwiegen hatte, weil sie sonst vermutlich darauf bestanden hätte, daß *er* ihn anzog –, weil er mit Daunenfedern isoliert war. Für ein Kleidungsstück dieser Art war das die beste Isolierung, die man sich vorstellen konnte.

Beide waren außerdem in einen Klettergurt geschlüpft, der im Fall eines Sturzes den besten Schutz bot. Gegenüber den Taillengurten, die man früher beim Klettern getragen hatte und die sich beim Sturz manchmal so eng zusammenzogen, daß Herz und Lunge verletzt wurden, stellte dieses hier eine wesentliche Verbesserung dar. Gurte um Oberschenkel und Taille bewirkten, daß sich bei einem Sturz der Druck verteilte und so die Gefahr schwerer Verletzungen vermindert wurde; außerdem garantierte er, daß sein Träger bei einem Sturz nicht mit dem Kopf voraus nach unten fiel.

Connie war von dem Klettergurt sehr beeindruckt und meinte, während er ihn ihr anlegte: »Das ist die perfekte Sicherung, nicht wahr? Das hält jeden Sturz aus.«

In Wirklichkeit würde der Gurt sie natürlich nicht retten, wenn das Seil riß, aber er würde sie immerhin im Fall eines Fehltrittes schützen. Doch darüber brauchte Connie sich keine Sorgen zu machen, weil Graham außergewöhnliche Sicherheitsmaßnahmen traf: Sie würde den Abstieg an zwei voneinander unabhängigen Seilen durchführen. Er hatte nämlich vor, sie zusätzlich zu dem Hauptseil noch mit einem zweiten zu sichern.

Für ihn würde die Gefahr wesentlich größer sein. Er wollte als zweiter absteigen – und war dabei auf sich allein gestellt.

Aber das erklärte er ihr nicht. Sobald sie die Kletterpartie begonnen hatten, war es am besten, wenn sie sich möglichst wenig den Kopf über mögliche Gefahren zerbrach, dementsprechend größer war dann auch ihre Chance, das Ganze lebend zu überstehen. Eine gewisse innere Anspannung war gut für einen Kletterer, aber wenn die Anspannung zu stark wurde, konnte das leicht dazu führen, daß er Fehler machte.

Beide Klettergurte wiesen zusätzliche Schlaufen im Hüftbereich auf. Graham hatte Karabiner, Felshaken, einen Hammer und einen batteriebetriebenen Steinbohrer, der nicht größer als zwei Päckchen Zigaretten war, daran befestigt. Connie trug zusätzliche Karabiner und Felshaken.

Neben der Ausrüstung am Gürtel hatten sich beide noch mit Seilen behängt. Connie trug an jeder Hüfte dreißig Meter Seil; so eng gewickelt, daß es sie nicht in ihren Bewegungen beeinträchtigte. Graham hatte sich weitere dreißig Meter Seil an die rechte Hüfte gehängt. Zusätzlich verfügten sie noch über zwei kürzere Seile, mit denen sie die erste Etappe des Abstieges bewältigen wollten.

Als letztes streiften sie sich die Handschuhe über.

Bollinger hielt den Fahrstuhl in jeder Etage an. Wenn es sich dabei um ein Stockwerk handelte, das von einer einzigen Firma gemietet war, überprüfte er nur die Türen vor dem

Fahrstuhl. Wenn es sich um ein »offenes« Stockwerk mit mehreren Firmen handelte, verließ er den Fahrstuhlbereich, um sich zu vergewissern, daß sich niemand auf dem Korridor aufhielt.

Auf jeder fünften Etage überprüfte er nicht nur den Korridor, sondern auch die Fluchttreppen und die Fahrstuhlschächte. Bis zum zwanzigsten Stockwerk verfügte das Gebäude über vier Aufzugschächte; vom zwanzigsten bis zum fünfunddreißigsten über zwei, und vom fünfunddreißigsten bis zum zweiundvierzigsten lediglich über einen. Bis zum zwanzigsten Stockwerk vergeudete Bollinger mehr Zeit, als er sich eigentlich leisten konnte, indem die Zugangstüren zu sämtlichen Schächten öffnete.

Um zweiundzwanzig Uhr fünfzig befand er sich im fünfzehnten Stockwerk.

Er hatte keine Spur von ihnen gefunden und begann sich zu fragen, ob er bei seiner Suche nicht einen Fehler gemacht hatte. Aber im Augenblick wußte er nicht, wie er sonst hätte vorgehen sollen.

Er fuhr in den sechzehnten Stock.

Connie zog an der Schnur, die die schweren Vorhänge beiseite gleiten ließ.

Graham löste die Verriegelung des mittleren Fensters. Die zwei rechteckigen Scheiben wollten sich zuerst nicht bewegen, gaben dann aber plötzlich mit einem Quietschen nach.

Der Wind fuhr explosionsartig in den Raum. Er brüllte wie ein urtümliches Ungeheuer, seine Schreie waren durchdringend und dämonisch. Schneeflocken wirbelten herum, tanzten über den Besprechungstisch, schmolzen auf der polierten Tischplatte und bildeten auf dem grasgrünen Teppich winzige Tröpfchen.

Graham beugte sich über den Fenstersims und blickte an der Fassade des Bowerton-Gebäudes nach unten. Die obersten fünf Stockwerke – und auch der vier Stockwerke hohe schmückende Turm darüber – waren gegenüber den siebenunddreißig Stockwerken darunter um zwei Meter zurückversetzt. Drei Stockwerke unter ihm gab es einen zwei Meter breiten Sims, der das ganze Gebäude wie einen Ring umgab. Die unteren vier Fünftel der Gebäudefassade befanden sich unterhalb dieses Vorsprungs und waren daher für ihn nicht sichtbar.

Der Schnee fiel jetzt in so dichten Schwaden, daß er die Straßenlaternen auf der anderen Seite der Lexington Avenue kaum ausmachen konnte. Und vom Bürgersteig war überhaupt nichts zu sehen.

In den wenigen Sekunden, die er sich Zeit nahm, um sich einen Überblick zu verschaffen, peitschte der Wind mit aller Gewalt auf sein Gesicht ein und trieb ihm die Tränen in die Augen. Seine Gesichtshaut wurde von der Kälte taub.

»Verdammt kalt ist das!« Als er das sagte, standen ihm Atemwölkchen vor dem Gesicht. Er wandte sich vom Fenster ab. »Ein paar Frostbeulen werden wir uns dabei ganz bestimmt holen.«

»Wir müssen hier raus«, sagte sie.

»Ich weiß. Ich versuche auch nicht, einen Rückzieher zu machen.«

»Sollten wir uns etwas ums Gesicht binden?«

»Was denn?«

»Tücher …«

»Hätte wenig Sinn. Unglücklicherweise haben wir in diesem Einkaufsführer keine Gesichtsmasken empfohlen. Sonst hätten wir jetzt genau das, was wir brauchen.«

»Was machen wir dann?«

Plötzlich kam ihm ein Gedanke; er trat an seinen Schreibtisch und zog sich die dicken Handschuhe aus. Die mittlere Schublade enthielt Beweismittel für die Hypochondrie, die sich in ihm mit seiner wachsenden Angst aufgebaut hatte: Anacin, Aspirin, ein halbes Dutzend verschiedener Schnupfensprays, Tetracycline-Kapseln, Halstabletten, ein Thermometer in einem Etui ... Er zog eine Tube heraus und zeigte sie Connie.

»Ein Lippenbalsam?« fragte sie.

»Komm her.«

Sie gehorchte und meinte: »Das Zeug ist gegen aufgesprungene Lippen, nicht wahr? Wenn wir uns schon Frostbeulen holen, warum uns dann noch Sorgen über aufgesprungene Lippen machen?«

Er schraubte die Kappe ab und schmierte ihr das ganze Gesicht ein – Stirn, Schläfen, Wangen, Nase, Lippen und Kinn. »Bei dieser dünnen Schutzschicht braucht der Wind doch eine Weile, bis er deiner Haut die Wärme entzieht. Und außerdem hält es die Haut geschmeidig. Wärmeverlust macht zwei Drittel der Gefahr aus. Wenn dann im Verein damit noch Hautaustrocknung eintritt, kommt es zu Kälteverbrennungen. Die Feuchtigkeit in extrem kalter Luft kommt gar nicht an die Haut heran. Tatsächlich kann eisiger Wind das Gesicht fast ebenso gründlich austrocknen wie Wüstenluft.«

»Ich habe also doch recht gehabt«, sagte sie.

»Was meinst du damit?«

»Daß du etwas von einem Alleskönner an dir hast.«

Um dreiundzwanzig Uhr betrat Bollinger die Fahrstuhlkabine, schaltete den Lift ein und drückte auf den Knopf für die zweiundzwanzigste Etage.

3

Der Fensterrahmen war außergewöhnlich massiv und nicht aus Aluminium, wie man es für Fensterrahmen in den letzten dreißig Jahren meistens verwendet hatte. Der gut zwei Zentimeter dicke Mittelpfosten sah aus, als könnte er ein Gewicht von ein paar hundert Kilo aushalten, ohne sich gleich zu verbiegen oder aus seiner Verankerung zu brechen.

Graham klinkte einen Karabiner um den Pfosten.

Karabiner gehörten zu den wichtigsten Ausrüstungsgegenständen eines Bergsteigers. Sie waren in der Regel aus Stahl oder einer Stahllegierung gefertigt, und es gab sie in verschiedenen Formen: ein ovales D, ein gebogenes D, birnenförmig oder schlüssellochförmig – aber meistens benutzte man das ovale D. Dieser Typ war etwa neun Zentimeter lang und zwei Zentimeter breit und erinnert auf den ersten Blick an einen überdimensionierten Schlüsselring oder ein etwas in die Länge gezogenes Kettenglied. Am oberen Ende des Ovals gab es einen Schnappverschluß, womit der Bergsteiger den Karabiner in die Öse eines Felshakens einklinken kann; es ist aber auch möglich, ein Seil durch den Metallring zu schieben. Der Karabiner, auch Schnappverschluß genannt, dient außerdem dazu, zwei Leinen miteinander zu verbinden. Weiter besteht eine wichtige Funktion des auf Hochglanz polierten Schnappverschlusses darin, das Scheuern von Seilen zu verhindern und sicherzustellen, daß sie sich nicht an scharfen Felskanten oder an nicht entgrateten Ösen von Felshaken auffasern. So haben Karabiner schon manches Leben gerettet.

Auf Grahams Anweisung hin hatte Connie die Plastikumhüllung von einem dreißig Meter langem Seil aus rotem und blauem geflochtenem Nylon entfernt.

»Wirkt aber nicht sehr stark auf mich«, sagte sie.

»Es ist auf zwei Tonnen Gewicht geprüft.«

»Und so dünn?«

»Elf Millimeter.«

»Du weißt ja wohl, was du tust.«

»Kein Grund zur Unruhe«, sagte er und lächelte aufmunternd.

Graham schob ein Ende des Seils durch den Karabiner, den er vorher am Fenster befestigt hatte, und knotete es fest.

Es überraschte ihn selbst, wie schnell und methodisch er arbeitete. Das schien eher instinktiv als bewußt zu funktionieren. Allem Anschein nach hatte er in fünf Jahren überhaupt nichts vergessen.

»Das wird dein Sicherheitsseil«, erklärte er Connie.

Der Karabiner war zusätzlich mit einer Metallhülse ausgestattet, die man über den Schnappverschluß schieben konnte, um auf diese Weise zu verhindern, daß er sich ungewollt öffnete. Er schraubte die Hülse fest.

Jetzt nahm er das Seil und ließ es durch die Hände gleiten, bis er elf Meter abgemessen hatte, zog ein Klappmesser aus einer Tasche seines Parkas, schnitt das Seil ab und ließ das abgeschnittene Stück auf den Boden fallen. Das eine Ende des Seils befestigte er an ihrem Gurt, so daß sie jetzt durch eine elf Meter lange Kabelschnur mit dem Fensterpfosten verbunden war. Dann nahm er das andere Seil und befestigte es ebenfalls mit einem Karabiner an ihrem Hüftgurt.

Schließlich klopfte er auf die Fensterbank und sagte: »Setz dich hier drauf.«

Sie kam seiner Aufforderung nach und setzte sich so, daß sie dem Wind und dem Schneegestöber draußen den Rücken zuwandte.

Graham warf das zehn Meter lange Seil aus dem Fenster, so daß es zwischen dem Karabiner an Connies Gurt und dem Fensterpfosten im Wind hin- und herschwankte. Dann hob er das fünfzehn Meter lange Stück, das er vorher abgeschnitten hatte, vom Boden auf, überprüfte es sorgfältig, um sicherzugehen, daß es gut gleiten würde, und befestigte schließlich das freie Ende an seinem eigenen Hüftgurt.

Er beabsichtigte, sie aus dem Stand zu sichern. Auf einem Berg bestand immer die Möglichkeit, daß der Sichernde aus seiner stehenden Haltung gerissen wurde, wenn er nicht durch ein zusätzliches Seil oder einen gut plazierten Haken seinerseits gesichert war; er konnte dann aus dem Gleichgewicht geraten und zusammen mit dem, den er eigentlich absichern sollte, abstürzen. Deshalb war es gefährlicher, jemanden aus dem Stand zu sichern als aus dem Sitzen. Aber Connie wog dreißig Kilo weniger als er, und das Fenster war hüfthoch, so daß er nicht befürchtete, aus dem Zimmer gerissen zu werden.

Er stellte sich mit gespreizten Beinen hin, um einen festen Stand zu haben, und nahm das fünfzehn Meter lange Seil etwa in der Mitte zwischen Connie und dem auf dem Boden bereitliegenden Teil auf. Das Seil, das von Connie kam, führte um seine linke Hüfte herum zur rechten. Damit war seine linke Hand die Führungshand, während die rechte zum Bremsen diente.

»Fertig?« fragte er.

Sie biß sich auf die Unterlippe.

»Der Mauervorsprung ist nur zehn Meter unter dir.«

»Eigentlich gar nicht weit«, sagte sie kläglich.

»Du bist unten, ehe du es richtig merkst.«

Sie zwang sich zu einem Lächeln.

Dann blickte sie an sich herab auf ihren Klettergurt und zog daran, als hätte sie Sorge, er könne sich inzwischen gelockert haben.

»Weißt du noch, was du tun mußt?« fragte er.

»Ich muß das Seil mit beiden Händen über meinem Kopf halten. Ich darf nicht versuchen nachzuhelfen, muß nach dem Mauervorsprung Ausschau halten, die Füße darauf stellen und aufpassen, daß ich nicht über den Vorsprung hinausgetragen werde.«

»Und wenn du dort bist?«

»Klinke ich mich los.«

»Aber nur von diesem Seil.«

»Ja.«

»Auf keinen Fall von dem anderen.«

Sie nickte.

»Und wenn du dich losgebunden hast ...«

»... ziehe ich zweimal an diesem Seil hier.«

»Richtig. Ich werde versuchen, dich so sanft wie möglich hinunterzulassen.«

Trotz des stechend kalten Windes, der durchs offene Fenster hereinpfiff, war ihr Gesicht totenbleich. »Ich liebe dich«, sagte sie.

»Ich liebe dich auch.«

»Du kannst es schaffen.«

»Das hoffe ich.«

»Das *weiß* ich.«

Sein Herz schlug wie wild.

»Ich vertraue dir«, sagte sie.

Wenn Connie bei dem Abstieg ums Leben kam, würde er weder das Recht noch einen Anlaß haben, sich selbst zu retten, das war ihm klar. Ohne sie würde sein Leben nur noch aus Schuld und Einsamkeit bestehen, eine graue Leere, schlimmer als der Tod. Wenn Connie abstürzte, konnte er sich ebensogut hinterherstürzen.

Er hatte Angst.

»Ich liebe dich«, war das einzige, was er in diesem Augenblick noch einmal herausbrachte.

Connie atmete tief ein, lehnte sich nach hinten und sagte: »Also ... Frau über Bord!«

Der Korridor war dunkel und verlassen.

Bollinger kehrte zum Fahrstuhl zurück und drückte auf den Knopf mit der Aufschrift Siebenundzwanzig.

4

In dem Moment, in dem Connie sich rückwärts vom Fenstersims gleiten ließ, spürte sie den freien Raum unter sich wie etwas Körperliches. Sie brauchte nicht hinunterzusehen, um den dunklen Abgrund wahrzunehmen. Ihre Angst war noch größer, als sie erwartet hatte, und äußerte sich nicht nur mental, sondern auch körperlich. Ihre Kehle verengte sich, und das Atmen bereitete ihr Schwierigkeiten. Ihr Brustkasten fühlte sich an, als würde jemand ihn zusammendrücken, ihr Puls jagte. Der Magen war plötzlich übersäuert und verkrampfte sich.

Sie widerstand dem Impuls, sich am Fenstersims festzuhalten, bevor er außer Reichweite geriet, griff statt dessen über sich und packte das Seil mit beiden Händen.

Der Wind zerrte an ihr und ließ sie hin- und herschaukeln. Er stach ihr ins Gesicht und brannte auf der Haut um ihre Augen, die sie nicht eingefettet hatte.

Um überhaupt etwas sehen zu können, mußte sie die Augen zu schmalen Schlitzen zusammenkneifen. Nur so konnte sie vermeiden, daß ihre eigenen Tränen sie blendeten. Unglücklicherweise war bei den Gerätschaften, die für den Einkaufsführer fotografiert worden waren, keine Schneebrille gewesen.

Sie blickte nach unten zu dem Vorsprung, auf den sie sich langsam zubewegte. Er war zwei Meter breit, wirkte auf sie aber so schmal wie ein Handtuch.

Seine Füße rutschten über den Teppich.

Er stemmte die Absätze ein.

Nach dem Rest des Seils zu schließen, das neben ihm eingerollt auf dem Boden lag, hatte sie noch nicht einmal die Hälfte der Distanz zu dem Vorsprung zurückgelegt. Trotzdem hatte er das Gefühl, er habe sie wenigstens schon dreißig Meter weit in die Tiefe gelassen.

Anfänglich war die Belastung für Grahams Arme und Schultern durchaus erträglich gewesen. Aber je mehr Seil durch seine Hände glitt, um so deutlicher wurde ihm bewußt, welchen Preis fünf Jahre der Untätigkeit von ihm forderten. Mit jedem halben Meter entzündeten sich in seinen Muskeln neue Schmerzen, breiteten sich aus und vereinten sich zu knisterndem Feuer.

Trotzdem war der Schmerz die geringste seiner Sorgen. Weitaus mehr beunruhigte ihn, daß er den Bürotüren den Rücken zuwandte. Er konnte seine Vision nicht vergessen: Eine Kugel in den Rücken, Blut – und dann Finsternis.

Wo war Bollinger?

Je weiter Connie in die Tiefe sank, desto kürzer schien das zweite Seil zu werden, das sie mit dem Fensterrahmen verband. Sie hoffte, daß Graham seine Länge richtig eingeschätzt hatte. Wenn nicht, konnte sie in große Schwierigkeiten geraten. Ein zu langes Sicherheitsseil stellte keine Gefahr dar, aber wenn es zu kurz war, würde sie vielleicht einen halben Meter über dem Vorsprung in der Luft hängenbleiben. Dann müßte sie zum Fenster zurückklettern – oder sie würde das zweite Seil ausklinken müssen und sich allein auf das Seil verlassen, an dem Graham sie hinunterließ. Besorgt sah sie zu, wie das Sicherheitsseil immer weniger Spielraum bot.

Das Hauptseil über ihr verdrehte sich immer wieder. Während die Tausende von Nylonfasern sich ständig anspannten, lockerten und erneut anspannten, wurde sie langsam im Halbkreis von links nach rechts und wieder zurückgedreht. Diese Bewegung kam noch zu dem dauernden Pendeln hinzu, das der Wind verursachte; allmählich wurde ihr übel.

Sie fragte sich, ob das Seil reißen könnte. Seine Belastung war an der Stelle am stärksten, wo es vom Fenster aus in die Tiefe führte. Hatte das Seil vielleicht jetzt schon angefangen, sich an der Stelle, wo es mit dem Sims in Berührung war, aufzuscheuern?

Graham hatte gesagt, daß es am Sims einen gefährlichen Reibungspunkt gebe, ihr aber zugleich versichert, daß sie den Vorsprung erreicht haben würde, ehe die Nylonfasern ernsthaft beschädigt wären. Nylon war elastisch. Stark. Verläßlich. Ein paar Minuten – oder selbst eine Viertelstunde –

heftiger Beanspruchung durften einem Seil wie diesem nichts schaden.

Trotzdem – die Unsicherheit blieb.

Um dreiundzwanzig Uhr acht fing Frank Bollinger an, das dreißigste Stockwerk zu durchsuchen.

Langsam kam in ihm das Gefühl auf, daß er in einer surrealistischen Landschaft aus Türen gefangen war, Hunderten und Aberhunderten von Türen. Die ganze Nacht hindurch hatte er Türen geöffnet, stets mit einem plötzlichen Angriff rechnend und in jenem ganz besonderen Spannungszustand, der in ihm erst das Gefühl entstehen ließ, daß er *lebte*. Aber jede dieser Türen öffnete sich vor demselben Hintergrund: Dunkelheit, Leere, Stille. Jede Tür versprach ihm die Beute, auf die er Jagd machte, und keine hielt ihr Versprechen.

Er empfand diese Wildnis von Türen allmählich als einen Zustand, der nicht nur diese eine Nacht, sondern sein ganzes Leben kennzeichnete. Türen. Türen, die sich in die Finsternis öffneten. In die Leere. In Sackgassen und in Wege, die keine waren. Sein ganzes Leben lang hatte er immer erwartet, einmal eine Tür zu finden, die ihn, sobald er sie aufgerissen hatte, zu all dem führte, was er verdiente. Bisher vergeblich. Es gab keine goldene Tür. Das Leben war nicht fair zu ihm! Schließlich war er doch einer der *neuen Menschen*, jedem überlegen, den er um sich herum sah. Aber was war in siebenunddreißig Jahren aus ihm geworden? Nichts! Kein Präsident. Nicht einmal ein Senator. Nicht berühmt. Nicht reich. Er war nichts als ein lausiger Hilfsdetective, ein Bulle, der sein ganzes Arbeitsleben in der schmierigen Unterwelt der Huren, Zuhälter, Glücksspieler, Drogensüchtigen und Gangster verbrachte.

Und aus diesem Grund mußte Harris – und mit ihm Millionen wie er – sterben. Sie waren alle Untermenschen, den neuen Herrenmenschen weit unterlegen. Doch auf jeden neuen Menschen kam immer noch eine Million alter. Und weil ihre Zahl ihnen Macht verlieh, klammerten sich diese jämmerlichen Geschöpfe an der Macht über die Welt, am Geld und all ihren Schätzen fest und riskierten sogar die Vernichtung in einem Atomkrieg, nur um ihre Habgier und ihre Freude am kindischen Gehabe zu befriedigen. Deshalb konnten die neuen Menschen nur durch das größte Massaker aller Zeiten das an sich bringen, was rechtmäßig ihnen gehörte.

Das dreißigste Stockwerk war verlassen, ebenso wie das Treppenhaus und die Aufzugschächte.

Er stieg ein Stockwerk weiter nach oben.

Connies Füße berührten den Vorsprung. Der heftige Wind hatte den Mauersims praktisch schneefrei gefegt, also bestand wenigstens keine Gefahr, daß sie ausglitt.

Sie preßte sich mit dem Rücken an die Fassade und hielt sich so weit vom Rand entfernt, wie ihr das möglich war.

Jetzt, da sie festen Boden unter den Füßen hatte, beeindruckte sie der Abgrund, der vor ihr lag, erstaunlicherweise mehr als vorher, als sie in der Luft gehangen hatte. Am Ende des Seils hin- und herschwingend, hatte sie den Abgrund gar nicht in der richtigen Perspektive wahrnehmen können. Jetzt schien ihr die Tiefe von achtunddreißig Stockwerken doppelt erschreckend, eine bodenlose Schlucht.

Sie klinkte den Karabiner an ihrem Gurt aus, befreite sich vom Hauptseil und zog zweimal kräftig daran.

Graham holte es sofort ein.

Er mußte jetzt den Abstieg zu ihr hinunter beginnen.

Würde er in Panik geraten, wenn er über den Fenstersims stieg?

Ich vertraue ihm, redete sie sich ein. Ich vertraue ihm wirklich. Ich *muß* ihm vertrauen.

Trotzdem hatte sie Angst, daß er, sobald er das Bein über den Fenstersims geschwungen hatte, kehrtmachen und fliehen und sie allein und verlassen dort auf dem Mauervorsprung zurücklassen würde.

5

Graham streifte die Handschuhe ab, beugte sich aus dem Fenster und betastete den Stein unter der Fensterbank. Es handelte sich um glattgeschliffenen Granit, einem Stein, der dazu bestimmt war, der Ewigkeit zu trotzen. Dennoch entdeckte er, ehe der eisige Wind seinen Fingerspitzen das Gefühl nahm, einen winzigen Sprung, der für seine Zwecke geeignet war.

Er ließ den Finger an dem Riß und holte den Hammer und einen Felshaken aus den Werkzeugschlaufen in seinem Gürtel. Auf dem Fenstersims liegend, beugte er sich hinaus, soweit er es wagte, setzte die scharfe Spitze des Stahlhakens auf den Sprung und schlug den Haken ein.

Die Lichtverhältnisse waren sehr schlecht. Das wenige Licht kam von den Warnlampen für Flugzeuge, die knappe zehn Meter über ihm an dem Zierturm des Gebäudes angebracht waren und abwechselnd rot und weiß blitzten.

Da er praktisch auf dem Bauch liegend arbeiten mußte, ging ihm die Arbeit wesentlich langsamer von der Hand, als er sich das gewünscht hätte. Nachdem er schließlich fertig war, blickte er über seine Schulter, um zu sehen, ob Bollinger hinter ihm stand. Doch er war immer noch allein.

Der Haken fühlte sich so an, als würde er gut sitzen. Er klinkte einen Karabiner in die Öse des Hakens ein.

Einen weiteren Karabiner befestigte er am Mittelpfosten des Fensters, ein Stück über dem anderen Karabiner, an dem Connies Sicherheitsleine befestigt war.

Er schloß einen der hohen Fensterflügel, so gut es ging. Ihn ganz zu schließen, war wegen der am Mittelpfosten befestigten Karabiner nicht möglich. Den anderen Fensterflügel würde er versuchen, von außen zuzuziehen.

Dann zog er hastig an den Gardinenschnüren, um die grünen Samtvorhänge zu schließen.

Bollinger würde irgendwann zu diesem Büro zurückkehren und sicherlich merken, daß sie durch das Fenster geflohen waren. Trotzdem wollte Graham alle Spuren, so gut es ging, beseitigen.

Er trat hinter die Gardinen und schob sich an der Wand bis zum Fenster. Der Wind heulte durch den offenen Fensterflügel und bauschte den Samtstoff um ihn herum auf.

Ein elf Meter langes Seilstück, das er vorher von einer anderen Rolle abgeschnitten hatte, befestigte er an seinem Gurt und mit dem anderen Ende an dem freien Karabinerhaken am Fensterpfosten. Es gab niemanden, der ihn hätte sichern können, so wie er Connie gesichert hatte, aber er hatte sich inzwischen überlegt, wie er es vermeiden konnte, sich nur auf ein Seil verlassen zu müssen.

Er nahm das eine Ende eines Dreißigmeterseils, beugte sich ein weiteres Mal aus dem Fenster und schob es durch die Öse des Karabiners, der an dem Felshaken hing. Nachdem er dieses Seilende an seinem Gurt befestigt hatte, zog er das Seil bis zur Hälfte durch die Karabineröse am Fenster und warf es dann in die Nacht hinaus. Das andere Ende des Seils knotete er ebenfalls an einem Gurtkarabiner fest. Jetzt hatte er eine Doppelleine, an der er sich nach unten lassen konnte.

Zwar hielt er sich auf diese Weise nicht genau an die konservativen Bergsteigerregeln, aber schließlich entsprach dieser »Berg«, an dem er sich abseilen wollte, ja auch nicht den üblichen Gegebenheiten. Die Situation erforderte Flexibilität und originelle Methoden.

Nachdem er sich die Handschuhe wieder übergestreift hatte, griff er nach dem Sicherungsseil, wand es sich einmal um das rechte Handgelenk und packte es dann mit der rechten Hand. Jetzt lag ein reichlicher Meter Seil zwischen seiner Hand und der Verankerung am Fensterpfosten. Nachdem er aus dem Fenster geklettert war, würde er die ersten paar Sekunden einen guten Meter unter der Fensterbrüstung am Seil hängen.

Er kniete auf dem Fenstersims, mit dem Gesicht zur Rückseite des Vorhangs, und rutschte langsam, vorsichtig und zögernd, mit den Füßen voran, über den Sims. Kurz bevor er das Gleichgewicht verlieren konnte und nach unten glitt, schloß er die obere Fensterhälfte, soweit die Karabiner dies zuließen. Dann ließ er sich einen Meter fallen.

Erinnerungen vom Mount Everest brachen über ihn herein. Er kämpfte gegen sie an, verdrängte sie, schob sie in die hintersten Winkel seines Bewußtseins zurück.

Ein bitterer Geschmack in seinem Mund nahm ihm den Atem, aber er schluckte mehrmals, bis seine Kehle wieder frei war. Mit schierer Willenskraft kämpfte er gegen die Übelkeit an, verdrängte sie und schaffte es. Wenigstens für den Augenblick.

Mit der linken Hand griff er nach einem der Hauptseile, die an der Wand hingen. Er hielt es fest, straffte es, zog die Knie an und stemmte sich mit den Stiefeln gegen die Granitwand. Hand über Hand am Seil ziehend, machte er drei kleine Schritte die Wand hinauf, bis er sich in einem Winkel von fünfundvierzig Grad von der Fassade abstemmte. Die Stiefelspitzen preßte er mit aller Kraft in eine schmale Mörtelfuge. Wieder stieg bittere Flüssigkeit in seiner Kehle auf. Er würgte, kämpfte erneut dagegen an, schluckte die Galle hinunter und erholte sich schließlich von dem Anfall.

Jetzt war seine Balance von vier Punkten abhängig: Seiner rechten Hand am kürzeren Seil, jetzt nur einen halben Meter vom Fensterpfosten entfernt; der linken Hand am Hauptseil, an dem er sich hinunterlassen wollte; dem rechten Fuß und dem linken Fuß. Er klebte wie eine Fliege an der Gebäudefassade.

Den Blick auf den Felshaken gerichtet, der zwischen seinen Füßen aus dem Granit ragte, zerrte er einige Male mit aller Kraft am Hauptseil. Der Haken rührte sich nicht. Er verlagerte sein Gewicht auf das längere Seil, jetzt hinreichend überzeugt davon, daß der Haken gut plaziert war, und ließ das Sicherungsseil los.

Nur noch drei Punkte verbanden ihn jetzt mit der Wand: Die linke Hand an dem langen Seil und die beiden Füße an der Wand, immer noch im 45°-Winkel zur Fassade.

Obwohl er das Sicherungsseil nicht mehr berühren wollte, bis er den Mauervorsprung, zehn Meter tiefer, erreicht hatte, würde es ihn doch vor einem tödlichen Sturz bewahren, falls das Hauptseil reißen sollte, während er sich an ihm zu Connie hinunterließ.

Das redete er sich immer wieder ein. Vergiß das nicht, und gerate ja nicht in Panik. Die Panik war der eigentliche Feind und konnte ihn schneller umbringen als Bollinger.

Mit der freien Hand griff er unter seinem Schenkel durch und tastete hinter sich nach dem langen Seil, das er bereits mit der anderen Hand festhielt. Nach ein paar nervenaufreibenden Sekunden fand er es. Das am Haken befestigte Hauptseil verlief jetzt von seiner linken Hand vor ihm, zwischen seinen Beinen durch, zur rechten Hand, die er hinter sich hatte. Mit dieser Hand brachte er das Seil nach vorne, über die rechte Hüfte, quer über die Brust und den Kopf und schließlich über die linke Schulter. Es hing ihm über den Rücken, zur rechten Hand, und dann nach unten.

Das war die perfekte Stellung.

Die linke Hand war die Führungshand.

Die rechte Hand die Bremshand.

Er war bereit zum Abstieg.

Zum ersten Mal, seit er aus dem Fenster gestiegen war, sah er sich um. Gigantische Wolkenkratzer ragten wie finstere Monolithe gespenstisch aus dem Schneegestöber. Hunderttausende von Lichtpunkten, durch den fallenden Schnee kaum sichtbar und in noch weitere Ferne gerückt, blitzten rings um ihn aus der Nacht. Manhattan zu seiner

Linken. Manhattan zu seiner Rechten. Manhattan hinter ihm. Und das Allerwichtigste – Manhattan *unter* ihm. Zweihundert Meter schwarze, leere, abgrundtiefe Nacht, die darauf wartete, ihn zu verschlingen. Seltsamerweise hatte er einen Augenblick lang das Gefühl, daß dies ein winziges Abbild der Stadt wäre; eine winzige Reproduktion, für alle Zeit in Plastik eingefroren. Er selbst fühlte sich ebenso winzig, als befände er sich in einer jener Plastikhalbkugeln, die sich mit künstlichem Schnee füllten, wenn man sie schüttelte. Dann war die Illusion ebenso schnell wieder vorbei, wie sie sich eingestellt hatte, und die Stadt wurde wieder riesengroß, die Betonschlucht unter ihm bodenlos. Aber während alles andere normale Größenordnungen annahm, blieb er selbst winzig und bedeutungslos.

Als er aus dem Fenster gestiegen war, hatte er seine ganze Aufmerksamkeit auf Haken, Seile und technische Manöver gerichtet. So beschäftigt, hatte er seine Umgebung aus seiner Wahrnehmung verdrängen können.

Doch jetzt war das nicht mehr möglich. Plötzlich war sein ganzes Bewußtsein von der Stadt und von der erschütternden Tiefe des Abgrundes erfüllt.

Und diese Erkenntnis beschwor unvermeidbar unerwünschte Erinnerungen in ihm herauf: *Sein Fuß glitt ab, die Gurte zogen sich ruckartig zusammen, das Seil riß, fallen, fallen, fallen – Aufschlag, Dunkelheit, Schmerz in den Beinen, wieder Dunkelheit, ein heißes Eisen in seinen Eingeweiden, Schmerz, wie splitterndes Glas in seinem Rücken, Blut, Dunkelheit, Krankenhausräume ...*

Obwohl der bitterkalte Wind auf sein Gesicht einpeitschte, brach ihm auf der Stirn und an den Schläfen der Schweiß aus.

Er zitterte.

Er wußte, daß er den Abstieg nicht schaffen würde.

Fallen, fallen ...

Er war wie gelähmt, konnte sich nicht rühren.

Nicht einen Zentimeter.

Wieder im Fahrstuhl angelangt, zögerte Bollinger. Er wollte gerade den Knopf für die dreiunddreißigste Etage drücken, als ihm plötzlich bewußt wurde, daß Harris und die Frau, nachdem er ihre Spur verloren hatte, offenbar ihren Weg nicht nach unten, in Richtung Eingangshalle fortgesetzt hatten. Sie waren in der siebenundzwanzigsten Etage verschwunden. Er hatte diesen Stock und sämtliche Stockwerke darunter durchsucht und war plötzlich felsenfest davon überzeugt, daß sie sich nicht in den unteren drei Vierteln des Gebäudes befanden. Sie waren nach oben gegangen. Zurück in Harris Büro? In dem Augenblick, als ihm der Gedanke kam, wußte er auch, daß es so war, und wußte auch, weshalb sie es getan hatten. Sie waren nach oben gegangen, weil das das letzte war, womit er rechnen würde. Wenn sie ihren Weg über die Treppen oder den Fahrstuhlschacht nach unten fortgesetzt hätten, wären sie binnen Minuten von ihm aufgespürt worden. Mit tödlicher Sicherheit. Aber weil sie nach oben geflüchtet waren, hatten sie ihn durcheinandergebracht und wertvolle Zeit gewonnen.

Fünfundvierzig Minuten, sagte er sich wütend. Dieser Mistkerl hat mich zum Narren gehalten. Fünfundvierzig Minuten. Aber keine gottverdammte Minute mehr.

Er drückte den Knopf für das vierzigste Stockwerk.

Zweihundert Meter.

Doppelt soviel wie sein Sturz am Mount Everest.

Und diesmal würde ihn kein Wunder retten, würde keine tiefe Schneewehe seinen Sturz mildern. Er würde ein blutiger Klumpen aus Fleisch und Knochen sein, wenn die Polizei ihn fand. Ein blutender, zerschmetterter, lebloser Klumpen.

Obwohl er dort unten nichts erkennen konnte, starrte er wie gebannt auf die Straße. Die Finsternis und der Schnee entzogen das Pflaster seinen Blicken. Trotzdem konnte er den Blick nicht abwenden. Er war wie hypnotisiert, nicht von dem, was er sah, sondern gebannt von dem, was er dort in der Tiefe wußte, unter den wallenden Schneeschwaden.

Mit geschlossenen Augen versuchte er, sich Mut zu machen. Dachte daran, wie weit er schon gekommen war. Die Zehen in die schmale Mörtelfuge zwischen zwei Granitblöcken gepreßt; die linke Hand vor sich, die rechte hinter sich. Also, fertig, los ... Aber er konnte es einfach nicht.

Als er die Augen wieder aufschlug, sah er Connie auf dem Mauervorsprung unter sich.

Sie winkte ihm zu, daß er sich beeilen solle.

Wenn er sich jetzt nicht bewegte, würde sie sterben. Dann hätte er sie im Stich gelassen – und das hatte sie nicht verdient, nicht nach den achtzehn Monaten, die sie nur für ihn dagewesen war, achtzehn Monate voller zärtlicher Fürsorge und Verständnis. Kein einziges Mal hatte sie sich über seine ewigen Klagen beschwert oder Kritik an ihm wegen seines Selbstmitleids und seiner Selbstsucht geübt. Sie hatte emotionale Risiken auf sich genommen, die nicht weniger beängstigend waren als das körperliche Risiko, das ihm jetzt abverlangt wurde. Er wußte wohl, daß Angst und Furcht ebenso schmerzhaft wie ein gebrochenes Bein sein konnten. Und wegen dieser achtzehn Monate mußte er den Abstieg auf sich nehmen. Soviel war er ihr schuldig, schließlich verdankte er ihr *alles*.

Der Schweiß hatte die Fettschicht, die er sich mit dem Stift auf Stirn und Wangen aufgetragen hatte, teilweise aufgelöst. Jetzt ließ der Wind seinen Schweiß eintrocknen und kühlte sein Gesicht ab. Erneut wurde ihm klar, wie wenig Zeit sie hier draußen verbringen konnten, ehe der Schneesturm ihnen die letzten Kräfte raubte.

Er blickte nach oben auf den Felshaken in der Wand, der ihn sicherte.

Wenn du es nicht tust, wird Connie sterben.

Seine linke Hand krampfte sich viel zu fest um die Leine. Er durfte sie doch eigentlich nur dazu benutzen, die Leine zu führen, sie locker durchlaufen zu lassen, während die rechte Hand notfalls bremsen sollte.

Connie wird sterben ...

Er lockerte den Griff der linken Hand, befahl sich, nicht nach unten zu blicken, atmete tief durch. Atmete aus. Fing an, bis zehn zu zählen. Sagte sich, daß er damit die notwendige Entscheidung nur hinausschob. Stieß sich von der Wand ab.

Keine Panik!

Nach hinten in die Nacht fallend, glitt er am Seil tiefer. Dann zurück zur Wand, die beiden Füße vor sich ausgestreckt, bis sie gegen die Granitwand stießen; ein stechender Schmerz schoß durch sein lahmes Bein. Er zuckte zusammen, wußte aber, daß er den Schmerz ertragen konnte. Als er nach unten blickte, erkannte er, daß er allenfalls einen halben Meter geschafft hatte; aber daß er überhaupt von der Stelle gekommen war, ließ den Schmerz unwichtig erscheinen.

Eigentlich hatte er sich vorgenommen, sich mit aller Kraft von der Wand abzustoßen und bei jedem Schwung zwei Meter zurückzulegen. Aber das konnte er nicht. Noch nicht. Er war noch zu verängstigt, um sich so schnell wie in alten Zeiten zu bewegen. Außerdem würde ein heftiger Schwung den Schmerz in seinem Bein unerträglich machen.

Statt dessen stieß er sich wieder von der Mauer ab, ließ sich nach rückwärts schwingen, sank einen halben Meter tiefer und schwang erneut auf die Wand zu. Und noch einmal; diesmal waren es eher dreißig Zentimeter. Kleine, winzige Schrittchen. Ein vorsichtiger Tanz der Angst entlang der Gebäudefassade. Abstoßen, nach unten, hereinschwingen, abstoßen, nach unten, wieder an die Wand, abstoßen, nach unten, wieder an die Wand ...

Die Angst hatte sich nicht verflüchtigt, sie steckte immer noch in ihm wie eine klebrige, dicke Substanz. Ein Krebsgeschwür, das jahrelang an ihm genagt und sich dabei ausgebreitet hatte, würde nicht innerhalb weniger Minuten wie von selbst verschwinden. Aber zumindest überwältigte ihn die Furcht nicht länger, lähmte ihn nicht. Er konnte wieder in die Zukunft blicken, daran denken, daß vielleicht einmal der Tag kommen würde, wo die Angst besiegt war: eine Vision, die ihm Freude bereitete.

Als er schließlich den Mut aufbrachte, nach unten zu blicken, sah er, daß er dem Mauervorsprung inzwischen so nahegekommen war, daß er sich nicht mehr abzuseilen brauchte. Er ließ das Seil los und sprang den letzten halben Meter.

Connie drückte sich an ihn. Sie mußte laut schreien, um sich über dem Heulen des Windes verständlich zu machen. »Du hast es geschafft!«

»Ich habe es geschafft!«

»Du hast gesiegt.«

»Bis jetzt zumindest.«

»Vielleicht reicht das schon.«

»Was?«

Sie deutete auf das Fenster neben ihnen. »Wie wäre es, wenn wir das Fenster hier einschlagen würden?«

»Warum sollten wir das?«

»Irgend jemand hat hier sein Büro. Wir könnten uns darin verstecken.«

»Und Bollinger?«

Sie sprach noch lauter, um sich trotz des heulenden Windes Gehör zu verschaffen. »Über kurz oder lang geht er in dein Büro.«

»Und?«

»Dann wird er sofort sehen, was los ist. Die Karabiner und die Seile.«

»Ich weiß.«

»Wird er glauben, daß wir uns bis zur Straße hintergelassen haben?«

»Vielleicht. Ich bezweifle es allerdings.«

»Selbst wenn er das nicht denkt, wird er nicht wissen, wo wir Station gemacht haben. Er kann nicht jede Tür im ganzen Gebäude aufsprengen, um uns zu suchen.«

Der Wind pfiff zwischen ihnen durch, prallte von der Mauer ab und zerrte an ihnen, als ob sie Spielzeugfiguren wären. Er heulte gespenstisch.

Schneeflocken wehten Graham in die Augen. Sie stachen in ihrer eisigen Kälte, als wären sie Salzkörner. Er preßte die Augen zu und versuchte, den plötzlichen Schmerz zu verdrängen. Das gelang ihm nur zum Teil, dafür tränten die Augen jetzt so, daß er kurzzeitig geblendet war.

Sie drückten die Köpfe zusammen, versuchten, sich noch näherzukommen, um nicht schreien zu müssen.

»Wir könnten uns verstecken, bis die Leute zur Arbeit erscheinen«, sagte sie.

»Morgen ist Samstag.«

»Ja, aber *einige* Leute arbeiten auch am Samstag. Die Wachleute zumindest.«

»Morgen früh wird die ganze Stadt wie gelähmt sein«, sagte er. »Das hier ist ein ausgewachsener Blizzard! Niemand wird zur Arbeit gehen.«

»Dann verstecken wir uns bis Montag.«

»Und woher bekommen wir Wasser? Zu Essen?«

»In einem großen Büro ist bestimmt ein Wasserspender. Und Kaffee und Getränkeautomaten. Vielleicht sogar ein Automat mit Schokolade und Keksen.«

»Bis Montag?«

»Wenn es sein muß.«

»Das ist eine lange Zeit.«

Sie zeigte mit der Hand in die Tiefe. »Und das ist ein langer *Abstieg!*«

»Allerdings.«

»Also komm«, sagte sie ungeduldig. »Laß uns die Scheibe einschlagen.«

Bollinger trat über die umgestürzte Bar und sah sich in Harris Büro um.

Nichts Ungewöhnliches. Keine Spur von den Opfern.

Wo in drei Teufels Namen *steckten* sie?

Er wollte schon gehen, als sich plötzlich die Vorhänge an der Wand aufbauschten.

Er riß die Walther PPK hoch, hätte fast abgedrückt.

Aber vorher fielen die Vorhänge wieder gegen die Wand zurück. Dahinter konnte sich niemand verbergen, dafür war einfach nicht genug Platz.

Er ging ans Ende der Vorhänge und fand die Zugschnur. Der grüne Samt faltete sich mit einem leisen Zischen zusammen.

Sobald das Mittelfenster freilag, sah er, daß daran etwas nicht stimmte. Er trat näher und öffnete die hohen, rechteckigen Fensterflügel.

Der Wind fegte herein, zauste an seinem aufgeknöpften Kragen, zupfte an seinem Haar, heulte und klagte. Schneeflocken peitschten ihm ins Gesicht.

Er sah die Karabiner am Mittelpfosten und die in die Tiefe führenden Seile. Er beugte sich aus dem Fenster und blickte an der Gebäudefassade nach unten.

»Ja ist denn das die Möglichkeit!« knurrte er.

Graham bemühte sich, den Hammer aus seiner Gürtelschlaufe zu ziehen, aber seine dicken Handschuhe behinderten ihn dabei. Ohne Handschuhe wäre es ein Kinderspiel gewesen, aber er wollte sie nicht ausziehen, aus Angst, der Wind könnte sie ihm wegreißen. Wenn etwas schiefging und wenn sie ihre Kletterpartie fortsetzen mußten, würde er dringend Handschuhe benötigen.

Über ihm erzeugte der Wind ein eigenartiges Geräusch. *Whump!* Ein lautes, dumpfes Geräusch, wie ein gedämpfter Donnerschlag.

Endlich hatte er den Hammer aus der Gürtelschlaufe befreit.

Whump!

Connie packte ihn am Arm. »Bollinger!«

Zuerst wußte er nicht, was sie meinte, und blickte nur nach oben, weil sie das tat.

Zehn Meter über ihnen beugte sich Bollinger aus dem Fenster.

»Drück dich gegen die Wand!« sagte Graham zu Connie.

Sie bewegte sich nicht und schien wie gelähmt. Dies war, soweit er sich erinnern konnte, das erste Mal, daß er sie verängstigt sah.

»Paß auf!« schrie er.

Sie preßte den Rücken gegen die Wand.

»Du mußt das Sicherheitsseil lösen!« brüllte er.

Über ihnen leckte eine Flammenzunge aus der Mündung der Pistole: *Whump!*

Graham schwang seinen Hammer und schlug damit auf die Fensterscheibe ein.

Sie zersprang klirrend, und die Glassplitter explodierten nach innen.

Wie von Sinnen und außerstande, die Vision zu verdrängen, in der die Kugel ihn in den Rücken traf, hieb er auf die Glassplitter ein, die noch am Rahmen haften geblieben waren.

Whump!

Ein Querschläger pfiff an Graham vorbei und ließ ihn zusammenzucken. Nur wenige Zentimeter von seinem Gesicht entfernt, prallte die Kugel ab.

Erneut brach ihm Schweiß aus.

Bollinger schrie etwas.

Der Wind zerfetzte seine Worte, verwandelte sie in sinnlose Geräusche.

Graham blickte nicht auf, schlug weiter auf die spitzen Glasscherben im Fensterrahmen ein.

Whump!

»Los!« schrie er, als er die letzten gefährlichen Splitter herausgeschlagen hatte.

Connie krabbelte über den Fenstersims und verschwand in dem dunklen Büro.

Er klinkte den Knoten des Sicherheitsseils an seinem Gurt auf.

Whump!

Die Kugel pfiff so dicht an ihm vorbei, daß er unwillkürlich aufschrie. Sie zupfte am Ärmel seines Parkas, und der Schrecken ließ ihn das Gleichgewicht verlieren.

Whump!

Whump!

Er warf sich nach vorne, durch die Fensteröffnung, und rechnete damit, daß sich jeden Augenblick eine Kugel in sein Rückgrat bohrte.

6

In dem unbeleuchteten Büro in der achtunddreißigsten Etage knirschte das Glas unter ihren Füßen.

»Wie kommt es, daß er uns nicht getroffen hat?« fragte Connie.

Graham wischte sich mit dem Handschuh den Schweiß vom Gesicht und meinte: »Der Wind hat fast Orkanstärke. Das könnte die Geschosse etwas abgelenkt haben.«

»Auf zehn Meter Distanz?«

»Möglich. Außerdem war der Winkel für ihn ungünstig. Er mußte sich aus dem Fenster lehnen und schräg nach unten schießen. Schlechte Beleuchtung. Dann hatte er den Wind im Gesicht. Ein Treffer ist da reines Glück.«

»Wir können nicht hierbleiben, wie wir das geplant hatten«, sagte sie.

»Selbstverständlich nicht. Er weiß jetzt, auf welchem Stockwerk wir sind. Wahrscheinlich rennt er im Moment schon zum Fahrstuhl.«

»Steigen wir wieder hinaus?«

»Das ist so ziemlich das letzte, was ich jetzt möchte.«

»Er wird unterwegs immer wieder auftauchen und versuchen, uns wegzuputzen.«

»Haben wir eine andere Wahl?«

»Nein«, sagte sie. »Bereit zum Abstieg?«

»Jederzeit.«

»Du hast dich gut gehalten.«

»Ich bin aber noch nicht ganz unten.«

»Du schaffst es.«

»Bist du jetzt die mit der hellseherischen Begabung?«

»Du wirst es schaffen. Weil du keine Angst mehr hast.«

»Wer? Ich?«

»Ja, du.«

»Ich habe panische Angst.«

»Aber nicht so wie früher. Nicht mehr so schlimm. Außerdem haben wir jetzt ja auch allen Grund, Angst zu haben. Die Angst, die du diesmal hast, ist eine völlig gesunde Angst.«

»Genau. Ich platze geradezu vor gesunder Angst.«

»Ich habe mich nicht getäuscht.«

»Womit denn?«

»Daß du der Mann bist, den ich mir immer gewünscht habe.«

»Dann hast du dir nicht besonders viel gewünscht.«

Aber seine Stimme strafte seine Worte Lügen. Sie klang nicht so, als würde er sich selbst erniedrigen wollen; im allerschlimmsten Fall machte er sich über die Minderwertigkeitskomplexe lustig, die er bis vor so kurzer Zeit an den Tag gelegt hatte. Nein, für sie gab es keinen Zweifel, er hatte den größten Teil seiner Selbstachtung wiedergefunden.

Er öffnete den anderen Fensterflügel und sagte: »Warte du hier. Ich werde einen weiteren Haken setzen und ein neues Seil daran befestigen.« Er streifte die Handschuhe ab. »Da, halte mir die.«

»Du wirst dir die Hände erfrieren.«

»So schnell geht das nicht. Mit bloßen Händen kann ich schneller arbeiten.«

Er schob vorsichtig den Kopf zum Fenster hinaus und blickte nach oben.

»Ist er noch da?« fragte sie.

»Nein.«

Er kroch auf den zwei Meter breiten Mauervorsprung hinaus und legte sich flach auf den Bauch. Die Füße waren ihr zugewandt, während sein Kopf und seine Schultern über den Abgrund hinaushingen.

Sie trat ein paar Schritte vom Fenster zurück, stand reglos da und lauschte, ob etwas von Bollinger zu hören wäre.

In den Büros des Harris-Verlags nahm Bollinger sich die Zeit, seine Walther nachzuladen, ehe er zum Fahrstuhl lief.

Graham hämmerte den Haken in die schmale, waagerechte Mörtelfuge zwischen zwei Granitblöcken. Er rüttelte prüfend daran, vergewisserte sich, daß er festsaß und klinkte einen Karabiner ein.

Dann setzte er sich auf, nahm die dreißig Meter lange Leine von der rechten Hüfte und schoß sie so auf, daß sie ungestört ablaufen konnte. Der Wind hatte genügend Kraft, um das Seil zu verwirren; er würde es also die ganze Zeit im Auge behalten müssen, während er Connie sicherte. Wenn es sich verhedderte, bedeutete das größte Gefahr für ihn und Connie. Dann legte er sich wieder auf den Bauch, griff über den Mauersims und führte das Seilende durch die Karabineröse.

Er setzte sich auf, den Rücken dem Wind zugewandt. Er wehte so heftig, daß er das Gefühl hatte, zwei kräftige Hände versuchten, ihn über den Sims in die Tiefe zu schieben.

Seine Finger waren vor Kälte bereits ganz taub.

Die Seile, die er während ihres Abstiegs aus dem vierzigsten Stockwerk benutzt hatte, baumelten neben ihm herunter. Er griff nach einem davon, löste das Ende von seinem Gurt und zog an dem anderen Seil, das jetzt durch die Karabineröse oben am Felshaken glitt. Schließlich fiel es neben ihm auf den Sims.

Er holte ein Klappmesser aus der Tasche, klappte es auf, schnitt damit zwei je eineinhalb Meter lange Stücke von dem Seil ab und steckte das Messer dann wieder in die Tasche. Vorsichtig stand er auf und taumelte dabei kurz, als ein stechender Schmerz durch sein lahmes Bein schoß.

Eines der beiden abgeschnittenen Seilstücke war für ihn bestimmt. Er band es an seinen Gurt, befestigte das andere Ende an einem Karabiner und klinkte den am Fensterpfosten fest.

Dann beugte er sich zum Fenster hinein und sagte: »Connie?«

Sie trat aus dem Schatten in den schwachen Lichtschein. »Ich habe gelauscht.«

»Und, hast du etwas gehört?«

»Bis jetzt nicht.«

»Dann komm heraus.«

Er wünschte, Billy wäre jetzt da. Billy war ein Teil von ihm, wenigstens empfand er das so, fünfzig Prozent von seinem Fleisch und Blut und auch seinem Verstand. Ohne Billy war er in solchen Augenblicken kein ganzer Mensch. Ohne Billy war der Nervenkitzel nur halb so schön.

Während er zum Aufzug lief, dachte Bollinger über Billy nach, hauptsächlich über die ersten Abende, die sie zusammengewesen waren.

Sie hatten sich an einem Freitag kennengelernt und neun Stunden in einem privaten Club an der vierundvierzigsten Straße verbracht, der die ganze Nacht über geöffnet hatte. Erst als der Morgen bereits dämmerte, waren sie weggegangen und hatten beide darüber gestaunt, wie schnell doch die Zeit verflogen war. Die Bar war ein beliebter Treffpunkt für

Polizeibeamte; es herrschte dort immer Betrieb. Und trotzdem hatte Bollinger das Gefühl gehabt, er und Billy seien die einzigen Gäste gewesen, ganz allein in ihrer Nische in der Ecke.

Zwischen ihnen beiden herrschte von Anfang an eine Atmosphäre der Ungezwungenheit. Er hatte das Gefühl, als wären sie Zwillingsbrüder, als verbinde sie über den alltäglichen Kontakt hinaus jene beinahe mystische Einheit, die es nur zwischen Zwillingen gibt. Sie unterhielten sich angeregt, aber ihre Unterhaltung war frei von dem üblichen Small Talk und jeglichem Klatsch. Ein Gespräch eben, ein Austausch von Ideen und Empfindungen, wie Bollinger es noch nie mit einem anderen Menschen erlebt hatte. Es gab keinerlei Tabus. Politik. Religion. Dichtung. Sex. Selbsteinschätzung. Sie entdeckten eine verblüffende Übereinstimmung in vielen Dingen, die sie beide ähnlich unorthodox einschätzten. Nach diesen neun Stunden kannten sie einander besser, als je einer von ihnen einen anderen Menschen gekannt hatte.

Am Abend darauf trafen sie sich an der Bar, redeten, tranken, gabelten eine gutaussehende Nutte auf und nahmen sie in Billys Wohnung mit. Sie gingen zu dritt ins Bett, aber nicht im bisexuellen Sinne. Denn obwohl sie jeder für sich, und manchmal auch gemeinsam, verschiedene sexuelle Kontakte mit ihr hatten, kam es zu keinerlei Berührungen zwischen Billy und Bollinger.

Sie erlebten in jener Nacht den Sex dynamischer, angeregter, wilder, manischer und zu guter Letzt anstrengender, als Bollinger das je für möglich gehalten hätte. Billy sah ganz bestimmt nicht wie ein Potenzprotz aus. Ganz und gar nicht. Aber genau das war er, unersättlich. Er genoß es, seinen Orgasmus stundenlang zurückzuhalten, weil er wußte, daß er, je länger er sich zurückhielt, um so ekstatischer werden würde. Als durch und durch sinnlicher Mensch zog er der sofortigen Befriedigung den späteren, größeren Genuß vor. Bollinger begriff in dem Moment, in dem er ins Bett stieg, daß er hier auf die Probe gestellt wurde. Benotet. Billy beobachtete ihn. Er hatte Mühe, dem Tempo des Älteren zu folgen, aber er schaffte es. Die Nutte beklagte sich am Ende, daß man sie ausgelaugt und völlig fertiggemacht habe.

Bollinger erinnerte sich noch ganz deutlich an die Stellung, in der er schließlich zum Höhepunkt gekommen war, weil er nachher den Verdacht gehabt hatte, daß Billy ihn da hineinmanövriert hatte. Die Frau auf allen vieren in der Mitte des Bettes. Billy kniete vor ihr. Bollinger kniete hinter ihr. Über den Rücken der Frau hinweg sahen sie sich an, und später wußte Bollinger ganz genau, daß Billy es so gewollt hatte – daß sie beide in genau dem gleichen Augenblick kamen, in dem sie sich ansahen.

Wie aus einiger Distanz hatte er sich beobachtet, wie er rhythmisch zustieß, dabei sah, wie Billy ihn anstarrte. Ihn wie gebannt, mit geweiteten, von innen heraus leuchtenden Augen anstarrte. Augen, in denen der Wahnsinn leuchtete. Obwohl der Blick ihm Angst machte, erwiderte er ihn – und spürte, wie er plötzlich in eine Halluzination hineintauchte. Er hatte das Gefühl, er würde seinen Körper verlassen und darüber schweben, auf Billy zu. Und im Schweben schrumpfte er zusammen, bis er so klein geworden war, daß er in jenen leuchtenden Augen verschwinden konnte. Obwohl er wußte, daß das Ganze eine Illusion war, machte das nichts aus. Er hätte schwören können, daß er tatsächlich in Billys Augen hineintauchte. Immer tiefer in diesen Abgrund sank ...

Sein Höhepunkt war viel mehr als nur eine biologische Funktion; er verband ihn auf physische Weise mit der Frau, gleichzeitig jedoch auf einer viel höheren Ebene mit Billy. Mitten in einem gewaltigen Orgasmus hatte Bollinger das seltsame Gefühl, daß er und Billy im Körper der Nutte so angeschwollen waren und sich verlängert hatten, daß sie sich in ihrer Mitte berührten. Und dann verschwand die Frau vor seinem inneren Auge ganz, und er und Billy waren die einzigen Menschen im Raum; sein Penis und der Billys berührten sich und entluden sich gegenseitig ineinander. Dieses Bild war von einer ungeheuren Kraft und doch, auf seltsame Weise, völlig asexuell. Es hatte jedenfalls ganz sicher nichts *Homosexuelles* an sich. Absolut nicht. Er war nicht schwul. Daran hatte er nicht den leisesten Zweifel. Der imaginäre Akt war vielmehr mit dem Ritual vergleichbar, mit dem die Angehörigen gewisser Indianerstämme einst ihre Blutsbrüderschaft besiegelt hatten. Die Indianer hatten sich die Handflächen aufgeschnitten und die Schnittstellen aneinandergepreßt, weil sie glaubten, daß so das Blut des einen in den Körper des anderen floß und daß sie auf diese Weise stets und ewig miteinander verbunden sein würden. Bollingers bizarre Vision ähnelte der indianischen Blutsbrüderschaftszeremonie. Sie war wie ein Schwur, ein unzerreißbares heiliges Band. Und er wußte ohne den geringsten Zweifel, daß damit eine Metamorphose stattgefunden hatte, daß sie nicht mehr zwei Männer, sondern einer waren.

Jetzt fühlte er sich, ohne Billy neben sich, unvollständig, als er schließlich in der Fahrstuhlkabine stand und den Lift einschaltete.

Connie kletterte durch das offene Fenster auf den Sims hinaus.

Graham befestigte schnell das freie Ende der Dreißigmeterleine an ihrem Klettergurt.

»Fertig?« fragte sie.

»Nicht ganz.«

Seine Hände fingen an, taub zu werden. Seine Fingerspitzen prickelten, und seine Knöchel schmerzten, als wären sie arthritisch.

Er befestigte Karabiner an beiden Enden eines der kurzen Seilstücke, die er abgeschnitten hatte, und klinkte beide Karabiner an einen Metallring an ihrem Gurt ein. Das Seil hing ihr bis zu den Knien hinunter.

Auch den Hammer befestigte er an ihrem Gürtel.

»Wozu das alles?« fragte sie.

»Der nächste Vorsprung ist fünf Stockwerke tiefer und scheint etwa halb so breit wie dieser hier zu sein. Ich werde dich auf dieselbe Weise hinunterlassen wie vorher zu diesem Vorsprung hier. Mich selbst werde ich am Fensterpfosten verankern.« Er zog an seinem eigenen Sicherungsseil. »Aber wir haben nicht die Zeit, ein fünfundzwanzig Meter langes Sicherungsseil für dich anzubringen. Du wirst also nur an diesem Seil hier absteigen müssen.«

Sie kaute auf ihrer Unterlippe und nickte dann.

»Sobald du den Vorsprung erreicht hast, suchst du eine schmale, waagerechte Fuge zwischen den Granitblöcken. Je schmaler die Fuge ist, um so besser. Aber vergeude nicht zuviel Zeit damit, die Fugen zu inspizieren. Dann schlägst du mit dem Hammer einen Haken ein.«

»Dieses kurze Seilstück, das du mir gerade angehakt hast ... Soll das mein Sicherheitsseil sein, wenn ich dort unten angekommen bin?«

»Ja. Du klinkst das eine Ende aus und läßt den Karabiner am Felshaken einschnappen. Dann machst du dich vom Hauptseil los, damit ich es hochziehen und selbst benutzen kann.«

Sie gab ihm seine Handschuhe, und er schlüpfte hinein.

»Eines noch. Ich werde das Seil viel schneller runterlassen als vorher. Daß du mir ja nicht in Panik gerätst. Halte dich einfach fest, sei ganz ruhig und halte die Augen offen, damit du den Vorsprung unter dir rechtzeitig siehst.«

»In Ordnung.«

»Noch Fragen?«

»Nein.«

Sie setzte sich auf den Mauervorsprung und ließ die Beine über dem Abgrund baumeln.

Er nahm ihr Seil und bewegte die Finger, um sicherzustellen, daß er wieder genügend Gefühl in den Händen hatte. Seine Finger hatten sich inzwischen etwas erwärmt. Dann stellte er sich breitbeinig hin, atmete tief durch und sagte: »Los!«

Sie ließ sich über den Rand gleiten, dem Abgrund entgegen.

Stechender Schmerz breitete sich in seinen Armen und Schultern aus, als er plötzlich Connies ganzes Gewicht zu spüren bekam. Er biß die Zähne zusammen und ließ das Seil so rasch durch die Hände laufen, wie er das gerade noch wagte.

Im achtunddreißigsten Stockwerk stand Frank Bollinger auf dem Flur und versuchte, sich darüber klar zu werden, welche Firma unmittelbar unter Harris Büro lag. Schließlich entschied er sich für zwei Möglichkeiten: Boswell Patentverwaltung und Dentonwick Versandhandel.

Beide Türen waren versperrt.

Er jagte drei Kugeln in das Schloß der Dentonwickbüros. Stieß die Tür auf. Feuerte zweimal in die Dunkelheit. Sprang hinein, duckte sich, tastete nach dem Wandschalter und knipste die Deckenbeleuchtung an.

Der erste der drei Räume war verlassen. Er machte sich vorsichtig daran, die beiden anderen zu durchsuchen.

Das Seil wurde schlaff.

Connie hatte den Sims fünf Stockwerke tiefer erreicht.

Trotzdem hielt er das Seil mit beiden Händen fest, darauf vorbereitet, sie zu sichern, falls sie ausgleiten und stürzen sollte, ehe sie ihre Sicherheitsleine verankert hatte.

Dann hörte er zwei gedämpfte Schüsse.

Daß er sie trotz des laut heulenden Windes überhaupt hören konnte, bedeutete, daß sie beunruhigend nahe gefallen waren.

Aber worauf schoß Bollinger?

Das Büro hinter Graham blieb dunkel, aber plötzlich flammten hinter den Fenstern des Büros daneben Lichter auf.

Bollinger war ihm verdammt nahe.

Passiert es jetzt? fragte er sich. Ist es jetzt soweit, daß ich die Kugel in den Rücken bekomme?

Früher als er das erwartet hatte, kam das Signal: Die Leine zuckte zweimal.

Er zog sie ein und fragte sich, ob er wohl noch eine Minute Zeit hatte, bis Bollinger das richtige Büro fand, das zerbrochene Fenster – und ihn.

Wenn er den Vorsprung fünf Stockwerke weiter unten erreichen sollte, ehe Bollinger die Chance bekam, ihn zu töten, würde er sich diesmal viel schneller abseilen müssen als beim letzten Mal.

Wieder hing das Seil über den regelmäßig angeordneten Fensterreihen. Er würde sehr darauf achten müssen, nicht in eines der Fenster zu treten. Und weil er diesmal größere Schritte machen und bei jedem Schwung weiter nach unten kommen mußte als beim letzten Mal und damit auch weniger Zeit hatte, seine Bewegung genau zu kalkulieren, würde es viel schwieriger sein, sich um die Fenster herumzuarbeiten.

Dementsprechend geringer waren seine Chancen, und das ließ seine alten Ängste aufs neue in ihm aufsteigen. Aber vielleicht war es ein Glück, daß er sich so beeilen mußte. Wenn er Zeit gehabt hätte, dann wäre die Furcht so übermächtig geworden, daß sie ihn wieder gelähmt hätte.

Harris und die Frau hielten sich nicht in den Büros von Dentonwick Versandhandel auf.

Bollinger eilte in den Korridor zurück. Er feuerte zweimal auf das Schloß der Tür von Boswell Patentverwaltung.

7

Die Büros von Boswell bestanden aus drei kleinen Räumen, die alle ziemlich schäbig eingerichtet waren – und alle waren leer.

An dem zerbrochenen Fenster lehnte Bollinger sich hinaus und blickte den Sims entlang, über den der Wind die Schneeflocken peitschte. Aber da waren sie nicht.

Widerstrebend wischte er die Glassplitter weg und kroch durch das Fenster.

Der Sturmwind erfaßte ihn sofort, zerzauste ihm das Haar, trieb ihm Schneeflocken ins Gesicht und unter den Hemdkragen, wo sie an seinem Rücken schmolzen. Fröstelnd bedauerte er, daß er seinen Mantel ausgezogen hatte.

Er legte sich auf den Bauch und wünschte, es gäbe irgend etwas, woran er sich festhalten könnte. Der Stein war so kalt, daß er das Gefühl hatte, mit nackter Brust auf einem Eisblock zu liegen.

Er spähte über die Mauerkante hinaus. Graham Harris befand sich nur drei Meter unter ihm, hatte sich gerade an einem doppelten Seil vom Gebäude abgestoßen und glitt jetzt nach unten, wieder auf das Gebäude zu: ein sich abseilender Bergsteiger.

Er griff nach unten und bekam den Haken zu fassen, der so kalt war, daß ihm fast die Finger daran anfroren. Er versuchte, an ihm zu rütteln und ihn zu bewegen, mußte aber konstatieren, daß er viel zu fest saß.

Obwohl er sich direkt über Harris befand, wußte Bollinger, daß es unmöglich sein würde, ihn mit einem gezielten Schuß zu treffen. Die Kälte und der Wind hatten ihm die Tränen in die Augen getrieben, so daß er kaum etwas erkennen konnte. Das Licht war schlecht. Und der Mann bewegte sich viel zu schnell, um ein gutes Ziel abzugeben.

Also legte Bollinger die Walther PPK beiseite, wälzte sich herum und holte ein Klappmesser aus der Hosentasche. Er ließ die Klinge herausspringen. Es war dieselbe rasiermesserscharfe Waffe, mit der er schon so viele Frauen ermordet hatte. Und wenn es ihm jetzt gelang, das Seil zu durchtrennen, ehe Harris den nächsten Mauervorsprung erreichte, dann würde er mit dem Messer sein erstes männliches Opfer getötet haben. Er griff nach dem Haken und begann, an einem der Seile unterhalb des Karabinerhakens zu sägen.

Eine Bö traf die Gebäudewand, fuhr an der Fassade empor und schlug ihm ins Gesicht.

Er atmete durch den Mund. Die Luft war so kalt, daß sein Hals schmerzte.

Harris hatte Bollinger bis jetzt noch nicht bemerkt und stieß sich gerade wieder von der Mauer ab. Schwang nach draußen, schwang wieder zurück und bewegte sich dabei gute zwei Meter in die Tiefe. Stieß sich erneut ab.

Der Karabiner bewegte sich in der Öse, so daß Bollinger Mühe hatte, die Klinge an derselben Stelle am Seil zu halten.

Harris Abstieg ging schnell vonstatten, er näherte sich rasch dem Vorsprung, wo Connie auf ihn wartete. Noch ein paar Sekunden, und er würde in Sicherheit sein.

Schließlich, nachdem Harris sich noch ein paar Mal von der Fassade abgestoßen hatte, durchtrennte Bollingers Messer die letzen Fasern des Seils, und es fiel nach unten.

Graham schwang gerade wieder auf das Gebäude zu, die Füße ausgestreckt, um sich von einem schmalen Fenstersims abzustoßen, als er bemerkte, wie das Seil schlaff wurde.

Er wußte sofort, was passiert war.

Seine Gedanken arbeiteten fieberhaft. Noch bevor das Seil ihm auf die Schultern fiel, bevor sein Schwung nach vorne nachgelassen hatte, in dem Augenblick, in dem seine

Füße den Fenstersims berührten, hatte er die ganze Situation in sich aufgenommen und seine Entscheidung getroffen.

Der Fenstersims war gerade fünf Zentimeter breit. Gerade so breit, daß seine Stiefelspitzen darauf Halt finden würden, aber bei weitem nicht breit genug, um ihn zu tragen.

Er nutzte seinen Schwung aus, warf sich auf das Fenster zu, legte alle Kraft seines Schwungs in seine Schuhspitzen und riß die Füße hoch, kurz bevor er den Vorsprung berührte. Seine Schulter prallte gegen eine der hohen Scheiben. Glas splitterte.

Er hatte gehofft, den Arm durch die Scheibe zu stoßen und sich am Mittelpfosten festhalten zu können. Wenn er das schaffte, würde er sich vielleicht lang genug festhalten können, um das Fenster zu öffnen und sich selbst in den Raum hineinzuziehen.

Aber während die Scheibe zersplitterte, rutschten seine Füße auf dem schmalen Sims aus, glitten ins Leere. Verzweifelt versuchte er, sich am Fenster festzukrallen.

Seine Knie stießen an den Sims, und der Granit zerriß ihm die Hose und schürfte ihm die Haut darunter auf. Seine Knie rutschten, ebenso wie vorher seine Füße, von dem schmalen Vorsprung ab.

Während die Schwerkraft ihn in die Tiefe ziehen wollte, packte er den Sims mit beiden Händen und hielt sich, so gut er konnte, mit den Fingern daran fest. Er hing jetzt über dem Abgrund und suchte mit den Fußspitzen die Wand nach einem Halt ab, wo keiner zu finden war.

Der Vorsprung, auf dem Connie wartete, war nur vier Meter von dem Fenstersims entfernt, an den er sich klammerte, vielleicht knapp zwei Meter von der Unterseite seiner Stiefel. Aber auf ihn wirkte der Abstand wie eine ganze Meile.

Während er sich den langen Fall auf die Lexington Avenue hinunter ausmalte, schickte er ein Stoßgebet zum Himmel, daß seine Vision von der Kugel in den Rücken richtig gewesen war.

Seine Handschuhe waren zu dick, um einen festen Griff zu ermöglichen. Der eisverkrustete Fenstersims entglitt ihm.

Er fiel auf den meterbreiten Sims und landete dort auf den Füßen. Schrie vor Schmerz auf. Taumelte nach rückwärts.

Connie stieß einen Schrei aus.

Ein Fußbreit ins Leere. Er spürte, wie der Tod an ihm zerrte. Schrie auf. Fuchtelte wild mit den Armen.

Connie war an der Wand verankert und riskierte es, die Festigkeit des Hakens auf die Probe zu stellen, den sie zwischen die Granitblöcke getrieben hatte. Sie warf sich nach vorn, packte Graham am Parka, zerrte an ihm, versuchte, ihn an sich zu ziehen.

Ein oder zwei Sekunden lang, die ihnen wie eine Stunde vorkamen, schwankten sie auf dem schmalen Mauervorsprung über dem Abgrund hin und her.

Schließlich erwies sich, daß Connies Kräfte ausreichten, um Graham vor dem Absturz zu bewahren. Auf den letzten paar Zentimetern Stein, die ihnen Sicherheit boten, kamen sie ins Gleichgewicht. Dann warf er die Arme um sie, und sie preßten sich an die Gebäudewand. In Sicherheit. Der Betonschlucht entkommen.

8

»Mag ja sein, daß er das Seil durchgeschnitten hat«, sagte Connie, »aber dort oben ist er jetzt nicht mehr.«

»Nein, der ist bereits auf dem Weg zu uns.«

»Und dann wird er das Seil wieder abschneiden.«

»Ja, wahrscheinlich. Wir müssen also einfach zusehen, daß wir schneller sind als er.«

Graham lag parallel zur Gebäudefassade auf dem schmalen Vorsprung. Ein beständiger Schmerz machte sein lahmes

Bein fast bewegungsunfähig. Wenn er daran dachte, wie weit er sich noch würde abseilen müssen, bis er die Straße erreicht hatte, dann stand für ihn fest, daß das Bein an irgendeinem Punkt den Dienst verweigern würde, vermutlich sogar an einer besonders gefährlichen Stelle, wo sein Leben davon abhing, daß ihm keine Bewegung mißlang.

Er zog einen Haken aus einer der Schlaufen an der Hüfte. »Hammer«, sagte er und streckte Connie die Hand hin.

Sie gab ihn ihm.

Er drehte sich ein wenig zur Seite, so daß sein Kopf und ein Arm nach draußen hingen.

Weit unter ihm bewegte sich auf der Lexington Avenue vorsichtig eine Ambulanz mit blitzendem Rotlicht. Selbst vom dreiunddreißigsten Stockwerk aus konnte man die Straße nur undeutlich erkennen. Die Ambulanz erkannte er nur an dem roten Lichtschein, der von ihr ausging. Jetzt war sie auf gleicher Höhe mit dem Bowerton-Gebäude und fuhr dann weiter, bis die vom Schneegestöber erfüllte Nacht sie verschluckt hatte.

Er fand eine Mörtelfuge, ohne die Handschuhe ausziehen zu müssen, und fing an, den Haken hineinzutreiben.

Plötzlich fiel ihm zwei Stockwerke weiter unten und ein Stück zur Seite eine Bewegung auf. Ein Fenster öffnete sich nach innen. Einer von zwei hohen Fensterflügeln. Obwohl niemand zu sehen war, spürte er den Mann in der Dunkelheit des dahinterliegenden Büros.

Ein eisiger Schauder, der nichts mit der Kälte oder dem Wind zu tun hatte, lief ihm über den Rücken.

Graham tat so, als ob er nichts gesehen hätte und fuhr fort, den Haken einzuschlagen. Dann rutschte er vom Rand zurück und stand auf. »Wir können da nicht hinunter«, erklärte er Connie.

»Warum nicht?« fragte sie und sah ihn verwirrt an.

»Bollinger ist unter uns.«

»Was?«

»An einem Fenster. Er wartet darauf, uns abzuschießen – oder wenigstens dich –, wenn wir an ihm vorbeikommen.«

Ihre grauen Augen weiteten sich. »Aber warum ist er nicht hierhergekommen?«

»Vielleicht hat er geglaubt, daß wir schon mit dem Abstieg begonnen haben. Oder er dachte, wir würden ihm auf diesem Mauervorsprung seitlich ausweichen, sobald er ein Büro in diesem Stockwerk betritt.«

»Was nun?«

»Ich überlege.«

»Ich habe Angst.«

»Das sollst du nicht.«

»Ich kann aber nicht anders.« Ihre Augenbrauen waren ebenso mit Schnee verkrustet wie das Pelzfutter, das unter ihrer Kapuze hervorlugte. Er hielt sie an sich gedrückt. Der Wind heulte unablässig.

»Das ist ein Eckgebäude«, sagte er.

»Hat das etwas zu bedeuten?«

»Es grenzt also nicht nur an die Lexington, sondern noch an eine weitere Straße.«

»Und?«

»Und deshalb folgen wir dem Mauervorsprung«, sagte er. »Verschwinden um die Ecke.«

»Und klettern an der anderen Fassade herunter, der, die an der Seitenstraße liegt?«

»Du hast es erfaßt. Die Hauswand dort macht uns auch nicht mehr Schwierigkeiten als diese hier.«

»Und Bollinger kann von seinem Fenster aus nur die Lexington Avenue sehen«, sagte sie.

»Genau richtig.«

»Eine brillante Idee.«

»Dann führen wir sie aus.«

»Früher oder später wird er freilich dahinterkommen.«

»Später.«

»Das hoffe ich auch.«

»Na klar. Er wird ein paar Minuten dort warten, wo er jetzt ist, und damit rechnen, daß er uns wegputzen kann. Und dann wird er noch einmal Zeit damit vergeuden, das ganze Stockwerk abzusuchen.«

»Und die Treppenhäuser.«

»Und die Fahrstuhlschächte. Wir könnten ein gutes Stück weiter unten sein, bis er uns findet.«

»Okay«, sagte sie und hakte ihr Sicherheitsseil vom Fensterpfosten los.

9

Frank Bollinger wartete hinter dem offenen Fenster im einunddreißigsten Stockwerk. Offenbar waren sie gerade damit beschäftigt, das Seil vorzubereiten, das in den Haken eingeklinkt werden sollte, den Harris eingeschlagen hatte.

Er freute sich schon darauf, die Frau abzuschießen, wenn sie am Seil draußen vorbeischwebte. Die Vorstellung erregte ihn. Es würde Spaß machen, sie in die Nacht hinauszublasen.

Und wenn das geschah, würde Harris wie gelähmt sein, unfähig, klar zu denken und sich zu schützen. Und dann wollte Bollinger Jagd auf ihn machen, wie es ihm beliebte. Wenn er Harris an einem Ort seiner Wahl töten, ihn klar und sauber erledigen konnte, dann ließ sich der Plan, den er und Billy sich am Nachmittag ausgedacht hatten, doch noch durchführen.

Während er auf seine Beute wartete, erinnerte er sich wieder an jene zweite Nacht, die er mit Billy zusammengewesen war ...

Nachdem die Nutte Billys Appartement verlassen hatte, aßen sie gemeinsam in der Küche. Sie vertilgten zwei Portionen Salat, vier Steaks, vier dicke Scheiben Speck, sechs Eier, acht Scheiben Toastschnitten und eine Unmenge Scotch. Wie vorher über die Frau, machten sie sich jetzt über das Essen her: gierig, zielstrebig und mit einem Appetit, der nichts Menschliches an sich hatte – eben dem Appetit von Übermenschen.

Um Mitternacht hatte Bollinger dann von der Zeit erzählt, die er bei seiner Großmutter verbracht hatte.

Er konnte sich auch heute noch ganz deutlich an jedes Wort dieses Gesprächs erinnern. Sein Gedächtnis war phänomenal, und er hatte es außerdem über die Jahre hinweg damit trainiert, daß er schwierige Gedichte auswendig lernte.

»Sie hat dich also Dwight genannt, wie? Der Name gefällt mir.«
»Weshalb redest du manchmal so schleppend?«
»Meinst du den Südstaatenakzent? Ich bin im Süden geboren. Bis zu meinem zwanzigsten Jahr konnte ich nur so reden. Dann habe ich mir ernsthaft Mühe gegeben, den Akzent loszuwerden. Habe Sprechunterricht genommen. Aber wenn mir danach ist, quatsche ich immer noch so. Manchmal macht mir diese gedehnte Redeweise Spaß.«
»Warum hast du denn Sprechunterricht genommen? Es ist doch ein hübscher Akzent.«
»Hier droben im Norden nimmt dich keiner ernst, wenn du so redest. Die halten dich dann für primitiv. Sag mal, wie wäre es, wenn ich Dwight zu dir sagen würde?«
»Wenn du magst ...«
»Schließlich stehe ich dir näher als irgend jemand sonst. Stimmt doch, oder?«
»Ja, freilich.«
»Ich sollte dich Dwight nennen. Genaugenommen stehe ich dir sogar näher als damals deine Großmutter.«
»Ja, das denke ich auch.«
»Und du kennst mich besser als sonst jemand.«
»Meinst du? Ja, wahrscheinlich hast du recht.«
»Dann sollten wir uns mit besonderen Namen anreden.«

»Nenn du mich Dwight. Ich mag das.«
»Und du sagst Billy zu mir.«
»Billy?«
»Billy James Plover.«
»Wie kommst du denn auf den Namen?«
»Mit dem bin ich geboren worden.«
»Du hast deinen Namen geändert?«
»Genau wie den Akzent.«
»Wann war das denn?«
»Das ist schon lange her.«
»Warum?«
»Ich habe im Norden das College besucht. Das lief nicht besonders gut. Ich habe nicht die Noten bekommen, die ich verdient hätte. Schließlich bin ich ausgestiegen. Aber als es soweit war, wußte ich auch, warum ich es nicht geschafft hatte. Damals haben einem diese arroganten Professoren keine Chance gegeben, wenn man einen Südstaatenakzent hatte, und dann noch zu allem Überfluß Billy James Plover hieß.«
»Jetzt übertreibst du.«
»Woher willst du das denn wissen? Du hast doch keine Ahnung. Du hast immer einen hübschen, weißen, angelsächsischen, protestantischen Nordstaatennamen gehabt. Franklin Dwight Bollinger. Du hast doch keine Ahnung!«
»Ja, da hast du wahrscheinlich recht.«
»Damals hatten sich all die intellektuellen Schnösel aus dem Norden gegen den Süden verschworen, gegen Südstaatler wie mich. Die Verschwörung gibt es immer noch, bloß, daß sie nicht mehr so weit reicht und nicht mehr ganz so bösartig ist wie früher. Damals hatte man auf einer Nordstaaten-Universität nur eine Chance, wenn man einen angelsächsischen Namen wie den deinen trug – oder einen durch und durch jüdischen. Frank Bollinger oder Sol Cohen. Mit einem solchen Namen wurde man akzeptiert. Aber nicht, wenn man Billy James Plover hieß.«
»Also hast du den Namen Billy abgelegt?«
»Ja, sobald ich konnte.«

»Und dann hattest du mehr Glück?«
»Ja, von dem Tag an, an dem ich meinen Namen geändert habe.«
»Aber du möchtest, daß ich Billy zu dir sage.«
»An dem Namen war ja nichts Unrechtes. Das waren bloß die Leute, die so negativ darauf reagierten.«
»Billy ...«
»Findet du nicht, daß wir spezielle Namen füreinander haben sollten?«
»Ist mir egal. Wenn du willst.«
»Sind wir nicht selbst etwas Besonderes, Frank?«
»Ich denke schon.«
»Sind wir nicht anders als andere Leute?«
»Ganz anders.«
»Also sollten wir, wenn wir unter uns sind, doch nicht die Namen benutzen, mit denen die uns rufen.«
»Wenn du meinst.«
»Wir sind Übermenschen, Frank.«
»Was?«
»Ich meine nicht wie Superman.«
»Ja, einen Röntgenblick habe ich ganz sicher nicht.«
»Übermenschen in dem Sinn, wie Nietzsche es gemeint hat.«
»Nietzsche?«
»Du kennst seine Werke nicht?«
»Nein, eigentlich nicht.«
»Ich werde dir ein Buch von ihm leihen.«
»Okay.«
»Noch besser – da man Nietzsche immer wieder lesen sollte, werde ich dir das Buch schenken.«
»Vielen Dank ... Billy.«
»Keine Ursache, Dwight.«

Hinter dem halbgeöffneten Fenster sah Bollinger auf seine Uhr. Es war jetzt null Uhr dreißig.

Weder Harris noch die Frau hatten sich sehen lassen.

Er konnte nicht länger warten. Er hatte schon viel zuviel Zeit vergeudet. Er würde sich erneut nach ihnen auf die Suche machen müssen.

10

Connie hämmerte einen Haken in eine waagrechte Mörtelfuge. Sie hakte das Sicherheitsseil mit einem Karabiner ein und löste sich dann vom Hauptseil, das Graham sofort in die Höhe zog.

Der Abstieg an dieser Gebäudefassade erwies sich als nicht ganz so schwierig. Nicht, daß es mehr Mauervorsprünge, Simse oder sonstige Haltepunkte gegeben hätte als an der Hauswand, die der Lexington Avenue zugewandt war – deren Verteilung entsprach der an der anderen Seite – aber der Wind wehte viel weniger heftig durch die Seitenstraße, als sie ihn an der Lexington verspürt hatten. Hier fühlten sich die Schneeflocken, die einem ins Gesicht getrieben wurden, nur wie Schneeflocken an und nicht wie winzige Geschosse. Die kalte Luft drang zwar ebenfalls durch den dünnen Stoff ihrer Jeans, aber sie fraß sich nicht förmlich in sie hinein und ließ ihre Waden und Schenkel in eisigem Frost erstarren.

Seit sie Bollinger am Fenster entdeckt hatten, war sie zehn Stockwerke – und Graham fünf – abgestiegen. Graham hatte sie auf den einen Meter breiten Vorsprung im achtundzwanzigsten Stockwerk heruntergelassen und war ihr dann gefolgt. Jetzt gab es unter ihnen nur noch einen breiteren Vorsprung, und zwar im sechsten Stockwerk, über hundert Meter unter ihnen. In der dreiundzwanzigsten Etage verlief rund um das Gebäude ein Schmucksims, der einen halben Meter breit war – ein steinerner Fries, wie er für Art déco-Bauten typisch war, der ineinander verschlungene, stilisierte Weintrauben zeigte –, und diesen Sims hatten sie als ihr nächstes Ziel ausersehen. Graham sicherte sie, und sie stellte fest, daß der Ziersims breit und kräftig genug war, um sie zu tragen. In weniger als einer Minute würde er, von seinem neugewonnenen Selbstvertrauen gestärkt, neben ihr stehen.

Sie hatte keine Ahnung, was sie anschließend tun sollten. Der Vorsprung im sechsten Stockwerk war noch weit entfernt; wenn man pro Stockwerk mit fünf Metern rechnete, lag dieses fünfundachtzig Meter unter ihnen. Ihre Seile waren nur dreißig Meter lang. Und zwischen diesem Sims mit dem steinernen Trauben und dem sechsten Stock war nichts als glatte Wand, mit viel zu schmalen Fenstersimsen.

Graham hatte ihr versichert, daß ihm etwas einfallen würde. Dennoch machte sie sich Sorgen.

Er begann jetzt über ihr, sich durch die stetig fallenden Schneeflocken abzuseilen. Der Anblick faszinierte sie. Er ähnelte einer Spinne, die sich elegant, ja geradezu kunstvoll an ihrem eigenen Seidenfaden von einem Punkt zum anderen schwingt.

Binnen Sekunden stand er neben ihr.

Sie reichte ihm den Hammer.

Er setzte in das Mauerwerk zwischen den Fenstern zwei Haken in zwei verschiedene, waagerechte Mörtelfugen.

Sein Atem ging schwer, Dunstwolken standen ihm vor dem Mund.

»Bei dir alles in Ordnung?« fragte sie.

»Bis jetzt schon.«

Ohne Sicherungsseil arbeitete er sich seitwärts auf dem Sims am Gebäude entlang, den Rücken der Straße zugewandt, die Hände gegen die Mauer gepreßt. Auf dieser Seite des Gebäudes hatte der nicht so heftig wehende Wind auf den Vorsprüngen eine Art von Miniaturschneewächten erzeugt, so daß er hier und da fünf oder sechs Zentimeter Schnee und manchmal sogar Eis unter den Füßen hatte.

Connie wollte ihn fragen, was er da machte, hatte aber Angst, ihn damit vielleicht abzulenken, so daß er stürzen könnte.

Als er am Fenster vorbei war, blieb er stehen, schlug einen weiteren Haken ein und hängte sich dann den Hammer an den Gürtel.

Zentimeter für Zentimeter arbeitete er sich zu der Stelle zurück, wo er die beiden ersten Haken gesetzt hatte, und klinkte sein Sicherheitsseil in einen dieser Haken ein.

»Was sollte das jetzt bezwecken?« fragte sie.

»Wir werden uns ein paar Stockwerke weit abseilen«, sagte er. »Alle beide. Gleichzeitig. An zwei separaten Seilen.«

Sie schluckte tief und sagte dann: »Ich doch nicht.«

»Doch, du auch.«

Ihr Herz schlug so wild, daß sie dachte, ihre Brust müsse zerspringen. »Das kann ich nicht.«

»Das kannst du, und das wirst du.«

Sie schüttelte den Kopf.

»Du wirst dich so abseilen, wie ich das getan habe.«

Er nahm das Dreißigmeterseil, an dem er sich heruntergelassen hatte, und zog daran. Fünf Stockwerke über ihnen glitt es durch die Öse, und das Seil schlängelte sich herab.

Er fing es auf, legte es neben sich, nahm ein Seilende und führte es durch die Karabineröse des freien Hakens, der eine Mörtelfuge über dem Haken in der Wand steckte, an dem sein Sicherheitsseil verankert war.

»Wir können uns doch unmöglich bis zur Straße hinunter abseilen«, sagte Connie.

»Natürlich können wir das.«

»Die Seile sind nicht lang genug.«

»Du wirst dich nur jeweils fünf Stockwerke weit abseilen. Dann stellst du dich auf einen Fenstersims, läßt das Hauptseil mit der rechten Hand los …«

»Mich auf einen fünf Zentimeter breiten Sims stellen?«

»Das geht. Vergiß dabei nicht, daß du das Hauptseil ja immer noch mit der linken Hand festhältst.«

»Und was mache ich unterdessen mit der rechten Hand?«

»Mit der schlägst du beide Fensterscheiben ein.«

»Und dann?«

»Dann befestigst du zunächst das Sicherheitsseil am Fenster. Anschließend bringst du am Mittelpfosten einen Karabiner an. Und wenn du das gemacht hast, löst du dich vom Hauptseil, und dann ...«

»Ziehe ich daran«, sagte Connie, »und hole es zu mir herunter, so wie du es vor einer Minute gemacht hast.«

»Ganz richtig.«

»Dann fange ich die Leine auf, wenn sie herunterfällt, nicht wahr?«

»Ja.«

»Und führe sie durch den Karabiner, den ich am Fensterpfosten befestigt habe.«

»Stimmt genau.«

Ihre Beine waren kalt, und sie stampfte ein paarmal auf, um sie wieder warm zu bekommen. »Ich nehme an, anschließend hake ich meine Sicherungsleine aus und lasse mich weitere fünf Stockwerke hinunter.«

»Und dann stützt du dich auf das nächste Fenster und wiederholst den ganzen Vorgang. Wir werden uns bis zur Straße hinunter abseilen, aber in Etappen von fünf Stockwerken.«

»So wie du das sagst, klingt es ganz einfach.«

»Du wirst damit besser klarkommen, als du glaubst.«

Graham verband die Seilenden mit den Karabinern um ihren Hüftgurt und sagte: »Jetzt zeige ich dir, wie man sich hinstellen muß, um mit dem Abseilen anfangen zu können. Zunächst mal ...«

Der gedämpfte Knall eines Schusses unterbrach ihn. *Whump!*

Connie sah nach oben.

Von Bollinger war nichts zu sehen.

Sie fragte sich, ob sie tatsächlich einen Schuß gehört hatte oder es vielleicht nur der Wind gewesen war.

Aber dann hörte sie es wieder.

Whump!

Es gab keinen Zweifel. Das waren zwei Schüsse. Ganz in ihrer Nähe. Irgendwo im Inneren des Gebäudes. Irgendwo in der dreiundzwanzigsten Etage.

Frank Bollinger stieß die geborstene Tür auf und trat in das Büro. Er knipste das Licht an, umrundete den Schreibtisch der Empfangsdame und eilte um einen Schreibmaschinentisch und einen Xeroxkopierer herum auf das Fenster zu. Jetzt konnte er auf die Nebenstraße hinunterblicken.

Als links und rechts von ihnen hinter den Fenstern Licht aufflammte, klinkte Graham sein Seil aus dem Karabiner und rief Connie zu, dies ebenfalls zu tun.

Ein quietschendes Geräusch war rechts von ihnen zu hören, als Bollinger den rostigen Fensterriegel zur Seite schob.

»Schnell!« rief Graham, der wieder zu schwitzen begonnen hatte. Sein Gesicht war von einer dünnen Schweißschicht überzogen. Unter seiner Kapuze juckte die Kopfhaut.

Er wandte sich von Connie und dem Fenster ab, das Bollinger gleich öffnen würde, nach links der Lexington Avenue zu. Ohne Sicherung balancierte er Schritt für Schritt über den schmalen Vorsprung, anstatt sich seitlich an der Wand entlangzuschieben. Die rechte Hand an der Granitfassade vermittelte ihm allenfalls ein psychologisches Gefühl der Sicherheit. Er mußte einen Fuß jedesmal direkt vor den anderen setzen, so als würde er sich auf einem Hochseil bewegen, weil der Mauervorsprung nicht breit genug war, um normal darauf gehen zu können.

Noch fünfzehn Meter war er von der der Lexington Avenue zugewandten Gebäudefassade entfernt. Wenn er und

Connie es schafften, um die Ecke zu biegen, würden sie aus der Schußlinie sein.

Bollinger würde natürlich schnell ein Büro finden, dessen Fenster auf die Lexington hinausblickten. Bestenfalls gewannen sie auf die Weise eine oder zwei Minuten. Aber in diesem Augenblick schien auch das jede Mühe wert.

Er wollte sich umsehen, ob Connie irgendwelche Schwierigkeiten hatte, wagte es aber nicht. Er mußte den Mauersims vor sich im Auge behalten und sorgfältig jeden Schritt abzirkeln.

Bereits nach drei Metern hörte er Bollinger hinter sich schreien.

Unwillkürlich zog er die Schultern hoch und erinnerte sich an seine Vision von der Kugel in dem Rücken.

Dann wurde ihm schockartig bewußt, daß Connie ihm Deckung gab. Er hätte sie vorausschicken sollen, hätte sich selbst zwischen sie und die Pistole bringen müssen. Wenn sie von einer Kugel getroffen wurde, die für ihn bestimmt war, würde er nicht mehr weiterleben wollen. Aber jetzt war es viel zu spät, um Connie an sich vorbeizulassen. Wenn sie stehenblieben, würden sie beide noch bessere Zielscheiben abgeben, als sie das ohnehin schon waren.

Ein Schuß peitschte durch die Nacht.

Und ein zweiter.

Er bewegte sich jetzt schneller, als es eigentlich möglich war, wohl wissend, daß ein einziger Fehltritt ihn in den Abgrund befördern würde. Immer wieder glitt er auf dem mit einer verkrusteten Schneeschicht bedeckten Stein aus.

Die Ecke war noch zehn Meter entfernt.

Acht ...

Bollinger schoß erneut.

Sechs ...

Er spürte den nächsten Schuß, ehe er ihn hörte. Die Kugel fetzte den linken Ärmel seines Parkas auf und brannte glühend heiß über seinen Oberarm.

Der Streifschuß brachte ihn kurz zum Straucheln. Er taumelte einige schnelle, unkontrollierte Schritte nach vorne. Die Straße schien sich unter ihm zu drehen. Mit der rechten Hand tastete er hilflos nach der Mauer und hörte sich selbst schreien. Seine Stiefelsohlen rutschten ... Als er nach einem halben Dutzend Schritten sein Gleichgewicht wieder zurückgewonnen hatte, war er selbst erstaunt darüber, daß er nicht abgestürzt war.

Zuerst verspürte er an dem Arm, wo ihn der Schuß gestreift hatte, keinerlei Schmerz. Er war von der Schulter abwärts taub und es fühlte sich an, als ob die Kugel ihm den Arm einfach abgerissen hätte. Einen Moment lang fragte er sich, ob die Verwundung lebensgefährlich war, aber dann wurde ihm bewußt, daß ein direkter Treffer viel mehr Wucht gehabt und ihn mit Sicherheit von den Füßen gerissen und in den Abgrund geschleudert hätte. In wenigen Augenblicken würde die Wunde höllisch weh tun, aber lebensgefährlich war sie nicht.

Fünf Meter ...

Ihm wurde schwindlig.

Seine Beine waren weich, drohten ihm den Dienst zu versagen.

Vermutlich der Schock, dachte er.

Drei Meter ...

Wieder ein Schuß. Nicht so laut wie die vorangegangenen. Und auch nicht so beängstigend nahe.

Als er die Ecke erreicht hatte und anfing, sich vorsichtig um sie herum auf die der Lexington Avenue zugewandte Fassade des Hochhauses zu schieben, wo sofort der Sturm an ihm zu zerren begann, konnte er sich umsehen. Hinter ihm war der Mauervorsprung leer.

Connie war verschwunden.

11

Connie hing vier oder fünf Meter unter dem steinernen weintraubenverzierten Sims im dreiundreißigsten Stockwerk über der Straße an den Seilen und schwankte hin und her. Sie brachte es nicht über sich, nach unten zu blicken.

Die Arme über dem Kopf ausgestreckt, hielt sie sich mit beiden Händen an Nylonseilen fest. Es kostete sie beträchtliche Mühe, nicht loszulassen, weil ihre Finger von der Anstrengung taub geworden waren. Erst vor einem Augenblick war sie, weil sie unbewußt ihren Griff etwas gelockert hatte, zwei Meter nach unten durchgerutscht.

Sie hatte versucht, an der Mauer irgendwelche Vertiefungen zu finden, in die sie die Fußspitzen setzen konnte. Aber da waren keine.

Den Kopf in den Nacken gelegt, fixierte sie den Mauersims über sich und erwartete, Bollinger zu sehen.

Als er vor ein paar Minuten das Fenster zu ihrer Rechten geöffnet und sich mit der Pistole in der Hand herausgelehnt hatte, war ihr sofort klar gewesen, daß er viel zu nahe war, um sie diesmal verfehlen zu können. Sie konnte Graham nicht zu der Ecke folgen. Wenn sie das versuchte, würde Bollinger sie in den Rücken schießen. Statt dessen klammerte sie sich an dem noch eingeklinkten Hauptseil fest und versuchte, dem Schuß zuvorzukommen. Wenn sie auch nur die leiseste Chance haben wollte, ihm auszuweichen – und sie war keineswegs überzeugt, daß es für sie eine solche Chance gab – würde sie einen winzigen Sekundenbruchteil *bevor der Schuß fiel* handeln müssen. Wartete sie zu lange, würde das ihr Tod sein, handelte sie zu früh, konnte sie ihn ganz bestimmt nicht täuschen. Zu ihrem Glück erwischte sie genau den richtigen Zeitpunkt – ließ die Seile durch ihre

Hände gleiten und sprang genau in dem Augenblick nach rückwärts ins Leere, als er feuerte; er mußte also annehmen, daß er sie getroffen hatte.

Hoffentlich glaubte er, daß sie tot war. Wenn er auch nur den geringsten Zweifel hatte, würde er ein Stück durchs Fenster kriechen, sich über den Mauervorsprung beugen, sie sehen – und das Seil abschneiden.

Obwohl ihre Lage verzweifelt genug war, um ihre ungeteilte Aufmerksamkeit zu erfordern, machte sie sich dennoch Sorgen um Graham. Sie wußte, daß Bollinger ihn nicht getroffen hatte, sonst hätte sie ihn an sich vorbeistürzen sehen. Er war immer noch dort oben, aber möglicherweise war er schwerverletzt.

Aber ob er nun verletzt war oder nicht, ihr eigenes Leben hing davon ab, daß er wieder auftauchte und ihr half!

Sie war im Klettern nicht ausgebildet und wußte nicht, wie man sich abseilte oder wie man sich am Seil sicherte. Das einzige, was sie wußte, war, wie man im Seil hängen blieb. Und selbst dazu würde sie nicht mehr lange imstande sein.

Sie wollte nicht sterben, wollte sich nicht mit dem Tod abfinden. Selbst wenn Graham bereits getötet worden war, wollte sie ihm nicht in den Tod folgen. Obwohl sie ihn mehr liebte, als sie bis jetzt irgendeinen Menschen geliebt hatte. Manchmal bedrückte es sie förmlich, daß sie nicht imstande war, das ganze Ausmaß ihrer Empfindungen für ihn in Worte zu kleiden. Die Sprache der Liebe war unzulänglich. Alles in ihr verlangte nach ihm. Aber sie hing auch am Leben. Es machte ihr Freude, selbst die alltäglichen Dinge. Das Aufstehen am Morgen und das Zubereiten des Frühstücks. Die Arbeit in dem Antiquitätengeschäft. Ein gutes Buch oder ein interessanter Kinoabend. Es gab so viele kleine Freuden. Vielleicht traf es zu, daß die kleinen Freuden des Alltags im Vergleich zu der Intensität der Gefühle, die einem die Liebe vermittelte, ohne Belang waren. Aber wenn ihr letzteres versagt sein sollte, würde sie sich wenigstens mit dem Zweitbesten begnügen. Daß diese Haltung in keiner Weise ihre Liebe zu Graham beeinträchtigte oder auch nur die zwischen ihnen bestehenden Bande schwächer machte, stand für sie außer Zweifel. Ihre Lebensfreude hatte sie für ihn begehrenswert gemacht, und für Connie gab es eigentlich nur einen echten Schrecken – das war die ewige Finsternis des Grabes.

Fünf Meter über ihr bewegte sich jemand in dem schwachen Lichtschein, der durch das offene Fenster herausfiel.

Bollinger?

O lieber Gott, laß es nicht Bollinger sein!

Ehe sie völlig verzweifeln konnte, tauchte Grahams Gesicht auf. Er sah sie und wirkte unsäglich erleichtert. Offenbar hatte er erwartet, sie dreiundzwanzig Stockwerke tiefer als zerschmetterte Leiche auf dem schneebedeckten Pflaster zu sehen.

»Hilf mir!« rief sie.

Hastig begann er, sie in die Höhe zu ziehen.

In dem Korridor im dreiundzwanzigsten Stockwerk blieb Frank Bollinger stehen, um seine Pistole nachzuladen. Sein Munitionsvorrat war beinahe erschöpft.

»Du hast also letzte Nacht Nietzsche gelesen. Was hältst du davon?«

»Ich bin mit ihm einer Meinung.«

»In welchem Punkt?«

»In allen.«

»Übermenschen?«

»Das ganz besonders.«

»Warum ganz besonders?«

»Er muß recht haben. Die Menschheit, so wie wir sie kennen, muß eine Zwischenstufe der Entwicklung darstellen. Sonst wäre alles so völlig sinnlos.«

»*Und sind nicht wir die Art von Menschen, von denen er schreibt?*«

»*Ganz sicher sind wir das. Aber eines beunruhigt mich. Ich habe mich immer als eine Art Liberalen betrachtet, politisch, meine ich.*«

»*Und?*«

»*Wie läßt sich seine liberale, eher linksgerichtete politische Überzeugung mit dem Glauben an eine Rasse von Übermenschen in Einklang bringen?*«

»*Das ist gar kein Problem, Dwight. Alle richtigen Liberalen glauben an eine überlegene Rasse. Sie halten sich selbst dafür. Sie sind der Ansicht, intelligenter als der Durchschnitt zu sein, besser als die breite Masse dafür geeignet, das Leben der kleinen Leute zu verwalten. Sie glauben, die einzigen zu sein, die über wahre Zukunftsvisionen verfügen, deren Fähigkeiten ausreichen, all die moralischen Probleme des Jahrhunderts zu lösen. Sie ziehen eine mächtige, starke Regierung vor, weil das der erste Schritt zu einer unangefochtenen Diktatur der Elite ist. Und als diese Elite sehen sie sich natürlich selbst. Nietzsche und linksliberale Ansichten unter einen Hut bekommen? Das ist nicht schwieriger, als sie mit der Philosophie der extremen Rechten in Einklang zu bringen.*«

Bollinger blieb vor dem Eingang zu Opway Electronics stehen, weil das ein Büro war, dessen Fenster die Lexington Avenue überblickten. Er gab zwei Schüsse ab, und das Schloß zerbarst.

Graham zog Connie, ohne seinen verletzten linken Arm übermäßig zu belasten, auf den Mauervorsprung.

Unter Tränen drückte er sie an sich, so fest, daß er sie wahrscheinlich erstickt hätte, wenn nicht ihr dickgefütterter Parka gewesen wären. Sie schwankte auf dem schmalen Sims, und einen Augenblick lang war ihnen beiden gar nicht bewußt, wie tief der Abgrund neben ihnen war, sie hatten die Gefahr völlig vergessen. Er wollte sie nicht mehr loslassen. Jetzt nicht und niemals mehr. Ihm war, als stünde er unter dem Einfluß von Drogen, die ihn in Hochstimmung versetzten. Wenn man die äußeren Umstände bedachte, in denen sie sich befanden, war das sehr unrealistisch, doch obwohl die Sicherheit für sie noch in weiter Ferne lag, zeitlich wie räumlich, war Graham überglücklich, daß sie lebte.

»Wo ist Bollinger?« fragte sie.

Das Büro hinter Graham war hell erleuchtet, seine Fenster standen offen. Aber von dem Mörder war weit und breit keine Spur zu sehen.

»Er sucht mich jetzt wahrscheinlich an der Vorderseite«, sagte Graham. »Ich habe mich inzwischen an der Fassade entlang wieder hierher zurückgeschlichen.«

»Dann glaubt er *tatsächlich*, daß ich tot bin?«

»Ganz bestimmt. *Ich* habe das ja auch geglaubt.«

»Was ist denn mit deinem Arm passiert?«

»Da hat mich eine Kugel von ihm erwischt.«

»Oh, nein!«

»Es tut weh. Und der Arm fühlt sich steif an, aber das ist schon alles.«

»Und das viele Blut …?«

»Ist gar nicht so schlimm. Es ist bloß ein Streifschuß.« Er streckte die linke Hand aus und öffnete und schloß die Finger, um ihr zu demonstrieren, daß er nicht ernsthaft beeinträchtigt war. »Ich kann damit klettern.«

»Das solltest du aber nicht.«

»Ich komme schon klar. Außerdem habe ich ja keine Wahl.«

»Wir könnten hineingehen und wieder die Treppen nehmen.«

»Sobald Bollinger auf der Lexington Seite nachgesehen hat und mich dort nicht findet, wird er zurückkommen. Wenn ich nicht hier bin, wird er im Treppenhaus nachsehen. Auf die Weise würde er uns mit Sicherheit erwischen.«

»Und wie geht es jetzt weiter?«

»Genauso, wie wir angefangen haben. Wir gehen auf diesem Mauervorsprung bis zur Ecke. Bis wir zur Lexingtonseite kommen, hat er sich dort umgesehen und ist wieder weg. Dann seilen wir uns ab.«

»Mit deinem verletzten Arm?«

»Mit meinem verletzten Arm.«

»Diese Vision von der Kugel, die du in den Rücken bekommst ...«

»Was ist damit?«

Sie tippte vorsichtig an seinen linken Arm. »War es das hier?«

»Nein.«

Bollinger wandte sich von dem Fenster ab, das auf die Lexington Avenue hinunterblickte. Er eilte aus dem Büro von Opway Electronics und über den Korridor zu dem Büro zurück, aus dem er vor ein paar Minuten auf Harris geschossen hatte.

»Chaos, Dwight.«

»Chaos?«

»Es gibt zu verdammt viele von diesen Untermenschen, als daß die Übermenschen in normalen Zeiten die Kontrolle über das Geschehen erlangen könnten. Daß Männer wie wir an die Macht kommen, erfordert eine Art Weltuntergang.«

»Du meinst ... nach einem Atomkrieg?«

»Das ist eine Möglichkeit. Nur Männer wie wir würden über den Mut und die Fantasie verfügen, die Zivilisation wieder aus den Ruinen herauszuführen. Aber wäre es nicht lächerlich, abzuwarten, bis die alles zerstört haben, was rechtmäßig unser Erbe sein sollte?«

»Ja, das wäre es. Lächerlich.«

»Deshalb ist es mir in den Sinn gekommen, daß wir selbst das Chaos erzeugen könnten, das wir brauchen, daß wir das Weltgericht herbeiführen könnten, ohne daß dabei alles vernichtet wird.«

Nackte Angst

»*Wie denn?*«

»*Also ... sagt dir der Name Albert De Salvo etwas?*«

»*Nein.*«

»*Das war der ›Würger von Boston‹.*«

»*O ja, jetzt erinnere ich mich. Er hat eine Menge Frauen umgebracht.*«

»*Wir sollten seinen Fall studieren. Er war natürlich keiner von uns. Er war ein Untermensch und ein Psychopath obendrein. Aber ich glaube, wir könnten ihn als eine Art Modell benutzen. Er hat so viel Angst um sich herum erzeugt, daß fast ganz Boston in Panik geriet. Die Angst würde unser wichtigstes Werkzeug sein. Man kann die Angst solange schüren, bis Panik daraus entsteht. Eine Handvoll in Panik geratener Menschen können ihre Hysterie auf die Bevölkerung einer ganzen Stadt, ja eines ganzen Landes übertragen.*«

»*Aber De Salvo hat doch nicht annähernd die Art von Chaos – oder jenes Ausmaß von Chaos – erzeugt, das zum Zusammenbruch der Gesellschaft hätte führen können.*«

»*Weil das nicht sein Ziel war.*«

»*Aber selbst wenn es das gewesen wäre ...*«

»*Dwight, nimm einmal an, Albert De Salvo ... oder besser noch, nimm an, ein Jack the Ripper würde auf Manhattan losgelassen. Angenommen, er würde nicht nur zehn Frauen, nicht zwanzig, sondern hundert ermorden. Zweihundert. Auf eine besonders brutale Art und Weise. So, daß jeder einzelne Fall auf einen krankhaften Sexualtäter hindeutet und kein Zweifel daran bleibt, daß alle demselben Täter zum Opfer gefallen sind. Was, meinst du wohl, würde passieren, wenn alles das binnen weniger Monate geschähe?*«

»*Angst würde sich verbreiten, aber ...*«

»*Dann würden sich alle Medien darauf stürzen, im ganzen Land. Und wie wäre es, wenn wir anschließend, nachdem wir die ersten hundert Frauen ermordet haben, die Hälfte unserer Zeit damit verbringen würden, Männer zu töten? Und jedem Opfer die Genitalien abschneiden und eine Nachricht hinterlassen würden, der man entnehmen kann, daß der Mord einer fiktiven, militanten Feministinnengruppe zuzuschreiben ist?«*

»Was?«

»Dann würde die Öffentlichkeit glauben, daß die Männer als Vergeltung für die Morde an den hundert Frauen ermordet wurden.«

»Nur daß Frauen normalerweise nicht auf die Art morden.«

»Das hat nichts zu sagen. Wir versuchen ja nicht, eine typische Situation herbeizuführen.«

»Ich glaube, ich habe noch nicht ganz verstanden, was für eine Situation wir eigentlich herbeiführen wollen.«

»Kapierst du denn nicht? In diesem Land herrschen verdammt häßliche Spannungen zwischen Männern und Frauen. Schlimme Spannungen. Und diese Spannungen sind von Jahr zu Jahr, je weiter sich die Frauenbewegung ausgebreitet hat, schier unerträglich geworden, weil diese Gefühle unterdrückt und verborgen werden. Wir können dafür sorgen, daß sie zum Ausbruch kommen.«

»So schlimm ist das alles doch nicht. Ich glaube, du übertreibst da.«

»Kein bißchen übertreibe ich. Du kannst es mir glauben. Ich weiß Bescheid. Und dann ist da noch etwas, was du übersehen hast. Da draußen gibt es hunderte potentieller Triebtäter. Man muß ihnen nur die Richtung weisen und ihnen einen kleinen Schubs geben. Sie werden die ganze Zeit in den Zeitungen und im Fernsehen nichts anderes zu sehen bekommen als diese Morde und am Ende selbst Geschmack daran finden. Sobald wir einmal hundert Frauen und vielleicht zwanzig Männer erledigt haben und dabei Spuren hinterlassen, die auf Triebtäter hindeuten, dann wird es Dutzende geben, in denen der Nachahmungstrieb erwacht und die uns die Arbeit abnehmen.«

»Mag sein.«

»Ganz bestimmt wird es so kommen. Noch jeder Massenmörder hat Nachahmer gefunden. Aber keiner von ihnen hat je seine Verbrechen in genügend großem Maßstab begangen, um Legionen von Nachahmern damit zu inspirieren. Wir werden das. Und dann,

wenn wir Scharen von Sexualtätern auf die Straßen geschickt haben, werden wir selbst uns anderen Gruppen zuwenden.«

»Wem denn?«

»Wir werden wahllos Weiße ermorden und anschließend Bekennerbriefe einer fiktiven schwarzen, revolutionären Gruppe versenden. Und nachdem wir so ein Dutzend Weiße getötet haben ...«

»... könnten wir ein paar Schwarze umlegen und in der Öffentlichkeit den Eindruck erwecken, daß es sich um Vergeltungsmaßnahmen handelt.«

»Jetzt hast du es erfaßt. Wir schüren das Feuer!«

»Ja, ich glaube, jetzt verstehe ich, worauf du hinaus willst. In einer Stadt dieser Größe gibt es unzählige Gruppierungen. Schwarze, Weiße, Puertoricaner, Asiaten, Männer, Frauen, Liberale, Konservative, Radikale und Reaktionäre, Katholiken und Juden, Arme und Reiche, Junge und Alte ... Wir könnten versuchen, jede Gruppe gegen ihren Gegenpol und alle gegeneinander aufzuhetzen. Sobald diese Art von Gewalt einer Gruppe gegen die andere einmal angefangen hat, ob nun in religiösem, politischem oder wirtschaftlichem Bereich, eskaliert das ins Uferlose.«

»Genau. Wenn wir alles sorgfältig genug vorbereiten, könnten wir es schaffen. In sechs Monaten gäbe es wenigstens zweitausend Tote. Vielleicht sogar die fünffache Zahl.«

»Und dann würde das Kriegsrecht ausgerufen; das würde allem ein Ende machen, noch bevor das Chaos die Ausmaße erreicht hat, die du dir vorstellst.«

»Mag sein, daß das Kriegsrecht ausgerufen wird. Aber das Chaos hätten wir trotzdem. In Nordirland stehen jetzt seit Jahren an allen Straßenecken Soldaten, aber das Morden geht weiter. Oh, es würde garantiert zum Chaos kommen, Dwight. Und es würde sich auf andere Städte ausbreiten ...«

»Nein, das kann ich mir einfach nicht vorstellen.«

»Die Leute im ganzen Land würden sehen und hören, was in New York passiert ...«

»So leicht würde es sich nicht ausbreiten, Billy.«

»Na gut. Na gut. Aber hier zumindest würde es Chaos geben. Die Wähler wären bereit, einem Bürgermeister mit neuen Ideen zu wählen, einen, der für Law and Order eintritt.«

»Ganz sicherlich.«

»Dann könnten wir einen der unseren wählen, einen, der der neuen Rasse angehört. Das Bürgermeisteramt in New York ist eine gute politische Basis für einen geschickten Mann, der den Ehrgeiz hat, Präsident zu werden.«

»Mag sein, daß die Wähler einen starken Mann wählen, aber nicht jeder, der sich als starker Mann ausgibt, wird einer der unseren sein.«

»Wenn wir das Chaos planen, könnten wir auch planen, daß einer der unseren im richtigen Augenblick zur Stelle ist. Wenn er weiß, was kommt, wäre das ein unbestreitbarer Vorteil.«

»Einer von unseren Leuten? Zum Teufel, wir kennen doch außer dir und mir gar keinen.«

»Ich würde mich hervorragend als Bürgermeister eignen.«

»Du?«

»Die Voraussetzungen dafür hätte ich.«

»Herrgott, ja, wenn ich so richtig darüber nachdenke, hast du das tatsächlich.«

»Ich könnte gewinnen.«

»Eine gute Chance hättest du jedenfalls.«

»Das wäre für unsere Art, für unsere Rasse, ein Schritt nach oben auf der Stufenleiter der Macht.«

»Du liebe Güte, die vielen Menschen, die wir dafür töten müßten!«

»Hast du noch nie getötet?«

»Einen Zuhälter. Und zwei Rauschgiftdealer, die ihre Kanonen gegen mich gezogen haben. Und eine Nutte, von der aber keiner etwas weiß.«

»Hat es dir etwas ausgemacht, Menschen zu töten?«

»Nein. Das war alles bloß Abschaum.«

»Genau. Ich meine, auch wir würden Abschaum der Menschheit töten. Untermenschen. Nicht viel besser als Tiere.«

»*Und würden wir damit durchkommen?*«
»*Wir wissen beide, wie Bullen denken. Wonach würden die Bullen Ausschau halten? Nach einschlägig verdächtigen, geistesgestörten Tätern. Verbrechern mit Vorstrafenregistern. Radikalen. Nach Leuten eben, die alle irgendein Motiv haben. Wir haben ein Motiv, aber eines, auf das die nicht einmal in einer Million Jahren kommen würden.*«
»*Wenn wir uns in allen Einzelheiten richtig vorbereiten, gründliche Pläne machen – ja, verdammt, wir könnten es schaffen.*«
»*Weißt du, an welchen Satz wir uns halten müßten? Der Übermensch ist für keine seiner Taten verantwortlich, mit Ausnahme des einen Verbrechens, das er begehen kann – dem Verbrechen, einen Fehler zu machen.*«
»*Wenn wir so etwas tun würden ...*«
»*Wenn sagst du?*«
»*Du bist also fest entschlossen?*«
»*Du nicht, Dwight?*«
»*Wir würden mit Frauen anfangen?*«
»*Ja.*«
»*Sie umbringen?*«
»*Ja.*«
»*Billy ...?*«
»*Ja.*«
»*Würden wir sie vorher vergewaltigen?*«
»*Oh, ja, natürlich.*«
»*Das könnte sogar Spaß machen.*«

Bollinger beugte sich aus dem Fenster und blickte nach links und rechts auf dem Mauervorsprung. Harris befand sich nicht auf dieser Seite des Gebäudes.

Obwohl die Mauerhaken immer noch neben dem Fenster in der Wand steckten, so wie vorher, als er auf Harris geschossen hatte, war das Seil, das an einem der beiden Haken befestigt gewesen war, jetzt verschwunden.

Bollinger beugte sich über den Fenstersims, lehnte sich viel zu weit hinaus und spähte nach unten. Die Leiche der Frau hätte unten auf der Straße liegen müssen. Aber da war nichts zu sehen. Bloß eine glatte weiße Schicht aus frischgefallenem Schnee.

Verdammt noch mal, war sie etwa nicht abgestürzt? Hatte er dieses Miststück gar nicht kaltgemacht?

Warum waren diese Leute einfach nicht totzukriegen?

Wütend kletterte er ins Büro zurück und ließ das Schneetreiben hinter sich. Er rannte zum nächsten Treppenhaus.

Connie wünschte, sie könnte sich mit geschlossenen Augen abseilen. Sie hing jetzt in Höhe des dreiundzwanzigsten Stockwerks an der Gebäudefassade über der Lexington Avenue und hatte Angst.

Rechte Hand nach hinten.

Linke Hand nach vorn.

Rechte Hand zum Bremsen.

Linke Hand zum Führen.

Beine spreizen und fest gegen die Wand stemmen.

In Gedanken wiederholte sie alles, was Graham ihr beigebracht hatte, und stieß sich von dem Gebäude ab. Stöhnend. Sie fühlte sich wie eine Selbstmörderin, die gerade in den Tod springt.

Während sie von der Mauer wegschwang, wurde ihr bewußt, daß sie das Seil mit der linken Hand zu fest hielt. Linke Hand zum Führen. *Rechte Hand* zum Bremsen. Sie lockerte ihren Griff an dem Seil und rutschte einen Meter tiefer, ehe sie bremste.

Ihre Körperhaltung war falsch, als sie auf die Fassade zuschwang. Sie hatte die Beine nicht vor sich ausgestreckt und nicht fest genug angespannt. Sie knickten ein, und so schwankte sie nach links und prallte mit der Schulter gegen die Wand. Der Aufprall war nicht so heftig, daß ihr dabei etwas brach, aber trotzdem viel zu hart.

Nackte Angst

Obwohl sie halb benommen war, ließ sie das Seil nicht los, und schaffte es, die Füße erneut gegen die Wand zu stemmen. Dann korrigierte sie ihre Haltung und schüttelte ein paarmal den Kopf, um die Benommenheit loszuwerden. Blickte nach rechts. Sah Graham, drei Meter von sich entfernt. Nickte, um ihm damit zu zeigen, daß bei ihr alles in Ordnung war. Stieß sich erneut ab. Heftig. Glitt an unten. Schwang zurück. Diesmal machte sie keinen Fehler.

Zufrieden sah Graham zu, wie Connie sich an der Wand hinunterließ. Ihre Ausdauer und Entschlossenheit begeisterten ihn.

Als er erkannte, daß sie inzwischen recht gut mit dem Abseilen zurechtkam – ihr Stil ließ noch vieles zu wünschen übrig, aber es reichte –, stieß er sich selbst von der Mauer ab. Er ließ sich bei jedem Schwung ein Stück weiter als sie hinunter und erreichte das achtzehnte Stockwerk vor ihr.

Dort stemmte er sich an dem schmalen Fenstersims fest, schlug die zwei hohen Glasscheiben ein und befestigte einen Karabiner an dem stählernen Fensterpfosten. Als er sein Sicherheitsseil daran eingeklinkt hatte, ließ er das Hauptseil los und zog es aus dem Führungsring über sich. Er fing es auf, schob es durch den Ring des Karabiners, den er vor sich hatte, und nahm dann wieder Abseilposition ein.

Neben ihm, knappe drei Meter entfernt, war auch Connie zum Abseilen bereit.

Er schwang sich ins Leere hinaus.

Es verblüffte ihn nicht nur, wie gut er sich seine Fertigkeit als Kletterer bewahrt hatte, sondern auch, wie schnell die Furcht von ihm gewichen war. Zwar hatte er immer noch Angst, aber das war jetzt keine unnatürliche Angst mehr. Der Zwang der Umstände und Connies Liebe hatten an ihm ein Wunder vollbracht.

Langsam keimte in ihm die Hoffnung, daß sie es vielleicht doch würden schaffen könnten. Sein linker Arm schmerzte an der Stelle, wo die Kugel ihn gestreift hatte, und die Finger dieser Hand waren steif. Der Schmerz in seinem lahmen Bein war einem beständigen dumpfen Pulsieren gewichen, das ihn zwar gelegentlich dazu veranlaßte, die Zähne zusammenzubeißen, ihn aber beim Abseilen nicht übermäßig behinderte.

Nach einigen Sprüngen erreichte er das siebzehnte Stockwerk. Zwei weitere Sprünge brachten ihn an einen Fenstersims im sechzehnten Stockwerk – die Stelle, wo Frank Bollinger lauerte.

Das Fenster war geschlossen, aber die Vorhänge waren aufgezogen. Eine Schreibtischlampe leuchtete einsam auf einem Schreibtisch.

Bollinger stand auf der anderen Seite der Scheibe, eine riesige Silhouette. Er zog gerade am Fensterriegel.

Nein! dachte Graham.

In dem Augenblick, in dem seine Stiefel den Fenstersims berührten, stieß er sich wieder ab. Bollinger sah ihn und feuerte sofort, ohne dazu die Fensterflügel zu öffnen. Glassplitter flogen in die Nacht hinaus.

Obwohl Bollinger schnell reagiert hatte, war Graham bereits aus seiner Schußlinie. Er schwang gute zwei Meter unter Bollinger gegen die Wand zurück, ließ sich noch einmal ein Stück nach unten gleiten und hielt an dem Fenster im fünfzehnten Stockwerk inne.

Er blickte nach oben und sah eine Flammenzunge aus der Mündung von Bollingers Pistole zucken, als dieser auf Connie feuerte. Der Knall brachte sie aus dem Rhythmus. Sie prallte wieder mit der Schulter gegen die Wand. Hastig stemmte sie die Füße ein und schwang wieder nach draußen.

Bollinger feuerte erneut.

12

Bollinger wußte, daß er weder ihn noch sie getroffen hatte. Er rannte aus dem Büro zum Aufzug, drehte den Schlüssel im Schloß und drückte den Knopf mit der Aufschrift Zehn.

Während die Fahrstuhlkabine in die Tiefe sank, vergegenwärtigte er sich noch einmal den Plan, den er und Billy gestern gemeinsam formuliert hatten.

»Zuerst tötest du Harris. Mit der Frau kannst du machen, was du willst, aber du mußt sie verstümmeln.«

»Ich verstümmele sie immer. Das habe ich von Anfang an so gemacht.«

»Harris solltest du an einem Ort töten, wo es möglichst wenig Spuren gibt und wo du nachher ohne Mühe saubermachen kannst.«

»Saubermachen?«

»Wenn du mit der Frau fertig bist, gehst du zu Harris zurück, wischt jedes Blutströpfchen in seiner Umgebung weg und hüllst seine Leiche in eine Plastikplane. Töte ihn also nicht auf einem Teppich, wo er Flecken hinterläßt. Bring ihn in einen Raum mit Fliesenboden. Vielleicht ein Badezimmer.«

»Ich soll ihn in eine Plane wickeln?«

»Ich werde um zehn Uhr hinter dem Bowerton-Gebäude warten. Du bringst die Leiche mit. Wir legen sie in den Wagen. Später können wir sie aus der Stadt schaffen und irgendwo auf dem Land vergraben.«

»Vergraben? Warum?«

»Die Polizei soll glauben, daß Harris seine eigene Freundin getötet hat, daß er der Schlächter ist. Ich werde meine Stimme verstellen und das Morddezernat anrufen, werde behaupten, Harris zu sein, und ihnen sagen, daß ich der Schlächter bin.«

»*Du willst sie in die Irre führen?*«

»*Du hast es erfaßt.*«

»*Über kurz oder lang werden sie doch merken, daß das ein Schwindel war.*«

»*Ja, natürlich. Irgendwann einmal. Aber ein paar Wochen, vielleicht sogar ein paar Monate, werden sie hinter Harris her sein. Auf diese Weise halten wir sie davon ab, irgendwelchen Hinweisen nachzugehen, die sie vielleicht zu uns führen könnten.*«

»*Ein klassisches Ablenkungsmanöver.*«

»*Genau.*«

»*Das verschafft uns Zeit.*«

»*Ja.*«

»*Um alles das zu tun, was wir wollen.*«

»*Beinahe alles.*«

Der Plan war gescheitert.

Es war einfach verdammt schwer, diesen Hellseher umzubringen.

Die Fahrstuhltüren öffneten sich.

Als Bollinger aus der Kabine trat, stolperte er und fiel hin. Die Pistole glitt ihm aus der Hand und krachte gegen die Wand.

Er erhob sich auf die Knie und wischte sich den Schweiß aus den Augen.

»Billy?« sagte er.

Aber er war allein.

Hustend und schniefend kroch er zur Wand, griff nach der Pistole und stand auf.

Er lief in den finsteren Korridor zur Tür eines Büros, von dem aus man auf die Lexington hinuntersehen konnte.

Langsam wuchs in ihm die Besorgnis, die Munition könne ihm ausgehen, und deshalb wollte er diesmal nur eine Patrone für das Schloß opfern. Er zielte sorgfältig. Das *Whump!* hallte endlos im Korridor wider. Das Schloß war beschädigt, gab aber noch nicht nach. Die Tür wackelte, ging aber nicht auf. Um Munition zu sparen, drückte er mit der Schulter gegen das Türblatt, bis die Tür aufsprang.

Als er die Fenster zur Lexington Avenue erreicht hatte, waren Harris und die Frau schon an ihm vorbei. Sie erreichten soeben den achten Stock.

Er kehrte zum Aufzug zurück. Er würde das Gebäude verlassen und sie draußen stellen müssen, wenn sie die Straße erreichten. Schnell drückte er den Knopf für das Erdgeschoß.

13

Vor den Fenstern im achten Stock hängend, beschlossen sie, die letzten vierzig Meter auf zwei Etappen hinter sich zu bringen. Die Fensterpfosten im vierten Stock sollten ihre letzten Ankerpunkte sein.

In der vierten Etage schlug Graham beide Fensterscheiben ein. Er befestigte einen Karabiner am Fensterpfosten, hakte ein Sicherheitsseil ein und zuckte unwillkürlich zusammen, als ein paar Handbreit rechts von seinem Kopf eine Kugel von der Mauer abprallte. Er wußte sofort, was da los war, drehte sich etwas zur Seite und blickte nach unten.

Zwanzig Meter unter ihm stand Bollinger in Hemdsärmeln auf dem schneebedeckten Bürgersteig. Er machte einen gehetzten Eindruck.

Graham winkte Connie zu und rief: »Hinein! Da hinein! Durchs Fenster!«

Bollinger schoß erneut.

Ein Lichtblitz. Schmerz. Blut. Eine Kugel im Rücken ...

Wird es hier sein? fragte sich Graham.

Verzweifelt hieb er mit der behandschuhten Faust auf die Glassplitter ein, die noch im Fensterrahmen steckten, packte den Mittelpfosten und wollte sich gerade ins Büro hineinziehen, als er plötzlich auf der Straße unten ein seltsames Poltern hörte.

Ein riesiger gelber Schneepflug bog in die Lexington Avenue ein. Seine großen schwarzen Reifen mahlten sich durch den Schnee. Die Pflugschar an der Vorderseite der Maschine war fast zwei Meter hoch und gute drei Meter breit. Auf dem Dach der Fahrerkabine blinkten rote Signallichter. Zwei tellergroße Scheinwerfer schickten gelbe Lichtbalken in das Schneegestöber.

Sonst war auf der vom Schneesturm gepeitschten Straße weit und breit kein einziges Fahrzeug zu sehen.

Graham sah zu Connie hinüber. Sie schien Mühe zu haben, sich vom Seil zu lösen und durchs Fenster zu klettern. Er wandte sich von ihr ab und winkte erregt dem Fahrer des Schneepflugs zu. Der Mann konnte hinter seiner schmutzverkrusteten Windschutzscheibe sicher kaum etwas sehen. »Hilfe!« schrie Graham. Er erwartete nicht, daß der Mann ihn durch den Lärm seines Motors hören konnte, schrie aber trotzdem immer wieder: »Hilfe! Hier oben! Hilfe!«

Connie begann ebenfalls zu rufen.

Überrascht tat Bollinger genau das, was er nicht hätte tun sollen. Er wirbelte herum und schoß auf den Schneepflug.

Der Fahrer bremste, und sein Gefährt kam ruckartig zum Stillstand.

»Hilfe!« brüllte Graham.

Bollinger feuerte wieder. Die Kugel prallte pfeifend vom Stahlrahmen der Windschutzscheibe ab.

Der Fahrer legte einen Gang ein und gab Gas.

Bollinger rannte davon.

Hydraulikarme hoben die Pflugschar einen halben Meter über das Pflaster. Die Maschine bewegte sich polternd auf den Bürgersteig zu.

Von dem Schneepflug verfolgt, rannte Bollinger zehn oder fünfzehn Meter auf dem Bürgersteig und dann schließlich auf die Straße hinaus, die er überqueren wollte. Der Pflug blieb die ganze Zeit hinter ihm.

Connie verfolgte das Geschehen wie erstarrt.

Bollinger ließ den Pflug näher an sich herankommen. Als dann zwischen ihm und der blitzenden Pflugschar nur noch zwei Meter Distanz waren, warf er sich zur Seite, rannte an der Maschine vorbei und wieder auf das Bowerton-Gebäude zu.

Der Pflug ließ sich nicht so leicht manövrieren, und als der Fahrer ihn schließlich gewendet hatte und wieder auf das Gebäude zufuhr, stand Bollinger erneut unter Graham.

Graham sah, wie er die Pistole hob. Sie glitzerte im Schein der Straßenlaterne.

Hier unten wehte der Wind nicht ganz so heftig, und der Schuß war daher sehr laut. Die Kugel krachte neben Grahams rechtem Fuß in die Mauer.

Der Schneepflug donnerte auf Bollinger zu. Der Fahrer hupte wie wild.

Bollinger stellte sich mit dem Rücken zur Wand und blickte dem Monstrum entgegen.

Graham ahnte, was der Verrückte vorhatte, und griff nach dem kompakten, batteriebetriebenen Steinbohrer, den er am Gürtel trug. Er zog ihn aus seiner Schlaufe.

Der Schneepflug war noch fünf oder sechs Meter von Bollinger entfernt, der jetzt die Pistole auf die Windschutzscheibe der Fahrerkabine richtete.

In Höhe des vierten Stockwerks an dem Fensterkreuz hängend, schleuderte Graham den Steinbohrer. Er flog in weitem Bogen die zwanzig Meter durch das Schneegestöber und traf Bollinger – nicht am Kopf, wie Graham gehofft hatte – an der Hüfte, wo er abprallte, ohne viel zu bewirken.

Trotzdem zuckte Bollinger zusammen, wollte wegrennen, rutschte aus, stolperte, machte ein paar seltsam tänzerisch wirkende Drehungen im Schnee und blieb dann bäuchlings im Rinnstein liegen.

Der Fahrer des Schneepfluges hatte erwartet, daß sein Gegner wegrennen würde, aber jetzt war Bollinger direkt vor der Maschine gestürzt. Er versuchte zu bremsen, schaffte es aber nicht, sein Fahrzeug auf nur zwei Meter Distanz zum Stehen zu bringen.

Die schwere Pflugschar hing nur etwa dreißig Zentimeter über dem Boden, und das reichte nicht aus, um glatt über Bollinger hinwegzugleiten. Die Unterseite der Pflugschar erfaßte ihn am Hinterteil, riß ihm das Fleisch auf, rammte seinen Kopf, zerschmetterte ihm den Schädel und preßte seinen Körper schließlich gegen den Bordstein.

Im Lichtschein der nächsten Straßenlaterne breitete sich Blut im Schnee aus.

14

MacDonald, Ott, die Wachmänner und der Wartungsingenieur waren alle in schweren Plastiksäcken verstaut worden, die das städtische Leichenhaus geliefert hatte. Die Säkke lagen nebeneinander aufgereiht auf dem Marmorboden.

In der Nähe des geschlossenen Zeitungsstandes im vorderen Teil der Lobby hatte man im Halbkreis ein halbes Dutzend Klappstühle aufgestellt, auf denen Graham und Connie mit Ira Preduski und drei weiteren Polizeibeamten saßen.

Preduski sah aus wie immer: Ein wenig zersaust. Der braune Anzug hing ihm mit etwa derselben Eleganz am Körper wie eine übergeworfene Decke. Weil er im Schnee zu Fuß gegangen war, schimmerten seine Hosenaufschläge feucht. Schuhe und Socken waren durchnäßt. Er trug weder Galoschen noch Stiefel, zwar besaß er ein Paar von ersteren und zwei Paar von letzteren, dachte aber bei schlechtem Wetter nie daran, sie auch anzuziehen.

»Damit Sie mich richtig verstehen, ich will Sie wirklich nicht bemuttern«, sagte Preduski zu Graham. »Ich weiß, daß ich die Frage schon einmal gestellt habe. Und Sie haben mir auch Antwort darauf gegeben. Aber ich mache mir nun mal Sorgen. Ich kann einfach nicht anders. Ich mache mir über viele Dinge unnötige Sorgen. Das ist auch eine meiner Schwächen. Aber was macht Ihr Arm? Ich meine, wo Sie angeschossen worden sind. Alles in Ordnung?«

Graham tippte leicht an den Verband unter seinem Hemd. Ein Sanitäter mit schlechtem Atem, aber sicheren Händen, hatte ihn vor einer Stunde verarztet. »Alles okay.«

»Und Ihr Bein?«

Graham schnitt eine Grimasse. »Ich bin jetzt auch kein größerer Krüppel, als ich das vor all diesen Ereignissen war.«

Preduski schien zufrieden und wandte sich Connie zu. »Und Sie? Der Arzt aus der Ambulanz hat gesagt, Sie hätten ein paar schlimme Prellungen.«

»Bloß Prellungen«, sagte sie beinahe vergnügt. Sie hielt Grahams Hand. »Es hätte viel schlimmer sein können.«

»Also, Sie beiden hatten wirklich eine schreckliche Nacht. Furchtbar. Und das Ganze ist meine Schuld. Ich hätte Bollinger schon vor Wochen erwischen sollen. Mit einem Funken Verstand im Kopf hätte ich diesen Fall schon lange gelöst, ehe Sie beide da hineingezogen wurden.« Er sah auf die Uhr. »Beinahe drei Uhr früh.« Er stand auf und versuchte, ohne Erfolg, den zerdrückten Kragen seines Mantels geradezuziehen. »Wir haben Sie hier viel zu lange festgehalten. Viel zu lange. Aber ich werde Sie trotzdem bitten müssen, noch eine Viertelstunde oder auch noch ein paar Minuten länger hierzubleiben und die Fragen der anderen Beamten oder der Kollegen von der Spurensicherung zu beantworten. Macht Ihnen das etwas aus? Ist das zuviel verlangt? Ich weiß, es ist eine schreckliche Zumutung. Ich bitte um Entschuldigung.«

»Ist schon gut«, sagte Graham müde.

Preduski wandte sich an einen anderen Beamten in Zivil, der neben ihm saß. »Jerry, Sie passen doch auf, daß man die beiden nicht länger als fünfzehn oder allerhöchstens zwanzig Minuten festhält?«

»Aber sicher, Ira.« Jerry war groß, kräftig gebaut und Ende der dreißig. Er hatte ein Muttermal am Kinn.

»Und dann sorgen Sie dafür, daß man sie in einem Streifenwagen nach Hause bringt.«

Jerry nickte.

»Und lassen Sie die Reporter nicht an sie heran.«

»Geht in Ordnung, Ira. Aber das wird nicht einfach sein.«

Dann wandte Preduski sich wieder an Graham und Connie und sagte: »Wenn Sie nach Hause kommen, sollten Sie zuallererst das Telefon ausstöpseln. Morgen werden Sie sich der Presse nicht mehr entziehen können. Schlimm. Die werden Sie wochenlang belästigen. Ein Kreuz ist das mit denen. Tut mir leid, wirklich. Aber vielleicht können wir sie Ihnen wenigstens für heute Nacht fernhalten und Ihnen ein paar Stunden Ruhe vor dem Sturm verschaffen.«

»Vielen Dank«, sagte Connie.

»Ich muß jetzt gehen. Es gibt noch viel zu tun. Dinge, die ich schon lange hätte erledigen sollen. Ich bin immer mit meiner Arbeit im Rückstand. Immer. Ich tauge einfach nicht für diesen Job. Ehrlich.«

Er schüttelte Graham die Hand und verbeugte sich linkisch vor Connie.

Als er durch die Lobby ging, quietschten seine nassen Schuhe auf dem Marmorboden.

Draußen wich er ein paar Reportern aus und weigerte sich, ihre Fragen zu beantworten.

Sein Privatwagen stand am Ende einer Doppelreihe von Polizeifahrzeugen, schwarz-weiß lackierten Streifenwagen, Ambulanz und Übertragungswagen. Er setzte sich hinter das Steuer, schnallte sich an und ließ den Motor an.

Sein Partner, Detective Daniel Mulligan, würde die nächsten paar Stunden noch am Tatort beschäftigt sein. Er würde ihn nicht vermissen.

Eine selbstdachte Melodie vor sich hinsummend, bog Preduski in die Lexington Avenue, auf der man vor kurzem den Schnee weggeräumt hatte. Die Schneeketten seines Autos mahlten sich knirschend durch den Schnee und klapperten auf den wenigen freien Asphaltstücken. Er bog um die Ecke, fuhr zur Fifth Avenue und nahm Kurs auf Downtown.

Keine Viertelstunde später parkte er in einer von Bäumen gesäumten Straße in Greenwich Village.

Er stieg aus und ging ein paar Schritte im Schutz der tiefen Schattenpartien außerhalb der Lichtkegel, die die Straßenlaternen warfen. Nachdem er sich schnell noch einmal umgesehen und sich vergewissert hatte, daß ihn niemand beobachtete, bog er in eine schmale Gasse zwischen zwei eleganten Wohnhäusern.

Der nicht überdachte Zugang endete an einer Mauer, in die beiderseits von ihm hohe Tore eingelassen waren. Er trat vor das Tor zu seiner Linken.

Schneeflocken wirbelten in der ruhigen Nachtluft. Der Wind reichte nicht so weit herunter, man konnte aber sein Heulen oben von den Dächern hören.

Preduski zog einen Schlüsselbund mit Dietrichen aus der Tasche. Er stammte aus der Wohnung eines Einbrechers, der Selbstmord begangen hatte. Im Laufe der Jahre, wenn auch nicht sehr oft, hatten ihm diese Dietriche gute Dienste geleistet. Jetzt stocherte er mit einem davon in dem billigen Schloß des Tores herum und schob dann den zweiten Dietrich nach, um die Bolzen am Zurückschnappen zu hindern. Binnen zweier Minuten hatte er sich Zugang verschafft.

Hinter Graham Harris Haus befand sich ein kleiner Innenhof mit Rasen, zwei Bäumen und zwei Blumenbeeten, die natürlich jetzt im Winter abgeräumt waren. Der schmiedeeiserne Tisch und vier schmiedeeiserne Sessel erweckten den Anschein, als hätten am Nachmittag hier noch Leute in der Sonne Karten gespielt.

Er überquerte den Hof und stieg die drei Stufen zum Hintereingang hinauf.

Die Gittertür war nicht versperrt.

Sehr vorsichtig und fast lautlos öffnete er das Schloß der hölzernen Tür dahinter mit seinem Dietrich.

Er ärgerte sich, wie leicht er sich hatte Zugang verschaffen können. Daß die Leute auch *nie* lernten, sich anständige Schlösser zu kaufen!

Harris Küche war warm und dunkel. Sie roch nach Gewürzkuchen und Bananen, die man zum Reifen ausgelegt hatte und die jetzt überreif waren.

Lautlos schloß er die Tür.

Ein paar Minuten lang stand er völlig reglos da, lauschte in das Haus hinein und wartete, bis seine Augen sich an die Dunkelheit gewöhnt hatten. Als er schließlich alle Gegenstände in der Küche identifizieren konnte, ging er an den Tisch, nahm sich einen Stuhl und trug ihn ein paar Schritte weg, ohne auch nur das leiseste Geräusch dabei zu machen.

Er setzte sich, zog seinen Revolver aus dem Schulterhalfter unter seinem linken Arm und legte ihn auf seinen Schoß.

15

Der Streifenwagen wartete am Randstein, bis Graham die vordere Tür seines Hauses aufgesperrt hatte. Dann fuhr er weg und hinterließ dabei deutliche Reifenabdrücke in dem über zehn Zentimeter hohen Schnee, der in Greenwich Village bis jetzt noch nicht geräumt worden war.

Er schaltete die Flurbeleuchtung ein. Während Connie die Tür schloß, ging er in das unbeleuchtete Wohnzimmer und dort auf die dem Eingang am nächsten stehende Tischlampe zu. Er knipste sie an – und erstarrte, verfügte weder über die Kraft noch die Willensstärke, den Finger vom Schalter zu lösen.

Ein Mann saß in einem der Sessel. Er hatte eine Waffe in der Hand.

Connie legte Graham die Hand auf den Arm. »Was machen *Sie* hier?« sagte sie zu dem Mann im Sessel.

Anthony Prine, der Moderator von *Manhattan um Mitternacht*, stand auf. Er richtete die Pistole auf die beiden. »Ich habe auf Sie gewartet.«

»Warum reden Sie denn so eigenartig?« fragte Connie.

»Der Südstaatenakzent? Mit dem bin ich aufgewachsen. Ich habe ihn vor Jahren abgelegt. Aber wenn mir danach ist, kann ich ihn jederzeit wieder aktivieren. Als ich mir damals den Akzent abgewöhnte, bekam ich Spaß an Imitationen. Ich habe im Showbusiness als Komiker angefangen und berühmte Leute imitiert. Jetzt imitiere ich Billy James Plover – das ist der Mann, der ich einmal war.«

»Wie sind Sie hier hereingekommen?« wollte Graham wissen.

»Ich bin hinten ums Haus herumgegangen und habe eine Scheibe eingeschlagen.«

»Verschwinden Sie! Was wollen Sie hier?«

»Sie haben Dwight getötet«, sagte Prine. »Ich bin nach meiner Show am Bowerton-Gebäude vorbeigefahren und habe all die Bullen dort gesehen. Ich weiß, was Sie getan haben.« Prine war blaß, man sah seinem Gesicht die Anspannung an.

»Wen soll ich getötet haben?« fragte Graham.

»Dwight. Franklin Dwight Bollinger.«

Verwirrt antwortete Graham: »Der hat doch versucht, uns zu töten.«

»Er war einer der Besten. Einer der Besten, die es je gab. Ich habe einmal eine Sendung über die Bullen der City gemacht, und er war einer der Gäste. Es hat bloß ein paar Minuten gedauert, und da wußten wir, daß wir beide aus dem gleichen Holz geschnitzt waren.«

»Er war der Schlächter, der Mann, der all die ...«

Prine schien hochgradig erregt. Seine Hände zitterten. An seiner linken Wange zuckte es nervös. Er fiel Connie ins Wort und sagte: »Dwight war die *eine Hälfte* des Schlächters.«

»Die eine Hälfte?« sagte Connie.

Graham ließ jetzt endlich die Lichtschalter los und griff nach dem Ständer der schweren Messinglampe.

»Ich war die andere Hälfte«, sagte Prine. »Dwight und ich, wir waren identische Persönlichkeiten.« Er trat einen Schritt auf sie zu. Und dann noch einen. »Mehr als das. Jeder von uns war ohne den anderen unvollständig. Wir waren zwei Hälften desselben Organismus.« Er richtete die Pistole auf Grahams Kopf.

»Raus hier!« schrie Graham. »Lauf, Connie!« Und noch während er das rief, schleuderte er die Lampe nach Prine.

Das schwere Stück traf Prine an der Brust und warf ihn in den Lehnsessel zurück.

Graham drehte sich um und rannte in die Diele, wo Connie gerade die Haustür öffnete.

Graham lief ihr hinterher – und in diesem Augenblick schoß Prine ihn in den Rücken.

Ein schrecklicher Schlag gegen das rechte Schulterblatt. Ein Lichtblitz, Blut, das rings um ihn auf den Teppich spritzte ...

Er fiel zu Boden und rollte sich zur Seite – gerade rechtzeitig, um Ira Preduski aus dem Flur, der zur Küche führte, hereinstürzen zu sehen.

Graham trieb auf einem Floß der Schmerzen in einem Meer, das von Sekunde zu Sekunde dunkler wurde. Was ging mit ihm vor?

Der Detective schrie Prine etwas zu, und als der die Pistole nicht fallen ließ, schoß er. Einmal. Er traf Prine in die Brust.

Der Talkshow-Moderator brach über einem Zeitschriftenständer zusammen.

Schmerz. Die ersten Zuckungen von Schmerz.

Graham schloß die Augen. Und fragte sich, ob das nicht vielleicht falsch war. Wenn man einschläft, stirbt man. Oder galt das nur für Kopfverletzungen? Er schlug die Augen wieder auf, um nur ja kein Risiko einzugehen.

Connie wischte ihm den Schweiß vom Gesicht. Preduski kniete neben ihm und sagte: »Ich habe eine Ambulanz gerufen.«

Anscheinend war inzwischen Zeit verstrichen. Er hatte den Eindruck, mitten aus einem Gespräch in ein anderes überzublenden.

Müde schloß er die Augen.

Öffnete sie.

»... Theorie des Gerichtsmediziners«, sagte Preduski gerade. »Zuerst glaubte ich, der Mann spinnt. Aber je mehr ich darüber nachdachte ...«

»Ich habe Durst«, flüsterte Graham heiser.

»Durst? Natürlich, Sie haben Durst«, sagte Preduski.

»Trinken ... trinken ...«

»Das könnte ein Fehler sein«, sagte Connie. »Wir warten, bis die Ambulanz da ist.«

Der Raum drehte sich um ihn. Er lächelte. Dann fuhr er mit dem Raum im Kreis, als säße er in einem Karussell.

»Ich hätte nicht allein hierherkommen sollen«, sagte Preduski kläglich. »Aber Sie begreifen doch, warum ich das für notwendig hielt? Bollinger war ein Bulle. Die andere Hälfte des Schlächters hätte auch ein Bulle sein können. Wem konnte ich also vertrauen? Wirklich. Das frage ich sie. Wem? Schlimm nur, daß ich in der Küche zu lange gewartet habe. Ich dachte nicht, daß er schießt.«

»Tot?«

»Ich fürchte, nein«, sagte Preduski.

»Und ich?«

»Was soll mit Ihnen sein? Sie werden leben.«
»Bestimmt?«
»Die Kugel ist ein gutes Stück vom Rückgrat entfernt eingedrungen und hat bestimmt keine lebenswichtigen Organe verletzt, darauf wette ich.«
»Sicher?«
»*Ich* bin sicher«, sagte Connie.
Graham schloß die Augen.

EPILOG

Sonntag

Ira Preduski stand mit dem Rücken zum Fenster des Krankenhauszimmers. Das Licht der untergehenden Sonne hüllte ihn in einen weichen, goldenen Schimmer. »Prine sagt, Sie hätten vorgehabt, Rassenkriege anzuzetteln, Religionskriege, Wirtschaftskriege ...«

Graham lag in seinem Bett auf der Seite, gestützt von einigen Kissen. Man hatte ihn mit Schmerzmitteln vollgepumpt, und er sprach deshalb ziemlich langsam. »Um dann, in den sich anschließenden Wirren, die Macht an sich zu reißen?«

»Ja, das hat er gesagt.«

»Aber das ist doch verrückt«, meinte Connie, die auf einem Stuhl neben Grahams Bett saß. »Hat nicht Charles Manson mit seiner Bande von Psychopathen all die Leute aus demselben Grund umgebracht?«

»Ich habe Prine gegenüber Manson erwähnt«, erklärte Preduski. »Aber er meinte, Manson sei bloß ein billiger Schwindler gewesen, ein dreckiger Verbrecher.«

»Während Prine ein Übermensch ist.«

Preduski schüttelte betrübt den Kopf. »Armer Nietzsche. Er war einer der brillantesten Philosophen, die je gelebt haben – und einer, der am meisten mißverstanden wurde.« Er beugte sich über ein Blumenarrangement, das vor dem Fenster auf dem Tisch stand, und roch daran. Als er wieder aufblickte, sagte er: »Verzeihen Sie, wenn ich neugierig bin. Geht mich ja wirklich nichts an. Das weiß ich schon. Aber ich bin einfach neugierig. Das ist ein großer Fehler von mir, aber ... Wann ist die Hochzeit?«

»Hochzeit?« fragte Connie.

»Machen Sie mir doch nichts vor. Sie beide werden heiraten.«

Graham sah ihn verdutzt an. »Woher wissen Sie das denn? Wir haben doch erst heute morgen darüber gesprochen. Nur wir beide.«

»Na ja, ich bin schließlich ein Detective«, sagte Preduski. »Und ich habe da ein paar Indizien gesammelt.«

»Was denn zum Beispiel?« wollte Connie wissen.

»Zum Beispiel, wie Sie beide sich heute nachmittag die ganze Zeit ansehen.«

Graham war offensichtlich froh, die Neuigkeit endlich jemandem mitteilen zu können. »Wir heiraten in ein paar Wochen, nachdem man mich hier entlassen hat – sobald ich wieder bei Kräften bin.«

»Und die wird er brauchen«, sagte Connie und lächelte anzüglich.

Preduski ging um das Bett herum und sah sich die Bandagen an Grahams linkem Arm und im oberen Rückenbereich an. »Jedesmal, wenn ich daran denke, was alles Freitag nacht und Samstag früh passiert ist, wundere ich mich darüber, wie Sie beide da lebend herausgekommen sind.«

»Na ja, so schlimm war es auch nicht«, sagte Connie.

Phantom

*Dieses Buch ist dem Menschen gewidmet,
der immer für mich da ist,
der sich immer um mich bemüht,
der mich immer versteht,
der einzigartig ist:*

Gerda,

meiner Ehefrau und besten Freundin.

TEIL EINS

Opfer

... da kam mich Furcht und Zittern an ...
Das Buch Hiob, 4:14

Der zivilisierte menschliche Geist ... kann ein Gefühl des Unheimlichen nicht ablegen.
Dr. Faustus, Thomas Mann

1
Das Stadtgefängnis

Der kurze Schrei kam aus weiter Entfernung; es war der Schrei einer Frau.

Deputy Paul Henderson sah von seiner Zeitschrift auf und horchte.

Staubkörner tanzten träge in einem Sonnenstrahl, der durch das Fenster hereinfiel. Der dünne rote Sekundenanzeiger der Wanduhr kreiste lautlos um das Zifferblatt.

Das einzige Geräusch war das Knarren von Hendersons Stuhl, als er sein Gewicht darauf verlagerte.

Durch die großen Fenster an der Vorderseite konnte er einen Teil der Hauptstraße von Snowfield, der Skyline Road, sehen. Im goldenen Licht der Abendsonne wirkte alles still und friedlich. Nur die Blätter der Bäume rauschten in der sanften Brise.

Nachdem Henderson einige Sekunden angestrengt gelauscht hatte, war er sich nicht mehr sicher, ob er tatsächlich etwas gehört hatte.

Einbildung, sagte er sich. Reines Wunschdenken.

Fast wäre es ihm lieber gewesen, wenn tatsächlich jemand geschrien hätte. Er war ruhelos.

Während der Nebensaison von April bis September war er der einzige Hilfssheriff, der ganztags in der Außenstelle in Snowfield arbeitete; und der Dienst war langweilig. Im Winter, wenn einige Tausend Skifahrer in der Stadt waren, mußte er sich mit Betrunkenen herumplagen, Schlägereien schlichten und Einbrüche in den Gasthäusern, Hotels und Pensionen aufklären. Doch jetzt, Anfang September, hatten nur das Candleglow Inn, ein Ferienhotel und zwei kleine Pensionen geöffnet. Die Einwohner der Stadt verhielten sich ruhig, und Henderson – gerade vierundzwanzig Jahre alt und erst seit einem Jahr Hilfssheriff – langweilte sich.

Seufzend richtete er seinen Blick wieder auf die Zeitschrift auf seinem Schreibtisch – und hörte erneut einen Schrei. Wie beim ersten Mal war er kurz und kam aus weiter Entfernung, klang jetzt aber so, als hätte ein Mann ihn ausgestoßen. Das war nicht nur ein aufgeregter Ausruf oder ein Schmerzensschrei gewesen – in der Stimme lag ein Ausdruck des absoluten Grauens.

Henderson runzelte die Stirn, ging auf die Tür zu und drückte seine Pistole in dem Halfter auf der rechten Hüfte zurecht. Er trat durch die Schwingtür, die den Bereich für den Publikumsverkehr von den Diensträumen trennte. Als er die Eingangstür beinahe erreicht hatte, hörte er hinter sich ein Geräusch.

Das war unmöglich. Er hatte den ganzen Tag allein im Büro verbracht. Seit der letzten Woche waren die Arrestzellen leer, die Hintertür war abgeschlossen, und sonst gab es zu dem Polizeirevier keinen Zugang.

Als er sich umdrehte, entdeckte er jedoch, daß er nicht mehr allein war. Und plötzlich war seine Langeweile verflogen.

2
Heimkehr

An diesem Sonntag in der ersten Septemberhälfte trugen die Berge nur zwei Farben: grün und blau. Die Bäume – Pinien, Tannen und Fichten – sahen aus, als seien sie mit dem Filz bedeckt, der für Billardtische verwendet wird. Überall breiteten sich kühle blaue Schatten aus, die mit jeder Minute tiefer und dunkler wurden.

Jennifer Paige saß lächelnd hinter dem Steuer ihres Pontiac Trans Am; sie freute sich an der Schönheit der Berge und hatte das Gefühl heimzukehren. Hier war ihr Zuhause.

Sie bog von der dreispurigen Staatsstraße in die zweispurige, asphaltierte Landstraße ein, die kurvenreich die vier Meilen über den Paß nach Snowfield hinaufführte.

»Es ist herrlich hier oben«, sagte Lisa, ihre vierzehnjährige Schwester neben ihr auf dem Beifahrersitz.

»Das finde ich auch.«

»Wann wird es schneien?«

»Ungefähr in einem Monat – vielleicht aber auch schon eher.«

Dichte Baumreihen säumten die Straße. Der Trans Am fuhr in einen Tunnel aus überhängenden Ästen, und Jenny schaltete die Scheinwerfer ein.

»Ich kenne Schnee nur von Bildern«, erklärte Lisa.

»Bis zum nächsten Frühjahr wirst du ihn gründlich satt haben.«

»Niemals, ich doch nicht. Ich habe schon immer davon geträumt, wie du in einem Schneegebiet zu wohnen.«

Jenny warf dem Mädchen von der Seite einen Blick zu. Die Schwestern sahen sich auffallend ähnlich: die gleichen grünen Augen, das gleiche kastanienbraune Haar, die gleichen hohen Wangenknochen.

»Bringst du mir dann Skifahren bei?« fragte Lisa.

»Tja, Liebes, wenn die Skiurlauber in der Stadt sind, werde ich mich mit den üblichen Knochenbrüchen, verstauchten Knöcheln, Rückenschmerzen und Bänderzerrungen befassen müssen ... Ich habe dann meistens alle Hände voll zu tun.«

»Ach so«, sagte Lisa und konnte ihre Enttäuschung nicht verbergen.

»Warum sollte ich dir Skifahren beibringen, wenn du bei einem echten Profi Unterricht nehmen kannst?«

»Bei einem Profi?« fragte Lisa mit erneutem Interesse.

»Klar. Hank Sanderson wird dir Skiunterricht geben, wenn ich ihn darum bitte.«

»Wer ist das?«

»Ihm gehört die Skihütte Pine Knoll Lodge. Er gibt manchmal Unterricht im Skifahren, aber nur einigen wenigen Auserwählten.«

»Ist er dein Freund?«

Jenny erinnerte sich lächelnd daran, daß auch sie mit vierzehn fast ausschließlich an Jungs gedacht hatte. In diesem Alter kreisten beinahe alle Gedanken nur um sie.

»Nein, Hank ist nicht mein Freund – nicht so, wie du meinst. Ich kenne ihn schon seit zwei Jahren, also seit ich nach Snowfield gezogen bin. Er ist nur ein guter Bekannter.«

Sie kamen an einem grünen Schild mit weißer Beschriftung vorbei: SNOWFIELD – 3 MEILEN.

»Ich wette, hier gibt es eine Menge tolle Jungs in meinem Alter.«

»Snowfield ist nicht sehr groß«, warnte Jenny. »Ich glaube aber schon, daß du einige Jungen kennenlernen wirst, die dir gefallen.«

»Während der Hauptsaison muß es davon doch Dutzende geben!«

»Langsam, Mädchen! Mit Touristen wirst du dich nicht verabreden – zumindest nicht in den nächsten Jahren.«

»Warum denn nicht?«

»Weil ich das sage.«

»Aber warum?«

»Bevor du dich mit einem Jungen triffst, solltest du wissen, woher er kommt, welchen Charakter er hat und aus welcher Familie er stammt.«

»Ach, da brauchst du dir keine Gedanken zu machen. Ich habe ein unheimlich gutes Urteilsvermögen«, erwiderte Lisa. »Auf meinen ersten Eindruck kann ich mich immer verlassen. Ich werde mich bestimmt nicht mit einem Lustmörder oder Sittenstrolch einlassen.«

»Da bin ich ganz sicher«, meinte Jenny und bremste vor einer scharfen Kurve leicht ab. »Du wirst nämlich nur mit Jungs aus dem Ort ausgehen.«

Lisa seufzte und schüttelte theatralisch den Kopf. »Du hast wohl noch nicht bemerkt, daß ich die Pubertät bereits hinter mich gebracht habe, während du weg warst, Jenny.«

»O doch, das ist meiner Aufmerksamkeit nicht entgangen.«

Nach der Kurve lag ein gerader Straßenabschnitt vor ihnen, und Jenny beschleunigte wieder.

»Auch mein Busen ist gewachsen«, erklärte Lisa.

»Das habe ich gesehen.« Jenny ließ sich von der unverblümten Bemerkung des Mädchens nicht aus der Fassung bringen.

»Ich bin kein Kind mehr.«

»Erwachsen bist du aber auch noch nicht. Du bist eine Jugendliche.«

»Ich bin eine junge Frau.«

»Jung? Ja. Frau? Noch nicht.«

»Meine Güte!«

»Jetzt hör mir mal zu. Ich bin deine Erziehungsberechtigte und damit für dich verantwortlich. Außerdem bin ich deine Schwester, und ich liebe dich. Ich werde tun, was ich für dich für richtig halte.«

Lisa seufzte laut.

»Weil ich dich liebe«, betonte Jenny.

Lisa runzelte die Stirn. »Du bist genauso streng wie Mom.«

Jenny nickte. »Wahrscheinlich noch strenger.«

»O Gott!«

Rasch warf Jenny dem Mädchen einen Blick zu. Lisa starrte aus dem Fenster, und ihr Gesicht war nur teilweise zu sehen. Anscheinend war sie nicht wütend. Sie schmollte nicht. Im Gegenteil – ihre Lippen verzogen sich zu einem leichten Lächeln.

Auch wenn sie es nicht immer verstehen – alle Kinder brauchen gewisse Regeln, dachte Jenny. Vorschriften sind auch ein Zeichen von Besorgnis und Liebe. Man muß nur den Trick beherrschen, es damit nicht zu übertreiben.

Sie richtete ihre Aufmerksamkeit wieder auf die Straße, legte ihre Hände fest auf das Lenkrad und meinte: »Ich werde dir sagen, was du tun darfst.«

»Was denn?«

»Du darfst dir deine Schuhe selbst zubinden.«

Lisa blinzelte. »Was?«

»Und du darfst zur Toilette gehen, wann immer du willst.«

Lisa gelang es nicht länger, gekränkt und gleichzeitig würdevoll auszusehen. Sie kicherte. »Darf ich auch etwas essen, wenn ich Hunger habe?«

»Selbstverständlich.« Jenny grinste. »Du darfst sogar jeden Morgen dein Bett machen.«

»Du bist wirklich sehr tolerant!«

In diesem Augenblick schien Lisa noch jünger zu sein, als sie war. Mit ihren Turnschuhen, den Jeans und der karierten Bluse sah sie sehr zart und verletzlich aus.

»Sind wir also Freundinnen?« fragte Jenny.

»Na klar.«

Jenny war freudig überrascht, wie leicht es ihr und Lisa gelungen war, auf der langen Fahrt von Newport Beach einander näherzukommen. Trotz ihrer Blutsverwandtschaft waren sie eigentlich Fremde. Jenny war mit ihren einunddreißig genau siebzehn Jahre älter als Lisa. Sie war vor Lisas zweitem Geburtstag ausgezogen, und sechs Monate später war ihr Vater gestorben. Während ihres Studiums und ihres Praktikums im Columbia Presbyterian Hospital in New York war Jenny zu überarbeitet und zu weit entfernt von zu Hause gewesen, um ihre Mutter und Lisa regelmäßig besuchen zu können. Danach war sie nach Kalifornien zurückgekehrt und hatte in Snowfield eine Praxis eröffnet. In den letzten beiden Jahren hatte sie sehr hart daran gearbeitet, die medizinische Versorgung in Snowfield und einigen anderen kleinen Städten in den Bergen gewinnbringend zu übernehmen. Vor kurzem war ihre Mutter gestorben, und erst dann hatte Jenny festgestellt, daß sie es sehr bedauerte, keinen anderen Kontakt zu Lisa zu haben. Vielleicht konnten sie jetzt die verlorenen Jahre nachholen – schließlich waren jetzt von der Familie nur noch sie beide übrig.

Die Landstraße stieg weiter an, und das Licht der Abendsonne wurde einen Augenblick lang heller, als der Trans Am das schattige Tal verließ.

»Ich habe das Gefühl, als wären meine Ohren mit Watte verstopft«, erklärte Lisa und gähnte, um den Druck auszugleichen.

Sie bogen um eine scharfe Kurve, und Jenny bremste ab. Vor ihnen lag eine lange, gerade Steigung, nach der die Landstraße in die Hauptstraße von Snowfield, der Skyline Road, mündete.

Lisa sah angestrengt durch die Windschutzscheibe und musterte die Stadt mit offensichtlicher Begeisterung. »So hatte ich mir das nicht vorgestellt!«

»Was hast du denn erwartet?«

»Ach, du weißt schon. Viele häßliche kleine Motels mit Neonbeleuchtung und jede Menge Tankstellen. Aber ich finde es toll hier. Ganz ehrlich!«

»Wir haben hier sehr strenge Baubestimmungen«, erklärte Jenny. »Neonleuchten, Plastikschilder und grelle Farben sind ebenso verboten wie Cafés, die wie Kaffeekannen aussehen.«

»Toll!« Lisa starrte begeistert aus dem Fenster, als sie in die Stadt hineinfuhren.

Die Ladenbesitzer durften nur mit rustikalen Holzschildern werben, die den Namen und die Spezialität ihres Geschäfts verkündeten. Die Häuser waren in den verschiedensten architektonischen Stilrichtungen aus den Bergen in

Norwegen, der Schweiz oder aus Bayern, Frankreich oder Italien erbaut worden. Alle hatte man großzügig mit Schieferplatten, Ziegeln, Holzbalken und Sprossen-, Bunt- oder Bleiglasfenstern ausgestattet. Die Privathäuser waren mit Blumenkästen geschmückt, und auf den Balkonen und Terrassen sah man kunstvoll geschnitzte Geländer.

»Wirklich hübsch«, meinte Lisa, während sie den langen Hügel bis zu den Skiliften am anderen Ende der Stadt hinauffuhren. »Aber ist es hier immer so ruhig?«

»O nein«, erwiderte Jenny. »Im Winter ist hier immer viel los und ...«

Sie verstummte, als sie bemerkte, daß die Stadt nicht nur außergewöhnlich ruhig war. Sie sah tot aus.

Normalerweise wären an einem so milden Sonntagnachmittag zumindest einige Einwohner auf den gepflasterten Straßen spazierengegangen oder hätten auf ihren Balkonen oder Terrassen gesessen, die den Blick auf die Skyline Road boten. Der Winter stand vor der Tür, und die letzten warmen Tage mußte man doch genießen. Heute aber wirkten die Straßen, Balkone und Terrassen wie ausgestorben, obwohl sich der Nachmittag erst langsam dem Abend zuneigte. Selbst in den Läden und Wohnungen, in denen Licht brannte, war kein Lebenszeichen zu entdecken. Jennys Trans Am war das einzige fahrende Auto auf der langen Straße.

Jenny bremste an dem Stopschild an der ersten Kreuzung, wo der St. Moritz Way in die Skyline Road mündete und sich nach Westen und Osten erstreckte. Sie warf einen Blick in beide Richtungen, konnte aber niemanden entdecken.

Auch der nächste Block der Skyline Road wirkte wie ausgestorben. Die folgende Häuserzeile ebenfalls.

»Seltsam«, sagte Jenny.

»Anscheinend läuft ein toller Film im Fernsehen«, meinte Lisa.

»Scheint so.«

Sie kamen an dem Restaurant Mountainview an der Kreuzung Skyline Road und Vail Lane vorbei. Es war hell erleuchtet, und durch die großen Fenster konnte man beinahe das ganze Lokal überblicken, aber es war niemand zu sehen. Montainview war sowohl im Winter als auch außerhalb der Saison ein beliebter Treffpunkt, und es war ungewöhnlich, daß das Restaurant zu dieser Tageszeit völlig verlassen schien. Nicht einmal Kellnerinnen ließen sich blicken.

Lisa hatte mittlerweile ihr Interesse an der unheimlichen Stille verloren, obwohl sie ihr zuerst aufgefallen war, und sah sich wieder interessiert die ungewöhnliche Architektur des Ortes an.

Jenny konnte jedoch nicht glauben, daß alle vor ihren Fernsehgeräten saßen, wie Lisa meinte. Stirnrunzelnd spähte sie beim Vorüberfahren in jedes Fenster, konnte aber nicht das geringste Lebenszeichen entdecken.

Snowfields steile Hauptstraße war sechs Blocks lang. Jennys Haus stand oben in der Mitte des letzten Blocks. Es war ein zweistöckiges Fachwerkhaus mit drei Dachfenstern, die vom Speicher zur Straße hinausführten, und einem verwinkelten, schwarz-blau geflecktem Schieferdach. Das Haus stand etwa sechs Meter von der kopfsteingepflasterten Straße zurückgesetzt hinter einer hüfthohen, immergrünen Hecke. An einer Ecke des Vorbaus hing ein Schild mit der Aufschrift: Dr. med. JENNIFER PAIGE; darunter waren die Sprechzeiten vermerkt.

Jenny parkte den Trans Am in der kurzen Einfahrt.

»Das ist ja ein tolles Haus!« rief Lisa.

Es war Jennys erstes eigenes Haus; sie liebte es und war stolz darauf. Allein bei dem Anblick entspannte sie sich, und für einen Augenblick vergaß sie die eigenartige Stille, die in Snowfield herrschte.

»Es ist ein wenig zu klein. Das Sprechzimmer und das Wartezimmer nehmen über die Hälfte des Erdgeschosses ein. Außerdem gehört es noch mehr der Bank als mir. Aber es hat irgendwie Stil, oder?«

»Und wie«, bestätigte Lisa.

Sie stiegen aus dem Auto, und Jenny bemerkte, daß mit dem Sonnenuntergang ein kühler Wind aufgekommen war. Obwohl sie einen langärmeligen grünen Pullover zu ihren Jeans trug, fröstelte sie. Der Herbst in der Sierra brachte milde Tage, aber auch sehr frische Nächte mit sich.

Jenny streckte sich, um die von der langen Fahrt verkrampften Muskeln zu lockern, und schlug dann die Autotür zu. Das Geräusch hallte von den Bergen in die Stadt zurück. Es war das *einzige* Geräusch in der Stille der Dämmerung.

Am Heck ihres Wagens blieb sie kurz stehen und sah hinunter zur Skyline Road im Zentrum von Snowfield. Nichts rührte sich.

»Hier könnte ich ewig bleiben«, erklärte Lisa, verschränkte die Arme vor der Brust und sah begeistert auf die Stadt hinunter.

Jenny lauschte. Das Echo der zugeschlagenen Tür war verklungen, und jetzt war nur noch das sanfte Rauschen des Windes zu hören.

Es gibt viele verschiedene Arten von Stille. Keine gleicht der anderen. Es gibt die Stille der Trauer, die sich in einem Bestattungsunternehmen mit Samtvorhängen und Plüschteppichen ausbreitet. Ganz anders ist die bedrückende Stille, die in dem Schlafzimmer eines einsamen Witwers herrscht. Jenny hatte den Eindruck, daß die Stille in Snowfield ein Anlaß für Trauer war. Allerdings wußte sie nicht, warum sie so empfand und was sie auf diesen seltsamen Gedanken gebracht hatte. Sie dachte an die Stille einer lauen Sommernacht, die eigentlich nicht wirklich ruhig ist. Die Geräusche von Motten, die gegen Fensterscheiben fliegen, von Heuschrecken, die sich im Gras bewegen, und von leise quietschenden Hollywoodschaukeln auf den Terrassen bilden einen sanften Chor. Auch Snowfields lautloses Schlummern wies einen Hauch von fieberhafter Erregung auf – Stimmen, Bewegungen, Kampf –, aber das war kaum wahrnehmbar. Und da war noch etwas anderes. Es gibt auch die Stille einer kalten, grausamen, dunklen Winternacht, die jedoch bereits an die fröhlichen Geräusche des Wachstums im Frühjahr denken läßt. *Diese* Stille war auch mit einer gewissen Erwartung erfüllt, und das machte Jenny nervös. Am liebsten hätte sie laut gerufen und gefragt, ob da jemand sei, doch dann würden vielleicht die Nachbarn herauskommen, alle gesund und munter und völlig verblüfft über ihr Geschrei. Sie würde sich blamieren, und eine Ärztin, die sich am Montag seltsam benimmt, hat am Dienstag keine Patienten mehr.

»Für immer und ewig könnte ich hier bleiben«, schwärmte Lisa, den Blick immer noch auf die schöne Stadt in den Bergen gerichtet.

»Macht dich das hier nicht unruhig?« fragte Jenny ihre Schwester.

»Was meinst du?«

»Die Stille.«

»Nein. Es gefällt mir, daß es hier so friedlich ist.«

Es war tatsächlich friedlich. Nichts deutete darauf hin, daß etwas nicht stimmte. Warum bin ich nur so nervös? fragte sich Jenny.

Sie schloß den Kofferraum auf und hob zwei von Lisas Koffern heraus. Lisa nahm einen davon in die Hand und griff nach einer Tasche mit Büchern.

»Nicht alles auf einmal«, mahnte Jenny. »Wir müssen ohnehin noch ein paar Mal hin- und herlaufen.«

Sie überquerten den Rasen und gingen auf dem gepflasterten Weg zur Veranda. In den bernsteinfarbenen und violetten Strahlen der untergehenden Sonne wurden die Schatten immer länger. Sie schienen sich zu entfalten wie die aufgehenden Blüten von Nachtschattengewächsen.

Jenny öffnete die Tür und betrat das dunkle Foyer. »Hilda, wir sind da!«

Keine Antwort. Das einzige Licht im Haus schimmerte am Ende des Gangs durch die offenstehende Küchentür. Jenny stellte den Koffer ab und schaltete das Licht im Flur ein.

»Hilda?«

»Wer ist Hilda?« fragte Lisa und ließ ihren Koffer und die Tasche mit den Büchern einfach auf den Boden fallen.

»Meine Haushälterin. Sie wußte, wann sie uns ungefähr erwarten konnte. Ich dachte, sie sei gerade dabei, unser Abendessen vorzubereiten.«

»Wow, eine Haushälterin! Wohnt sie etwa hier?«

»Ja, in dem Apartment über der Garage.« Jenny legte ihre Handtasche und die Wagenschlüssel auf den kleinen Tisch, der im Flur unter einem großen, messingfarbenen Spiegel stand.

Lisa war beeindruckt. »Meine Güte! Bist du etwa reich?«

Jenny lachte. »O nein. Eigentlich kann ich mir Hilda gar nicht leisten, aber ich komme einfach nicht ohne sie aus.« Sie fragte sich, warum das Licht in der Küche brannte, wenn Hilda nicht im Haus war, und ging rasch den Gang entlang. Lisa folgte ihr.

»Ich habe regelmäßige Sprechzeiten in meiner Praxis und mache im Notfall auch Hausbesuche in drei anderen Städten hier in den Bergen. Gäbe es Hilda nicht, würde ich mich nur von Käsebroten und Doughnuts ernähren.«

»Kocht sie gut?« erkundigte sich Lisa.

»Hervorragend. Fast zu gut, was die Nachspeisen betrifft.«

Die Küche war ein großer Raum mit einer hohen Decke. Töpfe, Pfannen, Schöpflöffel und andere Küchenutensilien hingen an einem glänzenden Halter aus rostfreiem Stahl über dem Herd mit vier Platten, einem Grill und einer angrenzenden, gefliesten Arbeitsfläche. Die Schränke waren aus dunklem Eichenholz. An der Wand gegenüber befanden sich zwei Spülbecken, zwei Backröhren, ein Mikrowellengerät und der Kühlschrank.

Jenny betrat die Küche und ging nach links zu der eingebauten Schreibplatte, wo Hilda ihre Menüs entwarf und Einkaufslisten schrieb. Wenn sie eine Nachricht hinterließ, dann hier. Jenny konnte jedoch nichts entdecken und wandte sich von dem kleinen Tisch ab, als sie Lisa plötzlich stöhnen hörte.

Das Mädchen war um den Herd herumgegangen, stand nun neben dem Kühlschrank und starrte auf etwas, das vor dem Spülbecken auf dem Boden lag. Ihr Gesicht war leichenblaß, und sie zitterte.

Jenny erschrak und ging rasch zu ihr.

Hilda Beck lag tot auf dem Boden. Sie starrte mit blicklosen Augen an die Decke, und ihre verfärbte Zunge war starr zwischen ihren geschwollenen Lippen herausgestreckt.

Lisa wandte den Blick von der toten Frau ab und sah Jenny an. Sie wollte etwas sagen, brachte aber keinen Ton hervor.

Jenny nahm ihre Schwester bei der Hand, führte sie um den Herd herum, so daß sie die Leiche nicht mehr sehen konnte, und nahm Lisa in die Arme. Das Mädchen klammerte sich an ihr fest.

»Alles in Ordnung, Liebes?«

Lisa antwortete nicht. Sie zitterte unkontrolliert.

Erst sechs Wochen zuvor war Lisa nachmittags von einem Kinobesuch heimgekommen und hatte ihre Mutter in ihrem Haus in Newport Beach tot auf dem Küchenboden liegend vorgefunden: Gehirnschlag. Lisa war verzweifelt gewesen. Ihr Vater hatte sterben müssen, als sie erst zwei Jahre alt gewesen war – daher hatte sie eine besonders enge Beziehung zu ihrer Mutter gehabt. Eine Zeitlang war sie durch diesen Verlust zutiefst erschüttert, verwirrt und deprimiert gewesen, und dann hatte sie allmählich den Tod ihrer Mutter akzeptiert und sogar wieder lachen gelernt. In den vergangenen Tagen hatte sie den Eindruck gemacht, wieder zu sich gefunden zu haben – und nun das!

Jenny führte ihre Schwester zu einem Stuhl, drückte sie sanft darauf und hockte sich vor sie. Dann zog sie ein Papiertaschentuch aus der Schachtel auf dem Tisch und tupfte Lisa die Stirn ab. Die Haut des Mädchens war nicht nur so weiß wie Schnee, sondern auch ebenso kalt.

»Was kann ich für dich tun, Schwesterchen?«

»Es ... es geht schon wieder«, sagte Lisa mit zitternder Stimme und umklammerte Jennys Hand so heftig, daß es beinahe schmerzte.

»Ich weiß, es klingt verrückt«, sagte sie. »Aber ... als ich sie auf dem Boden liegen sah ... ich dachte zuerst, es wäre Mom.« Lisa versuchte, die aufsteigenden Tränen zu unterdrücken. »Ich weiß, daß Mom schon lange tot ist ... Und diese Frau sieht ihr auch nicht ähnlich. Aber ich ... ich war so erschrocken. Es war ein Schock ... Ich war total durcheinander.«

Nach einer Weile lockerte sich Lisas Griff etwas.

»Fühlst du dich jetzt besser?« fragte Jenny.

»Ja, ein wenig.«

»Möchtest du dich hinlegen?«

»Nein.« Lisa ließ Jennys Hand los, zog ein Taschentuch aus der Schachtel und putzte sich die Nase. Dann sah sie zum Herd hinüber, hinter dem die Leiche lag. »Ist das Hilda?«

»Ja«, bestätigte Jenny.

»Das tut mir leid.«

Jenny hatte Hilda Beck sehr gern gemocht. Ihr Tod ging ihr nahe, aber im Augenblick machte sie sich hauptsächlich Gedanken um Lisa.

»Hör mal, ich halte es für besser, wenn du jetzt die Küche verläßt. Warte im Sprechzimmer auf mich. Ich werde mir die Leiche noch etwas genauer ansehen, bevor ich den Sheriff und den Coroner verständige.«

»Ich bleibe hier bei dir.«

»Es wäre wirklich besser, wenn du ...«

»Nein!« rief Lisa und begann wieder zu zittern. »Ich möchte nicht allein sein.«

»Na gut«, sagte Jenny beschwichtigend. »Dann bleib hier sitzen.«

»O Gott«, jammerte Lisa leise. »Wie sie aussieht! Überall geschwollen und blau! Und dieser Gesichtsausdruck.« Sie wischte sich mit dem Handrücken über die Augen. »Warum ist sie nur so aufgedunsen und dunkel verfärbt?«

»Offensichtlich ist sie schon seit einigen Tagen tot«, erwiderte Jenny. »Aber darüber solltest du dir jetzt keine Gedanken machen.«

»Wenn sie schon vor Tagen gestorben ist, warum stinkt es dann hier nicht?« fragte Lisa mit zitternder Stimme. »Würde sie dann nicht stinken?«

Jenny runzelte die Stirn. Natürlich, wenn Hilda Beck schon so lange tot war, daß sich ihre Haut dunkel verfärbte und ihr Gewebe so stark anschwoll, müßte man das auch riechen. Es stank aber nicht.

»Jenny, was ist denn nur mit ihr geschehen?«

»Das weiß ich doch nicht.«

»Ich habe Angst.«

»Dafür gibt es keinen Grund.«

»Aber dieser schreckliche Ausdruck in ihrem Gesicht ...«

»Wie auch immer es passiert ist – sie muß einen schnellen Tod gehabt haben. Anscheinend war sie nicht krank, noch mußte sie sich zur Wehr setzen. Sicher hat sie keine großen Schmerzen erleiden müssen.«

»Aber ... es sieht so aus, als hätte sie geschrien, als sie starb.«

3
Die tote Frau

Eine solche Leiche hatte Jenny Paige noch nie gesehen. Weder während ihres Studiums noch durch ihre Berufserfahrung war sie auf den eigenartigen Zustand von den sterblichen Überresten Hilda Becks vorbereitet worden. Sie kniete neben der Leiche nieder und untersuchte sie voller Trauer und Abscheu, aber zugleich mit erheblicher Neugier und zunehmender Verwirrung.

Das Gesicht der Toten war zu einer runden, glatten und glänzenden Karikatur ihres früheren Aussehens geworden. Auch ihr Körper war aufgedunsen. Das Fleisch sah weich und glatt aus und drückte an manchen Stellen gegen die Nähte ihrer grau-gelb gemusterten Kittelschürze. Nacken, Unterarme, Hände, Waden und Knöchel wirkten wie aufgeblasen. Es schien sich jedoch nicht um die gasige Aufgequollenheit zu handeln, die beim Verwesungsprozeß eintrat. Der Magen hätte dann auffällig aufgebläht sein müssen. Außerdem war kein Verwesungsgeruch wahrzunehmen.

Die dunklen Flecken auf der Haut waren nicht typisch für eine Leiche. Es gab keine Läsionen, keine Hautbläschen oder nässenden Pusteln. Selbst die Augen, die sonst wegen ihres weichen Gewebes noch vor den anderen Körperteilen Anzeichen von Verfall zeigten, waren völlig klar und wiesen keine geplatzten Blutgefäße auf. Hilda Becks Augen waren weder gelblich verfärbt noch milchig.

Zu Lebzeiten hatten sie gewöhnlich einen heiteren, gütigen Ausdruck gehabt. Hilda war zweiundsechzig gewesen, eine mütterliche Frau mit grauem Haar und einem netten Gesicht. In ihrer überraschend sanft klingenden Stimme hatte ein leichter deutscher Akzent mitgeschwungen. Beim

Putzen oder Kochen hatte sie oft gesungen und sich auch an Kleinigkeiten erfreut.

Jenny wurde mit plötzlicher Trauer klar, wie sehr sie Hilda vermissen würde. Sie schloß einen Moment lang die Augen, weil sie den Anblick der Leiche nicht mehr ertragen konnte. Dann nahm sie sich zusammen und unterdrückte ihre Tränen. Als sie den für ihren Beruf nötigen inneren Abstand wiedergefunden hatte, schlug sie ihre Augen wieder auf und setzte ihre Untersuchung fort.

Je länger Jenny sich die Leiche ansah, um so mehr war sie davon überzeugt, daß die schwarzen, blauen und mattgelben Verfärbungen von schweren Prellungen herrührten. Solche Quetschungen hatte sie allerdings noch nie gesehen. Soweit sie das erkennen konnte, war jeder Quadratzentimeter der Haut geprellt. Vorsichtig schob sie einen Ärmel des Kittels der Toten über den Arm, soweit es ging. Darunter war die Haut ebenfalls dunkel verfärbt. Jenny hatte jetzt den starken Verdacht, daß tatsächlich der ganze Körper mit ineinander übergehenden Blutergüssen bedeckt war.

Sie sah sich noch einmal das Gesicht an. Die Haut war vollständig mit Prellungen bedeckt. Manchmal hatten Opfer von schweren Autounfällen Prellungen im ganzen Gesicht, aber sie waren dann immer von weiteren Verletzungen wie einer gebrochenen Nase, aufgeplatzten Lippen oder einem zersplitterten Kinn begleitet. Wie war es möglich, daß Mrs. Beck derart groteske Quetschungen erlitten hatte, aber keine anderen, schwereren Verletzungen zu sehen waren?

»Jenny?« fragte Lisa. »Warum brauchst du so lange?«

»Es dauert nur noch eine Minute. Bleib bitte sitzen.«

Also waren die Prellungen, die Mrs. Becks Körper bedeckten, vielleicht nicht die Folge von äußerlichen Verletzungen. War es möglich, daß die Verfärbungen statt dessen auf inneren Druck, auf die Schwellungen des Gewebes unter der Haut zurückzuführen waren? Es war deutlich sichtbar, daß der Körper aufgedunsen war. Allerdings mußte die Schwellung dann plötzlich und mit ungeheurer Gewalt aufgetreten sein. Das ergab aber auch keinen Sinn, weil lebendes Gewebe nicht so rasch anschwellen konnte. Nur bei bestimmten Allergien, wie zum Beispiel gegen Penicillin, trat eine solche Reaktion auf. Jenny war jedoch nichts bekannt, was eine solche heftige Schwellung so plötzlich auslösen konnte und so scheußliche Prellungen am ganzen Körper erzeugte.

Wenn es sich allerdings bei der Schwellung nicht um die klassische Form handelte, die nach dem Tod eintritt und Verfärbungen verursacht – und Jenny war sich da ziemlich sicher –, was um alles in der Welt hatte den Körper so anschwellen lassen? Eine Allergie schloß sie aus.

Eine Vergiftung kam ebensowenig in Frage, denn dann müßte es sich um ein äußerst toxisches Gift handeln. Wie hätte Hilda damit in Berührung kommen sollen? Sie hatte keine Feinde. Der bloße Gedanke an Mord war absurd. Ein Kind würde vielleicht eine ihm unbekannte Flüssigkeit probieren, um festzustellen, ob sie gut schmeckte, aber Hilda wäre nie so unvorsichtig gewesen. Nein, Gift konnte es nicht sein.

Eine Krankheit?

Wenn es sich um eine durch Bakterien oder Viren verursachte Erkrankung handelte, war sie Jenny nicht bekannt. Und wenn diese Krankheit ansteckend war?

»Jenny?« rief Lisa.

Eine Krankheit.

Jenny war erleichtert, daß sie die Leiche nicht berührt hatte – sie wünschte, sie hätte den Ärmel des Kittels nicht angefaßt. Hastig erhob sie sich, taumelt und trat rasch einige Schritte zurück.

Plötzlich überfiel sie ein Gefühl der Angst.

Dann sah sie, daß auf der Arbeitsfläche neben der Spüle vier große Kartoffeln, ein Kohlkopf, ein Beutel Karotten, ein langes Messer und ein Kartoffelschäler lagen. Hilda hatte anscheinend gerade das Abendessen vorbereitet, als sie tot umgefallen war. Einfach so, ohne Vorwarnung. Offensichtlich war sie nicht krank gewesen. Ein so plötzlich eintretender Tod wies nicht auf eine Krankheit hin.

Es gab keine tödlichen Krankheiten, bei der der Betroffene nicht vorher verschiedene Stadien von Unwohlsein, Schwäche und körperlichem Verfall durchmachte. Zumindest keine, die der modernen Medizin bekannt war.

»Jenny, können wir jetzt endlich weg von hier?« fragte Lisa.

»Psst! Einen Augenblick noch. Laß mich überlegen.« Jenny lehnte sich an die Spüle und sah auf die tote Frau hinunter.

Ihr war ein düsterer und beängstigender Gedanke gekommen: *Pest*. Beulenpest und auch andere Formen der Pest waren in einigen Teilen Kaliforniens und des Südwestens nicht unbekannt. In den letzten Jahren waren einige Dutzend Fälle gemeldet worden – allerdings starb heutzutage nur noch selten jemand an der Pest, denn sie ließ sich meist durch Streptomycin, Chloramphenicol oder eines der anderen Tetrazycline heilen. Bei einigen Arten traten sogenannte Petechien, kleine dunkelrot blutende Flecken auf der Haut auf. In schweren Fällen nahmen sie eine beinahe schwarze Färbung an und breiteten sich über große Teile des Körpers aus; deshalb wurde die Pest im Mittelalter oft ›der Schwarze Tod‹ genannt. War es aber tatsächlich möglich, daß die Petechien in so großer Anzahl auftraten und, wie bei Hilda, den ganzen Körper dunkel verfärbten?

Außerdem war Hilda ganz plötzlich beim Kochen gestorben, ohne vorher unter Erbrechen, Fieber oder Blasenschwäche gelitten zu haben. Diese Tatsache schloß die Pest wohl ebenso aus wie alle anderen ihr bekannten Infektionskrankheiten.

Aber es gab auch keine Anzeichen für Gewaltanwendung. Keine Schußverletzungen, keine Messerstiche und keine Striemen oder Würgemale.

Jenny ging um die Leiche herum und berührte den Kohlkopf. Überrascht stellte sie fest, daß er vom Aufbewahren im Kühlschrank noch kalt war – er konnte noch nicht länger als etwa eine Stunde auf der Arbeitsplatte liegen. Noch beunruhigter als zuvor sah sie noch einmal auf Hilda hinunter.

Die Frau war innerhalb der letzten Stunde gestorben. Möglicherweise war ihr Körper sogar noch warm.

Aber woran war sie gestorben?

Auch nach der Untersuchung der Leiche konnte Jenny darauf keine Antwort finden. Obwohl es sich anscheinend nicht um eine Krankheit handelte, konnte die Möglichkeit einer Ansteckung nicht ausgeschlossen werden. Dieser Gedanke war beängstigend.

Jenny verschwieg Lisa ihre Befürchtung. »Komm jetzt, Schätzchen. Ich werde in meinem Sprechzimmer telefonieren.«

»Mir geht es schon viel besser«, erklärte Lisa, stand aber sofort auf. Offensichtlich war sie erleichtert, endlich gehen zu können. Jenny legte ihr einen Arm um die Schultern und führte sie aus der Küche.

Im Haus war es unheimlich ruhig – die Stille war so tief, daß ihre leisen Schritte auf dem Teppich im Gang beinahe wie Donnerschläge hallten.

Trotz der Neonröhren an der Decke war Jennys Sprechzimmer nicht so kahl und unpersönlich, wie viele andere Ärzte es neuerdings bevorzugten. Der Raum wirkte eher wie die Praxis eines altmodischen Landarztes, wie sie auf einem in der *Saturday Evening Post* abgedruckten Bild von Norman Rockwell zu sehen war. Die Regale quollen über mit Büchern und medizinischen Fachzeitschriften. Jenny hatte sechs antike Aktenschränke aus Holz auf einer Auktion zu einem günstigen Preis erworben. An den Wänden hingen Diplome, anatomische Schaubilder und zwei große Aquarelle, die Snowfield zeigten. Neben dem verschlossenen Aktenschrank stand eine Waage, und daneben auf einem kleinen Tisch befand sich eine Kiste mit billigen Spielsachen – kleine Plastikautos, winzige Soldaten und Miniaturpuppen –, sowie zuckerfreier Kaugummi. Die Kinder wurden damit belohnt, wenn sie während der Untersuchung nicht weinten – oder bereits vorher geködert.

In der Mitte des Raums stand ein großer, abgestoßener Schreibtisch aus dunkel gebeiztem Pinienholz. Jenny führte Lisa zu dem ausladenden Ledersessel dahinter.

»Es tut mir leid«, sagte das Mädchen.

»Was denn?« Jenny setzte sich auf die Schreibtischkante und zog das Telefon zu sich heran.

»Daß ich so ausgerastet bin, als ich die Leiche gesehen habe. Ich ... ich habe mich hysterisch verhalten.«

»Keineswegs. Du hattest eben einen Schock und hast dich gefürchtet. Das ist durchaus verständlich.«

»Aber du warst weder schockiert noch verängstigt.«

»O doch«, erwiderte Jenny. »Mehr als das – ich war wie gelähmt.«

»Aber du hast dich nicht so gefürchtet wie ich mich.«

»Ich hatte auch Angst, und ich habe sie immer noch.« Jenny zögerte, beschloß aber dann, die Wahrheit nicht länger vor ihrer Schwester zu verbergen. Sie erzählte ihr von der bestürzenden Möglichkeit einer Ansteckung. »Ich glaube zwar nicht, daß wir es hier mit einer Krankheit zu tun haben, aber wenn ich mich täusche ...«

Das Mädchen starrte Jenny verblüfft an. »Du hast dich also genauso gefürchtet wie ich und trotzdem die Leiche so lange untersucht. Meine Güte, das würde ich nie fertigbringen. Niemals.«

»Na ja, ich bin eben Ärztin. Dafür bin ich ausgebildet.«

»Trotzdem ...«

»Deine Reaktion war völlig normal«, versicherte Jenny ihr.

Das Mädchen nickte, schien aber nicht überzeugt zu sein.

Jenny hob den Hörer ab, um den Sheriff in Snowfield anzurufen. Danach wollte sie den Coroner in Santa Mira verständigen, der für den Landkreis zuständig war. Es war jedoch kein Freizeichen zu hören, sondern nur ein leises Zischen. Sie drückte mehrmals auf die Gabel, doch die Leitung blieb tot.

Es war irgendwie unheimlich, daß das Telefon nicht funktionierte, während in der Küche die tote Frau auf dem Boden lag. Vielleicht war Mrs. Beck ja doch ermordet worden. Wenn nun jemand die Telefonleitungen durchgeschnitten hatte und unbemerkt in das Haus eingedrungen war ... Er hätte sich leise an Hilda heranschleichen und ihr ein langes Messer tief in den Rücken durch das Herz stoßen können. Hilda wäre daran sofort gestorben, und Jenny hatte die Wunde vielleicht nicht bemerkt, weil sie die Leiche nicht auf den Bauch gedreht hatte. Das erklärte allerdings weder das völlige Fehlen von Blut, noch die Prellungen und Schwellungen am ganzen Körper. Trotzdem war es möglich, daß die Haushälterin am Rücken verletzt war, und der Mörder – sollte es tatsächlich einen geben – sich noch im Haus versteckt hielt.

Meine Fantasie geht mit mir durch, sagte sich Jenny, beschloß aber, vorsichtshalber sofort das Haus mit Lisa zu verlassen.

»Wir müssen Vince oder Angie Santini von nebenan bitten, für uns zu telefonieren.« Jenny stand ruhig auf. »Unser Apparat funktioniert nicht.«

Lisa blinzelte. »Hat das irgend etwas mit ... mit diesem Vorfall zu tun?«

»Ich weiß es nicht«, erwiderte Jenny.

Ihr Herz klopfte heftig, als sie durch das Sprechzimmer auf die halboffene Tür zuging und sich fragte, ob möglicherweise jemand auf der anderen Seite wartete.

Lisa folgte ihr. »Irgendwie ist es komisch, daß das Telefon ausgerechnet jetzt nicht funktioniert, oder?«

»Ein bißchen schon.«

Fast erwartete Jenny, gleich einem riesigen, grinsenden Fremden mit einem Messer in der Hand gegenüberzustehen, einem jener Verrückten, die es heutzutage so häufig zu geben schien; einem dieser Nachahmer von Jack the Ripper, deren Bluttaten den Fernsehreportern schaurige Bilder für die Sechs-Uhr-Nachrichten lieferten.

Sie spähte in den Flur, bereit, sofort zurückzuspringen und die Tür zuzuschlagen, falls sie jemanden entdecken sollte. Der Gang war leer.

Jenny warf Lisa einen Blick zu – das Mädchen schien die Situation sofort erkannt zu haben.

Sie eilten durch den Flur zum vorderen Teil des Hauses. Als sie auf die Treppe zum ersten Stock zugingen, waren Jennys Nerven zum Zerreißen gespannt. Der Mörder – falls es wirklich einen gab – lauerte vielleicht auf der Treppe und lauschte ihren Schritten. Möglicherweise würde er sich gleich mit hocherhobenem Messer auf sie stürzen ...

Aber niemand wartete auf den Stufen.

Im Foyer und auf der Terrasse auch nicht.

Draußen wurde es rasch dunkel. In dem rötlichen Dämmerlicht brach eine Armee von unheimlichen Schatten aus all den Orten hervor, die sich bisher vor der Sonne versteckt hatten. In zehn Minuten würde es ganz finster sein.

4
Das Nachbarhaus

Das Haus der Santinis aus Stein und Holz war in einem etwas moderneren Stil gebaut als Jennys Heim. Die abgerundeten Ecken und sanften Winkel waren den Konturen des Hangs angepaßt, so daß es vor dem Hintergrund der großen Kiefern fast wie eine natürliche Gesteinsformation aussah. In einigen Zimmern im Erdgeschoß brannte Licht.

Die Haustür war nur angelehnt. Von innen erklang klassische Musik.

Jenny drückte auf die Klingel und trat einige Schritte zu Lisa zurück. Sie sollten beide besser Abstand zu den Santinis halten; möglicherweise hatten sie sich ja schon allein dadurch angesteckt, daß sie sich bei Mrs. Becks Leiche in der Küche aufgehalten hatten.

»Bessere Nachbarn kann man sich nicht wünschen«, erklärte sie Lisa und wünschte, der harte, kalte Knoten in ihrem Magen würde sich lösen. »Wirklich nette Leute.«

Niemand reagierte auf die Klingel.

Jenny trat wieder vor und klingelte noch einmal. Dann stellte sie sich neben Lisa. »Sie besitzen ein Sportgeschäft und einen Souvenirladen in der Stadt.«

Die Musik schwoll an, wurde leiser und dann wieder lauter. Beethoven.

»Vielleicht ist niemand zu Hause«, meinte Lisa.

»Das kann ich mir nicht vorstellen. Die Musik, die Lichter …«

Ein plötzlicher Windstoß fegte unter das Verandadach, verwehte die Musik Beethovens und verwandelte die herrlichen Klänge für einen Augenblick lang in unharmonische Mißtöne.

Jenny drückte die Tür auf. Aus dem Arbeitszimmer auf der linken Seite des Flurs fiel milchiges Licht auf den Gang und die Schwelle des dunklen Wohnzimmers.

»Angie? Vince?« rief Jenny.

Keine Antwort. Nur die Musik war zu hören. Der Wind hatte sich gelegt, und die zerrissenen Klänge verbanden sich in der Stille wieder miteinander. Es war Beethovens dritte Symphonie, die *Eroica.*

»Hallo? Ist jemand zu Hause?«

Das Musikstück steigerte sich zu einem donnernden Finale. Danach herrschte Stille. Anscheinend hatte sich die Anlage automatisch abgestellt.

»Hallo?«

Nichts. Die Nacht draußen war ruhig, und nun war es auch im Haus still geworden.

»Du willst doch nicht etwa hineingehen?« fragte Lisa beunruhigt.

Jenny warf dem Mädchen einen kurzen Blick zu. »Was hast du denn?«

Lisa biß sich auf die Lippe. »Irgend etwas stimmt da nicht. Du spürst es doch auch, oder?«

Jenny zögerte. »Ja, ich spüre es auch«, gab sie widerwillig zu.

»Es ist ... als wären wir beide allein hier ... nur du und ich ... und irgendwie doch nicht allein.«

Jenny hatte das seltsame Gefühl, beobachtet zu werden. Sie drehte sich um und sah über den Rasen zu den Büschen hinüber, die mittlerweile fast völlig von der Dunkelheit verschluckt worden waren. Die Fenster, die zur Veranda hinausführten, glänzten dunkel. Nur im Arbeitszimmer brannte Licht. Irgend jemand konnte hinter einer der Fensterscheiben im Schatten stehen und sie beobachten, ohne selbst gesehen zu werden.

»Bitte laß uns gehen«, sagte Lisa. »Wir könnten die Polizei holen oder irgend etwas anderes tun. Laß uns nur von hier verschwinden. Bitte!«

Jenny schüttelte den Kopf. »Wir sind einfach übernervös. Unsere Fantasie geht mit uns durch. Ich sollte auf jeden Fall nach dem Rechten sehen. Es könnte jemand verletzt sein – Angie, Vince oder vielleicht eines der Kinder ...«

»Bitte nicht.« Lisa packte Jennys Arm und hielt sie fest.

»Ich bin Ärztin. Es ist meine Pflicht zu helfen.«

»Aber wenn du dich bei Mrs. Beck angesteckt haben solltest, könntest du die Santinis infizieren. Das hast du selbst gesagt.«

»Schon, aber vielleicht sterben sie gerade an ... nun, an dieser Sache, die Hilda das Leben gekostet hat. Was dann? Möglicherweise brauchen sie ärztliche Versorgung.«

»Ich glaube nicht, daß es sich um eine Krankheit handelt«, erwiderte Lisa düster und bestätigte damit Jennys eigene Befürchtungen. »Es ist etwas Schlimmeres.«

»Was könnte denn schlimmer sein?«

»Ich weiß es nicht. Aber ich ... ich fühle es. Das ist etwas Schlimmeres.«

Der Wind frischte wieder auf und fuhr raschelnd durch die Büsche neben der Veranda.

»Okay«, sagte Jenny. »Du wartest hier, und ich werde mich umsehen.«

»Nein«, widersprach Jenny hastig. »Wenn du hineingehst, komme ich mit.«

»Hör mal, du läßt mich nicht im Stich, wenn du ...«

»Ich komme mit«, beharrte Lisa und ließ Jennys Arm los. »Bringen wir's hinter uns.«

Sie betraten das Haus und blieben im Gang stehen. Jenny sah nach links durch die offene Tür in Vince Santinis Arbeitszimmer hinein.

»Vince?«

Zwei Lampen warfen einen warmen, goldfarbenen Schein in alle Ecken, doch der Raum war leer.

»Angie? Vince? Ist jemand hier?«

Kein Laut durchbrach die unheimliche Stille, aber die Dunkelheit schien die beiden wachsam zu belauern wie ein riesiges Tier auf dem Sprung.

Undurchdringliche Schatten im Wohnzimmer rechts von Jenny vermittelten den Eindruck, als sei der Raum mit dichtgewobenen Tücher verdeckt. Nur durch die Doppeltüren, die am anderen Ende zum Eßzimmer führten, schimmerte ein schwacher Lichtstrahl, der die Dunkelheit jedoch nicht durchdringen konnte.

Jenny fand einen Lichtschalter, und als die Lampe anging, fanden sie das Zimmer leer vor.

»Siehst du«, sagte Lisa. »Niemand zu Hause.«

»Werfen wir noch einen Blick in das Eßzimmer.«

Die beiden durchquerten das Wohnzimmer mit den bequemen beigefarbenen Sofas und den eleganten smaragdgrünen Lehnsesseln im Queen-Anne-Stil. Der CD-Spieler, der Radioapparat und der Verstärker waren unauffällig in einem Wandregal untergebracht. Von dort war die Musik gekommen; die Santinis waren wohl ausgegangen, ohne das Gerät auszuschalten.

Am anderen Ende des Raums öffnete Jenny die Doppeltüren, die leise quietschten.

Auch das Eßzimmer war leer, aber der Kronleuchter warf seinen Schein auf eine seltsame Szene. Der Tisch war für ein Sonntagsdinner am frühen Abend gedeckt: vier Platzdeckchen, vier saubere Teller, vier dazu passende Salatschüsseln – drei davon waren unbenutzt, in dem vierten befand sich eine Portion Salat –, Besteck für vier Personen aus rostfreiem Stahl, vier Gläser – zwei davon enthielten Milch, eines Wasser und das vierte eine bernsteinfarbene Flüssigkeit, wahrscheinlich Apfelsaft. In dem Saft und dem Wasser schwammen Eiswürfel, die erst teilweise geschmolzen waren. In der Mitte des Tisches standen die Schüsseln mit dem Essen: eine Salatschale, ein Teller mit Fleisch, eine Kasserolle mit überbackenen Kartoffeln und eine große Schüssel mit Erbsen und Karotten. Bis auf den Salat waren alle Speisen unberührt. Das Fleisch war kalt geworden, aber die Käsekruste bedeckte die Kartoffeln noch, und als Jenny eine Hand gegen die Kasserolle legte, spürte sie, daß sie noch warm war. Das Essen war innerhalb der letzten Stunde, wenn nicht sogar erst vor dreißig Minuten auf den Tisch gekommen.

»Sieht aus, als hätten sie es ziemlich eilig gehabt«, meinte Lisa.

Jenny runzelte die Stirn. »Ich habe eher den Eindruck, sie sind gegen ihren Willen aus dem Haus geschafft worden.«

Da waren einige beunruhigende Einzelheiten. Wie der umgeworfene Stuhl, der etwa einen Meter vom Tisch entfernt auf dem Boden lag. Die anderen Stühle standen zwar, aber neben einem lag ein Soßenlöffel und eine zweizinkige Fleischgabel. In einer Ecke befand sich eine zusammengeknüllte Serviette – es sah aus, als sei sie dort nicht fallengelassen, sondern hingeschleudert worden. Der Salzstreuer auf dem Tisch war umgekippt.

Kleinigkeiten. Nichts Dramatisches. Nichts Eindeutiges. Trotzdem war Jenny beunruhigt.

»Gegen ihren Willen aus dem Haus geschafft?« fragte Lisa erstaunt.

»Möglicherweise.« Jenny sprach ebenso leise wie ihre Schwester. Sie hatte immer noch das unangenehme Gefühl, daß jemand in der Nähe lauerte, sie beobachtete oder belauschte.

Nur Wahnvorstellungen, redete sie sich ein.

»Ich habe noch nie gehört, daß jemand eine ganze Familie gekidnappt hat«, sagte Lisa.

»Nun ... vielleicht täusche ich mich ja. Möglicherweise ist eines der Kinder krank geworden und mußte sofort ins Krankenhaus in Santa Mira gebracht werden. Irgend so etwas.«

Lisa sah sich noch einmal in dem Zimmer um und lauschte mit geneigtem Kopf der Grabesstille im Haus. »Nein, das glaube ich nicht.«

»Ich eigentlich auch nicht«, gab Jenny zu.

Lisas Neugier war stärker als ihre Angst. Langsam ging sie um den Tisch herum und sah ihn sich genau an, als erwartete sie, dort eine geheime Botschaft der Santinis vorzufinden. »Das erinnerte mich an eine Geschichte, die ich in einem Buch über unerklärliche Ereignisse gelesen habe – so etwas in der Art wie *Das Bermuda-Dreieck*. Es war ungefähr im Jahr 1870, als ein großes Segelschiff, die *Mary Celeste*, im Atlantik treibend gefunden wurde. Die Tische waren gedeckt, aber die ganze Crew verschwunden. Das Schiff war weder in einem Sturm beschädigt worden, noch hatte es ein Leck oder ähnliches. Es gab keinen Grund, warum die Mannschaft das

Schiff verlassen haben sollte. Außerdem waren alle Rettungsboote noch da. Die Lichter brannten, die Segel waren gesetzt und das Essen stand auf dem Tisch. Alles war in Ordnung, bis auf die Tatsache, daß kein Mensch mehr an Bord war. Das ist eines der großen Geheimnisse des Meeres.«

»Ich bin sicher, daß hinter dieser Sache kein großes Geheimnis steckt«, meinte Jenny gezwungen. »Die Santinis sind bestimmt nicht für immer verschwunden.«

Auf der anderen Seite des Tisches blieb Lisa plötzlich stehen, hob den Blick und zwinkerte. »Wenn sie tatsächlich gegen ihren Willen weggebracht wurden, kann das dann etwas mit dem Tod deiner Haushälterin zu tun haben?«

»Vielleicht. Wir wissen noch nicht genug, um das zu beurteilen.«

»Meinst du, wir sollten uns eine Waffe besorgen?« fragte Lisa kaum hörbar.

»Nein, nein.« Jenny betrachtete noch einmal die unberührten Speisen, das verschüttete Salz und den umgestoßenen Stuhl, dann wandte sie sich ab. »Komm, Liebes.«

»Wo willst du hin?«

»Wir werden nachsehen, ob das Telefon funktoniert.«

Sie gingen in die angrenzende Küche, und Jenny schaltete das Licht ein.

Das Telefon hing neben der Spüle an der Wand. Jenny hob den Hörer ab, lauschte und drückte mehrmals auf die Gabel. Wieder kein Freizeichen.

Dieses Mal war die Leitung nicht tot wie in ihrem Haus. Das leise Rauschen der statischen Elektrizität war zu hören. Auf dem Telefon klebte ein Schild mit der Nummer der Feuerwehr und der Polizeistation. Obwohl sie kein Freizeichen hörte, wählte Jenny die siebenstellige Nummer des Sheriffs, bekam aber keine Verbindung.

Gerade als sie ihre Finger wieder auf die Gabel legte, hatte sie plötzlich den Verdacht, daß jemand in der Leitung war und ihr zuhörte.

»Hallo?« rief sie in die Sprechmuschel.

Aus weiter Entfernung zischte es, als würden Eier in einer Pfanne gebraten.

»Hallo?« wiederholte sie.

Nur das statische Rauschen. ›Weißes Rauschen‹ nannte man das wohl.

Sie sagte sich selbst, daß es sich nur um das übliche Geräusch in einer offenen Leitung handelte. Aber sie wurde das Gefühl nicht los, von jemandem belauscht zu werden, während sie selbst angestrengt horchte.

Unsinn.

Trotzdem lief es ihr kalt den Rücken hinunter, und sie legte hastig auf.

»In einer so kleinen Stadt kann das Büro das Sheriffs doch nicht weit entfernt sein«, meinte Lisa.

»Nur ein paar Blocks von hier.«

»Warum gehen wir nicht einfach hin?«

Eigentlich hatte Jenny vorgehabt, das Haus zu durchsuchen, falls die Santinis krank oder verletzt irgendwo lagen. Nun aber kam ihr der Verdacht, daß jemand möglicherweise an einem anderen Anschluß im Haus saß und ihr zugehört hatte. Diese Möglichkeit änderte alles. Jenny nahm ihre Pflichten als Ärztin keineswegs auf die leichte Schulter – im Gegenteil. Sie genoß die besondere Verantwortung, die ihr Beruf mit sich brachte, denn sie gehörte zu den Menschen, die ihr Urteilsvermögen, ihren Verstand und ihre Ausdauer regelmäßig überprüfen wollen. Herausforderungen spornten sie an. In dieser Situation war sie allerdings in erster Linie für Lisa und sich selbst verantwortlich. Vielleicht war es tatsächlich am besten, Hilfssheriff Paul Henderson zu holen und erst dann das Haus zu durchsuchen.

Obwohl sie versuchte zu glauben, daß sie sich das nur einbildete, spürte sie immer noch neugierige Augen auf sich gerichtet, jemand beobachtete sie ... und wartete.

»Gehen wir«, sagte sie zu Lisa. »Komm.«

Mit unverhohlener Erleichterung rannte das Mädchen vor ihr her durch das Eßzimmer und das Wohnzimmer zur Eingangstür.

Inzwischen war es Nacht geworden. Die Luft war kühler als während der Dämmerung, und schon bald würde es ausgesprochen kalt werden. Das Thermometer würde höchstens vier bis fünf Grad Celsius anzeigen, vielleicht sogar noch weniger – eine Erinnerung daran, daß der Herbst in den Sierras immer sehr kurz war und der Winter rasch hereinbrach.

Die Straßenlampen an der Skyline Road hatten sich bei Einbruch der Dunkelheit automatisch eingeschaltet. Auch in einigen Läden war die Abendbeleuchtung durch lichtempfindliche Dioden aktiviert worden. Jenny und Lisa blieben vor dem Haus der Santinis kurz stehen und bewunderten die Aussicht.

Die an den Gebirgshang geschmiegten Häuser mit den verwinkelten Dächern und Erkern ließen die Stadt unter dem Nachthimmel noch schöner erscheinen als in der Dämmerung. Aus einigen Kaminen stiegen Rauchfäden wie von Geisterhand bewegte Federn nach oben. Hinter manchen Fenstern brannte Licht, doch die meisten schimmerten wie schwarze Spiegel und reflektierten die Strahlen der Straßenlampen. Die Bäume wiegten sich sanft in der leichten Brise, und die Blätter raschelten leise. Das Rauschen ließ an ein Schlaflied und an tausend friedlich schlummernde Kinder denken, die im Traum kaum hörbar seufzten und murmelten.

Nicht nur die Schönheit der Umgebung hatte die beiden aufgehalten. Jenny war vor allem wegen der vollkommenen Stille stehengeblieben. Bei ihrer Ankunft hatte sie sie nur merkwürdig gefunden. Jetzt kam sie ihr bedrohlich vor.

»Das Büro des Sheriffs ist an der Hauptstraße«, erklärte sie Lisa. »Nur zweieinhalb Blocks von hier.«

Sie hasteten auf das tote Herz der Stadt zu.

5
Drei Kugeln

In dem düsteren Stadtgefängnis brannte nur ein einziges Licht. Es kam von einer Tischlampe, die so nach unten gebogen war, daß ihr Schein nur den Schreibtisch erhellte – der Rest des großen Raums war kaum zu erkennen. Auf der Tischplatte lag ein aufgeschlagenes Magazin direkt im Lichtkegel. Das Zimmer war dunkel, bis auf den blassen Schimmer der Straßenlaternen, der durch die Fenster hereinfiel.

Jenny öffnete die Tür und betrat das Büro. Lisa folgte ihr.

«Hallo? Paul? Sind Sie da?«

Sie entdeckte einen Wandschalter, knipste die Deckenbeleuchtung an – und wich ruckartig zurück, als sie sah, was vor ihr auf dem Boden lag.

Paul Henderson. Dunkle, verfärbte Haut. Aufgedunsen. Tot.

»O mein Gott!« stieß Lisa hervor und drehte sich hastig um. Sie stolperte zu der offenen Tür, lehnte sich gegen den Türrahmen und sog zitternd die kühle Nachtluft in ihre Lungen.

Nur mit Mühe gelang es Jenny, die Angst zu unterdrücken, die jetzt wieder in ihr aufstieg. Sie ging zu Lisa hinüber, legte ihr die Hand auf die Schulter und fragte: »Bist du okay? Ist dir schlecht?«

Lisa kämpfte offensichtlich dagegen an, sich übergeben zu müssen. Schließlich schüttelte sie den Kopf. »Nein, es geht schon wieder. K-komm, schnell raus hier.«

»Gleich«, erwiderte Jenny. »Zuerst möchte ich mir die Leiche ansehen.«

»Das kannst du doch nicht wirklich wollen!«

»Du hast recht. Ich *will* es nicht, aber es könnte mir Aufschluß darüber geben, womit wir es hier zu tun haben. Du kannst ja hier an der Tür warten.«

Das Mädchen seufzte resigniert.

Jenny ging zu der Leiche auf dem Boden und kniete sich neben sie.

Paul Henderson befand sich im gleichen Zustand wie Hilda Beck. Jedes sichtbare Stück Haut war von Prellungen überzogen. Der Körper war angeschwollen, das Gesicht verquollen und verzerrt, der Nacken beinahe so breit wie der Kopf. Die Finger glichen einer Wurstkette, und der Bauch war aufgebläht. Trotzdem konnte Jenny keinerlei Verwesungsgeruch wahrnehmen.

Die blicklosen Augen quollen aus dem fleckigen, dunkel verfärbten Gesicht und verrieten – ebenso wie der weit aufgerissene, verzerrte Mund – unverkennbar ein starkes Gefühl: Angst. Wie Hilda, so war auch Paul Henderson anscheinend ganz plötzlich gestorben – und ihn hatte dabei ebenfalls lähmendes Entsetzen gepackt.

Jenny war mit dem Toten nicht eng befreundet gewesen. Natürlich hatte sie ihn gekannt, denn in einer so kleinen Stadt wie Snowfield kannte jeder jeden. Er war ein freundlicher Mann und guter Polizeibeamter gewesen, und sie war tief betroffen, daß ihm so etwas zugestoßen war. Sie sah in sein verzerrtes Gesicht, bis sich ihr Magen verkrampfte und Übelkeit in ihr aufstieg. Rasch wandte sie den Blick ab.

Die Waffe des Hilfssheriffs steckte nicht in seinem Halfter. Sie lag neben der Leiche auf dem Boden. Eine Pistole.

Jenny starrte auf die Waffe und überlegte. Möglicherweise war sie aus dem Halfter gerutscht, als Henderson auf den Boden gefallen war. Vielleicht – aber sie bezweifelte es. Viel eher lag die Schlußfolgerung auf der Hand, daß der Hilfssheriff die Pistole gezogen hatte, um sich gegen irgendeinen Angreifer zu wehren.

Wenn das der Fall war, hatten ihn weder eine Krankheit

noch Gift getötet. Jenny warf einen Blick über die Schulter. Lisa stand immer noch an den Türrahmen gelehnt und starrte auf die Skyline Road.

Jenny richtete sich auf, wandte sich von der Leiche ab und beugte sich über die Pistole. Sie überlegte lange, ob sie die Waffe anfassen sollte oder nicht. Sie machte sich nicht mehr so viele Gedanken um die Möglichkeit einer Ansteckung wie bei Mrs. Beck, denn das alles sah immer weniger nach einer ungewöhnlichen Krankheit aus. Außerdem hatte sie sich bestimmt ohnehin bereits angesteckt, wenn Snowfield wirklich von einer exotischen Epidemie heimgesucht worden war, denn die Erreger mußten sich erschreckend schnell ausbreiten. Sie hatte also nichts zu verlieren, wenn sie die Pistole in die Hand nahm und sie sich genauer ansah. Allerdings machte sie sich Sorgen, daß sie dadurch belastende Fingerabdrücke verwischen oder anderes wichtiges Beweismaterial vernichten könnte.

Doch selbst wenn Henderson wirklich ermordet worden war, hatte sein Mörder wohl kaum die Waffe seines Opfers benutzt und seine Fingerabdrücke darauf hinterlassen. Es sah auch nicht so aus, als sei Paul erschossen worden. Im Gegenteil – er selbst schien geschossen zu haben.

Jenny hob die Waffe auf und untersuchte sie. Das Magazin faßte zehn Schuß, aber drei Kugeln fehlten. Der scharfe Geruch von Pulver ließ darauf schließen, daß die Schüsse erst vor kurzem abgefeuert worden waren – möglicherweise sogar innerhalb der vergangenen Stunde. Mit der Pistole in der Hand suchte sie sorgfältig den blaugefliesten Boden ab. Sie stand auf und ging von einem Ende des Raums zum anderen. Dann entdeckte sie ein glitzerndes Metallstück, ein weiteres und noch eines: drei Patronenhülsen.

Keiner der Schüsse war nach unten abgefeuert worden – die glänzenden blauen Fliesen wiesen keine Löcher auf.

Jenny schob die Schwingtür in dem hölzernen Geländer und betrat den Raum, den die Polizisten im Fernsehen immer ›die Großraumzelle‹ nannten. Sie ging den Gang entlang, vorbei an Schreibtischen, die sich jeweils paarweise gegenüberstanden, den Aktenschränken und den Arbeitstischen. In der Mitte des Raums blieb sie stehen und ließ ihren Blick langsam über die blaßgrünen Wände und die weiße Akustikdecke wandern, konnte aber keine Einschußlöcher entdecken.

Das überrascht sie. Wenn mit der Pistole nicht auf den Boden oder gegen die Fenster gefeuert worden war – und das war unmöglich, denn es gab keine Scherben –, dann mußte die Mündung etwa hüfthoch in den Raum gezeigt haben. Wo aber waren die Kugeln geblieben?

Das Mobiliar war nicht beschädigt; es gab kein zersplittertes Holz, kein verbeultes Blech oder zerstörtes Plastikmaterial, und Jenny wußte, daß der Einschlag einer Kugel mit einem Durchmesser von 9 mm beträchtlichen Schaden anrichtete.

Da die abgefeuerten Kugeln in diesem Raum nicht zu finden waren, gab es nur eine Möglichkeit: sie mußten im Körper des Angreifers – oder der Angreifer – stecken, auf die Paul Henderson gezielt hatte.

Wenn der Hilfssheriff jedoch eine oder mehrere Personen mit drei Schüssen aus einer Polizeiwaffe so getroffen hatte, daß die Kugeln im Körper steckengeblieben waren, hätte es überall Blutspuren geben müssen. Es war jedoch kein Tropfen zu sehen.

Verwirrt drehte Jenny sich zu dem Schreibtisch um, wo das Licht der Lampe auf die aufgeschlagene Ausgabe des *Time-Magazins* schien. Auf einem metallenen Namensschild stand: SERGEANT PAUL J. HENDERSON. Hier hatte er gesessen und einen scheinbar langweiligen Nachmittag verbracht, als es geschehen war ... was immer auch geschehen sein mochte.

Sie nahm den Hörer von dem Telefon auf Hendersons Schreibtisch, obwohl sie bereits wußte, was sie hören würde. Kein Freizeichen. Nur das elektronische Zischen einer offenen Leitung, das an schwirrende Insektenflügel denken ließ. Wie in der Küche der Santinis hatte sie auch jetzt das Gefühl, daß jemand in der Leitung war. Sie warf den Hörer auf die Gabel – zu abrupt, zu heftig. Ihre Hände zitterten.

An der Rückwand des Hauses befanden sich zwei Anschlagtafeln, ein Fotokopierer, ein verschlossener Waffenschrank, ein Funkgerät, ein Faxgerät und der Rechner für die Computeranlage. Das Faxgerät schien defekt zu sein, und auch das Funkgerät ließ sich nicht einschalten; obwohl der Schalter nach oben auf Sendeposition gekippt war, leuchtete die Kontrollampe nicht auf, und auch das Mikrofon blieb stumm. Der Computer, mit einem Modem ausgerüstet, hätte eine Verbindung zur Außenwelt herstellen können, aber auch er funktionierte nicht.

Als Jenny in den vorderen Teil des Raum zurückkehrte, sah sie Lisa nicht mehr an der Tür stehen. Für einen Augenblick blieb ihr beinahe das Herz stehen. Dann bemerkte sie, daß ihre Schwester neben Paul Hendersons Leiche kniete und sie genau betrachtete.

Das Mädchen sah auf, als Jenny durch die Schwingtür kam, und deutete auf den aufgedunsenen Leichnam. »Ich hätte nie gedacht, daß Haut sich so stark dehnen läßt, ohne aufzuplatzen.« Es war leicht zu durchschauen, daß ihre wissenschaftliche Neugier und ihre betonte Gleichgültigkeit bei diesem schrecklichen Anblick nur gespielt waren. Der gehetzte Ausdruck in ihren Augen verriet sie. Lisa wandte den Blick von der Leiche ab und stand langsam auf, bemüht, sich so zu geben, als mache ihr das alles nicht das geringste aus.

»Warum bist du denn nicht an der Tür geblieben, Kleines?«

»Ich habe mich über mich selbst geärgert, weil ich mich benommen habe wie ein Feigling.«

»Hör zu, Schwesterchen, ich habe dir doch gesagt ...«

»Ich habe natürlich Angst davor, daß uns hier in Snowfield etwas ganz Schlimmes passieren könnte, vielleicht noch heute, vielleicht schon in den nächsten Minuten, aber deshalb schäme ich mich nicht. Es ist nur normal, sich zu fürchten, wenn man so etwas gesehen hat. Aber ich hatte sogar vor dieser Leiche hier Angst, und das ist einfach kindisch.«

Lisa stockte, aber Jenny sagte nichts. Sie wußte, daß ihre Schwester sich noch mehr von der Seele reden wollte.

»Er ist tot. Er kann mir nichts tun. Es gibt keinen Grund, sich vor ihm zu fürchten. Irrationalen Ängsten soll man nicht nachgeben. Das ist falsch, schwach und dumm. Jeder sollte sich solchen Ängsten stellen. Nur dann kann man damit fertigwerden. Stimmt doch, oder? Also habe ich beschlossen, mich *damit* auseinanderzusetzen.« Sie deutete mit einer Kopfbewegung auf den toten Mann zu ihren Füßen.

Jenny sah den Ausdruck der Qual in ihren Augen. Es war sicher nicht nur die Situation in Snowfield, die Lisa zu schaffen machte. Sie wurde dadurch wieder daran erinnert, wie sie ihre Mutter nach dem Schlaganfall an einem heißen Nachmittag im Juli tot im Haus gefunden hatte. Plötzlich hatten ihr diese Ereignisse mit Macht alles wieder ins Gedächtnis zurückgerufen.

»Es geht mir jetzt wieder gut«, erklärte Lisa. »Ich habe immer noch Angst davor, was uns zustoßen könnte, aber ich fürchte mich nicht mehr vor *ihm*.« Sie starrte noch einmal auf die Leiche, um ihre Worte zu beweisen, und sah Jenny dann direkt in die Augen. »Siehst du? Du kannst mir nun vertrauen. Ich werde dich nicht mehr im Stich lassen.«

Erst jetzt wurde Jenny bewußt, daß sie Lisas Vorbild war. Das Mädchen zeigte mit ihren Augen, ihrem Gesichtsausdruck, ihrer Stimme und ihren Händen auf verschiedene subtile Arten, wie sehr sie Jenny respektierte und verehrte, und sie sagte ihr ohne Worte etwas, das Jenny tief berührte: *Ich liebe dich; aber noch mehr als das – ich mag dich und bin stolz auf dich; ich finde dich großartig, und wenn du Geduld mit mir hast, werde ich dafür sorgen, daß du stolz und glücklich bist, mich als kleine Schwester zu haben.*

Es überraschte Jenny, daß Lisa sie so sehr schätzte. Sie hatte angenommen, daß sie für ihre Schwester eigentlich eine Fremde wäre – der Altersunterschied war beachtlich, und außerdem war sie seit Lisas zweitem Lebensjahr kaum zu Hause gewesen. Diese neue Erkenntnis über Lisas Beziehung zu ihr schmeichelte Jenny, beschämte sie aber auch.

»Ich weiß, daß ich mich auf dich verlassen kann«, versicherte sie dem Mädchen. »Ich habe nie etwas anderes angenommen.«

Lisa lächelte verlegen.

Jenny nahm sie in die Arme, und einen Augenblick lang klammerte Lisa sich an ihr fest. »Und ... hast du eine Ahnung, was passiert sein könnte?« fragte sie schließlich.

»Nein. Es ergibt alles keinen Sinn.«

»Das Telefon funktioniert hier auch nicht, oder?«

»Nein, nicht einmal das in der Telefonzelle.«

»Ganz bestimmt sind alle Telefone in der Stadt außer Betrieb.«

»Wahrscheinlich.«

Sie gingen zur Tür und auf die kopfsteingepflasterte Straße hinaus.

Lisa starrte auf die stille, menschenleere Straße. »Sie sind alle tot.«

»Das können wir jetzt noch nicht sagen.«

»Doch«, widersprach Lisa düster. »Die ganze Stadt. Alle sind tot. Ich spüre es.«

»Die Santinis sind nicht tot – wir konnten sie nur nicht finden«, erinnerte Jenny sie. Während sie sich mit Lisa im Büro des Sheriffs aufgehalten hatte, war der Mond aufgegangen. Das silbrige Licht umriß die Schatten in den dunklen Ecken die weder die Straßenlampen noch die Nachtbeleuchtung der Geschäfte erhellten. Der Mondschein enthüllte jedoch nichts.

Er lag wie ein Schleier über der Stadt und ließ sie noch geheimnisvoller erscheinen als in der Dunkelheit.

»Ein Friedhof«, sagte Lisa. »Die ganze Stadt ist ein Friedhof. Können wir uns nicht einfach ins Auto setzen und Hilfe holen?«

»Du weißt, daß das nicht geht. Wenn hier eine Krankheit ...«

»Das ist keine Krankheit.«

»Absolut sicher ist das nicht.«

»Doch. Ich weiß es. Außerdem hast du selbst gesagt, das sei unwahrscheinlich.«

»Solange auch nur der leiseste Verdacht besteht, müssen wir hier in Quarantäne bleiben.«

Jetzt erst schien Lisa die Pistole zu bemerken. »Ist das die Waffe des Sheriffs?«

»Ja.«

»Ist sie geladen?«

»Er hat drei Schüsse abgefeuert, aber sieben Kugeln sind noch im Magazin.«

»Auf wen oder was hat er geschossen?«

»Ich wünschte, das wüßte ich.«

»Willst du sie behalten?« fragte Lisa mit zitternder Stimme.

Jenny starrte auf die Pistole in ihrer rechten Hand und nickte. »Das ist wohl besser.«

»Stimmt. Aber andererseits ... *ihm* hat sie auch nichts genützt, oder?«

6
Neuigkeiten und Ahnungen

Sie gingen die Skyline Road entlang und tauchten dabei immer wieder von den gelblichen Lichtkegeln der Straßenlampen und dem phosphoreszierenden Mondschein in die

Dunkelheit ein. Zu ihrer linken Seite zierten in regelmäßigen Abständen heranwachsende Bäume in Töpfen den Gehsteig. Rechts befand sich ein Andenkenladen, ein kleines Café und das Sportartikelgeschäft der Santinis. Vor jedem Laden blieben sie stehen und spähten durch die Fenster, konnten aber kein Lebenszeichen entdecken.

Bei jedem Privathaus, an dem sie vorbeikamen, stieg Jenny die Treppe hinauf und klingelte, doch selbst bei den Häusern, in denen Licht durch die Fenster schimmerte, öffnete niemand die Tür. Sie überlegte, ob sie an den Türknöpfen drehen und die Häuser betreten sollte, die unverschlossen waren, entschied sich aber dagegen, weil sie, wie Lisa, befürchtete, die Bewohner – falls sie überhaupt im Haus waren – könnten sich in dem gleichen entsetzlichen Zustand befinden wie Hilda Beck und Paul Henderson. Von Leichen konnte sie nichts mehr erfahren – sie brauchte Überlebende, Zeugen.

»Gibt es hier in der Gegend ein Kraftwerk?« fragte Lisa.

»Nein. Warum?«

»Eine große Militärbasis?«

»Nein.«

»Nun, ich dachte an ... Strahlung.«

»So schnell wirkt Strahlung nicht tödlich.«

»Auch nicht, wenn sie enorm stark ist?«

»Dann würden die Opfer nicht so aussehen. Sie hätten Verbrennungen, Blasen und Wunden.«

Sie kamen zu dem Friseursalon ›Lovely Lady‹, wo Jenny sich immer die Haare schneiden ließ. Der Laden war leer wie an jedem gewöhnlichen Sonntag. Jenny fragte sich, was wohl aus Madge und Dani, den beiden Kosmetikerinnen und Besitzerinnen des Geschäfts geworden war. Sie hoffte verzweifelt, die beiden hätten sich tagsüber nicht in der Stadt aufgehalten, sondern ihre Freunde in Mount Larson besucht.

»Gift?« fragte Lisa, als sie weitergingen.

»Wie könnten denn die Bewohner einer ganzen Stadt gleichzeitig vergiftet werden?«

»Vielleicht durch verdorbenes Essen.«

»Das wäre nur möglich, wenn die ganze Stadt sich zu einem Picknick versammelt hätte, und alle schlechten Kartoffelsalat oder verdorbenes Fleisch gegessen hätten. Das kann aber nicht sein, denn es gibt nur ein Festessen im Jahr, und das findet am Nationalfeiertag, also am 4. Juli statt.«

»Gift in der Wasserversorgung?«

»Dann müßten alle zur gleichen Zeit Wasser getrunken haben, denn sonst hätten die anderen noch gewarnt werden können.«

»Das ist allerdings kaum möglich.«

»Außerdem sieht das hier nicht nach der Reaktion auf ein Gift aus, das mir bekannt ist.«

Die Bäckerei der Liebermanns befand sich in einem sauberen weißen Gebäude mit einer blauweiß gestreiften Markise. Während der Skisaison standen die Touristen jeden Tag der Woche Schlange, um sich die großen Zimtkringel aus Blätterteig, die Mandelplätzchen mit dem klebrigen Überzug aus Mandarinenmarmelade und Schokolade oder eine der anderen Köstlichkeiten zu kaufen, die Jakob und Aida Liebermann mit großem Stolz und Geschick herstellten. Die Liebermanns liebten ihre Arbeit so sehr, daß sie sich dazu entschlossen hatten, die Wohnung über der Bäckerei zu beziehen, und ihre Backwaren auch außerhalb der Saison von April bis Oktober anboten. Obwohl das Geschäft dann lange nicht so gut ging, hielten sie den Laden von Montag bis Samstag geöffnet. Aus den umliegenden Städten in den Bergen wie Mount Larson, Shady Roost und Pineville reisten oft Leute an, um sich einige Tüten oder Kartons mit den begehrten Süßwaren der Liebermanns zu besorgen. Heute brannte jedoch kein Licht in der Wohnung.

Jenny lehnte sich an das große Schaufenster, und Lisa drückte ihre Stirn dagegen. Von dem hinteren Raum, wo die

Backöfen standen, fiel helles Licht durch eine geöffnete Tür in den Laden und das Café mit den kleinen Tischen und Stühlen. Die weiß emaillierten, vorne verglasten Schaukästen waren leer.

Jenny betet im stillen dafür, daß Jakob und Aida von dem Schicksal verschont geblieben waren, das anscheinend den Rest von Snowfield getroffen hatte. Die beiden gehörten zu den sanftesten und freundlichsten Menschen, die sie je kennengelernt hatte. Leute wie die Liebermanns machten Snowfield zu einem Ort, wo man sich wohlfühlen konnte, einem sicheren Hafen in einer Welt, in der es immer rauher zuging und in der Gewalt und Unfreundlichkeit an der Tagesordnung waren.

Lisa wandte sich von dem Schaufenster ab und sagte: »Wie steht es mit Giftmüll? Einer Chemikalie oder einer Giftgaswolke?«

»Nein, hier in den Bergen gibt es weder Deponien für Sondermüll noch chemische Fabriken«, erklärte Jenny.

»Manchmal passiert so etwas, wenn ein Zug entgleist und dabei ein Tank mit Chemikalien aufplatzt.«

»Die nächsten Eisenbahnschienen sind zwanzig Meilen von hier entfernt.«

Lisa runzelte nachdenklich die Stirn und ging weiter.

»Warte. Ich möchte mich in dem Laden umsehen«, sagte Jenny und ging zur Eingangstür.

»Warum? Es ist doch niemand da.«

»Das wissen wir noch nicht sicher.« Jenny versuchte vergeblich, die Tür zu öffnen. »In der Backstube und in der Küche brennt Licht. Vielleicht sind sie dort hinten, bereiten gerade alles für morgen vor und habe nicht bemerkt, was in der Stadt geschehen ist. Diese Tür ist abgeschlossen. Versuchen wir es auf der Rückseite des Hauses.«

Hinter einer massiven Holztür führte ein schmaler, überdachter Gang von der Bäckerei der Liebermanns zu dem Friseursalon ›Lovely Lady‹. Jenny schob den Riegel zurück und öffnete die quietschende Tür, deren Angeln offensichtlich schon lange nicht mehr geölt worden waren. Der Tunnel vor ihnen war beängstigend dunkel – nur am Ende, wo er in die kleine Straße mündete, schimmerten die grauen Umrisse eines Torbogens.

»Das gefällt mir gar nicht«, meinte Lisa.

»Alles in Ordnung, Liebes. Bleib dicht hinter mir. Solltest du die Orientierung verlieren, dann taste dich einfach mit einer Hand an der Wand voran.«

Jenny wollte ihrer Schwester nicht noch mehr Angst einjagen, deshalb sagte sie nichts davon, daß der unbeleuchtete Gang sie auch nervös machte. Mit jedem Schritt schien er enger und bedrückender zu werden.

Als sie ein Viertel des Wegs durch den Tunnel hinter sich gebracht hatten, überfiel Jenny plötzlich das unheimliche Gefühl, daß sie und Lisa nicht allein waren. Einen Augenblick später bemerkte sie, daß sich etwa zwei bis drei Meter über ihnen an der dunkelsten Stelle unter dem Dach etwas bewegte. Sie hätte nicht erklären können, *wie* sie das bemerkte. Nur das Echo ihrer eigenen und Lisa Schritte war zu hören, auch konnte sie kaum etwas erkennen. Doch mit einnemmal fühlte sie, daß da etwas war, was ihnen feindlich gesonnen war, und als sie an die kohlschwarze Decke des Durchgangs starrte, war sie davon überzeugt, daß die Finsternis ... sich veränderte.

Sie verschob und bewegte sich. Veränderte sich dort oben zwischen den Dachbalken.

Jenny redete sich ein, daß sie sich das nur einbildete, aber als sie den Tunnel zur Hälfte hinter sich gebracht hatten, schrien ihr all ihre Instinkte zu, loszulaufen und so schnell wie möglich von hier zu verschwinden. Ärzte durften nicht in Panik geraten – während ihrer Ausbildung wurde Gelassenheit geübt. Trotzdem ging sie etwas schneller, nur ein wenig, ohne Panik; nach einigen Schritten beschleunigte sie ihr Tempo weiter, bis sie schließlich gegen ihren Willen losrannte und auf den Fußweg hinauslief. Dort war es ebenfalls düster, aber nicht so dunkel wie in dem Tunnel. Lisa kam stolpernd hinter ihr hergerannt und wäre beinahe auf dem nassen Asphalt ausgerutscht. Jenny packte sie und konnte sie gerade noch festhalten.

Sie wichen zurück und behielten dabei den Ausgang der dunklen überdachten Passage im Auge. Jenny hob die Pistole, die sie vom Büro des Sheriffs mitgenommen hatte.

»Hast du das auch gespürt?« fragte Lisa atemlos.

»Da war etwas unter dem Dach. Wahrscheinlich nur ein paar Vögel oder schlimmstenfalls einige Fledermäuse.«

Lisa schüttelte den Kopf. »N-nein, nein. Nicht unter dem Dach. Irgend etwas kauerte an der Wand.«

Beide starrten immer noch auf den Ausgang des Tunnels.

»Ich habe etwas zwischen den Dachbalken gesehen«, stieß Jenny atemlos hervor.

»Nein.« Lisa schüttelte entschlossen den Kopf.

»Was hast du denn gesehen?«

»Es war auf der linken Seite der Wand. Etwa in der Mitte des Tunnels. Ich wäre beinahe dagegen gelaufen.«

»Was war es denn?«

»Ich ... ich weiß nicht genau. Richtig gesehen habe ich es nicht.«

»Hast du etwas gehört?«

»Nein«, erwiderte Lisa, ohne den Blick vom Ausgang des Tunnels abzuwenden.

»Oder gerochen?«

»Nein, aber ... die Dunkelheit war ... nun, sie war an einer bestimmten Stelle irgendwie anders. Ich spürte, daß sich etwas bewegte ... verschob ...«

»Das habe ich auch zu sehen geglaubt – aber zwischen den Dachbalken.«

Sie warteten eine Weile. Als am Ausgang des Tunnels nichts erschien, beruhigte sich Jennys rasender Plus etwas, und sie ließ die Pistole sinken.

Beide atmeten wieder ruhiger in der undurchdringlichen Stille der Nacht. Jenny kamen Zweifel. Sie vermutete, daß sie und Lisa sich in einen hysterischen Anfall hineingesteigert hatten. Diese Erklärung gefiel ihr ganz und gar nicht, weil sie nicht zu dem Bild paßte, das sie von sich selbst hatte, aber sie war zumindest ehrlich genug, sich einzugestehen, daß sie dieses eine Mal eben in Panik geraten war.

»Wir sind einfach nur nervös«, erklärte sie Lisa. »Hätte sich dort drin ein gefährliches Wesen befunden, wäre es uns sicher gefolgt – meinst du nicht auch?«

»Vielleicht.«

»Weißt du, was es gewesen sein könnte?«

»Was?« fragte Lisa.

Der kühle Wind frischte wieder auf und fegte über die Straße.

»Ein paar Katzen. Sie halten sich gern in diesen überdachten Passagen auf.«

»Ich glaube nicht, daß das Katzen waren.«

»Warum nicht? Einige saßen oben im Gebälk und eine oder zwei kauerten am Boden an der Wand, dort, wo du etwas gesehen hast.«

»Das war größer als eine Katze. Viel größer«, erwiderte Lisa beunruhigt.

»Na gut, dann waren es eben keine Katzen. Wahrscheinlich war da gar nichts. Wir sind einfach überdreht und nervös.« Jenny seufzte. »Komm, wir sehen nach, ob die Hintertür offen ist. Deshalb sind wir schließlich hierhergekommen.«

Sie gingen zur Rückseite der Bäckerei und warfen dabei immer wieder rasche Blicke zum Ausgang des Tunnels zurück.

Die Hintertür war unverschlossen, und in dem Lagerraum dahinter war es hell und warm.

Jenny und Lisa gingen weiter in die riesige Küche, in der es verführerisch nach Zimt, Mehl, Walnüssen und Orangenaroma roch. Jenny atmete tief ein. Die appetitlichen Düfte waren so anheimelnd und natürlich und erinnerten sie so stark an normale Zeiten, daß ihre innere Spannung ein wenig nachließ.

Die Küche war mit mehreren Spülbecken, einer Kühlkammer, Backöfen, etlichen weiß emaillierten Schränken, einer Teigknetmaschine und einer Reihe von anderen Küchenutensilien ausgestattet. In der Mitte des Raums stand ein langer, breiter Tisch, der als Arbeitsfläche diente. Ein Ende war mit Edelstahl bezogen, das andere mit einem Hackbrett versehen. Auf der Edelstahlfläche vor Jenny und Lisa stapelten sich Töpfe, Kuchenformen, Backbleche, Pfannen und Kasserollen – alle sorgfältig abgespült. Die ganze Küche blitzte vor Sauberkeit.

»Hier ist niemand«, meinte Lisa.

»Scheint so.« Erleichtert ging Jenny weiter. Wenn die Familie Santini entkommen war, und Jakob und Aida verschont geblieben waren, dann war doch nicht die *ganze* Stadt betroffen. Vielleicht –

O Gott!

Mitten auf dem Hackbrett lag ein großer Teigfladen. Auf dem Teig befand sich ein Nudelholz. Zwei Hände umklammerten die Griffe. Zwei abgetrennte menschliche Hände.

Lisa trat rasch zurück und stieß so heftig gegen einen Metallschrank, daß der Inhalt laut klapperte. »Was, zum Teufel, geht hier vor? Verdammt, was ist nur los?«

Morbide Faszination und das unbezwingbare Verlangen, zu verstehen, was hier vor sich ging, trieben Jenny näher an den Tisch heran. Sie starrte auf die körperlosen Hände und betrachtete sie mit einer Mischung aus Ekel und Ungläubigkeit – und einem Gefühl der Angst, das sie messerscharf durchdrang. Die Hände waren weder geschwollen noch mit Blutergüssen bedeckt. Sie waren beinahe fleischfarben und nur leicht grau verfärbt. Blut – das erste Blut, das sie bisher bei einem der Opfer sah – tropfte naß und glänzend aus den abgehackten Händen und hinterließ eine schmale Spur in dem feinen Mehlstaub. Die Hände waren kräftig – zumindest waren sie es einmal gewesen. Rauhe Fingerkuppen, starke Knöchel. Der dunkle Haarbewuchs auf den Handrücken ließ keinen Zweifel daran, daß es sich um Männerhände handelte. Jakob Liebermanns Hände.

»Jenny!«

Jenny zuckte zusammen und hob den Blick.

Lisa deutete mit erhobenem Arm auf die andere Seite der Küche.

Am anderen Ende des Raums, hinter dem Arbeitstisch, befanden sich drei in die Mauer eingelassene Backöfen. Einer davon war riesig und hatte eine doppelte Edelstahltür. Die anderen beiden waren eher etwas kleiner und mit einem Glasfenster in der Tür ausgestattet. Sie waren größer als die üblichen Modelle, die in den meisten Haushalten verwendet wurden, und im Augenblick nicht eingeschaltet. Das war auch gut so, denn sonst wäre der Gestank in der Küche wohl unerträglich gewesen.

In jedem der kleineren Backöfen lag ein abgetrennter Kopf.

Tote Gesichter drückten gespenstisch ihre Nasen an die Scheiben und starrten in die Küche.

Jakob Liebermann. Das weiße Haar mit Blut bespritzt. Ein Auge halb geschlossen, das andere weit aufgerissen. Die Lippen schmerzvoll zusammengepreßt.

Aida Liebermann. Beide Augen weit geöffnet. Der Mund so weit aufgesperrt, als sei die Kinnlade ausgerenkt.

Einen Augenblick lang wollte Jenny nicht glauben, daß die Köpfe echt waren. Das war zu schockierend, kaum zu begreifen. Sie dachte an die teuren, lebensechten Halloween-Masken, die durch Zellophanverpackungen starrten, an die gräßlichen Wachsköpfe mit künstlichem Haar und Glasaugen in den Scherzartikelläden, über die sich viele Jungen köstlich amüsierten (natürlich – um so etwas mußte es sich handeln!) – und dann fiel ihr mit einemmal eine Zeile aus einem Werbespot für eine Backmischung ein: *Ofenfrisch auf Ihren Tisch!*

Ihr Herz klopfte heftig und ihr war schwindlig, als hätte sie Fieber.

Auf dem Hackbrett hielten die abgetrennten Hände immer noch das Nudelholz fest. Jenny erwartete beinahe, sie würden plötzlich wie zwei Krabben über den Tisch laufen.

Wo waren die enthaupteten Leichen der Liebermanns? In dem großen Backofen hinter den fensterlosen Stahltüren? Oder tiefgefroren und steif in der Kühlkammer?

Sie würgte und schluckte die bittere Flüssigkeit in ihrer Kehle hinunter. Die Pistole schien gegen diesen unglaublich brutalen, unbekannten Feind keinen Schutz bieten zu können.

Wieder hatte Jenny das Gefühl, beobachtet zu werden. Ihr Herzschlag dröhnte in ihren Ohren wie ein Trommelwirbel.

Sie drehte sich zu Lisa um. »Komm, raus hier!«

Das Mädchen lief auf den Lagerraum zu.

»Nein, nicht da entlang!« befahl Jenny scharf.

Lisa zwinkerte verwirrt.

»Nicht noch einmal durch den dunklen Tunnel.«

»Natürlich nicht«, stimmte Lisa ihr zu.

Sie hasteten durch die Küche in den Laden, vorbei an den leeren Schaukästen, den Tischen und Stühlen im Café. Jenny hatte Schwierigkeiten, den Riegel an der Vordertür zu bewegen. Sie dachte schon, sie würden doch durch die Hintertür gehen müssen, als sie bemerkte, daß sie die Entriegelung in die falsche Richtung geschoben hatte. Beim nächsten Versuch löste sich der Bolzen, Jenny stieß die Tür auf und rannte mit Lisa in die kühle Nachtluft hinaus.

Lisa lief über den Gehsteig zu einer großen Pinie und lehnte sich dagegen. Jenny folgte ihr, nachdem sie noch einmal einen ängstlichen Blick zur Bäckerei geworfen hatte. Es hätte sie nicht überrascht, wenn zwei enthauptete Leichen bedrohlich auf sie zugewankt wären. Aber hinter ihr bewegte sich nur die blauweiß gestreifte Markise im Wind.

Die Nacht war immer noch still. Der Mond stand jetzt höher am Himmel als zu dem Zeitpunkt, bevor Jenny und Lisa die überdachte Passage betreten hatten.

»Strahlung, Krankheit, Gift, Gas – meine Güte, wir waren wirklich auf der falschen Spur«, sagte Lisa nach einer Weile. »Das kann nur ein Irrer getan haben, oder? Ein Psychopath.«

Jenny schüttelte den Kopf. »Nein, ein einzelner Mensch kann das nicht angerichtet haben. Um eine Stadt mit fünfhundert Einwohnern auszulöschen, wäre eine ganze Armee psychopathischer Mörder nötig.«

»Dann muß es wohl so etwas gewesen sein«, meinte Lisa mit zitternder Stimme.

Jenny sah sich nervös auf der menschenleeren Straße um. Wahrscheinlich war es unklug, daß sie hier stehenblieben, wo man sie gut sehen konnte, aber sie wußte keinen Ort, an dem sie sicherer wären.

»Psychopathen schließen sich nicht in einem Club zusammen und planen Morde wie eine Tanzveranstaltung zu Wohltätigkeitszwecken. Meistens handelt es sich um Einzelgänger.«

Lisa ließ ihren Blick über die Schatten am Straßenrand wandern, als erwartete sie, daß sie Gestalt annahmen und über sie herfielen. »Und was ist mit dieser Kommune von Charles Manson, die damals in den 60er Jahren diese Filmschauspielerin umgebracht haben? Wie hieß sie noch gleich?«

»Sharon Tate.«

»Genau. Könnte es sich hier nicht auch um eine solche Gruppe von Verrückten handeln?«

»Der harte Kern der Manson-Familie bestand aus höchstens sechs Leuten, und schon das war eine ungewöhnliche

Abweichung vom üblichen Muster. Ein halbes Dutzend hätte das hier in Snowfield nie geschafft. Dazu wären mindestens fünfzig, hundert oder sogar noch mehr Menschen nötig gewesen, und so viele Psychopathen würden niemals gemeinsam vorgehen.«

Sie schwiegen eine Weile. »Da gibt es noch etwas, das mich stutzig macht«, sagte Jenny schließlich. »Warum war in der Küche nicht mehr Blut?«

»Eine kleine Spur war schon zu sehen.«

»Ja, aber sie bestand eigentlich nur aus ein paar Spritzern auf der Arbeitsplatte. Eigentlich hätte alles in Blut schwimmen müssen.«

Lisa rieb sich die Arme, um sich aufzuwärmen. In dem gelblichen Schein der Straßenlaterne wirkte ihr Gesicht wächsern. Sie sah viel älter aus als vierzehn. Durch die entsetzlichen Erlebnisse schien sie reifer geworden zu sein. »Außerdem gab es keine Anzeichen eines Kampfes«, sagte sie.

Jenny runzelte die Stirn. »Das stimmt.«

»Das ist mir sofort aufgefallen«, fuhr Lisa fort. »Seltsam – anscheinend haben sie sich nicht gewehrt. Keine Gegenstände sind durch die Luft geflogen, nichts wurde zerbrochen. Das Nudelholz hätte eine gute Waffe abgegeben, aber er hat es nicht benutzt. Kein Möbelstück wurde umgeworfen.«

»Ja, es sieht so aus, als hätten sie sich nicht zur Wehr gesetzt. Als hätten sie ... sich freiwillig den Kopf abhacken lassen.«

»Aber warum hätten sie das tun sollen?«

Warum? Jenny starrte die Skyline Road entlang zu ihrem Haus hinüber, das nur drei Häuserblocks entfernt war. Dann warf sie einen Blick auf die Taverne ›Ye Olde Towne‹, das Kaufhaus ›Big Nickle‹, die Eisdiele der Pattersons und Marios Pizzeria.

Es gibt verschiedene Arten von Stille, und keine gleicht der anderen. Auf Friedhöfen, in den klimatisierten Leichenschauhäusern einer Stadt und in manchen Krankenzimmern einer Klinik herrscht die Stille des Todes – eine undurchdringliche Stille der Leere. Als Ärztin, die schon oft unheilbar kranke Patienten betreut hatte, war Jenny mit dieser besonderen, unerbittlichen Stille vertraut.

Und dies hier war die Stille des Todes.

Sie hatte es sich nicht eingestehen wollen. Deshalb hatte sie auch nicht laut auf die ausgestorbenen Straßen hinausgeschrien. Sie hatte befürchtet, niemand würde ihr antworten.

Nun aber blieb sie ruhig, weil sie Angst hatte, jemand *würde* ihr antworten. Jemand oder etwas Gefährliches.

Es blieb ihr keine andere Wahl mehr, als die Tatsachen zu akzeptieren. Snowfield war zweifellos keine Stadt mehr, sondern ein Friedhof mit einer kunstvoll gearbeiteten, mit Balkonen geschmückten Anzahl von Grabmälern aus Stein, Ziegeln und Holzbalken, der wie ein Dorf in den Bergen aussah.

Der Wind wurde wieder stärker und pfiff durch die Giebel. Er hörte sich an wie der Klang der Ewigkeit.

7
Der County-Sheriff

Die Beamten der County-Verwaltung in Santa Mira wußten noch nichts von der Krise in Snowfield – sie hatten ihre eigenen Probleme.

Lieutenant Talbert Whitman betrat das Vernehmungszimmer, als Sheriff Bryce Hammond gerade das Tonbandgerät einschaltete und den Verdächtigen über seine Rechte belehrte. Tal schloß die Tür lautlos. Um das Verhör nicht zu stören, setzte er sich nicht zu den drei Männern an den großen Tisch, sondern ging durch den langen, schmalen Raum zu dem einzigen Fenster hinüber.

Das Department des Sheriffs von Santa Mira County befand sich in einem Gebäude, das in den späten 30er Jahren im spanischen Stil erbaut worden war. Die massiven Türen waren schalldicht und die Wände so dick, daß alle Fensterbänke – wie auch die, auf der Tal Whitman sich nun niederließ – mit einer Tiefe von zirka 45 cm angebracht werden konnten.

Das Fenster bot einen guten Ausblick auf Santa Mira, die Hauptstadt des Landkreises mit 18.000 Einwohnern. Wenn morgens die Sonne hinter den Sierras aufleuchtete und die Schatten in den Bergen vertrieb, ließ Tal manchmal beinahe ungläubig und begeistert seinen Blick über die sanften, bewaldeten Hügel gleiten, an die sich Santa Mira schmiegte. Die Stadt war außergewöhnlich hübsch und sauber. Beim Bau der Fundamente aus Beton und Stahl hatte man Rücksicht auf die Schönheit der Umgebung genommen. Jetzt, bei Nacht, glitzerten einige tausend Lichter auf den flachen Hügeln zwischen den Bergen und erweckten den Anschein, als seien dort etliche Sterne vom Himmel gefallen.

Tal Whitman, schwarz wie ein Schatten im Winter, war in Harlem in Armut und Unwissenheit aufgewachsen. Jetzt war er dreißig und völlig unerwartet in Santa Mira gelandet – und er fand es herrlich hier.

Das Bild, das sich ihm in dem Raum bot, war allerdings weniger bemerkenswert. Hier sah es aus wie in zahllosen anderen Polizeirevieren überall im Land. Ein billiger Linoleum-Fußboden, abgestoßene Aktenschränke und ein runder Konferenztisch mit fünf Stühlen. Grün gestrichene Wände und nackte Glühbirnen.

Am Tisch in der Mitte des Raums saß der Verdächtige; Fletcher Kale, ein gutaussehender, sechsundzwanzigjähriger Immobilienmakler, der sich gerade in eine beeindruckend dargestellte Empörung hineinsteigerte.

»Jetzt hören Sie mal, Sheriff«, sagte Kale. »Können wir nicht mit diesem Mist aufhören? Verdammt, Sie müssen mich wirklich nicht schon wieder über meine Rechte belehren! Das haben wir doch in den letzten drei Tagen schon ein dutzendmal hinter uns gebracht, oder?«

Bob Robine, Kales Anwalt, legte rasch seine Hand auf den Arm seines Klienten, um ihn zum Schweigen zu bringen. Robine war dicklich, hatte ein rundes Gesicht und ein freundliches Lächeln, aber seine Augen waren so kalt wie die eines Spielkasinobesitzers.

»Sheriff Hammond weiß, daß er Sie aufgrund seines Verdachts jetzt so lange festgehalten hat, wie das Gesetz es erlaubt, Fletch«, sagte Robine. »Er weiß genau, daß ich das auch weiß. Also wird er diesen Fall innerhalb der nächsten Stunde zu Ende bringen.«

Kale blinzelte, nickte und änderte seine Taktik. Er sank scheinbar bekümmert in seinem Stuhl zusammen und sagte mit leicht zitternder Stimme: »Tut mir leid, Sheriff. Ich habe wohl für einen Moment den Kopf verloren. Ich hätte Sie nicht so anfahren dürfen. Es ist eben so schwer für mich ... so unsagbar schwer.« Sein Gesicht wirkte mit einemmal eingefallen, und das Zittern in seiner Stimme wurde ausgeprägter. »Mein Gott, ich habe schließlich meine Familie verloren. Meine Frau ... mein Sohn ... beide tot.«

»Wenn Sie sich ungerecht behandelt fühlen, so tut mir das leid, Mr. Kale«, erwiderte Bryce Hammond. »Ich versuche nur, mein Bestes zu tun. Manchmal habe ich recht, aber vielleicht täusche ich mich dieses Mal.«

Fletcher Kale kam offensichtlich zu der Überzeugung, daß seine Lage doch nicht ganz aussichtslos war und er es sich jetzt leisten konnte, Großmütigkeit zu zeigen. Er richtete sich auf, wischte seine Tränen von den Wangen und sagte: »Na ja, ich ... ich glaube, ich verstehe Ihre Situation, Sheriff.«

Kale unterschätzte Bryce Hammond.

Bob Robine kannte den Sheriff besser als sein Klient. Er runzelte die Stirn, warf Tal einen Blick zu und starrte dann unentwegt Bryce an.

Tal Whitman hatte gelernt, daß die meisten Menschen, die mit dem Sheriff zu tun hatten, ihn gründlich unterschätzten – so auch Fletcher Kale. Das war verständlich.

Bryce war keine beeindruckende Erscheinung. Er war neununddreißig, sah aber viel jünger aus. Sein dichtes sandfarbenes Haar fiel ihm leicht zerzaust in die Stirn und ließ ihn jungenhaft wirken. Seine Stupsnase und seine Wangen waren mit Sommersprossen übersät. Die scharfen, klaren blauen Augen wurden halb von den schweren Lidern bedeckt und vermittelten den Eindruck, er sei schwerfällig, gelangweilt oder schläfrig. Auch seine sanfte, melodische Stimme und seine langsame, bedächtige Sprechweise ließen manche Leute glauben, es mache ihm Mühe, seine Gedanken in Wort zu fassen, doch das war ein Trugschluß. Bryce Hammond war sich durchaus bewußt, wie er auf andere wirkte, und wenn es zu seinem Vorteil war, bestärkte er diesen Eindruck, indem er gewinnend, aber beinahe einfältig lächelte und noch langsamer sprach, bis er das klassische Bild eines Landpolizisten abgab.

Tal hätte diese Vorstellung noch mehr genießen können, wäre ihm nicht bewußt gewesen, daß der Fall Kale Bryce Hammond tief und persönlich berührte. Bryce war zutiefst erschüttert über den sinnlosen Tod von Joanna und Danny Kale, denn auf seltsame Weise spiegelte dieser Fall die tragischen Ereignisse seines eigenen Lebens wider. Wie Fletcher Kale, hatte auch er seine Frau und seinen Sohn verloren – allerdings unter ganz anderen Umständen.

Vor einem Jahr war Ellen Hammond bei einem Autounfall ums Leben gekommen. Ihr siebenjähriger Sohn Timmy hatte auf dem Beifahrersitz neben ihr gesessen und so schwere Schädelverletzungen erlitten, daß er seitdem im Koma lag. Die Ärzte gaben ihm keine große Chance, jemals wieder daraus zu erwachen.

Bryce wäre an dieser Tragödie beinahe zerbrochen. Erst in letzter Zeit hatte Tal Whitman gespürt, daß sein Freund seine Verzweiflung langsam überwand.

Der Fall Kale hatte seine Wunden wieder aufgerissen, aber Bryce Hammond ließ es nicht zu, daß sein Schmerz sein Urteilsvermögen überschattete. Tal Whitman hatte am vergangenen Donnerstag an dem kalten, unversöhnlichen Ausdruck in den Augen des Sheriffs erkannt, daß er Kale eines vorsätzlichen Doppelmords verdächtigte.

Nun kritzelte der Sheriff scheinbar geistesabwesend etwas auf seinen gelben Notizblock. »Mr. Kale, ich möchte Ihnen nicht noch einmal eine Menge Fragen stellen, die Sie uns bereits beantwortet haben. Ich würde gern zusammenfassen, was Sie uns bisher erzählt haben. Wenn Sie mit meinem Bericht einverstanden sind, können wir die Dinge besprechen, die noch nicht erörtert wurden.«

»Klar. Bringen wir es hinter uns, damit ich endlich hier rauskomme«, erwiderte Kale.

»Also gut. Nach Ihrer Aussage fühlte sich Ihre Frau Joanna in der Ehe eingeengt und noch zu jung, um die Verantwortung für das Kind zu übernehmen«, begann Bryce. »Sie hatte das Gefühl, einen großen Fehler begangen zu haben und dafür ihr restliches Leben büßen zu müssen. Also suchte sie einen Ausweg und griff zu Rauschmitteln. Habe ich Ihrer Meinung nach den Zustand Ihrer Frau richtig beschrieben?«

»Ja«, bestätigte Kale. »So war es.«

»Gut«, sagte Bryce. »Sie begann also, Haschisch zu rauchen. Nach kurzer Zeit war sie tagein, tagaus high. Zweieinhalb Jahre lebten Sie mit einer Süchtigen, hofften aber ständig, die Situation verändern zu können. Vor einer Woche drehte sie dann durch, zerbrach Geschirr und warf das Essen an die Wand, und Sie konnten sie nur mit Mühe beruhigen. Da entdeckten Sie, daß sie seit kurzem PCP nahm – auch bekannt als ›Angel Dust‹. Sie waren schockiert, weil Sie wußten, daß manche Leute davon verrückt und gewalttätig werden. Also haben Sie sie gezwungen, Ihnen zu zeigen, wo sie ihren Vorrat versteckte. Sie haben das Zeug vernichtet und ihr dann gesagt, daß Sie sie ordentlich verprügeln würden, wenn sie noch einmal in Gegenwart des kleinen Danny Drogen nehmen würde.«

Kale räusperte sich. »Sie hat mich nur ausgelacht. Ich sei kein Mann, der Frauen schlagen könnte. Die Macho-Tour passe nicht zu mir. ›Hey, Fletch‹, sagte sie, ›wenn ich dir einen Tritt in die Eier verpassen würde, wärst du mir noch dankbar dafür.‹«

»Und dann brachen Sie zusammen und weinten?« fragte Bryce.

»Ja ... ich begriff, daß ich keinen Einfluß auf sie hatte.«

Tal Whitman betrachtete von der Fensterbank aus, wie Kale schmerzlich sein Gesicht verzog – oder zumindest so tat. Der Kerl war wirklich gut.

»Und als sie Sie weinen sah, kam sie zur Vernunft«, fuhr Bryce fort.

»Genau. Ich nehme an ... nun, es hat sie wohl mitgenommen, einen so starken Kerl wie ein Baby heulen zu sehen. Unter Tränen versprach sie mir, nie wieder PCP zu nehmen. Wir sprachen über die Vergangenheit, darüber, was wir uns von unserer Ehe erwartet hatten, sagten uns viele Dinge, die wir schon längst hätten aussprechen sollen, und fühlten uns stärker miteinander verbunden als in den letzten Jahren. Zumindest empfand ich so, aber ich denke, ihr ging es ebenso. Sie schwor sogar, ihren Haschischkonsum einzuschränken.«

Bryce kritzelte noch immer auf seinem Block herum. »Am letzten Donnerstag kamen Sie früher als erwartet von der Arbeit nach Hause und fanden Ihren kleinen Sohn Danny tot im Schlafzimmer. Sie hörten ein Geräusch hinter sich. Joanna stand da und hielt das Fleischmesser in der Hand, mit dem sie Danny umgebracht hatte.«

»Sie war high«, sagte Kale. »PCP. Das sah ich sofort. Sie hatte einen wilden Ausdruck in den Augen – wie ein Tier.«

»Sie schrie Sie an und stammelte wirres Zeug von bösen Schlangen, die in den Köpfen der Menschen lebten und sie kontrollierten. Als Sie ihr auswichen, folgte sie Ihnen. Sie haben nicht versucht, Ihrer Frau das Messer abzunehmen.«

»Ich hatte Angst, sie würde mich umbringen, also versuchte ich, sie mit Worten zu beruhigen.«

»Sie gingen also weiter zurück bis zu dem Nachttisch, in dem Sie eine 38er Automatik aufbewahrten.«

»Ich habe ihr gesagt, sie soll das Messer fallenlassen. Ich habe sie gewarnt.«

»Sie ging aber mit erhobenem Messer auf Sie zu. Dann schossen Sie auf sie. Einmal. In die Brust.«

Kale verbarg sein Gesicht in den Händen und beugte sich vor.

Der Sheriff legte seinen Stift zur Seite und verschränkte die Arme vor der Brust. »Ich hoffe, Sie haben noch ein wenig Geduld mit mir, Mr. Kale. Ich habe nur noch einige Fragen. Dann können wir alle von hier verschwinden und weiter unser Leben führen.«

Kale nahm die Hände vom Gesicht. Tal Whitman war sicher, daß Kale sich jetzt erhoffte, endlich auf freien Fuß gesetzt zu werden.

»Natürlich, Sheriff. Machen Sie weiter.«

Bob Robine sagte kein Wort.

Bryce Hammond ließ sich scheinbar entspannt zurücksinken. »Da Sie unter Verdacht stehen, müssen wir noch einige Dinge klären, damit wir diese schreckliche Sache endlich abschließen können, Mr. Kale. Es handelt sich hauptsächlich um Kleinigkeiten, für die weder Sie noch ich viel Zeit verschwenden wollen, das gebe ich zu. Leider muß ich Sie damit belästigen ... nun, ja, ich möchte im nächsten Jahr wiedergewählt werden. Wenn meine Gegner auch nur eine Spur wittern, daß ich eine winzige Kleinigkeit nicht beachtet habe, bauschen sie die ganze Sache zu einem Skandal auf. Sie werden behaupten, ich sei faul oder nachlässig.« Bryce grinste Kale tatsächlich an – Tal konnte es kaum fassen.

»Schon kapiert, Sheriff.«

Tal beugte sich gespannt vor.

»Zum einen habe ich mich gefragt, warum Sie Ihre Frau erschossen haben«, sagte Bryce. »Und warum Sie dann eine Menge Wäsche gewaschen haben, bevor Sie uns informierten.«

8
Barrikaden

Abgetrennte Hände. Abgehackte Köpfe.

Jenny wurde dieses schreckliche Bild einfach nicht los, während sie neben Lisa herlief.

Zwei Häuserblocks östlich der Skyline, in der Vail Lane, war die Stille der Nacht ebenso unheimlich wie überall in Snowfield. Hier wuchsen die Bäume höher als an der Hauptstraße und verdunkelten den Mond beinahe ganz. Die Straßenlaternen waren in größerer Entfernung aufgestellt, und zwischen den gelben Lichtkegeln lagen bedrohliche, in Dunkelheit getauchte Flächen.

Jenny betrat den gepflasterten Weg, der zwischen zwei Pfosten zu einem einstöckigen Haus im englischen Stil führte. Warmes Licht schimmerte durch die schönen ovalen, bleigefaßten Fenster.

Tom und Karen Oxley wohnten in dem Landhaus, das von außen so klein wirkte, aber sieben Zimmer und zwei Bäder hatte. Tom erledigte die Buchhaltung für die meisten der Gasthäuser und Motels in der Stadt, und Karen führte während der Hauptsaison ein nettes Café im französischen Stil. Beide waren Amateurfunker und besaßen einen Kurzwellensender. Deshalb war Jenny hierhergekommen.

»Wenn jemand das Funkgerät im Büro des Sheriffs zerstört hat, kann er das doch hier ebenso getan haben, oder?« fragte Lisa.

»Vielleicht wußte er davon nichts. Einen Versuch ist es auf jeden Fall wert.«

Jenny klingelte, und als sich niemand meldete, versuchte sie, die Tür zu öffnen. Sie war verschlossen.

Die beiden gingen um das Haus herum zur Hinterseite, wo gelbliches Licht durch die Fenster schimmerte. Jenny warf einen argwöhnischen Blick auf den Rasen hinter dem Haus, wo die großen Bäume den Mond verdunkelten. Ihre Schritte hallten dumpf auf dem Holzboden der Veranda. Jenny rüttelte an der Küchentür, doch sie war ebenfalls abgeschlossen.

Die Vorhänge waren nicht zugezogen. Jenny spähte durch das Fenster in die Küche: grüne Schränke, beigefarbene Tapeten, Eichentruhen und blitzende Küchengeräte. Kein Anzeichen von Gewaltanwendung.

Hinter einem weiteren Fenster auf dieser Seite lag das Arbeitszimmer. Jenny sah Licht, aber die Vorhänge waren zugezogen. Sie klopfte gegen die Scheibe, doch niemand antwortete. Als sie versuchte, das Fenster aufzudrücken, stellte sie fest, daß es von innen verriegelt war. Sie packte die Pistole am Griff und schlug die ovale Scheibe neben dem Fensterkreuz ein. Das Glas zerbrach mit lautem Klirren. Obwohl es sich um einen Notfall handelte, fühlte Jenny sich wie eine Einbrecherin. Sie griff durch die zerbrochene Scheibe, schob den Riegel zurück und kletterte über das Fensterbrett in das Haus. Dann zog sie die Vorhänge auf, damit Lisa ihr folgen konnte.

In dem kleinen Arbeitszimmer lagen zwei Leichen. Tom und Karen Oxley.

Karen lag auf der Seite auf dem Boden. Wie ein Embryo hatte sie ihre Beine hochgezogen, die Schultern nach vorne gebeugt und die Arme vor der Brust verschränkt. Ihr Körper war verfärbt und aufgedunsen. In ihren hervorquellenden Augen lag ein Ausdruck des Entsetzens, und ihr Mund stand weit offen, für alle Zeiten zu einem lautlosen Schrei verzogen.

»Die Gesichter sind am schlimmsten«, brachte Lisa mühsam hervor.

»Ich verstehe einfach nicht, warum sich die Gesichtsmuskeln nach dem Tod nicht entspannt haben. Es ist unbegreiflich, warum sie so steif bleiben.«

»Was haben sie nur gesehen?« überlegte Lisa.

Tom Oxely saß zusammengesunken vor seinem Funkgerät. Sein Kopf lag auf der Seite, und er war ebenso angeschwollen und mit Blutergüssen übersät wie Karen. Mit der rechten Hand umklammerte er das Mikrofon, als hätte er sich geweigert, es herzugeben, während er starb. Offensichtlich war es ihm nicht gelungen, um Hilfe zu rufen. Wäre es ihm geglückt, eine Nachricht zu senden, müßte die Polizei mittlerweile bereits eingetroffen sein.

Das Funkgerät war tot.

Jenny hatte das schon befürchtet, als sie die Leichen entdeckt hatte. Interessanter als der Zustand des Funkgeräts und der Leichen waren jedoch die Barrikaden. Die Tür des Arbeitszimmers war verschlossen. Karen und Tom hatten einen schweren Schrank davorgeschoben und ihn mit Sesseln und dem Fernsehgerät festgeklemmt.

»Sie wollten irgend etwas oder irgend jemanden daran hindern, hier hereinzukommen«, meinte Lisa.

»Es ist ihm offensichtlich trotzdem gelungen.«

»Aber wie?«

Sie sahen beide zu dem Fenster hinüber, durch das sie hereingeklettert waren.

»Es war von innen verschlossen«, sagte Jenny.

Als sie die Vorhänge von dem zweiten Fenster im Raum zurückzogen, stellten sie fest, daß auch hier der Riegel vorgeschoben war.

Jenny starrte in die Nacht hinaus, bis sie plötzlich das Gefühl hatte, daß sich jemand in der Dunkelheit versteckt hielt und sie beobachtete. Sie fühlte sich schutzlos an dem hell erleuchteten Fenster und zog rasch die Vorhänge zu.

»Ein verschlossener Raum«, sagte Lisa.

Jenny drehte sich langsam um und ließ ihren Blick durch

das Zimmer wandern. Am Heizungsrohr befand sich eine kleine Öffnung, die jedoch mit einem Metallgitter abgedeckt war, und der Spalt zwischen der verbarrikadierten Tür und dem Boden betrug nur etwa ein bis zwei Zentimeter. Es war ausgeschlossen, daß sich jemand Zugang zu dem Raum verschafft hatte.

»Soweit ich das beurteilen kann, können sie nur durch Bakterien, Giftgas oder Strahlung getötet worden sein«, sagte Jenny.

»Aber nichts davon hat die Liebermanns getötet.«

Jenny nickte. »Außerdem würde niemand versuchen, sich mit einer Barrikade gegen Strahlung, Gas oder Bakterien zu schützen.«

Wie viele Einwohner von Snowfield hatten sich wohl eingeschlossen und geglaubt, sich damit zu schützen – und waren dann auf ebenso schnelle und mysteriöse Weise gestorben wie diejenigen, denen keine Zeit mehr blieb davonzulaufen? Und was war das bloß, das in verschlossene Räume eindringen konnte, ohne Türen und Fenster zu öffnen? Was hatte diese Barrikade überwunden, ohne sie zu beschädigen?

In dem Haus der Oxleys herrschte eine unheimliche Stille.

»Was nun?« fragte Lisa schließlich.

»Ich denke, wir müssen jetzt eine Ansteckung riskieren. Wir werden aus der Stadt zur nächsten Telefonzelle fahren, den Sheriff in Santa Mira anrufen und ihm die Lage schildern. Dann soll er entscheiden, wie es weitergeht. Wir fahren dann wieder zurück und warten hier. So nehmen wir mit niemandem direkten Kontakt auf, und wenn es nötig ist, können sie die Telefonzelle später keimfrei machen.«

»Der Gedanke, wieder in die Stadt zurückzukehren, gefällt mir gar nicht«, sagte Lisa ängstlich.

»Mir auch nicht, aber wir haben eine gewisse Verantwortung zu tragen. Laß uns gehen.« Jenny ging auf das Fenster zu, durch das sie hereingekommen waren.

Plötzlich klingelte das Telefon.

Jenny zuckte bei dem schrillen Geräusch zusammen. Der Apparat stand auf dem Tisch neben dem Funkgerät. Nach dem nächsten Klingeln riß Jenny den Hörer von der Gabel.

»Hallo?«

Keine Antwort.

»Hallo?«

Eisiges Schweigen.

Jenny umklammerte den Hörer. Irgend jemand hörte ihr schweigend zu und wartete auf ihre Reaktion. Sie war entschlossen, dem Anrufer diesen Triumph nicht zu gönnen, und preßte wortlos den Hörer an ihr Ohr. Obwohl sie angestrengt lauschte, hörte sie nicht einmal ein Rauschen in der Leitung, aber sie spürte, daß jemand am anderen Ende war – ebenso wie im Haus der Santinis und im Büro des Sheriffs. Sie stand bewegungslos in dem verbarrikadierten Zimmer eines stillen Hauses, in das sich der Tod heimlich eingeschlichen hatte, und fühlte mit einemmal eine eigenartige Veränderung in sich. Jenny Paige war eine gebildete Frau, die normalerweise vernünftig und logisch dachte. Aberglaube war ihr fremd. Daher hatte Sie bisher versucht, das Geheimnis von Snowfield mit Vernunft und Logik zu lösen, aber zum ersten Mal in ihrem Leben kam sie damit nicht weiter. Nun verschob sich etwas in ihr, als würde ein schwerer Eisendeckel von einem dunklen Bereich in ihrem Unterbewußtsein gehoben. Darunter befanden sich ursprüngliche Empfindungen und Wahrnehmungen und eine ehrfürchtige Scheu, die ihr vollkommen neu war. Es schien, als könne sie aufgrund der ihr von ihren Vorfahren vermittelten Gene spüren, was hier in Snowfield vor sich ging. Diese Erkenntnis war jedoch so fremdartig und zutiefst unlogisch, und sie wehrte sich heftig gegen diesen aufkommenden Aberglauben.

Jenny packte den Telefonhörer noch fester und lauschte der Stille in der Leitung, während ihre die verrücktesten Gedanken durch den Kopf schossen.

›Das ist kein Mensch, das ist ein Ding.‹

›Unsinn.‹

›Es ist nicht menschlich, hat aber ein Bewußtsein.‹

›Jetzt wirst du hysterisch.‹

›Unglaublich bösartig. Die perfekte, reine Verkörperung des Bösen.‹

›Aufhören, hör sofort auf damit!‹

Sie wollte den Hörer auf die Gabel knallen, brachte es aber nicht fertig. Das Ding am anderen Ende der Leitung hatte sie in seinen Bann geschlagen.

Lisa kam auf sie zu. »Was ist los mit dir? Was ist denn passiert?«

Jenny begann zu zittern und zu schwitzen. Gerade als sie sich von diesem scheußlichen Etwas losreißen und den Hörer auflegen wollte, hörte sie ein Zischen, dann ein Klicken – und plötzlich ertönte das Freizeichen.

Einen Augenblick lang war sie so verblüfft, daß sie nicht reagieren konnte. Dann wählte sie leise wimmernd das Amt.

Es klingelte – ein wunderbar normales, beruhigendes Geräusch.

»Vermittlung.«

»Hallo, das ist ein Notruf«, sagte Jenny. »Bitte verbinden Sie mich sofort mit dem Büro des Sheriffs in Santa Mira.«

9
Ein Hilferuf

»Wäsche?« fragte Kale. »Welche Wäsche?«

Bryce sah, daß die Frage ihn verunsicherte, und er nur vorgab, sie nicht zu verstehen.

»Was soll das, Sheriff?« fragte Bob Robine.

Bryce senkte den Blick und erwiderte mit ruhiger Stimme: »Meine Güte, Bob, ich versuche nur, den Dingen auf den Grund zu gehen, damit wir alle endlich von hier verschwinden können. Auch ich arbeite nicht gern am Sonntag, das dürfen Sie mir glauben. Das Wochenende ist so gut wie vorbei, und ich habe noch einige Fragen an Mr. Kale. Er muß keine einzige davon beantworten, aber ich werde sie stellen. Dann kann ich endlich nach Hause gehen, meine Füße auf den Tisch legen und ein Bier trinken.«

Robine seufzte und sah Kale an. »Antworten Sie nicht, bevor ich es Ihnen erlaube.«

Kale nickte beunruhigt.

»Also gut, machen wir weiter«, sagte Robine zu Bryce und runzelte die Stirn.

»Als Mr. Kale uns am vergangenen Donnerstag die Todesfälle gemeldet hatte und wir in seinem Haus eintrafen, fiel mir auf, daß der Bund seines Pullovers und ein Hosenaufschlag feucht waren. Es war kaum zu bemerken, aber ich hatte den Eindruck, daß er alles, was er trug, kurz zuvor gewaschen und nicht lange genug im Trockner gelassen hatte. Also habe ich mir den Waschraum angesehen und etwas Interessantes gefunden. In dem Regal neben der Waschmaschine, wo Mrs. Kale ihre Waschmittel und Weichspüler aufbewahrte, entdeckte ich zwei blutige Fingerabdrücke auf einer Waschmittelpackung. Einer davon war verschmiert, aber der andere deutlich zu erkennen. Nach dem Laborbericht stammt er von Mr. Kale.«

»Von wem stammt das Blut auf der Packung?« fragte Robine scharf.

»Mrs. Kale und Danny hatten Blutgruppe 0 – ebenso wie Mr. Kale. Deshalb ist es schwierig für uns ...«

»Und das Blut auf der Packung?« unterbrach Robine.

»Blutgruppe 0.«

»Dann könnte es sich um das Blut meines Klienten handeln. Vielleicht hat er diese Abdrücke letzte Woche hinterlassen, nachdem er sich bei der Gartenarbeit verletzt hat.«

Bryce schüttelte den Kopf. »Wie Sie wissen, sind die Untersuchungsmethoden heutzutage so weit fortgeschritten, daß man eine Blutprobe durch eine DNA-Analyse einem

Fingerabdruck gleichsetzen kann. Es steht eindeutig fest, daß das Blut auf der Packung – also das Blut an Mr. Kales Händen – von dem kleinen Danny Kale stammt.«

Fletcher Kales graue Augen blieben ausdruckslos, aber sein Gesicht wurde blaß. »Ich kann das erklären«, sagte er.

»Einen Augenblick!« warf Robine rasch ein. »Erklären Sie es erst mir – unter vier Augen.« Der Anwalt zog sich mit seinem Mandanten in eine Ecke des Raums zurück.

Bryce ließ sich in seinem Stuhl zusammensinken. Er fühlte sich ausgelaugt. Seit dem vergangenen Donnerstag, als er die zusammengekrümmte Leiche des kleinen Danny gesehen hatte, ging es ihm nicht gut.

Er hatte erwartet, sich besser zu fühlen, wenn er Kale beobachten konnte, wie er versuchte, sich aus dieser Lage herauszuwinden, doch jetzt empfand Bryce keine Befriedigung dabei.

Robine und Kale kamen zurück. »Sheriff, ich fürchte, mein Mandant hat eine Dummheit begangen.«

Kale gab sich Mühe, einen zerknirschten Eindruck zu machen.

»Was er getan hat, könnte falsch ausgelegt werden – wie Sie das ja bereits getan haben. Mr. Kale war erschrocken, völlig durcheinander und von Trauer überwältigt. Er konnte in diesem Moment nicht klar denken. Ich bin sicher, die Mitglieder einer Jury würden das verstehen. Als er die Leiche seines kleinen Sohns entdeckte, hob er sie auf ...«

»Uns sagte er aber, er habe den Kleinen nicht angerührt.«

Kale sah Bryce direkt in die Augen. »Als ich Danny gefunden habe, konnte ich ... einfach nicht glauben, daß er ... daß er tot war«, sagte er. »Also hob ich ihn auf ... Ich wollte ihn ins Krankenhaus bringen. Später, nachdem ich Joanna erschossen hatte, sah ich, daß meine Kleidung mit ... mit Dannys Blut beschmiert war. Ich hatte meine Frau erschossen und begriff plötzlich, daß man denken könnte, ich hätte auch meinen Sohn umgebracht.«

»Ihre Frau hielt immer noch das Fleischmesser in der Hand«, sagte Bryce. »Und auch an ihrer Kleidung war überall Dannys Blut. Außerdem haben Sie sicherlich daran gedacht, daß man bei der Autopsie PCP in ihrem Körper finden würde.«

»Ja, das ist mir jetzt auch klar.« Kale zog ein Taschentuch hervor und wischte sich damit über seine Augen. »Aber in diesem Augenblick hatte ich einfach Angst, man würde mir etwas anhängen, was ich nicht getan habe.«

Fletcher Kale war in Bryces Augen kein Psychopath. Er war weder verrückt noch unfähig, eine soziale Bindung einzugehen. Eigentlich gab es keinen Begriff, der auf ihn zutraf. Ein guter Polizeibeamter war jedoch fähig, diesen Typ Mensch zu erkennen und zu begreifen, daß er ein Gewaltpotential in sich trug und auch brutal vorgehen konnte. Er gehörte zu der Art von Menschen, die sehr vital wirken und ständig in Bewegung sind. Er war einer der Männer, die seichten Charme versprühen, Kleidung tragen, die teurer ist, als sie sich eigentlich leisten können, kein einziges Buch besitzen, keine fundierte Meinung über Politik, Kunst, Wirtschaft oder andere wichtige Belange haben, nur gläubig sind, wenn ihnen ein Unglück widerfährt oder sie jemanden mit ihrer Religiosität beeindrucken wollen. (Kale gehörte keiner Glaubensgemeinschaft an, las aber in der Zelle mindestens vier Stunden am Tag in der Bibel.) Er gehörte zu denjenigen, die einen athletischen Körperbau hatten, jedoch anscheinend jegliche Art der Körperertüchtigung verabscheuten, statt dessen ihre Freizeit in Bars und Clubs verbrachten, ihre Frau ständig betrogen (und das tat Kale nachweislich), impulsiv und unzuverlässig waren, zu allen Verabredungen zu spät erschienen (wie Kale) und deren Ziele entweder sehr unbestimmt oder unrealistisch waren. (Fletcher Kale? Ein Träumer!) Diese Männer überzogen immer wieder ihr Konto, erzählten Lügen über ihre finanzielle Situation, borgten sich oft Geld, das sie erst nach langer Zeit wieder zurückzahlten, übertrieben maßlos, gaben vor zu wissen, daß sie eines Tages reich sein würden, hatten aber keinen genauen Plan, wie sie sich ein Vermögen verschaffen wollten, machten sich niemals Gedanken über das kommende Jahr, kümmerten sich nur um sich selbst, und das erst, wenn es bereits zu spät war. Fletcher Kale war ein Musterexemplar dieses Typs von Mann.

Bryce kannte diese Art von Männern. Ihre Augen waren immer ausdruckslos – man konnte nichts darin erkennen. Ihr Gesichtsausdruck war der jeweiligen Situation angepaßt und schien fast zu genau zu stimmen. Wenn sie Anteilnahme für eine andere Person zeigten, waren sie immer unaufrichtig. Sie kannten keine Reue, keine Moral, Liebe oder Einfühlungsvermögen. Oft ließen sie eine Spur der Zerstörung hinter sich, ruinierten und verbitterten die Menschen, von denen sie geliebt wurden, zerstörten das Leben ihrer Freunde, die sich auf sie verlassen und ihnen vertraut hatten. Sie veruntreuten ihnen anvertraute Vermögen, überschritten dabei aber niemals die Grenze zur Kriminalität. Hin und wieder ging ein solcher Mann jedoch zu weit – und da er ein Mensch war, der sich nicht mit halben Sachen zufrieden gab, hatte das meist verheerende Folgen.

Danny Kale. Ein kleiner, blutiger Körper, der zusammengekrümmt am Boden lag.

Der graue Nebel, der sich auf Bryces Gemüt gelegt hatte, wurde so dick wie kalter, öliger Rauch. »Sie haben uns erzählt, Ihre Frau sei seit zweieinhalb Jahren eine starke Marihuanaraucherin gewesen«, sagte er zu Kale.

»Das stimmt.«

»Deshalb hat sich der Coroner auf meine Anweisung hin für ein paar Dinge interessiert, die er üblicherweise nicht untersuchen läßt. Der Zustand von Joannas Lungen war eindeutig. Sie hat nicht geraucht – Rauschgift schon gar nicht. Ihre Lungen waren sauber.«

»Ich sprach nicht von Tabak, sondern von Marihuana«, entgegnete Kale.

»Sowohl Tabak als auch Marihuana greifen die Lungen an«, erklärte Bryce. »Bei Joanna ist keinerlei Schädigung festgestellt worden.«

»Aber ich ...«

»Sagen Sie nichts«, riet Robine seinem Mandanten und deutete mit seinem langen, schlanken Zeigefinger auf Bryce. »Vor allem ist doch wichtig, ob PCP in ihrem Blut gefunden wurde oder nicht.«

»Ja, sie hatte es im Blut, aber sie hat es nicht geraucht, sondern eingenommen. In ihrem Magen war noch eine Menge davon.«

Robine blinzelte überrascht, faßte sich aber schnell wieder. »Na bitte«, sagte er. »Sie hat es also eingenommen. Auf welche Weise ist doch egal, oder?«

»Nun, in ihrem Magen befand sich mehr davon als in ihrem Blut«, erwiderte Bryce.

Kale versuchte interessiert, besorgt und unschuldig zugleich auszusehen – trotz seiner anpassungsfähigen Gesichtszüge bereitete ihm das Mühe.

Bob Robine runzelte die Stirn. »Also gut, es befand sich mehr PCP in ihrem Magen als in ihrem Blut. Na und?«

»Angel Dust wird sehr schnell resorbiert. Es bleibt also nicht sehr lange im Magen. Joanna hatte zwar genügend geschluckt, um sich zu berauschen, aber der Zeitraum war nicht ausreichend, um das Zeug wirken zu lassen. Offensichtlich hat sie das PCP zusammen mit dem Speiseeis gegessen, das sich an ihren Magenwänden abgesetzt und die Aufnahme des Rauschgifts verzögert hat. Bei der Autopsie wurde festgestellt, daß sie das Schokoladeneis erst teilweise verdaut hatte. Also war die Zeit zu kurz, um Halluzinationen oder rasende Wut zu verursachen.« Bryce legte eine Pause ein und atmete tief durch. »Auch in Dannys Magen wurde Schokoladeneis gefunden, allerdings ohne eine Spur von PCP. Als Mr. Kale uns erzählte, er sei am Donnerstag früh von der Arbeit nach Hause gekommen, erwähnte er nichts davon, daß er seiner Familie eine große Packung Schokoladeneis mitbrachte.«

Fletcher Kales Gesicht war ausdruckslos. Zumindest schien er keine Kraft mehr aufzubringen, sich zu verstellen.

»Wir fanden eine halbvolle Packung Eiscreme in Kales Eisschrank. Meiner Meinung nach haben Sie, Mr. Kale, allen eine Portion Eis gegeben, ihrer Frau allerdings heimlich PCP daruntergemischt. So konnten Sie später behaupten, sie sei unter dem Einfluß der Droge in Raserei geraten. Sie haben nicht damit gerechnet, daß die Autopsie das ans Tageslicht bringen würde.«

»Einen Augenblick!« rief Robine.

»Dann haben Sie Ihre blutige Kleidung gewaschen«, fuhr Bryce unbeirrt fort. »Sie spülten das schmutzige Geschirr und räumte es auf, damit Sie dann später behaupten konnten, der kleine Danny sei bei Ihrer Heimkehr bereits tot gewesen und Ihre Frau hätte sich im PCP-Rausch befunden.«

»Das sind doch nur Vermutungen«, wandte Robine ein. »Haben Sie das Motiv vergessen? Warum sollte mein Klient ein so scheußliches Verbrechen begehen?«

Bryce sah Kale direkt in die Augen. »High Country Investments«, sagte er.

Kales Gesicht blieb unbeweglich, aber in seinen Augen flackerte etwas auf.

»Haben Sie Eiscreme gekauft, bevor Sie letzten Donnerstag nach Hause fuhren?« fragte Bryce, ohne seinen Blick abzuwenden.

»Nein«, antwortete Kale tonlos.

»Der Geschäftsführer von 7-Eleven an der Calder Street kann sich aber daran erinnern.«

Kale biß so wütend die Zähne zusammen, daß die Muskeln an seinem Kinn hervortraten.

»Was hat es mit High Country Investments auf sich?« wollte Robine wissen.

Bryce ging nicht darauf ein. »Kennen Sie einen Mann namens Gene Terr?« fragte er Kale scharf.

Kale starrte ihn wortlos an.

»Manche Leute nennen ihn nur ›Jeeter‹.«

»Wer ist denn das?« warf Robine ein.

»Der Anführer der Chrome Demons«, erklärte Bryce, ohne den Blick von Kale abzuwenden. »Das ist eine Motorradgang. Jeeter handelt mit Drogen. Es ist uns noch nicht gelungen, ihn dabei zu erwischen, aber einige seiner Leute haben wir bereits geschnappt. Wir haben Jeeter ein wenig unter Druck gesetzt, bis er uns schließlich den Namen eines anderen Dealers verraten hat, der Mr. Kale regelmäßig Gras verkauft hat. Mrs. Kale hat allerdings nie etwas gekauft.«

»Wer sagt das?« fragte Robine aufgebracht. »Dieser Rocker etwa? Dieser Asoziale, der mit Drogen handelt? Das ist kein zuverlässiger Zeuge!«

»Nach unseren Informationen hat Mr. Kale am letzten Donnerstag nicht nur Gras, sondern auch Angel Dust gekauft. Der Mann, bei dem er es sich besorgt hat, wird das auch vor Gericht beeiden, wenn wir ihm Straffreiheit gewähren.«

Geschickt und schnell wie ein Raubtier sprang Kale auf, packte den leeren Stuhl neben sich, schleuderte ihn über den Tisch Bryce Hammond entgegen und lief zur Tür. Doch noch während der Stuhl durch die Luft flog, erhob Bryce sich blitzschnell, und das Geschoß flog an ihm vorbei, ohne ihn zu berühren. Als der Stuhl hinter ihm auf den Boden knallte, war er bereits um den Tisch herumgelaufen.

Kale riß die Tür auf und rannte auf den Flur hinaus. Bryce war nur wenige Schritte hinter ihm, und Tal Whitman, der von dem Fensterbrett heruntergesprungen war, als sei eine Ladung Sprengstoff unter ihm explodiert, folgte ihm auf dem Fuß.

Im Korridor sah Bryce, daß Fletcher Kale auf die gelbe Tür zum Notausgang zulief. Kale riß die Metalltür auf und flüchtete auf den Parkplatz, doch Bryce gelang es, ihn einzuholen.

Als Kale die Nähe seines Verfolgers spürte, drehte er sich geschmeidig wie eine Katze um und versuchte, Bryce einen Faustschlag zu verpassen.

Bryce wich dem Hieb aus und landete einen Schlag in Kales Magen. Dann holte er noch einmal aus und traf Kale am Hals. Kale taumelte, umfaßte seinen Hals mit den Händen und keuchte und würgte.

Bryce griff ihn wieder an, Kale aber war nicht so schwer getroffen, wie er vorgegeben hatte. Er machte einen Satz nach vorne und packte Bryce mit beiden Armen.

»Bastard!« schrie er und versprühte dabei Speichel. Seine grauen Augen waren weit aufgerissen, und er zog die Lippen wie eine Raubkatze zurück und entblößte sein Gebiß. Obwohl Bryce ein starker Mann war, gelang es ihm nicht, sich aus Kales eisernem Griff zu befreien. Die beiden taumelten einige Schritte zurück, stolperten und stürzten dann zu Boden. Kale lag oben, und Bryce prallte mit dem Hinterkopf so heftig auf den Asphalt, daß er einen Augenblick lang befürchtete, das Bewußtsein zu verlieren.

Kale schlug wieder zu, traf jedoch nicht richtig. Schnell rollte er sich herunter und kroch davon. Bryce schüttelte den Kopf, um die Dunkelheit zu vertreiben, die hinter seinen Augen aufstieg. Er war überrascht, daß sein Gegner seinen Vorteil nicht ausgenützt hatte, doch dann erkannte er plötzlich, was Kale vorhatte.

Die Pistole.

Sie lag einige Meter entfernt auf dem Boden, matt schimmernd im gelblichen Schein der Lampen.

Bryce tastete nach seinem Halfter. Leer. Die Pistole auf dem Asphalt war seine eigene. Anscheinend war sie ihm bei dem Sturz aus dem Halfter gerutscht und über den Boden geschlittert.

Die Hand des Mörders griff nach der Waffe.

In diesem Augenblick war Tal Whitman zur Stelle und gab Kale mit seinem Gummiknüppel eins ins Genick. Der hochgewachsene Mann brach bewußtlos über der Waffe zusammen.

Tal kniete sich neben Kale und fühlte seinen Puls.

Bryce legte eine Hand auf seinen schmerzenden Hinterkopf und humpelte zu ihnen hinüber. »Ist er in Ordnung, Tal?«

»Ja. In ein paar Minuten wird er wohl wieder zu sich kommen.« Er nahm Bryces Pistole an sich und stand auf.

Bryce nahm seine Waffe entgegen. »Dafür schulde ich Ihnen etwas.«

»Nicht der Rede wert. Wie geht es Ihrem Kopf?«

»Jetzt wäre ich gern Besitzer einer Aspirin-Fabrik.«

»Ich hätte nicht gedacht, daß er wegläuft.«

»Ich auch nicht«, sagte Bryce. »Wenn es solchen Typen an den Kragen geht, werden sie gewöhnlich nur ruhiger, beherrschter und vorsichtiger.«

»Er hat sich wohl schon in der Zelle gesehen.«

Bob Robine stand an der offenen Tür, starrte sie an und schüttelte bestürzt den Kopf.

Als Bryce Hammond einige Minuten später an seinem Schreibtisch saß und die Formulare ausfüllte, mit denen Fletcher Kale eines Doppelmords beschuldigt wurde, klopfte Bob Robine an die offene Tür.

Bryce sah auf. »Ah, der Anwalt. Wie geht es Ihrem Mandanten?«

»Es geht ihm gut, aber mein Mandant ist er nicht mehr.«

»Oh? War das seine oder Ihre Entscheidung?«

»Meine. Ich kann niemanden vertreten, der mir nur Lügen erzählt. Ich mag es nicht, wenn man mich an der Nase herumführt.«

»Will er einen anderen Anwalt anrufen?«

»Nein. Er möchte den Haftrichter um einen Pflichtverteidiger bitten.«

»Ich werde ihn gleich morgen früh vorführen lassen.«

»Sie wollen wohl keine Zeit verschwenden.«

»Nicht mit diesem Kerl«, erwiderte Bryce.

Robine nickte. »Ganz richtig. Das ist ein übler Bursche, Bryce. Vor fünfzehn Jahren bin ich aus der katholischen Kirche ausgetreten, weil ich mir sicher war, daß es weder Engel noch Dämonen noch Wunder gibt. Ich hielt mich für zu gebildet, um mir einreden zu lassen, das Böse schleiche sich in Gestalt des Teufels auf diese Welt. Als ich jedoch vorhin in der Zelle war, drehte Kale sich plötzlich zu mir um und sagte: ›Mich kriegen sie nicht. Sie werden mich nicht vernichten. Das schafft niemand. Ich komme bald wieder frei.‹ Ich warnte ihn vor übertriebenem Optimismus. ›Ich habe keinen Mord begangen‹, gab er mir zur Antwort. ›Ich habe mir lediglich Abfall vom Hals geschafft, der in meinem Leben keinen Platz mehr hatte.‹«

»O Gott«, sagte Bryce. »Ich wünschte, Sie könnten das vor Gericht bezeugen.«

Beide schwiegen eine Weile. Schließlich seufzte Robine. »Was hat es mit High Country Investments auf sich? Was hat die Firma mit seinem Motiv zu tun?«

Bevor Bryce es ihm erklären konnte, kam Tal Whitman hereingestürzt. »Bryce, kann ich Sie sprechen?« Er warf Robine einen Blick zu. »Unter vier Augen.«

»Natürlich.« Robine verließ den Raum, und Tal schloß die Tür hinter dem Anwalt.

»Bryce, kennen Sie Dr. Jennifer Paige?«

»Sie hat vor einiger Zeit in Snowfield eine Praxis eröffnet.«

»Richtig. Was für ein Mensch ist sie?«

»Ich kenne sie nicht persönlich, habe aber gehört, sie soll eine gute Ärztin sein. Und die Leute in den kleinen Bergdörfern sind froh, nicht mehr bis nach Santa Mira fahren zu müssen, wenn sie ärztliche Hilfe brauchen.«

»Ich habe sie auch noch nie gesehen. Mich würde interessieren, ob sie vielleicht ... haben Sie schon einmal etwas gehört, daß sie ... nun, daß sie trinkt?«

»Nein. Wieso? Was ist denn los?«

»Sie hat vor ein paar Minuten angerufen. Angeblich hat es in Snowfield eine Katastrophe gegeben.«

»Eine Katastrophe? Was meint sie damit?«

»Nun, sie sagte, sie wisse es selbst nicht genau.«

Bryce blinzelte. »Klang ihre Stimme hysterisch?«

»Nein, aber völlig verängstigt. Sie sagt, sie will nur mit Ihnen darüber reden. Wir haben Sie auf Leitung drei gelegt.«

Bryce griff zum Telefonhörer.

»Da ist noch etwas«, fügte Tal stirnrunzelnd hinzu.

Bryce ließ seine Hand auf dem Hörer liegen.

»Sie sagte mir etwas, aber das ergibt keinen Sinn. Sie glaubt, daß ...«

»Ja?«

»Sie denkt, dort oben seien alle tot. Alle Einwohner von Snowfield. Nur sie und ihre Schwester seien noch am Leben.«

10
Schwestern und Polizisten

Jenny und Lisa verließen das Haus der Oxleys so, wie sie hineingekommen waren: durch das Fenster.

Die Nacht wurde immer kälter, und der Wind frischte wieder auf.

Die beiden kehrten zu Jennys Haus zurück, um sich warme Jacken zu holen, Jenny probierte ihr Autotelefon aus, aber es funktionierte nicht.

Sie gingen den Hügel hinunter zum Polizeirevier, setzten sich vor dem Stadtgefängnis auf eine hölzerne Bank und warteten auf Hilfe aus Santa Mira.

»Wie lange wird es dauern, bis sie hier sind?« fragte Lisa.

»Na ja, Santa Mira liegt etwa dreißig Meilen von hier entfernt. Die Straße ist sehr kurvenreich, und die Männer werden wahrscheinlich besondere Vorsichtsmaßnahmen treffen.« Jenny sah auf ihre Armbanduhr. »Ich denke, sie werden in einer Dreiviertelstunde kommen. Spätestens in einer Stunde.«

»O Gott.«

»So lange ist das auch wieder nicht, Liebes.«

Lisa schlug den Kragen ihrer mit Vlies gefütterten Jeansjacke hoch. »Jenny, als bei den Oxleys das Telefon klingelte und du abgehoben hast ...«

»Ja?«

»Wer war da dran?«

»Niemand.«

»Aber was hast du gehört?«

»Nichts«, log Jenny.

»Du sahst aber aus, als würdest du dich bedroht fühlen.«

»Nun, ich war natürlich aufgeregt. Als das Telefon klingelte, dachte ich, es würde wieder funktionieren, aber dann war die Leitung doch tot. Das hat mich ... sehr enttäuscht. Das war alles.«

»Und dann hast du das Freizeichen gehört?«

»Ja.«

Wahrscheinlich glaubt sie mir nicht, dachte Jenny. Sie denkt, ich würde versuchen, sie vor etwas zu beschützen. Und damit hat sie natürlich recht. Wie soll ich ihr aber erklären, daß ich das Gefühl hatte, etwas Böses sei am anderen Ende? Ich verstehe es ja selbst nicht. Warum hat er – oder es – mir plötzlich die Leitung geöffnet?«

Der Wind blies einen Papierfetzen über die Straße. Sonst rührte sich nichts. Eine zarte Wolke wanderte langsam über die eine Hälfte des Mondes.

»Jenny, falls mir heute nacht etwas zustoßen sollte ...«

»Dir wird nichts geschehen, Liebes.«

»Falls mir aber doch etwas passieren sollte«, fuhr Lisa unbeirrt fort. »Ich möchte dir nur sagen, daß ich ... daß ich sehr stolz auf dich bin.«

Jenny legte ihrer Schwester einen Arm um die Schulter, und die beiden rückten noch enger zusammen. »Es tut mir sehr leid, daß wir bisher so wenig Zeit miteinander verbracht haben, kleine Schwester.«

»Du hast uns besucht, so oft du konntest«, erwiderte Lisa. »Ich weiß, daß es nicht leicht für dich war. Ich habe bestimmt ein Dutzend Bücher darüber gelesen, was man alles tun muß, um Ärztin zu werden. Es war mir immer bewußt, daß du viel Arbeit und Sorgen hattest.«

»Ich hätte trotzdem öfter nach Hause kommen können«, sagte Jenny überrascht.

Manchmal war sie nicht heimgefahren, weil sie den stummen Vorwurf in den Augen ihrer Mutter nicht ertragen konnte – er wurde nie ausgesprochen, doch gerade das hatte sie so stark berührt. *Du hast deinen Vater auf dem Gewissen, Jenny. Du hast ihm das Herz gebrochen, und das hat ihn umgebracht.*

»Und Mama war auch immer so stolz auf dich«, betonte Lisa.

Diese Bemerkung war mehr als eine Überraschung für Jenny – sie brachte sie völlig aus dem Gleichgewicht.

»Mom erzählte allen Leuten ständig von ihrer Tochter, der Ärztin«, fuhr Lisa fort. »Ich glaube, ihre Freundinnen waren manchmal kurz davor, sie aus dem Bridge-Club zu werfen, wenn sie auch nur noch ein Wort von deinem Stipendium und deinen guten Noten gesagt hätte.«

Jenny zwinkerte. »Meinst du das ernst?«

»Natürlich.«

»Aber hat Mom nicht ...«

»Was?« fragte Lisa.

»Nun ... hat sie nie etwas über ... über Dad gesagt? Er ist vor zwölf Jahren gestorben.«

»Ja, das weiß ich doch. Er starb, als ich zweieinhalb Jahre alt war.« Lisa runzelte die Stirn. »Wovon sprichst du eigentlich?«

»Hat Mom mir denn nie die Schuld gegeben?«
»Schuld? Woran?«
Bevor Jenny antworten konnte, war die Grabesstille in Snowfield vorüber. Alle Lichter gingen aus.

Drei Polizeiwagen machten sich mit rot blinkenden Lichtern von Santa Mira auf den Weg über die dunklen Hügel zu den mondbeschienenen Hängen der Sierras und steuerten Snowfield an.

Tal Whitman fuhr den ersten Wagen der Kolonne. Sheriff Hammond saß neben ihm, und auf dem Rücksitz hatten Gordy Brogan und Jake Johnson, ein weiterer Hilfssheriff, Platz genommen.

Gordy hatte Angst.

Er wußte, daß man ihm seine Furcht nicht ansah, und darüber war er froh. Im Grunde sah er aus, als sei ihm das Gefühl der Angst vollkommen unbekannt. Er war hochgewachsen, kräftig gebaut und muskulös. Seine Hände waren so groß und stark wie die eines professionellen Basketballspielers, und er erweckte den Anschein, als könne er sich problemlos mit jedem auseinandersetzen, der sich mit ihm anlegte. Er wußte, daß sein Gesicht hart, aber nicht unattraktiv war – einige Frauen hatten ihm das bestätigt. Seine Miene wirkte allerdings meist düster, und seine dünnen Lippen gaben seinem Mund einen leicht grausamen Zug. Jake Johnson hatte ihn einmal so beschrieben: »Gordy, wenn du die Stirn runzelst, siehst du aus, als würdest du lebendige Hühner zum Frühstück verzehren.«

Obwohl er aussah wie ein harter Mann, hatte Gordy Brogan Angst. Er fürchtete sich nicht vor einer möglichen Seuche oder Giftgas. Der Sheriff hatte gesagt, es gebe Anzeichen, daß die Einwohner von Snowfield nicht durch Bakterien oder giftige Substanzen, sondern von anderen Menschen getötet worden seien. Gordy hatte Angst davor, zum ersten Mal in den achtzehn Monaten, seit er Hilfssheriff war, seine Waffe benutzen zu müssen. Er fürchtete sich davor, auf jemanden schießen zu müssen – entweder um sein eigenes Leben, das eines Kollegen oder eines Opfers zu schützen.

Er glaubte nicht, daß er das jemals fertigbringen würde.

Vor fünf Monaten entdeckte er diese gefährliche Schwäche an sich, nachdem er einen Notruf von dem Sportgeschäft Donner's entgegengenommen hatte. Ein verärgerter ehemaliger Angestellter, ein stämmiger Angestellter namens Leo Sipes, war zwei Wochen nach seiner Kündigung in den Laden gekommen, hatte den Geschäftsführer verprügelt und seinem Nachfolger den Arm gebrochen. Als Gordy eintraf, war der grobschlächtige, betrunkene Kerl gerade dabei, mit einem Holzfällerbeil die Einrichtung zu zertrümmern. Gordy gelang es nicht, ihn zur Aufgabe zu überreden. Als Sipes mit erhobenem Beil auf ihn zuging, zog Gordy seine Pistole. Und dann stellte er fest, daß er sie nicht benutzen konnte. Sein Finger, den er um den Abzug krümmte, wurde mit einemmal steif und kalt wie Eis. Er mußte die Waffe wieder wegstecken und eine direkte Konfrontation mit dem Täter riskieren. Irgendwie gelang es ihm dann, Sipes das Beil abzunehmen.

Jetzt, fünf Monate später, saß er auf dem Rücksitz des Streifenwagens und hörte dem Gespräch zwischen Jake Johnson und Sheriff Hammond zu. Gordys Magen krampfte sich zusammen, als er daran dachte, was ein 45er Hohlspitzgeschoß anrichten konnte. Es würde einen Menschen buchstäblich den Kopf abreißen. Eine Schulter würde sich in Fleischfetzen und Knochensplitter verwandeln. Es würde die Brust eines Menschen aufreißen und dabei das Herz und andere Organe zerfetzen, ein Bein zerschmettern, wenn es die Kniescheibe traf, ein Gesicht in blutigen Brei verwandeln. Und Gordy Brogan, Gott möge ihm helfen, war einfach nicht fähig, jemandem so etwas anzutun.

Das war seine geheime Schwäche. Er wußte zwar, daß manche seine Unfähigkeit, auf einen Menschen zu schießen, nicht als Schwäche, sondern als Zeichen moralischer Überlegenheit bezeichnen würden, aber ihm war auch klar, daß das nicht immer zutraf. Es gab Gelegenheiten, bei denen es moralischer war, die Waffe abzufeuern. Als Polizeibeamter hatte er sich verpflichtet, die Öffentlichkeit zu schützen, und deshalb war seine Unfähigkeit, auf jemanden zu schießen, wenn es nötig war, nicht nur eine Schwäche, sondern Verrücktheit oder sogar eine Sünde.

Nach der beunruhigenden Episode in Donner's Sportartikelladen hatte Gordy Glück gehabt. Nur bei einigen wenigen Einsätzen hatte er es mit Gewalttätern zu tun gehabt, und es war ihm jedesmal gelungen, sie einzuschüchtern beziehungsweise mit Faustschlägen oder dem Einsatz seines Gummiknüppels zur Vernunft zu bringen. Einige Male hatte er Warnschüsse in die Luft abgegeben, und einmal, als es unvermeidlich schien, auf jemanden zu schießen, hatte sein Kollege Frank Autry zuerst gefeuert und den bewaffneten Täter zur Strecke gebracht, bevor Gordy sich vor die unüberwindbare Aufgabe gestellt sah, abdrücken zu müssen.

Doch jetzt war es offensichtlich in Snowfield zu unvorstellbaren Gewalttaten gekommen, und Gordy wußte genau, daß man Gewalt nur allzuoft mit Gewalt begegnen mußte.

Die Pistole an seiner Hüfte schien mehr als tausend Pfund zu wiegen.

Er fragte sich, ob nun der Zeitpunkt gekommen war, an dem er seine Schwäche nicht mehr verbergen konnte. Würde er in dieser Nacht vielleicht sterben – oder durch seine Schwäche den sinnlosen Tod eines anderen Menschen verursachen?

Gordy betete verzweifelt, daß er es schaffen würde, dagegen anzukämpfen. Es mußte einem von Natur aus friedliebenden Menschen doch gelingen, notfalls sich selbst, seine Freunde oder Kollegen zu schützen.

Die drei weiß-grünen Streifenwagen mit den blinkenden roten Signalleuchten auf dem Dach fuhren die kurvenreiche

Straße hinauf, den Gipfeln entgegen, wo das Mondlicht den Anschein erweckte, als wäre der erste Schnee bereits gefallen.

Gordy Brogan hatte immer noch Angst.

Die Straßenlaternen und alle anderen Lichter gingen aus und tauchten die Stadt in tiefe Dunkelheit.

Jenny und Lisa sprangen von der Bank auf.

»Was ist passiert?«

»Psst!« sagte Jenny. »Hör doch!«

Es blieb jedoch weiterhin totenstill.

Der Wind hatte sich so abrupt gelegt, als hätte ihn die plötzliche Dunkelheit über der Stadt erschreckt. Die Äste der Bäume wirkten so unbeweglich wie alte Kleider in einem Schrank.

Gott sei Dank scheint der Mond, dachte Jenny.

Mit klopfendem Herzen drehte sie sich um und ließ ihren Blick über die Gebäude hinter ihnen wandern. Das Stadtgefängnis. Ein kleines Café. Die Läden und Wohnhäuser.

Alle Türen lagen so tief im Schatten, daß Jenny nicht erkennen konnte, ob sie offen oder geschlossen waren – oder ob sie sich in diesem Augenblick langsam öffneten, um die abscheulichen, aufgedunsenen Toten auf die Straße zu lassen, die von Dämonen wiederauferweckt worden waren.

Hör auf damit, befahl Jenny sich. Die Toten erwachen nicht wieder zum Leben.

Ihr Blick blieb an dem Tor zu der Passage zwischen den Polizeirevier und dem Souvenirladen daneben. Der Tunnel war genauso eng und düster wie der Durchgang neben der Bäckerei der Liebermanns.

Lauerte auch dort etwas? Kam es nun, da die Lichter erloschen waren, unaufhaltsam auf den dunklen Bürgersteig geschlichen?

Da war wieder diese ursprüngliche Angst.

Das Gefühl, das Böse zu spüren.

Die abergläubische Furcht.

»Komm«, sagte sie zu Lisa.

»Wohin?«

»Auf die Straße. Dort kommt nichts an uns heran.«

»Ohne daß wir es vorher sehen«, beendete Lisa den Satz.

Sie gingen zum Mittelstreifen der vom Mondschein erhellten Straße.

»Wie lange dauert es noch, bis der Sheriff eintrifft?« fragte Lisa.

»Mindestens noch fünfzehn oder zwanzig Minuten.«

Plötzlich gingen abrupt alle Lichter wieder an. Die beiden waren überrascht und geblendet von dem unerwarteten Feuerwerk – dann wurde es wieder dunkel.

Jenny hob die Pistole, wußte aber nicht, wohin sie zielen sollte. Ihre Kehle war wie zugeschnürt, ihr Mund trocken.

Ein markerschütterndes Geräusch – ein durchdringendes Heulen – hallte durch Snowfield.

Jenny und Lisa schrien beide entsetzt auf, drehten sich so rasch um, daß sie zusammenstießen und blinzelten in die Dunkelheit.

Dann herrschte wieder Stille.

Wieder gellendes Geheul.

Stille.

»Woher kam das?« fragte Lisa.

»Von der Feuerwache!«

Noch einmal ertönte kurz die ohrenbetäubende Sirene aus dem Gebäude der freiwilligen Feuerwehr von Snowfield, das auf der östlichen Seite des St. Moritz Way lag.

Bong!

Jenny zuckte wieder zusammen und drehte sich hastig um.

Bong! Bong!

»Eine Kirchenglocke«, sagte Lisa.

»Ja, von der katholischen Kirche westlich der Vail Lane.«

Noch einmal läuteten die Glocken mit einem lauten, trauererfüllten Klang, der die dunklen Fensterscheiben der

Häuser in der Skyline Road und den anderen Straßen der toten Stadt zum Vibrieren brachte.

»Irgend jemand muß doch am Seil ziehen, um die Glocke zum Läuten zu bringen«, meinte Lisa. »Oder auf den Knopf drücken, der die Sirene auslöst. Also *muß* außer uns noch jemand hier sein.«

Jenny antwortete nicht.

Erneut heulte die Sirene auf, erstarb wieder und gellte noch einmal durch die Nacht. Dann begann die Glocke wieder zu läuten, bis Sirene und Glocke gleichzeitig ertönten, immer und immer wieder, als wollten sie ein Ereignis von ungeheurer Bedeutung ankündigen.

In den Bergen, eine Meile vor der Abzweigung nach Snowfield, war die Landschaft abwechselnd in Dunkelheit und das silbrige Licht des Mondes getaucht. Die Bäume wirkten wie bedrohliche Schatten mit weißlich umsäumten, schwer zu erkennenden Blättern und Nadeln.

Im Gegensatz dazu wurde der Straßenrand von den sich drehenden Signalleuchten auf den Dächern der drei Ford Sedans blutrot erhellt. Alle drei Wagen trugen das Zeichen des Polizeireviers von Santa Mira an den vorderen Türen.

Hilfssheriff Frank Autry fuhr den zweiten Wagen. Sein Kollege Stu Wargle saß zusammengesunken auf dem Beifahrersitz.

Frank Autry war ein schlanker, sehniger Mann mit ordentlich frisiertem, graumeliertem Haar. Seine Gesichtszüge waren hager und scharf geschnitten, als wäre Gott an dem Tag, an dem er Franks genetischen Plan zusammengestellt hatte, nicht in der Laune gewesen, unnötig Zeit zu verschwenden. Frank hatte haselnußbraune Augen, fein geschwungene Augenbrauen, eine schmale, aristokratische Nase, Lippen, die weder zu schmal noch zu fleischig wirkten und kleine, enganliegende Ohren mit winzigen Ohrläppchen. Sein Schnurrbart war sorgfältig gestutzt.

Er trug seine Uniform genau nach Dienstvorschrift – die schwarzen Stiefel waren auf Hochglanz poliert, die braune Hose wies eine messerscharfe Bügelfalte auf, Koppel und Halfter glänzten gut eingefettet, und das braune Hemd war frisch gewaschen.

»Das ist einfach eine beschissene Ungerechtigkeit«, murrte Stu Wargle.

»Vorgesetzte müssen nicht immer gerecht sein – nur recht haben.«

»Welcher Vorgesetzte?« fragte Wargle streitlustig.

»Sheriff Hammond. Den meinen Sie doch, oder?«

»Den betrachte ich nicht als Vorgesetzten.«

»Aber genau das ist er«, erwiderte Frank.

»Dieser Bastard will mich fertigmachen«, erklärte Wargle.

Frank gab keine Antwort.

Bevor er Polizeibeamter geworden war, hatte Frank Autry als Offizier bei der Armee gedient. Mit sechsundvierzig hatte er nach achtundzwanzig Jahren ausgezeichneter Arbeit den Dienst quittiert und war wieder in seine Heimatstadt Santa Mira gezogen. Eigentlich hatte er geplant, ein kleines Geschäft aufzumachen, um seine Pension aufzustocken und eine Beschäftigung zu haben, aber er hatte nichts gefunden, was ihn interessierte. Schließlich hatte er begriffen, daß eine Aufgabe ohne Uniform, ohne Risiken, ohne militärische Struktur und das Bewußtsein, der Nation zu dienen, für ihn nicht in Frage kam. Vor fünf Jahren hatte er sich dann als Deputy verpflichtet. Obwohl das für ihn, einen ehemaligen Major, eine Degradierung bedeutete, fühlte er sich wohl in diesem Job.

Allerdings bereute er seinen Entschluß meist einmal im Monat, wenn er eine Woche lang mit Stu Wargle zum Dienst eingeteilt war. Wargle war unerträglich, und Frank tolerierte ihn nur, weil er im Umgang mit ihm seine Selbstbeherrschung üben konnte.

Wargle war schlampig. Er wusch sein Haar zu selten, rasierte sich unsauber, trug ständig eine zerknitterte Uniform und schmutzige Stiefel. Außerdem waren sein Bauch, seine Hüften und sein Hinterteil viel zu fett.

Wargle war ein Langweiler ohne jeglichen Sinn für Humor. Er las nicht, wußte nichts, hatte aber zu jeder sozialen und politischen Frage eine unumstößliche Meinung.

Wargle war ein widerlicher Kerl: fünfundvierzig Jahre alt, bohrte aber immer noch in der Öffentlichkeit in der Nase und rülpste und furzte laut, ohne sich jemals dabei etwas zu denken.

Jetzt lehnte er sich gegen die Beifahrertür und sagte: »Eigentlich habe ich ab zehn Uhr dienstfrei! Um zehn Uhr, verdammt! Es ist nicht fair von Hammond, mich für diese blödsinnige Fahrt nach Snowfield einzuteilen! Noch dazu wartet eine heiße Braut auf mich!«

Frank reagierte nicht darauf. Er fragte nicht nach, mit wem Wargle verabredet war. Schweigend fuhr er weiter und hoffte, Wargle würde ihm heute abend nicht sagen, wer die ›heiße Braut‹ war.

»Sie ist Kellnerin in Spanky's Schnellimbiß«, erklärte Wargle. »Vielleicht haben Sie sie schon einmal gesehen. Eine Blondine. Sie heißt Beatrice, aber alle nennen sie Bea.«

»Ich gehe selten zu Spanky's«, erwiderte Frank.

»Ach so. Ihr Gesicht ist nicht so übel, und sie hat großartige Titten. Na ja, vielleicht ein paar Pfund zuviel, aber sie hält sich für viel häßlicher, als sie ist. Total unsicher, verstehen Sie? Man muß sie richtig behandeln, also zuerst ihre Selbstzweifel noch bestärken, ihr dann aber sagen, daß man sie trotzdem will, obwohl sie eigentlich zu fett ist. Mann, ich sage Ihnen, dann tut sie alles, was man will. Einfach alles.«

Der Kerl lachte, als hätte er etwas unglaublich Komisches gesagt.

Frank hätte ihm zu gern ins Gesicht geschlagen, beherrschte sich aber.

Wargle war ein Frauenhasser. Er sprach von Frauen, als gehörten sie einer anderen, niedrigeren Gattung an. Die

Vorstellung, daß man sein Leben mit einer Frau teilen und über tiefe Gefühle mit ihr sprechen konnte, daß man eine Frau lieben, verehren, bewundern und respektieren konnte und ihr Wissen, ihr Verständnis und ihren Humor schätzte, war Stu Wargle völlig fremd.

Frank Autry war seit sechsundzwanzig Jahren mit seiner bezaubernden Ruth verheiratet. Er liebte sie über alles. Obwohl er wußte, daß das ein egoistischer Gedanke war, betete er manchmal, sie möge erst nach ihm sterben, damit er nicht ohne sie zu leben brauchte.

»Dieser Scheißkerl Hammond will mich fertigmachen. Ständig meckert er an mir herum.«

»Weswegen?«

»Wegen allem. Es paßt ihm nicht, wie meine Uniform aussieht. Er mag es nicht, wie ich meine Berichte schreibe. Sagt mir der Kerl doch, ich solle meine Einstellung ändern. Meine Einstellung, das muß man sich vorstellen! Er will mir an den Karren fahren, aber das schafft er nicht. Die nächsten fünf Jahre bringe ich auch noch hinter mich, und dann bekomme ich meine Pension für dreißig Dienstjahre. Der Bastard wird mich nicht um meine Pension bringen.«

Vor knapp zwei Jahren hatten die Einwohner von Santa Mira durch einen Volksentscheid beschlossen, die Polizei der Stadt dem County zu unterstellen. Mit dieser Abstimmung wurde Bryce Hammond das Vertrauen ausgesprochen, denn er hatte die Polizeistation im Landkreis aufgebaut. Bedingung war allerdings, daß keiner der bisher städtischen Polizeibeamten ihren Job oder ihren Pensionsanspruch verlieren durften. Also mußte Bryce Hammond sich mit Stewart Wargle abfinden.

Sie erreichten die Ausfahrt nach Snowfield. Frank sah in den Rückspiegel und beobachtete, wie der dritte Streifenwagen des Konvois sich wie verabredet querstellte, um eine Straßensperre aufzubauen.

Sheriffs Hammonds Wagen fuhr weiter in Richtung Snowfield, und Frank folgte ihm.

»Warum, zum Teufel, haben wir das Wasser mitgebracht?« fragte Wargle. Hinten im Wagen standen drei Zwanzig-Liter-Kanister mit Wasser.

»Das Trinkwasser in Snowfield könnte verseucht sein«, erklärte Frank.

»Und was soll der Fraß im Kofferraum?«

»Auch die Nahrungsmittel könnten vergiftet sein.«

»Ich glaube nicht, daß sie alle tot sind.«

»Der Sheriff konnte Paul Henderson im Polizeirevier nicht erreichen.«

»Na und? Henderson macht doch ständig blau.«

»Die Ärztin dort oben sagte, Henderson sei tot, und die anderen ...«

»Meine Güte, die Ärztin ist entweder verrückt oder besoffen. Wer, zum Teufel, würde schon zu einer Ärztin gehen? Wahrscheinlich hat sie ihr Examen nur bestanden, weil sie sich während ihrer Ausbildung von den richtigen Leuten aufs Kreuz legen lassen hat.«

»Was?«

»Keine Braut hat genügend Grips, um das Studium ohne Hilfe zu schaffen.«

»Wargle, Sie überraschen mich immer wieder.«

»Wieso? Was haben Sie denn?«

»Nichts. Vergessen Sie es.«

Wargle rülpste. »Egal, ich glaube auf jeden Fall nicht, daß sie alle tot sind.«

Ein weiteres Problem mit Stu Wargle war, daß er keinerlei Einbildungskraft besaß.

»So ein Mist. Und das, wo ein geiles Püppchen auf mich wartet.«

Frank Autry dagegen hatte ein sehr gutes Vorstellungsvermögen. Vielleicht war es sogar zu stark ausgeprägt. Während er in die Berge hinauffuhr und das Schild mit der

Aufschrift SNOWFIELD – 3 MEILEN hinter sich ließ, arbeitete seine Fantasie wie eine gut geölte Maschine. Er hatte das beunruhigende Gefühl – war es eine Vorahnung oder Eingebung? –, daß sie direkt in die Hölle fuhren.

Die Feuerwehrsirene heulte, und die Glocke schlug immer schneller. In der Stadt herrschte ein ohrenbetäubender Lärm.

»Jenny!« rief Lisa.

»Halt die Augen offen! Paß auf, ob sie etwas bewegt!«

Die Straße war ein Flickenteppich aus zehntausend Schatten; es gab zu viele dunkle Stellen, um sie alle im Auge zu behalten.

Die Sirene heulte, die Glocke dröhnte, und dann begannen alle Lichter – in den Häusern, in den Läden und auf der Straße – so rasch an- und auszugehen, daß der Eindruck entstand, ein riesiges Stroboskop wäre angestellt worden. In dem flackernden Licht schienen sich die Häuser der Skyline Road rasch vor- und zurückzubewegen. Die Schatten tanzten ruckartig hin und her. Jenny hielt den Revolver mit ausgestreckten Armen vor sich und drehte sich einmal um die eigene Achse.

Falls etwas auf sie zukam, konnte sie es in dem stroboskopischen Feuerwerk nicht erkennen.

Was ist, wenn der Sheriff eintrifft und mitten auf der Straße zwei abgetrennte Köpfe findet? fuhr es Jenny durch den Kopf. Meinen und Lisas.

Die Kirchenglocke läutete noch lauter in einem ununterbrochenen, nervenzerrüttenden Rhythmus. Die Sirene schwoll zu einem mißtönenden, markerschütternden Heulen an. Es war erstaunlich, daß die Fensterscheiben nicht zersplitterten.

Lisa hielt sich die Ohren zu. Jennys Hand, in der sie die Pistole hielt, begann unkontrolliert zu zittern.

Dann hörte der Höllenlärm so abrupt auf, wie er begonnen hatte. Die Sirene und die Glocke verstummten. Die Lichter blieben an.

Jenny sah sich angestrengt um und wartete darauf, daß etwas passieren würde – irgend etwas noch Schlimmeres, doch alles blieb ruhig.

Die Stadt war wieder so totenstill wie ein Friedhof. Plötzlich fegte der Wind wieder durch die Straßen und ließ die Bäume schwanken, als tanzten sie zu einer ätherischen, für das menschliche Ohr nicht wahrnehmbaren Musik.

Benommen schüttelte Lisa den Kopf. »Es ist fast so, als ... als wollte uns jemand Angst einjagen ... oder mit uns spielen.«

»Ja, genau so war es«, sagte Jenny leise. »Als wollte jemand mit uns spielen. Wie eine Katze mit einer Maus.«

Sie standen bewegungslos mitten auf der stillen Straße. Beide wagten es nicht, wieder zu der Bank vor dem Stadtgefängnis zurückzugehen, weil sie befürchteten, mit einer Bewegung möglicherweise die Sirene und die Glocke wieder in Gang zu setzen.

Plötzlich hörten sie ein tiefes Brummen. Einen Augenblick lang krampfte sich Jennys Magen zusammen. Sie hob wieder die Waffe, obwohl sie nichts sah, worauf sie zielen konnte. Dann erkannte sie das Geräusch: das waren die Motoren der Autos, die mühsam die steile Gebirgsstraße heraufschlichen.

Sie drehte sich um und sah die Straße hinunter. Das Dröhnen der Motoren wurde lauter, und dann bogen zwei Streifenwagen mit blinkenden roten Lichtern auf den Dächern um die Kurve.

»Gott sei Dank«, sagte Lisa.

Jenny führte ihre Schwester rasch zu dem kopfsteingepflasterten Gehweg vor dem Polizeirevier.

Die zwei grün-weißen Streifenwagen fuhren langsam die Straße entlang und hielten vor der Holzbank. Beide Motoren wurden gleichzeitig abgestellt. Wieder senkte sich Totenstille über Snowfield.

Ein gutaussehender Schwarzer in der Uniform eines Hilfssheriffs stieg aus dem ersten Wagen und ließ die Tür offen. Er sah Jenny und Lisa an, sagte aber kein Wort. Seine Aufmerksamkeit wurde von der unnatürlich stillen, menschenleeren Straße gefangengenommen. Ein zweiter Mann kletterte vom Vordersitz des Wagens. Er hatte widerspenstiges, sandfarbenes Haar, und seine Augenlider waren so schwer, daß er aussah, als würde er gleich einschlafen. Er trug Zivilkleidung – eine graue Hose, ein blaßblaues Hemd, und eine dunkelblaue Nylonjacke –, doch an seiner Jacke steckte der Sheriffstern.

Weitere vier Männer stiegen aus den Autos. Alle sechs Neuankömmlinge blieben eine Weile sprachlos stehen und betrachteten die ausgestorbenen Läden und Wohnhäuser.

In diesem seltsamen Moment, in dem die Zeit stillzustehen schien, hatte Jenny plötzlich eine schreckliche Vorahnung, an die sie selbst nicht glauben wollte. Sie spürte – nein, sie wußte mit Sicherheit –, daß nicht alle diesen Ort lebend wieder verlassen würden.

11
Untersuchungen

Bryce kniete neben der Leiche Paul Hendersons. Die anderen sieben – seine Leute, Dr. Paige und Lisa – standen dicht beieinander vor dem Holzgeländer im Polizeirevier; sie schwiegen in Gegenwart des Todes.

Paul Henderson war ein guter, anständiger Mensch gewesen, und sein Tod war ein großer Verlust.

»Dr. Paige?«

»Ja, Sheriff?« Jenny kauerte sich auf der anderen Seite der Leiche nieder.

»Sie haben die Leiche doch nicht bewegt?«

»Ich habe sie nicht einmal angefaßt, Sheriff.«

»Und es war kein Blut zu sehen?«

»Genau wie jetzt – kein Blut.«

»Vielleicht hat er eine Verletzung am Rücken«, meinte Bryce.

»Selbst dann müßte Blut auf dem Boden sein.«

»Wahrscheinlich.« Er sah Jenny in die Augen und fand sie sehr hübsch – grün mit goldfarbenen Sprenkeln. »Normalerweise würde ich eine Leiche nicht anrühren, bevor der Coroner sie untersucht hat, aber dies ist eine Ausnahmesituation. Ich muß den Mann umdrehen.«

»Ich weiß nicht, ob es ungefährlich ist, ihn zu berühren.«

»Irgend jemand muß es ja tun«, erwiderte Bryce.

Dr. Paige erhob sich, und alle traten ein paar Schritte zurück.

Bryce legte eine Hand auf Hendersons schwarzblaues, verzerrtes Gesicht. »Die Haut ist ja noch etwas warm«, sagte er überrascht.

»Ich glaube nicht, daß sie schon lange tot sind«, erklärte Dr. Paige.

»Aber eine Leiche verfärbt sich nicht in wenigen Stunden auf diese Weise und schwillt derartig an«, warf Tal Whitman ein.

»Diese Leichen hier schon«, erwiderte die Ärztin.

Bryce drehte die Leiche um, konnte aber keine Wunde auf dem Rücken entdecken. Er schob eine Hand in das dichte Haar des Hilfssheriffs und tastete den Knochen ab. Möglicherweise hatte Henderson einen harten Schlag auf den Hinterkopf bekommen. Doch das war offensichtlich nicht der Fall – der Schädel war nicht eingeschlagen.

Bryce stand auf. »Sie haben doch von zwei enthaupteten Leichen gesprochen, Dr. Paige. Ich denke, wir sollten sie uns jetzt ansehen.«

»Könnte währenddessen einer Ihrer Männer bei meiner Schwester bleiben?« fragte Jenny.

»Ich kann Ihre Gefühle verstehen«, sagte Bryce. »Aber ich glaube nicht, daß es klug wäre, wenn wir uns trennten.

Vielleicht nützt es uns nichts, wenn wir alle zusammenbleiben, doch die Möglichkeit besteht.«

»Schon gut«, versicherte Lisa. »Ich wäre sowieso nicht hier geblieben.«

Ein mutiges Mädchen, dachte Bryce. Sowohl Lisa als auch ihre ältere Schwester erstaunten ihn. Sie waren blaß, und in ihren Augen lag ein Ausdruck des Entsetzens. Zweifellos hatten beide einen Schock erlitten, aber sie kamen mit dieser Situation besser zurecht, als die meisten Menschen das in diesem bizarren Alptraum geschafft hätten.

Sie führten den Sheriff und seine Männer die Straße entlang zur Bäckerei.

Bryce konnte kaum glauben, daß Snowfield noch vor kurzer Zeit ein normaler, belebter Ort gewesen war. Jetzt wirkte die Stadt so ausgebrannt und tot wie eine der Geisterstädte in einer abgelegenen Wüste am Ende der Welt, wo selbst der Wind manchmal vergaß zu wehen. Die unheimliche Stille schien die Stadt schon jahrelang zu umhüllen, vielleicht sogar seit Jahrzehnten, Jahrhunderten oder noch viel länger.

Kurz nach der Ankunft in Snowfield hatte Bryce ein Megaphon benutzt, in der Hoffnung, eine Reaktion aus einem der scheinbar verlassenen Häuser zu bekommen. Jetzt kam es ihm dumm vor, eine Antwort erwartet zu haben.

Sie betraten die Bäckerei der Liebermanns durch die Vordertür und gingen nach hinten in die Backstube.

Auf dem Hackbrett umklammerten immer noch zwei abgetrennte Hände die Griffe des Nudelholzes.

Zwei abgehackte Köpfe starrten durch die Sichtfenster der Backöfen.

»Mein Gott«, sagte Tal leise.

Bryce schüttelte sich, und Jake Johnson lehnte sich kraftlos gegen einen großen weißen Schrank.

»Meine Güte, die sind ja abgeschlachtet worden wie Kühe«, sagte Wargle. Dann fingen alle gleichzeitig zu reden an.

»... warum, zum Teufel, jemand so etwas ...«

»... geisteskrank, verrückt ...«

»... wo sind wohl die Körper?«

»Richtig«, sagte Bryce laut, um sich Gehör zu verschaffen. »Wo sind die Leichen? Wir müssen sie finden.«

Bei dem Gedanken daran, was sie wohl erwarten würde, erstarrte die ganze Gruppe für einen Moment.

»Es geht ohne Ihre und Lisas Hilfe, Dr. Paige«, fügte Bryce hinzu. »Warten Sie hier.«

Die Ärztin nickte, und Lisa lächelte dankbar.

Beklommen durchsuchten die Männer alle Schränke, öffneten eine Schublade und Tür nach der anderen. Gordy Brogan warf einen Blick in den großen Backofen, der nicht mit einem Sichtfenster ausgestattet war, und Frank Autry sah sich den begehbaren Eisschrank an. Bryce untersuchte den kleinen, blitzsauberen Waschraum am anderen Ende der Backstube. Die Männer konnten jedoch die Leichen – oder weitere Leichenteile – des älteren Ehepaars nicht finden.

»Warum haben die Mörder die Leichen wohl weggeschafft?« überlegte Frank.

»Vielleicht haben wir es mit den Anhängern einer Sekte zu tun, die die Körper für irgendein verrücktes Ritual brauchen«, meinte Jake Johnson.

»Wenn es sich tatsächlich um ein Ritual handelt, dann ist es wohl hier abgehalten worden«, sagte Frank.

Gordy Brogan rannte stolpernd zur Toilette. Er schwankte und wirkte wie ein zu groß geratenes Kind mit langen Beinen und baumelnden Armen, die nur durch seine Ellbogen und Knie zusammengehalten wurden. Nachdem er die Tür hinter sich zugeschlagen hatte, hörte man Würgegeräusche.

Stu Wargle lachte. »Meine Güte, so ein Schwächling.«

Bryce drehte sich um und fuhr ihn mit finsterer Miene an: »Was finden Sie hier so witzig, Wargle? Hier wurden Menschen ermordet. Ich finde Gordys Reaktion weitaus natürlicher als unsere.«

Wargle kniff seine kleinen Augen zusammen und schob wütend das schwabbelige Kinn vor. Er besaß nicht einmal den Anstand, sein Verhalten zu bedauern.

O Gott, ich verachte diesen Mann, dachte Bryce.

Als Gordy von der Toilette zurückkam, machte er ein verlegenes Gesicht. »Tut mir leid, Sheriff.«

»Dazu besteht kein Anlaß, Gordy.«

Die Gruppe ging durch die Backstube und den Verkaufsraum auf die Straße hinaus.

Bryce wandte sich sofort der niedrigen Holztür zu, die sich zwischen der Bäckerei und dem Laden nebenan befand. Er starrte darüber hinweg in die dunkle, überdachte Passage. Als Jenny sich zu ihm gesellte, fragte er: »Haben Sie dort drin geglaubt, etwas an den Dachbalken zu sehen?«

»Ja, aber Lisa dachte, irgend etwas würde sich an die Wand kauern.«

»Aber das war in diesem Durchgang, oder?«

»Ja.«

Der Tunnel war rabenschwarz.

Bryce nahm Tals Taschenlampe mit dem langen Griff, zog seine Pistole, öffnete die knarrende Tür und betrat den Gang. Ein leicht muffiger Geruch hing in der Luft. Das Quietschen der rostigen Türangeln und Bryces Schritte hallten in dem Tunnel vor ihm. Der starke Strahl der Taschenlampe reichte bis über die Hälfte des Durchgangs. Der Sheriff leuchtete die nähere Umgebung ab und sah sich die Mauern und die Decke genau an. Zumindest in diesem Teil der Passage war in den Dachbalken nichts zu entdecken.

Mit jedem Schritt wuchs Bryces Überzeugung, daß es unnötig gewesen war, die Waffe zu ziehen – bis er sich in der Mitte des Tunnels befand. Plötzlich spürte er etwas ... etwas Eigenartiges ... ein Kribbeln, eine Vorahnung, die ihm einen eisigen Schauder über den Rücken jagte. Er hatte das Gefühl, nicht mehr allein zu sein.

Bryce war ein Mann, der seinen Gefühlen vertraute, und auch dieses Mal ignorierte er seine Vorahnung nicht. Er blieb stehen, hob die Pistole, lauschte angestrengt und ließ den Strahl seiner Taschenlampe rasch über die Mauern und die Decke wandern. Sorgfältig suchte er die Dachbalken ab, sah nach vorn bis ans Ende des Tunnels und warf sogar einen Blick zurück, um sich zu vergewissern, daß sich inzwischen nicht jemand wie durch Zauberei von hinten angeschlichen hatte. Es war nichts zu entdecken, aber Bryce fühlte sich immer noch von feindseligen Augen beobachtet.

Langsam ging er weiter, und plötzlich entdeckte er etwas im Strahl der Taschenlampe. Vor ihm befand sich ein Gully, etwa einen Quadratmeter groß und mit einem Gitter abgedeckt. Irgend etwas Undefinierbares glitzerte in dem Schacht und reflektierte das Licht der Taschenlampe; es *bewegte* sich.

Vorsichtig trat Bryce näher und leuchtete direkt in den Gully hinein. Was auch immer darin geglänzt hatte, war verschwunden. Er kauerte sich hin und spähte durch das Gitter. Der Lichtkegel fiel auf ein Abflußrohr mit einem Durchmesser von etwa 45 Zentimetern. Es war trocken – das bedeutete, daß er kein Wasser gesehen hatte.

Eine Ratte? Die Urlauber in Snowfield waren meist recht wohlhabend. Deshalb achtete die Stadtverwaltung streng darauf, daß sich hier keine Schädlinge ausbreiteten. Trotz gründlicher Vorsichtsmaßnahmen war es natürlich möglich, daß sich ein oder zwei Ratten eingeschlichen hatten, aber Bryce glaubte nicht, daß es eine gewesen war.

Er ging weiter bis zum Ende des Tunnels und kehrte dann zum Eingang zurück, wo Tal und die anderen auf ihn warteten.

»Haben Sie etwas gesehen?« fragte Tal.

»Nicht viel.« Bryce betrat den Gehsteig und schloß die Holztür hinter sich. Er erzählte ihnen von seinem Gefühl, beobachtet worden zu sein, und von der Bewegung in dem Abflußrohr.

»Die Liebermanns sind von Menschen getötet worden«, sagte Frank Autry. »Nicht von etwas, das so klein ist, um durch ein Abflußrohr kriechen zu können.«

»Das sollte man annehmen«, stimmte Bryce ihm zu.

»Aber Sie haben dort drin doch auch etwas gespürt, oder?« fragte Lisa eindringlich.

»Ja, ich habe etwas gespürt«, bestätigte Bryce. »Offensichtlich hat es mich nicht so stark berührt wie Sie beide. Aber es war sehr ... eigenartig.«

»Gut«, sagte Lisa. »Ich bin froh, daß Sie uns nicht für hysterische Weiber halten.«

»Wenn man bedenkt, was Sie beide durchgemacht haben, sind Sie alles andere als hysterisch.«

»Na ja, Jenny ist Ärztin«, erwiderte Lisa. »Und ich will diesen Beruf vielleicht auch einmal ergreifen. Als Ärztin kann man es sich einfach nicht leisten, hysterisch zu werden.«

Sie war ein hübsches Mädchen, aber Bryce mußte sich eingestehen, daß ihre ältere Schwester noch attraktiver war. Beide hatten das gleiche dichte rotbraune Haar, das an die Farbe von Kirschbaumholz erinnerte, und einen goldfarbenen Teint. Dr. Paiges Gesichtszüge waren allerdings reifer und daher für Bryce interessanter und anziehender. Außerdem leuchteten ihre Augen in einem intensiveren Grünton als die ihrer Schwester.

»Ich würde jetzt gern das Haus sehen, in dem die Opfer sich im Arbeitszimmer verbarrikadierten, Dr. Paige«, sagte Bryce.

»Ja«, stimmte Tal zu. »Die beiden Leute, die in einem verschlossenen Raum getötet wurden.«

»Das Haus der Oxleys liegt an der Ecke Vail Lane und Skyline Road.« Jenny führte die Männer zu der Kreuzung.

Das trockene Hallen ihrer Schritte war das einzige wahrnehmbare Geräusch. Bryce mußte unwillkürlich an eine verlassene Stadt in der Wüste denken, in der Skarabäen in Grabstätten über alte Papyrusrollen huschten.

Dr. Paige bog an der Vail Lane um die Ecke und blieb stehen. »Tom und Karen Oxley wohnen ... ich meine, sie wohnten zwei Blocks von hier.«

Bryce sah sich um. »Auf dem Weg dorthin sollten wir uns alle Häuser und Läden ansehen – zumindest auf dieser Straßenseite. Ich glaube, es ist sicherer, wenn wir uns in zwei Vierergruppen aufteilen. Wir werden uns nicht allzuweit voneinander entfernen, so daß wir uns gegenseitig helfen können, sollte es Schwierigkeiten geben. Dr. Paige und Lisa bleiben bei Tal und mir. Frank, Sie übernehmen die zweite Gruppe.«

Frank nickte.

»Ihr vier bleibt aber zusammen«, ermahnte Bryce seine Männer. »Und das meine ich wörtlich. Ihr dürft euch nicht aus den Augen verlieren. Ist das klar?«

»Ja, Sheriff«, bestätigte Frank Autry.

»Gut. Ihr vier seht euch das erste Gebäude neben dem Restaurant an, und wir übernehmen das nächste Haus. So tasten wir uns langsam vor und vergleichen dann am Ende des Häuserblocks unsere Informationen. Wenn ihr etwas Interessantes bemerkt – und damit meine ich nicht nur weitere Leichen –, dann holt mich. Solltet ihr Hilfe brauchen, feuert zwei oder drei Schüsse ab. Selbst wenn wir gerade in einem der anderen Häuser sind, hören wir es auch dann. Und ihr achtet ebenfalls darauf, ob wir Schüsse abgeben.«

»Darf ich noch etwas vorschlagen?« fragte Dr. Paige.

»Natürlich.«

Jenny wandte sich an Frank Autry. »Wenn Sie Leichen finden, die aus Augen, Ohren, Nase oder Mund bluten, geben Sie mir bitte sofort Bescheid. Auch wenn Sie Anzeichen von Erbrechen oder Durchfall bemerken.«

»Weil das auf eine Krankheit hindeuten könnte?« fragte Bryce.

»Ja«, erwiderte sie. »Oder auf eine Vergiftung.«

»Aber diese Möglichkeit haben wir doch bereits ausgeschlossen«, meinte Gordy Brogan.

Jake Johnson, der mittlerweile viel älter als achtundfünfzig wirkte, sagte: »Das war keine Krankheit, die den Leuten den Kopf abgehackt hatte.«

»Das habe ich mir auch schon überlegt«, erklärte Dr. Paige. »Es könnte sich allerdings um eine Krankheit oder ein Gift handeln, das uns noch nicht bekannt ist – zum Beispiel eine Abart der Tollwut, die einige Menschen tötet und andere so in den Wahnsinn treibt, daß sie ihre Mitmenschen verstümmeln.«

»Halten Sie das denn für wahrscheinlich?« fragte Tal Whitman.

»Nein, aber wir können es auch nicht ausschließen. Was ist im Augenblick unwahrscheinlich? Wer hätte es jemals für möglich gehalten, daß so etwas in einer Stadt wie Snowfield passiert?«

Frank Autry zupfte an seinem Schnurrbart. »Wenn aber hier einige tollwütige Verrückte herumstreifen, wo sind sie dann?«

Alle sahen sich auf der menschenleeren Straße um. Die Grünflächen, Gehsteige und geparkten Autos lagen im Schatten, und hinter den Fenstern der Häuser brannte kein Licht.

»Sie verstecken sich«, meinte Wargle.

»Und lauern«, fügte Gordy Brogan hinzu.

»Nein, das ergibt keinen Sinn«, sagte Bryce. »Tollwütige Wahnsinnige würden sich nicht verstecken, einen Plan schmieden und uns belauern – sie würden uns angreifen.«

»Außerdem ist das nicht einfach Tollwut«, flüsterte Lisa. »Das ist etwas viel Merkwürdigeres.«

»Wahrscheinlich hat sie recht«, meinte Dr. Paige.

»Wenn wir Anzeichen von Erbrechen, Durchfall oder Blutungen finden, wissen wir auf jeden Fall Bescheid«, sagte Bryce. »Und wenn nicht ...«

»Dann muß ich eine neue Hypothese aufstellen«, erwiderte Dr. Paige.

Die anderen schwiegen. Alle zögerten, mit der Suche zu beginnen, da sie nicht wußten, was sie finden würden – oder was *sie* finden würde.

Die Zeit schien stillzustehen.

Die Morgendämmerung wird nie kommen, wenn wir uns nicht endlich in Bewegung setzen, dachte Bryce.

»Also los«, sagte er.

Das erste Gebäude war klein und schmal. Im Erdgeschoß befanden sich eine Galerie und ein Kunstgewerbeladen. Frank Autry schlug eine Scheibe in der Eingangstür ein, griff hinein und öffnete das Schloß. Dann ging er ins Haus und schaltete das Licht an.

Er winkte den anderen zu. »Verteilt euch«, forderte er alle auf. »Bleibt nicht zu eng zusammen. Wir wollen kein einfaches Ziel bieten.«

Sein Befehl erinnerte ihn an zwei Einsätze, die er vor annähernd dreißig Jahren in Vietnam geleitet hatte. Diese Operation war ebenso nervenaufreibend gewesen wie die Missionen im Gebiet der Guerillas.

Vorsichtig schlichen sie durch die Galerie, konnten aber niemanden entdecken. Auch das kleine Büro dahinter war leer. Von dort aus führte eine Treppe in den ersten Stock.

Sie gingen vor wie bei einem militärischen Angriff. Frank stieg allein mit gezogener Waffe die Treppe hinauf, während die anderen unten warteten. Er fand den Lichtschalter an der Wand, drückte darauf und sah, daß er sich in einer Ecke des Wohnzimmers befand. Nachdem er sich versichert hatte, daß er allein in dem Raum war, winkte er die anderen zu sich. Während seine Männer die Treppe heraufkamen, sah er sich in dem Wohnzimmer um, wobei er sich vorsichtig an der Wand entlangtastete.

Gemeinsam durchsuchten sie dann die übrigen Räume im ersten Stock. Arbeitszimmer und Eßzimmer waren leer.

Auf dem Küchenboden entdeckten sie jedoch einen Toten; der Mann trug lediglich eine blaue Pyjamahose. Mit seinem verfärbten, angeschwollenen Körper lag er vor dem geöffneten Kühlschrank. Er wies keine sichtbaren Verletzungen auf, und sein Gesicht war nicht vor Entsetzen verzerrt. Anscheinend war er gestorben, noch bevor er seinen Angreifer hatte sehen können – und ohne die leiseste Warnung, daß der Tod nahe war. Auf dem Boden um ihn herum waren die Zutaten für ein Sandwich verteilt: ein zerbrochenes Senfglas, eine Stange Salami, eine zerquetschte Tomate und eine Packung Schweizer Käse.

»Der ist ohne Zweifel nicht an einer Krankheit gestorben«, stellte Jake Johnson fest. »Wäre er krank gewesen, hätte er bestimmt keine Salami mehr essen wollen.«

»Und es muß sehr schnell geschehen sein«, meinte Gordy. »In den Händen hielt er noch die Sachen aus dem Kühlschrank, und als er sich umdrehte, ist es passiert. Einfach so.«

Im Schlafzimmer entdeckten sie eine weitere Leiche; die Frau lag nackt im Bett. Sie war zwischen zwanzig und vierzig – wegen der Verfärbungen und der Schwellungen war ihr Alter schwer zu schätzen. Ihr Gesicht war wie das Paul Hendersons vor Grauen verzerrt, ihr Mund zu einem Schrei geöffnet.

Jake Johnson holte einen Stift aus der Tasche seines Hemds und schob ihn vorsichtig durch den Abzug der 22er Automatik, die auf den zerknüllten Laken neben der Leiche lag.

»Ich glaube nicht, daß wir damit besonders vorsichtig umgehen müssen«, meinte Frank. »Sie wurde nicht erschossen. Keine Wunden, kein Blut. Wenn jemand die Waffe benutzt hat, dann sie selbst. Geben Sie mal her.«

Er nahm Jake die Waffe aus der Hand und zog das Magazin heraus. Es war leer. Im Schein der Nachttischlampe spähte er in den Lauf. Es war keine Kugel zu sehen. Er roch an der Mündung.

»Ist sie vor kurzem abgefeuert worden?« fragte Jake.

»Ja. Scheint noch nicht lange her zu sein. Wenn das Magazin voll war, hat sie zehn Schuß abgegeben.«

»Da, sehen Sie.« Wargle deutete auf ein Einschußloch in der Wand gegenüber, das sich in etwa zwei Meter Höhe befand.

»Und hier«, sagt Gordy Brogan und zeigte auf eine weitere Kugel, die das dunkle Holz einer Kommode durchschlagen hatte.

Sie fanden die zehn leeren Patronenhülsen im und in der Nähe des Betts, konnten aber keine Kugeln mehr entdecken.

»Glauben Sie, daß sie tatsächlich achtmal getroffen hat?« fragte Gordy Frank.

»Natürlich nicht!« Wargle zog seinen Revolvergurt über seine fetten Hüften. »Wenn sie acht Treffer gelandet hätte, wäre sie nicht die einzige verdammte Leiche in diesem Raum.«

»Richtig«, sagte Frank, obwohl er Stu Wargle nur ungern recht gab. »Außerdem gibt es keine Blutspuren. Hätte sie achtmal getroffen, müßte hier alles voller Blut sein.«

Wargle ging zum Fußende des Betts und starrte auf die Tote hinab. Sie lehnte an etlichen Kissen, und ihre Beine waren in einer grotesken Parodie von Lust weit gespreizt. »Der Typ in der Küche muß die Braut hier gevögelt haben«, sagte Wargle. »Als er fertig war, ist er wohl in die Küche gegangen, um etwas zu essen. Dann muß sich jemand hereingeschlichen und die beiden umgelegt haben.«

»Der Mann in der Küche wurde zuerst umgebracht«, stellte Frank fest. »Er wäre unmöglich auf diese Weise überrascht worden, wenn sie die zehn Schüsse vorher abgefeuert hätte.«

»Mann, ich wünschte, ich hätte auch den ganzen Tag mit einer so heißen Braut im Bett verbringen können«, sagte Wargle.

Frank starrte ihn ungläubig an. »Wargle, Sie sind einfach widerlich. Macht Sie denn sogar eine aufgequollene Tote an – nur weil sie nackt ist?«

Wargle wurde rot. Rasch wandte er den Blick von der Leiche ab. »Was, zum Teufel, ist los mit Ihnen, Frank? Halten Sie mich etwa für pervers? Verdammt, ich habe das Bild auf dem Nachttisch gesehen.« Er deutete auf eine silbergerahmte Fotografie neben der Lampe. »Sie trägt einen Bikini, sehen Sie? Ein hübsches Weibsbild. Große Titten und lange Beine. *Das* hat mich angemacht, Kumpel.«

Frank schüttelte den Kopf. »Es verblüfft mich nur, daß Sie unter solchen Umständen – beim Anblick einer Leiche – an so etwas denken können.«

Wargle hielt das noch für ein Kompliment und zwinkerte ihm zu.

Wenn ich diese Sache hier lebend überstehe, dachte Frank, werde ich mich von Bryce Hammond nie wieder mit Wargle zum Dienst einteilen lassen. Eher kündige ich.

»Wie ist es nur möglich, daß sie achtmal getroffen hat, ohne etwas zu bewirken? Und warum gibt es keine Blutspuren?« fragte Gordy Brogan.

Jake Johnson fuhr sich mit der Hand durch sein weißes Haar. »Ich habe keine Ahnung, Gordy, aber eines weiß ich genau – ich wünschte, Bryce hätte mich nicht für diesen Einsatz ausgesucht.«

Neben der Galerie befand sich ein altmodisches, einstöckiges Haus, an dem ein Schild befestigt war: BROOKHART'S – BIER · WEIN · SPIRITUOSEN · TABAKWAREN · ZEITSCHRIFTEN · ZEITUNGEN · BÜCHER.

Die Lichter brannten, die Tür war nicht verschlossen. Der Laden war selbst außerhalb der Saison am Sonntag bis neun Uhr geöffnet.

Bryce ging voran, gefolgt von Jennifer und Lisa Paige. Tal Whitman betrat den Laden als letzter. In einer gefährlichen

Situation suchte Bryce Hammond sich immer Tal Whitman für die Rückendeckung aus. Nicht einmal Frank Autry vertraute er so sehr wie ihm.

Der Raum wirkte ein wenig unordentlich, aber warm und gemütlich. In den großen Kühlschränken mit den Glastüren stapelten sich Dosen und Bierflaschen, auf den Regalen türmten sich Wein- und Schnapsflaschen neben Taschenbüchern, Magazinen und Zeitungen. Zigarren, Zigaretten und etliche Dosen mit Pfeifentabak lagen in gefährlich wakkeligen Stößen auf mehreren Ladentischen. Dazwischen waren überall Süßigkeiten verteilt: Schokoriegel, Kaugummis, Erdnüsse, Popcorn, Dauerbrezeln, Kartoffelchips, gerösteter Mais und Tortilla-Chips.

Bryce ging durch den Laden und hielt Ausschau nach weiteren Leichen. Nichts zu sehen. Auf dem Boden befand sich jedoch eine riesige, einige Zentimeter tiefe Pfütze. Sie gingen vorsichtig um sie herum.

»Wo kommt nur all das Wasser her?« fragte Lisa.

»Das muß wohl aus einem der Kühlschränke herausgelaufen sein«, meint Tal Whitman.

Sie sahen sich die leise summenden Kühlgeräte neben dem Weinregal genau an, konnten aber kein Leck finden.

»Vielleicht ist ein Wasserrohr undicht«, sagte Jennifer Paige.

Sie suchten weiter und stiegen in den Keller hinunter, in dem etliche Kartons mit Wein und Spirituosen gelagert wurden. Dann gingen sie in den ersten Stock, in dem sich das Büro befand. Auch hier fanden sie nichts Ungewöhnliches.

Als sie durch den Laden auf die Eingangstür zugingen, blieb Bryce stehen und bückte sich neben der Pfütze. Er tauchte einen Finger in die Flüssigkeit. Sie fühlte sich an wie Wasser und war geruchlos.

»Was ist los?« fragte Tal.

Bryce richtete sich wieder auf. »Seltsam – all das Wasser hier.«

»Höchstwahrscheinlich kommt es von einem undichten Wasserrohr, wie Dr. Paige schon sagte.«

Bryce nickte, aber diese große Lache schien wichtig zu sein – auch wenn er nicht sagen konnte, warum.

Taytons Apotheke war nur klein, versorgte aber Snowfield und die umliegenden Bergdörfer. In den beiden Stockwerken darüber lag eine Wohnung. Sie war in beige- und pfirsichfarbenen Tönen mit einigen smaragdgrünen Akzenten gehalten und antik möbliert.

Frank Autry führte seine Männer durch das ganze Haus, doch sie fanden nichts Auffälliges – bis auf den nassen Teppich im Wohnzimmer; er quietschte buchstäblich vor Nässe unter ihren Schuhen.

Der Gasthof Candleglow Inn mit dem überhängenden Dach, den kunstvoll geschnitzten Holzbalken, den geteilten Fenstern und weiß gestrichenen Läden vermittelte einen Eindruck von Gemütlichkeit und Wärme. An den beiden Steinsäulen auf der kurzen Auffahrt hingen zwei Laternen. Drei kleine Scheinwerfer zauberten Lichteffekte auf die Vorderseite des Hauses.

Jenny, Lisa, der Sheriff und Lieutenant Whitman blieben auf dem Gehsteig davor stehen. »Ist es um diese Jahreszeit geöffnet?« fragte Hammond.

»Ja«, erwiderte Jenny. »Selbst außerhalb der Saison ist das Haus meist zur Hälfte belegt, und es genießt auch bei anspruchsvollen Gästen einen sehr guten Ruf. Es gibt allerdings nur sechzehn Zimmer.«

»Na gut ... sehen wir uns ein wenig um.«

Durch die Eingangstür gelangten sie in die kleine, gemütlich eingerichtete Lobby. Auf dem Eichenparkett lag ein dunkler orientalischer Teppich. Neben den beigefarbenen Sofas standen einige altrosa gepolsterte Sessel im Queen-

Anne-Stil, und auf den Tischen aus Kirschbaumholz befanden sich stilvolle Messinglampen.

Jenny schlug rasch einige Male auf die Glocke an der Rezeption – wie erwartet, bekam sie keine Antwort.

»Dan und Sylvia haben hinter dem Büro ein Apartment«, erklärte sie und deutete auf einen kleinen Raum hinter der Rezeption.

»Gehört ihnen der Gasthof?« fragte der Sheriff.

»Ja. Dan und Sylvia Kanarsky.«

»Freunde von Ihnen?« Der Sheriff sah sie nachdenklich an.

»Ja, sehr gute sogar.«

»Dann sollten Sie besser nicht in ihre Wohnung gehen.«

Seine blauen Augen mit den schweren Lidern spiegelten Mitgefühl und Verständnis wider. Jenny registrierte überrascht die Freundlichkeit und Intelligenz, die seine Gesichtszüge prägten. Sie hatte ihn in der vergangenen Stunde bei seiner Arbeit beobachtet und allmählich begriffen, daß er viel wachsamer und tüchtiger war, als es den Anschein hatte. Jetzt sah sie in seine gefühlvollen, warmherzigen Augen und stellte fest, daß er ein scharfsichtiger, interessanter und beeindruckender Mann war.

»Wir können nicht einfach davonlaufen«, sagte sie. »Früher oder später muß das Hotel ohnehin durchsucht werden – ebenso wie die ganze Stadt. Also bringen wir diesen Teil hinter uns.«

Sie klappte das Brett an der Rezeption nach oben und wollte durch die Schwingtür in das Büro gehen.

»Bitte lassen Sie immer mich oder Lieutenant Whitman vorausgehen«, sagte der Sheriff.

Jenny trat bereitwillig zur Seite, und er ging an ihr vorbei in das Apartment der Kanarskys. Es war leer. Keine Leichen. Gott sei Dank.

Sie kehrten zur Rezeption zurück, und Whitman blätterte im Gästebuch. »Im Augenblick sind nur sechs Zimmer vermietet. Sie sind alle im ersten Stock.«

Der Sheriff entdeckte einen Generalschlüssel an einem Brett neben den Briefkästen.

Mit routinemäßiger Vorsicht gingen sie die Treppe nach oben und durchsuchten sechs Zimmer. In den ersten fünf fanden sie Gepäck, Kameras, halbbeschriebene Postkarten und andere Anzeichen, daß sie tatsächlich bewohnt waren. Von den Gästen fehlte jedoch jede Spur.

Als der Lieutenant im sechsten Zimmer ins Bad gehen wollte, fand er die Tür verschlossen. Er hämmerte dagegen. »Polizei! Ist da jemand?«

Keine Antwort.

Whitman sah sich den Türknauf an und wandte sich dann an den Sheriff. »Auf dieser Seite ist kein Verriegelungsknopf, also muß jemand dort drin sein. Soll ich die Tür aufbrechen?«

»Sie sieht sehr massiv aus«, meinte Harnmond. »Es nützt uns nichts, wenn Sie sich dabei die Schulter auskugeln. Schießen Sie das Schloß auf.«

Jenny zog Lisa am Arm zur Seite, damit sie nicht von Splittern getroffen wurde.

Lieutenant Whitmann rief eine Warnung, bevor er einen Schuß auf das Schloß abgab. Dann trat er die Tür auf und stürmte ins Badezimmer. »Hier ist niemand.«

»Vielleicht sind sie aus dem Fenster geklettert«, sagte der Sheriff.

Whitman runzelte die Stirn. »Hier gibt es keine Fenster.«

»Sind Sie sicher, daß die Tür verschlossen war?«

»Absolut. Und sie läßt sich nur von innen absperren.«

»Aber wie? Wenn niemand drin war?«

Whitman zuckte mit den Schultern. »Hier ist allerdings etwas, was Sie sich ansehen sollten.«

Das Badezimmer war groß genug für alle vier, also sahen sie es sich gemeinsam an. Auf dem Spiegel über dem Waschbecken hatte jemand eine hastig hingekritzelte Nachricht in dicken fetten schwarzen Buchstaben hinterlassen:

TIMOTHY FLYTE
DER ALTE FEIND

In einer anderen Wohnung über einem anderen Laden fanden Frank Autry und seine Männer wieder einen durchtränkten Teppichboden vor. Im Wohnzimmer, Eßzimmer und in den Schlafzimmern war der Teppich trocken, aber in dem Gang zur Küche war er tropfnaß. Und in der Küche waren bis zu zwei Zentimeter tiefe Pfützen auf dem Linoleum.

Jake Johnson stand im Flur und starrte auf den Küchenboden. »Das muß ein undichtes Wasserrohr sein.«

»Das haben Sie in dem anderen Haus auch schon vermutet«, erinnerte Frank ihn. »Glauben Sie tatsächlich an einen solchen Zufall?«

»Aber das ist doch nur Wasser«, warf Gordy Brogan ein. »Das kann doch wohl nichts mit ... mit all diesen Morden zu tun haben.«

»Mist«, sagte Stu Wargle. »Wir verschwenden nur unsere Zeit. Hier ist nichts. Los, gehen wir.«

Frank ignorierte ihn und ging in der Küche vorsichtig um den See herum zu einer trockenen Stelle neben den Küchenschränken. Er öffnete einige Türen, bis er eine kleine Plastikschüssel fand, die normalerweise für die Aufbewahrung von Resten benutzt wurde. Sie war sauber und trocken und hatte einen luftdichten Deckel. In einer Schublade entdeckte er einen großen Löffel, mit dem er etwas von dem Wasser auf dem Boden in den Plastikbehälter füllte.

»Was tun Sie denn da?« fragte Jake.

»Ich nehme eine Probe mit.«

»Eine Probe? Wozu? Das ist doch nur Wasser.«

»Schon«, erwiderte Frank. »Aber irgend etwas daran ist komisch.«

Das Badezimmer. Der Spiegel. Die Buchstaben.
Jenny starrte auf die fünf Worte.

»Wer ist Timothy Flyte?« fragte Lisa.

»Vielleicht der Kerl, der das geschrieben hat«, meinte Lieutenant Whitman.

»Ist das Zimmer an Flyte vermietet?« fragte der Sheriff.

»Ich glaube nicht, daß dieser Name im Gästebuch steht«, antwortete der Lieutenant. »Wir können ja unten noch einmal nachsehen, aber eigentlich bin ich mir ganz sicher.«

»Vielleicht ist Timothy Flyte einer der Mörder«, meinte Lisa. »Möglicherweise hat ihn der Mann, der dieses Zimmer gemietet hat, erkannt und diese Nachricht hinterlassen.«

Der Sheriff schüttelte den Kopf. »Nein. Hätte Flyte wirklich etwas mit der Sache zu tun, hätte er doch nicht seinen Namen auf dem Spiegel gelassen. Er hätte ihn abgewischt.«

»Aber nur, wenn er die Nachricht auch gesehen hat«, sagte Jenny.

»Vielleicht wußte er davon, gehört aber zu diesen Verrückten, von denen Sie gesprochen haben, und es ist ihm gleichgültig, ob wir ihn schnappen oder nicht«, meinte der Lieutenant.

Bryce Hammond sah Jenny an. »Gibt es hier in der Stadt einen Flyte?«

»Nie von ihm gehört.«

»Kennen Sie jeden in Snowfield?«

»Ja.«

»Alle fünfhundert Einwohner?«

»Fast alle.«

»So, fast alle. Es könnte also doch einen Timothy Flyte hier geben, oder?«

»Selbst wenn ich ihn nicht persönlich kennengelernt hätte, würde ich seinen Namen kennen. Das ist ein kleines Nest, Sheriff – zumindest außerhalb der Saison.«

»Möglicherweise handelt es sich um jemanden aus Mount Larson, Shady Roost oder Pineville«, sagte der Lieutenant.

Jenny wünschte, sie könnten die Nachricht auf dem Spiegel an einem anderen Ort besprechen. Draußen, an der frischen Luft. Wo sich nichts unbemerkt anschleichen konnte. Sie wurde das unerklärliche, unheimliche Gefühl nicht los, daß in diesem Augenblick etwas Fremdes in einem anderen Teil des Hotels umherschlich und heimlich etwas Schreckliches tat, wovon sie, der Sheriff, Lisa und der Hilfssheriff nichts bemerkten.

»Und was soll der zweite Teil bedeuten?« fragte Lisa und deutete auf die Worte DER ALTE FEIND.

Nach einer Weile sagte Jenny: »Lisa hat wohl recht. Anscheinend wollte der Mann, der das geschrieben hat, uns sagen, daß Timothy Flyte sein Feind war. Und unserer auch, denke ich.«

»Möglich«, sagte Bryce zweifelnd. »Aber dann hat er sich seltsam ausgedrückt – ›der Alte Feind‹. Klingt merkwürdig – beinahe archaisch. Wenn er sich vor Flyte in das Badezimmer geflüchtet hat und schnell eine Nachricht hinterlassen wollte, warum hat er dann nicht geschrieben, ›Timothy Flyte ist mein alter Feind‹ oder etwas Ähnliches?«

Lieutenant Whitman war der gleichen Meinung. »Ja, dann hätte er geschrieben ›Timothy Flyte hat das getan‹ oder ›Flyte hat alle umgebracht.‹ Sicher hätte er uns keine Rätsel aufgeben wollen.«

Der Sheriff sah sich die Toilettenartikel in dem breiten Regal über dem Waschbecken an. Direkt unter dem Spiegel stand eine Flasche Gesichtswasser, Aftershave, das nach Limonen duftete, ein elektrischer Rasierapparat, zwei Zahnbürsten und eine Tube Zahnpasta. Daneben lagen einige Kämme, Haarbürsten und ein Make-up-Set. »So wie es aussieht, benutzten zwei Leute dieses Badezimmer. Wahrscheinlich haben sie sich auch zu zweit hier eingeschlossen. Das würde bedeuten, zwei Menschen sind spurlos verschwunden. Aber womit haben sie auf den Spiegel geschrieben?«

»Ich denke, mit einem Augenbrauenstift«, sagte Lisa.

Jenny nickte. »Das glaube ich auch.«

Sie suchten das Bad nach einem schwarzen Augenbrauenstift ab, konnten aber keinen finden.

»Na großartig.« Der Sheriff seufzte. »Der Augenbrauenstift ist also zusammen mit den beiden Leuten verschwunden, die sich hier eingeschlossen haben und trotzdem gekidnappt wurden.«

Sie gingen wieder zur Rezeption hinunter. Im Gästebuch waren unter der Zimmernummer Mr. und Mrs. Harold Ordnay aus San Francisco verzeichnet.

»Keiner der anderen Gäste heißt Timothy Flyte«, sagte Sheriff Hammond und klappte das Buch zu.

»Mehr können wir hier im Augenblick wohl nicht tun«, meinte Lieutenant Whitman.

Jenny war erleichtert, das zu hören.

»Okay«, rief Bryce Hammond. »Gehen wir zu Frank und den anderen. Vielleicht haben sie etwas entdeckt.«

Sie gingen durch die Lobby, als Lisa plötzlich aufschrie.

Alle sahen sie – wenige Sekunden, nachdem sie dem Mädchen aufgefallen war. Sie lag auf einem kleinen Tisch, direkt im Schein einer Lampe mit rosafarbenem Schirm, die sie so vorteilhaft beleuchtete, daß sie wie ein Kunstwerk in einer Ausstellung aussah. Eine Männerhand. Eine abgehackte Hand.

Lisa wandte sich von dem makabren Anblick ab.

Jenny nahm ihre Schwester in den Arm und betrachtete die Hand mit morbider Faszination. Eine Hand – das schien unmöglich zu sein.

Zwischen Daumen und Zeige- und Mittelfinger hielt sie einen Stift umklammert. Einen Augenbrauenstift. Das mußte *der* Stift sein.

Jenny war so entsetzt wie Lisa, biß sich aber auf die Lippen und unterdrückte einen Schrei. Es war nicht nur der Anblick der Hand, der sie in Angst und Schrecken versetzte und ihr beinahe die Luft abschnürte, sondern die Tatsache, daß diese Hand vor kurzem noch nicht dort gelegen hatte.

Irgend jemand mußte sie dort hingelegt haben, während sie im ersten Stock waren, und dieser jemand hatte genau gewußt, daß sie sie finden würden. Jemand verspottete sie – und er hatte einen äußerst perversen Sinn für Humor.

Bryce Hammond öffnete seine Augen so weit, wie Jenny es bei ihm noch nie gesehen hatte. »Verdammt, dieses Ding war doch vorher noch nicht hier, oder?«

»Nein«, sagte Jenny.

Der Sheriff und sein Deputy hoben ihre Waffen, mit denen sie bisher auf den Boden gezielt hatten, als befürchteten sie, die abgetrennte Hand würde den Stift fallen lassen, vom Tisch springen und einem von ihnen die Augen ausstechen.

Sie waren sprachlos.

Das geringelte Muster des orientalischen Teppichs schien sich mit einemmal in Spiralen eines Kühlgeräts zu verwandeln und eisige Kälte auszustrahlen.

Irgendwo im Obergeschoß knarrte ein Bretterboden oder eine ungeölte Tür.

Bryce Hammond sah zur Decke hinauf. Wahrscheinlich handelte es sich nur um ein völlig natürliches Geräusch. Es konnte aber auch etwas anderes sein.

»Jetzt besteht kein Zweifel mehr daran«, sagte der Sheriff.

»Woran?« fragte Lieutenant Whitman und richtete seinen Blick auf die Zugänge zur Lobby.

Der Sheriff wandte sich an Jenny. »Bevor wir hierherkamen, und als Sie die Sirene und die Kirchenglocke hörten, hatten Sie doch das Gefühl, daß das, was sich in Snowfield abspielt, wahrscheinlich noch nicht vorüber sei.«

»Ja.«

»Und jetzt wissen wir, daß Sie recht hatten.«

12
Schlachtfeld

Jake Johnson wartete mit Frank, Gordy und Stu Wargle am Ende des Häuserblocks auf einem sehr hell erleuchteten Teil des Bürgersteigs vor dem Lebensmittelgeschäft Gilmartin's Market.

Er beobachtete, wie Bryce Hammond das Candleglow Inn verließ und wünschte sich verzweifelt, der Sheriff würde schneller gehen. Es gefiel ihm nicht, hier im Licht zu stehen. Verdammt, das war wie auf einer Bühne. Jake fühlte sich sehr verwundbar.

Als sie allerdings vor ein paar Minuten einige Häuser in der Straße durchsucht hatten und dabei durch dunkle Abschnitte gehen mußten, in denen sich Schatten wie lebende, pulsierende Wesen bewegt hatten, hatte Jake sehnsüchtig nach dem hellerleuchteten Gehsteig geschielt und dabei die Dunkelheit ebenso gefürchtet wie jetzt das Licht.

Nervös fuhr er sich mit einer Hand durch sein dichtes weißes Haar. Die andere Hand lag auf dem Griff seiner Pistole an seiner Hüfte.

Jake Johnson war nicht nur ein Freund von Vorsicht. Er verehrte sie geradezu – Vorsicht war sein Gott. *Vorsicht ist die Mutter der Porzellankiste; lieber ein Spatz in der Hand als die Taube auf dem Dach; Vorsicht ist besser als Nachsicht ...* Solche Sprichwörter waren ihm geläufig. Für ihn waren sie die Leitsätze für den einzig sicheren Weg. Abseits davon lag nur das kalte Nichts von Risiko, Gefahr und Chaos.

Jake hatte nie geheiratet. Eine Ehe hätte ihm zusätzliche Verantwortung aufgebürdet. Außerdem hätte er damit sein Gefühlsleben, sein Geld und seine gesamte Zukunft aufs Spiel gesetzt.

Auch in finanziellen Dingen war er extrem vorsichtig. Er führte ein sparsames Leben und hatte sich eine beträchtliche Summe angespart, die er auf verschiedene Anlagemöglichkeiten verteilt hatte.

Jake war jetzt achtundfünfzig und arbeitete seit siebenunddreißig Jahren für die Polizei in Santa Mira. Eigentlich hätte er sich schon vor einiger Zeit in den Ruhestand versetzen lassen und seine Pension beantragen können, aber da er Angst vor einer Inflation hatte, arbeitete er noch und sparte er fleißig weiter.

Die Entscheidung, Polizist zu werden, war vielleicht die einzige unvorsichtige Handlung seines ganzen Lebens. Er hatte kein Polizist werden wollen. Lieber Himmel, nein! Sein Vater, Big Ralph Johnson, war in den 60er und 70er Jahren County Sheriff gewesen und hatte von seinem Sohn erwartet, daß er in seine Fußstapfen trat. Big Ralph hatte niemals eine Weigerung akzeptiert. Jake war sicher, daß sein Vater ihn enterbt hätte, wäre er nicht Polizist geworden. Die Familie besaß zwar keine großen Reichtümer, aber ihr gehörte ein schönes Haus und ein stattliches Bankkonto. Außerdem lagen hinter der Garage, einen Meter unter der Erde vergraben, etliche Einmachgläser mit Bündeln von eingerollten Zwanzig-, Fünfzig- und Hundertdollarscheinen. Big Ralph hatte sich hin und wieder bestechen lassen und dieses Geld für schlechte Zeiten aufbewahrt. So war Jake Polizist geworden, und als sein Vater im Alter von zweiundachtzig Jahren starb, war er selbst bereits einundfünfzig. Es blieb ihm nichts anderes übrig, als Polizist zu bleiben, denn er hatte nichts anderes gelernt.

Aber er war ein sehr vorsichtiger Polizist. Er vermied Einsätze, bei denen es um häusliche Streitigkeiten ging, denn dabei wurden manchmal Polizisten getötet, wenn sie sich zwischen die aufgebrachten Ehepartner stellten. Bei solchen Konfrontationen mußte man immer mit leidenschaftlichen Gefühlsausbrüchen rechnen. Der Fall des Immobilienmaklers Fletcher Kale war ein gutes Beispiel dafür. Vor einem Jahr hatte er Jake ein Grundstück in den Bergen vermittelt und einen vollkommen normalen Eindruck gemacht. Und nun hatte er seine Frau und seinen Sohn umgebracht. Wäre ein Polizist dazwischengetreten, hätte Kale ihn sicher auch getötet. Wenn über Funk ein Raubüberfall gemeldet wurde, gab Jake oft einen falschen Standort an, damit ein anderer Kollege zum Tatort geschickt wurde. Er selbst ließ sich dann erst später dort blicken, wenn die Sache vorüber war.

Allerdings war er kein Feigling. Es hatte schon gefährliche Situationen gegeben, in denen er wie ein Tiger, ein Löwe oder ein wütender Bär gekämpft hatte. Aber er war eben vorsichtig, trotz allem.

Manche Aufgaben machten ihm sogar Spaß. Er regelte gern den Verkehr, und die Büroarbeit lag ihm besonders. Wenn er jemanden verhaftete, freute er sich immer darauf, anschließend die vielen benötigten Formulare auszufüllen und somit für einige Stunden sicher im Revier zu sitzen.

Leider war es ihm dieses Mal zum Verhängnis geworden, daß er so lange an seinem Schreibtisch getrödelt hatte. Als Dr. Paiges Anruf einging, hatte er gerade einige Formulare ausgefüllt. Wäre er schon wieder auf Streife gewesen, hätte er sich vor diesem Auftrag drücken können.

Doch jetzt stand er hier im hellen Licht und gab eine perfekte Zielscheibe ab. Verdammt!

Und es kam noch schlimmer. In dem Supermarkt Gilmartin's war offensichtlich jemand gewalttätig geworden. Zwei der fünf großen Schaufenster waren von innen eingeschlagen worden. Auf dem Gehsteig lagen überall Glasscherben und Büchsen mit Hundefutter und Getränkedosen, die herausgeschleudert worden waren. Jake befürchtete, der Sheriff würde ihnen befehlen, in den Laden hineinzugehen und nachzusehen, was dort passiert war. Und er hatte Angst, daß dort drin irgend etwas Gefährliches lauerte.

Endlich erreichten der Sheriff, Tal Whitman und die beiden Frauen den Supermarkt. Frank Autry zeigte ihnen den Plastikbehälter mit der Wasserprobe. Der Sheriff berichtete, er habe bei Brookhart's ebenfalls eine riesige Pfütze entdeckt, und alle waren sich einig, daß das von Bedeutung sein könnte. Tal Whitmann erzählte von der Nachricht auf dem Spiegel und der abgehackten Hand im Candleglow Inn. Meine Güte! Niemand konnte sich einen Reim darauf machen.

Sheriff Hammond drehte sich um und bestätigte Jakes Befürchtungen. »Wir werden uns das jetzt anschauen«, sagte er.

Jake wollte weder als erster noch als letzter hineingehen und schob sich in die Mitte der Gruppe.

In dem Laden sah es schlimm aus. Neben den drei Kassen waren die Schaukästen aus schwarzem Metall umgekippt worden. Kaugummis, Süßigkeiten, Rasierklingen, Taschenbücher und andere kleine Gegenstände lagen verteilt auf dem Boden.

Sie gingen durch das Geschäft und sahen in jeden Gang. Überall waren Waren aus den Regalen gerissen worden. Packungen mit Cornflakes und anderen Getreideflocken lagen zerfetzt auf dem Boden. Zerbrochene Essigflaschen verbreiteten einen scharfen Geruch, und Gläser mit Marmelade, sauren Gurken, Senf und Mayonnaise waren zu einem klebrigen Splitterhaufen aufgetürmt.

Beim letzten Gang drehte Bryce Hammond sich zu Dr. Paige um. »Wäre der Supermarkt normalerweise heute abend geöffnet gewesen?«

»Nein«, sagte die Ärztin. »Aber manchmal werden am Sonntagabend die Bestände aufgefüllt. Nicht immer, aber hin und wieder.«

»Sehen wir uns doch einmal hinten um«, sagte der Sheriff. »Vielleicht finden wir dort etwas Interessantes.«

Genau das befürchte ich, dachte Jake.

Sie folgten Bryce Hammond den letzten Gang hinunter und stiegen über einige Fünf-Pfund-Säcke mit Zucker und Mehl, die teilweise aufgeschlitzt waren. Im hinteren Raum stand eine Reihe von hüfthohen Kühlgeräten für Fleisch, Käse, Eier und Milch. Dahinter befand sich die blitzsaubere Theke, auf der das Fleisch geschnitten, gewogen und zum Verkauf abgepackt wurde.

Nervös ließ Jake seinen Blick über den Tisch mit den Schneidebrettern wandern. Er seufzte erleichtert auf, als er nichts entdecken konnte. Es hätte ihn nicht überrascht, hier den Geschäftsführer sauber zu Steaks, Braten und Koteletts verarbeitet zu sehen.

»Werfen wir noch einen Blick in das Lager«, schlug Bryce Hammond vor.

Lieber nicht, dachte Jake.

»Vielleicht sollten wir auch ...«, begann Hammond, als plötzlich die Lichter ausgingen.

Die einzigen Fenster des Ladens befanden sich an der Vorderseite, doch auch dort war es dunkel. Sogar die Straßenlaternen waren erloschen. Hier war die Finsternis undurchdringlich und erdrückend.

Verschiedene Stimmen wurden zur gleichen Zeit laut:

»Taschenlampen!«

»Jenny!«

»Taschenlampen!«

Dann passierte sehr schnell eine ganze Menge.

Tal Whitman knipste eine Taschenlampe an, und der scharfe Lichtstrahl fiel vor ihm auf den Boden. Im gleichen Augenblick versetzte ihm etwas von hinten einen Schlag, etwas, das sich im Schutz der Dunkelheit mit unglaublicher Geschwindigkeit und Lautlosigkeit ungesehen angepirscht hatte. Whitman wurde nach vorn geschleudert und prallte gegen Stu Wargle.

Autry zog rasch seine Taschenlampe mit dem langen Griff aus der Schlaufe an seinen Gürtel. Bevor er sie jedoch anschalten konnte, fielen Wargle und Tal Whitman auf ihn, und alle drei stürzten zu Boden. Dabei rutschte Tal die Taschenlampe aus der Hand.

Für einen Moment fiel der Lichtkegel auf Bryce Hammond. Er griff nach der Lampe, verfehlte sie aber.

Die Taschenlampe prallte auf den Boden, rollte wie ein Kreisel davon und warf wild zuckende Schatten an die Wände, ohne etwas zu enthüllen.

Etwas Kaltes berührte Jake am Nacken. Kalt und feucht, aber trotzdem lebendig. Er zuckte zurück und versuchte, der Berührung auszuweichen und sich umzudrehen.

Blitzartig legte sich etwas wie eine Peitschenschnur um seinen Hals.

Jake schnappte nach Luft.

Noch bevor er seine Hände heben konnte, um sich gegen den Angreifer zu wehren, wurden seine Arme gepackt und festgehalten.

Dann wurde er wie ein Kind in die Luft gehoben.

Er versuchte zu schreien, doch eine eiskalte Hand legte sich auf seinen Mund. Zumindest glaubte er, es sei eine Hand. Sie fühlte sich jedoch an wie das Fleisch eines Aals, kalt und feucht.

Außerdem roch sie unangenehm. Es ging kein beißender Gestank von ihr aus, aber einen so seltsamen Geruch hatte Jake noch nie wahrgenommen – er war so bitter, scharf und undefinierbar, daß schon der leiseste Hauch beinahe unerträglich war.

Eine Welle des Ekels und Entsetzens überkam ihn, und er spürte, daß er sich in der Gegenwart von etwas unvorstellbar Fremdem und zweifellos Bösem befand.

Die Taschenlampe rollte immer noch über den Boden. Es waren erst wenige Sekunden vergangen, seit sie Tal aus der Hand gefallen war, aber Jake kam der Zeitraum viel länger vor. Jetzt drehte sie sich ein letztes Mal im Kreis und knallte gegen die Ecke der Kühltruhe mit der Milch. Das Glas zerbarst in unzählige Splitter, und jetzt war auch diese dürftige Lichtquelle verloren. Sie hatte zwar nichts erhellt, aber zumindest die totale Finsternis verhindert. Mit ihr war jegliche Hoffnung erloschen.

Jake bäumte sich auf, wand sich hin und her und streckte sich. Seine Glieder zuckten panisch in einem unkontrollierten Tanz, einem spasmodischen Fandango, um sich zu befreien. Es gelang ihm jedoch nicht einmal, nur eine Hand zu befreien. Sein unsichtbarer Gegner umklammerte ihn nur noch fester.

Jake hörte, wie die anderen sich etwas zuriefen – es klang, als seien sie sehr weit entfernt.

13
Plötzlich

Jake Johnson war verschwunden.

Bevor Tal die intakte Taschenlampe finden konnte, die Frank Autry fallen gelassen hatte, flackerten die Lichter im Supermarkt und brannten dann wieder hell wie zuvor. Es war nicht länger als fünfzehn oder zwanzig Sekunden dunkel gewesen.

Aber Jake war nicht mehr da.

Alle suchten nach ihm. Er war weder in den Gängen, noch in dem Kühlraum, dem Lager, dem Büro oder der Toilette für das Personal.

Sie verließen den Supermarkt – jetzt nur noch zu siebt. Mit äußerster Vorsicht folgten sie Bryce Hammond und hofften, Jake draußen auf der Straße zu finden. Aber dort war er auch nicht.

Snowfield war totenstill, wie ein lautloser Schrei, der sie zu verspotten schien.

Tal Whitman hatte das Gefühl, daß es jetzt viel dunkler war als noch vor wenigen Minuten. Die Nacht war wie ein riesiger Schlund, in den sie hineingezogen wurden, ohne sich dessen bewußt zu werden. Und sie wurden mit hungrigen Augen von dieser tiefen Nacht beobachtet.

»Wo könnte er nur hingegangen sein?« fragte Gordy. Wie immer, wenn er die Stirn runzelte, sah er brutal aus, obwohl er im Augenblick nur Angst hatte.

»Er ist nirgendwo hingegangen«, sagte Stu Wargle. »Er wurde geholt.«

»Aber er hat nicht um Hilfe gerufen.«

»Dazu hatte er keine Gelegenheit mehr.«

»Meinen Sie, er lebt noch, oder ist er ... ist er tot?« fragte die jüngere der beiden Schwestern.

»Hör zu, Kleine«, sagte Wargle und rieb sich mit der Hand über seine Bartstoppeln am Kinn. »An deiner Stelle würde ich mir keine großen Hoffnungen machen. Ich wette meinen letzten Dollar darauf, daß wir Jake irgendwo finden werden, steif wie ein Brett, dunkelrot und aufgedunsen wie die anderen auch.«

Das Mädchen zuckte zusammen und drückte sich an ihre Schwester.

»Einen Moment mal«, sagte Bryce Hammond. »So rasch wollen wir Jake doch nicht abschreiben.«

»Das finde ich auch«, stimmte Tal ihm zu. »Es gibt zwar einige Tote hier in der Stadt, aber so wie es aussieht, sind die meisten nicht tot, sondern nur vermißt.«

»Sie sind ebenso tot wie mit Napalm verbrannte Babys. Habe ich nicht recht, Frank?« sagte Wargle, der nie eine Gelegenheit ausließ, Autry hämisch auf seine Militärzeit in Vietnam hinzuweisen, die schon so lange zurücklag. »Wir haben sie nur noch nicht gefunden.«

Frank war zu klug und zu selbstbeherrscht, um sich provozieren zu lassen. »Ich verstehe nicht, warum es uns nicht alle geholt hat, solange es die Chance dazu hatte. Warum hat es Tal nur umgestoßen?«

»Ich wollte die Taschenlampe anknipsen, und das wollte es nicht.«

»Ja«, stimmte Frank zu. »Aber warum hat es sich nur Jake geschnappt und ist dann sofort wieder verschwunden?«

»Es will uns ärgern«, sagte Dr. Paige. Das Licht der Straßenlaterne ließ ihre Augen grün aufblitzen. »Genau wie mit der Kirchenglocke und der Sirene. Es spielt mit uns wie die Katze mit der Maus.«

»Aber warum?« fragte Gordy aufgebracht. »Was hat es davon? Was will es denn nur?«

»Augenblick mal«, warf Bryce Hammond ein. »Wieso sprechen alle plötzlich von einem ›Es‹? Als wir uns das letzte Mal darüber unterhalten haben, waren sich doch alle einig, daß wir es hier mit einer Bande von psychopathischen Mördern zu tun haben. Verrückte. *Menschen.*«

Sie sahen sich unbehaglich an. Keiner war bereit, auszusprechen, was er insgeheim dachte. Unvorstellbare Dinge schienen mit einemmal möglich – Dinge, die vernünftige Menschen nicht leicht in Worte fassen konnten.

Plötzlich fuhr ein Windstoß so heftig durch die Bäume, daß sie sich ehrerbietig zu verneigen schienen.

Die Straßenlampen flackerten, und alle fuhren erschrocken zusammen. Tal legte seine Hand auf den Griff seines Revolvers. Die Lichter gingen nicht aus.

Sie lauschten der Grabesstille in der Stadt. Das einzige Geräusch war das Rauschen der Bäume im Wind, das klang wie der schwere Atem eines Todgeweihten, wie ein langgezogener Todesseufzer.

Jake ist tot, dachte Tal. Wargle hat ausnahmsweise recht. Jake ist tot, und wir vielleicht bald ebenso, auch wenn wir es noch nicht wissen.

Bryce wandte sich an Frank Autry. »Warum haben Sie ›es‹ gesagt, Frank? Und nicht ›sie‹ oder irgend etwas anderes?«

Frank sah Tal hilfesuchend an, aber Tal wußte selbst nicht, warum er ›es‹ gesagt hatte. Frank räusperte sich, trat von einem Fuß auf den anderen, sah Bryce an und zuckte mit den Schultern. »Sir, ich glaube, ich hab ›es‹ gesagt, weil ... nun, weil ein Angreifer, ein Feind in Menschengestalt uns dort in dem Supermarkt sofort alle erledigt hätte, als er in der Dunkelheit die Gelegenheit dazu hatte.«

»Wollen Sie damit sagen, daß wir es hier nicht mit einem menschlichen Wesen zu tun haben?«

»Vielleicht ist es eine Art Tier.«

»Ein Tier? Glauben Sie das wirklich?«

Frank sah betreten drein. »Nein, Sir.«

»Was glauben Sie dann?«

»Zum Teufel, ich weiß einfach nicht, was ich denken soll«, erklärte Frank unsicher. »Wie Sie wissen, habe ich eine militärische Ausbildung. Ein Soldat stürzt sich nicht gern blindlings in eine Situation. Er legt sich eher eine sorgfältig geplante Strategie zurecht. Aber eine gute, fundierte strategische Planung erfordert Erfahrungen, auf die man zurückgreifen kann. Was passierte in vergleichbaren Schlachten in einem anderen Krieg? Wie haben sich die Leute in ähnlichen Umständen verhalten? Hatten sie Erfolg oder sind sie gescheitert? In unserer Situation gibt es aber keine vergleichbaren Schlachten, und wir haben keine Erfahrungen damit gemacht. Es ist alles so fremdartig, daß ich den Feind als gesichtsloses, neutrales ›Es‹ betrachte.«

Bryce wandte sich an Dr. Paige. »Und warum haben Sie das Wort ›es‹ gebraucht?«

»Ich bin nicht sicher. Vielleicht, weil Officer Autry es verwendet hat.«

»Aber von Ihnen stammt doch die Theorie, daß es sich hier um eine Abart der Tollwut handeln könnte, die eventuell aus einigen Menschen eine gemeingefährliche Bande von wahnsinnigen Mördern macht. Schließen Sie diese Möglichkeit jetzt aus?«

Sie runzelte die Stirn. »Nein. Zum jetzigen Zeitpunkt ist das wohl nicht möglich. Ich habe aber nie behauptet, daß das die einzig mögliche Theorie sei.«

»Haben Sie denn noch weitere?«

»Nein.«

Bryce sah zu Tal hinüber. »Und Sie?«

Tal fühlte sich offensichtlich ebensowenig wohl in seiner Haut wie Frank. »Nun, ich habe wohl ›es‹ gesagt, weil ich die Theorie, es handle sich hier um Wahnsinnige, nicht mehr akzeptieren kann.«

Bryce zog seine schweren Augenbrauen nach oben. »So? Und warum nicht?«

»Wegen der Sache, die im Candleglow Inn passiert ist«, erwiderte Tal. »Als wir die Treppe herunterkamen und die Hand mit dem Augenbrauenstift auf dem Tisch in der Lobby fanden, dachte ich ... nun, daß ein Irrer so etwas nicht tun würde. Wir sind alle schon lange Zeit im Polizeidienst und kennen eine Menge gestörter Menschen. Hat einer von euch jemals auch nur eine Spur von Humor an diesen Typen bemerkt? Selbst einen häßlichen, kranken Sinn für Humor? Solche Menschen sind völlig humorlos. Sie haben die Fähigkeit verloren, über irgend etwas zu lachen. Wahrscheinlich ist das zum Teil der Grund dafür, daß sie verrückt sind. Als ich die Hand auf dem Tisch sah, wußte ich, daß etwas nicht stimmte. Ich stimmte mit Frank überein; von jetzt an ist unser Gegner für mich ein gesichtsloses ›Es‹.«

»Warum will keiner von euch zugeben, was er wirklich denkt?« fragte Lisa Paige leise. Sie war vierzehn, eine Halbwüchsige, auf dem Weg, eine hübsche junge Frau zu werden, doch jetzt sah sie alle der Reihe nach mit der Unbefangenheit eines Kindes an. »Tief in unserem Inneren wissen wir doch alle, daß das kein Mensch getan hat. Es handelt sich um etwas Schreckliches, Fremdes und Widerwärtiges. Meine Güte, das fühlen wir doch alle. Und wir haben Angst davor – deshalb bemühen wir uns, zu verleugnen, daß es da ist.«

Nur Bryce erwiderte den Blick des Mädchens und musterte Lisa nachdenklich. Die anderen sahen zur Seite und vermieden es auch, sich gegenseitig in die Augen zu schauen.

Wir wollen unsere Gefühle nicht betrachten, dachte Tal. Und genau das versucht das Mädchen uns zu sagen. Wir wollen unseren Blick nicht nach innen richten und dort primitiven Aberglauben finden. Wir sind doch alle zivilisierte, relativ gebildete Erwachsene, die nicht mehr an den Schwarzen Mann glauben.

»Lisa hat recht«, meinte Bryce. »Wir können dieses Problem nur lösen – und vermeiden, daß wir nicht selbst alle noch Opfer werden –, wenn wir nichts ausschließen und unserer Fantasie freien Lauf lassen.«

»Das finde ich auch«, stimmte Dr. Paige zu.

Gordy Brogan schüttelte den Kopf. »Aber wovon sollen wir dann ausgehen? Gibt es Grenzen? Sollen wir alles in Betracht ziehen? Geister, Zombies, Werwölfe und Vampire? Es muß doch auch Möglichkeiten geben, die wir ausschließen können, oder?«

»Natürlich«, sagte Bryce geduldig. »Niemand behauptet, wir hätten es hier mit Geistern und Werwölfen zu tun, Gordy. Aber wir müssen uns klarmachen, daß wir mit etwas Unbekanntem konfrontiert sind. *Dem* Unbekannten.«

»Quatsch«, meinte Stu Wargle ungehalten. »Das Unbekannte! So ein Mist! Wenn das hier vorbei ist, werden wir feststellen, daß das irgendein perverser Drecksack war, der allen Widerlingen gleicht, mit denen es wir bisher zu tun hatten.«

»Wargle, das ist genau die Art zu denken, die uns dazu bringen könnte, wichtige Beweise zu übersehen«, sagte Frank. »Und das könnte uns alle das Leben kosten.«

»Wartet nur ab. Ihr werdet schon sehen, daß ich recht habe.« Wargle spuckte auf den Bürgersteig, steckte die Daumen in seinen Gürtel und tat so, als sei er der einzige in der Gruppe, der noch klar denken konnte.

Tal Whitman durchschaute die übertrieben männliche Pose und sah, daß auch Wargle das Entsetzen gepackt hatte. Obwohl er einer der unsensibelsten Männer war, die Tal jemals kennengelernt hatte, war auch Stu sich der ursprünglichen Kraft bewußt, von der Lisa Paige gesprochen hatte. Auch wenn er es nicht zugab, spürte er offensichtlich wie alle anderen eine Eiseskälte in seinen Knochen.

Auch Frank Autry sah, daß Wargles Gelassenheit nur gespielt war. Mit unaufrichtiger, übertriebener Bewunderung sagte er: »Stu, Sie gehen mit gutem Beispiel voran und bestärken und stützen uns dadurch. Was würden wir nur ohne Sie tun?«

»Ohne mich würden Sie sofort zur Hölle fahren, Frank«, erwiderte Wargle säuerlich.

Mit gespieltem Entsetzen sah Frank der Reihe nach Tal, Gordy und Bryce an. »Klingt das nicht ein wenig aufgeblasen?«

»Allerdings«, stimmte Tal ihm zu. »Aber nehmen Sie es Stu nicht übel. In seinem Fall ist ein aufgeblasener Kopf nur die Folge des gewaltsamen Bestrebens der Natur, ein Vakuum zu füllen.«

Es war kein besonders guter Witz, aber alle brachen in schallendes Gelächter aus. Sogar Stu, der sonst lieber austeilte als einsteckte, zwang sich zu einem Lächeln.

Tal wußte, daß sie alle nicht eigentlich über den Witz lachten, sondern dem Tod in sein skelettartiges Gesicht.

Doch als das Gelächter verebbte, war es draußen immer noch dunkel.

Die Stadt war immer noch unnatürlich still.

Jake Johnson blieb verschwunden.

Und *es* lauerte immer noch in der Nacht.

Dr. Paige wandte sich an Bryce Hammond. »Wollen Sie sich jetzt das Haus der Oxleys ansehen?«

Bryce schüttelte den Kopf. »Noch nicht. Ich denke, es wäre unvorsichtig, weitere Häuser zu durchsuchen, bevor wir Verstärkung bekommen. Ich möchte nicht noch einen Mann verlieren, wenn ich es irgendwie vermeiden kann.«

Tal sah die Qual in Bryces Augen, als er Jake erwähnte. Mein Freund, du bürdest dir wie immer zuviel Verantwortung auf, sobald etwas schiefgeht, dachte er. Und wenn etwas klappt, das nur dir zuzuschreiben ist, bist du jederzeit bereit, deinen Erfolg mit anderen zu teilen.

»Wir sollten wieder zum Polizeirevier zurückgehen«, fuhr Bryce fort. »Ich muß telefonieren, und dann werden wir uns genau überlegen, wie wir weiter vorgehen.«

Sie gingen den gleichen Weg zurück, den sie gekommen waren. Stu Wargle war offensichtlich immer noch fest entschlossen, seine Furchtlosigkeit unter Beweis zu stellen und bestand darauf, dieses Mal die Nachhut zu bilden. Übertrieben lässig schlenderte er hinter den anderen her.

Als sie die Skyline Road erreichten, ertönte wieder der Klang einer Kirchenglocke. Alle fuhren erschrocken zusammen. Sie läutete wieder, ganz langsam, und dann noch einmal ...

Tal spürte, wie das metallische Geräusch seine Zähne vibrieren ließ.

An der Ecke blieben sie alle stehen, lauschten der Glocke und starrten nach Westen zum anderen Ende der Vail Lane. Einen Block weiter überragte ein Kirchturm aus Ziegelsteinen die Häuser. An jeder Ecke des spitz zulaufenden Schieferdachs brannte ein kleines Licht.

»Das ist die katholische Kirche«, erklärte Dr. Paige mit erhobener Stimme, um die Glocke zu übertönen. »Die Schutzpatronin der Berge. Die Leute aus allen umliegenden Dörfern kommen hierher.«

Der Klang einer Kirchenglocke konnte wie fröhliche Musik klingen, aber dieses Geräusch hörte sich nach Tals Meinung keineswegs so an.

»Wer mag sie wohl läuten?« überlegte Gordy laut.

»Vielleicht niemand. Möglicherweise ist sie an eine Art Schaltuhr angeschlossen und läutet automatisch«, meinte Frank.

In dem beleuchteten Turm schwang die Glocke schimmernd hin und her und gab immer wieder den gleichen kristallklaren Ton von sich.

»Läutet sie normalerweise an einem Sonntag um diese Uhrzeit?« fragte Bryce Dr. Paige.

»Nein.«

»Dann handelt es sich auch nicht um eine Schaltuhr.«

Hoch über den Dächern läutete die Glocke wieder und blitzte im Licht auf.

»Aber wer in aller Welt zieht dann am Glockenseil?« fragte Gordy Brogan.

Vor Tal Whitmans Augen entstand ein makabres Bild: Jake Johnson, wie er mit verfärbtem, aufgedunsenem Körper tot am Fuß des Kirchturms stand, das Glockenseil in den blutleeren Händen – tot, aber durch dämonische Kräfte belebt. Immer und immer wieder zog er daran, das tote Gesicht nach oben gerichtet, auf den Lippen das breite, freudlose Grinsen einer Leiche, und starrte mit hervorquellenden Augen auf die Glocke, die über ihm unter dem spitzen Dachstuhl hin- und herschwang und läutete.

Tal lief ein Schauder über den Rücken.

»Vielleicht sollten wir zu der Kirche gehen und nachsehen, wer dort ist«, schlug Frank vor.

»Nein«, erwiderte Bryce sofort. »Genau das will es doch. Es möchte, daß wir kommen und uns umsehen. Wir sollen in die Kirche hineingehen, und dann schaltet es wieder das Licht aus ...«

Tal bemerkte, daß auch Bryce jetzt von ›es‹ sprach.

»Ja«, stimmte Lisa ihm zu. »Es befindet sich in diesem Augenblick dort drüben und wartet auf uns.«

Selbst Stu Wargle war nicht bereit, sie zu ermutigen, zu der Kirche zu gehen.

In dem offenen Kirchturm schwang die Glocke weiterhin für alle sichtbar hin und her und blitzte immer wieder auf, als wollte sie ein optisches Signal von hypnotischer Kraft aussenden, während sie weiterhin monoton läutete: *Ihr werdet müde und schläfrig, immer müder und schläfriger ... jetzt schlaft ihr ein, befindet euch in Trance ... und in meiner Gewalt ... ihr werdet jetzt zur Kirche kommen ... sofort ... kommt hierher, kommt zur Kirche und schaut euch die wunderbare Überraschung an, die hier auf euch wartet ... kommt doch ... kommt ...*

Bryce schüttelte sich, als wolle er einen Alptraum abstreifen, und sagte: »Wenn es will, daß wir zur Kirche kommen, ist das ein guter Grund, nicht dorthin zu gehen. Bevor es hell wird, werden wir keine Untersuchungen mehr durchführen.«

Sie bogen alle von der Vail Lane in die Skyline Road ein, gingen an dem Restaurant Mountainview vorbei und machten sich auf den Weg zur Polizeiwache. Nachdem sie kaum sechs Meter weit gegangen waren, hörte die Glocke auf zu läuten.

Wieder legte sich eine unheimliche Stille wie eine zähflüssige Masse über die Stadt, die alles bedeckte.

Als sie das Polizeirevier erreichten, stellten sie fest, daß Paul Hendersons Leiche verschwunden war. Es schien beinahe so, als sei der tote Hilfssheriff einfach aufgestanden und weggegangen. Wie Lazarus.

14
Abriegelung

Bryce saß an Paul Hendersons Schreibtisch. Er hatte die aufgeblätterte Ausgabe des *Time-Magazins* zur Seite geschoben, in dem Paul offensichtlich gelesen hatte, während Snowfield ausgelöscht worden war. Auf dem Dienstbuch vor ihm lag ein gelbes Blatt Papier, das er in seiner präzisen Handschrift dicht beschrieben hatte.

Um ihn herum beschäftigten sich die anderen sechs mit den Aufgaben, die er ihnen zugeteilt hatte. In der Polizeistation herrschte eine Stimmung wie in Kriegszeiten. Ihre grimmige Entschlossenheit, zu überleben, hatte eine noch ungefestigte, aber immer stärker werdende Kameradschaft zwischen ihnen geschaffen. Langsam machte sich sogar vorsichtiger Optimismus breit, der vielleicht darauf zurückzuführen war, daß sie noch am Leben waren, während so viele andere hier den Tod gefunden hatten.

Bryce überflog die Liste, die er aufgestellt hatte, um festzustellen, ob er auch nichts übersehen hatte. Schließlich zog er das Telefon zu sich heran. Er war froh, als er sofort das Freizeichen hörte – Jennifer Paige hatte schließlich auch damit Schwierigkeiten gehabt.

Einen Moment zögerte er, bevor er die erste Nummer wählte. Er wußte, daß dieser Moment ungeheuer wichtig war, und das belastete ihn sehr. Die brutale Vernichtung der gesamten Bevölkerung von Snowfield war ein noch nie dagewesenes Ereignis. Innerhalb von Stunden würde es im Umkreis von Santa Mira von Journalisten wimmeln. Sie würden in Hundertschaften von überall herkommen, und morgen früh würde Snowfields Geschichte in allen Zeitungen Schlagzeilen machen. Die Fernsehsender CBS, ABC und NBC würden in regelmäßigen Abständen die neuesten Meldungen einblenden, solange die Krise anhielt. Alle Medien würden sich einschalten. Bis die ganze Welt wußte, ob irgendein mutierter Virus für diese Ereignisse verantwortlich war, würden Millionen von Menschen in atemloser Spannung darauf warten, ob in Snowfield auch ihr eigenes Todesurteil gefällt worden war. Selbst wenn eine Krankheit ausgeschlossen werden konnte, würde die allgemeine Aufmerksamkeit nicht nachlassen, bis das Geheimnis von Snowfield aufgeklärt war. Der Druck, eine Lösung zu finden, war beinahe unerträglich.

Auch Bryces Privatleben würde sich dadurch für immer verändern. Er leitete die polizeilichen Untersuchungen und würde deshalb für die Medien im Mittelpunkt der Berichterstattungen stehen. Diese Aussicht entsetzte ihn. Er war kein Sheriff, der sich gern in den Vordergrund spielte. Ihm war es wesentlich lieber, unauffällig zu bleiben.

Doch schließlich konnte er sich jetzt nicht einfach davonstehlen und Snowfield den Rücken kehren.

Er wählte die Notrufnummer seines Büros in Santa Mira und umging es somit, mit der Telefonistin sprechen zu müssen. Der diensthabende Beamte dort war Sergeant Charlie Mercer, ein zuverlässiger Mitarbeiter, der genau das tun würde, was ihm befohlen wurde.

Charlie hob bereits beim zweiten Klingeln ab. »Büro des Sheriffs«, meldete er sich mit seiner nasalen Stimme.

»Charlie, hier ist Bryce Hammond.«

»Ja, Sir. Wir haben uns schon überlegt, was da oben wohl los sein könnte.«

Bryce schilderte ihm knapp die Lage.

»Meine Güte! Ist Jake auch tot?«

»Das wissen wir noch nicht genau. Wir hoffen, daß er noch lebt. Hören Sie zu, Charlie, in den nächsten Stunden ist hier einiges zu erledigen, und es wäre einfacher für uns, wenn wir die Sache zunächst einmal geheimhalten könnten, bis wir unsere Basis hier eingerichtet und die Gegend abgesichert haben. Die Parole heißt also *Abriegelung*, Charlie. Snowfield muß total abgeriegelt werden, und das wird uns leichter gelingen, wenn hier keine Reporter durch die Landschaft trampeln. Ich weiß, daß ich mich auf Ihre Diskretion absolut verlassen kann, aber einige der Männer …«

»Keine Sorge«, erwiderte Charlie. »Für einige Stunden wird uns das bestimmt gelingen.«

»Gut. Zunächst brauche ich zwölf weitere Männer. Zwei von ihnen zur Verstärkung der Straßensperre an der Abzweigung nach Snowfield. Die anderen zehn sollen zu mir kommen. Suchen Sie möglichst keine Familienväter aus.«

»Sieht es denn wirklich so schlimm aus?«

»Ja, allerdings. Und schicken Sie mir keine Leute, die Verwandte in Snowfield haben. Noch etwas: sie sollen Trinkwasser und einen Lebensmittelvorrat für einige Tage mitbringen. Ich möchte nicht, daß sie hier etwas zu sich nehmen, solange nicht geklärt ist, ob das wirklich gefährlich ist.«

»Verstanden.«

»Jeder soll seine Pistole, sein Schrotgewehr und Tränengas mitbringen.«

»Alles klar.«

»Das Personal wird damit für Sie zu knapp, und das wird noch schlimmer werden, wenn die Journalisten über uns hereinbrechen. Sie werden dann einige Hilfskräfte anfordern müssen, um den Verkehr zu regeln und die Menschenmassen unter Kontrolle zu halten, Charlie. Sie kennen doch die Gegend hier recht gut, oder?«

»Ich wurde in Pineville geboren und bin auch dort aufgewachsen.«

»Wußte ich's doch. Soweit ich auf der Landkarte sehen kann, gibt es nur zwei Möglichkeiten, Snowfield zu erreichen. Einmal über den Highway, den wir bereits blockiert haben.« Bryce drehte seinen Stuhl herum und sah auf die große, gerahmte Landkarte an der Wand. »Dann gibt es noch die alte Straße für die Feuerwehr, die ungefähr zwei Drittel über die andere Seite der Berge führt. Danach schließt sich ein Pfad durch die Wildnis an. So wie es aussieht, ist das nur ein Fußweg, der genau in die höchste Stelle der längsten Skipiste mündet, die auf dieser Seite der Berge über Snowfield liegt.«

»Stimmt«, sagte Charlie. »Ich bin schon mit dem Rucksack auf dem Rücken durch diesen Teil der Wälder gewandert. Offiziell wird der Weg ›The Old Mountain Greentree Wilderness Trail‹ genannt. Wir hier nennen ihn den ›Muskeltonic-Highway‹.«

»Wir müssen einige Beamte am Fuß der Feuerwehrzufahrt aufstellen, die jeden davon abhalten, der den Pfad benutzen will.«

»Da müßte schon ein äußerst aufdringlicher Reporter kommen, um das zu versuchen.«

»Wir können kein Risiko eingehen. Gibt es noch einen anderen Weg nach Snowfield, der nicht auf der Karte eingezeichnet ist?«

»Nein«, erwiderte Charlie. »Da müßte man schon mitten durch die Wildnis marschieren. Diese Gegend ist wirklich kein Vergnügungspark für Wochenend-Camper. Selbst ein erfahrener Rucksacktourist würde nicht versuchen, dort durchzukommen. Das wäre einfach dumm.«

»Sehr gut. Ich brauche noch eine Telefonnummer aus unseren Akten. Erinnern Sie sich an das Seminar über Gesetzesvollzug, das ich in Chicago besucht habe? Ich glaube, es war vor etwa sechzehn Monaten. Einer der Sprecher dort war von der Armee. Hieß er nicht Copperfield? Ja, General Copperfield.«

»Stimmt«, sagte Charlie. »Gehörte er nicht der Abteilung der Sanitätstruppe an, die für chemische und biologische Waffen zuständig ist?«

»Genau.«

»Ich glaube, sie nennen Copperfields Division das Zivilschutzkorps. Warten Sie einen Moment.« Charlie war in einer knappen Minute wieder am Apparat und gab Bryce die gewünschte Telefonnummer. »Der Anschluß ist in Dugway, Utah. Meine Güte, glauben Sie tatsächlich, daß das ein Fall für diese Leute ist? Das jagt einem ja wirklich Angst ein.«

»Es ist furchterregend«, bestätigte Bryce. »Und es gibt da noch ein paar andere Dinge. Überprüfen Sie einen Mann für mich. Sein Name ist Timothy Flyte.« Bryce buchstabierte den Namen. »Ich habe weder eine Beschreibung noch eine Adresse von ihm. Finden Sie heraus, ob er irgendwo gesucht wird. Wenden Sie sich auch an das FBI. Danach kümmern Sie sich um Mr. und Mrs. Harold Ordnay aus San Francisco.« Bryce gab Charlie die Adresse aus dem Gästebuch des Candleglow Inn. »Noch etwas«, fuhr er fort. »Die Männer sollen Plastiksäcke aus dem Leichenschauhaus mitbringen.«

»Wie viele?«

»Erst einmal ... zweihundert.«

»Was? Zwei ... *zweihundert?*«

»Wahrscheinlich werden wir noch viel mehr brauchen, bevor wir die Sache hier erledigt haben. Vielleicht müssen wir uns sogar einige von anderen Counties ausleihen. Prüfen Sie, ob das möglich ist. Viele Einwohner scheinen nur verschwunden zu sein, aber es ist möglich, daß wir ihre Leichen noch finden. Hier lebten etwa fünfhundert Menschen, und so viele Leichensäcke werden wir möglicherweise auch benötigen.«

Vielleicht sogar noch mehr, dachte Bryce. Denn auch für uns könnten eventuell noch einige gebraucht werden.

Charlie hatte Bryce zwar aufmerksam zugehört und ihm auch geglaubt, daß anscheinend die ganze Stadt ausgelöscht worden war, aber den vollen Umfang dieser Katastrophe hatte er erst begriffen, als er die Bestellung von zweihundert Leichensäcken registriert hatte. Vor seinen Augen entstand das Bild von all diesen Leichen, wie sie, in undurchsichtigen Plastiksäcken verpackt, auf den Straßen von Snowfield übereinandergestapelt lagen.

»Großer Gott im Himmel«, stieß Charlie Mercer hervor.

Während Bryce Hammond mit Charlie Mercer telefonierte, begannen Frank und Stu das Polizeifunkgerät auseinanderzunehmen, das an die Wand gelehnt war. Bryce hatte ihnen gesagt, sie sollten es überprüfen, denn von außen war keine Beschädigung zu sehen.

Die vordere Platte war mit zehn Schrauben befestigt, die Frank jetzt nach und nach löste.

Stu war, wie gewöhnlich, keine große Hilfe. Er sah sich immer wieder nach Dr. Paige um, die sich gemeinsam mit

Tal Whitman auf der anderen Seite des Raums einer Aufgabe widmete.

»Eine scharfe Braut«, sagte Stu mit einem gierigen Blick auf die Ärztin und bohrte sich in der Nase.

Frank gab keine Antwort.

Stu betrachtete das, was er aus seiner Nase gebohrt hatte, als wäre es eine Perle aus einer Auster. Dann sah er wieder zu der Ärztin hinüber. »Sehen Sie sich nur einmal an, wie ihre Jeans sitzen. Mann, der Frau würde ich wirklich gern mal einen reinschieben!«

Frank starrte auf die drei Schrauben, die er bereits gelockert hatte und zählte langsam bis zehn, um den Drang zu unterdrücken, Stu eins der Metallstücke in seinen dicken Schädel zu bohren. »Ich hoffe, Sie sind nicht so dumm, sie anzumachen.«

»Warum nicht? Sie ist doch eine heiße Braut und sicher scharf darauf.«

»Wenn Sie das versuchen, wird der Sheriff Ihnen einen Tritt verpassen.«

»Von dem Kerl lass' ich mich nicht einschüchtern.«

»Ich verstehe Sie nicht, Stu. Wie können Sie jetzt an Sex denken? Ist Ihnen nicht bewußt, daß wir alle sterben könnten – heute abend, vielleicht sogar schon in den nächsten Minuten?«

»Eben deshalb sollte ich es bei ihr versuchen«, sagte Wargle. »Wen kümmert das schon, wenn wir wirklich nur noch eine bestimmte Zeit zur Verfügung haben? Wer will schon sterben, ohne vorher Spaß gehabt zu haben? Stimmt doch, oder? Die andere ist auch nicht schlecht.«

»Die andere?«

»Ich meine das Mädchen«, sagte Stu.

»Sie ist doch erst vierzehn.«

»Aber ein süßes Mäuschen.«

»Sie ist noch ein Kind, Wargle.«

»Alt genug!«

»Das ist widerlich.«

»Würde es Ihnen etwa nicht gefallen, zwischen ihren festen schmalen Schenkeln zu liegen, Frank?«

Franks Stimme war beinahe unhörbar, verleidete Wargle allerdings sein Grinsen. »Sollte mir jemals zu Ohren kommen, daß Sie dieses oder irgendein anderes Mädchen mit Ihren schmutzigen Fingern angerührt haben, dann werde ich Sie nicht nur anzeigen, sondern mich persönlich um Sie kümmern, Wargle. Ich saß in der Armee nicht nur am Schreibtisch – ich war mitten im Geschehen und habe eine Menge gelernt. Mit Ihnen werde ich jederzeit fertig, glauben Sie mir. Haben Sie das verstanden?«

Einen Augenblick lang brachte Wargle kein Wort hervor und starrte Frank nur an. Aus den anderen Teilen des großen Raums waren Bruchstücke von Unterhaltungen zu hören, aber offensichtlich hatte niemand bemerkt, was sich vor dem Funkgerät abspielte.

Schließlich blinzelte Wargle, sah auf seine Schuhe und leckte sich über die Lippen. Dann hob er seinen Blick wieder und setzte ein beschwichtigendes Lächeln auf. »Meine Güte, Frank, werden Sie doch nicht gleich sauer. So habe ich das doch nicht gemeint.«

»Aber Sie glauben mir?« fragte Frank nach.

»Na klar. Es war wirklich nicht ernst gemeint. Ich habe einfach nur so vor mich hin geredet. Sie wissen doch, wie das ist. Es war einfach nur Gerede. Meine Güte, ich bin doch nicht pervers! Machen Sie nicht so ein böses Gesicht, Frank, okay?«

Frank starrte ihn noch einen Moment lang durchdringend an und sagte dann: »Gut, bauen wir das Funkgerät auseinander.«

Tal Whitmann öffnete den großen Waffenschrank.

»Mein Gott, das ist ja ein wahres Arsenal!« rief Jenny Paige.

Er reichte ihr die Waffen, und sie legte sie auf einen Arbeitstisch.

Für eine Stadt wie Snowfield enthielt der Schrank eine übertriebene Menge von Waffen: zwei großkalibrige Gewehre mit Infrarotvisier, zwei halbautomatische Gewehre, zwei Waffen, die mit Gummikugeln geladen waren und nur zur Abschreckung dienten, zwei Leuchtpistolen, zwei Gewehre, mit denen man Gasgranaten abfeuern konnte, drei Faustfeuerwaffen – zwei 38er und eine große Smith & Wesson 375er Magnum.

Während der Lieutenant die Munitionsschachteln auf den Tisch stapelte, sah Jenny sich die Magnum genauer an. »Eine gewaltige Kanonen, nicht wahr?«

»Allerdings. Damit könnten Sie einen Stier erledigen.«

»Es sieht so aus, als hätte Paul alles ausgezeichnet in Schuß gehalten.«

»Sie scheinen sich damit auszukennen«, bemerkte der Lieutenant, während er weitere Päckchen mit Munition auf dem Tisch aufstapelte.

»Ich habe Waffen immer gehaßt und niemals gedacht, daß ich selbst einmal eine besitzen würde«, sagte Jenny. »Nachdem ich jedoch drei Monate hier gewohnt habe, bekam ich Ärger mit einer Gang von Motorradfahrern, die hier an der Mount Larson Road ihr Sommerlager aufschlagen wollten.«

»Die Chrom-Dämonen.«

»Genau«, bestätigte Jenny. »Sie sehen nicht sehr vertrauenswürdig aus.«

»Das ist noch milde ausgedrückt.«

»Wenn ich nachts in Mount Larson oder Pineville Hausbesuche machen mußte, haben sie mich manchmal mit ihren Motorrädern begleitet. Sie fuhren an beiden Seiten meines Wagens so dicht nebenher, daß es schon gefährlich wurde, riefen mir etwas zu, winkten und verhielten sich einfach unvernünftig. Getan haben sie mir nichts, aber irgendwie war die Sache doch etwas ...«

»Bedrohlich?«

»Ja. Deshalb habe ich mir eine Waffe gekauft, gelernt, damit umzugehen, und mir einen Waffenschein zugelegt.«

Der Lieutenant begann die Schachteln mit der Munition zu öffnen. »Mußten Sie sie jemals gebrauchen?«

»Glücklicherweise brauchte ich nie auf jemanden zu schießen, aber einmal mußte ich zumindest zeigen, daß ich sie bei mir hatte. Es war kurz nach Einbruch der Dunkelheit. Diese Dämonen hatten wieder einmal beschlossen, mich zu begleiten, aber dieses Mal war es anders. Vier von ihnen kreisten mich ein, zwangen mich dazu, langsamer zu fahren und hielten mich schließlich in der Mitte der Straße an.«

»Das hat Ihnen sicher einen großen Schrecken eingejagt.«

»Allerdings. Mein Herz raste wie verrückt. Einer der Dämonen stieg von seinem Motorrad. Er war groß – ungefähr eins neunzig –, trug langes lockiges Haar, einen Bart, ein Stirnband und einen goldenen Ohrring. Er sah aus wie ein Pirat.«

»Hatte er auf beiden Handflächen ein Auge in Gelb und Rot tätowiert?«

»Ja! Nun, zumindest sah ich eine Tätowierung an der Hand, die er gegen die Fensterscheibe preßte, als er mich ansah.«

Der Lieutenant lehnte sich gegen den Tisch, auf dem die Waffen lagen. »Sein Name ist Gene Terr, genannt wird er aber meistens Jeeter. Er ist der Anführer der Chrom-Dämonen, ein äußerst übler Bursche. Zwei- oder dreimal war er schon im Knast, aber nie wegen eines schwerwiegenden Verbrechens und nie für längere Zeit. Immer, wenn es so aussieht, als könnten wir Jeeter endlich festnageln, nimmt einer von seinen Leuten die Schuld auf sich. Er besitzt eine unglaubliche Gewalt über die Mitglieder seiner Gang. Sie machen alles, was er will – sie scheinen ihn anzubeten.

Wenn sie dann im Gefängnis landen, kümmert er sich um sie, schmuggelt Geld und Drogen hinein. Und sie bleiben ihm treu ergeben. Jeeter weiß genau, daß wir nicht an ihn herankommen, deshalb ist er immer scheißfreundlich und hilfsbereit und gibt vor, ein anständiger Bürger zu sein. Das macht ihm Spaß. Jeeter ist also zu Ihrem Auto gekommen und hat durch das Fenster geschaut. Und dann?«

»Er wollte, daß ich aussteige, aber ich habe mich geweigert. Dann verlangte er, ich solle zumindest das Fenster herunterkurbeln, damit wir nicht schreien müßten, um uns zu unterhalten. Ich sagte, es würde mir nichts ausmachen zu schreien. Daraufhin drohte er, das Fenster einzuschlagen. Ich wußte genau, daß er dann die Hand hereinstecken und die Tür öffnen würde, also beschloß ich, freiwillig auszusteigen. Ich sagte ihm, ich würde rauskommen, wenn er einen Schritt zurückginge. Er ließ sich darauf ein, und währenddessen holte ich rasch meine Pistole unter dem Sitz hervor. Ich öffnete die Tür, stieg aus und als er auf mich zukam, rammte ich ihm den Lauf der Waffe in den Bauch. Der Hahn war gespannt, und das hat er auch sofort bemerkt.«

»Meine Güte, seinen Gesichtsausdruck hätte ich zu gern gesehen«, sagte Lieutenant Whitman grinsend.

»Ich hatte eine Todesangst«, erzählte Jenny weiter. »Ich fürchtete mich vor ihm, aber auch davor, die Waffe abfeuern zu müssen. Ob ich das fertiggebracht hätte, weiß ich nicht, aber ich durfte Jeeter nicht zeigen, daß ich Zweifel hatte.«

»Wenn er das gemerkt hätte, wären Sie wohl verloren gewesen.«

»Das dachte ich mir auch. Also erklärte ich ihm kühl und bestimmt, daß ich Ärztin sei, einen Hausbesuch bei einem sehr kranken Patienten machen müsse und mich nicht länger aufhalten lassen könne. Ich sprach sehr leise. Die anderen drei Männer saßen noch auf ihren Motorrädern und konnten mich weder hören noch die Pistole sehen. Dieser

Jeeter machte mir den Eindruck, als würde er eher sterben, als zuzulassen, daß jemand sieht, wie eine Frau ihm etwas befiehlt, also wollte ich ihn nicht bloßstellen und damit vermeiden, daß er eventuell eine Dummheit begeht.«

Der Lieutenant schüttelte den Kopf. »Da haben Sie ihm aber einen gewaltigen Dämpfer aufgesetzt.«

»Ja. Ich habe ihn dann auch noch daran erinnert, daß er vielleicht selbst eines Tages eine Ärztin brauchen würde. Er könnte schließlich einmal einen Unfall mit seinem Motorrad haben, schwerverletzt auf der Straße liegen, und ich die Ärztin sein, die zum Unfallort gerufen wird – und das, nachdem er mich verletzt und mir Grund dazu gegeben hat, mich an ihm zu rächen. Ich habe ihm erklärt, daß eine Ärztin in der Lage ist, dafür zu sorgen, daß der Heilungsprozeß eines Patienten lange dauert und sehr schmerzhaft ist. Dann bat ich ihn, darüber nachzudenken.«

Whitman starrte sie mit offenem Mund an.

»Ich weiß nicht, ob ihn das beeindruckt hat oder er nur Angst vor der Waffe hatte«, fuhr Jenny fort. »Er zögerte jedoch, zog für seine Freunde noch eine große Show ab und erklärte, ich sei die Freundin eines Freundes. Er sagte, er hätte mich bereits vor Jahren kennengelernt, mich aber erst jetzt erkannt, und ich würde ab sofort unter dem speziellen Schutz der Chrom-Dämonen stehen. Niemand solle mich jemals wieder belästigen. Dann stieg er wieder auf seine Harley und fuhr los. Die anderen drei folgten ihm.«

»Und Sie sind nach Mount Larson gefahren?«

»Was sonst? Ich mußte mich ja noch um einen Patienten kümmern.«

»Unglaublich.«

»Allerdings muß ich zugeben, daß mir auf der Fahrt nach Mount Larson der Angstschweiß auf der Stirn stand und ich zitterte wie Espenlaub.«

»Und seitdem wurden Sie nie wieder von der Gang belästigt?«

»Im Gegenteil. Wenn sie an mir vorbeifahren, lachen sie mich an und winken mir zu.«

Whitman lachte ebenfalls.

»Die Antwort auf Ihre Frage lautet also: Ja, ich kann mit einer Pistole umgehen«, sagte Jenny. »Allerdings hoffe ich, daß ich niemals auf jemanden schießen muß.«

Sie sah die 375er Magnum in ihrer Hand, runzelte die Stirn, öffnete eine Schachtel mit Munition und begann, die Waffe zu laden.

Der Lieutenant holte ebenfalls einige Patronen aus einer Kiste und lud damit eine der Waffen.

Nach einer Weile brach er das Schweigen. »Hätten Sie wirklich getan, was Sie Gene Terr angedroht haben?«

»Was meinen Sie? Ob ich auf ihn geschossen hätte?«

»Nein. Wenn er Ihnen etwas angetan hätte, Sie vielleicht sogar vergewaltigt hätte und später einmal Ihr Patient gewesen wäre ... hätten Sie dann wirklich ...?«

Jenny schob das Magazin in die Magnum und legte die Waffe auf den Tisch. »Na ja, ich hätte mich schon versucht gefühlt, aber andererseits nehme ich meinen hippokratischen Eid sehr ernst. Wahrscheinlich bin ich zu gutmütig – ich hätte Jeeter natürlich medizinisch so gut versorgt, wie ich nur kann.«

»Ich habe gewußt, daß Sie das sagen würden.«

»Meine Worte klingen möglicherweise manchmal sehr hart, aber im Grunde genommen habe ich ein viel zu weiches Herz.«

»Aber Sie haben sich diesem Kerl gegenüber sehr gut behauptet und ihm die Stirn geboten! Wenn er Sie jedoch verletzt hätte und Sie dann später Ihre Position als Ärztin dazu benutzt hätten, um sich zu rächen ... Das wäre etwas anderes gewesen.«

Jenny schob ihren Blick von der 38er, die sie gerade auf den Tisch zu den anderen Waffen gelegt hatte, und sah dem Mann in die dunklen klaren Augen, die sie prüfend musterten.

»Sie sind in Ordnung, Dr. Paige. Wenn Sie möchten, können Sie mich Tal nennen – fast alle tun das. Es ist die Abkürzung für Talbert.«

»Einverstanden, Tal. Und Sie können auch Jenny zu mir sagen.«

»Oh. Ich weiß nicht so recht.«

»Warum nicht?«

»Sie sind Ärztin. Meine Tante Becky, bei der ich aufgewachsen bin, hatte immer großen Respekt vor Ärzten. Es kommt mir komisch vor, Ärzte – oder Ärztinnen – mit ihrem Vornamen anzusprechen.«

»Ärzte sind auch nur Menschen, und wenn man berücksichtigt, in welcher schwierigen Lage wir uns hier befinden ...«

»Trotzdem ...« Tal schüttelte den Kopf.

»Wenn Sie das stört, sprechen Sie mich doch so an wie die meisten meiner Patienten.«

»Und wie ist das?«

»Einfach nur Doc.«

»Doc?« Er dachte einen Augenblick lang nach und lächelte dann. »Doc. Das erinnert mich an die grauhaarigen, streitsüchtigen Trottel, die Barry Fitzgerald in den 30er und 40er Jahren auf die Leinwand gebracht hat.«

»Tut mir leid, aber ich habe noch keine grauen Haare.«

»Sie sind auch kein alter Trottel.«

Jenny lachte leise.

»Da liegt eine gewisse Ironie darin«, meinte Tal Whitman. »Doc. Ja, wenn ich mir vorstelle, wie Sie Gene Terry eine Waffe in den Bauch gedrückt haben, paßt das.«

Sie luden zwei weitere Waffen.

»Warum gibt es in einer kleinen Polizeistation wie Snowfield eigentlich so viele Waffen, Tal?«

»Um vom Staat und Bund Gelder zu bekommen, muß man eben einige Bestimmungen erfüllen, auch wenn sie manchmal lächerlich sind. Für Polizeistationen wie diese ist ein gewisses Waffenarsenal vorgeschrieben. Na ja ... vielleicht sollten wir jetzt froh darüber sein.«

»Bisher haben wir allerdings noch nichts gesehen, worauf wir hätten schießen können.«

»Ich habe den Verdacht, daß das noch kommen wird«, meinte Tal. »Und ich will Ihnen noch etwas sagen.«

»Was?«

Sein breites, dunkelhäutiges, attraktives Gesicht wirkte düster. »Ich glaube, Sie brauchen sich keine Sorgen darüber zu machen, auf Menschen schießen zu müssen. Irgendwie habe ich das Gefühl, daß wir uns nicht vor *Menschen* vorsehen müssen.«

Bryce wählte die geheime Privatnummer des Gouverneurs in Sacramento. Er sprach zuerst mit dem Dienstmädchen, das immer wieder betonte, der Gouverneur sei im Augenblick nicht einmal für einen guten alten Freund zu sprechen, selbst wenn es um Leben und Tod ginge. Er solle eine Nachricht hinterlassen. Dann meldete sich der Butler, der ebenfalls nur bereit war, eine Nachricht weiterzuleiten. Nachdem Bryce eine Weile warten mußte, wurde er mit Gary Poe, dem politischen Berater des Gouverneurs Jack Retlock, verbunden.

»Jack kann jetzt nicht mit Ihnen sprechen, Bryce«, sagte Gary. »Wir haben hier gerade ein wichtiges Abendessen mit dem japanischen Handelsminister und dem Generalkonsul aus San Francisco.«

»Gary ...«

»Wir versuchen gerade zu erreichen, daß die neue japanisch-amerikanische Elektronikfabrik in Kalifornien und nicht in Texas oder Arizona gebaut wird – wir befürchten sogar, der Standort könnte New York sein – meine Güte, ausgerechnet New York!«

»Gary ...«

»Es ist mir schleierhaft, wie jemand New York nur in Erwägung ziehen kann. Denken Sie nur an die vielen Streiks und die steuerlichen Probleme! Manchmal glaube ich ...«

»Gary, halten Sie den Mund.«

»Wie bitte?«

Bryce fuhr eigentlich nie jemanden so an. Selbst Gary Poe, der schneller und lauter reden konnte als ein Marktschreier, war so schockiert, daß er verstummte.

»Gary, dies ist ein Notfall. Holen Sie Jack ans Telefon.«

»Bryce, ich bin bevollmächtigt ...«, begann Poe beleidigt.

»Ich habe in den nächsten zwei Stunden verdammt viel zu tun, Gary – das heißt, wenn ich noch so lange lebe. Ich kann es mir nicht leisten, zuerst Ihnen und dann noch Jack jeweils eine Viertelstunde die Lage zu erklären. Hören Sie gut zu. Ich bin in Snowfield, und so wie es aussieht, sind hier alle Einwohner tot.«

»Was?«

»Ja, fünfhundert Menschen.«

»Bryce, wenn das ein Witz sein soll, dann ...«

»Fünfhundert Tote. Mindestens. Und jetzt holen Sie endlich Jack an den Apparat, verdammt!«

»Aber Bryce, fünfhundert ...«

»Zum Teufel, holen Sie endlich Jack!«

Poe zögerte einen Augenblick lang, dann sagte er: »Ich hoffe nur, Sie nehmen mich nicht auf den Arm.« Er legte den Hörer zur Seite und ging den Gouverneur holen.

Bryce kannte Jack Retlock bereits seit siebzehn Jahren. Als er bei der Polizei in Los Angeles angefangen hatte, war er Jack für sein Probejahr zugewiesen worden. Zu dieser Zeit war Jack bereits sieben Jahre im Dienst und ein erfahrener Mann. Er hatte sich so geschickt und klug verhalten, daß Bryce kaum zu hoffen gewagt hatte, seinen Job jemals auch nur halb so gut zu erledigen wie er. Nach einem Jahr hatte Bryce jedoch auch an Erfahrung gewonnen, woraufhin sie beschlossen, Partner zu bleiben. Doch dann, achtzehn Monate später, war Jack es müde, gegen ein System anzukämpfen, das die Verbrecher wieder auf freien Fuß setzte, die er mit Mühe hinter Gitter gebracht hatte, und entschloß sich für eine politische Laufbahn. Als Polizist hatte er einige Auszeichnungen bekommen. Er setzte seinen Ruf als Held geschickt ein, um einen Sitz im Stadtrat von Los Angeles zu bekommen, und wurde später mit großer Mehrheit zum Bürgermeister gewählt. Danach schaffte er den Sprung zum Gouverneur. Seine Karriere war weitaus beeindruckender als Bryces berufliche Laufbahn – er war eben nur Sheriff im County Santa Mira – aber Jack war schon immer viel kämpferischer gewesen als Bryce.

»Doody, bist du das?« meldete sich Jack in Sacramento. Er benutzte Bryces Spitznamen, den er ihm in Los Angeles gegeben hatte, weil er fand, daß er zu Bryces sandfarbenem Haar, seinen Sommersprossen, dem attraktiven Gesicht und den Augen paßte, die denen der Marionette Howdy Doody ähnelten.

»Ja, ich bin es, Jack.«

»Gary erzählte mir gerade irgendwelchen Schwachsinn ...«

»Es ist wahr«, erwiderte Bryce und schilderte Jack die Ereignisse in Snowfield.

Nachdem Jack sich die ganze Geschichte angehört hatte, holte er tief Luft. »Ich hoffe nur, du bist betrunken, Doody.«

»Nein, Jack, ich bin vollkommen nüchtern. Hör zu, ich brauche zuerst ...«

»Die Nationalgarde?«

»Nein!« rief Bryce. »Solange wir es vermeiden können, will ich sie hier nicht sehen.«

»Wenn ich die Nationalgarde nicht einsetze und alle anderen Mittel nutze, die mir zur Verfügung stehen, und sich das später als Fehler herausstellt, bin ich erledigt. Man wird mich fertigmachen.«

»Jack, ich zähle darauf, daß du die richtigen Entscheidungen triffst, und das nicht nur im politischen Bereich. Solange wir nicht mehr über die Situation hier wissen, will ich nicht, daß Leute von der Nationalgarde durch die Gegend trampeln. Bei einer Überschwemmung, einem Poststreik oder Ähnlichem mögen sie von Nutzen sein, aber sie sind keine ausgebildeten Soldaten. Die meisten von ihnen sind hauptberuflich Verkäufer, Anwälte, Lehrer oder Handwerker. Hier geht es aber um eine Aktion, die absolut gezielt durchgeführt werden muß, und dafür kommen nur gut ausgebildete Polizisten in Frage.«

»Und wenn deine Männer damit nicht fertigwerden?«

»Dann bin ich natürlich der erste, der nach der Nationalgarde rufen wird.«

»Also gut«, sagte Retlock schließlich. »Keine Nationalgarde. Zumindest jetzt nicht.«

Bryce seufzte. »Und ich möchte auch das Gesundheitsministerium heraushalten.«

»Doody, sei doch vernünftig. Wie soll ich das anstellen? Wenn auch nur die geringste Möglichkeit besteht, daß es sich um eine ansteckende Krankheit handelt, die die Einwohner von Snowfield getötet hat, oder vielleicht ein Gift, das die Umwelt verseucht ...«

»Hör zu, Jack. Das Gesundheitsministerium ist sicher sehr hilfreich, wenn es darum geht, eine Seuche, Nahrungsmittelvergiftung oder Wasserverseuchung festzustellen und zu bekämpfen. Aber wir haben es dann mit Bürokraten zu tun, die sehr langsam arbeiten, und das können wir uns nicht leisten. Ich habe das Gefühl, daß es sich um einen Kampf gegen die Zeit handelt. Jeden Moment kann hier die Hölle los sein. Ich wäre eigentlich überrascht, wenn es nicht so käme. Außerdem haben die Leute vom Gesundheitsministerium nicht die Ausrüstung für diesen Fall, und sie sind auch nicht auf eine solche Situation vorbereitet, wo eine ganze Stadt ausgelöscht worden ist – das kommt in ihren Plänen nicht vor. Aber ich kenne jemanden, der dafür geeignet ist, Jack. Die medizinische Abteilung des Zivilschutzkorps könnte uns helfen.«

»Zivilschutzkorps?« Retlocks Stimme klang angespannt. »Du meinst doch nicht etwa die Jungs von der Abteilung B- und C-Waffen?«

»Doch.«

»Meine Güte, glaubst du etwa, es handelt sich um Kriegsführung mit Nervengas oder Bakterien?«

»Wahrscheinlich nicht«, erwiderte Bryce und dachte dabei an die abgehackten Köpfe der Liebermanns, das beängstigende Gefühl, das ihn in der überdachten Passage überfallen hatte, und die unglaublich Geschwindigkeit, mit der Jake Johnson verschwunden war. »Aber ich weiß noch nicht genug, um biologische oder chemische Waffen auszuschließen.«

Jetzt war dem Gouverneur deutlich sein Ärger anzuhören. »Wenn die verdammte Armee mit ihren verflixten tödlichen Viren nicht sorgfältig genug umgegangen ist, dann werde ich sie mir vorknöpfen!«

»Ganz ruhig, Jack. Vielleicht handelt es sich auch nicht um einen Unfall. Möglicherweise haben Terroristen von einem Mitglied des Zivilschutzkorps eine Probe gestohlen. Oder irgendwelche Agenten aus dem Ausland testen unsere Fähigkeit, solche Situationen zu analysieren und uns zu verteidigen. Genau deshalb hat die Armee General Copperfield damit beauftragt, diese Abteilung des Zivilschutzkorps einzurichten.«

»Wer ist Copperfield?«

»General Galen Copperfield, der Kommandeur der Zivilschutzeinheit der Abteilung für chemische und biologische Kriegsführung. Wir befinden uns jetzt in genau der Situation, von der er wissen wollen würde. Innerhalb weniger Stunden könnte Copperfield ein Team von erstklassig ausgebildeten Wissenschaftlern nach Snowfield schicken – Biologen, Virologen, Bakteriologen und Pathologen, die über den neuesten Stand in der Gerichtsmedizin bestens Bescheid wissen. Zumindest einen Immunologen, einen Biochemiker könnte er uns besorgen – vielleicht sogar einen

Neurologen. Copperfields Abteilung verfügt über gut ausgestattete, fahrbare Labors. Sie haben sie im ganzen Land deponiert, also müßte auch eines davon hier in der Nähe sein. Laß das Gesundheitsministerium aus dem Spiel, Jack. Dort gibt es nicht die Art von Leuten, die Copperfield mir besorgen kann. Außerdem ist ihre diagnostische Ausrüstung im Gegensatz zu Copperfields mobilen Geräten nicht auf dem neuesten Stand der Technik. Ich möchte den General anrufen – ich werde mich auf jeden Fall mit ihm in Verbindung setzen, aber ich hätte vorher gern deine Einwilligung dazu und die Garantie, daß hier keine Staatsbürokraten auftauchen und sich einmischen.«

Nach kurzem Zögern sagte Jack Retlock: »Doody, in welcher Welt leben wir eigentlich, wenn wir auf die Leute von Copperfields Abteilung angewiesen sind?«

»Hältst du mir das Gesundheitsministerium vom Hals?«

»Ja. Brauchst du sonst noch etwas?«

Bryce schaute auf die Liste, die er vor sich liegen hatte. »Du könntest die Telefongesellschaft anweisen, nur wirklich wichtige Telefonate nach Snowfield durchzustellen. Wenn erst einmal bekannt wird, was hier geschehen ist, wird jedes Telefon in der Stadt pausenlos klingeln, und wir werden keine Möglichkeit mehr haben, unsere lebensnotwendige Kommunikation aufrechtzuerhalten. Wenn man die Vermittlung der Gespräche von und nach Snowfield einigen Telefonisten überlassen könnte, die eine gewisse Auswahl treffen und dann ...«

»Ich werde mich darum kümmern«, erklärte Jack.

»Es kann auch sein, daß die Leitungen plötzlich unterbrochen sind – selbst in den öffentlichen Telefonzellen. Dr. Paige hatte bei ihrem ersten Versuch zu telefonieren einige Schwierigkeiten. Ich brauchte also einen Kurzwellensender – das Gerät hier ist anscheinend zerstört worden.«

»Ich kann dir einen mobilen Kurzwellensender in einem Wagen schicken, der einen benzinbetriebenen Generator besitzt. Das zuständige Amt für Katastrophen bei Erdbeben hält einige davon bereit. Noch etwas?«

»Ja, es wäre gut, wenn wir nicht vom Stromnetz abhängig wären, da unser Feind es offensichtlich manipulieren kann. Kannst du zwei große Generatoren für uns besorgen?«

»Wird erledigt. Und sonst?«

»Wenn mir noch etwas einfällt, lasse ich dich es wissen.«

»Ich möchte dir noch etwas sagen, Bryce. Du bist mein Freund, und deshalb tut es mir verdammt leid, daß du in diese Sache verwickelt bist. Andererseits bin ich heilfroh, daß du die Leitung des Unternehmens übernommen hast. Egal, worum es sich dort handelt – es gibt eine Menge Idioten, die damit todsicher überfordert wären. Wenn es sich wirklich um eine Krankheit handelt, könnte bereits der halbe Staat verseucht sein. Du bist genau der Mann, den wir jetzt brauchen.«

»Danke, Jack.«

Beide schwiegen einen Augenblick lang, dann sagte Retlock: »Doody?«

»Ja, Jack?«

»Paß auf dich auf.«

»Das werde ich, Jack«, erwiderte Bryce. »Jetzt muß ich mich mit Copperfield in Verbindung setzen. Ich rufe dich später wieder an.«

»Bitte tu das, Bryce. Und verschwinde du nicht auch noch, alter Freund.«

Bryce legte den Hörer auf und sah sich in der Polizeistation um. Stu Wargle und Frank waren damit beschäftigt, die vordere Platte des Funkgeräts zu entfernen. Tal und Dr. Paige luden einige Waffen, und Gordy Brogan und die junge Lisa – also der Größte und die Kleinste in der Gruppe – kochten Kaffee und stellten etwas zu essen auf einen der Schreibtische.

Sogar in einer derart katastrophalen Situation müssen wir Kaffee trinken und etwas essen, dachte Bryce. Das Leben geht weiter.

Er hob den Hörer wieder auf, um Copperfield in Dugway, Utah anzurufen, hörte aber kein Freizeichen. Nachdem er die Gabel heruntergedrückt hatte, meldete er sich: »Hallo?«

Nichts.

Bryce spürte, daß jemand oder etwas ihm zuhörte – genau wie Dr. Paige es beschrieben hatte.

»Wer ist da?« fragte er.

Eigentlich hatte er keine Antwort erwartet, doch er bekam eine. Es war keine Stimme, sondern ein eigenartiges, aber doch vertrautes Geräusch: der Schrei von Möwen, die bei stürmischem Wind über einem Strand kreisten.

Dann veränderte sich das Geräusch und klang nun wie ein Rasseln – beinahe so, als würde jemand Bohnen in einem hohlen Gefäß hin- und herschütteln. Oder wie die Warnung einer Klapperschlange. Ja, kein Zweifel, das mußte eine Klapperschlange sein.

Noch einmal veränderte sich das Geräusch, dieses Mal zu einem elektronischen Summen. Nein, eigentlich klang es eher wie ein Bienenschwarm. Dann kam wieder der Schrei von Möwen. Das fröhliche Zwitschern eines Singvogels. Ein Hecheln, wie von einem müden Hund. Das Knurren eines Lebewesens, das größer sein mußte als ein Hund. Und das wütende Fauchen kämpfender Katzen.

Obwohl die Geräusche eigentlich nicht ausgesprochen bedrohlich klangen – bis auf das Rasseln der Klapperschlangen und das Knurren –, überlief es Bryce eiskalt.

Die Tierlaute hörten plötzlich auf.

Bryce wartete, lauschte und fragte schließlich noch einmal: »Wer ist da?«

Keine Antwort.

»Was wollen Sie?«

Ein anderes Geräusch kam über die Leitung und durchfuhr Bryce wie ein Dolch. Schreie. Männer, Frauen und Kinder. Viele Menschen. Dutzende, vielleicht Hunderte. Keine gespielten Schreie wie auf einer Bühne, sondern durchdringende, erschütternde Laute von Verdammten, in denen sich der Schmerz, die Angst und die Verzweiflung gequälter Seelen widerspiegelte.

Bryce wurde übel. Sein Puls begann zu rasen. Fast hatte er das Gefühl, er sei direkt mit der Hölle verbunden.

Waren das die Schreie der Toten von Snowfield, die auf Band aufgenommen waren? Von wem? Und warum? War das Wirklichkeit oder nur Einbildung?

Ein letzter Schrei. Von einem Kind, einem kleinen Mädchen. Sie schrie vor Entsetzen auf, dann vor Schmerz und unvorstellbarer Qual, als würde sie in Stücke gerissen. Ihre Stimme wurde lauter und immer höher.

Stille.

Das Schweigen war noch schlimmer als die Schreie, weil das namenlose Wesen immer noch in der Leitung war. Bryce spürte seine Gegenwart noch stärker und war sich nun bewußt, daß es um etwas eindeutig Bösartiges handelte, das gnadenlos vorging.

Es war das.

Hastig legte er den Hörer auf. Obwohl er sich nicht direkt in Gefahr befunden hatte, zitterte er.

Er sah sich wieder in der Station um. Die anderen waren immer noch mit den Aufgaben beschäftigt, die er ihnen zugeteilt hatte. Offensichtlich hatte niemand bemerkt, daß sich sein letztes Telefonat ganz anders abgespielt hatte als das vorherige. Schweiß lief ihm über den Nacken.

Irgendwann würde er den anderen davon erzählen müssen, aber noch nicht sofort. Im Augenblick traute er seiner Stimme nicht. Sie würden ihm anhören, daß er nervös war und ihn dieses Erlebnis sehr mitgenommen hatte.

Bis Verstärkung eintraf, sie sich in Snowfield eine feste Basis geschaffen hatten, und alle sich sicherer fühlten, wollte er auf keinen Fall zeigen, daß er vor Angst zitterte. Die anderen erwarteten Führungsqualitäten von ihm, und er wollte sie auf keinen Fall enttäuschen.

Er holte tief Luft und nahm den Hörer wieder ab. Jetzt bekam er sofort ein Freizeichen. Erleichtert wählte er die Nummer der B- und C-Einheit des Zivilschutzes in Dugway, Utah.

Lisa mochte Gordy Brogan. Zuerst hatte sein finsteres Aussehen sie eingeschüchtert. Er war so groß, und seine Hände waren so gewaltig, daß sie an Frankensteins Monster erinnerten. Sein Gesicht war eigentlich recht nett, aber wenn er die Stirn runzelte, zogen sich seine Augenbrauen zusammen, seine tiefschwarzen Augen wirkten noch düsterer als gewöhnlich, und er sah furchterregend aus – selbst wenn er gar nicht wütend war oder sich über etwas Sorgen machte.

Wenn er jedoch lächelte, wirkte er ganz anders. Das war wirklich erstaunlich. Man sah dann sofort, daß man jetzt den Gordy Brogan vor sich hatte, so wie er eigentlich war. Der andere Gordy – von dem man zuerst glaubte, ihn zu sehen, wenn er die Stirn runzelte oder über etwas nachdachte – war nur ein Fantasieprodukt. Sein warmes, breites Lächeln zog die Aufmerksamkeit auf die Freundlichkeit und Sanftheit in seinen Augen unter den dichten Brauen.

Wenn man ihn näher kennenlernte, wirkte er wie ein zu groß geratener Welpe, der von allen geliebt werden wollte. Er war einer der wenigen Erwachsenen, die sich mit einem Kind unbefangen unterhalten konnten, ohne sich herablassend oder gönnerhaft zu verhalten. In dieser Hinsicht war er sogar noch besser als Jenny. Und er konnte sogar trotz dieser Umstände noch lachen.

Als sie das Essen auf den Tisch stellten – kaltes Fleisch, Brote, Käse, Obst, Doughnuts und Kaffee –, sagte Lisa: »Sie kommen mir gar nicht vor wie ein Cop.«

»Tatsächlich? Wie stellst du dir denn einen Cop vor?«

»Oh! Habe ich etwas Falsches gesagt? Ist ›Cop‹ ein beleidigender Ausdruck?«

»An manchen Orten schon. Zum Beispiel in Gefängnissen.«

Lisa war überrascht, daß sie immer noch lachen konnte, nach allem, was heute abend geschehen war. »Ich meine es ernst. Wie werden Beamte am liebsten bezeichnet? Als Polizisten?«

»Das spielt keine Rolle. Ich bin Hilfssheriff, Polizist, Cop – wie immer du mich auch bezeichnen möchtest. Aber du findest ja, daß ich nicht so aussehe.«

»Doch, das schon«, erwiderte Lisa. »Aber Sie wirken einfach nicht wie ein Cop.«

»Wie dann?«

»Lassen Sie mich nachdenken.« Dieses Spiel gefiel ihr, denn es lenkte sie einen Moment von dem Alptraum ab, der sich hier abspielte. »Vielleicht wie ein ... junger Geistlicher.«

»Ich?«

»Ja. Sie würden auf der Kanzel stehen und feurige Strafpredigten halten, aber in Ihrem Pfarrhaus würden Sie freundlich lächelnd dasitzen und sich geduldig die Probleme der Leute anhören.«

»Du siehst mich also als Priester«, sagte Gordon sichtlich erstaunt. »Bei deiner Vorstellungskraft solltest du später einmal Schriftstellerin werden.«

»Eher Ärztin wie Jenny. Eine Ärztin kann so viel Gutes tun.« Lisa schwieg einen Moment. »Wissen Sie, warum ich Sie mir nicht als Cop vorstellen kann? Weil ich mir nicht vorstellen kann, daß Sie dieses Ding jemals benutzen könnten.« Sie deutete auf seinen Revolver. »Ich glaube nicht, daß Sie jemals auf jemanden schießen würden – selbst wenn er es verdient hätte.«

Der Ausdruck, der plötzlich über Gordy Brogans Gesicht glitt, erschreckte Lisa. Offensichtlich war er schockiert.

Bevor sie ihn fragen konnte, was in ihm vorging, flackerten die Lichter.

Sie sah sich um.

Wieder ein Flackern. Und dann noch einmal.

Lisa sah zum Fenster hinaus. Die Straßenlaternen gingen ebenfalls an und aus.

Nein, dachte sie. O Gott, bitte nicht schon wieder. Keine Dunkelheit mehr, bitte, bitte!

Die Lichter gingen aus.

15
Das Ding am Fenster

Bryce Hammond hatte zuerst über die Leitung für Notfälle mit dem diensthabenden Offizier des Zivilschutzes in Dugway, Utah gesprochen. Er mußte nicht viele Details preisgeben, sondern wurde rasch zu General Galen Copperfields Privatanschluß durchgestellt. Copperfield hatte ihm zugehört, aber nicht viel gesagt. Bryce wollte wissen, ob eine chemische oder biologische Waffe Snowfield zerstört haben könnte. Copperfield bejahte das knapp und erinnerte Bryce daran, daß sie dieses Gespräch über eine ungesicherte Leitung führten. Dann machte er einige vage, aber unmißverständliche Andeutungen über Dienstgeheimnisse und Sicherheitsmaßnahmen. Nachdem er die wichtigen Informationen von Bryce erhalten hatte, wollte er das Telefonat rasch beenden und schlug vor, alles weitere persönlich zu besprechen. »Ich habe genug gehört und bin davon überzeugt, daß meine Organisation hinzugezogen werden sollte.« Er versprach, bis zum Morgengrauen ein mobiles Labor und ein Team von Wissenschaftlern nach Snowfield zu schicken.

Als Bryce den Hörer auflegte, flackerten die Lichter, wurden schwächer und erloschen schließlich.

Er tastete auf dem Schreibtisch nach der Taschenlampe, fand sie und knipste sie an.

Nachdem sie vor einer Weile in die Polizeistation zurückgekehrt waren, hatten sie zwei weitere Taschenlampen mit langen Griffen gefunden. Gordy hatte eine davon an sich genommen, Dr. Paige die andere. Jetzt gingen beide gleichzeitig an und warfen lange helle Strahlen in den dunklen Raum.

Sie hatten bereits eine Strategie für den Fall besprochen, daß die Lichter wieder ausgingen. Jetzt gingen sie alle wie vereinbart weg von Fenstern und Türen in die Mitte des Raums und stellten sich Rücken an Rücken in einem Kreis auf, um weniger verwundbar zu sein.

Keiner sprach ein Wort. Alle lauschten angestrengt.

Lisa Paige stand links neben Bryce, schob ihre schmalen Schultern vor und zog den Kopf ein.

Tal Whitman befand sich auf Bryces rechter Seite. Er verzog wütend den Mund, bis seine Zähne blitzten, und starrte in die Dunkelheit jenseits der Lichtkegel der Taschenlampen.

Tal und Bryce hielten beide ihre Waffen in der Hand.

Die drei blickten in den hinteren Teil des Raums, während die anderen vier – Dr. Paige, Gordy, Frank und Stu – zur Tür sahen.

Bryce ließ den Lichtstrahl seiner Lampe überall herumwandern, denn selbst die Schatten der nüchternen Einrichtungsgegenstände wirkten mit einemmal bedrohlich. Doch nichts versteckte oder bewegte sich in der vertrauten Umgebung.

Stille.

In der hinteren Wand an der rechten Seite befanden sich zwei Türen. Eine führte zu den drei Arrestzellen. Sie hatten diesen Teil des Gebäudes bereits durchsucht. Die Zellen, der Raum, in dem die Verhöre stattfanden und die beiden Toiletten waren leer. Durch die zweite Tür erreichte man die Treppe zur Wohnung des Hilfssheriffs. Auch diese Räume waren verlassen. Trotzdem richtete Bryce beunruhigt seine

Taschenlampe immer wieder auf die beiden halboffenen Türen.

In der Dunkelheit war ein leiser Aufprall zu hören.

»Was war das?« fragte Wargle.

»Es kam von dort drüben«, meinte Gordy.

»Nein, von da«, sagte Lisa Paige.

»Ruhe!« befahl Bryce mit scharfer Stimme.

Wieder war ein gedämpfter Aufprall zu hören, als würde jemand ein Kissen auf den Boden werfen.

Bryce ließ den Strahl seiner Lampe hin und her wandern, und Tal verfolgte seine Bewegungen mit der Pistole.

Was sollen wir nur tun, wenn die Lichter die ganze Nacht über nicht brennen? dachte Bryce. Und wenn die Batterien unserer Taschenlampen entladen sind? Was wird dann passieren?

Seit seiner Kindheit hatte er keine Angst mehr vor der Dunkelheit gehabt – jetzt erinnerte er sich wieder an dieses Gefühl.

Wieder ein Aufprall. Dieses Mal lauter, aber nicht näher.

»Die Fenster!« rief Frank.

Bryce drehte sich um und richtete seine Taschenlampe zur gleichen Zeit wie die anderen auf die vorderen Fenster. Die Lichtkegel wurden wie in einem Spiegel reflektiert und verbargen das, was sich auch immer dahinter befinden mochte.

»Richtet die Lampen auf den Boden oder die Decke!« befahl Bryce.

Ein Lichtstrahl ging nach oben, die beiden anderen nach unten. Jetzt waren die Fenster indirekt beleuchtet, und das Licht spiegelte sich nicht mehr in den Scheiben wider.

Etwas prallte gegen eines der Fenster, stieß gegen einen lockeren Rahmen und verschwand wieder in der Nacht. Bryce glaubte, Flügel gesehen zu haben.

»Was war das?«

»... ein Vogel ...«

»... kein Vogel, den ich schon einmal zuvor ...«

»... irgend etwas ...«

»... etwas Grauenhaftes ...«

Es kehrte zurück und flog nun mit größerer Entschlossenheit gegen das Glas.

Lisa schrie auf, Frank Autry schnappte nach Luft, und Stu Wargle sagte: »Verdammte Scheiße!«

Gordy brachte nur einen erstickten Ton heraus.

Bryce starrte auf das Fenster und hatte das Gefühl, durch einen Vorhang hindurch die Realität zu verlassen und einen Ort betreten zu haben, in dem es nur Illusionen und Alpträume gab.

Da die Straßenlaternen nicht brannten, lag die Skyline Road im Dunkeln, das Mondlicht gab jedoch einen unklaren Blick auf das Ding am Fenster frei.

Selbst in dieser schwachen Beleuchtung war der Anblick dieses flatternden Ungeheuers kaum zu ertragen. Bryce hatte den Eindruck, als sehe er in ein Kaleidoskop, in dem sich Schatten und Mondlicht abwechselten, und das Ding schien einem Fieberwahn zu entspringen. Seine Flügel hatten eine Spannweite von mindestens einem Meter. Es hatte einen insektenartigen Kopf, kurze, zitternde Fühler, kleine, spitz zulaufende, pausenlos arbeitende Kauwerkzeuge und einen zweigliedrigen Körper, der in Form und Größe an zwei aneinandergereihte Fußbälle denken ließ. Ebenso wie die Flügel war der Körper schmutziggrau, haarig und sah verschimmelt und feucht aus. Bryce starrte auf die riesigen, hervorquellenden tintenschwarzen Augen mit den vielen Facetten, in denen sich das Licht brach und widerspiegelte. Sie glänzten gierig.

Das Ding am Fenster sah aus wie eine Motte, war aber so groß wie ein Adler. So etwas war doch verrückt!

Es schleuderte sich wieder wütend gegen das Fenster. Die Flügel schwirrten so schnell durch die Luft, daß sie kaum mehr zu erkennen waren. Es flog an den dunklen Fensterrahmen vorbei in die Nacht hinein, kehrte wieder zurück und versuchte mit aller Macht, die Scheibe zu zerbrechen. Da es jedoch keinen Panzer besaß, gelang es ihm trotz seiner unglaublichen Größe und seinem furchterregenden Aussehen nicht, mit seinem weichen Körper das Glas zu zerschmettern.

Noch ein Aufprall, dann war es plötzlich verschwunden.

Die Lichter gingen wieder an.

Das war wie eine schlechte Theatervorführung, dachte Bryce.

Als sie sahen, daß das Ding nicht zurückkommen würde, gingen sie alle in schweigendem Einverständnis zur Vorderseite des Raums und starrten verblüfft zum Fenster hinaus.

Die Skyline Road wirkte unverändert. Sie war verlassen. Nichts rührte sich.

Bryce setzte sich auf den quietschenden Stuhl an Paul Hendersons Schreibtisch. Die anderen versammelten sich um ihn.

»Und?« fragte Bryce.

»Tja ...«, sagte Tal.

Sie sahen sich nervös an.

»Irgendwelche Ideen?«

Keiner antwortete Bryce.

»Hat jemand eine Theorie, was das gewesen sein könnte?«

»Es war furchtbar groß«, sagte Lisa und schauderte.

»Das war es wirklich«, bestätigte Dr. Paige und legte ihrer jüngeren Schwester beruhigend eine Hand auf die Schulter.

Bryce war beeindruckt von ihrer Kraft und emotionalen Stärke. Sie schien jedes schlimme Erlebnis verarbeiten zu können, das ihr hier in Snowfield widerfuhr. Eigentlich hielt sie sich besser als seine Männer. Sie war die einzige, die seinem Blick nicht auswich, sondern ihn offen erwiderte.

Das ist eine ganz besondere Frau, dachte er.

»Unmöglich so etwas«, sagte Frank Autry. »Es war einfach unfaßbar.«

»Hey, was ist denn los mit euch, Leute?« fragte Wargle und verzog sein teigiges Gesicht. »Das war doch nur ein verdammter Vogel, nichts weiter.«

»Sicher nicht«, erklärte Frank.

»Nur ein blöder Vogel«, betonte Wargle. Als ihm die anderen widersprachen, sagte er: »Bei der schlechten Beleuchtung und all den Schatten dort draußen habt ihr einen falschen Eindruck bekommen. Ihr habt nicht gesehen, was ihr zu sehen geglaubt habt.«

»Was glauben Sie denn, was wir gesehen haben?« wollte Tal wissen.

Wargles Gesicht rötete sich.

»Haben wir nicht dasselbe gesehen wie Sie? Dieses Ding, an das Sie nicht glauben wollen?« fuhr Tal fort. »Eine Motte? Haben Sie nicht auch eine verdammt große, häßliche Motte gesehen? So groß, daß es eigentlich unmöglich ist?«

Wargle senkte den Blick und betrachtete seine Schuhe. »Ich habe nur einen Vogel gesehen.«

Bryce wurde klar, daß Wargle so fantasielos war, daß er selbst dann die Möglichkeit des Unmöglichen nicht in Betracht ziehen konnte, wenn er es mit eigenen Augen gesehen hatte.

»Woher ist das Ding gekommen?« fragte Bryce.

Keiner wußte darauf eine Antwort.

»Und was wollte es?«

»Es wollte uns«, sagte Lisa.

»Aber dieses Ding am Fenster kann unmöglich Jake weggeschleppt haben«, meinte Frank. »Es war viel zu schwach und wog zu wenig, um einen ausgewachsenen Menschen zu tragen.«

»Aber wer oder was hat Jake geholt?« fragte Gordy.

»Etwas Größeres«, antwortete Frank. »Etwas, was viel stärker und böser ist.«

Bryce beschloß, daß es jetzt an der Zeit war, den anderen doch davon zu erzählen, was er am Telefon gehört und gespürt hatte, nachdem er mit Gouverneur Retlock gesprochen und dann versucht hatte, General Copperfield zu erreichen: die stumme Anwesenheit, die einsamen Schreie der Möwen, das warnende Rasseln der Klapperschlange und – was am schlimmsten gewesen war – die verzweifelten Schmerzensschreie von Männern, Frauen und Kindern. Eigentlich hatte er bis zum Morgen damit warten wollen, bis es hell wurde und Verstärkung eintraf. Aber vielleicht würde den anderen etwas auffallen, was ihm entgangen war – irgendein Hinweis, der wichtig sein konnte. Außerdem war der Zwischenfall am Telefon nicht mehr so schockierend, nachdem sie alle das Ding am Fenster gesehen hatten.

Nachdem die anderen Bryces Bericht gehört hatten, wurde die Atmosphäre noch angespannter.

»Wie kann man so pervers sein und die Schreie seiner Opfer auf Band aufnehmen?« fragte Gordy.

Tal Whitman schüttelte den Kopf. »Vielleicht war es ganz anders. Möglicherweise ...«

»Ja?«

»Ich weiß nicht, ob einer von euch das jetzt hören will.«

»Sie haben damit angefangen, also beenden Sie Ihren Satz«, sagte Bryce eindringlich.

»Nun, vielleicht haben Sie keine Tonbandaufnahme gehört. Wir wissen, daß viele Menschen aus Snowfield verschwunden sind. Es gibt mehr Vermißte als Tote, soweit wir das bisher beurteilen können. Vielleicht werden die Vermißten irgendwo als Geiseln gehalten und stießen die Schreie aus, weil sie gefoltert oder sogar umgebracht wurden, während Sie am Telefon zuhören mußten«, sagte Tal.

Bei dem Gedanken an die entsetzlichen Schreie lief es Bryce kalt über den Rücken.

»Auch wenn es sich um eine Tonbandaufnahme handelt, glaube ich nicht, daß wir davon ausgehen sollten, es gebe Geiseln«, meinte Frank Autry.

»Ja«, stimmte Dr. Paige ihm zu. »Wenn Mr. Autry damit sagen will, daß wir unsere Gedanken nicht nur auf konventionelle Situationen beschränken sollten, schließe ich mich seiner Meinung an. Das sieht nicht aus wie ein Geiseldrama. Hier geschieht etwas verdammt Merkwürdiges, etwas, das wir alle noch nie erlebt haben. Wir sollten uns also nicht in die Irre führen lassen, nur weil uns eine vertraute, verständliche Erklärung angenehmer wäre. Außerdem paßt das Ding am Fenster nicht zu der Theorie, es könnte sich um Terroristen handeln, oder?«

Bryce nickte. »Sie haben recht. Ich glaube allerdings, daß Tal nicht sagen wollte, daß es sich um eine Entführung aus den üblichen Motiven handelt.«

»Stimmt, das meinte ich nicht«, erklärte Tal. »Es muß sich nicht um Terroristen oder Kidnapper handeln, die Leute in ihrer Gewalt haben. Selbst wenn es Geiseln geben sollte, müssen sie nicht von anderen Menschen festgehalten werden. Ich bin jetzt bereit, die Möglichkeit in Betracht zu ziehen, daß wir es hier mit etwas zu tun haben, das nicht menschlich ist. Sollten wir nicht aufgeschlossen dafür sein? Vielleicht hält *es* die Menschen nur fest, weil *es* das Vergnügen in die Länge ziehen will, sie zu töten – dieses *Es*, von dem wir alle nicht wissen, was es ist. Möglicherweise will *es* uns mit den Schreien der Gefangenen quälen, so wie *es* das am Telefon mit Bryce getan hat. Meine Güte, wenn wir es wirklich mit etwas Außergewöhnlichem, nicht Menschlichem zu tun haben, sind auch die Motive für eine Geiselnahme für uns nicht verständlich.«

»Ihr quatscht Blödsinn. Man könnte glauben, ihr seid alle bescheuert«, schnaubte Wargle.

Keiner nahm Notiz von ihm.

Sie hatten die Grenze überschritten. Das Unmögliche war möglich. Der Feind war der Unbekannte.

Lisa Paige räusperte sich. Ihr Gesicht war blaß geworden. Mit kaum hörbarer Stimme sagte sie: »Vielleicht hat es irgendwo an einem dunklen Ort – in einem Keller oder einer Höhle – ein Netz gesponnen und alle Vermißten darin wie in einem Kokon bei lebendigem Leib aufgehängt. Es hebt sie sich möglicherweise auf, bis es wieder Hunger bekommt.«

Das Mädchen könnte recht haben, dachte Bryce. Wenn nichts mehr unmöglich war und selbst die gewagtesten Theorien in Frage kamen, gab es vielleicht wirklich ein riesiges Netz irgendwo im Dunkeln, in dem hundert oder zweihundert in Frischhaltepackungen eingewickelte Menschen – nach Geschlecht und Größe sortiert – darauf warteten, bis sie gebraucht wurden. Vielleicht waren irgendwo in Snowfield menschliche Wesen dazu gezwungen worden, wie in Folie verpackte Lebensmittel darauf zu warten, von einem brutalen, unvorstellbar bösen und mit einer gefährlichen Intelligenz ausgestatteten Wesen verspeist zu werden, das aus einer anderen Dimension kam.

Nein, das war lächerlich.

Andererseits aber auch nicht unmöglich.

Bryce kniete vor dem Funkgerät und betrachtete die zerstörten Teile im Inneren. Das Schaltsystem des Geräts war unterbrochen worden. Einige Teile sahen aus, als seien sie gewaltsam zertrümmert oder mit einem Hammer flachgeklopft worden.

»Dafür muß die Frontplatte abgenommen worden sein«, stellte Frank fest.

»Aber warum haben sie sich die Mühe gemacht, sie wieder anzuschrauben, nachdem sie alles zu Schrott gemacht haben?« fragte Wargle.

»Und wozu diese Anstrengung?« überlegte Frank laut. »Sie hätten einfach nur das Kabel durchschneiden müssen, um das Gerät außer Betrieb zu setzen.«

Lisa und Gordy kamen hinzu, als Bryce sich von dem Funkgerät abwandte. »Der Kaffee und etwas zu essen stehen bereit, falls jemand Appetit darauf hat«, sagte das Mädchen.

»Ich bin total ausgehungert.« Wargle leckte sich die Lippen.

»Wir sollten alle etwas essen, auch wenn wir keinen Appetit haben«, meinte Bryce.

»Lisa und ich haben uns Gedanken darüber gemacht, was wohl mit den Haustieren geschehen ist, Sheriff«, sagte Gordy. »Das fiel uns ein, als Sie uns erzählt haben, daß Sie am Telefon Tierlaute gehört haben.«

»Niemand hat hier eine Katze oder einen Hund gesehen«, fügte Lisa hinzu. »Und auch kein Bellen gehört.«

Bryce dachte an die Stille auf den Straßen und runzelte die Stirn. »Ihr habt recht – das ist seltsam.«

»Jenny sagte, hier in der Stadt habe es ein paar ziemlich große Hunde gegeben. Einige Schäferhunde und mindestens einen Dobermann. Sogar eine Dogge. Glauben Sie nicht, sie hätten sich gewehrt?« fragte das Mädchen. »Zumindest ein paar der Hunde hätten doch eigentlich fliehen können.«

»Also gut«, sagte Gordy rasch, um Bryces Antwort zuvorzukommen. »Dann war es vielleicht groß genug, um einen wütenden Hund überwältigen zu können. Wir wissen ja, daß man es mit Kugeln nicht verletzen kann – möglicherweise gibt es nichts, womit man ihm etwas anhaben kann. Offensichtlich ist es groß und stark. Aber für eine Katze spielt das keine Rolle, Sir. Katzen sind blitzschnell. Wenn es alle Katzen in der Stadt erwischt haben soll, muß es sich verdammt leise anschleichen können.«

»Sehr leise und verflixt schnell«, sagte Lisa.

»Ja«, sagte Bryce beunruhigt. »Verflixt schnell.«

Jenny wollte gerade ein Sandwich essen, als Sheriff Hammond sich auf einen Stuhl neben sie setzte. »Störe ich Sie?«

»Keineswegs.«

»Tal Whitman hat mir erzählt, wie Sie die Rockerbande eingeschüchtert haben, die sich hier herumtreibt.«

Sie lächelte. »Tal übertreibt.«

»Dieser Mann kann gar nicht übertreiben«, sagte der Sheriff. »Lassen Sie mich Ihnen eine Geschichte über ihn erzählen. Vor sechzehn Monaten nahm ich in Chicago an einer Konferenz über Gesetzesvollzug teil. Als ich nach drei Tagen zurückkam, war er der erste, dem ich begegnete. Ich fragte ihn, ob während meiner Abwesenheit etwas Besonderes vorgefallen sei, und er sagte, es habe nur die üblichen Schereien mit betrunkenen Autofahrern, Schlägereien in Bars, einigen Einbrechern und etlichen KITs gegeben.«

»Was ist ein KIT?« fragte Jenny.

»Das steht für einen Bericht über eine Katze im Baum.«

»Polizisten retten doch nicht wirklich Katzen, oder?«

»Halten Sie uns denn etwa für herzlos?« fragte Bryce in gespieltem Entsetzen.

»KITs? Jetzt aber raus mit der Sprache.«

Er grinste – sein Lächeln wirkte sehr sympathisch. »Natürlich müssen wir alle paar Monate einmal eine Katze vom Baum holen, aber KIT ist auch unser Kürzel für alle lästigen Kleinigkeiten, die uns von wichtigen Dingen abhalten.«

»Aha.«

»Tal erzählte mir also nach meiner Rückkehr von Chicago, es habe sich um drei ganz normale Tage gehandelt. Doch dann fügt er noch etwas lässig hinzu, als sei es ihm eben erst eingefallen. Tal war ohne Uniform als Kunde in dem Laden 7-Eleven gewesen, als sich ein Raubüberfall ereignete. Selbst wenn ein Polizist nicht im Dienst ist, muß er eine Waffe tragen, und Tal hatte sich seine Pistole um den Knöchel geschnallt. Er erzählte mir, einer dieser Kerle sei bewaffnet gewesen, also sei ihm nichts anderes übriggeblieben, als ihn zu erschießen. Ich solle mir keine Gedanken machen – es sei einwandfrei Notwehr gewesen. Als ich mir dann Sorgen um ihn machte und nachfragte, meinte er, das sei doch nur eine

Lappalie gewesen. Später fand ich heraus, daß diese beiden Typen vorhatten, alle in dem Laden zu erschießen. Einer von ihnen hat Tal in den Arm geschossen, bevor er zurückschoß und ihn tötete. Die Kugel durchschlug Tals linken Arm, und eine Sekunde später hatte Tal ihn erwischt. Tals Verletzung war nicht lebensgefährlich, blutete aber sehr stark und muß verteufelt weh getan haben. Ich hatte den Verband natürlich nicht bemerkt, weil er unter dem Ärmel seines Hemds verborgen war und Tal die Sache zuerst nicht erwähnte. Tal blutete also heftig und stellte fest, daß er keine Munition mehr hatte. Der zweite Räuber, der jetzt die Waffe des anderen Täters in der Hand hielt, hatte ebenfalls keine Munition mehr und flüchtete. Tal verfolgte ihn durch den Laden und schlug ihn nieder, obwohl der Kerl um einiges größer und zwanzig Pfund schwerer als er gewesen sein muß. Außerdem war der Täter nicht verwundet. Wissen Sie, was mir die Polizisten erzählt haben, die später am Tatort eintrafen? Tal saß auf dem Ladentisch neben der Kasse, hatte sein Hemd ausgezogen und nippte an einer Tasse Kaffee, während der Verkäufer versuchte, den Blutstrom zu stillen. Einer der Täter war tot, der andere lag bewußtlos in einer klebrigen Masse von Süßigkeiten. Anscheinend hatten sie während des Kampfs ein Regal umgekippt. Ungefähr hundert aufgeplatzte Päckchen mit Knabbergebäck lagen auf dem Boden, und die beiden hatten in den halb flüssigen Überresten ihre Fußspuren hinterlassen – daran konnte man genau sehen, wie der Kampf abgelaufen war.«

Der Sheriff war mit seiner Geschichte am Ende angelangt und sah Jenny erwartungsvoll an.

»Meine Güte, und er hat Ihnen gesagt, es habe sich nur um eine Lappalie gehandelt.«

»Genau.« Der Sheriff lachte.

Jenny warf einen Blick zu Tal Whitman hinüber, der am anderen Ende des Raums ein Sandwich aß und sich dabei mit Officer Brogan und Lisa unterhielt.

»Sie sehen also, daß ich es glauben kann, wenn Tal mir erzählt, Sie hätten die Chrom-Dämonen eingeschüchtert. Übertreibungen sind einfach nicht seine Art.«

Jenny schüttelte beeindruckt den Kopf. »Als ich Tal von meiner kurzen Begegnung mit Gene Terr erzählt habe, reagierte er, als wäre das eine der mutigsten Taten, die jemals vollbracht wurden. Im Vergleich zu dieser ›Lappalie‹ muß ihm das doch eher wie ein Streit in einem Kindergarten vorgekommen sein.«

»Nein, nein«, widersprach Hammond. »Tal wollte Sie damit bestimmt nicht auf den Arm nehmen. Er hält es wirklich für außerordentlich tapfer, was Sie da getan haben. Und das tue ich auch. Jeeter ist gefährlich wie eine Giftschlange, Dr. Paige.«

»Sie können mich Jenny nennen, wenn Sie möchten.«

»Gern, wenn Sie Bryce zu mir sagen.«

Jenny hatte noch nie so tiefblaue Augen gesehen wie die des Sheriffs. Wenn er lächelte, verzogen sich nicht nur seine Lippen, sondern seine Augen leuchteten zusätzlich auf.

Während sie aßen, unterhielten sie sich über belanglose Dinge. Bryce besaß eine beeindruckende Fähigkeit, trotz der Umstände eine gewisse Ruhe auszustrahlen, und Jenny war dankbar für die wenigen Minuten der Entspannung.

Nach dem Essen lenkte er jedoch das Gespräch wieder auf die gegenwärtige Krise. »Sie kennen sich in Snowfield besser aus als ich. Wir brauchen ein geeignetes Hauptquartier für diese Operation. Dieser Raum ist zu klein. Bald kommen weitere zehn meiner Männer, und morgen früh wird Copperfields Team eintreffen.«

»Wie viele Leute sind das?«

»Ungefähr ein Dutzend. Vielleicht sogar zwanzig. Ich brauche ein Hauptquartier, von dem aus wir alle Operationen koordinieren können. Wir werden möglicherweise noch einige Tage hierbleiben müssen, also benötigen wir einen

Raum, in dem die Leute schlafen können, die dienstfrei haben, und eine Art Kantine, um sie zu verpflegen.«

»Dafür wäre wohl eine der Pensionen geeignet«, meinte Jenny.

»Möglich, aber ich möchte nicht, daß meine Männer zu zweit in verschiedenen Zimmern schlafen. Das könnte zu gefährlich sein. Wir müssen uns einen großen Schlafsaal suchen.«

»Dann kommt eigentlich nur das Hilltop Inn in Frage. Es liegt gegenüber auf der anderen Straßenseite.«

»Das ist doch das größte Hotel der Stadt, nicht wahr?«

»Richtig. Das Hilltop hat eine sehr große Lobby, weil dort auch die Hotelbar eingerichtet ist.«

»Ja, ich habe dort schon ein- oder zweimal was getrunken. Wenn wir die Möbel umstellen, könnten wir uns alle in der Lobby niederlassen.«

»Dort gibt es auch ein großes Restaurant, das sich über zwei Räume erstreckt. Ein Teil könnte uns als Kantine und der andere als Schlafsaal dienen.«

»Schauen wir es uns doch einmal an«, sagte Bryce, stellte seinen leeren Pappteller auf den Tisch und stand auf.

Jenny sah zu den Fenstern hinüber. Sie dachte an die seltsame Kreatur, die gegen die Scheiben geflogen war, und hörte dabei noch immer die dumpfen Geräusche beim Aufprall.

»Meinen Sie ... jetzt? Sofort?« fragte sie.

»Warum nicht?«

»Wäre es nicht klüger, auf Verstärkung zu warten?«

»Es wird wahrscheinlich noch eine Weile dauern, bis die Männer eintreffen. Es hat keinen Sinn, hier herumzusitzen und Däumchen zu drehen. Bestimmt geht es uns allen besser, wenn wir etwas Konstruktives unternehmen. Das wird uns ablenken von ... von den schlimmen Dingen, die wir gesehen haben.«

Jenny konnte den Anblick dieser schwarzen Insektenaugen nicht vergessen, die einen so bösartigen, hungrigen

Ausdruck gehabt hatten. Sie starrte aus dem Fenster in die Nacht hinaus. Die Stadt war ihr mit einemmal nicht mehr vertraut. Sie wirkte fremd, wie ein feindlicher Ort, an dem sie ein unwillkommener Eindringling war.

»Wir sind hier drin kein bißchen sicherer als dort draußen«, sagte Bryce leise.

Jenny dachte an die Oxleys in dem verbarrikadierten Zimmer, nickte und stand auf. »Es gibt nirgendwo Sicherheit.«

16
Aus der Finsternis

Bryce Hammond ging voran, als sie die Polizeistation verließen. Sie überquerten die mondbeschienene, kopfsteingepflasterte Straße, tauchten kurz in den bernsteinfarbenen Lichtkegel einer Straßenlaterne ein und wandten sich in Richtung Skyline Road. Bryce hatte ebenso wie Tal eine Schrotflinte in der Hand.

Die Stadt war atemlos still. In den Bäumen bewegte sich nichts, und die Häuser wirkten wie Schemen aus hauchdünnen Nebelfetzen.

Bryce trat aus dem Lichtstrahl heraus, ging noch ein Stück über den im Halbschatten liegenden Gehsteig und überquerte dann die Straße. Trotz des Mondscheins lag sie in der Mitte beinahe völlig im Dunkeln. Schatten überall.

Die anderen folgten ihm schweigend.

Irgend etwas knirschte unter Bryces Füßen und erschreckte ihn. Es war jedoch nur ein verwelktes Blatt.

Er konnte das Hilltop Inn jetzt sehen. Es war ein vierstöckiges graues Steingebäude, das düster wirkte. In einigen Fenstern im obersten Stockwerk spiegelte sich der fast volle Mond, aber im Hotel brannte kein einziges Licht.

Sie hatten alle die Mitte der Straße erreicht oder bereits überschritten, als plötzlich etwas aus der Finsternis kam. Bryce bemerkte zuerst den Schatten, der wellenförmig über die Straße huschte. Instinktiv duckte er sich. Er hörte Flügelschlagen und spürte, wie etwas leicht über seinen Kopf strich.

Stu Wargle schrie auf.

Bryce fuhr hoch und wirbelte herum.

Die Motte!

Sie hing an Wargles Gesicht, aber Bryce konnte nicht sehen, wie sie sich dort festhielt. Wargles ganzer Kopf war verdeckt.

Nicht nur Wargle schrie, auch die anderen stießen Schreie aus und wichen entsetzt zurück. Die Motte kreischte und gab hohe, durchdringende Laute von sich.

Im silbrigen Licht des Mondes flatterten die großen, fahlen, samtigen Flügel des unvorstellbaren Insekts, breiteten sich mit einer schrecklichen Grazie und Schönheit aus und schlugen Wargle gegen Kopf und Schultern.

Wargle taumelte blindlings bergab und versuchte mit seinen Händen das grauenhafte Wesen abzuwehren, das an seinem Gesicht klebte. Seine Schreie wurden rasch immer gedämpfter und verstummten nach wenigen Sekunden ganz.

Auch die anderen waren jetzt still – wie gelähmt, ungläubig und entsetzt standen sie da.

Wargle begann zu laufen, aber nach nur wenigen Metern ließ er seine Hände sinken und fiel auf die Knie.

Bryce erwachte abrupt aus seiner kurzen Trance, warf seine nutzlose Schrotflinte weg und rannte zu Stu.

Wargle fiel wider Erwarten nicht zu Boden, sondern richtete sich plötzlich mit durchgestreckten Knie stocksteif auf und riß die Schultern zurück. Sein Körper zuckte und zitterte, als habe er einen elektrischen Schlag bekommen.

Bryce versuchte, die Motte zu packen und sie Wargle vom Gesicht zu reißen, aber der Deputy tanzte in seiner

Qual wie ein Besessener umher, und Bryce griff ins Leere. Wargle sprang ziellos über die Straße, wechselte ständig die Richtung, warf sich hin und her und wand sich wie eine Marionette in den Händen eines betrunkenen Puppenspielers. Seine Hände hingen schlaff nach unten. Sie zuckten schwach, hoben sich aber nicht, um den Angreifer abzuwehren. Dadurch wirkten seine spastischen Bewegungen noch gespenstischer. Es schien jetzt beinahe, als wäre er von Lust und nicht von Schmerz gepackt. Bryce folgte ihm und versuchte, ihn zu packen, kam ihm aber nicht nah genug.

Dann brach Wargle zusammen.

Im gleichen Moment stieg die Motte in die Luft auf, schlug heftig mit den Flügeln und schwebte dann kurz über ihm. Die dunklen Augen des Insekts wirkten finster und haßerfüllt. Es flog auf Bryce zu.

Die Arme vor dem Gesicht stolperte er rückwärts, fiel zu Boden und sah, wie die Motte über ihm kreiste.

Das Insekt von der Größe eines Drachen schwebte lautlos über die Straße auf das Gebäude auf der anderen Seite der Straße zu.

Tal Whitman hob seine Schrotflinte. Der Schuß hallte wie ein Kanonenschlag durch die stille Stadt.

Die Motte wurde in der Luft zur Seite geschleudert, taumelte fast bis zum Boden, stieg aber dann wieder auf und verschwand über die Dächer.

Stu Wargle lag bewegungslos auf dem Rücken.

Bryce stand hastig auf und lief zu ihm hinüber. Der Deputy befand sich in der Mitte der Straße an einer Stelle, die gerade noch hell genug war, um erkennen zu können, daß sein Gesicht nicht mehr da war. Großer Gott, es war verschwunden! Als sei es weggerissen worden. Sein Haar und Fetzen seiner Kopfhaut hingen über die weißen Knochen seiner Stirn. Ein Totenschädel grinste Bryce an.

17
Die Stunde vor Mitternacht

Tal, Gordy, Frank und Lisa saßen auf den roten Kunstledersesseln in einer Ecke der Lobby des Hilltop Inn. Das Hotel war seit dem Ende der letzten Skisaison geschlossen. Sie hatten die staubigen weißen Tücher von den Sesseln gezogen und sich dann, wie betäubt vor Entsetzen, hineinsinken lassen. Der ovale Kaffeetisch vor ihnen war noch verhängt; sie starrten ihn an, absolut unfähig, sich gegenseitig ins Gesicht zu sehen.

Am anderen Ende der Empfangshalle standen Bryce und Jenny über die Leiche von Stu Wargle gebeugt, die auf einem langen, niedrigen Tisch an der Wand lag. Von den anderen konnte sich niemand dazu überwinden, in diese Richtung zu schauen.

Den Blick auf den abgedeckten Kaffeetisch gerichtet, sagte Tal: »Ich habe auf das verdammte Ding geschossen und es getroffen – das weiß ich genau.«

»Wir haben alle gesehen, daß es die Schrotladung abbekommen hat«, stimmte Frank ihm zu.

»Und warum ist es dann nicht in Stücke zerfetzt worden?« fragte Tal. »Ein direkter Treffer mit einer großen Schrotflinte! Verdammt, es hätte eigentlich explodieren müssen!«

»Schußwaffen werden uns nicht retten«, erklärte Lisa.

»Es hätte jeden von uns treffen können«, sagte Gordy. Seine Stimme klang abwesend und gequält. »Dieses Ding hätte auch mich erwischen können. Ich stand direkt hinter Stu. Hätte er sich geduckt oder wäre seitlich ausgewichen ...«

»Nein«, sagte Lisa. »Es wollte Officer Wargle. Niemanden sonst. Nur ihn.«

Tal starrte das Mädchen an. »Wie meinst du das?«

Ihr Gesicht war leichenblaß geworden. »Officer Wargle weigerte sich zuzugeben, was er gesehen hatte, nachdem es gegen die Scheiben geflogen war. Er behauptete, es sei nur ein Vogel gewesen.«

»Na und?«

»Und deshalb wollte es ihn. Um ihm eine Lektion zu erteilen. Vor allem aber, um *uns* eine Lektion zu erteilen.«

»Es kann doch unmöglich verstanden haben, was Stu gesagt hat.«

»Doch. Es hat es gehört.«

»Ich glaube, du unterstellst ihm eine zu große Intelligenz«, meinte Tal. »Sicher, es war groß und mit nichts zu vergleichen, was wir jemals gesehen haben. Aber es war nur ein Insekt – eine Motte, oder?«

Das Mädchen schwieg.

»Es ist doch nicht allwissend«, fuhr Tal fort und versuchte, mehr sich selbst als die anderen davon zu überzeugen. »Es sieht nicht alles, hört nicht alles und weiß nicht alles.«

Lisa starrte wortlos auf den abgedeckten Kaffeetisch.

Jenny unterdrückte den aufsteigenden Brechreiz und untersuchte Wargles entsetzliche Verletzungen. Das Licht in der Halle war nicht hell genug, also benutzte sie eine Taschenlampe, um die Wundränder zu untersuchen und in den Schädel hineinzusehen. Das Gesicht des Toten war in der Mitte bis auf die Knochen vollständig weggefressen worden. Von der Haut, dem Fleisch und den Sehnen war nichts mehr zu sehen. Selbst die Knochen schienen an einigen Stellen aufgelöst zu sein, als wären sie mit Säure besprizt worden. Die Augen waren verschwunden. An den Wundrändern von den Außenseiten des Kiefers bis zu den Wangenknochen war das Fleisch jedoch unberührt. Auch vom Kinn abwärts und von der Stirn nach oben war die Haut glatt. Es sah aus, als habe ein Meister im Foltern ein künstlerisches Werk schaffen wollen, indem er einen Rand gesunder Haut ausgeschnitten hatte, um den grauenhaft entblößten Knochen in der Mitte des Schädels besonders hervorzuheben.

Jenny hatte genug gesehen und knipste die Lampe aus. Sie zog das Staubschutztuch, mit dem sie die Leiche vorher bedeckt hatte, über das Gesicht des Toten und war erleichtert, das Grinsen des Totenschädels nicht mehr sehen zu müssen.

»Und?« fragte Bryce.

»Keine Bißspuren«, sagte Jenny.

»Glauben Sie denn, so ein Ding könnte Zähne haben?«

»Ich weiß, daß es ein Maul und Kauwerkzeug aus Chitin hatte – ich sah es kauen, als es sich in der Polizeistation gegen die Fenster warf.«

»Ja, das ist mir auch aufgefallen.«

»Ein solches Maul würde Bißspuren hinterlassen, und man würde sehen, daß an der Haut gezerrt und gekaut wurde.«

»Und solche Spuren sind nicht vorhanden?«

»Nein. Es sieht auch nicht so aus, als wäre das Fleisch abgerissen worden. Anscheinend wurde es ... aufgelöst. Die Wundränder lassen darauf schließen, daß die Haut versengt und verätzt wurde.«

»Glauben Sie, das ... das Insekt hat eine Säure abgesondert?«

Jenny nickte.

»Und Stu Wargles Gesicht aufgelöst?«

»Ja, und dann das verflüssigte Fleisch aufgesaugt«, sagte Jenny.

»Meine Güte!« Bryces Gesicht war so blaß wie eine unbemalte Totenmaske, und seine Sommersprossen traten wie Feuermale hervor. »Das erklärt, warum es in wenigen Sekunden einen so großen Schaden anrichten konnte.«

Jenny versuchte nicht an den entblößten Schädel zu denken, der von Fleischrändern umgeben war und aussah wie ein monströses, entstelltes Gesicht ohne die Maske der Normalität.

»Ich glaube, sein gesamtes Blut ist weg«, fuhr sie fort.

»Was?«

»Lag die Leiche in einer Blutlache?«

»Nein.«

»An seiner Uniform sind auch keine Blutspuren.«

»Das ist mir aufgefallen«, sagte Bryce.

»Es müßte aber Blut daran kleben. Eigentlich hätte es wie eine Fontäne aus ihm herausspritzen müssen. Die Augenhöhlen müßten in Blut schwimmen, aber es ist kein Tropfen zu sehen.«

Bryce rieb sich mit der Hand so heftig über das Gesicht, daß wieder ein wenig Farbe in seine Wangen stieg.

»Werfen Sie einen Blick auf seinen Hals und sehen Sie sich die Halsschlagader an«, sagte Jenny.

Bryce rührte sich nicht.

»Und sehen Sie sich auch die Innenseite seiner Arme und seine Handrücken an. An den Adern ist keinerlei blaue Verfärbung mehr zu erkennen – keine Spur davon.«

»Eingesunkene Blutgefäße?«

»Ja. Ich glaube, er hat keinen Tropfen Blut mehr im Körper.«

Bryce holte tief Luft. »Ich habe ihn umgebracht – ich bin dafür verantwortlich. Wir hätten auf Verstärkung warten sollen, bevor wir die Polizeistation verlassen haben – so wie Sie gesagt haben.«

»Nein, nein. Sie hatten recht. Dort war es nicht sicherer als auf der Straße.«

»Aber er starb auf der Straße.«

»Verstärkung hätte daran nichts ändern können. Das verdammte Ding kam so schnell angeflogen, daß nicht einmal eine ganze Armee es hätte aufhalten können. Es kam zu überraschend.«

Der Ausdruck in Bryces Augen verdüsterte sich. Er betonte noch einmal, daß er die Verantwortung und deshalb die Schuld an dem Tod seines Officers trage.

»Es kommt noch schlimmer«, sagte Jenny zögernd.

»Das kann ich mir kaum vorstellen.«

»Sein Gehirn ...«

Bryce wartete einen Augenblick und fragte dann: »Was ist mit dem Gehirn?«

»Es ist weg.«

»Weg?«

»Die Hirnschale ist völlig leer.«

»Woher wollen Sie das wissen? Sie haben doch seinen Schädel nicht geöffnet ...«

Jenny hielt ihm die Taschenlampe hin. »Leuchten Sie ihm damit in die Augenhöhlen«, unterbrach sie ihn.

Er machte keinen Versuch, ihrer Aufforderung nachzukommen. Seine Augen waren jetzt weit geöffnet und wirkten keineswegs mehr schläfrig.

Jenny bemerkte, daß sie die Taschenlampe nicht ruhig halten konnte – ihre Hand zitterte heftig.

Bryce sah es ebenfalls. Er griff nach der Lampe und legte sie auf den Tisch neben die verhüllte Leiche. Dann nahm er ihre Finger in seine schwieligen großen Hände, um sie sie zu wärmen.

»Hinter den Augenhöhlen ist nichts – gar nichts, außer der Rückseite seines Schädels.«

Bryce rieb beruhigend ihre beiden Hände.

»Nur eine feuchte, ausgeräumte Höhlung.« Jennys Stimme stieg an und überschlug sich. »Es hat sich durch sein Gesicht gefressen. Die Augen waren wahrscheinlich weg, noch bevor er blinzeln konnte. Dann hat es sich seinen Mund vorgenommen, seine Zunge herausgerissen, das Zahnfleisch von den Zähnen gezogen und alles aufgefressen. O Gott! Es hat sein Gehirn gefressen, sein Blut aufgesaugt und ...«

»Ganz ruhig«, sagte Bryce.

Aber die Worte strömten unaufhaltsam aus ihr hervor und reihten sich aneinander wie die Glieder einer Kette. »Alles aufgefressen – in nicht mehr als zehn oder zwölf Sekunden. Verdammt, das ist einfach unmöglich! Das kann nicht sein! Es hat das alles pfundweise aufgefressen, verstehen Sie das? Allein das Gehirn wiegt sechs oder sieben Pfund. Und all das in zehn oder zwölf Sekunden!«

Jenny schnappte nach Luft. Bryce führte sie an der Hand zu einem Sofa, das mit einem weißen Tuch verhängt war, und sie setzten sich beide darauf.

Niemand von den anderen sah zu ihnen herüber. Jenny war erleichtert. Sie wollte nicht, daß Lisa sie in diesem Zustand sehen konnte.

Bryce legte ihr eine Hand auf die Schulter und sprach mit leiser, beruhigender Stimme auf sie ein.

Allmählich wurde sie ruhiger. Nicht weniger verstört oder verängstigt, nur ruhiger.

»Geht's besser?« fragte Bryce.

»Tut mir leid, ich bin wohl gerade ausgeflippt – so würde es zumindest meine Schwester bezeichnen.«

»Unsinn. Wollen Sie mich auf den Arm nehmen? Ich habe es doch nicht einmal geschafft, mit der Taschenlampe in seine Augenhöhlen zu leuchten und mir das anzusehen. Sie haben wirklich Nerven bewiesen, als Sie ihn untersuchten.«

»Vielen Dank, daß Sie mich beruhigt haben. Sie verstehen sich wirklich darauf, einem Menschen die nervliche Anspannung zu nehmen.«

»Ich? Aber ich habe doch gar nichts getan.«

»Dann haben Sie aber eine sehr tröstliche Art, nichts zu tun.«

Beide saßen eine Weile schweigend da und dachten über Dinge nach, die sie am liebsten aus ihren Gedanken verbannt hätten.

»Diese Motte ...«, sagte Bryce schließlich.

Jenny wartete.

»Woher ist sie gekommen?«

»Aus der Hölle?«

»Noch andere Vorschläge?«

Jenny zuckte mit den Schultern. »Vielleicht aus dem Mesozoikum, dem Zeitalter der Dinosaurier«, meinte sie halb im Spaß.

Er sah sie interessiert an. »Gab es damals eventuell solche Motten?«

»Das weiß ich nicht«, gab sie zu.

»Ich könnte mir vorstellen, daß solche Dinger über die prähistorischen Sümpfe geflogen sind.«

»Ja, und bei der Suche nach Beutetieren haben sie einen Tyrannosaurus Rex so belästigt, wie uns heutzutage im Sommer diese kleinen Motten plagen.«

»Aber wenn das Ding aus dem Mesozoikum stammt, wo hat es sich dann in den vergangenen Jahrmillionen versteckt gehalten?«

Nach einer Weile fragte Jenny: »Könnte es aus einem Labor kommen, in dem genetische Versuche gemacht werden? Experimente mit DNA-Replikationen?«

»Sind sie denn schon so weit? Können sie eine neue Spezies erzeugen? Ich weiß nur, was darüber in den Zeitungen steht, aber ich dachte, solche Dinge wären erst in einigen Jahren möglich. Bisher beschränkten sie sich doch noch auf Bakterien.«

»Wahrscheinlich haben Sie recht«, sagte Jenny. »Aber trotzdem ...«

»Ja, nichts ist unmöglich, denn die Motte ist *hier*.«

Nach einer weiteren kurzen Stille fragte Jenny: »Was wohl sonst da draußen noch herumkriecht oder -fliegt?«

»Denken Sie daran, was Jake Johnson passiert ist?«

»Ja. Was hat ihn geholt? Die Motte sicher nicht. Sie ist lebensgefährlich für uns, aber sie hätte ihn nicht lautlos töten und wegtragen können.« Jenny seufzte. »Wissen Sie, am Anfang wollte ich hierbleiben, weil ich befürchtete, wir könnten eine Seuche verbreiten, aber jetzt würde ich es nicht mehr wagen, die Stadt zu verlassen, weil ich weiß, daß wir nicht lebend hier hinauskommen würden. Wir würden aufgehalten werden.«

»Nein, nein. Ich bin sicher, wir kämen hier raus«, sagte Bryce. »Wenn wir beweisen können, daß dies nichts mit einer Krankheit zu tun hat, und natürlich auch General Copperfields Leute das ausschließen, werden Sie und Lisa sofort in Sicherheit gebracht.«

Jenny schüttelte den Kopf. »Nein. Da draußen ist irgend etwas, Bryce, etwas, das viel listiger und gefährlicher ist als diese Motte. Es will uns nicht weglassen, weil es mit uns spielen möchte, bevor es uns tötet. Keiner von uns wird vor ihm fliehen können, deshalb sollten wir so schnell wie möglich herausfinden, wie wir uns dagegen wehren können, bevor es das Spiel satt hat.«

In den beiden Räumen des Restaurants im Hilltop Inn waren die Stühle mit den Stuhlbeinen nach oben auf den Tischen gestapelt und mit grünen Plastikplanen bedeckt. Im ersten Raum hob Bryce mit den anderen die Schutzhüllen ab, nahm die Stühle von den Tischen und begann damit, eine Kantine einzurichten.

Aus dem zweiten Zimmer mußten die Möbel entfernt werden, damit sie später die Matratzen aus den oberen Stockwerken holen und auslegen konnten. Sie hatten gerade damit begonnen, den Raum auszuräumen, als sie das leise, aber unverkennbare Geräusch von Automotoren hörten.

Bryce ging zur Terrassentür und sah nach links auf die Sykline Road. Drei Polizeiwagen kamen mit rot blinkenden Lichtern den Hügel heraufgefahren.

»Sie sind da«, sagte er.

Bisher hatte er gedacht, die Verstärkung wäre ausreichend, um ihre geschwächte Gruppe zu unterstützen, doch jetzt begriff er, daß zehn zusätzliche Männer kaum mehr ausrichten konnten als einer.

Jenny Paige hatte recht gehabt: Stu Wargles Leben hätte wahrscheinlich auch nicht gerettet werden können, wäre die Verstärkung schon eingetroffen, bevor sie die Polizeistation verlassen hatten.

Alle Lichter im Hilltop Inn und auf der Hauptstraße flackerten, wurden schwächer und gingen dann aus. Nach nur einer Sekunde war es wieder hell.

Es war Sonntagnacht, 23.15 Uhr; bald kam die Geisterstunde.

18
London, England

Als es in Kalifornien Mitternacht wurde, war es in London acht Uhr früh am Montagmorgen.

Es war ein trüber Tag; graue Wolken lagen über der Stadt, und schon seit der Morgendämmerung nieselte es. Die durchnäßten Zweige hingen schlaff an den Bäumen, die Straßen glänzten dunkel, und fast jeder Fußgänger hielt einen schwarzen Schirm in der Hand.

Die Regentropfen schlugen gegen die Fenster des Churchill-Hotels am Portmain Square, liefen über die Scheiben und verzerrten die Sicht vom Speisesaal nach draußen. Hin und wieder erhellten grelle Blitze die Fenster und warfen die Schatten der Regentropfen auf die sauberen weißen Tischtücher.

Burt Sandler, der geschäftlich aus New York nach London gekommen war, saß an einem der Tische am Fenster und überlegte sich, wie er bei seiner Spesenabrechnung die Höhe der Rechnung für dieses Frühstück rechtfertigen könnte. Sein Gast hatte zuerst eine Flasche Sekt bestellt – Mumm's Extra Dry –, die nicht gerade billig war. Dazu wollte er Kaviar – Sekt und Kaviar zum Frühstück! – und zwei verschiedene Arten von frischem Obst. Und der alte Herr hatte seine Bestellung offensichtlich noch nicht abgeschlossen.

Ihm gegenüber saß Dr. Timothy Flyte und studierte zu Sandlers Überraschung mit kindlichem Entzücken schon wieder die Speisekarte.

»Ich hätte gerne einige Croissants«, sagte er zu dem Kellner.

»Ja, Sir.«

»Sind sie schön knusprig?«

»Aber ja, Sir.«

»Gut. Und Eier«, fuhr Flyte fort. »Zwei Eier, natürlich schön weich, mit gebuttertem Toast.«

»Toast?« fragte der Kellner. »Kommt das zu den Croissants dazu, Sir?«

»Ja, ja.« Flyte rückte den bereits etwas verschlissenen Kragen seines weißen Hemds zurecht. »Und zu den Eiern hätte ich gern gebratenen Schinken.«

Der Kellner blinzelte. »Ja, Sir.«

Schließlich sah Flyte Burt Sandler an. »Was wäre ein Frühstück ohne gebratenen Schinken? Habe ich recht?«

»Ich esse auch gern Eier mit Schinken«, stimmte Burt Sandler ihm zu und zwang sich zu einem Lächeln.

»Sehr klug von Ihnen«, meinte Flyte anerkennend. Seine Brille mit dem Metallgestell war heruntergeruscht und saß nun auf der runden roten Spitze seiner Nase. Mit einem seiner langen, dünnen Finger schob er sie wieder zurecht.

Sandler bemerkte, daß der Steg zerbrochen und ungeschickt zusammengeklebt war. Er nahm an, daß Flyte die Reparatur selbst vorgenommen hatte, um Geld zu sparen.

»Haben Sie gute Schweinswürstchen?« fragte Flyte den Kellner. »Ich will eine ehrliche Antwort. Wenn sie nicht von bester Qualität sind, lasse ich sie sofort zurückgehen.«

»Unsere Schweinswürstchen sind ausgezeichnet«, versicherte der Kellner ihm. »Ich esse sie selbst sehr gern.«

»Also gut, Schweinswürstchen.«

»Statt des Schinkens, Sir?«

»Nein, nein, dazu«, sagte Flyte, als sei die Frage des Kellners nicht nur neugierig, sondern auch dumm.

Flyte war achtundfünfzig, sah aber mindestens zehn Jahre älter aus. Sein borstiges weißes Haar lichtete sich über der Stirn und stand neben seinen großen Ohren ab, als sei es elektrisch aufgeladen. Sein Hals war dünn und faltig, seine Schultern schmal und sein Körper mager. So wie er aussah, zweifelte man daran, ob er wirklich alles essen konnte, was er bestellt hatte.

»Kartoffeln«, sagte Flyte.

»Sehr wohl, Sir«, erwiderte der Kellner und kritzelte die Bestellung auf seinen Block, auf dem mittlerweile kaum mehr Platz war.

»Haben Sie gute Nachspeisen?« wollte Flyte jetzt wissen.

Der Kellner, der sich bisher trotz der Umstände vorbildlich verhalten hatte und nicht die leiseste Anspielung auf Flytes erstaunliche Unersättlichkeit gemacht hatte, warf nun Burt Sandler einen Blick zu, als wollte er sagen: Ist Ihr Großvater senil, Sir, oder in seinem Alter noch Marathonläufer, der die Kalorien braucht?

Sandler lächelte nur.

»Ja, Sir, wir haben verschiedene Nachspeisen. Da gibt es zum Beispiel eine köstliche ...«

»Bringen Sie einfach eine Auswahl«, unterbrach Flyte ihn. »Natürlich erst nach dem Frühstück.«

»Ich werde mich darum kümmern, Sir.«

»Gut. Sehr gut. Ausgezeichnet.« Flyte strahlte und legte schließlich widerwillig die Speisekarte auf den Tisch.

Sandler hätte beinahe erleichtert aufgeseufzt. Er selbst bestellte nur Orangensaft und Eier mit Schinken und Toast, während Professor Flyte die leicht verwelkte Nelke am Aufschlag seines abgetragenen Anzugs zurechtrückte.

Als Sandler seine Bestellung aufgegeben hatte, beugte Flyte sich verschwörerisch zu ihm hinüber. »Trinken Sie auch etwas von dem Sekt, Mr. Sandler?«

»Ein oder zwei Gläschen könnten bestimmt nicht schaden«, antwortete Sandler und hoffte, der Sekt würde ihn entspannen und ihm helfen, sich eine glaubwürdige Erklärung für das extravagante Frühstück einfallen zu lassen – eine plausible Geschichte, die auch die knauserigen Angestellten von der Buchhaltung überzeugen würde, denn sie würden seine Spesenabrechnung sicher genau unter die Lupe nehmen.

Flyte sah den Kellner an. »Dann bringen Sie vielleicht besser gleich zwei Flaschen.«

Sandler, der gerade an seinem Eiswasser nippte, verschluckte sich beinahe.

Nachdem der Kellner gegangen war, sah Flyte durch das Fenster neben ihrem Tisch, über das Regentropfen liefen. »Scheußliches Wetter. Ist es in New York im Herbst auch so schlimm?«

»Es gibt viele Regentage, aber der Herbst in New York kann auch wunderschön sein.«

»Hier auch«, sagte Flyte. »Aber ich denke, wir haben mehr solche Tage als ihr in New York. Londons schlechter Ruf für scheußliches Wetter ist nicht ganz unbegründet.«

Der Professor blieb beharrlich bei bangloser Konversation, bis Sekt und Kaviar serviert worden waren. Es schien, als fürchtete er, Sandler würde seine Bestellung rasch wieder stornieren, sobald der geschäftliche Teil erledigt war.

Er wirkte wie einer der Charaktere aus einem Werk von Dickens, dachte Sandler.

Sie brachten einen Toast aus, wünschten sich gegenseitig viel Glück und nippten an dem Sekt.

»Sie sind also nur wegen mir von New York hierhergekommen, nicht wahr?« Flytes Augen funkelten fröhlich.

»Ich möchte mich mit einigen Autoren treffen«, erwiderte Sandler. »Einmal im Jahr mache ich diese Reise, um neue

Bücher aufzuspüren. Britische Autoren sind in Amerika sehr beliebt. Thriller kommen besonders gut an.«

»MacLean, Follett, Forsythe, Bagley – diese Leute?«

»Ja, einige von ihnen sind bei uns sehr bekannt.«

Der Kaviar war ausgezeichnet. Als der Professor ihn dazu aufforderte, nahm sich Sandler ein wenig davon und aß ihn mit gehackten Zwiebeln. Flyte häufte ihn löffelweise auf kleine Stücke trockenen Toasts und schlang ihn ohne Gewürze hinunter.

»Ich suche allerdings nicht nur nach Thrillern«, erklärte Sandler. »Mein Interesse gilt verschiedenen Arten von Büchern – auch von unbekannten Autoren. Hin und wieder schlage ich einem Autor ein bestimmtes Projekt vor.«

»Offensichtlich ist Ihnen da für mich etwas eingefallen.«

»Zuerst möchte ich Ihnen sagen, daß ich Ihr Buch *Der Alte Feind* faszinierend fand, als es herauskam.«

»Das ging einigen Leuten so«, meinte Flyte. »Aber die meisten haben sich darüber aufgeregt.«

»Wie ich hörte, hat Ihnen die Veröffentlichung einige Probleme beschert.«

»Eigentlich nur Probleme.«

»Welche denn?«

»Vor fünfzehn Jahren verlor ich meine Stelle an der Universität. Ich war damals dreiundvierzig, und normalerweise kann man in diesem Alter als Akademiker mit einer sicheren Position rechnen.«

»Sie haben wegen *Der Alte Feind* Ihren Job verloren?«

»So direkt haben sie sich nicht ausgedrückt«, sagte Flyte und schob sich ein Stück Toast mit Kaviar in den Mund. »Das hätte sie zu engstirnig erscheinen lassen. Die Verwaltung, der Leiter meiner Abteilung und die meisten meiner ehrenwehrten Kollegen haben beschlossen, mich indirekt anzugreifen. Mein lieber Mr. Sandler, der Konkurrenzkampf zwischen machtbesessenen Politikern oder die Rücksichtslosigkeit und Gehässigkeit bei einem Intrigenspiel von aufstrebenden leitenden Angestellten in einer großen Firma sind ein Kinderspiel gegen das Verhalten der Akademiker, die plötzlich eine Möglichkeit sehen, auf Kosten eines Kollegen die Karriereleiter in der Universität zu erklimmen. Gerüchte, die jeder Grundlage entbehren, werden verbreitet. Über mich hat man irgendwelchen Quatsch über meine skandalösen sexuellen Vorlieben verbreitet und mich beschuldigt, mit meinen Studentinnen intime Kontakte zu pflegen. Und mit meinen Studenten ebenfalls. Keine dieser Verleumdungen wurde jemals öffentlich in einem Forum diskutiert, wo ich mich hätte verteidigen können. Es gab nur Gerüchte, die im Flüsterton hinter meinem Rücken ausgetauscht wurden. Auf bösartige Weise. Mir gegenüber haben sie höflich angedeutet, ich sei inkompetent, überarbeitet, geistig ausgebrannt. Sie stellten es so hin, als würden sie mir einen Gefallen tun, aber das sah ich keineswegs so. Achtzehn Monate nach der Veröffentlichung von *Der Alte Feind* war ich meine Stelle los, und keine andere Universität wollte mich einstellen – angeblich wegen meines schlechten Rufs. Der eigentliche Grund war natürlich, daß meine Theorien für den Geschmack der meisten Akademiker zu bizarr waren. Man beschuldigte mich, ich wolle nur ein Vermögen damit machen, die Neigung einfacher Menschen zu Pseudowissenschaftlichkeit und Sensationsgier zu fördern und meine Glaubwürdigkeit verkaufen.«

Flyte machte eine kleine Pause und trank genüßlich einen Schluck Sekt.

Sandler war empört über das, was Flyte ihm erzählt hatte. »Aber das ist doch ungeheuerlich! Ihr Buch war eine wissenschaftliche Abhandlung. Es zielte nicht auf Bestsellerlisten ab. Die sogenannten einfachen Menschen hätten große Schwierigkeiten gehabt, Ihr Buch *Der Alte Feind* zu lesen. Mit so etwas ein Vermögen zu machen, ist praktisch unmöglich.«

»Das beweisen meine Einnahmen sehr deutlich«, sagte Flyte und schob sich den Rest des Kaviars in den Mund.

»Sie waren doch ein hochgeachteter Archäologe«, meinte Sandler.

»Damit war es nicht soweit her«, erwiderte Flyte bescheiden. »Auf jeden Fall war ich nie eine Schande für diesen Berufszweig, wie das später oft behauptet wurde. Wenn Ihnen das Verhalten meiner Kollegen unverständlich vorkommt, Mr. Sandler, dann kennen Sie sich nicht mit den animalischen Trieben der Wissenschaftler aus. Wissenschaftler wachsen mit der festen Überzeugung heran, daß sich alle neuen Erkenntnisse nach und nach aus kleinen Stücken bilden – so als würden Sandkörner aufeinandergehäuft, bis sich ein Hügel gebildet hat. Meistens ist das auch der Fall. Deshalb sind sie nicht auf bahnbrechende neue Erkenntnisse vorbereitet, die über Nacht ein ganzes Untersuchungsgebiet verändern. Kopernikus wurde von seinen Zeitgenossen ausgelacht, weil er daran glaubte, daß die Planeten sich um die Sonne drehen. Aber dann stellte sich heraus, daß er recht hatte. Es gibt zahlreiche solcher Beispiele in der Geschichte der Wissenschaft.« Flyte wurde rot und trank hastig noch einen Schluck Sekt. »Nicht, daß ich mich mit Kopernikus oder einem anderen dieser großen Männer vergleichen möchte. Ich versuche damit nur zu erklären, warum meine Kollegen sich automatisch gegen mich gestellt haben. Ich hätte es ahnen müssen.«

Der Kellner kam, räumte ab und stellte Sandlers Orangensaft und Flytes Früchte auf den Tisch.

Als er gegangen war, fragte Sandler: »Glauben Sie noch immer an die Richtigkeit dieser Theorie?«

»Absolut!« bekräftigte Flyte. »Ich habe recht – zumindest ist die Möglichkeit sehr groß. In der Geschichte gibt es zahlreiche Berichte darüber, wie Menschenmassen auf mysteriöse Weise verschwunden sind, und weder Historiker noch Archäologen können dafür eine einleuchtende Erklärung finden.«

Die wäßrigen Augen des Professors unter den buschigen weißen Brauen nahmen einen scharfen, durchdringenden

Ausdruck an. Er beugte sich über den Tisch und starrte Sandler an, als wollte er ihn hypnotisieren.

»Am 10. Dezember 1939 verschwand eine Armee von dreitausend chinesischen Soldaten spurlos vor den Bergen von Nanking. Sie waren auf dem Weg zur Frontlinie, um gegen die Japaner zu kämpfen, aber sie gelangten nicht einmal in die Nähe des Schlachtfelds. Keine einzige Leiche wurde jemals gefunden, kein Grab, kein Zeuge. Die japanischen Historiker, die sich mit der Militärgeschichte befaßten, konnten keinen Hinweis auf einen Kampf mit dieser chinesischen Truppe finden. Die Bauern in der Gegend, durch die die vermißten Soldaten angeblich marschiert sind, hörten keine Schüsse und wurden auch nicht auf irgendeine andere Weise auf einen Kampf aufmerksam. Eine ganze Armee löste sich einfach in Luft auf. 1711 marschierte während des Spanischen Erbfolgekriegs eine viertausend Mann starke Abordnung in die Pyrenäen. Noch bevor das erster Nachtlager aufgeschlagen worden war, verschwanden alle, obwohl sie sich nicht auf feindlichem Gebiet befanden.«

Das Thema fesselte Flyte immer noch ebenso wie vor siebzehn Jahren, als er das Buch geschrieben hatte. Die Früchte und den Sekt hatte er völlig vergessen. Er starrte Sandler an, als würde dieses die berüchtigten Flyte-Theorien in Frage stellen.

»Das geschah in noch größerem Umfang«, fuhr der Professor fort. »Denken Sie an die großen Städte der Mayas wie Copán, Piedras Negras, Palenque, Menché, Seibal und einige andere, die über Nacht verlassen wurden. Zehntausende, Hunderttausende der Mayas verließen ungefähr im Jahr 610 ihre Heimat – innerhalb einer einzigen Woche, vielleicht sogar an einem Tag. Einige scheinen nach Norden geflohen zu sein, um dort neue Städte zu gründen, aber es gibt Anzeichen dafür, daß Tausende von Menschen einfach verschwanden – in einer erschreckend kurzen Zeitspanne. Sie haben sich nicht einmal die Mühe gemacht, ihre Töpfe, Küchengeräte und ihr Werkzeug mitzunehmen. Meine geschätzten Kollegen behaupten, das Land um die früheren Städte der Mayas sei unfruchtbar geworden und habe sie deshalb gezwungen, in den Norden zu ziehen, wo sie wieder etwas anbauen konnten. Aber wenn diese Massenauswanderung geplant war, warum haben die Menschen dann ihren Besitz zurückgelassen? Warum haben sie nicht einmal das kostbare Saatgut für Mais mitgenommen? Und warum ist kein einziger Überlebender jemals zurückgekommen, um die verlassenen Städte auszuplündern?« Flyte schlug leicht mit einer Faust auf den Tisch. »Das ist irrational! Emigranten machen sich nicht auf einen langen und beschwerlichen Weg, ohne dabei sämtliche Hilfsmittel mitzunehmen, die ihnen zur Verfügung stehen. In manchen Häusern in Piedras Negras und Seibal haben Familien offensichtlich umfangreiche Mahlzeiten zubereitet, aber sind dann weggegangen, ohne sie zu verzehren. Das deutet doch wohl auf einen abrupten Aufbruch hin. Keine der bisher aufgestellten Theorien gibt eine plausible Antwort auf diese Frage – außer meiner, so bizarr, so unvorstellbar und unmöglich sie auch erscheinen mag.«

»Und so beängstigend«, fügte Sandler hinzu.

»Genau.« Der Professor sank atemlos auf seinen Stuhl zurück. Sein Blick fiel auf sein Sektglas. Rasch hob er es an die Lippen, leerte es mit einem Zug und fuhr sich mit der Zunge über den Mund.

Der Kellner erschien und füllte ihre Gläser nach.

Flyte machte sich rasch über seine Früchte her, als habe er Angst, der Kellner könne ihm die Treibhauserdbeeren wegnehmen, bevor er sie auch nur angerührt hatte.

Sandler empfand Mitleid für den alten Kauz. Offensichtlich hatte der Professor schon lange kein teures Essen in einem eleganten Restaurant zu sich genommen.

»Man hat mir vorgeworfen, ich würde alle mysteriösen Fälle der Weltgeschichte, bei denen Menschen verschwanden, mit einer einzigen Theorie erklären wollen. Das ist einfach ungerecht. Ich bin nur an solchen Fällen interessiert, in denen buchstäblich Massen von Menschen oder Tieren verschwunden sind, und davon gibt es in der Geschichte Hunderte.«

Der Kellner brachte die Croissants.

Draußen zuckte ein greller Blitz über den düsteren Himmel, begleitet von einem ohrenbetäubenden Donner, der lange nachhallte.

»Wäre es nach der Veröffentlichung Ihres Buchs zu weiteren auffälligen Beispielen dafür gekommen, hätte das Ihre Glaubwürdigkeit natürlich beträchtlich gesteigert ...«, überlegte Sandler laut.

»Solche Fälle sind tatsächlich vorgekommen!« unterbrach Flyte ihn und klopfte bekräftigend mit einem Finger auf den Tisch.

»Aber das wäre doch in allen Schlagzeilen ...«

»Ich weiß von zwei Fällen. Es könnte aber noch weitere geben«, sagte Flyte unbeirrt. »In einem Fall sind Massen von Tieren niedriger Spezies verschwunden – um genau zu sein, handelte es sich um Fische. Es wurde in der Presse erwähnt, aber nur am Rande. Journalisten interessieren sich nur für Politik, Mord, Sex und Ziegen mit zwei Köpfen. Wenn man sich über so etwas informieren will, muß man wissenschaftliche Magazine lesen. Daher weiß ich auch, daß Meeresbiologen vor ungefähr acht Jahren festgestellt haben, daß in einer bestimmten Region im Pazifik der Fischbestand dramatisch abgenommen hat. Die Zahl einiger Arten ging auf die Hälfte zurück. In bestimmten wissenschaftlichen Kreisen hat diese Nachricht zuerst Panik ausgelöst. Man befürchtete, daß die Temperatur des Ozeans sich so dramatisch geändert hatte, daß alle Arten bis auf die widerstandsfähigsten Spezies aussterben könnten, doch das war nicht der Fall. Allmählich normalisierte sich der Bestand der Meerestiere in diesem Gebiet, das einige hundert Quadratmeilen umfaßt. Niemand konnte sich erklären, was mit den Abermillionen von verschwunden Fischen geschehen war.«

»Umweltverschmutzung«, vermutete Sandler und nippte abwechselnd an seinem Orangensaft und dem Sekt.

Flyte schmierte sich Marmelade auf ein Croissant. »Nein, nein, nein. Ausgeschlossen, Sir. Dazu wäre die größte Umweltkatastrophe der Geschichte nötig gewesen. Ein Unfall dieser Tragweite wäre nicht unentdeckt geblieben. Aber es gab weder eine Ölkatastrophe noch andere Unfälle dieser Art. Selbst Ölverschmutzung hätte diesen Schaden nicht anrichten können – dafür ist die betroffene Region zu groß. Außerdem fand man an den Stränden keine toten Fische. Sie sind einfach spurlos verschwunden.«

Burt Sandler war aufgeregt. Er roch Geld. Bei manchen Büchern hatte er Vorahnungen, die sich bisher immer als richtig erwiesen hatten. Getäuscht hatte er sich nur bei dem Diätratgeber, den eine Filmschauspielerin geschrieben hatte. Einen Tag vor der Veröffentlichung war sie an Unterernährung gestorben, nachdem sie sich sechs Monate lang nur von Grapefruits, Papayas, Toast und Karotten ernährt hatte. Aber aus dieser Sache konnte ein Bestseller werden. Zwei- oder dreihunderttausend Kopien in gebundener Ausgabe und dazu zwei Millionen Taschenbücher. Wenn er Flyte überreden konnte, das trockene, akademische Material von *Der Alte Feind* auf den neuesten Stand zu bringen und auf eine allgemein verständliche Weise umzuschreiben, würde sich der Professor viele Jahre lang selbst Champagner leisten können.

»Sie sprachen von zwei Fällen von Massenverschwinden seit der Veröffentlichung Ihres Buchs«, sagte Sandler, um Flyte zum Weitersprechen zu ermutigen.

»Der zweite Fall geschah 1980 in Afrika. Drei- bis viertausend Mitglieder primitiver Stämme verschwanden aus einer relativ abgelegenen Gegend Zentralafrikas. Männer, Frauen und Kinder. Die Dörfer wurden verlassen vorgefunden. Die Stammesmitglieder hatten ihren gesamten Besitz und alle

Vorräte zurückgelassen. Es sah aus, als seien sie einfach in den Busch gelaufen. Die einzigen Anzeichen von Gewaltanwendung waren einige zerbrochene Tontöpfe. Natürlich verschwinden in diesem Teil der Welt leider immer häufiger Massen von Menschen. Das liegt allerdings hauptsächlich an der Ausübung politischer Gewalt. Damals, in jenen schlimmen Tagen, wurden ganze Stämme von kubanischen Söldnern mit Waffen aus der Sowjetunion ausgelöscht, weil sie nicht bereit waren, ihre ethnische Identität für revolutionäre Ziele aufzugeben. Wenn ganze Dörfer aus politischen Gründen vernichtet werden, dann werden sie jedoch immer ausgeplündert und niedergebrannt. Für die Leichen werden Massengräber ausgehoben. Das war hier nicht der Fall. Einige Wochen später haben Wildhüter von einer unerklärlichen Abnahme des Wildbestands berichtet, aber niemand hat das mit den verschwundenen Dorfbewohnern in Verbindung gebracht. Es schien ein eigenes Phänomen zu sein.«

»Aber Sie wissen es besser.«

»Nun, ich vermute es nur.« Flyte strich sich Marmelade auf das letzte Stück des Croissants.

»Die meisten dieser Ereignisse spielen sich in abgelegenen Gebieten ab«, sagte Sandler. »Das macht es schwierig, etwas zu beweisen.«

»Ja. Auch das hat man mir vorgehalten. Wahrscheinlich kommen die meisten Fälle auf dem Meer vor, denn der größte Teil der Erdoberfläche ist mit Wasser bedeckt. Das Meer kann so weit weg sein wie der Mond, und wir haben von vielem, was sich in den Wellen abspielt, keine Ahnung. Vergessen Sie aber die zwei Armeen nicht, die ich erwähnte – die chinesische und die spanische. Diese Fälle ereigneten sich in unserer modernen Zivilisation. Wenn tatsächlich Zehntausende von Mayas dem Alten Feind zum Opfer gefallen sind, wie ich in meiner Theorie behaupte, dann sind ganze Städte, Zentren der Zivilisation, mit beängstigender Kühnheit angegriffen worden.«

»Glauben Sie, das könnte heute wieder passieren ...?«

»Ohne jeden Zweifel!«

»In Städten wie New York oder London auch?«

»Sicherlich! Es könnte praktisch überall geschehen, wo die in meinem Buch beschriebenen geologischen Voraussetzungen gegeben sind.«

Beide nippten gedankenvoll an ihren Sektgläsern.

Der Regen hämmerte jetzt noch stärker gegen die Fensterscheiben.

Sandler war sich nicht sicher, ob er an die Theorie glauben sollte, die Flyte in seinem Buch *Der Alte Feind* ausgeführt hatte. Er wußte, daß sie – verständlich formuliert – die Grundlage für ein äußerst erfolgreiches Buch bieten konnte, aber das bedeutete nicht, daß er davon überzeugt sein mußte. Eigentlich wollte er nicht daran glauben, denn damit würde er das Tor zur Hölle aufstoßen.

Er sah Flyte an, der wieder an seiner verwelkten Nelke herumzupfte. »Das jagt mir eine Gänsehaut über den Rücken«, bekannte er.

Flyte nickte. »Das sollte es auch.«

Der Kellner kam mit Eiern, Schinken, Würstchen und Toast.

19
In tiefster Nacht

Das Hotel war eine Festung.

Bryce war mit den getroffenen Vorbereitungen zufrieden.

Nach zwei Stunden mühevoller Arbeit setzte er sich jetzt an einen Tisch im Restaurant und trank schluckweise entkoffeinierten Kaffee aus einer Tasse, die das blaue Emblem des Hotels trug.

Inzwischen war es halb zwei Uhr morgens, und mit der Hilfe der zehn Deputies aus Santa Mira hatten sie einiges geschafft. Der eine Raum des Restaurants war in einen Schlafsaal verwandelt worden. Zwanzig Matratzen lagen nebeneinander auf dem Fußboden – ausreichend Platz für jedes Team einer Schicht, selbst dann, wenn General Copperfields Männer eingetroffen waren. In der zweiten Hälfte des Restaurants hatten sie einige Tische in einer Ecke zusammengestellt, damit sie dort alle essen konnten. Die Küche war geputzt und vorbereitet worden. Die Lobby war in eine riesige Einsatzzentrale mit Schreibtischen, Aktenschränken, Anschlagtafeln und einer großen Karte von Snowfield verwandelt worden.

Außerdem war das gesamte Hotel gründlich durchsucht worden, und sie hatten Maßnahmen getroffen, um das Eindringen des Feindes zu verhindern. Die beiden Hintereingänge – einer durch die Küche, der andere durch die Lobby – waren verriegelt und zusätzlich mit angenagelten Balken gesichert. Bryce hatte diese zusätzliche Vorsichtsmaßnahme angeordnet, um sich Wachen an diesen Eingängen zu ersparen. Auch die Tür zur Feuertreppe war auf ähnliche Weise verbarrikadiert worden, so daß niemand in die oberen Stockwerke des Hotels eindringen und sie von dort überraschen konnte. Nun war die Eingangshalle nur durch zwei kleine Fahrstühle mit den drei oberen Stockwerken verbunden. Dort hatten sich zwei Männer postiert, und eine weitere Wache stand an der vorderen Eingangstür. Ein Trupp von vier Männern hatte sich davon überzeugt, daß alle Räume in den oberen Stockwerken leer waren, und eine andere Einheit hatte sich versichert, daß alle Fenster im Erdgeschoß verschlossen waren. Die meisten Rahmen waren ohnehin so lackiert worden, daß die Fenster nicht geöffnet werden konnten. Trotzdem stellten sie einen Schwachpunkt ihrer Festung dar.

Bryce hatte sich überlegt, daß sie aber zumindest durch das Geräusch von splitterndem Glas gewarnt würden, falls jemand versuchen sollte, auf diesem Weg einzudringen.

Etliches andere hatte man ebenfalls erledigt. Stu Wargles verstümmelte Leiche war vorerst in einem Geräteraum neben der Eingangshalle abgelegt worden. Für den Fall, daß die Krise länger andauern würde, hatte Bryce einen Dienstplan aufgestellt und die nächsten drei Tage in Schichten zu jeweils zwölf Stunden eingeteilt. Schließlich war ihm nichts mehr eingefallen, was er vor Tagesanbruch noch hätte erledigen können.

Nun saß er allein an einem der runden Tische im Speisesaal, nippte an seinem Kaffee und versuchte, eine Erklärung für die Ereignisse der Nacht zu finden. Seine Gedanken kreisten immer wieder um die Sache, über die er eigentlich nicht nachdenken wollte.

Wargles Gehirn war verschwunden, sein Blut ausgesaugt – bis auf den letzten Tropfen.

Bryce schüttelte nur mit Mühe das ekelerregende Bild von Wargles verstümmeltem Gesicht ab, stand auf, um sich noch einen Kaffee zu holen, und setzte sich dann wieder an den Tisch.

Es war sehr ruhig in dem Hotel.

An einem anderen Tisch saßen drei der Männer, die die Nachtschicht übernommen hatten, und spielten Karten. Miguel Hernandez, Sam Potter und Henry Wong sprachen nicht viel dabei. Wenn sie überhaupt etwas sagten, dann flüsterten sie.

Das Hotel war sehr ruhig.

Das Hotel war eine Festung.

Verdammt, es *war* eine Festung.

Aber war es auch sicher?

Lisa suchte sich eine Matratze in einer Ecke des Schlafsaals aus, auf der sie mit dem Rücken zur Wand lag.

Jenny breitete eine der beiden Decken aus, die am Fußende der Matratze lagen, und deckte ihre Schwester damit zu.

»Willst du die andere auch noch?«

»Nein«, sagte Lisa. »Eine reicht. Es ist ein komisches Gefühl, mit den Kleidern ins Bett zu gehen.«

»Bald wird alles wieder normal laufen«, versicherte Jenny ihr, bemerkte aber selbst, wie hohl das klang.

»Legst du dich jetzt auch hin?«

»Noch nicht.«

»Ich wünschte, du würdest dich gleich auf die nächste Matratze neben mich legen«, sagte Lisa.

»Du bist nicht allein, Liebes.« Jenny strich ihrer Schwester über das Haar.

Einige Deputies – darunter Tal Whitman, Gordy Brogan und Frank Autry – hatten sich ebenfalls auf Matratzen gelegt. Außerdem standen drei schwerbewaffnete Männer die ganze Nacht über Wache.

»Wird das Licht noch gedämpft?« fragte Lisa.

»Nein. Wir können es nicht riskieren, im Dunkeln zu sein.«

»Gut. Hier ist es schon düster genug. Bleibst du bei mir, bis ich eingeschlafen bin?« Lisa sah plötzlich viel jünger als vierzehn aus.

»Natürlich.«

»Können wir noch miteinander reden?«

»Sicher. Aber leise, damit wir niemanden stören.« Jenny legte sich neben ihre Schwester und stützte ihren Kopf auf die Hand. »Worüber möchtest du dich unterhalten?«

»Egal. Nur nicht über ... über heute nacht.«

»Nun, ich wollte dich etwas fragen. Es hat nichts mit den Ereignissen der heutigen Nacht zu tun, aber es geht um etwas, was du heute abend gesagt hast. Weißt du noch, als wir auf der Bank vor dem Gefängnis saßen und auf den Sheriff warteten? Wir sprachen über Mom, und du sagtest, sie hätte ... sie hätte mit mir geprahlt.«

Lisa lächelte. »Ja, ihre Tochter, die Ärztin. Sie war sehr stolz auf dich, Jenny.«

Wie schon beim ersten Mal, brachte diese Feststellung Jenny auch jetzt wieder aus der Fassung. »Und Mom hat mir nie die Schuld an Dads Schlaganfall gegeben?«

Lisa runzelte die Stirn. »Dir? Warum hätte sie das tun sollen?«

»Na ja, ich glaube, ich habe ihm eine Zeitlang viel Kummer und Sorgen bereitet.«

»Du?« fragte Lisa erstaunt.

»Und als es dem Arzt dann nicht gelang, seinen hohen Blutdruck zu senken, und er dann einen Schlaganfall erlitt ...«

»Das einzig Schlimme, was du Moms Meinung nach jemals getan hast, war, daß du an Halloween unsere gescheckte Katze schwarz färben wolltest und dabei die Gartenmöbel ruiniert hast.«

Jenny lachte überrascht. »Das hatte ich völlig vergessen. Ich war damals erst acht Jahre alt.«

Sie lächelten sich zu und fühlten sich in diesem Augenblick mehr denn je wie Schwestern.

»Wie kommst du darauf, daß Mom dir die Schuld an Dads Tod gegeben haben könnte? Er starb eines natürlichen Todes – an einem Schlaganfall. Wie hättest du dafür verantwortlich sein können?«

Jenny zögerte. Sie dachte zurück an die Zeit vor dreizehn Jahren und empfand eine ungeheure, befreiende Erleichterung, daß ihre Mutter ihr nie die Schuld am Tod ihres Vaters gegeben hatte. Zum ersten Mal seit ihrem neunzehnten Lebensjahr fühlte sie sich wieder frei.

»Jenny?«

»Ja?«

»Weinst du?«

»Nein, alles in Ordnung.« Jenny unterdrückte ihre Tränen. »Wenn Mom es mir nie vorgeworfen hat, war es wohl ein Fehler von mir, mich schuldig zu fühlen. Ich bin sehr glücklich über das, was du mir erzählt hast.«

»Aber warum hast du dich denn schuldig gefühlt? Wenn wir uns als Schwestern gut verstehen wollen, dürfen wir keine Geheimnisse voreinander haben. Raus mit der Sprache, Jenny.«

»Das ist eine lange Geschichte, Schwesterchen. Ich werde sie dir irgendwann einmal erzählen, aber nicht jetzt. Erzähl mir etwas von dir.«

Sie unterhielten sich noch einige Minuten über Belanglosigkeiten, dann wurden Lisas Augenlider immer schwerer.

Jenny dachte plötzlich an Bryce Hammonds Augen mit dem sanften Ausdruck und den schweren Lidern.

Und an Jakob und Aida Liebermanns Augen in den abgetrennten Köpfen.

Und an Deputy Wargles Augen, die verschwunden waren. An die leeren Augenhöhlen in dem hohlen Schädel.

Sie versuchte, ihre Gedanken von dem grauenhaften Anblick des Sensenmanns abzulenken, aber sie kehrten immer wieder zu diesem Bild von monströser Gewalt und grauenvollem Tod zurück.

Jenny wünschte, auch mit ihr würde jemand reden, bis sie eingeschlafen war, so wie Lisa jetzt. Sie würde in dieser Nacht keine Ruhe finden.

In dem Geräteraum neben der Lobby und dem Liftschacht brannte kein Licht. Der Raum hatte keine Fenster.

Ein leichter Geruch nach Putzmitteln – Lysol, Möbelpolitur und Bohnerwachs – hing in der Luft. In den Regalen an der Wand standen die Gerätschaften des Hausmeisters.

In der rechten hinteren Ecke befand sich ein großes Waschbecken aus Edelstahl. Aus einem undichten Hahn tropfte Wasser – alle zehn bis zwölf Sekunden traf ein Tropfen mit einem leisen, hohlen Klang im Becken auf.

In der Mitte des Raums lag die gesichtslose Leiche Stu Wargles unter einem Tuch auf einem Tisch. Es war dunkel und ruhig. Nur das monotone Geräusch der Wassertropfen war zu hören.

Und eine atemlose Spannung hing in der Luft.

Frank Autry zog mit geschlossenen Augen die Decke um sich und dachte an Ruth. An die große, gertenschlanke Ruthie mit dem hübschen Gesicht, der ruhigen, aber trotzdem lebhaften Stimme und dem kehligen Lachen, das die meisten Menschen ansteckend fanden. Er war jetzt seit sechsundzwanzig Jahren mit ihr verheiratet. Ruthie war die einzige Frau, die er jemals geliebt hatte, und er liebte sie immer noch.

Bevor er sich hingelegt hatte, hatte er einige Minuten mit ihr telefoniert. Er konnte ihr nicht viel darüber berichten, was hier geschah – nur, daß es sich in Snowfield um einen Belagerungszustand handelte, daß man versuchte, die Sache so lange wie möglich geheim zu halten, und er heute nacht wohl nicht nach Hause kommen würde. Ruthie hatte ihn nicht nach Einzelheiten ausgefragt. In den vielen Jahren seines Militärdienstes hatte sie ihn immer unterstützt, und das tat sie auch jetzt immer noch.

Die Gedanken an Ruth waren seine wichtigste Verteidigungsstrategie. Immer wenn es Streß gab, er Angst oder Schmerzen verspürte oder deprimiert war, dachte er einfach an Ruth. Er konzentrierte sich ganz auf sie, und die Probleme dieser Welt verblaßten. Für einen Mann, der so oft gefährliche Aufgaben übernehmen mußte und dadurch nur selten vergessen konnte, daß der Tod zum Leben gehörte, war eine Frau wie Ruth eine unverzichtbare Medizin, eine Impfung gegen Verzweiflung.

Gordy Brogan hatte Angst davor, die Augen wieder zu schließen. Jedesmal, wenn er sie zugemacht hatte, war er von blutrünstigen Visionen geplagt worden, die aus seiner eigenen persönlichen Dunkelheit aufgestiegen waren. Nun lag er mit offenen Augen unter seiner Decke und starrte Frank Autrys Rücken an.

In Gedanken formulierte er ein Kündigungsschreiben an Bryce Hammond. Er würde es erst schreiben und einreichen können, nachdem die Angelegenheit in Snowfield geklärt war. Es wäre nicht richtig, seine Freunde mitten in einer Krise im Stich zu lassen. Vielleicht konnte er ihnen sogar helfen, denn so wie es aussah, würde er nicht auf Menschen schießen müssen. Aber sobald alles vorüber war und sie sich wieder in Santa Mira befanden, würde er den Brief schreiben und ihn dem Sheriff persönlich überreichen.

Er hatte jetzt keinen Zweifel mehr daran: der Dienst bei der Polizei war nichts für ihn – das war auch nie der Fall gewesen.

Er war jung und hatte noch genügend Zeit, um den Beruf zu wechseln. Unter anderem war er nur Polizist geworden, um gegen seine Eltern zu rebellieren, weil das der Beruf war, den sie sich für ihn am wenigsten gewünscht hatten. Sie hatten bemerkt, wie selbstverständlich er mit Tieren umging und innerhalb weniger Minuten das Vertrauen und die Freundschaft jedes Lebewesens auf vier Beinen gewinnen konnte. Daher hatten sie gehofft, er würde Tierarzt werden. Gordy hatte sich jedoch immer von der unermüdlichen Liebe seiner Mutter und seines Vaters erdrückt gefühlt, und die Möglichkeit, Tierarzt zu werden, zurückgewiesen, als seine Eltern ihn dazu drängten. Jetzt erkannte er, daß sie recht gehabt und es nur gut mit ihm gemeint hatten. In seinem tiefsten Inneren hatte er schon immer gewußt, daß es ihm mehr lag, zu heilen als Frieden zu stiften.

Auch die Uniform und das Abzeichen hatten ihn verleitet, denn er hatte geglaubt, als Polizist würde er seine Männlichkeit beweisen können. Trotz seiner Größe und seines muskulösen Körperbaus hatte er immer das Gefühl gehabt, die anderen würden ihn für weibisch halten – auch obwohl er sich schon immer stark für Mädchen interessiert hatte.

Als Junge hatte er sich nie für Sport begeistern können – im Gegensatz zu seinen Mitschülern, die davon ganz besessen waren. Endlose Gespräche über frisierte Wagen hatten ihn nur gelangweilt. Seine Interessen lagen auf anderen Gebieten, und deshalb hielten manche ihn für einen Schwächling. Obwohl er nur ein durchschnittliches Talent dafür besaß, spielte er Waldhorn. Die Natur faszinierte ihn, und er beobachtete leidenschaftlich gern Vögel. Nicht erst als Erwachsener, sondern bereits als Kind hatte er Gewalt verabscheut und war Konfrontationen aus dem Weg gegangen. Diese Einstellung und seine zurückhaltende Art Mädchen gegenüber hatten ihn – so glaubte er zumindest – unmännlich erscheinen lassen. Nun erkannte er aber endlich, daß er niemandem etwas beweisen mußte.

Er würde studieren und Tierarzt werden. Das würde ihn selbst zufrieden und seine Eltern glücklich machen. Sein Leben würde wieder in den richtigen Bahnen verlaufen.

Seufzend schloß der die Augen und versuchte einzuschlafen, doch aus der Dunkelheit stiegen wie in einem Alptraum Bilder von abgehackten Katzen- und Hundeköpfen und zerfleischten und gequälten Tieren vor ihm auf.

Er schnappte nach Luft und riß die Augen wieder auf.

Was war nur mit den Haustieren von Snowfield geschehen?

In dem fensterlosen, dunklen Geräteraum neben der Lobby war das monotone Geräusch der fallenden Wassertropfen verstummt.

Es war jedoch nicht völlig still. Irgend etwas bewegte sich in der Finsternis und verursachte einen leisen, nassen, kaum wahrnehmbaren Laut, während es in dem dunklen Raum umherkroch.

Jenny konnte noch nicht schlafen. Sie ging in die Cafeteria, schenkte sich eine Tasse Kaffee ein und setzte sich zu dem Sheriff an den Ecktisch.

»Schläft Lisa?« fragte er.

»Wie ein Stein.«

»Und wie geht es Ihnen? Das muß sehr schwer für Sie sein. Alle Ihre Nachbarn und Freunde ...«

»Im Augenblick kann ich nicht trauern«, erwiderte Jenny. »Ich fühle mich wie betäubt. Wenn ich die Gefühle zulassen würde, die jeder Tote bei mir auslöst, wäre ich nur noch ein Nervenbündel. Also verdränge ich sie.«

»Das ist eine normale, gesunde Reaktion. Wir machen es alle so.«

Sie tranken Kaffee und unterhielten sich.

»Verheiratet?« fragte er schließlich.

»Nein. Und Sie?«

»Ich war verheiratet.«

»Geschieden?«

»Sie ist gestorben.«

»Meine Güte, ja. Ich habe darüber etwas gelesen. Tut mir leid. Es passierte vor einem Jahr, bei einem Verkehrsunfall, oder?«

»Ein außer Kontrolle geratener Lkw.«

Jenny sah dem Sheriff in die Augen. Sie wirkten jetzt etwas trüb, und das Blau war nicht mehr so intensiv wie vorher. »Wie geht es Ihrem Sohn?«

»Er liegt immer noch im Koma. Ich glaube nicht, daß er jemals wieder aufwachen wird.«

»Es tut mir sehr leid für Sie, Bryce. Wirklich.«

Er legte seine Hände um die Tasse und starrte auf den Kaffee. »In dem Zustand, in dem Timmy sich befindet, wäre es ein Segen, wenn er für immer einschlafen würde. Am Anfang war ich wie betäubt. Ich konnte nichts mehr empfinden – psychisch und physisch. Einmal schnitt ich mich in den Finger, als ich eine Orange schälte. Die ganze Küche war voll Blut, und ich aß sogar einige blutbefleckte Orangenstücke, bevor ich bemerkte, daß etwas nicht in Ordnung war. Selbst dann fühlte ich keinen Schmerz. Erst in letzter Zeit habe ich gelernt, es zu verstehen und zu akzeptieren.« Er sah auf und begegnete Jennys Blick. »Es ist seltsam – seit ich hier in Snowfield bin, ist der Grauschleier verschwunden.«

»Grauschleier?«

»Lange Zeit war aus allem die Farbe gewichen. Alles war grau. Aber heute nacht ist das Gegenteil eingetreten. Es hat so viel Aufregung, Spannung und Angst gegeben, daß alles wieder außergewöhnlich lebendig geworden ist.«

Jenny erzählte Bryce vom Tod ihrer Mutter und von der heftigen Wirkung, die er auf sie hatte. Obwohl sie sich bereits vor zwölf Jahren entfremdet hatten, minderte das den Schicksalsschlag nicht.

Wieder war sie von Bryce Hammonds Fähigkeit beeindruckt, ihr ein Gefühl der Vertrautheit zu vermitteln. Es war, als würden sie sich seit Jahren kennen.

Jenny erzählte ihm sogar von den Fehlern, die sie im Alter von achtzehn und neunzehn Jahren gemacht hatte, von ihrem naiven und dickköpfigen Verhalten, mit dem sie ihre Eltern sehr verletzt hatte. Gegen Ende ihres ersten Studienjahres hatte sie einen Mann kennengelernt, der sie ganz in seinen Bann geschlagen hatte. Er war fünf Jahre älter als sie und gerade dabei, seine Abschlußprüfung abzulegen. Sein Name war Campbell Hudson, und sie nannte ihn Cam. Die Aufmerksamkeit, die er ihr schenkte, sein Charme und sein hartnäckiges Bemühen um sie hatten sie überwältigt. Bis dahin hatte sie ein behütetes Leben geführt, keinen festen Freund gehabt und war nicht einmal häufig ausgegangen. Sie war ein leichtes Ziel für ihn. Nachdem sie sich in Cam Hudson verliebt hatte, wurde sie nicht nur seine Geliebte, sondern auch seine begeisterte Schülerin und beinahe seine ergebene Sklavin.

»Ich kann mir nicht vorstellen, daß Sie sich jemandem unterwerfen«, sagte Bryce.

»Ich war noch jung.«

»Nun, das entschuldigt vieles.«

Jenny war bei Cam eingezogen und hatte vergeblich versucht, vor ihren Eltern zu verbergen, was diese als Sünde ansahen. Später beschloß sie, das College zu verlassen – eigentlich ließ sie es vielmehr zu, daß Cam für sie entschied. Sie arbeitete dann als Bedienung, um ihn finanziell zu unterstützen, bis er seine Doktorarbeit beendet hatte.

Nachdem Cam Hudson sie in seinem selbstsüchtigen Szenario gefangen hatte, erschien er ihr immer weniger attraktiv und charmant als früher. Sie stellte fest, daß er sehr jähzornig sein konnte. Dann starb ihr Vater, und bei der Beerdigung hatte Jenny das Gefühl, daß ihre Mutter ihr die Schuld an seinem verfrühten Tod gab. Einen Monat nach der Bestattung ihres Vaters erfuhr Jenny, daß sie schwanger war – und es bereits gewesen war, als er starb. Cam war wütend und bestand auf eine sofortige Abtreibung. Als sie um einen Tag Frist bat, bekam er einen Wutanfall und schlug sie so brutal, daß sie eine Fehlgeburt erlitt. Damit war alles vorbei. Sie war zur Vernunft gekommen und wurde abrupt erwachsen – doch es war zu spät, um ihrem Vater damit eine Freude zu bereiten.

»Seitdem habe ich hart gearbeitet«, erzählte sie Bryce. »Zu hart vielleicht. Ich wollte meiner Mutter beweisen, daß es mir leid tat und ich ihre Liebe doch verdiente. Ich arbeitete an jedem Wochenende, lehnte zahlreiche Einladungen zu Parties ab und nahm mir zwölf Jahre lang kaum einen freien Tag. Und das alles, um zu zeigen, daß ich mich gebessert hatte. Ich hätte öfter nach Hause fahren sollen, aber ich konnte meiner Mutter nicht in die Augen sehen. Und dann erfuhr ich heute abend von Lisa etwas Verblüffendes.«

»Ihre Mutter hat Ihnen keinerlei Schuld gegeben«, sagte Bryce und zeigte damit wieder die beinahe unheimliche Sensibilität und das Wahrnehmungsvermögen, das sie schon vorher an ihm bemerkt hatte.

»Genau. Sie hat mich niemals dafür verantwortlich gemacht.«

»Wahrscheinlich war sie sogar sehr stolz auf Sie.«

»Das stimmt. Sie hat mir nie die Schuld an Dads Tod gegeben. Der anklagende Ausdruck in ihren Augen, den ich zu sehen glaubte, war nur eine Reflexion meiner eigenen Schuldgefühle.« Jenny lachte leise und bitter und schüttelte den Kopf. »Es wäre witzig, wenn es nicht so verdammt traurig wäre.«

In Bryce Hammonds Augen sah sie das Mitgefühl und Verständnis, nach dem sie seit der Beerdigung ihres Vaters gesucht hatte.

»Wir sind uns in gewisser Beziehung sehr ähnlich«, sagte er. »Ich glaube, wir haben beide einen Märtyrerkomplex.«

»Jetzt nicht mehr«, erwiderte Jenny. »Das Leben ist zu kurz dazu – das habe ich heute abend gelernt. Ab jetzt werde ich leben, wirklich leben – wenn Snowfield das noch zuläßt.«

»Wir werden es schaffen.«

»Ich wünschte, ich wäre mir da sicher.«

»Wissen Sie, es könnte uns helfen, etwas zu haben, worauf wir uns freuen können«, meinte Bryce. »Wie wäre es also, wenn Sie mir das ermöglichen?«

»Wie bitte?«

»Ich meine eine Verabredung.« Er beugte sich vor. Sein dichtes, sandfarbenes Haar fiel ihm in die Stirn. »Gervasio's Ristorante in Santa Mira. Minestrone. Scampi in Knoblauchbutter. Ein gutes Gericht aus Kalbfleisch oder vielleicht ein Steak. Dazu Pasta. Sie machen dort köstliche Vermicelli al pesto. Und guten Wein.«

Jenny lächelte. »Das klingt großartig.«

»Ich habe das Knoblauchbrot vergessen.«

»Ich liebe Knoblauchbrot.«

»Zabaglione zum Nachtisch.«

»Sie werden uns anschließend aus dem Restaurant tragen müssen«, sagte sie.

»Wir werden uns eine Schubkarre besorgen.« Sie plauderten noch einige Minuten zur Entspannung, bis jeder soweit war, sich endlich schlafen zu legen.

In dem dunklen Geräteraum, in dem Stu Wargles Leiche auf einem Tisch lag, fielen erneut Wassertropfen deutlich hörbar in das Metallbecken.

Etwas kroch weiterhin mit einem weichen, nassen Geräusch immer wieder um den Tisch, als würde es sich durch Schlamm wälzen.

In dem Raum waren noch viele andere leise Geräusche zu hören. Das Hecheln eines müden Hundes. Das Fauchen einer wütenden Katze. Leises, silberhelles, unvergeßliches Lachen – das Lachen eines kleinen Kindes. Dann das schmerzerfüllte Wimmern einer Frau. Stöhnen. Ein Seufzer. Das Gezwitscher einer Schwalbe, deutlich, aber leise, um die Aufmerksamkeit der Wache in der Lobby nicht zu erregen. Das warnende Rasseln einer Klapperschlange. Das Brummen einer Hummel. Das höhere, bedrohliche Summen von Wespen. Das Knurren eines Hundes.

Die Geräusche verstummten so abrupt, wie sie begonnen hatten.

Es kehrte wieder Stille ein, nur durch die gleichmäßig fallenden Wassertropfen unterbrochen.

Nach etwa einer Minute raschelte das Tuch über Wargles Leiche in dem dunklen Raum. Es rutschte von dem Toten herunter und fiel auf den Boden.

Wieder das nasse Gleiten.

Und ein Geräusch, als würde trockenes Holz knacken. Ein gedämpfter, aber heftiger Laut. Ein zerbrechender Knochen.

Wieder Stille. Nur das Geräusch der Wassertropfen.
Ping. Ping. Ping.

Während Tal Whitman auf den Schlaf wartete, dachte er über die Angst nach. Das war ein Schlüsselwort, ein fundamentales Gefühl, das ihn geprägt hatte. Angst. Sein ganzes Leben lang hatte er sich heftig dagegen gewehrt, anzuerkennen, daß sie überhaupt existierte. Er weigerte sich, sie zuzulassen und sich davon einschüchtern und beeinflussen zu lassen. Keinesfalls würde er zugeben, daß es irgend etwas gab, das ihm Angst einjagen konnte. Er hatte schon früh bittere Erfahrungen gemacht und gelernt, daß man von ihrem gierigen Hunger verschlungen wurde, sobald man ihre Existenz akzeptierte.

Er war in Harlem geboren und aufgewachsen – dort, wo die Angst überall war – die Angst vor den Straßengangs, vor den Rauschgiftsüchtigen, vor Gewalt, vor Armut und davor, vom Leben in der Gesellschaft ausgeschlossen zu werden. In den Mietshäusern und auf den grauen Straßen wartete die Angst nur darauf, dich zu verschlingen, sobald du zu erkennen gabst, daß du bereit warst, sie anzunehmen.

Während seiner Kindheit war er nicht einmal in dem Apartment sicher gewesen, das er mit seiner Mutter, einem Bruder und drei Schwestern geteilt hatte. Tals Vater war nur ein- oder zweimal im Monat aufgetaucht, um sich das Vergnügen zu gönnen, seine Frau bewußtlos zu schlagen und seine Kinder zu terrorisieren. Seine Mutter war allerdings auch nicht besser gewesen. Sie trank zuviel Wein, rauchte zuviel Gras und behandelte ihre Kinder fast genauso gemein wie der Vater es tat.

Als Tal neun Jahre alt war, brannte das Haus ab, in dem sie wohnten – an einem der seltenen Abende, an denen der Vater zu Hause war. Tal überlebte das Feuer als einziger der Familie. Mama und sein alter Herr lagen im Bett und erstickten im Schlaf durch den Rauch. Oliver, Tals Bruder, und seine Schwestern Heddy, Louisa und die kleine Francesca starben auch, und jetzt, nach all diesen Jahren, war es schwer zu glauben, daß sie jemals gelebt hatten.

Nach dem Feuer nahm ihn die Schwester seiner Mutter, Tante Rebecca, auf. Sie lebte auch in Harlem. Becky trank nicht und rauchte kein Gras. Sie hatte keine eigenen Kinder, aber einen Job, und sie besuchte eine Abendschule. Tante

Rebecca wollte nicht von fremder Hilfe abhängig sein, und sie hatte große Hoffnungen. Oft erklärte sie Tal, man brauche vor nichts Angst zu haben, außer vor der Angst selbst, und die Angst sei nur ein Schatten wie der Schwarze Mann. Man brauche die Angst nicht zu fürchten. »Gott hat dich gesund erschaffen und dir einen gut funktionierenden Verstand mitgegeben. Wenn du daraus nichts machst, bist nur du allein daran schuld – kein anderer.« Mit der Hilfe von Tante Beckys Liebe, Disziplin und Führung, war in Tal allmählich die Überzeugung gewachsen, praktisch unbesiegbar zu sein. Er hatte vor nichts im Leben Angst, nicht einmal vor dem Tod.

Deshalb konnte er auch – Jahre später – Bryce Hammond sagen, der Raubüberfall in Santa Mira, bei dem er angeschossen worden war, sei nur eine Lappalie gewesen.

Nun hatte er zum ersten Mal seit vielen Jahren die Angst wieder kennengelernt. Tal dachte an Stu Wargle, und sein Magen krampfte sich zusammen.

Die Augen waren aus dem Kopf herausgefressen worden.

Angst.

Dieser Schwarze Mann war echt.

Ein halbes Jahr vor seinem einunddreißigsten Geburtstag entdeckte Tal Whitman, daß er immer noch Angst empfinden konnte, sosehr er das auch abstreiten mochte. Seine Furchtlosigkeit hatte ihn im Leben weit gebracht, aber trotz allem, woran er bisher geglaubt hatte, war ihm nun klar, daß es auch Situationen gab, in denen es klug war, Angst zu haben.

Kurz vor der Morgendämmerung erwachte Lisa aus einem Alptraum, an den sie sich nicht mehr erinnern konnte.

Sie sah sich nach Jenny und den anderen um, die alle schliefen, und wandte sich dann dem Fenster zu. Jetzt, gegen Ende der Nacht, wirkte die Skyline Road trügerisch friedlich.

Lisa mußte zur Toilette. Sie stand auf und ging leise zwischen den Matratzen zur Tür. Der Wachposten zwinkerte ihr zu, als sie ihn anlächelte.

Im Speisesaal saß ein weiterer Mann und blätterte in einem Magazin.

Neben den Fahrstuhltüren in der Lobby standen zwei Männer Wache. Die schweren Eingangstüren aus Eichenholz mit den ovalen, facettierten Scheiben waren verschlossen, wurden aber trotzdem von einem Posten bewacht. Der Mann hielt ein Schrotgewehr in der Hand und beobachtete durch eines der ovalen Fenster die Auffahrt.

Ein vierter Mann befand sich in der Eingangshalle. Lisa hatte ihn zuvor kennengelernt. Fred Turpner hatte eine Glatze und ein aufgewecktes Gesicht. Er saß an dem größten Tisch vor dem Telefon. Anscheinend waren die ganze Nacht über pausenlos Anrufe eingegangen, denn einige große Papierbögen, die vor ihm lagen, waren dicht beschrieben. Als Lisa an ihm vorbeiging, klingelte das Telefon wieder. Fred hob eine Hand zum Gruß und nahm dann den Hörer ab. Lisa ging weiter zu den Toiletten, die versteckt in einer Ecke der Lobby lagen.

SKIHÄSCHEN   SCHNEEMÄNNCHEN

Diese verniedlichenden Ausdrücke paßten gar nicht in das Hilltop Inn.

Lisa schob die Tür mit der Aufschrift SKIHÄSCHEN auf. Die Toiletten waren als sicher eingestuft worden, weil sie keine Fenster besaßen und nur durch die Lobby zu erreichen waren, in der immer Wachen postiert waren. Die Frauentoilette war geräumig und sauber und hatte vier Kabinen und Waschbecken. Der Fußboden und die Wände waren mit weißen Fliesen gekachelt und an den Seiten und an der Decke blau umrandet. Lisa benutzte die erste Kabine und dann das nächstgelegene Waschbecken. Nachdem sie sich die Hände gewaschen hatte, sah sie in den Spiegel darüber – und sah ihn. *Ihn.* Den toten Deputy Wargle.

Er stand hinter ihr in der Mitte des Raums, etwa zwei bis drei Meter von ihr entfernt, und grinste.

Lisa fuhr herum. Sie war sicher, daß es sich um eine Täuschung handelte. In dem Spiegel mußte ein verzerrtes Bild entstanden sein. Sicher war er nicht wirklich hier.

Aber er *war* da. Nackt und mit einem obszönen Grinsen.

Sein Gesicht war wiederhergestellt: die dicken Backen, die fetten, schmierigen Lippen, die Schweinchennase, die kleinen, flinken Augen. Wie durch Zauberei war das Fleisch wieder da.

Unmöglich.

Bevor Lisa reagieren konnte, trat Wargle zwischen sie und die Tür. Seine Füße klatschten laut auf dem gekachelten Boden.

Irgend jemand hämmerte gegen die Tür.

Wargle schien es nicht zu hören.

Warum machten sie nicht einfach die Tür auf und kamen herein?

Wargle streckte seine Arme aus, grinste und forderte sie mit einer Handbewegung auf, zu ihm zu kommen.

Er war Lisa von Anfang an unsympathisch gewesen. Sie hatte seinen Blick aufgefangen, als er glaubte, sie wäre mit etwas anderem beschäftigt, und der Ausdruck in seinen Augen hatte sie beunruhigt.

»Komm her, Süße«, sagte er.

Sie blickte zur Tür und erkannte, daß niemand dagegen klopfte. Was sie hörte, war das rasende Pochen ihres Herzens.

Wargle fuhr sich mit der Zunge über die Lippen.

Lisa schnappte zu ihrer eigenen Überraschung plötzlich nach Luft. Sie war durch die Rückkehr des Toten so vollständig gelähmt gewesen, daß sie vergessen hatte zu atmen.

»Komm her, du kleines Flittchen.«

Sie wollte schreien, brachte aber keinen Ton hervor.

Wargle berührte sich selbst auf obszöne Weise.

»Ich wette, du würdest das gern einmal kosten, was?« sagte er grinsend. Seine Lippen waren von seiner gierig leckenden Zunge bereits naß.

Wieder versuchte Lisa zu schreien, und wieder gelang es ihr nicht. Sie schaffte es kaum, die dringend benötigte Luft in ihre brennenden Lungen zu ziehen.

Er ist nicht wirklich da, sagte sie sich. Wenn sie ihre Augen für einige Sekunden schloß, ganz fest zudrückte und bis zehn zählte, würde er sicher verschwunden sein, wenn sie sie wieder aufmachte.

»Du kleines Flittchen.«

Er war nur ein Trugbild. Vielleicht sogar Teil eines Traums. Möglicherweise gehörte es sogar zu ihrem Alptraum, daß sie zur Toilette gegangen war.

Aber sie prüfte ihre Theorie nicht. Sie schloß nicht die Augen und zählte auch nicht bis zehn. Sie wagte es einfach nicht.

Wargle kam einen Schritt auf sie zu. Er spielte immer noch an sich herum.

Er ist nicht wirklich da. Das ist nur ein Trugbild.

Noch einen Schritt.

Das ist nur eine Sinnestäuschung.

»Komm her, Süße, laß mich an deinen kleinen Titten knabbern.«

Er ist nicht wirklich hier, das ist nur ein Trugbild ...

»Das wird dir gefallen, Süße.«

Lisa wich zurück.

»Einen kleinen geilen Körper hast du, Süße. Echt geil.«

Er kam weiter auf sie zu.

Nun war das Licht hinter ihm, und sein Schatten fiel auf sie.

Geister werfen keine Schatten.

Trotz seines Grinsens wurde seine Stimme immer härter und bedrohlicher. »Du dumme kleine Schlampe. Dir werde ich es ordentlich besorgen, glaub mir. Verdammt gut. Besser als die Jungs von der High School, die es dir gegeben haben. Wenn ich mit dir fertig bin, wirst du eine Woche lang nicht mehr richtig laufen können, Süße.«

Sie stand jetzt ganz in seinem Schatten. Ihr Herz schlug so heftig, daß sie befürchtete, es würde herausfallen. Lisa zog sich weiter zurück, noch weiter, bis sie mit dem Rücken an die Wand stieß. Sie stand in einer Ecke.

Jetzt sah sie sich nach einer Waffe um, nach etwas, was sie zumindest nach ihm werfen konnte, aber es war nichts da.

Jeder Atemzug fiel ihr schwerer als der letzte. Ihr war schwindlig, und sie fühlte sich schwach.

Er ist nicht wirklich hier. Das ist nur ein Trugbild.

Aber sie konnte sich nicht länger selbst etwas vormachen und an einen Traum glauben.

Wargle blieb eine Armeslänge entfernt von ihr stehen und glotzte sie an. Er schwankte hin und her und wippte auf seinen nackten Fersen vor und zurück, als würde er einer verrückten, an- und abschwellenden Musik lauschen, die nur er hören konnte.

Verträumt bewegte er sich und schloß dabei seine haßerfüllten Augen.

Eine Sekunde verging.

Was machte er da?

Zwei Sekunden, drei, sechs, zehn.

Er hielt die Augen immer noch geschlossen.

Lisa spürte Hysterie in sich aufsteigen. Konnte sie sich an ihm vorbeischleichen, solange er die Augen geschlossen hatte? Großer Gott, nein! Er stand zu nahe bei ihr. Um zu entkommen, würde sie ihn berühren müssen. Ihn berühren? Nein, dann würde er aus seiner Trance erwachen, sie packen, und seine Hände würden so kalt sein wie der Tod. Sie brachte es nicht über sich, ihn anzufassen. Nein.

Dann bemerkte sie, daß sich seine Augen veränderten. Etwas bewegte sich, und seine Augenlider schienen nicht mehr auf die Rundungen der Augäpfel zu passen.

Er öffnete die Augen.

Sie waren nicht mehr da. Hinter den Lidern lagen nur noch leere schwarze Höhlen.

Endlich schrie sie, aber der Schrei, den sie hervorbrachte, war von menschlichem Gehör nicht wahrzunehmen. Ihr Atem entfuhr ihren Lungen wie Preßluft, und sie spürte, wie ihr Kehlkopf krampfhaft zuckte, doch kein Laut kam hervor, der ihr hätte Hilfe bringen können.

Seine Augen. Seine leeren Augen.

Sie war sicher, daß er sie auch mit diesen leeren Augenhöhlen noch sehen konnte – sie schienen sie mit ihrer Leere förmlich aufzusaugen.

Er grinste immer noch.

»Kleine Muschi«, sagte er.

Sie schrie wieder lautlos.

»Komm, kleine Muschi. Küß mich, meine kleine Muschi.«

Obwohl diese knochenumrahmten Augenhöhlen so dunkel wie die Nacht waren, blitzte ein bösartiges Bewußtsein in ihnen auf.

»Küß mich.«

Nein!

Laß mich sterben, betete sie. Bitte, lieber Gott, laß mich vorher sterben.

»Ich will an deiner saftigen Zunge saugen«, sagte Wargle eindringlich und brach dann in ein Kichern aus.

Er griff nach ihr.

Sie drückte sich mit aller Kraft gegen die Wand.

Wargle berührte ihre Wange und fuhr mit der Hand daran entlang.

Sie zuckte zusammen und versuchte auszuweichen.

Seine Fingerspitzen waren eiskalt und glitschig.

Sie hörte ein dünnes, unheimliches Stöhnen und bemerkte, daß sie selbst diesen Laut ausgestoßen hatte. Dann nahm sie einen eigenartigen, beißenden Geruch wahr. Sein

Atem? Der stinkende Atem eines Toten, der aus verfaulenden Lungen kam? Atmeten wandelnde Leichen? Der Gestank war kaum wahrnehmbar, aber trotzdem unerträglich. Sie würgte.

Er senkte seinen Kopf und beugte sich über sie.

Sie starrte in seine schwarzen Augenhöhlen und hatte das Gefühl, durch zwei Löcher direkt in die abgrundtiefe Hölle zu schauen.

Seine Hand schloß sich um ihren Hals. »Komm schon«, sagte er.

Sie versuchte verzweifelt, Luft in ihre Lungen zu saugen.

»Nur ein Küßchen.«

Wieder stieß sie einen Schrei aus, doch dieses Mal war er nicht lautlos, sondern so grell, daß sie glaubte, damit die Spiegel und Kacheln in der Toilette zum Zerspringen zu bringen.

Als Wargles totes, augenloses Gesicht sich langsam zu ihr herabsenkte und sie den Widerhall ihres eigenen Schreis hörte, wurde sie aus dem Wirbel der Hysterie herausgerissen. Dunkelheit umfing sie, und sie verlor das Bewußtsein.

20
Leichenräuber

In der Lobby des Hilltop Inn saß Jennifer Paige neben ihrer Schwester auf einem rostroten Sofa, das an der Wand stand, die am weitesten von den Toiletten entfernt war. Die Ärztin hielt Lisa fest im Arm.

Bryce hockte vor ihr und massierte dem Mädchen die Hand, aber sie wurde trotz seiner Bemühungen einfach nicht warm.

Bis auf die Wachen hatten sich alle in einem Halbkreis hinter Bryce um das Sofa versammelt.

Lisa sah schrecklich aus. Ihre Augen waren eingesunken und trugen einen gehetzten Ausdruck. Ihr Gesicht war so weiß wie der gekachelte Boden der Frauentoilette, auf dem sie sie bewußtlos gefunden hatten.

»Stu Wargle ist tot«, versicherte Bryce ihr noch einmal.

»Er wollte, daß ich … ihn küsse«, wiederholte das Mädchen und blieb beharrlich bei ihrer bizarren Geschichte.

»In der Toilette war niemand außer dir, Lisa«, sagte Bryce.

»Doch. Er war da.«

»Wir sind sofort hineingelaufen, als du geschrien hast. Du warst allein und lagst bewußtlos auf dem Boden.«

»Aber er war da.«

»Seine Leiche liegt im Geräteraum.« Bryce drückte sanft ihre Hand. »Wir haben sie dort hingebracht, weißt du noch?«

»Und sie ist immer noch da. Vielleicht solltet ihr besser nachschauen.«

Bryce sah Jenny an. Sie nickte. Er rief sich ins Gedächtnis, daß hier alles möglich war, ließ die Hand des Mädchens los, erhob sich und ging auf den Geräteraum zu.

»Tal?«

»Ja?«

»Kommen Sie mit mir.«

Tal zog seine Waffe.

Auch Bryce griff nach seiner Pistole. »Ihr bleibt hier«, befahl er den anderen.

Tal und Bryce gingen nebeneinander durch die Lobby zu dem Geräteraum und blieben davor stehen.

»Ich glaube nicht, daß sie zu den Kindern gehört, die sich verrückte Geschichten ausdenken«, meinte Tal.

»Ich weiß, daß sie das nicht tut.«

Bryce dachte an Paul Hendersons Leiche, die aus der Polizeistation verschwunden war. Allerdings war das eine ganz andere Sache gewesen – Pauls Leiche war frei zugänglich und unbewacht gewesen, aber niemand hätte sich Zugang zu Wargles Leichnam verschaffen können, ohne von einem der drei Deputies gesehen zu werden, die in der Lobby Wache standen. Und es war wohl unmöglich, daß sich Wargle selbst noch einmal erhoben hatte und weggegangen war. Niemand hatte irgend etwas bemerkt.

Bryce stellte sich links neben die Tür und forderte Tal mit einer deutlichen Handbewegung auf, rechts davon in Position zu gehen.

Sie lauschten einige Sekunden lang. Es war völlig still in dem Hotel, und auch aus dem Geräteraum war absolut nichts zu hören.

Bryce lehnte sich nach vorne, ohne dabei mit seinem Körper die Tür zu berühren, und drehte langsam und lautlos den Türgriff soweit wie möglich. Er zögerte und sah Tal an, der ihm zu verstehen gab, daß er bereit war. Bryce holte tief Luft, stieß die Tür auf und sprang zur Seite.

Nichts kam aus dem dunklen Raum auf sie zugestürzt.

Tal tastete sich vorsichtig zum Lichtschalter vor. Bryce wartete geduckt darauf, bis das Licht anging, und sprang dann sofort mit gezogener Waffe in den Raum.

Die Leuchtstoffröhren an der Decke warfen ihr grelles Licht auf das Waschbecken und die Flaschen und Dosen mit Reinigungsmitteln.

Das Tuch, in das sie die Leiche eingehüllt hatten, lag zerknüllt neben dem Tisch auf dem Boden.

Wargles Leiche war verschwunden.

Deke Coover, der an der Eingangstür Wache gestanden hatte, konnte Bryce nicht weiterhelfen. Er hatte beinahe ununterbrochen die Skyline Road beobachtet und dabei mit dem Rücken zur Lobby gestanden. Jemand hätte Wargles Leiche wegschaffen können, ohne daß er es bemerkt hätte.

»Sie haben mir den Auftrag gegeben, die Straße zu überwachen, Sheriff«, sagte Deke. »Wenn Wargle nicht singend und tanzend dort herausgekommen ist und dabei in jeder

Hand eine Fahne geschwungen hat, dann konnte ich ihn unmöglich gesehen haben.«

Kelly MacHeath und Donny Jessup, die beiden Männer neben dem Fahrstuhl in der Nähe des Geräteraums, waren erst Mitte Zwanzig und gehörten zu Bryces jüngeren Deputies. Sie waren allerdings beide fähig, zuverlässig und hatten bereits eine gewisse Erfahrung.

MacHeath, ein muskulöser blonder Mann mit einem Stiernacken und breiten Schultern, schüttelte den Kopf. »Die ganze Nacht über hat niemand den Raum verlassen oder betreten.«

»Niemand«, bestätigte Jessup. Er hatte drahtiges, gelocktes Haar und braune Augen. »Das hätten wir gesehen.«

»Die Tür befindet sich immerhin direkt neben uns«, sagte MacHeath.

»Sie wissen, daß wir nicht nachlässig sind«, fügte Jessup hinzu. »Wenn wir Dienst haben, dann nehmen wir das auch ernst.«

»Verdammt, aber Wargles Leiche ist verschwunden«, sagte Bryce. »Sie kann doch nicht einfach aufgestanden und durch die Wand gegangen sein!«

»Sie ist aber auch nicht vom Tisch geklettert und dann durch diese Tür verschwunden«, erwiderte MacHeath.

»Wargle war tot, Sir«, sagte Jessup. »Ich habe die Leiche zwar nicht selbst gesehen, aber nach allem, was ich gehört habe, war er wirklich tot, und Tote bleiben dort, wo man sie hinlegt.«

»Nicht unbedingt«, widersprach Bryce. »Nicht in dieser Stadt. Nicht heute nacht.«

In dem Geräteraum sagte Bryce zu Tal: »Es gibt hier keinen anderen Ausweg als die Tür.«

Langsam gingen sie durch den Raum und untersuchten ihn.

Aus dem undichten Wasserhahn fiel ein Tropfen ins Waschbecken und erzeugte einen metallischen Klang.

»Der Luftschacht«, sagte Tal und deutete auf ein Gitter unterhalb der Decke. »Was ist damit? Vielleicht sollten wir uns das einmal ansehen.«

»Meinen Sie das ernst? Die Öffnung ist nicht groß genug für einen Mann.«

»Erinnern Sie sich an den Raubüberfall in Krybinskys Juweliergeschäft?«

»Wie könnte ich den jemals vergessen? Der Fall ist immer noch ungelöst, und Alex Krybinsky erinnert mich jedes Mal ausdrücklich daran, wenn wir uns begegnen.«

»Der Räuber drang in das Erdgeschoß des Ladens durch ein unverschlossenes Fenster ein, das fast so klein war wie dieses Gitter.«

Bryce wußte – wie jeder Polizist, der Einbruchsdelikte zu bearbeiten hatte –, daß ein Mann mit normalem Körperbau nur eine überraschend kleine Öffnung brauchte, um sich Zutritt zu einem Gebäude zu verschaffen. Jedes Loch, das groß genug war, um den Kopf durchzulassen, war ausreichend, um den ganzen Körper hindurchzuzwängen. Natürlich waren die Schultern breiter als der Kopf, aber man konnte sie nach vorne schieben oder auf andere Weise so verrenken, daß man sie durchschieben konnte. Das gleiche galt für die Hüften. Aber Stu Wargle war kein durchschnittlich gebauter Mann gewesen.

»Stus Bauch wäre doch steckengeblieben wie ein Korken in einer Flasche«, sagte Bryce. Trotzdem holte er sich einen Hocker aus einer Ecke, stieg darauf und sah sich den Schacht genauer an.

»Das Gitter ist nicht mit Schrauben befestigt«, erklärte er Tal. »Es läßt sich einfach aufstecken, also wäre es möglich, daß Wargle es von innen wieder angebracht hat. Allerdings hätte er sich mit den Füßen voran in den Schacht zwängen müssen.«

Er hob das Gitter ab.

Tal reichte ihm eine Taschenlampe.

Bryce richtete den Lichtstrahl in den dunklen Schacht und runzelte die Stirn. Der enge Metallgang bog nach einer kurzen Entfernung in einem rechten Winkel ab.

Der Sheriff knipste die Taschenlampe aus und reichte sie Tal. »Unmöglich«, sagte er. »Wargle hätte hier nur durchkommen können, wenn er so klein wie ein Kind und so gelenkig wie ein Gummimensch auf dem Jahrmarkt gewesen wäre.«

Frank Autry ging zu Bryce Hammond hinüber, der an dem großen Tisch in der Mitte der Lobby saß und die telefonischen Nachrichten las, die im Verlauf der Nacht eingetroffen waren.

»Sir, es gibt da etwas, was Sie über Wargle wissen sollten.«

Bryce sah auf. »Was wäre das?«

»Also … ich möchte nicht schlecht über einen Toten sprechen, aber …«

»Keiner von uns hat ihn besonders gemocht«, stellte Bryce nüchtern fest. »Jeder Versuch, sein Andenken zu ehren, wäre Heuchelei. Wenn Sie also etwas wissen, das weiterhelfen könnte, sagen Sie es mir, Frank.«

Frank lächelte. »Sie hätten sich in der Armee sicher prächtig gemacht.« Er setzte sich auf die Schreibtischkante. »Als ich gestern abend mit Wargle das Funkgerät in der Station zerlegte, machte er einige widerliche Bemerkungen über Dr. Paige und Lisa.«

»Sexuelle Anzüglichkeiten?«

»Ja.« Frank berichtete Bryce von der Unterhaltung mit Wargle.

»Meine Güte.« Der Sheriff schüttelte den Kopf.

»Mich hat vor allem gestört, was er über das Mädchen gesagt hat. Wargle hat halb im Spaß geäußert, er würde einen Annäherungsversuch machen, sobald sich die Gelegenheit dazu ergeben würde. Ich glaube nicht, daß er so weit gegangen wäre, Lisa zu vergewaltigen, aber er war fähig dazu, sehr aufdringlich zu werden und dabei seine dienstliche Autorität und seine Polizeimarke zu benutzen, um sie einzuschüchtern. Ich denke allerdings, daß das Mädchen sich nicht so leicht unter Druck setzen läßt – sie hat Mut. Aber Wargle hätte es wahrscheinlich versucht.«

Der Sheriff klopfte mit einem Bleistift auf den Tisch und starrte nachdenklich in die Luft.

»Aber Lisa konnte davon nichts wissen.«

»Könnte sie vielleicht Ihre Unterhaltung mit Wargle gehört haben?«

»Nein, kein Wort.«

»Möglicherweise hat sie an Wargles Blicken gemerkt, was für eine Art Mann er ist.«

»Aber sie konnte es nicht gewußt haben«, sagte Frank. »Verstehen Sie, worauf ich hinauswill?«

»Ja.«

»Die meisten Kinder, die ein Gruselmärchen erfinden, hätten sich damit zufrieden gegeben, zu erzählen, sie seien von einem Toten gejagt worden. Sie kämen gar nicht auf den Gedanken, die Geschichte auszuschmücken und zu sagen, der Tote hätte sie belästigen wollen.«

Bryce stimmte ihm zu. »Kinder denken nicht so kompliziert. Ihre Lügen sind nicht ausgeklügelt, sondern ganz einfach gestrickt.«

»Genau. Meiner Meinung nach ist ihre Geschichte gerade deshalb glaubwürdig, weil sie erzählte, Wargle sei nackt gewesen und habe versucht, sie sexuell zu belästigen. Wir möchten alle gern glauben, daß sich jemand in den Geräteraum geschlichen, Wargles Leiche gestohlen und sie in die Damentoilette gebracht hat. Lisa sah sie, geriet in Panik und bildete sich alles andere nur ein. Und wir würden gern davon ausgehen, daß dann, nachdem das Mädchen in Ohnmacht gefallen war, jemand die Leiche auf irgendeine unglaublich geschickte Art und Weise weggeschafft hat. Aber das ist doch keine plausible Erklärung. Es muß sich hier um etwas viel Unheimlicheres handeln.«

Bryce ließ den Bleistift fallen. »Verdammt, glauben Sie etwa an Geister, Frank? An die Untoten?«

»Nein«, erwiderte Frank. »Es gibt eine Erklärung dafür, die nichts mit abergläubischem Humbug zu tun hat.«

»Das ist auch meine Meinung«, stimmte Bryce ihm zu. »Aber Wargles Gesicht war …«

»Ich weiß – ich habe es selbst gesehen.«

»Wie ist es also möglich, daß es plötzlich wieder da war?«

»Keine Ahnung.«

»Und Lisa sagte, seine Augen …«

»Ja, ich habe es gehört.«

Bryce seufzte. »Haben Sie sich jemals an Rubiks Würfel versucht?«

Frank blinzelte. »Sie meinen dieses alte Puzzlespiel? Nein.«

»Nun, ich schon«, sagte der Sheriff. »Dieses verdammte Ding hat mich beinahe in den Wahnsinn getrieben, aber ich gab nicht auf, und schließlich gelang es mir, das Rätsel zu lösen. Alle glauben, das sei sehr schwierig, aber gegen unseren Fall hier ist Rubiks Würfel ein Kinderspiel.«

»Es gibt noch einen Unterschied«, meinte Frank.

»Welchen?«

»Wenn man mit Rubiks Würfel nicht zurechtkommt, bedeutet das nicht die Todesstrafe.«

In seiner Zelle im Gefängnis von Santa Mira wachte Fletcher Kale, der Mörder seiner Frau und seines Sohnes, vor der Morgendämmerung auf. Er lag regungslos auf der dünnen Schaumstoffmatratze und starrte auf das Fenster, durch das er einen rechteckigen Ausschnitt des Himmels betrachten konnte. Er würde sein Leben nicht im Gefängnis verbringen. Auf keinen Fall.

Ihm war ein wunderbares Schicksal bestimmt. Das begriffen sie alle nicht. Sie sahen nur den Fletcher Kale, wie er jetzt war, aber nicht den Mann, der er einmal sein würde. Er würde alles haben: Geld im Überfluß, unvorstellbare Macht, Ruhm und Respekt.

Kale wußte, daß er sich von der Masse der anderen Mensehen abhob, und dieses Wissen trieb ihn auch in schlechten Zeiten voran. Die Saat für seine Erhabenheit war gelegt, und die Größe in ihm begann bereits zu wachsen. Schon bald würde er allen zeigen, wie sehr sie sich in ihm geirrt hatten.

Wahrnehmungsvermögen ist mein größtes Talent, dachte er, während er auf das vergitterte Fenster starrte. Ich bin außerordentlich aufnahmefähig.

Er hatte erkannt, daß alle Menschen – bis auf wenige Ausnahmen – nur egoistische Ziele verfolgten. Das war in Ordnung, denn es lag in der Natur dieser Spezies. Die Menschheit war dafür bestimmt. Die meisten Menschen konnten die Wahrheit jedoch nicht ertragen. Sie träumten von sogenannten hohen Idealen wie Liebe, Freundschaft, Ehre, Ehrlichkeit, Glauben, Vertrauen und Würde. Dann behaupteten sie, an diese und noch weitere solche Dinge zu glauben, obwohl sie in ihrem Inneren wußten, daß das alles nur Mist war. Das konnten sie jedoch nicht zugeben, also beschränkten sie sich selbst durch einen sentimentalen Verhaltenskodex und gratulierten sich auch noch zu diesen hohlen Gefühlen. Im Grunde verleugneten sie damit aber ihre wahren Wünsche und verurteilten sich somit selbst, zu versagen und unglücklich zu werden.

Idioten. Meine Güte, er verachtete sie.

Mit seinem einzigartigen Scharfblick erkannte Kale, daß die Menschen in Wirklichkeit die rücksichtsloseste, gefährlichste und gnadenloseste Spezies auf der Erde war, und er freute sich über diese Erkenntnis. Er war stolz darauf, dieser Rasse anzugehören.

Ich bin meiner Zeit voraus, dachte Kale. Er setzte sich auf die Kante seiner Pritsche und stellte die nackten Füße auf den kalten Boden der Zelle. Ich bin der nächste Schritt der Evolution. Ich bin so hoch entwickelt, daß ich keine Moralvorstellungen brauche. Deshalb betrachten sie mich alle mit Abscheu. Nicht, weil ich Joanna und Danny umgebracht habe. Sie hassen mich, weil ich besser bin als sie und die wahre Natur des Menschen auf eine vollkommenere Weise auslebe.

Er hatte keine andere Wahl gehabt, als Joanna zu töten. Sie hatte sich geweigert, ihm das Geld zu geben, und hätte ihm damit beruflich geschadet, ihn finanziell ruiniert und seine ganze Zukunft zerstört.

Es war einfach unumgänglich gewesen, sie umzubringen, denn sie hatte ihm im Weg gestanden.

Um Danny tat es ihm leid. Kale bedauerte es manchmal; nicht oft, aber hin und wieder.

Außerdem war Danny schon immer ein Muttersöhnchen gewesen. Er hatte sich von seinem Vater entfremdet. Das war natürlich Joannas Werk. Wahrscheinlich hatte sie den Jungen so lange beschwatzt, bis er sich gegen seinen Vater stellte. Zum Schluß war Danny eigentlich gar nicht mehr Kales Sohn, sondern ein Fremder gewesen.

Kale legte sich auf den Fußboden der Zelle und begann, Liegestütze zu machen. Eins-zwei, eins-zwei, eins-zwei.

Er wollte in guter Form sein, wenn sich die Gelegenheit zur Flucht bot. Kale wußte genau, wohin er dann gehen würde. Nicht nach Westen in Richtung Sacramento, denn das würden sie von ihm erwarten.

Eins-zwei, eins-zwei.

Er kannte ein perfektes Versteck. Es war hier im County, und sie würden bestimmt nicht direkt vor ihrer Nase nach ihm suchen. Wenn sie ihn nach einem Tag nicht gefunden hatten, würden sie glauben, er habe sich bereits aus dem Staub gemacht, und dann die Gegend absuchen. Nach einigen Wochen würden sie nicht mehr an ihn denken, und erst dann würde er sein Versteck verlassen und durch die Stadt nach Westen fliehen.

Eins-zwei.

Aber zunächst würde er sich in den Bergen verstecken. Die Berge boten ihm die beste Chance, den Cops nach seiner Flucht auszuweichen. Das spürte er genau. Die Berge. Ja. Er fühlte sich irgendwie von ihnen angezogen.

Der Morgen dämmerte in den Bergen. Am Himmel tauchten helle Flecken auf, durchdrangen die Finsternis und verdrängten sie.

Der Wald oberhalb von Snowfield war ruhig. Sehr ruhig.

Im Unterholz glänzten die mit Morgentau benetzten Blätter. Der angenehme Geruch von fruchtbarem Humus stieg aus dem feuchten Waldboden empor.

Die Luft war so kalt, als ob der letzte Atemzug der Nacht noch über den Boden streifen würde.

Der Fuchs stand bewegungslos auf einer Kalksteinformation an einem Hang direkt unterhalb des Waldrands. Der Wind fuhr sanft durch seinen grauen Pelz. Sein Atem bildete kleine, schimmernde Wolken in der eisigen Luft.

Eigentlich war der Fuchs kein Nachtjäger, aber heute war er bereits eine Stunde vor der Morgendämmerung auf Jagd gegangen, weil er schon seit zwei Tagen nichts gefressen hatte. Der Wald war unnatürlich still und roch nicht einmal nach Beutetieren.

Eine solche Stille hatte der Fuchs in all den Jahren noch nie erlebt. Selbst die bitterkalten Tage in der Mitte des Winters waren vielversprechender gewesen. Sogar während der Schneestürme im Januar hatte er immer noch die Witterung seiner Beute aufnehmen können – es roch immer irgendwo nach Blut.

Jetzt nicht. Er konnte nichts wahrnehmen.

Alle Tiere in diesem Teil des Waldes schienen den Tod gefunden zu haben – außer einem kleinen, hungrigen Fuchs.

Es roch jedoch nicht einmal nach Tod – sogar der stechende Aasgeruch von verwesenden Tieren im Unterholz fehlte.

Als er vorsichtig durch die Kalksteinformation lief und aufpaßte, daß er nicht in eine der Spalten oder in eines der Löcher stürzte, die zu den unterirdischen Höhlen führten, nahm er endlich am Waldrand eine Bewegung war, die nicht vom Wind verursacht wurde. Er blieb wie angewurzelt auf den flachen Steinen stehen und starrte nach oben auf die schattige Begrenzung des Waldstücks.

Ein Eichhörnchen. Zwei, nein, noch mehr, fünf, zehn, zwanzig. Sie saßen nebeneinander aufgereiht im Schatten der Bäume.

Zuerst hatte er gar keine Beutetiere entdecken können, und jetzt schienen sie plötzlich im Überfluß vorhanden zu sein. Der Fuchs sog die Luft durch die Nase ein, aber obwohl die Eichhörnchen nur fünf bis sechs Meter von ihm entfernt waren, konnte er ihren Geruch nicht wahrnehmen. Sie sahen ihn direkt an, schienen aber keine Angst vor ihm zu haben.

Der Fuchs neigte den Kopf zur Seite. Sein Mißtrauen war stärker als sein Hunger.

Plötzlich wandten sich die Eichhörnchen nach links und verließen in einer kleinen Gruppe dicht beieinander den schützenden Wald. Sie kamen direkt auf den Fuchs zu, sprangen übereinander und rollten sich so schnell in dem braunen Gras hin und her, daß ihr braunes Fell nur noch verschwommen zu erkennen war. Drei oder vier Meter vor dem Fuchs blieben sie abrupt stehen. Jetzt waren sie keine Eichhörnchen mehr.

Der Fuchs zuckte zusammen und fauchte.

Aus den zwanzig kleinen Eichhörnchen waren vier große Waschbären geworden.

Der Fuchs knurrte leise.

Ohne ihn zu beachten, stellte sich einer der Waschbären auf die Hinterbeine und begann, seine Pfoten zu putzen.

Der Fuchs richtete seine Nackenhaare auf und schnüffelte, konnte aber keine Witterung aufnehmen. Er duckte sich, beobachtete die Waschbären aufmerksam und spannte seine Muskeln an – nicht, weil er springen, sondern fliehen wollte.

Irgend etwas stimmte hier nicht.

Alle vier Waschbären hatten sich nun aufgerichtet, legten ihre Pfoten auf die Brust und zeigten dem Fuchs ihren verwundbaren Bauch. Sie beobachteten ihn.

Waschbären waren unter normalen Umständen keine Beutetiere für einen Fuchs. Dazu waren sie zu aggressiv und zu schnell mit ihren scharfen Zähnen und Krallen. Trotzdem gingen sie üblicherweise einer Konfrontation mit einem Fuchs aus dem Weg. Niemals stellten sie sich auf diese Weise zur Schau.

Der Fuchs fuhr mit seiner Zunge durch die kalte Luft und schnüffelte wieder. Dieses Mal nahm er einen Geruch wahr.

Er legte die Ohren an und knurrte.

Das war nicht der Geruch von Waschbären oder einem der anderen Waldbewohner, denen er bisher begegnet war. Es war ein unbekannter, scharfer, unangenehmer Geruch. Kaum wahrnehmbar, aber abstoßend.

Der üble Gestank stammte nicht von einem der vier Waschbären, die vor ihm saßen. Der Fuchs konnte nicht ausmachen, woher er eigentlich kam.

Er spürte, daß er sich in großer Gefahr befand, fuhr blitzschnell herum und rannte über die Kalksteine nach unten, obwohl ihm nicht wohl dabei war, den Waschbären den Rücken zukehren zu müssen.

Seine Pfoten rutschten auf der harten Oberfläche, und seine Krallen fuhren kratzend über die verwitterten Steine, während er mit ausgestrecktem Schwanz den Abhang hinunterlief. Er sprang über eine dreißig Zentimeter breite Felsspalte – und wurde mitten im Satz von etwas Dunklem, Kaltem und Pulsierendem gepackt. Das Ding brach mit brutaler, erschreckender Gewalt und Schnelligkeit aus der Felsspalte hervor.

Der Fuchs heulte gequält auf. Sein Jaulen war kurz und durchdringend.

Ebenso schnell, wie er gepackt worden war, wurde er in die Spalte gezerrt. Eineinhalb Meter unterhalb am Boden der schmalen Schlucht lag ein kleines Loch, das in die Höhlen der Kalksteinformation führte. Die Öffnung war zu klein für den Körper des Fuchses, aber obwohl er verzweifelt zappelte, wurde er so brutal hineingezerrt, daß seine Knochen brachen.

Im Bruchteil einer Sekunde war er verschwunden. Er wurde in die Erde hineingesaugt, noch bevor das Echo seines Todesschreis von den Felswänden widerhallte.

Die Waschbären waren verschwunden. Statt dessen erschien eine Flut von Feldmäusen auf den Steinen. Mindestens hundert von ihnen huschten zum Rand der Felsspalte und sahen hinunter.

Dann ließ sich eine nach der anderen in die Spalte fallen und schlüpfte durch die kleine natürliche Öffnung der Höhle.

Bald waren auch alle Mäuse verschwunden.

In den Wäldern über Snowfield herrschte wieder Stille.

TEIL ZWEI

Phantome

Das Böse ist kein abstrakter Begriff. Es lebt.
Es hat eine Form. Es jagt. Es ist nur allzu real.
Dr. Tom Dooley

Phantome! Jedesmal, wenn ich die Bestimmung der Menschheit auf der Welt ganz zu erfassen meine und der törichten Einbildung nachhänge, ich hätte den Sinn des Lebens erfaßt ... sehe ich plötzlich Phantome in den Schatten tanzen, geheimnisvolle Phantome bei einer Gavotte, die so deutlich wie Worte sagt: »Was du weißt, ist nichts, kleines Menschlein; was du noch lernen mußt, ist unendlich.«
Charles Dickens

1
Der Knüller

Santa Mira, Montag, 1.02 Uhr.

»Hallo?«

»Ist dort die *Santa Mira Daily News*? Die Zeitung?«

»Hören Sie, Lady, wir haben geschlossen. Es ist schon nach ein Uhr morgens.«

»Geschlossen? Ich dachte, das Büro einer Zeitung wäre immer geöffnet.«

»Hier ist nicht die *New York Times*.«

»Aber Sie drucken doch jetzt gerade die Ausgabe für morgen, oder?«

»Sie wird aber nicht hier gedruckt. In diesem Gebäude befinden sich die Verwaltung und die Redaktionsbüros. Wollten Sie die Druckerei haben?«

»Na ja … ich habe eine Story für Sie.«

»Wenn es sich um einen Nachruf oder eine Wohltätigkeitsveranstaltung handelt, dann rufen Sie morgen nach neun Uhr wieder an, und dann …«

»Nein, nein. Es geht um einen echten Knüller.«

»Um einen privaten Flohmarkt, oder?«

»Wie bitte?«

»Vergessen Sie es. Sie müssen eben morgen noch einmal anrufen.«

»Warten Sie. Hören Sie mir zu. Ich arbeite für die Telefongesellschaft.«

»Und das soll der Knüller sein?«

»Nein, aber weil ich für die Telefongesellschaft arbeite, bin ich dahintergekommen. Sind Sie der Chefredakteur?«

»Nein, ich bin dafür verantwortlich, unseren Anzeigenteil zu verkaufen.«

»Na ja ... vielleicht können Sie mir trotzdem helfen.«

»Hören Sie, Lady. Es ist Sonntagabend – nein, bereits Montagmorgen –, und ich sitze hier ganz allein in einem schäbigen, kleinen Büro und überlege verzweifelt, wie ich das Anzeigengeschäft in Gang halten kann. Ich bin müde, gereizt und ...«

»Wie schrecklich für Sie.«

»Es tut mir leid, aber Sie müssen am Vormittag noch einmal anrufen.«

»Aber in Snowfield ist etwas Schreckliches passiert. Ich weiß nicht genau, was es ist, aber es hat Tote gegeben. Vielleicht sogar sehr viele. Zumindest befinden sich eine Menge Leute in tödlicher Gefahr.«

»Meine Güte, ich muß noch müder sein, als ich dachte. Die Sache fängt an, mich gegen meinen Willen zu interessieren. Erzählen Sie mir mehr.«

»Wir mußten das Telefonnetz von Snowfield umleiten, es aus dem automatischen Wahlsystem nehmen und alle eingehenden Anrufe beschränken. Jetzt kann man nur noch zwei Nummern in der Stadt erreichen, und bei beiden Anschlüssen melden sich Männer des Sheriffs. Diese Anordnung soll dazu dienen, Snowfield abzuriegeln, bevor die Reporter herausfinden, daß dort etwas nicht stimmt.«

»Was haben Sie getrunken, Lady?«

»Ich trinke nicht.«

»Und was haben Sie geraucht?«

»Hören Sie, ich weiß noch etwas. Sie bekommen dort ständig Anrufe vom Büro des Sheriffs in Santa Mira, vom Gouverneur und von irgendeiner Militärbasis in Utah, und sie ...«

San Francisco, Montag, 1:40 Uhr.

»Hier spricht Sid Sandowicz. Kann ich Ihnen helfen?«

»Hey, Mann, ich will endlich einen Reporter vom *San Francisco Chronicle* sprechen – das sag ich den Leuten schon die ganze Zeit!«

»Ich bin Reporter hier.«

»Mann, schon dreimal hat man mich aus der Leitung geworfen. Was ist mit euch Idioten eigentlich los?«

»Nicht diesen Ton, bitte!«

»Ach, Scheiße!«

»Hör mal zu, weißt du eigentlich, wie viele Kinder wie du bei Zeitungen anrufen und unsere kostbare Zeit mit blöden Witzen vergeuden und uns weismachen wollen, sie hätten eine tolle Story auf Lager?«

»Woher wollen Sie wissen, daß ich ein Kind bin?«

»Weil du eine Stimme wie ein Zwölfjähriger hast.«

»Ich bin fünfzehn!«

»Gratuliere.«

»Scheiße!«

»Hör zu, mein Junge. Ich habe einen Sohn in deinem Alter, und deshalb höre ich dir zu – die anderen würden das nicht tun. Wenn du also wirklich etwas Interessantes zu erzählen hast, dann schieß los.«

»Also, mein Alter ist Professor in Stanford. Er ist Virologe und Epidemiologe. Wissen Sie überhaupt, was das ist, Mann?«

»Ja. Er erforscht Viren und ansteckende Krankheiten.«

»Genau. Und er hat sich bestechen lassen.«

»Was meinst du damit?«

»Er hat sich von dem verdammten Militär kaufen lassen und ist jetzt in irgend so einem Verein für biologische Kriegsführung. Angeblich dient seine Forschung nur friedlichen Zwecken, aber das ist natürlich kompletter Blödsinn. Er hat seine Seele verkauft, und jetzt haben sie ihn geholt. Die Kacke ist am Dampfen, Mann.«

»Wenn sich dein Vater wirklich bestechen lassen hat, mag das eine große Neuigkeit für dich und deine Familie sein, aber unsere Leser dürfte das kaum interessieren.«

»Wegen diesem Mist habe ich Sie auch nicht angerufen. Ich habe einen echten Knüller. Sie haben ihn heute nacht abgeholt. Mir wollten sie weismachen, er müßte geschäftlich in den Osten fliegen, aber ich habe mich nach oben geschlichen und an der Schlafzimmertür gehorcht, während er meiner Mutter alles erzählt hat. In Snowfield ist alles verseucht. Eine Riesenkatastrophe. Alle versuchen, es geheimzuhalten.«

»Snowfield? In Kalifornien?«

»Ja, ja. Mann, ich glaube, sie haben irgendeine biologische Waffe an unseren eigenen Leuten ausprobiert, und das ist in die Hose gegangen. Vielleicht war es auch ein Unfall. Auf jeden Fall ist etwas Gewaltiges passiert.«

»Wie heißt du, mein Junge?«

»Rick Bettenby. Mein Alter heißt Wilson Bettenby.«

»Stanford, nicht wahr?«

»Richtig. Gehen Sie der Sache nach?«

»Möglich, aber bevor ich mich mit den Leuten in Stanford in Verbindung setze, muß ich dir noch einige Fragen stellen.«

»Nur zu. Ich werde Ihnen alles erzählen, was ich weiß. Das muß an die große Glocke gehängt werden. Er soll dafür bezahlen, daß er sich hat bestechen lassen.«

Im Verlauf der Nacht häuften sich die undichten Stellen. In Dugway, Utah, rief ein Offizier der Armee, der es eigentlich hätte besser wissen sollen, seinen heißgeliebten kleinen Bruder in New York an und erzählte ihm die ganze Geschichte – dieser hatte gerade angefangen, bei der *Times* zu arbeiten. Ein Berater des Gouverneurs erzählte es seiner Geliebten im Bett – sie war Reporterin. Diese und andere Löcher im Damm ließen den zunächst spärlichen Informationsfluß zu einer wahren Flut anwachsen.

Um drei Uhr früh war die Telefonzentrale im Büro des Sheriffs in Santa Mira völlig überlastet, und als der Morgen dämmerte, strömten Zeitungsreporter und Fernseh- und Rundfunkjournalisten in die Stadt. Wenige Stunden später schoben sich die Autos der Presseleute und Übertragungswagen der Fernsehstationen aus Sacramento und San Francisco durch die Straßen, und vor dem Büro des Sheriffs versammelten sich Reporter und Neugierige aller Altersstufen.

Die Deputies gaben es schließlich auf, die Menschen vor der Polizeistation von der Fahrbahn fernzuhalten, da es einfach zu viele waren, um sie auf die Gehsteige zu drängen. Sie sperrten statt dessen die Straße für den Verkehr und verwandelten sie so in ein riesiges Pressezentrum. Bald tauchten einige geschäftstüchtige Kinder aus der Nachbarschaft auf und verkauften Cola, Süßigkeiten und heißen Kaffee, wobei sie sich mit einer endlos langen Schlange von Verbindungskabeln zu helfen wußten. Ihr Erfrischungsstand wurde zur Gerüchteküche, wo Reporter ihre Theorien austauschten und auf die neuesten offiziellen Nachrichten warteten.

Andere Journalisten durchstreiften Santa Mira und suchten Leute, die Freunde oder Verwandte in Snowfield hatten oder einen der dorthin beorderten Deputies gut kannten. Einige Reporter belagerten die Straßensperre an der Kreuzung, wo sich die Staatsstraße und die Snowfield Road gabelten.

Trotz dieses Trubels war noch nicht einmal die Hälfte der Presseleute eingetroffen. Viele Vertreter der Medien im Osten oder ausländischer Zeitungen waren noch unterwegs. Die Behörden gaben ihr Bestes, um die Ordnung aufrechtzuerhalten, aber das Schlimmste stand ihnen noch bevor. Am Montagnachmittag würden sie sich fühlen wie in einem Zirkus.

2
Morgen in Snowfield

Kurz nach der Morgendämmerung kamen das Funkgerät und die beiden benzinbetriebenen Generatoren bei der Straßensperre an, die die Grenze der Quarantänezone markierte. Autobahnpolizisten aus Kalifornien fuhren die zwei Kleinbusse, in denen die Geräte transportiert wurden. Sie wurden durchgelassen und stellten dann die Wagen ca. zwei Meilen weiter an der Snowfield Road ab.

Nachdem sie zur Straßensperre zurückgegangen waren, funkten die Deputies einen Lagebericht an das Hauptquartier in Santa Mira. Von dort aus wurde dann Bryce Hammond im Hilltop Inn informiert.

Tal Whitman, Frank Autry und zwei weitere Männer fuhren mit einem Streifenwagen zu den Kleinbussen und holten sie ab. Auf diese Weise wollten sie die Ausbreitung einer möglichen Seuche verhindern.

Das Funkgerät wurde in einer Ecke der Lobby im Hilltop Inn aufgestellt und durch einen Funkspruch an die Zentrale in Santa Mira überprüft. Nun waren sie auch dann nicht vollständig isoliert, wenn das Telefon nicht funktionieren sollte.

Innerhalb einer Stunde war einer der Generatoren an den Stromkreis der Straßenlampen auf der Westseite der Skyline Road angeschlossen. Der andere wurde mit der Stromversorgung im Hotel verbunden. Wenn heute nacht der Strom wieder auf mysteriöse Weise abgestellt werden sollte, würden sich die Generatoren automatisch einschalten. Es würde also nicht länger als ein oder zwei Sekunden dunkel bleiben.

Bryce war davon überzeugt, daß selbst ihr unbekannter Feind sich so schnell kein weiteres Opfer holen konnte.

Jenny Paige begann den Morgen mit einer dürftigen Katzenwäsche, auf die ein um so üppigeres Frühstück mit Eiern, Schinken, Toast und Kaffee folgte.

Dann ging sie in Begleitung von drei schwerbewaffneten Männern zu ihrem Haus, um frische Kleidung für sich und Lisa zu holen. Auch aus ihrer Praxis nahm sie einiges mit: ein Stethoskop, einen Blutdruckmesser, Zungenspatel, Watte, Gaze, Schienen, Verbandsmaterial, eine Aderpresse, Antiseptika, Einwegspritzen, Schmerzmittel, Antibiotika und weitere Instrumente und Vorräte, die sie brauchen würde, um im Notfall eine Krankenstation in einer Ecke der Lobby im Hilltop einzurichten.

In ihrem Haus war es totenstill.

Die Deputies sahen sich nervös um und betraten jeden Raum so vorsichtig, als erwarteten sie hinter der Tür ein Fallbeil.

Als Jenny in ihrer Praxis alles eingepackt hatte, klingelte das Telefon. Alle starrten es entgeistert an.

Sie wußten, daß nur zwei Apparate in der Stadt in Betrieb waren, und beide standen im Hilltop Inn.

Das Telefon klingelte wieder.

Jenny hob den Hörer ab, meldete sich aber nicht.

Stille.

Sie wartete.

Nach einer Sekunde hörte sie weit entfernt den Schrei von Möwen. Dann das Summen eines Bienenschwarms. Ein miauendes Kätzchen. Ein weinendes Kind. Wieder ein Kind, doch dieses Mal lachte es. Ein hechelnder Hund. Das Rasseln einer Klapperschlange.

Bryce hatte letzte Nacht in der Polizeistation ähnliche Geräusche gehört. Kurz darauf war die Motte gegen die Fensterscheiben geflogen. Er hatte gesagt, es habe sich um ganz normale, vertraute Tierlaute gehandelt, die ihn aber auf unerklärliche Weise trotzdem beunruhigt hätten.

Nun verstand Jenny genau, was er meinte.

Vögel zwitscherten, Frösche quakten, eine Katze schnurrte.

Aus dem Schnurren wurde ein Zischen, dann ein zorniges Fauchen, das in einen kurzen, aber entsetzlichen Schmerzensschrei überging.

Danach eine Stimme: »Ich werde deiner heißen kleinen Schwester meinen Schwanz reinschieben.«

Jenny erkannte diese Stimme. Wargle. Der Tote.

»Hörst du mich, Doc?«

Sie sagte nichts.

»Und es ist mir scheißegal, in welches Loch.« Er kicherte.

Jenny knallte den Hörer auf die Gabel.

Die Deputies sahen sie fragend an.

»Äh ... es war niemand in der Leitung«, sagte sie, entschlossen, ihnen nicht zu erzählen, was sie gehört hatte. Die Männer waren sowieso schon viel zu nervös.

Von Jennys Praxis gingen sie in Tayton's Apotheke an der Vail Lane, um sich mit weiteren Medikamenten zu versorgen: zusätzliche Schmerzmittel, ein breites Spektrum von Antibiotika, Blutgerinnungsmittel, gerinnungshemmende Mittel und alles, wovon sie dachte, sie würde es vielleicht brauchen.

Während sie einpackte, klingelte das Telefon.

Jenny stand neben dem Apparat. Sie wollte den Hörer nicht abheben, aber dann konnte sie doch nicht widerstehen.

Wieder war es in der Leitung.

Jenny wartete einen Augenblick und meldete sich dann: »Hallo?«

Wargle sagte: »Ich werde es deiner kleinen Schwester so besorgen, daß sie eine Woche lang nicht laufen kann.«

Jenny legte auf.

»Die Leitung ist tot«, erklärte sie den Deputies.

Wahrscheinlich glaubten sie ihr nicht. Sie starrten auf Jennys zitternde Hände.

Bryce saß an dem großen Schreibtisch und telefonierte mit der Zentrale in Santa Mira.

Die Nachforschungen über Timothy Flyte hatten nichts ergeben. Flyte wurde weder in den Vereinigten Staaten noch in Kanada polizeilich gesucht. Das FBI hatte noch nie etwas von ihm gehört. Der Name auf dem Badezimmerspiegel im Candleglow Inn blieb also ein Rätsel.

Über den vermißten Harold Ordnay und seine Frau, in dessen Zimmer Timothys Name entdeckt worden war, hatte die Polizei in San Francisco einiges herausfinden können. Den Ordnays gehörten zwei Buchläden, ein normales Geschäft und ein Antiquariat, wo seltene Exemplare angeboten wurden. Der zweite Laden brachte offenbar mehr Geld ein. Das Ehepaar war in Sammlerkreisen recht bekannt und hatte einen guten Ruf. Ihre Verwandten berichteten, daß Harold und Blanche für vier Tage nach Snowfield gereist waren, um ihren einunddreißigsten Hochzeitstag zu feiern. Keiner der Familienangehörigen hatte jemals etwas von einem Timothy Flyte gehört. Die Polizisten hatten die Erlaubnis bekommen, das private Adreßbuch einzusehen, konnten aber keinen Eintrag unter dem Namen Flyte finden.

Es war der Polizei noch nicht gelungen, Kontakt mit den Angestellten aufzunehmen – das würde hoffentlich um zehn Uhr morgens klappen, wenn die Läden aufgesperrt wurden. Nun bestand nur noch die Hoffnung, daß Flyte geschäftlich mit den Ordnays zu tun hatte und daher den Angestellten bekannt war.

»Halten Sie mich auf dem laufenden«, bat Bryce den Beamten, der in Santa Mira die Frühschicht übernommen hatte. »Wie sieht's denn bei euch aus?«

»Hier ist die Hölle los.«

»Das wird noch schlimmer werden.«

Als Bryce den Hörer auflegte, kam Jenny Paige von ihrem Ausflug zurück und brachte ihre medizinische Ausrüstung mit.

»Wo ist Lisa?«

»In der Küche«, erwiderte Bryce.

»Geht es ihr gut?«

»Natürlich. Drei große, starke, schwerbewaffnete Männer sind bei ihr. Wieso? Ist etwas passiert?«

»Das erzähle ich Ihnen später.«

Bryce teilte den drei Männern, die Jenny bewacht hatten, neue Aufgaben zu und half ihr dann, in einer Ecke der Lobby eine Krankenstation einzurichten.

»Wahrscheinlich ist das hier nur Zeitverschwendung«, meinte sie.

»Warum?«

»Bis jetzt wurde niemand verwundet, sondern sofort getötet. Ich glaube, es schlägt nur zu, wenn es jemanden umbringen will. Mit halben Sachen gibt es sich nicht zufrieden.«

»Vielleicht. Aber bei all den schwerbewaffneten, nervösen Männern hier würde es mich nicht überraschen, wenn jemand versehentlich einen anderen verwunden oder sich selbst in den Fuß schießen würde.«

Jenny räumte die Medikamente in eine Schublade. »Das Telefon läutete zuerst in meinem Haus und dann auch in der Apotheke. Es war Wargle.« Sie erzählte ihm von den beiden Anrufen.

»Sind Sie sicher, daß es wirklich er war?«

»Ich erinnere mich sehr gut an seine Stimme. Sie klang unangenehm.«

»Aber Jenny, er war ...«

»Ja, ich weiß. Sein Gesicht war weggefressen, sein Gehirn verschwunden und sein Blut ausgesaugt. Ich weiß das, und es macht mich beinahe wahnsinnig, wenn ich darüber nachdenke.«

»Hat ihn möglicherweise jemand imitiert?«

»Unmöglich. Das war eindeutig seine Stimme. Er drückte sich genauso obszön aus, wie er das als Lebender getan hat.«

»Hat es geklungen, als wäre er ...«

Bryce brach mitten im Satz ab, und er und Jenny drehten sich um, als Lisa hereingerannt kam.

Das Mädchen winkte ihnen aufgeregt zu. »Kommt schnell! In der Küche geschieht etwas Unheimliches.«

Bevor Bryce Lisa aufhalten konnte, rannte sie bereits zurück in die Küche.

Einige Männer zogen ihre Waffen und wollten ihr nachlaufen, aber Bryce hielt sie zurück. »Bleibt hier auf eurem Posten!«

Jenny war ihrer Schwester bereits hastig gefolgt.

Bryce eilte in den Speisesaal, überholte Jenny und lief mit gezogener Pistole hinter Lisa her durch die Schwingtür in die Hotelküche.

Die drei Männer, die für die Küche eingeteilt waren – Gordy Brogan, Henry Wong und Max Dunbar –, hatten bereits Dosenöffner und andere Küchengeräte gegen ihre Waffen eingetauscht, wußten aber nicht, worauf sie zielen sollten. Sie sahen Bryce beunruhigt und verwirrt an.

»Wir tanzen um den Maulbeerbaum,
um den Maulbeerbaum, um den Maulbeerbaum.«

Der Gesang eines Kindes erfüllte den Raum. Die Stimme des kleinen Jungen war klar, hell und süß.

»Wir tanzen um den Maulbeerbaum,
so früh am Mo-horgen!«

»Der Abfluß«, sagte Lisa und deutete darauf.

Völlig verblüfft ging Bryce zu dem ersten der drei Spülbecken. Jenny folgte ihm.

Jetzt erklang ein anderes Lied, aber die Stimme blieb gleich.

»This old man, he plays one;
he plays nick-nack on my drum.
With an nick-nack, paddywack,
give a dog a bone –«

Die Stimme des kleinen Jungen kam direkt aus dem Abfluß, als sei er tief unten in den Rohren gefangen.

»– this old man goes rolling home.«

Einige Sekunden lang lauschte Bryce gebannt. Er war sprachlos und warf Jenny einen Blick zu. Sie starrte ihn mit dem gleichen verblüfften Gesichtsausdruck an, den er bei den Männern bemerkt hatte, als er durch die Schwingtür gelaufen war.

»Es hat ganz plötzlich angefangen.« Lisa hob die Stimme, um den Gesang zu übertönen.

»Wann?« fragte Bryce.

»Vor einigen Minuten«, antwortete Gordy Brogan.

»Ich stand gerade am Spülbecken«, sagte Max Dunbar. Er war stämmig, behaart und wirkte rauh, doch in seinen warmen braunen Augen lag ein schüchterner Ausdruck. »Als der Gesang losging, bin ich vor Schreck mindestens einen halben Meter in die Höhe gesprungen!«

Wieder änderte sich das Lied. Jetzt klang die Stimme nicht mehr süß, sondern eine unangenehme, spöttische Frömmigkeit lag darin.

*»Jesus wird mich immer lieben,
so steht es in der Bibel geschrieben.«*

»Das gefällt mir nicht«, sagte Henry Wong. »Wie ist das nur möglich?«

*»Die Kinder fühlen sich zu ihm hingezogen.
Sie sind schwach, aber Er ist stark.«*

Der Gesang war nicht eigentlich bedrohlich, aber wie die Geräusche, die Bryce und Jenny am Telefon gehört hatten, war die zarte Kinderstimme, die aus einer so unfaßbaren Quelle emporstieg, unheimlich und beunruhigend.

*»Ja, Jesus liebt mich.
Ja, Jesus liebt mich.
Ja, Jesus ...«*

Abrupt brach der Gesang ab.

»Gott sei Dank«, seufzte Max Dunbar erleichtert, als sei die melodische Kinderstimme unerträglich krächzend und mißtönend gewesen. »Die Stimme ging mir durch Mark und Bein!«

Einige Sekunden lang herrschte Schweigen, dann beugte Bryce sich über das Spülbecken und sah in den Abfluß.

Jenny wollte ihn davon abhalten, doch in diesem Moment schoß etwas aus dem runden dunklen Loch.

Alle schrien auf. Lisa kreischte, und Bryce taumelte überrascht und erschrocken zurück. Er fluchte innerlich über seine Unvorsichtigkeit und zielte mit seiner Pistole auf das, was da aus dem Rohr herauskam.

Es war jedoch nur Wasser.

Ein langer, harter Strahl von außerordentlich schmutzigem, fettigem Wasser schoß beinahe bis zur Decke und sprühte in alle Richtungen. Der Ausbruch dauerte nicht länger als ein oder zwei Sekunden.

Einige übelriechende Tropfen spritzten Bryce ins Gesicht. Dunkle Flecken erschienen auf seinem Hemd. Das Zeug stank. Es war genau das, was man in einer verstopften Leitung erwarten würde: braunes Schmutzwasser, klebrige, schlammige Klumpen und die schmierigen Essensreste vom Frühstück, die durch den Abfluß hinuntergespült worden waren.

Gordy holte eine Rolle Papierhandtücher, und sie wischten sich alle die Gesichter und die Kleidung damit ab.

Sie waren noch damit beschäftigt und warteten gleichzeitig angespannt darauf, ob der Gesang noch einmal beginnen würde, als Tal Whitman die Schwingtür aufstieß.

»Bryce, wir haben gerade einen Anruf bekommen. General Copperfield und sein Team haben vor wenigen Minuten die Straßensperre passiert.«

3
Der Krisenstab

Snowfield wirkte in dem kristallklaren Licht des frühen Morgens friedlich und wie frisch geschrubbt. Eine leichte Brise fuhr durch die Bäume. Der Himmel war wolkenlos.

Bryce, Frank, Doc Paige und einige der anderen verließen das Hotel. Tal blinzelte hinauf in die Sonne und fühlte sich plötzlich an seine Kindheit in Harlem erinnert. Am Ende des Häuserblocks, in dem er mit Tante Becky wohnte, lag Boaz's Zeitungskiosk, wo er sich oft für ein paar Pennies Süßigkeiten kaufte. Am liebsten mochte er Zitronendrops – noch nie zuvor hatte er ein so faszinierendes Gelb gesehen. Und jetzt an diesem Morgen stellte er fest, daß die Sonne genau diesen Gelbton hatte – sie sah aus wie ein riesiges Zitronenbonbon und rief ihm den Anblick, die Geräusche und Gerüche des Kiosks mit überraschender Klarheit ins Gedächtnis zurück.

Lisa trat neben Tal. Sie blieben alle auf dem Gehsteig stehen, sahen den Berg hinunter und warteten auf die Ankunft der B-und C-Verteidigungseinheit.

Am Fuß des Hügels rührte sich nichts. In den Bergen war alles ruhig. Offensichtlich war Copperfields Team noch in weiter Entfernung.

Tal ließ sich von der zitronenfarbenen Sonne bescheinen und fragte sich, ob es Boaz's Kiosk an dieser Stelle wohl noch gab. Wahrscheinlich war inzwischen daraus einer der vielen leerstehenden Läden geworden, schmutzig und mutwillig zerstört. Oder dort wurden Zeitschriften, Tabakwaren und Süßigkeiten nur als Tarnung für Rauschgifthandel verkauft.

Als er älter wurde, hatte er immer deutlicher die Tendenz zur Degeneration gesehen. Gepflegte Viertel in der Nachbarschaft wurden schäbig, die bereits heruntergekommenen wirkten noch abgerissener und wurden schließlich zu Slums. Geordnete Zustände verwandelten sich in Chaos. Das konnte man heutzutage überall beobachten. Es gab mehr Morde als letztes Jahr. Die Zahl der Rauschgiftsüchtigen stieg ständig. Tätliche Angriffe, Vergewaltigungen und Einbrüche nahmen zu. Tal betrachtete die Zukunft der Menschheit nur deshalb nicht pessimistisch, weil er fest davon überzeugt war, daß anständige Leute – Menschen wie Bryce, Frank, Doc Paige und seine Tante Becky – diese negative Entwicklung aufhalten und sogar hin und wieder umkehren konnten.

In Snowfield wurde sein Glaube an die Kraft und das Verantwortungsbewußtsein dieser guten Menschen jedoch auf eine harte Probe gestellt. Hier schien das Böse unbesiegbar zu sein.

»Hört mal!« sagte Gordy Brogan. »Motorengeräusche!«

Tal sah Bryce an. »Ich dachte, sie würden erst gegen Mittag eintreffen. Sie kommen drei Stunden früher.«

»Sie wollten spätestens mittags hier sein«, erwiderte Bryce. »Copperfield wollte versuchen, es eher zu schaffen. Nach meiner Unterhaltung mit ihm habe ich den Eindruck, daß er ein harter Bursche ist und von seinen Leuten gewöhnlich genau das bekommt, was er will.«

»Genau wie Sie, nicht wahr?« fragte Tal.

Bryce sah ihn mit schweren Augenlidern scheinbar schläfrig an. »Ich? Ein harter Kerl? Ich bin doch so sanft wie ein Kätzchen.«

Tal grinste. »Ja, genau wie ein Panther.«

»Da kommen sie!«

Am unteren Ende der Skyline Road tauchte ein großes Fahrzeug auf und quälte sich den Berg herauf. Das Brummen des Motors wurde lauter.

Das Team bestand aus drei großen Fahrzeugen. Jenny beobachtete, wie sie langsam auf der steilen Straße in Richtung des Hotels herankrochen.

Der Zug wurde von einem schimmernden weißen Wohnmobil angeführt, das offensichtlich umgebaut worden war und schwerfällig über die Straße rumpelte. Es war etwa elf Meter lang, sehr breit und hatte an den Seiten weder Türen noch Fenster. Der einzige Eingang befand sich an der Rückseite. Die gewölbte Windschutzscheibe war so dunkel getönt, daß man nicht in das Innere sehen konnte, und bestand anscheinend aus viel dickerem Glas als bei gewöhnlichen Wohnmobilen. Das Fahrzeug trug keinerlei Beschriftung oder Wappen – nichts wies darauf hin, daß es Eigentum der Armee war. Das Nummernschild wies es als Privatfahrzeug aus Kalifornien aus. Allem Anschein nach war Anonymität während des Transports ein Teil von Copperfields Plan.

Hinter dem ersten Wohnmobil folgte ein zweites, und die Nachhut bildete ein unbeschrifteter Lkw, der einen schlichten grauen Anhänger zog. Sogar die Windschutzscheiben des Lkw waren aus getöntem Panzerglas.

Bryce war sich nicht sicher, ob der Fahrer des ersten Fahrzeugs sie bemerkt hatte, stellte sich auf die Straße und winkte mit hocherhobenen Armen.

Die Wohnwagen und der Lkw waren offensichtlich schwer beladen, denn die Motoren heulten auf, als sich die Fahrzeuge mühsam mit weniger als zehn Stundenkilometern den Berg heraufquälten. Endlich erreichten sie das Hilltop, fuhren aber weiter, bogen an der Ecke nach rechts ab und hielten erst in der Querstraße neben dem Hotel an.

Jenny, Bryce und die anderen folgten dem Konvoi und sahen zu, wie die Fahrzeuge einparkten. Alle Straßen in Snowfield, die von Ost nach West führten, erstreckten sich über die abgeflachte obere Ebene der Berge. Deshalb war es leichter und sicherer, die drei Fahrzeuge dort zu parken statt an der steilen Skyline Road.

Jenny stand auf dem Gehsteig, beobachtete die hintere Tür des ersten Wohnmobils und wartete darauf, daß jemand ausstieg.

Die drei überhitzten Motoren wurden nacheinander abgestellt, und wieder herrschte bleierne Stille.

Jennys Stimmung war so gut wie noch nie seit ihrer Ankunft in Snowfield am gestrigen Abend. Die Spezialisten waren eingetroffen. Wie die meisten Amerikaner hatte sie großes Vertrauen zu Spezialisten, zu Technologie und Naturwissenschaften. Wahrscheinlich war ihr Glaube daran besonders ausgeprägt, da sie selbst eine Spezialistin in Naturwissenschaften war. Jetzt würden sie bald herausfinden, was Hilda Beck, die Liebermanns und all die anderen das Leben gekostet hatte. Fachleute kümmerten sich nun darum. Endlich war die Kavallerie da.

Zuerst öffnete sich die Tür des Lkw, und einige Männer sprangen heraus. Sie waren mit ihrer Bekleidung auf eine verseuchte Atmosphäre vorbereitet und trugen die weißen, luftdichten Plastikanzüge mit den übergroßen Sichtschirmen an den Helmen, die für die NASA entwickelt worden waren.

Jeder Mann trug eine Sauerstoffflasche sowie eine Abfallbereinigungsanlage in der Größe einer Aktentasche auf dem Rücken.

Eigenartigerweise fühlte Jenny sich nicht unmittelbar an Astronauten erinnert, die Männer kamen ihr eher vor wie Anhänger einer fremden Religion in weißen Priestergewändern.

Sechs Männer waren bereits geschickt aus dem Lkw geklettert. Es stiegen noch mehr aus, bis Jenny auffiel, daß sie alle schwer bewaffnet waren. Sie stellten sich auf beiden Seiten des Lkw auf und bezogen so Stellung zwischen ihren Fahrzeugen und den Zuschauern auf dem Gehsteig. Das waren keine Wissenschaftler, sondern die Mitglieder der Begleittruppe. Auf den Helmen über den Sichtschirmen waren ihre Namen eingraviert: SGT. HARKER, PVT. FODOR,

PVT. PASCALLI, LT. UNDERHILL. Sie hoben ihre Waffen und sicherten den Bereich hinter sich mit einer Entschlossenheit, die keine Einmischung duldete.

Schockiert und verwirrt starrte Jenny in den Lauf einer Maschinenpistole.

Bryce ging einen Schritt auf die Truppe zu. »Was, zum Teufel, soll das bedeuten?«

Sergeant Harker, der Bryce am nächsten stand, richtete seine Waffe nach oben und feuerte einige Warnschüsse ab.

Bryce blieb abrupt stehen, und Tal und Frank griffen automatisch nach ihren Waffen.

»Nein!« rief Bryce. »Um Himmels willen! Nicht schießen! Wir stehen doch auf derselben Seite.«

Einer der Soldaten, Lieutenant Underhill, meldete sich mit blecherner Stimme über einen kleinen Lautsprecher, der sich in einem kleinen Kasten auf seiner Brust befand. »Bitte treten Sie von unseren Fahrzeugen zurück. Unsere oberste Pflicht ist es, die Labors zu schützen. Wir werden alles tun, um ihre Unversehrtheit zu erhalten.«

»Verdammt noch mal!« rief Bryce. »Wir wollen Ihnen doch keinen Ärger machen. Schließlich habe ich selbst Sie ja hergerufen.«

»Bleiben Sie zurück«, forderte Underhill.

Endlich öffnete sich die Tür des vordersten Wohnmobils. Die vier Personen, die ausstiegen, waren ebenfalls mit luftdichten Anzügen bekleidet, aber keine Soldaten. Sie bewegten sich langsam und trugen keine Waffen. Eine von ihnen war eine Frau. Jenny konnte einen kurzen Blick auf ihr auffallend hübsches orientalisches Gesicht werfen. Den Namen auf ihren Helmen war keine Dienstgradbezeichnung vorangestellt: BETTENBY, VALDEZ, NIVEN, YAMAGUCHI. Das waren Zivilisten – Wissenschaftler und Ärzte, die ihr Privatleben in Los Angeles, San Francisco, Seattle oder anderen Städten im Westen für einige Zeit aufgaben, wenn eine Krisensituation entstand, bei der man den Einsatz von chemischen oder biologischen Waffen vermutete. Diese Teams, die Copperfield zur Verfügung standen, gab es nach Bryces Informationen im Westen und im Osten des Landes sowie auch in den Golfstaaten.

Aus dem zweiten Wohnmobil stiegen sechs Männer. GOLDSTEIN, ROBERTS, COPPERFIELD, HOUK. Die letzten beiden trugen keine Namensschilder auf ihren Anzügen oder Helmen. Sie schlossen sich Bettenby, Valdez, Niven und Yamaguchi an und stellten sich hinter die bewaffneten Soldaten.

Die zehn Leute besprachen sich kurz über Sprechfunk. Jenny sah, wie ihre Lippen sich hinter den Plexiglasscheiben bewegten, doch aus den Lautsprechern auf ihrer Brust kam kein Laut. Anscheinend hatten sie die Möglichkeit, sich mit diesen Geräten auch zu verständigen, ohne von anderen gehört zu werden. Im Augenblick wollten sie ihr Gespräch offenbar geheimhalten.

Aber warum? fragte sich Jenny. Sie haben doch nichts vor uns zu verbergen. Oder doch?

General Copperfield, der größte der zwanzig Personen, wandte sich von der Gruppe am ersten Wohnmobil ab, trat auf den Gehsteig und ging auf Bryce zu.

Bevor Copperfield die Initiative ergreifen konnte, trat Bryce rasch vor. »General, ich verlange eine Erklärung dafür, warum wir mit Waffen bedroht werden.«

»Das tut mir leid.« Copperfield drehte sich zu den Soldaten um, die mit versteinerten Mienen strammstanden. »Alles klar, Männer«, sagte er. »Kein Grund zur Beunruhigung. Rührt euch.«

Wegen der Sauerstoffflaschen konnten die Soldaten nicht die klassische Position einnehmen, aber sie hoben sofort mit der flüssigen Harmonie eines perfekt ausgebildeten Teams ihre Maschinenpistolen von den Schultern, spreizten die Beine exakt 70 cm breit, legten die Arme an die Seiten, blickten geradeaus und blieben unbeweglich stehen.

Bryce hatte recht gehabt, als er Tal sagte, Copperfield scheine ein strenger Zuchtmeister zu sein. Jenny war davon überzeugt, daß es in der Einheit des Generals keinerlei Probleme mit der Disziplin gab.

Copperfield drehte sich wieder zu Bryce um und lächelte ihm durch seine Sichtscheibe zu. »Besser so?« fragte er.

»Ja«, erwiderte Bryce. »Trotzdem erwarte ich eine Erklärung.«

»Das ist Standard«, erklärte Copperfield. »Die übliche Prozedur. Wir haben nichts gegen Sie oder Ihre Leute, Sheriff. Sie sind doch Sheriff Bryce Hammond, oder? Wir lernten uns letztes Jahr auf der Konferenz in Chicago kennen.«

»Ja, Sir. Aber Sie haben mir immer noch keine ausreichende Erklärung gegeben. Übliche Prozedur? Das reicht mir nicht.«

»Es besteht kein Grund dafür, mich anzuschreien.« Copperfield klopfte mit einer behandschuhten Hand auf das Kästchen an seiner Brust. »Dieses Ding ist nicht nur ein Lautsprecher, hier ist auch ein äußerst empfindliches Mikrofon eingebaut. Wenn wir uns an einen Ort begeben, der biologisch oder chemisch verseucht sein könnte, müssen wir damit rechnen, möglicherweise von einer Menge kranker oder sterbender Menschen überwältigt zu werden. Wir sind ein Forscherteam und nicht dafür ausgerüstet, Krankheiten zu heilen oder auch nur zu lindern. Es geht nur um den pathologischen Befund, nicht um die Behandlung. Unsere Aufgabe besteht darin, alles über die Art der Verseuchung herauszufinden, damit wir dann Mediziner holen können, die sich mit entsprechender Ausrüstung um die Überlebenden kümmern. Sterbende und verzweifelte Menschen verstehen aber vielleicht nicht, daß *wir* sie nicht behandeln können – sie könnten aus Zorn und Erbitterung die Labors angreifen.«

»Und aus Angst«, sagte Tal Whitman.

»Genau«, bestätigte der General, ohne die Ironie wahrzunehmen. »Unsere psychologischen Untersuchungen, in denen wir eine solche Belastung simulieren, deuten darauf hin, daß das durchaus möglich ist.«

»Und wenn kranke oder sterbende Menschen Sie bei Ihrer Arbeit behinderten, würden Sie sie dann töten?« fragte Jenny.

Copperfield drehte sich zu ihr um. Sonnenstrahlen fielen auf sein Visier und verwandelten es in einen Spiegel. Einen Augenblick lang konnte Jenny ihn nicht sehen, doch dann bewegte er sich, und sie konnte einen Blick auf den Teil seines Gesichts werfen, der von dem Sichtschirm des Helms umrahmt wurde. Allerdings gelang es ihr nicht festzustellen, wie er wirklich aussah.

»Ich nehme an, Sie sind Dr. Paige.«

»Ja.«

»Nun, wenn Terroristen oder Agenten einer feindlichen Macht einen Akt biologischer Kriegsführung gegen eine amerikanische Siedlung begehen würden, wäre es die Aufgabe meines Teams, die Mikroben zu isolieren, zu analysieren und mögliche Gegenmaßnahmen vorzuschlagen. Damit tragen wir große Verantwortung. Würden wir es zulassen, daß uns irgend jemand – möglicherweise die leidenden Opfer – davon abhalten wollte, so würde sich dadurch die Gefahr einer Ausbreitung enorm vergrößern.«

»Sie würden also kranke und sterbende Menschen töten, wenn sie Ihre Arbeit stören würden?« fragte Jenny noch einmal.

»Ja«, erwiderte er nüchtern. »Auch anständige Menschen müssen hin und wieder das geringere Übel wählen.«

Jenny sah sich um. Snowfield wirkte im Schein der Morgensonne ebenso wie in der Dunkelheit der Nacht wie ein Friedhof. General Copperfield hatte recht. Alles, was er zum Schutz seines Teams unternahm, war das geringere Übel im Vergleich zu dem, was dieser Stadt bereits angetan worden war – und dem, was immer noch geschah.

Sie wußte selbst nicht genau, warum sie sich so gereizt verhalten hatte. Wahrscheinlich, weil sie Copperfield und seine Leute als Retter betrachtet hatte, mit deren Ankunft alle Probleme gelöst und alle Fragen beantwortet wären. Als sie dann feststellen mußte, daß das nicht möglich war, und sie sogar noch mit Schußwaffen bedroht wurde, hatte dies das Ende ihres Traums bedeutet. Sie hatte irrational reagiert und dem General dafür die Schuld gegeben.

Das sah ihr gar nicht ähnlich. Ihre Nerven mußten stärker angegriffen sein, als sie gedacht hatte.

Bryce begann, dem General seine Männer vorzustellen, doch Copperfield unterbrach ihn. »Ich möchte nicht unhöflich sein, Sheriff, aber für Vorstellungen haben wir keine Zeit. Später. Jetzt will ich mir erst einmal alles ansehen, wovon Sie mir gestern am Telefon berichtet haben, und dann möchte ich sofort mit der Autopsie beginnen.«

Er will nicht, daß ihm die Männer vorgestellt werden, weil es keinen Sinn hat, Freundschaft mit Menschen zu schließen, die sowieso zum Tode verurteilt sind, dachte Jenny. Sollte sich herausstellen, daß es sich um eine Erkrankung des Gehirns handelt und wir in den nächsten Stunden die ersten Symptome zeigen, durchdrehen und seine Labors angreifen, wird es leichter für ihn sein, uns erschießen zu lassen, wenn er uns nicht kennt.

Hör auf damit! befahl sie sich wütend. Sie sah Lisa an und dachte: Meine Güte, wenn ich schon ein Nervenbündel bin, wie muß es dir dann erst gehen, Kleines. Aber du hältst dich genauso tapfer wie alle anderen. Ich bin froh, eine solche Schwester zu haben.

Bryce wandte sich an Copperfield. »Bevor wir Sie herumführen, sollten Sie von dem Ding erfahren, das wir gestern gesehen haben, und was dann mit …«

»Nein, nein«, unterbrach Copperfield ihn ungeduldig. »Ich möchte Schritt für Schritt vorgehen und alles in der Reihenfolge sehen, wie Sie es vorgefunden haben. Wir haben später noch viel Zeit, um darüber zu sprechen, was in der vergangenen Nacht geschehen ist. Gehen wir.«

»Aber es sieht allmählich so aus, als könne unmöglich eine Seuche diese Stadt ausgelöscht haben«, protestierte Bryce.

»Meine Leute sind hier, um zu prüfen, ob es sich um biologische oder chemische Waffen handeln könnte«, erwiderte der General. »Das werden wir also zuerst erledigen. Danach können wir andere Möglichkeiten in Betracht ziehen. Auch das gehört zum Standard unserer Operationen, Sheriff.«

Bryce schickte den größten Teil seiner Leute in das Hilltop Inn zurück und behielt nur Tal und Frank bei sich.

Jenny nahm Lisa an der Hand und machte sich ebenfalls auf den Weg ins Hotel.

»Doktor! Warten Sie einen Moment!« rief Copperfield ihr nach. »Ich möchte, daß Sie uns begleiten. Sie sind Ärztin und haben die Leichen bereits gesehen. Wenn sich ihr Zustand verändert hat, wird es Ihnen wahrscheinlich sofort auffallen.«

Jenny sah Lisa an. »Möchtest du mitkommen?«

»Noch einmal in die Bäckerei? Nein, danke.« Das Mädchen schüttelte sich.

Jenny dachte an die unheimliche und doch süße Kinderstimme, die aus dem Abfluß gekommen war. »Geh nicht in die Küche«, sagte sie. »Und wenn du zur Toilette mußt, bitte jemanden, dich zu begleiten.«

»Aber Jenny, das sind doch Männer!«

»Das ist mir egal. Bitte Gordy darum. Er kann mit dem Rücken zur Tür auf dich warten.«

»Meine Güte, das wäre mir furchtbar peinlich.«

»Willst du vielleicht lieber noch einmal allein in diese Toilette gehen?«

Das Mädchen wurde blaß. »Nein, niemals.«

»Gut. Bleib bei den anderen. Halte dich in ihrer Nähe auf – das heißt, nicht nur im gleichen Raum, sondern direkt neben ihnen. Versprichst du mir das?«

»Versprochen.«

Jenny dachte an die beiden Anrufe von Wargle, die sie heute morgen erhalten hatte, und an die obszönen Drohungen, die er ausgestoßen hatte. Obwohl sie von einem Toten gekommen waren und damit eigentlich bedeutungslos sein sollten, hatte Jenny Angst.

»Gib du auch acht auf dich«, bat Lisa.

Jenny küßte das Mädchen auf die Wange. »Jetzt beeil dich, sonst holst du Gordy nicht mehr ein, bevor er um die Ecke biegt.«

Lisa rannte los und rief: »Gordy! Warten Sie auf mich!«

Der große junge Deputy blieb an der Ecke stehen und sah sich um.

Jenny beobachtete, wie ihre Schwester über den gepflasterten Gehsteig lief, und spürte, wie sich ihr Herz zusammenzog.

Was ist, wenn sie bei meiner Rückkehr verschwunden ist? Wenn ich sie nie mehr lebend wiedersehe?

4
Eisiger Schrecken

Die Bäckerei der Liebermanns.

Bryce, Tal, Frank und Jenny gingen in die Backstube. General Copperfield folgte ihnen mit den neun Wissenschaftlern seines Teams. Vier Soldaten mit Maschinenpistolen im Anschlag bildeten die Nachhut.

Die Backstube war überfüllt, und Bryce fühlte sich unwohl. Was wäre, wenn sie in diesem Gedränge angegriffen würden und alle gleichzeitig fliehen müßten?

Die beiden Köpfe starrten immer noch in der gleichen Lage aus dem Sichtglas des Backofens. Auf der Arbeitsfläche lag das Nudelholz, nach wie vor im Griff der abgetrennten Hände.

Niven, einer der Männer des Generals, fotografierte die Küche aus verschiedenen Blickwinkeln und machte dann ein Dutzend Aufnahmen von den Köpfen und den Händen.

Die anderen wichen immer wieder aus, um Niven nicht zu behindern. Die Fotografien mußten gemacht werden, bevor die medizinischen Untersuchungen beginnen konnten. Diese Routine wurde auch von Polizisten am Tatort eines Verbrechens eingehalten.

Die Raumanzüge der Wissenschaftler knarrten bei jeder Bewegung, und ihre schweren Stiefel scharrten laut auf dem gekachelten Boden.

»Glauben Sie immer noch, das wäre nur ein einfach zu klärender Fall von B- und C-Waffen-Einsatz?« fragte Bryce Copperfield.

»Schon möglich.«

»Wirklich?«

»Phil, Sie sind doch hier der Spezialist für Nervengas«, sagte Copperfield. »Denken Sie, was ich denke?«

»Es ist noch zu früh für eine definitive Aussage«, antwortete der Mann, dessen Helm ein Namensschild mit der Aufschrift ›HOUK‹ trug. »Wir könnten es aber hier durchaus mit einem neuroleptischen Toxin zu tun haben. Einige Anzeichen – vor allem die extreme psychopathische Gewalttätigkeit – sprechen für T-139.«

»Das ist eine Möglichkeit«, meinte Copperfield. »Ich habe auch schon daran gedacht, als wir hereinkamen.«

Während Niven weiter Bilder machte, fragte Bryce: »Was ist dieses T-139?«

»Eines der wichtigsten Nervengase im Arsenal der Russen«, erklärte der General. »Es heißt eigentlich Timoshenko-139 und ist benannt nach Ilya Timoshenko, dem Wissenschaftler, der es entwickelt hat.«

»Eine wunderbare Art, sich unvergessen zu machen«, sagte Tal sarkastisch.

»Die meisten Nervengase verursachen innerhalb von dreißig Sekunden bis fünf Minuten nach Hautkontakt den Tod«, sagte Houk. »Aber T-139 ist nicht so human.«

»Human!« rief Frank Autry entsetzt.

»T-139 tötet Menschen nicht nur«, erklärte Houk. »Das wäre vergleichsweise human. T-139 wird von Militärstrategen als Demoralisierungsmittel bezeichnet.«

»Es dringt innerhalb von zehn oder noch weniger Sekunden durch die Haut in den Blutkreislauf, wandert dann ins Gehirn und verursacht dort im Gewebe sofort irreparable Schäden«, sagte Copperfield.

»Das Opfer behält für vier bis sechs Stunden seine volle Kraft und ist körperlich nicht beeinträchtigt, aber sein Gehirn wird geschädigt«, fügte Houk hinzu.

»Paranoide Demenz«, sagte Copperfield. »Verwirrung, Angst und Wut stellen sich ein. Der Mensch hat seine Gefühle nicht mehr unter Kontrolle und glaubt, die ganze Welt habe sich gegen ihn verschworen. Damit ist ein unbezähmbarer Zwang verbunden, gewalttätig zu werden. T-139 verwandelt die Menschen also für vier bis sechs Stunden in hirnlose Killermaschinen, Sheriff. Sie fallen übereinander her und greifen auch Leute an, die das Gas nicht eingeatmet haben. Sie verstehen wohl jetzt, welche demoralisierenden Auswirkungen das haben kann.«

»Allerdings«, sagte Bryce. »Dr. Paige hat gestern abend so etwas bereits in Betracht gezogen. Sie dachte an eine Art von Tollwut, die einige Leute umbringt und andere zu geistesgestörten Mördern macht.«

»T-139 ist keine Krankheit«, erwiderte Houk rasch. »Es handelt sich um ein Nervengas. Hätte ich die Wahl, würde ich einen Angriff mit Nervengas vorziehen. Sobald sich das Gas ausgebreitet hat, ist die Gefahr eigentlich vorbei. Ein biologisches Kampfmittel ist wesentlich schwerer zu bekämpfen.«

»Wenn es sich tatsächlich um ein Gas handelt, ist es längst verflogen, aber wir werden überall noch Spuren davon finden. Wir können die kondensierten Überreste sehr schnell analysieren«, erklärte Copperfield.

Sie wichen alle an die Wand zurück, um Niven mit der Kamera Platz zu machen.

»Dr. Houk, Sie sagten, die erste Wirkungsphase bei T-139 dauert vier bis sechs Stunden. Was geschieht dann?« fragte Jenny.

»Die zweite Phase endet mit dem Tod«, erwiderte Houk. »Sie dauert sechs bis zwölf Stunden, beginnt mit nervlich bedingten motorischen Störungen und eskaliert bis zur Lähmung der kardiovaskulären, vasomotorischen und respiratorischen Reflexzentren im Gehirn.«

»Meine Güte«, sagte Jenny.

»Können Sie uns Laien das erklären?« bat Frank.

»Das bedeutet, daß das T-139 in der zweiten Phase über einen Zeitraum von sechs bis zwölf Stunden allmählich dem Gehirn die Fähigkeit raubt, die automatischen Funktionen des Körpers – also Atmung, Herzschlag, Erweiterung der Blutgefäße, Organfunktionen – zu kontrollieren. Das Opfer leidet an unregelmäßigem Herzschlag und starken Atembeschwerden. Nach und nach versagen alle Drüsen und Organe. Zwölf Stunden mögen ein relativ kurzer Zeitraum sein, aber dem Opfer erscheint er wie eine Ewigkeit. Es kommt zu Erbrechen, Durchfall, unkontrolliertem Urinieren und pausenlosen, schmerzhaften Muskelkrämpfen ... und wenn nur die motorischen Nerven geschädigt sind, der Rest des Nervensystems aber intakt bleibt, leidet das Opfer ununterbrochen an heftigen Schmerzen.«

»Sechs bis zwölf Stunden Höllenqualen«, bestätigte Copperfield.

»Bis der Herzschlag aussetzt oder das Opfer einfach aufhört zu atmen und erstickt«, fügte Houk hinzu.

Niemand sagte ein Wort, bis Niven seine letzten Bilder geschossen hatte.

»Ich glaube immer noch nicht, daß wir es hier mit einem Nervengas zu tun haben«, sagte Jenny schließlich. »Nicht einmal dieses T-139 könnte die Enthauptungen erklären. Außerdem hat keines der Opfer sich übergeben oder Anzeichen von Inkontinenz gezeigt.«

»Nun, wir könnten es hier mit einer anderen Form von T-139 zu tun haben, die diese Symptome nicht hervorruft. Oder mit einem anderen Gas.«

»Kein Gas könnte die Motte erklären«, meinte Tal Whitman.

»Oder das, was Stu Wargle zugestoßen ist.«

»Motte?« fragte Copperfield.

»Davon wollten Sie ja nichts hören, bevor Sie sich alles andere angesehen hatten«, erinnerte Bryce ihn. »Ich denke aber, es ist jetzt an der Zeit ...«

»Fertig«, unterbrach Niven ihn.

»Gut«, sagte Copperfield. »Sheriff, Dr. Paige – bitte verhalten Sie sich ebenso wie die Hilfssheriffs jetzt ganz ruhig, bis wir unsere Aufgaben hier erledigt haben. Danke für Ihr Verständnis.«

Das Team machte sich sofort an die Arbeit. Yamaguchi und Bettenby verstauten die abgetrennten Köpfe in mit Porzellan ausgekleideten Behältern, die luftdicht verschlossen wurden. Valdez löste vorsichtig die Hände von dem Nudelholz und legte sie in einen dritten Behälter. Houk nahm Proben von dem Mehl und schüttete sie in eine kleine Plastikflasche, um es auf Spuren eines Nervengases zu untersuchen. Außerdem löste er ein Stück Teig von dem Nudelholz. Goldstein und Roberts untersuchten die beiden Öfen, aus denen sie die Köpfe geholt hatten. Roberts saugte mit einem kleinen, batteriebetriebenen Staubsauger den ersten Ofen aus, versiegelte den Inhalt in einem Beutel und beschriftete ihn, während Goldstein den zweiten Herd genau nach Beweisstücken absuchte.

Alle Wissenschaftler waren beschäftigt, nur die beiden Männer, die keine Namensschilder auf ihren Helmen trugen, standen unbeteiligt daneben und sahen zu.

Bryce beobachtete sie und fragte sich, welche Funktion sie erfüllten.

Während die Wissenschaftler arbeiteten, beschrieben sie genau, was sie taten. Sie gaben ihre Kommentare in einem für Bryce unverständlichen Jargon ab. Dabei sprachen nie zwei Personen gleichzeitig, was – ebenso wie Copperfields Bitte um Ruhe – darauf schließen ließ, daß alles aufgezeichnet wurde.

Schließlich bemerkte Bryce tatsächlich ein Tonbandgerät an Copperfields Gürtel, das direkt mit dem Sprechfunk des Generals in Verbindung stand. Die Spulen drehten sich.

Als die Wissenschaftler alles aus der Küche geholt hatten, was sie brauchten, sagte Copperfield: »Also gut, Sheriff, wohin jetzt?«

Bryce deutete auf das Tonbandgerät. »Wollen Sie das nicht abschalten, während wir unterwegs sind?«

»Nein. Wir haben die Aufnahme begonnen, als wir die Straßensperre passiert haben, und wir werden das Band laufen lassen, bis wir herausgefunden haben, was sich in dieser Stadt abgespielt hat. Sollte etwas schieflaufen und uns alle das Leben kosten, bevor wir die Lösung gefunden haben, wird das nächste Team über jeden Schritt informiert sein, den wir unternommen haben. Die Leute müßten dann nicht wieder von vorne beginnen, sondern bekämen vielleicht sogar einen detaillierten Bericht über den fatalen Fehler, der uns den Tod gebracht hat.«

Die zweite Station war der Kunstgewerbeladen, in den Frank Autry am Abend zuvor die drei anderen Männer geführt hatte. Wieder ging er voran durch den Verkaufsraum in das Büro und dann die Treppe hinauf zu der Wohnung im Obergeschoß.

Für Frank lag beinahe eine gewisse Komik in dieser Szene: all diese Raumfahrer, die mit theatralisch ernstem Gesichtsausdruck hinter den Plexiglasscheiben die Treppe hinaufstiegen, das Geräusch ihres Atems, das unter den Helmen verstärkt aus den Lautsprechern auf ihrer Brust herauskam und irgendwie bedrohlich klang. Es erinnerte ihn an abgedroschene Science-fiction-Filme aus den 50er Jahren.

Sein Lächeln verschwand jedoch sofort, als er die Küche der Wohnung betrat und den Toten wiedersah. Die Leiche lag noch vor dem Kühlschrank an der gleichen Stelle wie letzte Nacht. Der Mann trug nur eine blaue Schlafanzughose und starrte mit weit aufgerissenen Augen ins Leere. Sein Körper war angeschwollen und verfärbt.

Frank machte Copperfields Leuten den Weg frei und stellte sich neben Bryce an den Küchentisch, auf dem ein Toaster stand.

Wieder bat Copperfield um Ruhe, und die Wissenschaftler traten vorsichtig um die auf dem Boden verstreuten Zutaten für das Sandwich herum und versammelten sich vor der Leiche. Nach wenigen Minuten hatten sie ihre erste Untersuchung abgeschlossen.

Copperfield wandte sich an Bryce. »Wir werden die Leiche zur Autopsie mitnehmen.«

»Glauben Sie immer noch, daß wir es hier nur mit einem Angriff mit B- und C-Waffen zu tun haben?« fragte Bryce noch einmal.

»Das ist durchaus möglich«, erwiderte der General.

»Aber wie erklären Sie sich die Verfärbungen und Schwellungen?« fragte Tal.

»Es könnte sich um allergische Reaktionen auf ein Nervengas handeln«, meinte Houk.

»Wenn Sie die Hosenbeine hochschieben, werden Sie diese Reaktionen auch dort feststellen, wo die Haut bedeckt war«, sagte Jenny.

»Das stimmt«, gab Copperfield ihr recht. »Wir haben das bereits überprüft.«

»Aber wie kann die Haut auf ein Nervengas reagieren, mit dem sie nicht in Kontakt gekommen ist?«

»Solche Gase dringen durch fast alle Textilien«, sagte Houk. »Eigentlich lassen sie sich nur von Kleidungsstücken aus Vinyl oder Gummi aufhalten.«

Also genau von dem, was ihr anhabt, wir aber nicht, dachte Frank.

»Hier gibt es noch eine Leiche«, erklärte Bryce dem General. »Möchten Sie sich diese auch ansehen?«

»Natürlich.«

»Hier entlang, Sir.« Frank zog seine Waffe und führte das Team aus der Küche den Gang entlang zum Schlafzimmer. Er fürchtete sich vor dem Anblick der nackten Toten auf den zerknitterten Laken. Als er an die obszöne Weise dachte, in der Wargle sich über die Frau geäußert hatte, befürchtete er sogar, Stu in einer leidenschaftlichen, aber kalten und zeitlosen Umarmung mit der blonden Toten vorzufinden, doch die Frau lag immer noch allein auf dem Bett. Ihre Beine waren gespreizt, ihr Mund zu einem ewigen Schrei geöffnet.

Als Copperfield und seine Leute die erste Untersuchung der Leiche abgeschlossen hatten, zeigte Frank ihnen die 22er Automatik, mit der die Frau offensichtlich auf ihren Angreifer geschossen hatte. »Glauben Sie, sie hat damit auf eine Wolke Nervengas gefeuert?« fragte er den General.

»Natürlich nicht«, antwortete Copperfield. »Aber sie war vielleicht bereits von dem Gas beeinträchtigt. Ihr Gehirn hatte möglicherweise schon Schaden genommen. Sie könnte Halluzinationen gehabt und auf Phantome geschossen haben.«

»Phantome«, wiederholte Frank. »Ja, Sir, so muß es wohl gewesen sein. Sie hat zehn Schüsse abgefeuert, aber wir konnten nur zwei Patronenhülsen finden – eine in dem

Tisch dort drüben und die andere in dem Loch in der Wand. Das bedeutet, sie hat achtmal das getroffen, worauf sie zielte.«

»Ich kannte diese Leute«, warf Doc Paige ein und trat einen Schritt vor. »Gary und Sandy Wechlas. Sie war eine sehr gute Schützin. Im letzten Jahr hat sie auf dem Jahrmarkt einige Wettbewerbe gewonnen.«

»Es gelang ihr also, acht von zehn Schüssen gezielt abzufeuern«, sagte Frank. »Diese acht Treffer haben dieses Ding jedoch nicht aufgehalten. Es hat nicht einmal geblutet. Phantome bluten natürlich nicht. Aber wäre ein Phantom fähig, mit acht Kugeln im Körper aus dem Zimmer zu marschieren, Sir?«

Copperfield starrte ihn stirnrunzelnd an. Auch die Wissenschaftler sahen besorgt aus.

Die Soldaten runzelten nicht nur die Stirn, sondern sahen sich beunruhigt um.

Frank erkannte, daß die beiden Leichen – und vor allem der gequälte Gesichtsausdruck der Toten – ihre Wirkung auf den General und seine Leute nicht verfehlt hatten. In ihren Augen spiegelte sich deutlich Angst wider. Sie wollten es nicht zugeben, aber sie waren hier auf etwas gestoßen, was sie trotz ihrer Erfahrungen nicht einordnen konnten. Immer noch klammerten sie sich an Erklärungen, die für sie Sinn ergaben – Nervengas, Viren, Gift –, aber allmählich wuchsen Zweifel daran.

Copperfields Leute hatten einen mit einem Reißverschluß versehenen Plastiksack bei sich. Sie verstauten die Leiche in der Küche darin, trugen sie aus dem Haus und legten sie auf dem Gehsteig ab, um sie später auf ihrem Weg zu den mobilen Labors mitzunehmen.

Bryce führte sie zu Gilmartin's Supermarkt. Bei der Kühlanlage, wo es passiert war, erzählte er ihnen, wie Jake Johnson verschwunden war. »Keine Schreie. Keinerlei Geräusche. Nur einige Sekunden lang Dunkelheit. *Wenige* Sekunden. Als die Lichter wieder angingen, war Jake verschwunden.«

»Haben Sie denn nach ihm gesucht?« wollte Copperfield wissen.

»Überall.«

»Vielleicht ist er weggelaufen«, meinte Roberts.

»Ja«, stimmte Dr. Yamaguchi ihm zu. »Er könnte desertiert sein. Nach allem, was er hier gesehen hat ...«

»Meine Güte«, sagte Goldstein. »Wenn er nun Snowfield verlassen hat? Er würde sich dann außerhalb der Quarantänezone befinden und die Infektion verbreiten ...«

»Nein, nein. Jake würde niemals davonlaufen«, erklärte Bryce. »Er war zwar kein aggressiver Officer, aber er hätte mich nie im Stich gelassen – er kannte seine Verantwortung.«

»Allerdings«, stimmte Tal ihm zu. »Außerdem war Jakes Vater früher County Sheriff, und Jake war sehr stolz darauf.«

»Und Jake war immer sehr vorsichtig«, sagte Frank. »Er neigte nicht zu impulsiven Handlungen.«

Bryce nickte. »Selbst wenn er so verängstigt gewesen wäre, daß er weglaufen wollte, hätte er einen Streifenwagen genommen. Er wäre bestimmt nicht zu Fuß aus der Stadt geflüchtet.«

»Er wußte doch, daß er an der Straßensperre nicht vorbeikommen würde«, sagte Copperfield. »Also kam die Landstraße nicht in Frage. Möglicherweise ist er durch den Wald gelaufen.«

Jenny schüttelte den Kopf. »Ausgeschlossen, General. Dort draußen herrscht absolute Wildnis. Deputy Johnson hätte genau gewußt, daß er sich dort verlaufen und sterben würde.«

»Würde sich außerdem ein verängstigter Mann in der Nacht in einen ihm unbekannten Wald stürzen?« wandte

Bryce ein. »Das glaube ich nicht, General. Aber Sie sollten sich jetzt endlich anhören, was mit meinem anderen Hilfssheriff geschehen ist.«

Bryce lehnte sich an eine Kühltruhe mit Wurst und Käse und berichtete von der Motte, von der Attacke auf Wargle und dem entsetzlichen Zustand seiner Leiche. Dann erzählte er von Lisas Begegnung mit Wargle, der anscheinend wieder zum Leben erweckt worden war, und der Entdeckung, daß sein Körper verschwunden war.

Copperfield und seine Leute reagierten zunächst mit Überraschung, dann mit Verwirrung und Furcht. Während Bryce erzählte, starrten sie ihn wortlos an und warfen sich hin und wieder wissende Blicke zu.

Bryce schloß seinen Bericht mit der Geschichte über die Kinderstimme ab, die wenige Momente vor ihrer Ankunft aus dem Abfluß zu hören gewesen war. Dann sagte er zum dritten Mal: »Nun, General, glauben Sie immer noch, daß es sich hier nur um einen einfachen Fall von B- und C-Waffen handelt?«

Copperfield zögerte, sah sich in dem verwüsteten Supermarkt um und blickte schließlich Bryce in die Augen. »Sheriff, ich möchte, daß Sie und alle anderen, die diese ... Motte gesehen haben, von Dr. Roberts und Dr. Goldstein gründlich untersucht werden.«

»Sie glauben mir nicht.«

»O doch. Ich bin davon überzeugt, daß Sie wirklich denken, diese Dinge gesehen zu haben.«

»Verdammt«, fluchte Tal.

»Sie verstehen doch sicher, daß das für uns klingt, als seien Sie alle verseucht und litten unter Halluzinationen«, sagte Copperfield.

Bryce war enttäuscht von der Ungläubigkeit und der intellektuellen Starrheit dieser Leute. Als Wissenschaftler sollten sie eigentlich für neue Ideen und unerwartete Möglichkeiten ein offenes Ohr haben, aber statt dessen schienen sie fest entschlossen zu sein, das Beweismaterial ihren vorgefertigten Meinungen mit Gewalt anzupassen, um die Geschehnisse in Snowfield zu erklären.

»Glauben Sie etwa, wir hätten alle die gleichen Halluzinationen gehabt?« fragte Bryce.

»Das wäre durchaus möglich«, erwiderte Copperfield.

»Wir hatten keine Halluzinationen, General«, erklärte Jenny. »Was wir sahen, spielte sich in der Realität ab.«

»Unter normalen Umständen würde ich Ihren Beobachtungen mehr Gewicht beimessen, Dr. Paige, aber da auch Sie angeblich diese Motte gesehen haben, ist Ihr medizinisches Urteil in dieser Angelegenheit nicht objektiv.«

Frank Autry musterte Copperfield mit finsterem Blick. »Wenn das alles nur Halluzinationen waren, wo ist dann Stu Wargle?«

»Vielleicht ist er mit diesem Jake Johnson davongelaufen«, sagte Roberts. »Und Sie haben ihr Verschwinden in Ihre Wahnvorstellungen eingebaut.«

Bryce wußte aus langer Erfahrung, daß man in einer Diskussion sofort verloren hatte, wenn man seinen Gefühlen nachgab. Er zwang sich dazu, sich lässig gegen die Tiefkühltruhe zu lehnen, und sagte mit leiser Stimme langsam: »Aus Ihren Äußerungen könnte man schließen, daß unser Department in Santa Mira nur aus Feiglingen, Idioten und Drückebergern besteht.«

Copperfield hob beschwichtigend seine behandschuhten Hände. »Nein, nein. Diesen Eindruck wollten wir keineswegs vermitteln. Bitte versuchen Sie, uns zu verstehen, Sheriff. Wir sind nur ehrlich mit Ihnen und sagen Ihnen, wie die Situation in unseren Augen aussieht – wie sie für jeden aussehen würde, der über Sachkenntnis in biologischer und chemischer Kriegsführung verfügt. Halluzinationen gehören zu den Dingen, die wir bei Überlebenden erwarten. Könnten Sie uns eine Erklärung für diese Motte von der Größe eines Adlers liefern, würden wir vielleicht auch daran glauben. Aber das können Sie nicht, also bleibt uns nur die Schlußfolgerung, daß Sie Halluzinationen hatten – das ist die einzig logische Erklärung dafür.«

Bryce bemerkte, daß die vier Soldaten ihn nun ganz anders ansahen, da sie ihn für ein Opfer von Nervengas hielten. Schließlich war ein Mensch, der unter bizarren Halluzinationen litt, labil, gefährlich und möglicherweise sogar so gewalttätig, daß er anderen Leuten den Kopf abschlug und ihn dann in einen Backofen legte. Sie hoben ihre Maschinenpistolen leicht an, ohne jedoch direkt auf Bryce zu zielen. Offensichtlich betrachteten sie ihn, Jenny, Tal und Frank jetzt mit unverhohlenem Mißtrauen.

Bevor Bryce antworten konnte, wurde er von einem lauten Geräusch aus dem hinteren Teil in der Metzgerabteilung des Supermarkts erschreckt. Er trat einen Schritt von den Kühlgeräten weg, drehte sich um und legte seine rechte Hand auf sein Pistolenhalfter.

Aus dem Augenwinkel sah er, daß die Soldaten stärker auf seine Bewegung als auf das Geräusch reagierten. Als er seine Hand auf die Waffe legte, hoben sie sofort ihre Maschinenpistolen.

Irgend jemand hämmerte gegen eine Tür und rief etwas. Die Laute schienen aus dem Kühlraum zu kommen, der sich gegenüber dem Arbeitsplatz des Metzgers befand, nur knappe fünf Meter von Bryce und den anderen entfernt. Die dicke, isolierte Tür dämpfte die Schläge, und auch die Stimme war kaum hörbar, aber Bryce glaubte, jemanden um Hilfe schreien zu hören.

»Jemand ist dort eingeschlossen«, sagte Copperfield.

»Unmöglich«, erwiderte Bryce.

»Das kann nicht sein, denn die Türen lassen sich von beiden Seiten öffnen«, erklärte Frank.

Abrupt verstummten die Rufe, und auch das Klopfen hörte auf. Dann klapperte es. Das Geräusch von Metallteilen, die aneinander gerieben wurden.

Der Griff der großen Stahltür schob sich nach oben und dann wieder nach unten. Das Schloß klickte und die Tür schwang auf – allerdings nur einige Zentimeter weit.

Die kalte Luft aus dem Kühlraum vermischte sich mit der warmen Luft im Supermarkt, und Nebelschwaden bildeten sich an der offenen Tür.

Obwohl in dem Raum hinter der Tür Licht brannte, konnte Bryce durch den schmalen Schlitz nichts erkennen. Er wußte allerdings, wie es dort drin aussah, wo das tiefgefrorene Fleisch aufbewahrt wurde. Als er letzte Nacht nach Jake Johnson gesucht hatte, hatte er sich in dem Raum umgesehen. Er war kalt, etwa drei Meter breit und fünf Meter lang, fensterlos und löste Platzangst aus. Es gab eine Tür, die mit zwei Riegeln versehen war und auf die Straße führte. Dort wurden die Lieferungen angenommen. Der Betonboden war gestrichen und die Wände abgedichtet. Neonbeleuchtung, Kühlaggregate an drei Wänden, die dafür sorgten, daß kalte Luft um die Fleischstücke aus Rind, Kalb und Schwein zirkulierte, die an der Decke hingen.

Bryce konnte nur noch das laute Atmen der Wissenschaftler und Soldaten in ihren Raumanzügen hören, und selbst dieses Geräusch war gedämpft; einige von ihnen schienen die Luft anzuhalten.

Dann war plötzlich ein schmerzerfülltes Stöhnen aus dem Kühlraum zu hören. Eine schwache, mitleiderweckende Stimme rief um Hilfe. Ihr Echo wurde von den Betonwänden zurückgeworfen und drang durch den Spalt in der Tür. Die Stimme klang zittrig und verzerrt, war aber trotzdem erkennbar.

»Bryce ... Tal ...? Wer ist da draußen? Frank? Gordy? Ist da jemand? Kann mir jemand ... helfen?«

Es war Jake Johnson.

Bryce, Jenny, Tal und Frank lauschten bewegungslos.

»Bryce ... bitte ... jemand muß ...«

»Kennen Sie ihn?« fragte Copperfield. »Er ruft Ihren Namen, nicht wahr, Sheriff?«

Ohne auf eine Antwort zu warten, bedeutete der General zweien seiner Männer – Sergeant Harker und Private Pascalli –, in den Kühlraum zu gehen.

»Warten Sie!« rief Bryce. »Niemand geht dort hinein. Wir sollten hierbleiben, bis wir mehr wissen.«

»Sheriff, ich bin bereit, mit Ihnen zusammenzuarbeiten, aber Sie haben keine Befehlsgewalt über meine Männer oder mich.«

»Bryce ... ich bin es ... Jake ... meine Güte, helft mir doch. Ich habe mir ein Bein gebrochen.«

»Jake?« Copperfield sah Bryce mißtrauisch an. »Das ist wohl der Mann, der gestern abend auf mysteriöse Weise verschwunden ist.«

»Jemand muß mir helfen ... es ist so verdammt k-kalt hier. So k-kalt.«

»Es klingt so, als wäre er es«, gab Bryce zu.

»Na also«, sagte Copperfield. »Es handelt sich nicht um ein unerklärliches Ereignis. Er war die ganze Zeit hier.«

Bryce sah den General wütend an. »Ich sage Ihnen doch, daß wir überall nach ihm gesucht haben. Auch in diesem verdammten Kühlraum. Er war nicht da.«

»Aber jetzt ist er dort drin«, sagte der General.

»Hey, ihr dort draußen! Ich friere! Und ich kann dieses ver... verdammte Bein nicht bewegen.«

Jenny legte ihre Hand auf Bryces Arm. »Da stimmt doch etwas nicht.«

»Wir können nicht hier stehenbleiben und zulassen, daß ein Mensch dort drin leidet, Sheriff«, sagte Copperfield.

»Wäre Jake die ganze Nacht eingesperrt gewesen, wäre er jetzt bereits erfroren«, erklärte Frank Autry.

»In einem Kühlraum, wo Fleisch aufbewahrt wird, herrschen keine Temperaturen unter dem Gefrierpunkt«, entgegnete Copperfield. »Die Luft ist nur kalt. Wenn der Mann warm genug angezogen war, kann er es leicht so lange überstanden haben.«

»Aber wie ist er dort hineingeraten?« fragte Frank. »Was, zum Teufel, hat er dort gesucht?«

»Außerdem war er gestern abend nicht dort drin«, stellte Tal ungeduldig fest.

Jake Johnson rief wieder um Hilfe.

»Hier droht Gefahr«, sagte Bryce zu Copperfield. »Das spüre ich – genau wie meine Männer und Dr. Paige.«

»Aber ich nicht«, erwiderte Copperfield.

»General, Sie sind einfach noch nicht lange genug in Snowfield, um zu begreifen, daß man hier mit unerwarteten Dingen rechnen muß.«

»Wie zum Beispiel Motten, die so groß wie Adler sind?«

Bryce schluckte seinen Ärger hinunter. »Sie wissen einfach noch nicht, daß hier nichts ist, wie es scheint.«

Copperfield musterte ihn skeptisch. »Bitte erzählen Sie mir keine mystischen Geschichten, Sheriff.«

In dem Kühlraum begann Jake Johnson zu weinen. Sein flehentliches Gewimmer war kaum zu ertragen. Er klang wie ein von Schmerzen geplagter, verängstigter alter Mann und keineswegs gefährlich.

»Wir müssen diesem Mann sofort helfen«, forderte Copperfield.

»Ich setze das Leben meiner Männer nicht aufs Spiel«, erwiderte Bryce. »Noch nicht.«

Copperfield befahl Sergeant Harker und Private Pascalli noch einmal, den Kühlraum zu betreten. Obwohl er offensichtlich nicht glaubte, daß den beiden mit Maschinenpistolen bewaffneten Männern Gefahr drohte, wies er sie an, vorsichtig zu sein. Der General dachte anscheinend immer noch, der Feind sei so klein wie Bakterien oder das Molekül eines Nervengases.

Die beiden Soldaten marschierten an den Tiefkühltruhen

vorbei durch das Gatter, das in den Arbeitsbereich des Metzgers führte.

»Jake konnte die Tür öffnen. Warum hat er sie dann nicht ganz aufgeschoben und sich gezeigt?« fragte Frank.

»Wahrscheinlich hat es ihn seine ganze Kraft gekostet, die Tür zu entriegeln«, erwiderte Copperfield. »Meine Güte, Sie können doch an seiner Stimme hören, daß er völlig erschöpft ist.«

Harker und Pascalli gingen jetzt auf den Kühlraum zu.

Bryce legte die Hand auf seine Waffe im Halfter.

»Verdammt, das paßt alles nicht zusammen«, meinte Tal Whitman. »Wenn das wirklich Jake ist, warum hat er dann bis jetzt gewartet, um die Tür zu öffnen?«

»Das werden wir nur erfahren, wenn wir ihn fragen«, erwiderte der General.

»Aber es gibt noch einen weiteren Ausgang, der auf die Straße führt«, wandte Tal ein. »Er hätte diese Tür schon viel eher öffnen und um Hilfe rufen können. Die Stadt ist so still, daß wir ihn selbst im Hilltop gehört hätten.«

»Vielleicht war er bis jetzt bewußtlos«, sagte Copperfield.

Harker und Pascalli gingen an den Arbeitstischen und der elektrischen Schneidemaschine vorbei.

»*Kommt jetzt endlich jemand? ... Holt mich jemand?*« rief Jake Johnson.

Jenny wollte noch einen Einwand vorbringen, aber Bryce unterbrach sie. »Sparen Sie sich die Mühe.«

»Können Sie als Ärztin wirklich von uns erwarten, die Hilfeschreie dieses Mannes zu ignorieren?« fragte Copperfield.

»Natürlich nicht«, erwiderte Jenny. »Aber wir sollten uns die Zeit nehmen, um uns einen sicheren Weg zu überlegen, wie wir den Raum untersuchen können.«

Copperfield schüttelte den Kopf. »Wir müssen uns sofort um ihn kümmern. Hören Sie doch! Er ist schwer verletzt.«

Jake stöhnte wieder schmerzerfüllt auf.

Harker ging auf die Tür zu, Pascalli trat einige Schritte zurück und versuchte, seinem Kollegen Deckung zu geben, so gut er konnte.

Bryce spürte, wie sich seine Muskeln im Rücken, an den Schultern und im Nacken verkrampften.

Harker stand jetzt an der Tür.

»Nein«, flüsterte Jenny.

Die Tür ging nach innen auf. Harker stieß mit dem Lauf seiner Maschinenpistole dagegen und schob sie ganz auf. Die kalten Scharniere quietschten laut.

Das Geräusch jagte Bryce einen Schauder über den Rücken.

Jake lag nicht hinter der Tür. Er war nirgends zu sehen. Hinter dem Sergeant konnte man nur die dunklen, fettigen, blutigen Fleischstücke an den Haken erkennen.

Harker zögerte und sprang dann in geduckter Haltung über die Schwelle.

Tu das nicht, dachte Bryce.

Der Sergeant sah nach links, dann nach rechts und schwang dabei den Lauf seiner Waffe herum.

Auf der rechten Seite sah Harker offensichtlich etwas. Er richtete sich überrascht auf und wich ängstlich zurück, wobei er gegen eine Rinderhälfte stieß. »Großer Gott«, rief er und gab einen kurzen Feuerstoß aus seiner Maschinenpistole ab.

Bryce zuckte zusammen. Die Schüsse in dem Kühlraum klangen wie Donner.

Dann drückte etwas von innen gegen die Tür und schlug sie zu.

Es hatte Harker dort drin gefangen.

»Verdammt!« rief Bryce. Er nahm sich nicht die Zeit, zu dem Gatter zu laufen, sondern sprang über die hüfthohe Kühltruhe vor ihm und trat dabei auf Schweizer Käse und in Wachs verpackten Gouda. Stolpernd landete er auf der anderen Seite.

Wieder ein Feuerstoß. Dieses Mal länger – vielleicht lang genug, um das ganze Magazin der Waffe zu leeren.

Pascalli stand schon an der Tür und zerrte verzweifelt an dem Griff.

Bryce lief um die Arbeitstische herum. »Was ist los?«

Private Pascalli sah sehr jung und verängstigt aus.

»Los, holen wir ihn da raus!« rief Bryce.

»Es geht nicht. Diese verdammte Tür läßt sich nicht öffnen!«

Die Schüsse im Kühlraum hörten auf. Dann begannen die Schreie.

Pascalli rüttelte heftig an dem unbeweglichen Griff.

Obwohl die dicke, isolierte Tür Harkers Schreie dämpfte, waren sie doch gut zu hören und wurden immer lauter. Durch das Funkgerät in Pascallis Raumanzug mußten sie ohrenbetäubend sein, denn der Soldat hob plötzlich eine Hand und drückte sie gegen seinen Helm, als wolle er das Geräusch ausblenden.

Bryce schob den Soldaten zur Seite und packte den langen Hebelgriff der Tür mit beiden Händen, konnte ihn aber weder nach unten noch nach oben bewegen.

Die durchdringenden Schreie aus dem Kühlraum stiegen an, wurden leiser und dann wieder lauter, schriller und entsetzlicher.

Was, zum Teufel, macht das Ding dort drin mit Harker? fragte sich Bryce. Zieht es dem armen Kerl die Haut bei lebendigem Leib ab?

Er sah sich um. Tal war ebenfalls über die Kühltruhe gestiegen und kam auf ihn zugelaufen. Der General und Private Fodor rannten durch das Gatter. Frank war auf eine der Kühlanlagen gesprungen und behielt den Supermarkt im Auge, falls der Tumult im Kühlraum nur ein Ablenkungsmanöver sein sollte. Die anderen standen dicht beisammen in einem der Gänge.

»Jenny!« rief Bryce.

»Ja?«

»Gibt es hier auch eine Eisenwarenabteilung?«

»Natürlich.«

»Ich brauche einen Schraubenzieher.«

»Kein Problem.« Jenny rannte los.

Harker schrie auf.

Großer Gott, was für ein entsetzlicher Schrei! Wie aus einem Alptraum. Aus einem Irrenhaus. Aus der Hölle.

Der Klang ließ Bryce in kalten Schweiß ausbrechen.

Copperfield erreichte den Kühlraum. »Lassen Sie mich an den Griff.«

»Das hat keinen Zweck.«

»Machen Sie Platz!«

Bryce trat zur Seite. Der General war ein großer, muskulöser Mann – offensichtlich der stärkste Mann hier. Er sah aus, als könne er jahrhundertealte Eichen ausreißen. Fluchend mühte er sich ab, doch auch ihm gelang es nicht, den Griff zu bewegen.

»Das verdammte Schloß muß kaputt sein«, sagte er keuchend.

Harker schrie jetzt unaufhörlich.

Bryce dachte an die Bäckerei der Liebermanns. An das Nudelholz auf dem Tisch. An die abgetrennten Hände. So würde ein Mann schreien, wenn er zusehen mußte, wie ihm die Hände abgehackt wurden.

Copperfield trommelte wütend und frustriert an die Tür.

Bryce warf Tal einen Blick zu. Zum ersten Mal sah er, daß Whitman ganz offensichtlich Angst hatte.

Jenny kam durch das Gatter gelaufen und hielt Bryce drei in Pappe verpackte und in buntes Plastik eingeschweißte Schraubenzieher entgegen. »Ich wußte nicht, welche Größe Sie brauchen«, erklärte sie.

»Schon gut«, sagte Bryce und griff nach den Werkzeugen. »Gehen Sie jetzt so schnell wie möglich zu den anderen zurück.«

Jenny ignorierte seinen Befehl, reichte ihm zwei der Schraubenzieher und behielt den dritten in der Hand.

Harkers Schreie wurden nun so schrill und durchdringend, daß sie nicht mehr menschlich klangen.

Während Bryce eine Verpackung aufriß, zerfetzte Jenny das hellgelbe Päckchen in ihrer Hand und zog den dritten Schraubenzieher heraus. »Ich bin Ärztin, und ich bleibe hier«, erklärte sie.

»Ihm kann kein Arzt mehr helfen.« Bryce zerrte hektisch an der zweiten Verpackung.

»Vielleicht nicht, aber wenn Sie wirklich davon überzeugt wären, daß er keine Chance mehr hat, würden Sie nicht versuchen, ihn da herauszuholen.«

»Verdammt, Jenny!« Bryce machte sich Sorgen um sie, wußte aber, daß er sie nicht zum Gehen überreden konnte, wenn sie sich dazu entschlossen hatte zu bleiben. Er nahm ihr den dritten Schraubenzieher aus der Hand, schob General Copperfield zur Seite und ging zur Tür zurück.

Die Türangeln konnte er nicht abschrauben, denn da die Tür nach innen aufging, befanden sie sich auf der anderen Seite. Der Griff war jedoch an einer großen Platte befestigt, die auf dieser Seite von vier Schrauben gehalten wurde. Bryce kniete nieder, suchte sich den am besten geeigneten Schraubenzieher aus, löste die erste Schraube und ließ sie auf den Boden fallen.

Harkers Schreie verstummten, und die folgende Stille war noch schlimmer zu ertragen.

Bryce lockerte die anderen drei Schrauben.

Von Sergeant Harker war immer noch nichts zu hören.

Als er die Schutzplatte gelöst hatte, zog Bryce sie über den Griff und warf sie beiseite. Er spähte in das Schloß und stocherte mit einem Schraubenzieher darin herum. Metallspäne fielen heraus, und einige Eisenteile fielen in den Hohlraum im Inneren der Tür. Das Schloß war anscheinend von innen zerschmettert worden. Bryce fand den manuellen Entriegelungshebel und schob ihn mit dem Schraubenzieher zurück. Das kostete ihn einige Mühe, denn auch der Hebel war stark verbogen und beschädigt, doch Bryce gelang es, ihn zu lockern und nach innen zu schieben. Es klickte, und die Tür ging auf.

Bryce wich, wie alle anderen auch, rasch zurück.

Die schwere Tür schwang langsam nach innen.

Private Pascalli zielte mit seiner Maschinenpistole darauf, und Bryce und der General zogen ihre Pistolen, obwohl Sergeant Harker eindeutig bewiesen hatte, daß solche Waffen nichts nützten.

Die Tür ging jetzt ganz auf, und Bryce erwartete, daß sich etwas auf sie stürzen würde. Nichts geschah.

Er sah durch die Tür in den Kühlraum hinein und bemerkte, daß die Hintertür offenstand. Vor wenigen Minuten, als Harker hineingegangen war, war sie ganz sicher noch verschlossen gewesen. Hinter der Tür sah man die Straße im Sonnenschein liegen.

Copperfield befahl Pascalli und Fodor, den Kühlraum zu sichern. Die beiden sprangen hinein. Einer verschwand nach links, der andere nach rechts.

Wenige Sekunden später kam Pascalli zurück. »Alles klar, Sir.«

Copperfield betrat den Kühlraum, und Bryce folgte ihm.

Harkers Maschinenpistole lag auf dem Boden.

Sergeant Harker baumelte neben einer Rinderhälfte von der Decke; seine Brust war von einem riesigen, spitzen, zweizackigen Fleischerhaken durchbohrt.

Bryce drehte sich der Magen um. Als er sich von dem Erhängten abwenden wollte, bemerkte er jedoch, daß da nicht wirklich Harker hing, sondern nur sein schlaffer, leerer Schutzanzug mit dem Helm. Das widerstandsfähige Material aus Vinyl war aufgeschlitzt, die Plexiglasscheibe des Helms zerbrochen und zur Hälfte aus der stabilen Gummifassung herausgerissen worden. Harker war aus dem Anzug herausgezogen worden, bevor dieser aufgehängt wurde.

Wo aber war Harker?

Verschwunden. Wie die anderen. Einfach weg.

Pascalli und Fodor standen draußen auf der Laderampe und beobachteten die Straße.

»Er hat so fürchterlich geschrien«, sagte Jenny und stellte sich neben Bryce. »Aber weder auf dem Boden noch auf seinem Anzug sind Blutspuren zu sehen.«

Tal Whitman hob eine Handvoll leerer Patronenhülsen vom Boden auf, die aus der Maschinenpistole gefallen waren. Das Messing blitzte in seinen Handflächen. »Hier liegen eine Menge Hülsen herum, aber ich sehe nicht sehr viele Einschußlöcher. Anscheinend hat der Sergeant das getroffen, worauf er geschossen hat. Er muß ein- bis zweihundert Mal gefeuert haben. Wieviel Schuß hat ein so großes Magazin, General?«

Copperfield starrte wortlos auf die glänzenden Patronenhülsen.

Pascalli und Fodor kamen von der Laderampe zurück. »Dort draußen ist keine Spur von ihm zu sehen, Sir«, berichtete Pascalli. »Sollen wir die Straße absuchen?«

Bevor Copperfield antworten konnte, sagte Bryce: »Sergeant Harker müssen Sie abschreiben, General. Es ist schmerzlich, aber er ist tot. Machen Sie sich keine Hoffnungen mehr. Hier geht es ums Ganze – um den Tod. Nicht um Geiselnahme, Terrorismus oder Nervengas. Um nichts anderes als um den Tod. Ich weiß nicht genau, was dort draußen lauert oder wo es hergekommen ist, aber eines ist sicher: das ist der personifizierte Tod. Wir begreifen noch nicht, in welcher Form er sich uns darstellt und welche Motive ihn antreiben. Die Motte, die Stu Wargle tötete, war nicht die wahre Erscheinungsform dieses Dings. Das spüre ich. Die Motte war so wie die auferstandene Leiche Wargles, die Lisa in der Toilette belästigt hat. Damit will es uns in die Irre führen – das ist alles nur ein Trick.«

»Ein Phantom«, sagte Tal und gebrauchte damit das Wort, das Copperfield vorher in einem anderen Zusammenhang gebraucht hatte.

»Ja, ein Phantom«, bestätigte Bryce. »Unseren wahren Feind haben wir bisher noch nicht kennengelernt. Es muß etwas sein, das einfach gerne tötet. Schnell und lautlos wie bei Jake Johnson, aber auch langsam wie bei Harker, den es gefoltert und zum Schreien gebracht hat. Wir sollten seine Schreie hören. Harkers Ermordung war ähnlich wie die Wirkung dieses T-139: es sollte uns demoralisieren. Dieses Ding hat Sergeant Harker nicht weggeschleppt – es hat ihn erwischt, General. *Es* hat ihn erledigt. Riskieren Sie keinen Ihrer Männer mehr, um die Leiche zu suchen.«

Copperfield schwieg einen Moment lang. »Aber die Stimme, die wir hörten ... Das war doch Jake Johnson, Ihr Mann«, sagte er schließlich.

»Nein«, widersprach Bryce. »Ich glaube nicht, daß das wirklich Jake war. Die Stimme mag zwar wie seine geklungen haben, aber ich denke mittlerweile, daß wir es mit einem hervorragenden Imitator zu tun haben.«

»Einem Imitator?« wiederholte Copperfield.

Jenny sah Bryce an. »Denken Sie nur an die Tiergeräusche am Telefon.«

»Genau. Katzen, Hunde, Vögel, Klapperschlangen, das weinende Kind ... Das war so etwas wie eine Vorführung. Es wollte damit prahlen und uns zeigen, was es alles kann. ›Seht her, wie schlau ich bin.‹ Jake Johnsons Stimme war nur eine weitere Darbietung seines Repertoires.«

»Wollen Sie damit andeuten, es handle sich hier um etwas Übernatürliches?« wollte Copperfield wissen.

»Nein, das ist durchaus real.«

»Aber was ist es dann? Sagen Sie es mir!«

»Verdammt, das kann ich nicht«, erwiderte Bryce. »Vielleicht handelt es sich um eine Mutation der Natur. Möglicherweise haben wir es aber auch mit etwas zu tun, das aus einem Labor für genetische Versuche stammt. Wissen Sie etwas darüber, General? Möglicherweise gibt es in der Armee eine Einheit, die sich damit befaßt, biologische Kampfmaschinen zu entwickeln und genetische Monster herzustellen, die Menschen terrorisieren und abschlachten – Kreaturen, die aus der DNA einiger Tiere entstehen. Nehmen Sie das genetische Material einer Tarantel, vereinen Sie es mit dem eines Krokodils, einer Kobra, einer Wespe und eines Grizzlybärs. Dann fügen Sie noch die menschliche Intelligenz hinzu, mischen alles in einem Reagenzglas, geben es in einen Inkubator und warten die Entwicklung ab. Was würden Sie dann wohl erhalten? Wie würde dieses Wesen aussehen? Halten Sie mich für verrückt, weil ich mich mit solchen Gedanken beschäftige? Wäre das eine moderne Form von Frankenstein? Ist man in der Neuzusammenstellung von Erbfaktoren tatsächlich schon so weit? Ich will damit nur sagen, daß alles möglich sein könnte. Und deshalb kann ich dieses Ding auch nicht benennen. Lassen Sie Ihrer Fantasie freien Lauf, General. Egal, was Ihnen einfällt – wir können nichts ausschließen. Wir haben es hier mit dem Unbekannten zu tun, das sich auch in unsere Alpträume einschleicht.«

Copperfield starrte ihn an und richtete dann seinen Blick auf Sergeant Harkers Anzug mit dem Helm, der an dem Fleischerhaken baumelte. Er drehte sich zu seinen beiden Soldaten um. »Wir werden die Straße nicht absuchen. Der Sheriff hat wohl recht. Sergeant Harker ist tot. Wir können nichts mehr für ihn tun.«

»Glauben Sie immer noch, wir hätten es hier nur mit einem einfachen Fall von B- oder C-Kampfstoffen zu tun?« fragte Bryce zum vierten Mal seit der Ankunft des Generals.

»Chemische oder biologische Waffen könnten im Spiel sein«, erwiderte Copperfield. »Wie Sie selbst sagten, können wir nichts ausschließen, Sheriff. Aber Sie haben recht – das ist kein einfacher Fall. Es tut mir leid, daß wir annahmen, Sie hätten Halluzinationen und ...«

»Ich nehme Ihre Entschuldigung an«, sagte Bryce.

»Haben Sie irgendwelche Theorien?« fragte Jenny.

»Nun, zuerst möchte ich die Autopsie und die pathologischen Tests durchführen lassen«, meinte Copperfield. »Wir werden vielleicht keine Anzeichen einer Krankheit oder eines Nervengases feststellen, könnten aber trotzdem einen Hinweis auf etwas anderes bekommen, das uns weiterbringt.«

»Fangen Sie damit an, Sir«, sagte Tal. »Ich habe das unbestimmte Gefühl, daß uns nicht mehr viel Zeit bleibt.«

5
Fragen

Corporal Billy Velazquez, der zu General Copperfields Begleittruppe gehörte, kletterte durch das Einstiegsloch in die Kanalisation hinunter. Obwohl er sich nicht besonders anstrengen mußte, atmete er schwer. Er hatte Angst.

Was war mit Sergeant Harker passiert?

Die anderen hatten bei ihrer Rückkehr einen sehr bedrückten Eindruck gemacht. Der alte Copperfield hatte gesagt, Harker sei tot. Sie wüßten noch nicht genau, woran er gestorben sei, aber das würden sie bald herausfinden. So ein Mist! Sie wußten bestimmt, woran er gestorben war – sie wollten es nur nicht sagen. Das war typisch für die hohen Tiere – aus allem mußten sie ein Geheimnis machen.

Die Leiter führte über eine schmale vertikale Röhre zu den ebenen Kanälen. Als Billy unten ankam, erzeugten seine Stiefel auf dem harten Betonboden ein lautes, hohles Geräusch. Der Tunnel war so niedrig, daß er nicht aufrecht stehen konnte. In gebückter Haltung leuchtete er den Raum mit seiner Taschenlampe ab.

Graue Betonwände. Telefon- und Stromkabel. Hier und da feuchte Stellen und Pilzbefall. Nichts weiter.

Billy trat zur Seite, um Ron Peake, einem weiteren Mitglied der Truppe, Platz zu machen, der hinter ihm in den Tunnel trat.

Warum hatten sie Harkers Leiche nicht mitgebracht, als sie von dem Supermarkt zurückkamen?

Billy leuchtete weiter den Raum ab und sah sich nervös um.

Warum hatte der alte Eisenfresser Copperfield wohl immer wieder betont, sie sollten sich hier unten besonders vorsehen?

›Sir, worauf sollen wir denn achten?‹ hatte Billy gefragt.

›Nehmen Sie sich vor allem und jedem in acht‹, hatte Copperfield geantwortet. ›Ich weiß auch nicht, ob dort Gefahr droht, und ich kann Ihnen nicht sagen, wonach Sie Ausschau halten sollen. Seien Sie auf jeden Fall verdammt vorsichtig, und wenn sich dort unten irgend etwas rührt – auch wenn es so harmlos aussieht wie eine Maus –, dann laufen Sie los und kommen wieder nach oben, so schnell Sie nur können.‹

Was, zum Teufel, sollte man mit einer solchen Antwort anfangen? Meine Güte, Billy bekam bereits eine Gänsehaut. Er wünschte, er könnte mit Pascalli oder Fodor sprechen. Sie gehörten nicht zu den verdammten hohen Tieren und würden ihm die Wahrheit über Harker erzählen – falls es dazu noch eine Gelegenheit geben würde.

Ron Peake erreichte das Ende der Leiter und sah Billy ängstlich an.

Velazquez schwenkte seine Taschenlampe in alle Richtungen, um dem anderen zu zeigen, daß es nichts gab, wovor man sich fürchten müßte.

Ron lächelte, verlegen und beschämt über seine Nervosität, und knipste ebenfalls seine Taschenlampe an.

Oben begannen die anderen Männer, ein Stromkabel durch den Einstieg herabzulassen. Es führte zu den beiden fahrbaren Labors, die wenige Meter davon entfernt abgestellt waren.

Ron packte das Ende des Kabels, und Billy ging in geduckter Haltung vor ihm her in Richtung Osten. Die Männer oben auf der Straße führten das Kabel nach.

Der Tunnel sollte angeblich unter der Skyline Road einen zweiten, größeren kreuzen. Dort sollte sich der Verteilerkasten befinden, wo verschiedene Stromleitungen der Stadt miteinander verknüpft waren. Billy ging so vorsichtig weiter, wie Copperfield es ihm befohlen hatte, leuchtete die Wände des Tunnels ab und suchte nach dem Zeichen der Elektrizitätsgesellschaft.

Der Verteilerkasten befand sich auf der linken Seite, etwa eineinhalb oder zwei Meter vor der Kreuzung. Billy ging daran vorbei, beugte sich vor und leuchtete mit seiner Lampe nach links und rechts in den anderen Tunnel unter der Skyline Road, um sich zu vergewissern, daß dort niemand lauerte. Dieser Tunnel war genauso groß wie der, in dem er jetzt stand, aber er folgte dem Straßenverlauf und fiel nach unten ab. Es war nichts zu sehen.

Als Billy Velazquez in die sich verengende graue Röhre spähte, fiel ihm eine Geschichte aus einem Horror-Comic ein, die er vor Jahren gelesen hatte. An den Titel konnte er sich nicht mehr erinnern. Es ging darin um einen Bankräuber, der bei einem Überfall zwei Menschen erschossen und sich auf der Flucht vor der Polizei in die Kanalisation gerettet hatte. Er hatte einen Tunnel gewählt, der bergab verlief, weil er angenommen hatte, er würde so zum Fluß kommen. Statt dessen gelangte er direkt in die Hölle. Genauso sah der Tunnel unter der Skyline Road aus – wie eine Straße, die abwärts in die Hölle führte.

Billy drehte sich um und sah nach oben in die andere Richtung. Er überlegte sich, daß es dort dann wie die Straße zum Himmel aussehen müßte, doch das war nicht der Fall. Sowohl bergab wie bergauf schien der Tunnel in die Hölle zu führen.

Was war mit Sergeant Harker geschehen?

Würde ihnen allen früher oder später das gleiche passieren? Selbst William Luis Velazquez, der bis jetzt immer geglaubt hatte, ewig zu leben?

Sein Mund war mit einemmal ausgedörrt. Er drehte seinen Kopf in dem Helm herum, legte seine trockenen Lippen um den Strohhalm und sog die süße, kühle, mit Kohlehydraten, Vitaminen und Mineralien angereicherte Nährlösung ein. Eigentlich hätte er jetzt lieber ein Bier getrunken, aber bis er aus diesem Anzug wieder herauskam, blieb ihm nur diese Flüssigkeit. Wenn er sich auf einige Schlucke pro Stunde beschränkte, würde ihm sein Vorrat vierundzwanzig Stunden lang reichen.

Er wandte sich von der Straße zur Hölle ab und ging zu dem Verteilerkasten zurück. Ron Peake arbeitete bereits daran. Trotz ihrer sperrigen Schutzanzüge und der beengten Räumlichkeiten bewegten sich beide geschickt und schlossen das Kabel an das Stromnetz an.

Das Team hatte zwar einen eigenen Generator mitgebracht, aber der sollte erst zum Einsatz kommen, wenn die praktischere Verbindung mit dem städtischen Stromnetz zusammenbrechen würde.

In wenigen Minuten hatten Velazquez und Peake ihre Aufgabe erledigt. Billy meldete sich über das Funkgerät in seinem Anzug nach oben. »General, der Anschluß ist in Ordnung. Eigentlich müßten Sie jetzt bereits Strom haben.«

Die Antwort kam sofort. »Haben wir. Und jetzt kommen Sie so schnell wie möglich wieder herauf!«

»Ja, Sir«, sagte Billy. Dann hörte er etwas.

Rascheln.

Keuchen.

Ron Peake packte Billy an den Schultern und deutete auf den Tunnel unter der Skyline Road.

Billy fuhr herum, bückte sich noch tiefer und richtete seine Taschenlampe auf die Stelle, auf die der Lichtstrahl von Peakes Lampe fiel.

Tiere strömten in den Tunnel unter der Skyline Road. Dutzende um Dutzende. Hunde. Weiße, graue, schwarze, braune, rostrote und goldgelbe Hunde aller Rassen und Größen. Die meisten waren Mischlinge, aber es waren auch Beagles, Zwergpudel, große Pudel, Schäferhunde, Spaniel, zwei dänische Doggen, einige Airdales, ein Schnauzer und zwei kohlrabenschwarze Dobermänner mit braunen Schnauzen darunter. Auch Katzen tauchten auf. Große und kleine. Schlanke und dicke. Schwarze, getigerte, weiße und gelbe. Einige hatten einen gestreiften Schwanz, andere waren braun, gefleckt oder grau. Keiner der Hunde bellte, und keine der Katzen miaute oder fauchte. Die einzigen hörbaren Geräusche waren ihr leises Keuchen und das Trappeln ihrer Pfoten und Kratzen ihrer Krallen auf dem Betonboden. Die Tiere rannten mit einer eigenartigen Konzentration durch den Tunnel. Alle sahen starr geradeaus und warfen keinen einzigen Blick zu der Kreuzung, wo Billy und Peake standen.

»Was machen die hier unten?« fragte Billy. »Wie sind sie bloß hereingekommen?«

Copperfield meldete sich über Funk von der Straße aus. »Was ist los, Velazquez?«

Billy war über diese Prozession der Tiere so erstaunt, daß er sich nicht sofort meldete.

Nun erschienen noch andere Tiere und mischten sich unter die Katzen und Hunde. Eichhörnchen. Kaninchen. Ein grauer Fuchs. Waschbären. Weitere Füchse und Eichhörnchen. Stinktiere. Alle rannten mit starrem Blick dahin und schienen nichts um sich herum zu bemerken. Opossums und Dachse, Mäuse und Streifenhörnchen. Koyoten. Alle liefen unbeirrt die Straße zur Hölle hinunter, schwärmten aus und strömten wieder zusammen, ohne jedoch zu stolpern, zu zögern oder nacheinander zu schnappen. Die merkwürdige Parade floß so schnell, ununterbrochen und harmonisch dahin wie rauschendes Wasser.

»Velazquez! Peake! Melden Sie sich!«

»Tiere«, berichtete Billy dem General. »Hunde, Katzen, Waschbären, alle möglichen Arten von Tieren. Ein ganzer Strom!«

»Sir, sie rennen durch den Tunnel unter der Skyline Road direkt an der Öffnung vorbei«, fügte Ron Peake hinzu.

»Unter der Erde«, sagte Billy verblüfft. »Es ist verrückt.«

»Rückzug, verdammt!« rief der General eindringlich. »Raus mit euch! Sofort!«

Billy dachte an die Warnung, die der General vor ihrem Abstieg in den Kanalschacht ausgesprochen hatte: *Wenn sich da unten etwas rührt … selbst wenn es nur eine Maus ist, kommen Sie so schnell wieder nach oben, wie Sie nur können.*

Zu Beginn war die unterirdische Tierparade verblüffend, aber nicht eigentlich bedrohlich gewesen. Nun wirkte die bizarre Prozession plötzlich unheimlich und beängstigend.

Jetzt mischten sich auch Schlangen unter die Tiere. Viele Schlangen. Lange schwarze Kletternattern, die ihre Köpfe vierzig oder fünfzig Zentimeter über den Boden hoben, kürzere Klapperschlangen, die ihre flachen, bösartig wirkenden Oberkörper niedriger hielten, sich aber genauso schnell und mit mysteriöser Zielstrebigkeit bewegten.

Sie kümmerten sich genausowenig um die beiden Männer wie die anderen Tiere, doch als sie sich am Boden wanden, wurde Billy aus seiner Trance gerissen. Er haßte Schlangen. Rasch drehte er sich um und stieß Peake in die Seite. »Los, Mann! Raus hier! Lauf!«

Irgend etwas kreischte, schrie, brüllte.

Billys Herz begann wild zu hämmern.

Das Geräusch kam aus dem Tunnel unter der Skyline Road, der Straße zur Hölle. Billy wagte es nicht, sich umzusehen.

Es war weder ein menschlicher noch ein tierischer Laut, aber er kam zweifellos von einem lebenden Wesen. Die starken Gefühlsregungen, die in dem fremdartigen, erschreckenden Schrei lagen, waren unverwechselbar: er verriet weder Angst noch Schmerz, sondern rasende Wut, Haß und gierigen Blutdurst.

Glücklicherweise kam der bösartige Aufschrei nicht aus der Nähe, sondern von weiter oben – vom Ende des Tunnels unter der Skyline Road. Das Biest – was immer es auch sein mochte – war noch nicht direkt hinter ihnen, aber es kam rasch näher.

Ron Peake hastete auf die Leiter zu, Billy folgte ihm. Die schweren Schutzanzüge behinderten sie. Sie mußten zwar nicht weit laufen, kamen aber auf dem unebenen Boden des Tunnels mit schlurfenden Schritten nur langsam voran.

Das Ding im Tunnel schrie wieder auf. Näher.

Es war ein Wimmern, Knurren, Aufheulen und Brüllen gleichzeitig, das sich zu einem gereizten Kreischen vermischte. Das Geräusch war so durchdringend und ohrenbetäubend, daß Billy das Gefühl hatte, jemand würde ihm das Herz mit einem Stacheldraht abschnüren.

Und es kam näher.

Wäre Billy Velazquez ein gottesfürchtiger Mann gewesen, der auf die Bibel schwor, hätte er vielleicht gewußt, welches Wesen einen solchen Schrei ausstoßen konnte. Hätte man ihn gelehrt, daß der Fürst der Finsternis und seine bösartigen Anhänger die Erde in menschlicher oder tierischer Gestalt heimsuchten, um sich unvorsichtige Seelen einzuverleiben, hätte er dieses Biest sofort erkannt. »Das ist Satan«, hätte er gesagt. Das Gebrüll, das durch den Tunnel hallte, war tatsächlich teuflisch.

Noch näher jetzt.

Und es kam rasch weiter heran.

Billy war jedoch Katholik, und im modernen Katholizismus wurde weniger Wert auf die Geschichten über die schrecklichen Qualen in der Hölle gelegt. Die große Gnade und unendliche Güte Gottes standen jetzt im Vordergrund. Die radikalen Protestanten sahen die Hand des Teufels in allem – vom Fernsehprogramm und den Romanen von

R. L. Stine bis zur Erfindung des Push-up-Büstenhalters. Bei den Katholiken hingegen wurden diese Dinge als geringfügiger angesehen und weniger besprochen. Die römische Kirche erlaubte mittlerweile singende Nonnen, Bingospiele am Mittwochabend und Priester, die Psychologie studiert hatten. Billy Velazquez brachte daher nicht unwillkürlich übernatürliche, satanische Kräfte mit den Schreien dieses unbekannten Wesens in Verbindung – obwohl er sich lebhaft an diese alte Geschichte aus dem Comic erinnerte, in der eine Straße direkt in die Hölle führte. Billy wußte nur, daß sich diese brüllende Kreatur, die aus den Tiefen der Erde näher kam, böse war. Sogar äußerst bösartig.

Und es kam näher. Viel näher.

Ron Peake erreichte die Leiter und begann, nach oben zu klettern. Dabei ließ er seine Taschenlampe fallen, machte sich aber nicht die Mühe, sie zu holen. Er war zu langsam, und Billy schrie ihn an: »Beeil dich, du Penner!«

Das Gebrüll des unbekannten Wesens war jetzt zu einem unheimlichen Heulen angestiegen, das die unterirdischen Kanäle wie Flutwasser erfüllte. Billy konnte seine eigene Stimme nicht mehr hören.

Peake hatte den Weg nach oben auf der Leiter zur Hälfte geschafft, und Billy hatte jetzt beinahe genügend Platz, um, dicht an ihn gedrängt, ebenfalls hinaufzuklettern. Er legte eine Hand auf die Leiter.

In diesem Augenblick rutschte Peake mit einem Fuß aus und landete auf der unteren Sprosse.

Billy zog fluchend seine Hand weg.

Das Gekreische hinter ihm wurde lauter. Und kam immer näher.

Peakes Taschenlampe auf dem Boden leuchtete in den Tunnel unter der Skyline Road, aber Billy sah sich nicht um. Er starrte unverwandt nach oben ins Tageslicht. Wenn er sich jetzt umdrehte und etwas Schreckliches sah, würde ihn seine Kraft verlassen, er wäre nicht mehr fähig, sich zu bewegen, und das Ding würde ihn erwischen. Mein Gott, es würde ihn schnappen.

Peake kletterte wieder nach oben, und dieses Mal rutschte er nicht ab. Der Betonboden vibrierte wie unter dem Schritt schwerer, aber blitzschneller Füße. Billy spürte die Erschütterungen durch die Sohlen seiner Stiefel.

Schau nicht hin! Schau nicht hin!

Billy packte die seitlichen Verstrebungen der Leiter und zog sich nach oben, so schnell Peake es ihm erlaubte. Eine Stufe. Zwei. Drei.

Über ihm hatte Peake das Einstiegsloch erreicht und zog sich auf die Straße hinauf. Als er nicht mehr vor Billy stand, schien das Licht der Herbstsonne durch den Einstieg – beinahe sah es so aus, als würde ein Lichtstrahl durch ein Kirchenfenster fallen. Vielleicht, weil es Hoffnung vermittelte.

Billy war die Leiter jetzt zur Hälfte nach oben gestiegen. Ich werde es schaffen, ja, auf jeden Fall, ich schaffe es, sagte er sich vor.

Das Kreischen und Heulen hinter ihm – meine Güte, er fühlte sich wie im Zentrum eines Zyklons!

Eine weitere Sprosse. Dann noch eine.

Sein Schutzanzug war plötzlich schwerer als je zuvor. Er kam Billy vor wie eine Rüstung, die eine Tonne wog und ihn nach unten zog.

Er befand sich jetzt bereits in der vertikalen Röhre, die von dem ebenen Tunnel wegführte. Sehnsüchtig sah er nach oben in das Tageslicht und die Gesichter, die auf ihn herunterblickten, und ging weiter.

Du wirst es schaffen.

Er streckte seinen Kopf durch das Eingangsloch. Jemand reichte ihm die Hand, um ihm herauszuhelfen. Es war Copperfield.

Hinter Billy verstummte das Gebrüll.

Er stieg auf die nächste Stufe, ließ die Leiter mit einer Hand los und griff nach der Hand des Generals – doch bevor er sie erwischte, packte ihn plötzlich etwas von unten an den Beinen.

»Nein!«

Irgend etwas umklammerte ihn, riß seine Füße von der Leiter und zerrte ihn nach unten. Seltsamerweise hörte er sich selbst nach seiner Mutter rufen, als er schreiend nach unten rutschte und mit seinem Helm gegen die Wand und gegen eine Sprosse der Leiter schlug. Beinahe verlor er das Bewußtsein. Er schlug sich seine Knie und Ellbogen auf und versuchte verzweifelt, eine Sprosse der Leiter zu packen, schaffte es aber nicht und brach schließlich unter der erdrückenden Umklammerung dieses unbekannten Wesens zusammen, das ihn nun zurück in den Tunnel unter der Skyline Road zu zerren begann.

Billy wand sich, trat und schlug um sich – vergeblich. Mit festem Griff wurde er immer weiter in die Kanalisation gezogen.

In dem Lichtstrahl, der durch das Einstiegsloch drang, und im rasch schwächer werdenden Schein der Taschenlampe, die Peake hatte fallen lassen, konnte er einen kleinen Teil des Dings sehen, das ihn gepackt hatte. Nicht viel, nur einige Fragmente, die kurz aus dem Schatten auftauchten und dann wieder in der Dunkelheit verschwanden. Er sah jedoch genug, um die Kontrolle über seine Blase und seinen Schließmuskel zu verlieren. Es glich einer Eidechse, war aber keine. Es erinnerte auch an ein Insekt. Es zischte, miaute und knurrte. Mit seinem riesigen Maul schnappte es nach ihm und zerrte an seinem Schutzanzug, während es ihn weiterschleifte. Allmächtiger Gott, diese Zähne! Eine Doppelreihe rasiermesserscharfer Eisenspitzen. Es war riesig und hatte Klauen. Seine Augen waren rot und verschleiert, die langen, dünnen Pupillen so schwarz wie der Boden eines Grabes. Seine Haut war mit Schuppen bedeckt. Über seinen haßerfüllten Augen wuchsen zwei geschwungene, nadelspitze Hörner, und statt einer Nase hatte es eine

Schnauze, aus der Schleim tropfte. Zwischen all diesen tödlichen Fängen zuckte eine gespaltene Zunge hervor und etwas, das aussah wie der Stachel einer Wespe.

Es zog Billy Velazquez weiter in den Tunnel. Er versuchte verzweifelt, eine Stelle an der Wand zu finden, wo er sich festhalten konnte, riß sich dabei aber nur die Handschuhe auf. Als er die kühle Luft an seinen Händen spürte, überlegte er, daß er jetzt verseucht sein könnte, doch das spielte nun wohl keine Rolle mehr.

Das Ding zerrte ihn immer weiter in das hämmernde Herz der Dunkelheit. Dann blieb es stehen, hielt Billy fest und riß seinen Schutzanzug auf. Es trommelte gegen seinen Helm und schlug gegen die Sichtscheibe, als wäre er eine wohlschmeckende Nuß in einer harten Schale.

Billy war kurz davor, den Verstand zu verlieren, aber er kämpfte verzweifelt darum, seine Sinne darauf zu konzentrieren, das alles zu verstehen. Zuerst dachte er, es könnte sich um eine prähistorische Kreatur handeln, die Millionen Jahre alt war und irgendwie durch eine Zeitverschiebung in die Kanalisation gelangt sein mochte. Aber das war verrückt.

Das Biest hatte nun den größten Teil seines Schutzanzugs heruntergerissen und drängte sich kalt und widerlich glatt an ihn. Es schien zu pulsieren und sich irgendwie zu verändern, als es ihn berührte. Billy schnappte nach Luft und weinte laut. Plötzlich fiel ihm eine Illustration in einem alten Katechismus ein. Die Zeichnung eines Dämons. Genau so sah es aus. Ja, ganz genau. Die Hörner, die dunkle gespaltene Zunge, die roten Augen. Wie ein Dämon, der aus der Hölle aufgestiegen war. Nein, nein, das war auch verrückt! Während ihm diese Gedanken durch den Kopf schossen, zerrte die gierige Kreatur weiter an ihm und riß den Helm in Stücke. In der Dunkelheit fühlte er, wie sich die Schnauze des Biests durch seinen zerbrochenen Helm schob und an seinem Gesicht schnüffelte. Dann spielte seine Zunge um Billys Mund und Nase. Billy nahm einen vagen, aber abstoßenden

Geruch wahr, wie er ihm bisher noch nie begegnet war. Die Kreatur stieß ihm in den Bauch und gegen die Oberschenkel, und dann spürte er, wie sich ein seltsames und grauenhaftes Feuer in seinen Körper fraß wie eine Säure. Er wand sich hin und her und bäumte sich auf, doch all das half ihm nichts. Billy hörte sich in seinem Schmerz selbst entsetzt schreien: »Das ist der Teufel! Der Teufel!« Ihm wurde bewußt, daß er ununterbrochen geschrien hatte, seit er von der Leiter herabgezerrt worden war. Nun verbrannte das flammenlose Feuer seine Lungen zu Asche und zersetzte seine Kehle, und er war nicht mehr in der Lage zu sprechen. Er betete in einem stummen Singsang und versuchte damit, seine Angst zu unterdrücken und den Tod und das schreckliche Gefühl abzuwenden, klein und wertlos zu sein. *Muttergottes Maria, erhöre mein Flehen, erhöre mich, Maria, bete für mich ... bete für mich. Maria, Muttergottes, bitte für mich und ...*

Seine Frage war beantwortet worden.

Er wußte jetzt, was mit Sergeant Harker passiert war.

Galen Copperfield war ein Naturfreund und wußte eine Menge über die Tierwelt Nordamerikas. Eines der Tiere, die ihn am meisten interessierten, war die Falltürspinne. Sie baute sich mit großer Geschicklichkeit ein aus Röhren bestehendes Nest tief unter der Erde und verschloß sie mit einer Tür an einer Angel. Diese Falltür war perfekt an die Oberfläche angepaßt, so daß andere Insekten ahnungslos darüberliefen, ohne sich der Gefahr, die von unten lauerte, bewußt zu sein. Dann wurden sie blitzschnell in die Grube gezerrt und verschlungen. Es war erschreckend und faszinierend zugleich, wie schnell das geschah. In einem Augenblick stand das Opfer noch auf der Falltür, und im nächsten war es verschwunden, als hätte es nie existiert.

Corporal Velazquez war auch so schnell verschwunden, als hätte er auf die Klappe des Nests einer Falltürspinne getreten.

Einfach verschwunden.

Copperfields Männer waren schon wegen Harkers Verschwinden nervös gewesen, und das unheimliche Geheul, das aufgehört hatte, kurz bevor Velazquez in den Tunnel gezerrt worden war, hatte ihnen angst gemacht. Als der Corporal hinuntergezogen wurde, waren sie alle rasch zurückgewichen, weil sie fürchteten, etwas würde sich aus der Kanalisation heraus auf sie stürzen.

Copperfield, der gerade nach Velazquez Hand greifen wollte, als *es* sich auf ihn stürzte, sprang ebenfalls zurück und blieb dann unentschlossen stehen. Das sah ihm gar nicht ähnlich. Bisher hatte er noch nie in einer Krise gezögert.

Velazquez' Schreie tönten durch die Funkgeräte in den Anzügen.

Copperfield zwang sich, die Starre zu lösen, die ihn überfallen hatte, ging zu dem Einstiegsloch und sah hinunter. Peakes Taschenlampe lag auf dem Boden des Tunnels, aber sonst war nichts zu sehen. Kein Zeichen von Velazquez.

Copperfield zögerte.

Der Corporal schrie immer noch.

Sollte er dem armen Kerl einen weiteren Mann zu Hilfe schicken? Nein, das wäre zweifellos Selbstmord. Er dachte an Harker – nein, er durfte keine Männer mehr verlieren.

Aber diese entsetzlichen Schreie! Harkers Schreie waren noch schlimmer gewesen – sie hatten qualvolle Schmerzen ausgedrückt. Jetzt hörte man Todesangst heraus. Velazquez' Schreie waren zumindest ebenso schrecklich wie die, die Copperfield auf dem Schlachtfeld gehört hatte.

Immer wieder konnte man einige Wörter heraushören, die Billy keuchend hervorstieß. Der Corporal machte den verzweifelten Versuch, den Männern über der Erde – und vielleicht auch sich selbst – mitzuteilen, was er sah.

»... Eidechse ...«

»... Käfer ...«

»... Drache ...«

»... prähistorisches ...«

»... Dämon ...«

Zum Schluß lagen unglaublicher Schmerz und panische Angst in seiner Stimme. Der Corporal schrie: »Das ist der Teufel! Der Teufel!«

Danach waren die Schreie ebenso grauenhaft, wie sie bei Harker geklungen hatten.

Nachdem es ganz still geworden war, schob Copperfield den Kanaldeckel wieder auf die Öffnung. Wegen des Stromkabels schloß er nicht mehr ganz dicht, aber das Loch war zum größten Teil abgedeckt.

Der General postierte zwei Mann etwa drei Meter von dem Einstieg entfernt auf dem Bürgersteig und befahl ihnen, auf alles zu schießen, was dort herauskam.

Da Harker seine Schußwaffe nichts genützt hatte, bastelte Copperfield mit einigen seiner Männer Molotowcocktails. Sie holten sich etliche Weinflaschen aus dem Getränkemarkt Brookhart's an der Vail Lane, leerten sie, füllten zuerst Seifenpulver und dann Benzin hinein und verschlossen sie dann mit zusammengedrehten Lappen.

Ob Feuer helfen würde, wo alles andere versagt hatte?

Was war mit Harker und Velazquez geschehen? Was wird mit mir geschehen, fragte sich Copperfield.

Das erste der beiden mobilen Labors hatte über zwanzig Millionen Dollar gekostet, aber das Geld vom Verteidigungsministerium war damit gut angelegt.

Das Labor war ein Wunder der technologischen Miniaturisierung. Allein der Computer – ausgestattet mit drei Zentraleinheiten und einer Kapazität von zehn Gigabytes – war nicht größer als zwei oder drei Koffer. Mit diesem hochentwickelten System konnte man komplizierte medizinische Analysen durchführen. Es besaß größere Erkennungs- und Speicherungskapazitäten als die Computer in den Pathologielabors der meisten Universitätskliniken.

Die umfangreiche diagnostische Ausrüstung in dem Wohnmobil war so gestaltet, daß sie auf kleinstem Raum die größtmögliche Nutzung brachte. Neben den Rechnern an der Wand standen etliche Geräte und Maschinen: unter anderem eine Zentrifuge, mit der man die verschiedenen Bestandteile von Blut, Urin und anderen Flüssigkeiten voneinander trennen konnte; ein Spektormeter; ein Spektrograph; ein Elektronenmikroskop mit einer Verbindung zu einem der Bildschirme, auf dem man sofort das entsprechende Bild sehen konnte; eine Anlage, mit der man Blut und Gewebeproben einfrieren und lagern konnte. Mit dieser ließen sich ebenfalls verschiedene Tests durchführen, die ganz besonders für extrahierte Substanzen in gefrorenem Zustand geeignet waren.

Hinter der Fahrerkabine befand sich ein Seziertisch, der an die Wand geklappt werden konnte, wenn er nicht gebraucht wurde. Jetzt lag die Leiche von Gary Wechlas – männlich, weiß, siebenunddreißig – auf der Edelstahlplatte. Man hatte ihm die blaue Pyjamahose vom Körper geschnitten und sie für eine spätere Untersuchung zur Seite gelegt.

Dr. Seth Goldstein, einer der drei führenden Gerichtsmediziner der Westküste, würde die Autopsie durchführen. Er stand mit Dr. Daryl Roberts an einer Seite des Tisches, auf der anderen befand sich General Copperfield und sah die beiden Ärzte über die Leiche hinweg an.

Goldstein drückte einen Knopf an einem Bedienungsfeld, das in die Wand eingelassen war. Jedes Wort, das während der Autopsie fallen würde, sollte aufgezeichnet werden; das war bei jeder Obduktion üblich. Auch eine Videoaufnahme wurde gemacht. Zwei, an der Decke befestigte Kameras waren auf die Leiche gerichtet. Sie wurden ebenfalls aktiviert, als Dr. Goldstein auf den Knopf drückte.

Goldstein begann zunächst mit einer genauen Untersuchung und Beschreibung der Leiche. Er schilderte den ungewöhnlichen Gesichtsausdruck, die Blutergüsse am ganzen

Körper und die seltsamen Schwellungen. Dann suchte er nach Stichwunden, Abschürfungen, Quetschungen, Schnitten, Läsionen, Blasen, Brüchen oder anderen Verletzungen, konnte aber keine finden.

Er hielt seine behandschuhte Hand einen Augenblick zögernd über das Brett, auf dem die Instrumente lagen. Normalerweise hatte er schon vor Beginn einer Autopsie eine recht genaue Vorstellung von der Todesursache. War der Verstorbene einer Krankheit erlegen, so hatte er bereits das Krankenblatt des Hospitals eingesehen. Handelte es sich um einen Unfall, gab es sichtbare Verletzungen. War Gewaltanwendung die Todesursache, sah man die entsprechenden Anzeichen. Aber in diesem Fall gab ihm der Zustand der Leiche Fragen auf, die er nicht beantworten konnte – ungewöhnliche Fragen, auf die er bisher in seiner Laufbahn noch nie eine Antwort hatte finden müssen.

Als spüre er die Gedanken des Arztes, sagte Copperfield: »Sie müssen etwas herausfinden, Doktor. Sehr wahrscheinlich hängt unser Leben davon ab.«

In dem zweiten Mobil befanden sich viele der diagnostischen Geräte und Maschinen, die auch in dem ersten Labor vorhanden waren – unter anderem eine Zentrifuge für verschiedene Tests und ein Elektronenmikroskop –, sowie einige Geräte, die es in dem ersten Wagen nicht gab. Es gab zwar keinen Seziertisch und nur ein Videogerät, aber dafür statt zwei sogar drei Computer.

Dr. Enrico Valdez saß an einem der Computer auf einem niedrigen Stuhl, der so gebaut war, daß ein Mann in einem Schutzanzug mit Sauerstofftank bequem Platz fand. Gemeinsam mit Houk und Niven arbeitete er an einer chemischen Analyse der verschiedenen Proben, die sie in Geschäften und Privathäusern an der Skyline Road und Vail Lane gesammelt hatten. Unter anderem hatten sie auch ein wenig Mehl und Teig aus der Bäckerei der Liebermanns mitgenommen. Sie suchten nach Spuren von Nervengas oder anderen chemischen Substanzen, hatten bisher aber noch nichts Außergewöhnliches finden können.

Dr. Valdez glaubte auch nicht, daß ein Nervengas oder eine Krankheit die Ursache war. Er fragte sich, ob diese Angelegenheit nicht eher in Isleys und Arkhams Bereich fiel. Das waren die beiden Männer, die keine Namensschilder an ihren Schutzanzügen trugen. Sie gehörten nicht der Truppe für Zivilschutz an, sondern arbeiteten an einem völlig anderen Projekt. Als sie Dr. Valdez bei der Einsatzbesprechung im Morgengrauen in Sacramento vorgestellt wurden und er erfahren hatte, was ihr Forschungsgebiet war, hätte er beinahe gelacht. Er hatte das Projekt für eine Verschwendung von Steuergeldern gehalten, doch jetzt war er sich nicht mehr so sicher. Er fragte sich, ob ...

Und er war sehr beunruhigt.

Auch Dr. Sara Yamaguchi war in dem zweiten Wohnwagen beschäftigt.

Sie legte Bakterienkulturen an. Mit einer Blutprobe von Gary Wechlas Leiche infizierte sie methodisch eine Reihe von verschiedenen Nährlösungen, in denen Bakterien normalerweise gedeihen. Dazu benutzte sie unter anderem Nährböden aus Pferdeblut, Schafsblut und sogar Schokolade.

Sara Yamaguchi war Genetikerin und arbeitete seit elf Jahren in der DNA-Forschung. Sollte sich herausstellen, daß Snowfield von einem künstlich hergestellten Mikroorganismus befallen war, würde ihre Arbeit eine zentrale Rolle bei der Untersuchung spielen. Sie würde Form und Gestalt der Mikroben untersuchen und danach versuchen, die genaue Funktion dieses Schädlings festzustellen.

Wie Dr. Valdez hatte sie sich bereits überlegt, ob Isley und Arkham möglicherweise eine größere Rolle bei der Untersuchung spielen würden, als sie gedacht hatte. Noch am Morgen war ihr das Projekt der beiden Männer so exotisch vorgekommen wie Voodoozauber, doch nach den Ereignissen seit ihrer Ankunft in Snowfield mußte sie zugeben, daß Isleys und Arkhams Spezialgebiet immer wichtiger wurde.

Und ebenso wie ihr Kollege Dr. Valdez machte auch sie sich große Sorgen.

Dr. Wilson Bettenby, der wissenschaftliche Leiter der zivilen Abteilung für B- und C-Waffen-Abwehr an der Westküste, saß zwei Stühle neben Dr. Valdez an einem Computer.

Er führte verschiedene Programme zur Analyse von einigen Wasserproben durch. Die Proben wurden in einen Prozessor geschoben, der das Wasser destillierte, das Destillat speicherte und die herausgefilterten Substanzen einer spektrographischen Untersuchung unterzog und weitere Tests durchführte. Bettenby suchte nicht nach Mikroorganismen – dafür wäre eine andere Prozedur nötig gewesen. Diese Maschine identifizierte und maß alle Mineralien und chemischen Elemente in den Wasserproben. Die Daten wurden auf der Kathodenstrahlröhre sichtbar.

Mit einer Ausnahme waren alle Proben von verschiedenen Wasserhähnen in Küchen und Bädern von Geschäften und Privathäusern an der Vail Lane entnommen worden. Sie enthielten keinerlei gefährliche chemische Substanzen.

Eine Wasserprobe hatte Deputy Autry mitgebracht, nachdem er sie vom Küchenboden in der Wohnung an der Vail Lane abgefüllt hatte. Nach den Angaben von Sheriff Hammond waren in mehreren Häusern Wasserpfützen und durchnäßte Teppiche gefunden worden, doch am Morgen war das Wasser bereits verdunstet, und aus den noch feuchten Teppichen konnte Bettenby keine sauberen Proben mehr entnehmen. Er schob die Wasserprobe, die der Deputy mitgebracht hatte, in den Prozessor.

Wenige Minuten später lieferte der Computer die komplette Analyse der chemischen und mineralischen Bestandteile und zeigte an, welche Rückstände nach der Destillation verblieben.

	Lösung in %	Rückstände in %
Wasserstoff	11.188	00.00
Lithium	00.000	00.00
Bor	00.000	00.00
Stickstoff	00.000	00.00
Natrium	00.000	00.00
Aluminium	00.000	00.00
Phosphor	00.000	00.00
Chlor	00.000	00.00
Helium	00.000	00.00
Beryllium	00.000	00.00
Kohlenstoff	00.000	00.00
Sauerstoff	88.812	00.00
Magnesium	00.000	00.00
Silizium	00.000	00.00
Schwefel	00.000	00.00
Kalium	00.000	00.00

Der Computer arbeitete weiter und versuchte die Spur irgendeiner Substanz zu entdecken, die normalerweise identifiziert werden konnte, doch die Ergebnisse blieben bestehen. Im undestillierten Zustand enthielt das Wasser lediglich zwei Elemente – Wasserstoff und Sauerstoff. Nachdem es filtriert und destilliert worden war, konnte man keinerlei Rückstände feststellen. Autrys Probe konnte unmöglich aus einer Wasserleitung der Stadt stammen, denn sie enthielt weder Chlor noch Fluor. Das Wasser konnte auch nicht aus einer Flasche kommen, da es dann Spuren von Mineralien gezeigt hätte. Vielleicht befand sich unter der Spüle ein Filtrationssystem, aber selbst dann würden sich

Reste von mineralischen Elemente finden lassen. Die Probe, die Autry mitgebracht hatte, bestand aus reinstem, laborgeeignetem, destilliertem und mehrfach gefiltertem Wasser.

Wie war das nur auf den Küchenboden gelangt? Bettenby starrte stirnrunzelnd auf den Bildschirm. War die Lache in dem Getränkeladen Brookhart's ebenfalls von dieser Qualität?

Warum sollte jemand in der Stadt literweise destilliertes Wasser auskippen? Und woher würde er solche Mengen bekommen?

Merkwürdig.

Jenny, Bryce und Lisa saßen an einem Ecktisch im Speiseraum des Hilltop Inn. Major Isley und Captain Arkham, die beide Schutzanzüge ohne Namensschilder trugen, hatten gegenüber auf zwei Hockern Platz genommen. Sie hatten ihnen erzählt, was mit Corporal Velazquez geschehen war und ein Tonband auf den Tisch gestellt.

»Ich verstehe immer noch nicht, warum das nicht warten kann«, sagte Bryce.

»Es wird nicht lange dauern«, erwiderte Major Isley.

»Mein Team steht bereit. Wir müssen alle Häuser in dieser Stadt durchsuchen, die Toten zählen und feststellen, wie viele Personen vermißt sind. Außerdem versuchen wir herauszufinden, was, zum Teufel, diese Menschen getötet haben kann. Wir haben einige Tage Schwerstarbeit vor uns, und wir können nur bei Tageslicht vorgehen. Ich werde meine Männer in der Nacht nicht mehr losschicken, wenn die Gefahr besteht, daß der Strom jederzeit ausfallen kann. Das werde ich auf keinen Fall riskieren.«

Jenny dachte an Wargles verwüstetes Gesicht und seine hohlen Augenhöhlen.

»Nur ein paar Fragen«, sagte Major Isley.

Arkham schaltete das Tonbandgerät ein.

Lisa starrte den Major und den Captain unverwandt an, und Jenny fragte sich, was jetzt in dem Mädchen vorging.

»Fangen wir mit Ihnen an, Sheriff«, begann Major Isley. »Haben Sie in den letzten achtundvierzig Stunden vor diesen Ereignissen irgendwelche Berichte über Stromausfälle oder Störungen im Telefonnetz erhalten?«

»Bei solchen Problemen werden normalerweise die zuständigen Firmen und nicht der Sheriff benachrichtigt«, antwortete Bryce.

»Sicher, aber würden Sie nicht auch informiert werden? Bei Stromausfällen oder Störungen der Telefonleitungen vermutet man doch auch kriminelle Handlungen, oder?«

Bryce nickte. »Natürlich. Soviel ich weiß, haben wir keine Meldungen darüber bekommen.«

Captain Arkham beugte sich vor. »Gab es auch Störungen beim Empfang von Fernseh- und Radiogeräten in dieser Gegend?«

»Davon ist mir nichts bekannt.«

»Berichte über unerklärliche Explosionen?«

»Explosionen?«

»Ja«, sagte Isley. »Explosionen, einen Überschallknall oder andere laute Geräusche, die Sie nicht einordnen konnten.«

»Nein. Nichts dergleichen.«

Jenny fragte sich, worauf diese Leute hinauswollten.

Isley zögerte. »Irgendwelche Berichte über ungewöhnliche Flugobjekte in der Gegend?«

»Nein.«

»Ihr gehört nicht zu General Copperfields Team, nicht wahr? Deshalb tragt ihr auch keine Namensschilder an den Helmen«, mischte sich Lisa ein.

»Und die Schutzanzüge passen nicht richtig«, fügte Bryce hinzu. »Die anderen wurden maßangefertigt, aber Ihre sind von der Stange.«

»Gut beobachtet«, bemerkte Isley.

»Wenn Sie nicht zum Team dieser Abteilung gehören, was tun Sie dann hier?« wollte Jenny wissen.

»Wir wollten es Ihnen nicht gleich sagen, weil wir hofften, dann ehrlichere Antworten zu bekommen«, erklärte Isley. »Sie sollten zuerst einmal nicht wissen, womit wir uns beschäftigen.«

»Wir gehören nicht zum medizinischen Korps der Army, sondern zur Air Force«, fügte Arkham hinzu.

»Projekt *Skywatch*«, sagte Isley. »Das ist zwar keine geheime Organisation, aber wir bemühen uns, nicht allzusehr ins Licht der Öffentlichkeit zu gelangen.«

»*Skywatch!* Sprechen Sie etwa über UFOs?« Lisa strahlte. »Über fliegende Untertassen?«

Jenny sah, wie Isley bei diesen Worten leicht zusammenzuckte.

»Wir fahren nicht in der Gegend herum und überprüfen jeden Spinner, der angeblich kleine grüne Männchen vom Mars gesehen hat. Dafür fehlen uns auch die Mittel. Unsere Aufgabe besteht darin, die wissenschaftlichen, sozialen und militärischen Aspekte einer ersten Begegnung der Menschheit mit außerirdischen intelligenten Wesen zu planen. Wir sind eigentlich nur ein Planungsstab.«

Bryce schüttelte den Kopf. »Hier in der Gegend hat niemand fliegende Untertassen gemeldet.«

»Genau das meinte Major Isley«, sagte Arkham. »Unsere Studien weisen darauf hin, daß eine solche Begegnung so bizarr beginnen könnte, daß wir sie zuerst gar nicht erkennen. Wir gehen immer davon aus, daß ein Raumschiff vom Himmel herunterschwebt, aber es kann auch ganz anders sein. Wenn wir es mit wirklich intelligenten Außerirdischen zu tun haben, könnten ihre Raumschiffe ganz anders aussehen, als wir erwarten, und wir würden ihre Ankunft möglicherweise nicht einmal bemerken.«

»Deshalb untersuchen wir auch solche merkwürdigen Phänomene, die auf den ersten Blick anscheinend nichts mit

UFOs zu tun haben«, sagte Arkham. »Im letzten Frühjahr überprüften wir einen Fall in einem Haus in Vermont, wo sich ein Poltergeist bemerkbar machte. Möbel schwebten durch die Luft, Geschirr flog durch die Küche und zerschellte an der Wand. An Stellen, wo sich keine Wasserleitungen befanden, ergossen sich Ströme in das Haus. Feuerbälle erschienen wie aus dem Nichts ...«

»Ist ein Poltergeist nicht eine übernatürliche Erscheinung?« fragte Bryce. »Was könnten Geister mit Ihrem Interessengebiet zu tun haben?«

»Nichts«, erwiderte Isley. »Wir glauben nicht an Geister, aber wir fragten uns damals, ob es sich bei dem Poltergeist nicht um einen fehlgeschlagenen Kommunikationsversuch von Außerirdischen handeln könnte. Sollten wir einer außerirdischen Rasse begegnen, die sich uns nur auf telepathischem Weg mitteilen kann, sind wir vielleicht nicht in der Lage, ihre Gedanken zu empfangen, und die psychische Energie könnte sich dadurch in ein destruktives Phänomen verwandeln, das wir dann bösen Geistern zuordnen.«

»Und zu welchem Entschluß sind Sie schließlich bei dem Poltergeist in Vermont gekommen?« fragte Jenny.

»Zu gar keinem«, sagte Isley.

»Wir fanden den Fall nur sehr ... interessant«, fügte Arkham hinzu.

Jenny warf Lisa einen Blick zu und bemerkte, daß sich die Augen des Mädchens weiteten. Das war etwas, was Lisa verstehen und akzeptieren konnte. Auf eine solche Bedrohung war sie durch Filme, Bücher und Fernsehen gründlich vorbereitet worden. Monster aus dem Weltraum. Eindringlinge aus anderen Welten. Obwohl die Morde in Snowfield dadurch nicht weniger grausam erschienen, drehte es sich um eine bekannte Gefahr, die sie dem Unbekannten bei weitem vorzog. Jenny bezweifelte zwar stark, daß es sich hier wirklich um die erste Begegnung der

Menschheit mit Wesen von einem anderen Stern handelte, aber Lisa schien nur zu gern bereit, daran zu glauben.

»Und wie steht es in Snowfield?« fragte das Mädchen. »Passiert hier auch so etwas? Ist möglicherweise etwas von ... von dort oben gelandet?«

Arkham sah Isley beunruhigt an. Isley räusperte sich. Durch den Lautsprecher auf seiner Brust klang das Geräusch blechern und rauh. »Es ist noch viel zu früh, um darüber ein Urteil abzugeben. Wir halten es jedoch für möglich, daß es bei einer solchen ersten Begegnung zwischen Menschen und Außerirdischen zu unerklärlichen Verseuchungen kommen kann. Deshalb wurden wir auch sofort von Copperfield informiert. Der Ausbruch einer unbekannten Krankheit könnte ein Indiz für die Kontaktaufnahme einer außerirdischen Kraft sein.«

»Aber wenn wir es hier wirklich mit einem außerirdischen Wesen zu tun haben, dann scheint es trotz seiner sogenannten überlegenen Intelligenz verdammt brutal zu sein«, wandte Bryce zweifelnd ein.

»Daran habe ich auch schon gedacht«, stimmte Jenny ihm zu.

Isley hob die Augenbrauen. »Es gibt keinerlei Garantie dafür, daß ein Wesen von überlegener Intelligenz friedlich und wohlwollend ist.«

»Genau, das ist ein weitverbreitetes Vorurteil«, sagte Arkham. »Man glaubt, Außerirdische hätten gelernt, untereinander und mit anderen Spezies in Frieden zu leben, aber wie es schon in einem alten Lied heißt: es muß nicht unbedingt so sein. Schließlich sind wir Menschen den Gorillas auf dem Weg der Evolution ein großes Stück voraus, aber trotzdem stiften wir mehr Kriege an als die aggressivsten Menschenaffen.«

»Vielleicht werden wir eines Tages einer wohlwollenden außerirdischen Rasse begegnen, die uns lehrt, in Harmonie zu leben«, sagte Isley. »Möglicherweise wird sie uns das

Wissen und die Technologie schenken, um alle unsere Probleme auf der Erde zu lösen und sogar die Sterne zu erreichen. Vielleicht.«

»Aber die Alternative können wir nicht ausschließen«, fügte Arkham grimmig hinzu.

6
London, England

Montagmorgen. In Snowfield war es elf Uhr, in London sieben Uhr abends.

Ein grauer, verregneter Tag war in einen trüben, feuchten Abend übergegangen. Regentropfen trommelten an die Fensterscheiben der winzigen Küche in Timothy Flytes Zwei-Zimmer-Apartment unter dem Dach.

Der Professor bereitete sich auf einem Brett ein Sandwich zu. Nach dem üppigen Sektfrühstück, das Burt Sandler bezahlt hatte, war ihm die Lust auf ein Mittagessen vergangen. Auch den Tee am Nachmittag hatte er ausfallen lassen.

Er hatte sich heute mit zwei Studenten getroffen. Einem gab er Nachhilfe in der Analyse von Hieroglyphen, dem anderen in Latein. Nach dem schweren Frühstück war er in beiden Stunden beinahe eingeschlafen. Peinlich. Aber schließlich zahlten seine Studenten ihm so wenig, daß sie sich wohl kaum beschweren konnten, wenn er einmal eindöste.

Während er eine dünne Scheibe gekochten Schinken und ein Stück Schweizer Käse auf das mit Senf bestrichene Brot legte, hörte er das Telefon in der Halle der Pension klingeln. Er dachte nicht, daß das Gespräch für ihn sein könnte, denn er bekam nur selten einen Anruf.

Einige Sekunden später klopfte es jedoch an seiner Tür. Der junge Inder, der ein Zimmer im ersten Stock gemietet hatte, erklärte Timothy in gebrochenem Englisch, daß der Anruf für ihn sei. Es sei dringend.

»Dringend? Wer ist es denn?« fragte Timothy und folgte dem jungen Mann die Treppe hinunter. »Hat er seinen Namen genannt?«

»Sand-leer«, erwiderte der Inder.

Sandler? Burt Sandler?

Während des Frühstücks waren sie übereingekommen, daß er eine neue Version von *Der Alte Feind* schreiben sollte, die auf den Durchschnittsleser zugeschnitten war.

Timothy hatte in den vergangenen siebzehn Jahren seit der Veröffentlichung seines Buches immer wieder Angebote erhalten, ein neues Manuskript seiner Theorien über Massenverschwinden zu verfassen, das für die Allgemeinheit verständlicher sein sollte, doch bisher hatte er nicht eingewilligt. Seiner Meinung nach würde er mit einer popularisierten Version von *Der Alte Feind* nur das Urteil der Leute bekräftigen, die ihn auf so unfaire Weise beschuldigt hatten, aus Sensationslust und Geldgier Humbug zu schreiben. Nach den vielen Jahren, in denen er nur schwer über die Runden gekommen war, konnte er sich nun eher für diese Idee erwärmen. Sandlers Erscheinen und sein Angebot waren genau zu einer Zeit gekommen, als Timothys finanzielle Situation äußerst kritisch wurde – es war wie ein Wunder. Am Vormittag hatten sie sich auf eine Vorauszahlung von fünfzigtausend Dollar geeinigt. Bei dem derzeitigen Wechselkurs entsprach das in etwa dreißigtausend Pfund. Das war kein Vermögen, aber mehr Geld, als Timothy seit sehr langer Zeit gesehen hatte.

Das Telefon stand in der Halle auf einem kleinen Tisch. Darüber hing ein billiger Druck von einem schlechten Bild. Als der Professor die schmale Treppe hinunterstieg, überlegte er, ob Sandler die Vereinbarung rückgängig machen wollte. Sein Herzschlag beschleunigte sich.

»Ich hoffe, es handelt sich nicht um etwas Unangenehmes, Sir«, sagte der junge Inder, kehrte in sein Zimmer zurück und schloß die Tür hinter sich.

Flyte nahm den Hörer auf. »Hallo?«

»Meine Güte, haben Sie die Abendzeitung gelesen?« Sandlers Stimme klang schrill und beinahe hysterisch.

Timothy fragte sich, ob Sandler betrunken war. War das etwa die wichtige Geschichte, wegen der er anrief?

Bevor Timothy antworten konnte, sprach Sandler weiter. »Ich glaube, es ist passiert. Mein Gott, Dr. Flyte, es ist tatsächlich geschehen! Es steht in der Zeitung und wird im Radio gemeldet. Obwohl es noch keine Einzelheiten gibt, sieht es ganz danach aus.«

Der Professor machte sich jetzt keine Sorgen mehr um seinen Vertrag, sondern wurde ein wenig ungehalten. »Könnten Sie sich bitte etwas genauer ausdrücken, Mr. Sandler?«

»Der Alte Feind, Dr. Flyte. Eines dieser Wesen hat wieder zugeschlagen. Gestern. In einer Stadt in Kalifornien. Es gibt Tote, aber die meisten der Einwohner werden vermißt. Hunderte. Die ganze Stadt wurde ausgelöscht.«

»Gott möge ihnen helfen«, sagte Flyte.

»Ich habe einen Freund, der bei Associated Press arbeitet. Er hat mir die neuesten Berichte vorgelesen«, fuhr Sandler fort. »Ich weiß Dinge, die noch nicht in den Zeitungen erschienen sind. Die Polizei in Kalifornien sucht Sie. Anscheinend hat eines der Opfer Ihr Buch gelesen. Als der Angriff kam, schloß der Mann sich in sein Badezimmer ein. Bevor es ihn erwischt hat, konnte er noch Ihren Namen und den Titel Ihres Buches auf den Spiegel schreiben!«

Timothy war sprachlos. Neben dem Telefon stand ein Stuhl, und den brauchte er jetzt nötig.

»Die Behörden in Kalifornien haben keine Ahnung, was passiert ist. Sie wissen nicht einmal, daß *Der Alte Feind* ein Buchtitel ist und welche Rolle Sie dabei spielen. Im Moment denken sie, es würde sich eventuell um einen Angriff mit Nervengas, chemischen Waffen oder sogar um eine außerirdische Macht handeln. Aber der Mann, der die Nachricht auf dem Spiegel hinterlassen hat, wußte es besser. So wie wir. Im Auto werde ich Ihnen mehr darüber erzählen.«

»Im Auto?« fragte Flyte.

»Meine Güte, Sie haben doch wohl einen Reisepaß?«

»Äh ... ja.«

»Ich werde Sie abholen und zum Flughafen bringen, Dr. Flyte. Sie müssen nach Kalifornien fliegen.«

»Aber ...«

»Noch heute abend. Es gibt noch einen Platz in der Maschine ab Heathrow. Ich habe ihn bereits auf Ihren Namen reservieren lassen.«

»Aber das kann ich mir doch gar nicht leisten ...«

»Keine Sorge, das zahlt alles der Verlag. Sie müssen nach Snowfield reisen. Jetzt werden Sie nicht nur eine Neufassung von *Der Alte Feind* schreiben, sondern einen fundierten Bericht über die Ereignisse in Snowfield. Damit werden Sie all Ihre Theorien belegen können. Verstehen Sie, was ich meine? Ist das nicht großartig?«

»Aber ist es denn zu vertreten, wenn ich jetzt dort auftauche?«

»Wie meinen Sie das?«

»Nun, wäre das richtig?« fragte Timothy besorgt. »Würde das nicht so aussehen, als wollte ich aus einer schrecklichen Tragödie Kapital schlagen?«

»Hören Sie zu, Dr. Flyte. In Snowfield werden sich einige hundert Gauner herumtreiben, die bereits einen Vertrag für ein Buch in der Tasche haben. Sie werden Ihnen Ihre Theorien klauen. Wenn Sie das Buch nicht schreiben, wird einer von ihnen es auf Ihre Kosten tun.«

»Aber Hunderte sind gestorben«, sagte Timothy. Ihm wurde plötzlich übel. »Hunderte. Dieser Schmerz, diese Tragödie ...«

Sandler reagierte mit Ungeduld auf das zögernde Verhalten des Professors. »Na gut, Sie mögen ja recht haben. Vielleicht habe ich darüber noch nicht gründlich nachgedacht, aber verstehen Sie nicht, daß Sie dieses Buch schreiben müssen? Niemand kann sich bei diesem Projekt mit Ihrer Belesenheit und Ihrem Einfühlungsvermögen messen.«

»Na ja ...«

Sandler spürte die Unentschlossenheit des Professors. »Gut. Packen Sie rasch Ihren Koffer«, sagte er schnell. »In einer halben Stunde hole ich Sie ab.«

Nachdem Sandler aufgelegt hatte, saß Timothy einen Augenblick lang mit dem Hörer in der Hand da und lauschte verblüfft dem Freizeichen.

Im Scheinwerferlicht des Taxis schimmerte der Regen silbern. Im Wind sahen die Tropfen aus wie Tausende von dünnen, glitzernden Lamettafäden. Auf dem Gehsteig bildeten sich glänzende Pfützen.

Der Taxifahrer fuhr mit halsbrecherischer Geschwindigkeit über die glatten Straßen. Timothy hielt sich mit einer Hand am Türgriff fest. Anscheinend hatte Burt Sandler dem Fahrer ein gutes Trinkgeld versprochen, wenn er schnell genug war.

»In New York werden Sie einen kurzen Aufenthalt einlegen müssen«, erklärte Sandler, der neben dem Professor saß. »Einer unserer Leute wird Sie abholen und durchschleusen. Die Pressekonferenz wird erst in San Francisco stattfinden. Machen Sie sich also auf eine Armee von wissensdurstigen Reportern am Flughafen gefaßt.«

»Könnte ich nicht einfach nach Santa Mira fliegen und mich dort mit den Behörden in Verbindung setzen?« fragte Timothy unbehaglich.

»Nein, nein!« rief Sandler. Diese Idee entsetzte ihn offensichtlich. »Wir müssen unbedingt eine Pressekonferenz abhalten. Sie sind schließlich derjenige, der die Antwort weiß, Dr. Flyte, und das müssen wir allen klarmachen. Wir müssen die Werbetrommel für Ihr nächstes Buch rühren, bevor irgendein bekannter Autor seine Arbeit über O. J. Simpson beiseite legt und sich auf diese Story stürzt!«

»Aber ich habe mit dem Buch noch nicht einmal angefangen.«

»Meine Güte, das weiß ich doch! Bis wir es veröffentlichen, wird die Nachfrage unglaublich hoch sein!«

Das Taxi raste mit quietschenden Reifen um die Ecke. Timothy wurde gegen die Tür geschleudert.

»Einer unserer Werbeagenten wird Sie in San Francisco abholen und bei der Pressekonferenz begleiten«, sagte Sandler. »Danach wird er Sie irgendwie nach Santa Mira schaffen. Die Fahrt dorthin ist ziemlich lang, also werden wir vielleicht besser einen Hubschrauber besorgen.«

»Einen Hubschrauber?« fragte Timothy verblüfft.

Das Taxi sauste durch eine Pfütze. Eine silbrige Fontäne spritzte in die Luft. Der Flughafen war bereits in Sicht.

Burt Sandler hatte während der Fahrt ununterbrochen geredet. »Noch etwas«, sagte er jetzt. »Bei der Pressekonferenz müssen Sie auch die Dinge erzählen, über die Sie mir heute morgen berichtet haben. Sprechen Sie über das Verschwinden der Mayas und der dreitausend chinesischen Soldaten – und vor allem über Fälle von Massenverschwinden, die sich in den Vereinigten Staaten ereignet haben. Auch über solche Ereignisse, die passierten, bevor es Amerika gab. Das wird der Presse gefallen. Alles, was in diesem Breitengrad geschehen ist, kommt gut an. Ist nicht sogar die erste britische Kolonie in Amerika spurlos verschwunden?«

»Ja. Das war die Kolonie auf der Roanoke-Insel.«

»Vergessen Sie nicht, das zu erwähnen.«

»Aber ich kann nicht schlüssig beweisen, daß das Verschwinden dieser Kolonie etwas mit dem Alten Feind zu tun hat.«

»Besteht die Möglichkeit, daß es doch damit in Verbindung zu bringen ist?«

Wie immer war Timothy von diesem Thema fasziniert, und es gelang ihm sogar, zum ersten Mal seit Beginn dieser selbstmörderischen Fahrt nicht mehr auf den Taxifahrer zu achten.

»Im März 1590 kam eine britische Expedition unter der Führung von Sir Walter Raleigh in die Roanoke-Kolonie zurück. Alle Siedler waren spurlos verschwunden. Einhundertzwanzig Menschen. Über ihr Schicksal wurden zahllose Theorien aufgestellt. Man vermutete, sie seien dem Indianerstamm der Croatoaner zum Opfer gefallen, die in der Nähe lebten, denn die Siedler hatten den Namen des Stammes in einen Baum geritzt. Aber die Croatoaner, die sehr friedlich waren, wußten angeblich nichts von dem Verschwinden der Siedler. Sie hatten den Kolonisten sogar geholfen, sich dort niederzulassen. Es gab keine Anzeichen von Gewaltanwendung, und man hat keine Leichen, Knochen oder Grabstätten gefunden. Wie Sie sehen, werfen die populärsten Theorien viel mehr Fragen auf, als sie beantworten.«

Das Taxi fuhr wieder um eine Kurve und bremste abrupt, um einem Lastwagen auszuweichen, doch Timothy fuhr ungerührt fort: »Mir kam die Idee, daß die Siedler den Namen der Croatoaner nicht in den Baumstamm geschnitzt hatten, um sie anzuklagen. Es könnte vielmehr bedeuten, daß dieser Stamm wußte, was geschehen war. Später las ich Berichte von britischen Forschern, die mit diesen Indianern gesprochen haben, und es gibt Beweise, daß sie tatsächlich wußten, was passiert war – zumindest glaubten sie es zu wissen; sie wurden allerdings nicht ernst genommen. Die Croatoaner berichteten, daß mit den Siedlern auch viele Tiere aus den Wäldern verschwanden, in denen sie jagten. Alle Arten waren plötzlich auf drastische Weise dezimiert. Einige Forscher berichteten, daß die Indianer eine abergläubische Angst und eine religiöse Erklärung für das Verschwinden der Lebewesen hatten. Leider interessierten sich die Weißen, die nach den Siedlern suchten, nicht für indianischen Glauben und beschäftigten sich daher nicht damit.«

»Ich nehme an, Sie haben sich mit den religiösen Überzeugungen dieser Indianer beschäftigt«, sagte Burt Sandler.

»Allerdings«, erwiderte Timothy. »Kein einfaches Thema, weil der Stamm schon seit vielen Jahren ausgestorben ist. Ich habe jedoch herausgefunden, daß die Croatoaner Spiritualisten waren. Sie glaubten daran, daß der Geist auch nach dem Tod weiterlebt und auf der Erde weilt. Er könne sich in solchen Elementen wie Wind, Erde, Feuer und Wasser zu erkennen geben. Und sie glaubten auch an einen bösen Geist – das ist für uns besonders wichtig –, der der Ursprung alles Bösen ist und mit dem Satan des Christentums verglichen werden kann. Den indianischen Namen dafür weiß ich nicht mehr, aber die ungefähre Übersetzung lautet: ›Er, der alles sein kann, aber nichts ist.‹«

»Meine Güte«, sagte Sandler. »Das ist doch eine recht gute Beschreibung des Alten Feindes.«

»Manchmal verstecken sich hinter abergläubischen Erzählungen auch Wahrheiten. Die Croatoaner glaubten, daß die Siedler und auch das Wild von diesem Wesen geholt worden seien. Ich kann nicht mit Bestimmtheit sagen, ob der Alte Feind etwas mit dem Verschwinden der Siedler auf der Roanoke-Insel zu tun hatte, aber es gibt genügend Anzeichen, diese Möglichkeit in Betracht zu ziehen.«

»Fantastisch!« rief Sandler. »Das müssen Sie morgen auf der Pressekonferenz in San Francisco erzählen! Genau so, wie Sie es mir jetzt berichtet haben.«

Das Taxi bremste mit quietschenden Reifen vor dem Flughafengebäude.

Burt Sandler steckte dem Fahrer eine Handvoll Fünf-Pfund-Noten zu und warf einen Blick auf seine Armbanduhr. »Kommen Sie, Mr. Flyte. Das Flugzeug wartet.«

Von seinem Fensterplatz aus sah Timothy Flyte die Lichter der Stadt in den Sturmwolken unter sich verschwinden. Der Jet raste durch den Nieselregen nach oben und durchstieß die Wolkendecke. Schon kurz danach war über dem Flugzeug klarer Himmel zu sehen, und die schwachen, ein wenig unheimlich wirkenden Strahlen des Mondes erhellten die Nacht.

Als das Signal erlosch, löste Flyte seinen Gurt, konnte sich aber nicht entspannen. Seine Gedanken rasten so schnell dahin wie die Wolken vor dem Fenster.

Die Stewardeß kam vorbei und bot Getränke an; er bat um einen Scotch.

Über Nacht hatte sich sein Leben völlig verändert. Dieser eine Tag war aufregender als das ganze vergangene Jahr. Die Spannung, die ihn gepackt hatte, war ungeheuerlich, aber nicht unangenehm. Nur allzu gern tauschte er sein langweiliges Leben gegen ein neues, besseres ein – es war beinahe so, als hätte er sich neue Kleidung besorgt. Er riskierte zwar, wegen seiner Theorien wieder ausgelacht zu werden, aber es bestand auch die Möglichkeit, sie jetzt endlich beweisen zu können.

Nachdem er sein Glas geleert hatte, bestellte er sich einen zweiten Scotch und begann allmählich, sich zu entspannen.

Tiefe Nacht hüllte das Flugzeug ein.

7
Flucht

Durch das vergitterte Fenster seiner Arrestzelle hatte Fletcher Kale einen guten Ausblick auf die Straße. Den ganzen Morgen hatte er beobachtet, wie sich draußen Reporter versammelten. Irgend etwas wirklich Wichtiges mußte geschehen sein. Einige der anderen Häftlinge tauschten von Zelle zu Zelle Neuigkeiten aus, aber mit Kale wollte niemand etwas zu tun haben. Sie haßten ihn und nannten ihn Kindermörder. Auch im Knast gab es soziale Abstufungen, und jemand, der ein Kind getötet hatte, stand ganz unten auf der Leiter.

Es war beinahe komisch. Sogar Autodiebe, Räuber, Einbrecher und Betrüger verspürten das Bedürfnis, sich jemandem gegenüber moralisch überlegen zu fühlen. Also verspotteten und verfolgten sie jeden, der einem Kind etwas angetan hatte, und fühlten sich im Vergleich zu ihm wie Priester oder Bischöfe.

Idioten. Kale verachtete sie.

Er bat keinen von ihnen um Informationen – die Genugtuung, ihn auszuschließen, würde er niemandem geben. Statt dessen streckte er sich auf seiner Liege aus und träumte von seiner herrlichen Zukunft: Ruhm, Macht, Reichtum ...

Als sie ihn um halb zwölf zur Anklageverlesung wegen zweifachen Mordes im Gericht holen kamen, lag er immer noch auf dem Bett. Der Wärter schloß die Tür auf, und ein grauhaariger Deputy mit einem dicken Bauch kam in die Zelle und legte Kale Handschellen an.

»Wir haben heute Personalschwierigkeiten, deshalb komme ich allein«, erklärte er Kale. »Kommen Sie aber bloß nicht auf dumme Gedanken. Sie können nicht türmen – Sie sind gefesselt, und ich habe eine Waffe. Nichts würde mir mehr Spaß machen, als Ihnen eine Kugel zu verpassen.«

Sowohl dem Wärter als auch dem Deputy war deutlich Abscheu anzumerken. Kale begriff endlich, daß er möglicherweise den Rest seines Lebens im Gefängnis verbringen würde. Zu seiner Überraschung begann er zu weinen, als er aus der Zelle geführt wurde.

Die anderen Häftlinge verhöhnten und beschimpften ihn. Der dickbäuchige Mann stieß Kale in die Rippen. »Los, vorwärts!«

Kale stolperte auf wackeligen Beinen über den Korridor durch das Sicherheitsgitter, das für ihn geöffnet wurde, und dann aus dem Block in eine andere Halle. Der Wärter blieb zurück, und der Deputy stieß Kale unsanft in den Fahrstuhl.

Immer wieder schubste er ihn, obwohl das gar nicht nötig gewesen wäre. Kale spürte, wie sich sein Selbstmitleid in Zorn verwandelte.

Als der enge Lift sich langsam in Bewegung setzte, begriff Kale, daß der Deputy sich nicht mehr von ihm bedroht fühlte. Er war angewidert, ungeduldig und peinlich berührt von dem Gefühlsausbruch des Gefangenen.

Auch in Kale ging eine Veränderung vor. Als sich die Türen des Aufzugs öffneten, weinte er immer noch leise, aber seine Tränen waren nicht mehr echt. Er zitterte jetzt vor Aufregung und nicht mehr aus Verzweiflung.

Sie passierten einen weiteren Kontrollpunkt. Der Deputy reichte seinem Kollegen, der ihn Joe nannte, einige Papiere. Der Wärter sah Kale mit unverhohlenem Abscheu an. Kale wandte sein Gesicht ab, als schämte er sich, und weinte dann weiter.

Dann gingen er und Joe nach draußen und überquerten einen großen Parkplatz, auf dem etliche grün-weiße Streifenwagen vor einem niedrigen Zaun abgestellt waren. Es war ein warmer, sonniger Tag.

Kale tat immer noch so, als würde er weinen und weiche Knie haben. Er zog die Schultern hoch, hielt den Kopf gesenkt und schlurfte mutlos dahin, als sei er ein gebrochener Mann.

Außer ihm und dem Deputy befand sich niemand auf dem Parkplatz. Sie waren ganz allein. Perfekt.

Auf dem Weg zum Wagen wartete Kale auf den geeigneten Moment, um zuzuschlagen. Eine Weile dachte er schon, er würde niemals kommen.

Doch dann stieß Joe ihn gegen einen Wagen und drehte sich zur Seite, um die Tür aufzuschließen – und Kale schlug zu. Er warf sich auf den Deputy, als dieser sich vorbeugte, um den Schlüssel ins Schloß zu stecken. Der Deputy schnappte nach Luft und holte mit der Faust aus – zu spät. Kale duckte sich, schnellte dann wieder hoch und drückte Joe gegen den Wagen. Der Deputy wurde blaß vor Schmerz, als ihn der Türgriff mit voller Wucht an der Wirbelsäule traf. Während ihm der Schlüsselbund aus der Hand flog, griff er nach seiner Waffe.

Kale wußte, daß er dem Deputy mit seinen gefesselten Händen die Pistole nicht abnehmen konnte. Wenn es dem Mann gelang, die Waffe zu ziehen, war der Kampf vorbei.

Also sprang Kale dem Deputy an die Kehle. Er biß zu und spürte das Blut spritzen. Wie ein wütender Hund grub er seine Zähne in die Wunde. Der Deputy versuchte zu schreien, brachte aber nur ein schwaches Seufzen hervor, das niemand hören konnte. Die Waffe fiel aus dem Halfter auf den Boden. Beide Männer stürzten, und der Deputy schrie wieder auf. Kale rammte ihm sein Knie zwischen die Beine und sah zu, wie das Blut aus seinem Hals strömte.

»Du Bastard«, knurrte Kale.

Die Augen des Deputys wurden glasig, und der Blutstrom versickerte. Es war vorüber.

Kale hatte sich noch nie so stark und lebendig gefühlt. Er sah sich auf dem Parkplatz um. Niemand in Sicht. Rasch hob er die Schlüssel auf und probierte so lange, bis er den richtigen gefunden hatte. Er schloß die Handschellen auf und warf sie unter den Wagen. Dann rollte er die Leiche des Deputys ebenfalls unter das Auto, damit sie nicht sofort entdeckt werden konnte.

Er wischte sich am Ärmel sein Gesicht ab. Sein Hemd war schmutzig und blutbefleckt, außerdem trug er die weite, schlechtsitzende blaue Anstaltskleidung aus grobem Stoff sowie Leinenschuhe mit Gummisohlen, aber daran konnte er im Augenblick nichts ändern.

Er hatte das Gefühl aufzufallen und hastete eilig am Zaun entlang und dann durch das offene Tor. Rasch überquerte er die Straße und lief auf den nächsten Parkplatz, der sich hinter einem großen, zweistöckigen Wohnhaus befand. Er blickte nach oben und hoffte, daß niemand ihn von einem der Fenster aus beobachtete.

Auf dem Parkplatz standen etwa zwanzig Autos. Bei einem gelben Honda steckten die Schlüssel im Zündschloß. Er setzte sich an das Steuer, schlug die Tür zu und seufzte erleichtert auf. Jetzt war er außer Sicht und hatte ein Transportmittel.

Auf der Ablage stand eine Schachtel Papiertaschentücher. Er zog eines heraus, spuckte darauf und wischte sich damit das Gesicht ab. Nachdem er die Blutspuren beseitigt hatte, betrachtete er sich im Rückspiegel und grinste.

8
Bestandsaufnahme

Während General Copperfields Team die Autopsie und verschiedene Tests in dem mobilen Labor durchführte, bildete Bryce Hammond zwei Suchtrupps, um die Häuser der Stad zu durchsuchen. Frank Autry führte die erste Gruppe an, und Major Isley schloß sich als Beobachter des Projekts ›Skywatch‹ an. Captain Arkham begleitete Bryces Team. Die beiden Trupps durchkämmten einen Häuserblock nach dem anderen und blieben dabei permanent über Walkie-talkie miteinander in Verbindung.

Jenny begleitete Bryce. Sie kannte die Bewohner Snowfields am besten und würde daher wahrscheinlich alle Leichen identifizieren können, die sie möglicherweise finden würden. Außerdem wußte sie, wie viele Menschen jeweils in einem Haushalt gelebt hatten, und konnte so dabei helfen, eine Liste der Vermißten aufzustellen.

Sie machte sich Sorgen darüber, Lisa weitere Schreckensbilder zuzumuten, konnte sich aber nicht weigern, das Team zu begleiten. Und ihre Schwester im Hilltop Inn zurückzulassen wäre ebenfalls unmöglich gewesen. Nicht nach den Vorkommnissen mit Harker und Velazquez. Das Mädchen wurde jedoch gut mit der spannungsgeladenen Atmosphäre bei den Hausdurchsuchungen fertig. Sie wollte Jenny offensichtlich beweisen, daß sie das durchstehen konnte, und Jenny war sehr stolz auf ihre Schwester.

Eine Zeitlang fanden sie keine weiteren Leichen. Die ersten Wohnhäuser und Geschäfte, die sie durchsuchten, waren leer. In einigen Häusern war der Tisch für das Abendessen am Sonntag gedeckt. In anderen waren Badewannen mit Wasser gefüllt, das mittlerweile kalt geworden war. Oft lief der Fernseher, ohne daß jemand zusah.

In einer Küche entdeckten sie das Sonntagsdinner auf dem Elektroherd. Das Essen in den drei Töpfen hatte so viele Stunden lang gekocht, daß mittlerweile sämtliches Wasser verdunstet war. Die Überreste machten einen trockenen, harten, verbrannten und nicht mehr identifizierbaren Eindruck. Die Edelstahltöpfe waren ruiniert und hatten sich innen und außen blauschwarz verfärbt. Das ganze Haus war von einem beißenden, übelkeiterregenden Gestank durchzogen. So etwas hatte Jenny noch nie erlebt.

Bryce schaltete die Platten ab. »Es ist ein Wunder, daß das Haus nicht abgebrannt ist.«

»Wäre das ein Gasherd, hätte das sicher passieren können«, meinte Jenny.

Über den drei Töpfen befand sich eine Abzugshaube aus Edelstahl. Als das Essen angebrannt war, hatte der Sog offensichtlich die kleinen Flammen gelöscht und somit verhindert, daß sich das Feuer im ganzen Haus ausbreitete.

Als sie wieder draußen waren, holten alle tief Luft und atmeten einige Minuten erleichtert die klare Bergluft ein, um den ekelerregenden Gestank aus den Lungen zu bekommen. Nur Major Arkham, der immer noch seinen Schutzanzug trug, war davon verschont geblieben.

In dem Haus nebenan fanden sie die erste Leiche an diesem Tag. Es war John Farley, der Besitzer des Lokals ›Mountain Tavern‹, das nur während der Skisaison geöffnet war. Er war etwa vierzig Jahre alt, gutaussehend, hatte graumeliertes Haar, eine große Nase, einen breiten Mund und ein ansteckendes Lachen gehabt. Nun war sein Körper verfärbt und aufgeschwollen, seine Augen traten hervor und seine Kleidung war durch die Schwellungen aufgeplatzt.

Farley saß in der großen Küche am Frühstückstisch. Auf dem Teller vor ihm lagen mit Käse gefüllte Ravioli und Hackfleischbällchen. Daneben stand ein Glas Rotwein. Auf dem Tisch lag ein aufgeschlagenes Magazin. Farley saß aufrecht auf dem Stuhl. Eine Hand hatte er auf dem Schoß, der andere Arm lag auf dem Tisch. Seine Finger umklammerten ein Stück Brot. Farleys Mund stand halb offen. Zwischen seinen Zähnen steckte eine Brotkruste. Offensichtlich war er gestorben, während er noch gekaut hatte. Seine Backenmuskeln hatten sich nicht mehr entspannen können.

»Mein Gott«, sagte Tal. »Er hatte anscheinend keine Zeit mehr, das Zeug auszuspucken oder runterzuschlucken. Der Tod muß ihn sehr überraschend getroffen haben.«

»Und er hat ihn nicht kommen sehen«, meinte Bryce. »Schaut euch sein Gesicht an. Es trägt nicht den Ausdruck des Entsetzens oder der Überraschung wie bei den meisten anderen Opfern.«

Jenny starrte auf die verspannte Gesichtsmuskulatur des Toten. »Ich verstehe nicht, warum sich die Muskeln nach dem Tod nicht lösen. Das ist unheimlich.«

In der Kirche in den Bergen, die Mutter Maria geweiht war, strömte das Sonnenlicht durch die blau- und grüngefärbten Glasfenster. Hunderte von verschwommenen Schatten in königsblau, türkis, aquamarin, smaragdgrün und anderen Farbschattierungen fielen auf das polierte Holzgestühl, den Mittelgang und die Wände.

Gordy Brogan fühlte sich wie unter Wasser, als er Frank Autry in das eigenartig, aber wunderschön beleuchtete Kirchenschiff folgte. Hinter der Vorhalle fiel ein dunkelroter Lichtstrahl auf das weiße Marmorbecken, in dem sich das

Weihwasser befand. Im Sonnenlicht glitzerte es wie das Herzblut Christi.

Gordy war der einzige Katholik unter den fünf Männern des Suchtrupps. Er tauchte zwei Finger in das Weihwasser, bekreuzigte sich und kniete sich kurz nieder.

In der Kirche herrschte eine feierliche Stille. Niemand saß auf den Bänken, und zunächst sah es so aus, als sei die Kirche leer.

Dann warf Gordy einen Blick auf den Altar und schnappte nach Luft. Auch Frank sah es. »O mein Gott!«

Der Altarraum lag im tiefen Schatten, deshalb hatten die Männer das scheußliche Sakrileg nicht sofort bemerkt. Die Kerzen auf dem Altar waren völlig heruntergebrannt und verloschen.

Als die Männer des Suchtrupps sich zögernd über den Mittelgang auf den Weg zum Altar machten, konnten sie das lebensgroße Kruzifix immer deutlicher sehen. Das Holzkreuz hing an der Rückwand über dem Altar. Es war kunstvoll geschnitzt, handbemalt und mit einer Jesusfigur aus Gips versehen. Jetzt wurde die Figur jedoch zum großen Teil durch einen menschlichen Körper verdeckt. Der Priester in seinem Ornat war an das Kreuz genagelt worden.

Vor dem Altar knieten zwei Ministranten. Sie waren tot, ihre Körper verfärbt und aufgeschwollen.

Die Haut des Priesters wies bereits dunkle Stellen auf und zeigte auch andere Zeichen der Verwesung. Sein Körper befand sich nicht in dem bizarren Zustand der anderen Leichen, die sie bisher gefunden hatten. Die Verfärbung seiner Haut deutete darauf hin, daß er bereits vor einem Tag gestorben war.

Frank Autry, Major Isley und die beiden anderen Hilfssheriffs gingen durch das Tor in den Altarraum.

Gordy war dazu nicht in der Lage. Er war so mitgenommen, daß er sich setzen mußte, um nicht total zusammenzubrechen.

Nachdem Frank den Altarraum durchsucht und einen Blick in die Sakristei geworfen hatte, rief er über sein Sprechfunkgerät Bryce Hammond an, der sich im Haus nebenan befand.

»Sheriff, wir haben hier in der Kirche drei Leichen gefunden und brauchen Dr. Paige, um sie zu identifizieren. Es handelt sich um eine scheußliche Sache, also sollten Sie Lisa besser mit einigen Ihrer Leute vor der Tür warten lassen.«

»Wir sind in zwei Minuten da«, erwiderte der Sheriff.

Frank verließ den Altarraum durch das Gatter und setzte sich neben Gordy. In einer Hand hielt er das Funkgerät, in der anderen seine Waffe. »Sie sind katholisch, oder?«

»Ja.«

»Es tut mir leid, daß Sie das sehen mußten.«

»Schon in Ordnung. Für Sie ist das wohl auch nicht einfacher, nur weil Sie kein Katholik sind.«

»Kennen Sie den Priester?«

»Ich glaube, er heißt Pater Callahan. Allerdings habe ich diese Kirche nie besucht. Ich ging immer zur Pfarrei St. Andrews in Santa Mira.«

Frank legte das Walkie-talkie zur Seite und kratzte sich am Kinn. »So wie es aussieht, fand der Angriff gestern abend kurz vor der Ankunft von Dr. Paige und Lisa statt. Und nun das hier. Wenn die drei also morgens während der Messe gestorben sind, dann ...«

»Es passierte wohl während der Segnung«, sagte Gordy.

»Segnung?«

»Ja. Das ist ein Danksagungsgottesdienst, der immer am Sonntagabend stattfindet.«

»Ach so. Dann stimmt der Vorfall mit den anderen Ereignissen zeitlich überein.« Frank sah sich um und betrachtete nachdenklich die leeren Bänke. »Aber was ist mit den Gemeindemitgliedern geschehen? Warum sind nur die Ministranten und der Priester hier?«

»Nun, zu diesen Abendgottesdiensten kommen nicht sehr viele Leute«, erklärte Gordy. »Wahrscheinlich waren nur drei oder vier Leute hier. Und die hat *es* sich geholt.«

»Aber warum nicht alle?«

Gordy antwortete nicht.

»Warum mußte es so etwas tun?« fragte Frank beharrlich.

»Um uns zu verspotten und uns jegliche Hoffnung zu nehmen«, sagte Gordy mutlos.

Frank starrte ihn an.

»Vielleicht haben einige von uns darauf gezählt, daß Gott uns lebend hier herausbringen würde«, fuhr Gordy fort. »Wahrscheinlich sogar die meisten. Ich habe sehr viel gebetet, seit wir hier sind. Sie möglicherweise auch. Darüber weiß *es* Bescheid, und das ist sein Weg, um uns zu zeigen, daß auch Gott uns nicht helfen kann. Zumindest sollen wir das glauben. Es war schon immer seine Art, Zweifel an Gott in uns zu säen.«

»Das klingt, als wüßten Sie genau, mit wem oder was wir es hier zu tun haben«, meinte Frank.

»Das ist gut möglich.« Gordy starrte eine Weile auf den gekreuzigten Priester und wandte sich dann wieder an Frank. »Wissen Sie es denn nicht? Wirklich nicht, Frank?«

Nachdem sie die Kirche verlassen hatten und um die nächste Ecke gebogen waren, fanden sie zwei verbeulte Autos.

Ein Cadillac war über den Rasen vor dem Pfarrhaus gefahren, hatte dabei das Gebüsch umgepflügt und war dann gegen einen Pfosten der Veranda gerast. Der Eckpfosten war beinahe in zwei Teile gespalten, und der Vorbau des Hauses drohte herunterzufallen.

Tal Whitman spähte durch ein Seitenfenster des Cadillacs. »Da sitzt eine Frau hinter dem Steuer.«

»Tot?« fragte Bryce.

»Ja, aber sie ist nicht an den Folgen des Unfalls gestorben.«

Jenny versuchte, auf der anderen Seite die Fahrertür zu öffnen, aber sie war verriegelt. Alle Türen waren von innen verschlossen, die Fenster hochgekurbelt.

Jenny erkannte die Frau hinter dem Steuer. Edna Gower sah aus wie die anderen Leichen: dunkel verfärbt und aufgedunsen. Auf ihrem verzerrten Gesicht lag ein Ausdruck des Entsetzens.

»Wie konnte *es* in den Wagen kommen?« überlegte Tal laut.

»Denken Sie doch an das verschlossene Bad im Candleglow Inn«, erinnerte ihn Bryce.

»Und an das verbarrikadierte Zimmer der Oxleys«, fügte Jenny hinzu.

»Das könnte ein Argument für die Nervengas-Theorie des Generals sein«, sagte Captain Arkham und nahm den kleinen Geigerzähler von seinem Gürtel. Eine gründliche Untersuchung des Cadillacs ergab jedoch, daß die Frau in dem Wagen nicht durch radioaktive Strahlung gestorben war.

Das zweite Auto stand einen halben Block weit entfernt. Es war ein perlweißer Lexus. Hinter ihm waren auf der Straße schwarze Bremsspuren zu sehen. Der Wagen stand schräg und blockierte die Zufahrt. Das Frontteil hatte sich in einen gelben Chevy gebohrt. Der Schaden war allerdings nicht sehr groß, da der Fahrer offensichtlich vor dem Zusammenprall mit dem geparktem Lieferwagen gebremst hatte.

Hinter dem Steuer saß ein Mann mittleren Alters mit einem buschigen Schnauzbart. Er trug abgeschnittene Jeans und ein T-Shirt mit dem Emblem der Dodgers. Jenny kannte auch ihn. Marty Sussman arbeitete seit sechs Jahren in der Stadtverwaltung. Er war ein freundlicher, gewissenhafter Mann gewesen. Nun war er tot, und auch hier war die Todesursache eindeutig nicht der Autounfall.

Die Türen und Fenster des Lexus' waren ebenso wie bei dem Cadillac von innen verriegelt.

»Es scheint, als hätten sie beide versucht, vor irgend etwas zu fliehen«, meinte Jenny.

»Vielleicht«, sagte Tal. »Möglicherweise waren sie aber auch nur auf einem Ausflug oder wollten etwas besorgen, als der Angriff kam. Wenn sie tatsächlich versucht haben, vor jemandem oder etwas zu fliehen, dann wurden sie wohl gestoppt und von der Straße abgedrängt.«

»Am Sonntag war es warm, aber nicht so heiß, daß man die Fenster schließen und die Klimaanlage einschalten würde«, sagte Bryce. »Es war ein Tag, an dem die meisten Leute es genießen, die Fenster herunterzukurbeln und die frische Luft einzuatmen. Ich glaube deshalb, daß man sie gezwungen hat anzuhalten. Sie haben die Fenster und Türen verriegelt, um etwas daran zu hindern, in das Auto einzudringen.«

»Aber es hat sie trotzdem erwischt«, sagte Jenny.

Es.

Ned und Sue Bischoff besaßen ein wunderschönes Haus im Tudorstil, das auf einem großen, von riesigen Kiefern umgebenen Grundstück stand. Sie lebten dort mit ihren beiden Söhnen. Lee Bischoff war erst acht Jahre alt, spielte aber trotz seiner kleinen Hände erstaunlich gut Klavier. Einmal hatte er Jenny erklärt, er würde der Nachfolger Stevie Wonders werden, nur ohne blind zu sein. Der sechsjährige Terry erinnerte durch sein dunkles Gesicht ein wenig an den Schwarzen Mann, war aber ein sehr liebes Kind.

Ned war ein erfolgreicher Künstler. Seine Ölgemälde verkauften sich für dreißigtausend Dollar, und für die limitierten Drucke bekam er zweitausend pro Stück.

Er war erst zweiunddreißig, litt aber bereits an einem Magengeschwür und war deshalb Jennys Patient.

Das Geschwür würde ihm jetzt keine Schmerzen mehr bereiten. Er lag tot in seinem Studio vor der Staffelei auf dem Boden.

Sue Marie war in der Küche. Wie Jennys Haushälterin Hilda Beck und viele andere Menschen in dieser Stadt war sie bei der Zubereitung des Abendessens gestorben. Sie war einmal eine hübsche Frau gewesen, doch das war jetzt vorbei.

Die beiden Jungen fanden sie in einem der Schlafzimmer.

Es war ein wunderschönes Kinderzimmer – groß, luftig und mit Stockbetten ausgestattet. In den Regalen standen die Bücher der Kinder. Einige Bilder, die Ned nur für seine Kinder gemalt hatte, zierten die Wände – ungewöhnliche Szenen, die sich sehr von den Gemälden unterschieden, mit denen Ned berühmt geworden war. Da sah man ein Schwein in einem Smoking, das mit einer Kuh im Abendkleid tanzte, die Kommandozentrale eines Raumschiffs, in der die Astronauten aussahen wie Kröten, eine etwas unheimliche, aber trotzdem beeindruckende Darstellung eines Kinderspielplatzes bei Nacht, der vom Vollmond beleuchtet wurde. Man konnte keine Kinder entdecken, sondern blickte auf einen riesigen, furchteinflößenden Werwolf, der sich fröhlich auf einer Schaukel hin- und herschwang.

Die Jungen lagen in einer Ecke hinter einem Berg von Spielzeug. Terry, der jüngere, hatte sich hinter Lee verschanzt, der offensichtlich einen tapferen Versuch unternommen hatte, seinen kleinen Bruder zu schützen. Beide schienen mit hervorquellenden Augen immer noch den Angreifer zu fixieren. Lee hatte seine dünnen Arme erhoben, um in den letzten Sekunden seines Lebens mit ausgestreckten Händen Schläge abzuwehren.

Bryce kniete sich neben die beiden Jungen und legte vorsichtig eine Hand auf Lees Gesicht, als wolle er nicht glauben, daß das Kind wirklich tot war.

Jenny ging neben ihm in die Hocke. »Das sind die Kinder der Bischoffs«, sagte sie mit zitternder Stimme. »Die ganze Familie wurde also ausgelöscht.«

Tränen strömten über Bryces Gesicht.

Jenny versuchte, sich daran zu erinnern, wie alt sein Sohn war. Sieben oder acht Jahre? Der kleine Timmy war ungefähr so alt wie Lee Bischoff und lag jetzt im Krankenhaus in Santa Mira im Koma. Seit einem Jahr vegetierte er nur noch dahin, aber vielleicht war das besser, als diese Situation ertragen zu müssen. Alles war besser als das.

Schließlich trocknete Bryce seine Tränen. Er spürte Zorn in sich aufsteigen. »Wer auch immer das getan hat, wird dafür bezahlen. Dafür werde ich sorgen.«

Jenny hatte noch nie einen Mann wie ihn kennengelernt. Er verhielt sich maskulin und bestimmt, zeigte aber dennoch, daß er zu tiefen Gefühlen fähig war.

Am liebsten hätte sie ihn in den Arm genommen. Sie wünschte sich, daß er sie festhielt, doch wie immer war sie zu zurückhaltend, um ihre Emotionen zu zeigen. Wäre sie so offen wie er, hätte sie sich wohl nie von ihrer Mutter entfremdet. Sie sehnte sich sehr danach, ihre Gefühle zu zeigen, aber es gelang ihr einfach nicht. Also beantwortete sie Bryces Schwur, die Mörder der Kinder zu erledigen, mit einer Frage. »Wenn es sich aber hier nun um kein menschliches Wesen handelt? Nicht nur der Mensch, sondern auch die Natur kennt das Böse. Denken Sie nur an die sinnlose Zerstörung, die ein Erdbeben anrichtet. Oder an das Leid, das eine Krebserkrankung mit sich bringt. Das hier könnte ebenso unbegreiflich und unberechenbar sein. Gegen ein nicht menschliches Wesen kann man auch nicht gerichtlich vorgehen. Also was dann?«

»Wer oder was, zum Teufel, das auch sein mag – es wird dafür bezahlen. Ich werde es aufhalten und erledigen«, erklärte Bryce grimmig.

Frank Autrys Truppe durchsuchte nach der Kirche drei verlassene Häuser. Das vierte Haus war nicht leer. Dort fanden sie Wendell Hulbertson, einen Lehrer, der an der High

School in Santa Mira unterrichtete. Er hatte es vorgezogen, hier in dem Haus in den Bergen zu wohnen, das einmal seiner Mutter gehört hatte. Gordy hatte erst vor fünf Jahren einen Englischkurs bei ihm besucht. Sein Körper war nicht verfärbt und angeschwollen wie die der anderen Leichen. Der Lehrer hatte sich umgebracht. Er hatte sich in einer Ekke seines Schlafzimmers eine 32er Automatik in den Mund gesteckt und abgedrückt. Das hatte er wohl dem vorgezogen, was *es* ihm antun wollte.

Nachdem Bryce mit seinem Team das Haus der Bischoffs verlassen hatte, durchsuchten sie einige Häuser, ohne Leichen vorzufinden. Erst im fünften Haus entdeckten sie ein älteres Ehepaar im Badezimmer, wo sie versucht hatten, sich vor dem Mörder zu verstecken. Die Frau lag in der Badewanne, und der Mann hatte sich auf den Boden gekauert.

»Sie waren meine Patienten«, sagte Jenny. »Nick und Melinda Papandrakis.«

Tal notierte ihre Namen auf der Liste der Opfer.

Ebenso wie Harold Ordnay und seine Frau im Candleglow Inn hatte auch Nick Papandrakis versucht, eine Nachricht zu hinterlassen, die auf die Spur des Mörders führen würde. Aus dem Medikamentenschrank hatte er ein Fläschchen Jod geholt und damit etwas an die Wand gepinselt. Er hatte jedoch keine Chance gehabt, auch nur ein einziges Wort zu vollenden. Nur zwei Buchstaben und der Teil eines dritten waren zu lesen:

PRC

»Hat jemand eine Idee, was er schreiben wollte?« fragte Bryce.

Einer nach dem anderen betrat das Badezimmer, traten um Nick Papandrakis Leiche herum und sah sich die orangefarbenen Buchstaben an der Wand an, aber niemand konnte damit etwas anfangen.

Im Haus nebenan war der Küchenboden mit Kugeln bedeckt. Es lagen nicht nur Patronen, sondern auch Bleikugeln ohne Hülsen herum. Und es roch nicht nach Pulverdampf, zudem waren in den Wänden und Schränken keine Einschußlöcher zu sehen. Das ließ darauf schließen, daß hier kein Schußwechsel stattgefunden hatte. Die Kugeln lagen auf dem Boden, als wären sie vom Himmel gefallen.

Frank Autry hob eine Handvoll der grauen Metallklumpen auf. Er war zwar kein Ballistikexperte, konnte aber ohne Schwierigkeiten feststellen, daß sie aus mehreren Waffen stammten und keine Beschädigungen oder Deformierungen aufwiesen. Die meisten Geschosse schienen aus solchen Maschinenpistolen zu stammen, mit denen General Copperfields Leute bewaffnet waren.

Frank fragte sich, ob das Kugeln aus Sergeant Harkers Waffe waren. Waren das die Kugeln, die er im Kühlraum des Supermarktes abgefeuert hatte? Verwirrt runzelte er die Stirn.

Er ließ die Munition fallen, hob andere Kugeln auf und betrachtete sie. Sie stammten aus 22er, 32er und 38er Waffen. Sogar Schrot konnte er entdecken.

Während er sich eine 45er Kugel näher ansah, trat Gordy Brogan neben ihn. Frank beachtete ihn nicht, sondern starrte weiter auf die Kugel. Ihm war ein unheimlicher Gedanke durch den Kopf geschossen.

Gordy klaubte ebenfalls einige der Kugeln von dem gefliesten Küchenboden. »Sie sind gar nicht verformt.«

Frank nickte.

»Aber wenn sie etwas getroffen haben, müßten sie auch deformiert sein. Zumindest einige davon.« Er schwieg eine Zeitlang. »Sie sind mit Ihren Gedanken ja meilenweit entfernt«, sagte er dann. »Worüber denken Sie nach?«

»Über Paul Henderson.« Frank hielt Gordy die 9-mm-Kugel vor die Nase. »Paul hatte eine Waffe bei sich, und er feuerte letzte Nacht drei Schüsse daraus ab.«

»Er zielte auf seinen Mörder.«

»Wahrscheinlich.«

»Na und?«

»Ich habe die verrückte Idee, daß sich bei einer ballistischen Untersuchung herausstellen wird, daß diese Kugel aus Pauls Waffe stammt.«

Gordy blinzelte verblüfft.

»Außerdem glaube ich, daß wir bei einer genauen Überprüfung noch zwei weitere hier auf dem Boden finden würden. Nicht eine und nicht drei. Genau zwei mit den gleichen Markierungen wie bei dieser Kugel hier.«

»Wollen Sie damit etwa sagen ... Meinen Sie, es handelt sich um die Munition, die Paul gestern abend abgefeuert hat?«

»Ja.«

»Aber wie sollten die Kugeln hierhergekommen sein?«

Frank gab keine Antwort. Er stand auf und drückte einen Knopf an seinem Walkie-talkie. »Sheriff?«

»Was ist los, Frank?« Bryce Hammonds Stimme tönte blechern durch den Lautsprecher.

»Wir sind immer noch im Haus der Sheffields. Ich glaube, Sie sollten besser herkommen. Es gibt hier etwas, was Sie sich anschauen sollten.«

»Weitere Leichen?«

»Nein, Sir. Es handelt sich um etwas ... etwas sehr Eigenartiges.«

»Wir sind gleich da«, versprach der Sheriff.

Frank wandte sich wieder an Gordy. »Ich denke, daß *es* irgendwann in den letzten Stunden hier in diesem Raum war. Nachdem es Sergeant Harker im Supermarkt erwischt hat, kam es hierher und hat alle Kugeln abgestoßen, die es gestern abend und heute morgen eingefangen hat.«

»Die Kugeln, die es getroffen haben?«

»Ja.«

»Und es ist sie einfach losgeworden?«

»Genau«, bestätigte Frank.

»Aber wie?«

»Nun, es scheint sie so abgeschüttelt zu haben wie ein Hund seine Haare.«

9
Auf der Flucht

Während Fletcher Kale in dem gestohlenen Honda durch Santa Mira fuhr, hörte er im Radio von den Ereignissen in Snowfield.

Die ganze Nation war von diesen Nachrichten gefesselt, aber er interessierte sich nicht besonders dafür. Er hatte sich noch nie große Gedanken um das Schicksal anderer Menschen gemacht.

Er streckte eine Hand aus, um das Radio abzustellen, weil er es satt hatte, davon zu hören. Schließlich hatte er selbst jede Menge Probleme. Doch dann hörte er einen Namen, den er kannte. Jake Johnson. Das war einer der Deputies, die gestern abend nach Snowfield gefahren waren. Nun wurde er vermißt und war vielleicht sogar tot.

Jake Johnson ...

Vor einem Jahr hatte Kale ihm eine stabil gebaute Holzhütte auf einem großen Grundstück in den Bergen verkauft.

Johnson war angeblich ein leidenschaftlicher Jäger und wollte die Hütte für diesen Zweck nutzen. In den Unterhaltungen, die sie geführt hatten, waren dem Deputy jedoch eine Reihe von Andeutungen herausgerutscht, die darauf schließen ließen, daß er einer dieser Spinner war, die glaubten, die Welt würde bald untergehen oder eine Inflation, ein Atomkrieg oder eine andere Katastrophe würde die Menschheit demnächst vernichten. Kale gelangte zu der Überzeugung, daß Johnson aus dieser Hütte einen Zufluchtsort machen wollte, wo er Lebensmittel und Munition speichern würde, um für einen Zusammenbruch der Zivilisation gerüstet zu sein.

Für diesen Zweck lag die Hütte tatsächlich abgelegen genug. Sie befand sich auf dem Snowtop Mountain auf der anderen Seite von Snowfield. Der Ort war nur mit einem Fahrzeug mit Allradantrieb zu erreichen, da man eine kleine, unbefestigte Straße hinauffahren und dann in einen schmalen Weg einbiegen mußte. Die letzten vierhundert Meter konnte man nur zu Fuß zurücklegen.

Zwei Monate, nachdem Johnson die Hütte und das Grundstück gekauft hatte, schlich sich Kale an einem warmen Morgen im Juni dorthin. Er wußte, daß der Deputy in Santa Mira beschäftigt war, und wollte nachsehen, ob sich sein Verdacht bestätigte und Johnson die Hütte in eine Festung verwandelt hatte.

Das Haus war unverändert, doch Kale entdeckte, daß Johnson offensichtlich die Kalksteinhöhlen auf dem Grundstück ausbaute. Vor den Höhlen lagen einige Säcke mit Zement und Sand, eine Schubkarre und ein Haufen Steine.

Im Eingang der ersten Höhle fand er an der Wand zwei Gaslampen auf dem Steinboden. Kale nahm eine davon in die Hand und ging weiter in die unteren Räume.

Zuerst befand er sich in einem schmalen Gang. Der Tunnel zweigte mehrmals nach beiden Richtungen ab. Schließlich kam er in eine Art Vorkammer, die dann in einen Raum mündete.

An der Wand waren etliche Kisten mit luftdicht verschlossenen Säcken gestapelt: Milchpulver in Fünf-Pfund-Packungen, gefriergetrocknetes Obst und Gemüse, Suppenpulver, Extrakt aus Eiern, Behälter mit Honig und Getreide. Und unter anderem eine Luftmatratze. Jake war sehr fleißig gewesen.

Die erste Kammer hatte einen Zugang zur zweiten. Darin befand sich ein natürlich geformtes Loch im Boden, das einen Durchmesser von etwa fünfundzwanzig Zentimetern hatte. Merkwürdige Geräusche stiegen daraus hervor. Flüsternde Stimmen. Bedrohliches Gelächter. Kale hätte sich am liebsten umgedreht und wäre davongelaufen, doch dann begriff er, daß er nur gluckerndes Wasser hörte – einen unterirdischen Fluß, der keineswegs gefährlich war. Jake Johnson hatte einen Gummischlauch in die Quelle gelegt und eine Handpumpe installiert.

Eine Behausung mit allem Komfort.

Kale kam zu dem Entschluß, daß dieser Mann nicht nur vorsichtig, sondern besessen war.

Ende August kehrte Kale zu dem Grundstück zurück. Zu seiner Überraschung war der Zugang zu der Höhle, die über einen Meter hoch und eineinhalb Meter breit gewesen war, nicht mehr sichtbar. Johnson hatte mit Gestrüpp eine Barriere errichtet und den Eingang damit getarnt.

Kale bahnte sich seinen Weg durch die Büsche, sorgfältig darauf bedacht, keine Spuren zu hinterlassen. Dieses Mal hatte er eine Taschenlampe mitgebracht. Er kroch durch den Eingang in die Höhle, richtete sich dann auf und ging in dem Gang um drei Biegungen. Plötzlich stand er vor einer Wand. Er wußte, daß sich hier eigentlich die erste der Kammern befinden sollte, doch jetzt war da eine Kalksteinmauer, die den Rest der Höhle verschloß.

Eine Zeitlang starrte Kale verwirrt auf diese Barriere, dann untersuchte er sie gründlich und stellte nach wenigen Minuten fest, daß die Eelswand nur eine dünne Fassade war, in die Johnson geschickt eine Tür eingebaut hatte, die den ersten Raum mit den anderen Höhlen verband.

An diesem Tag im August, als er die versteckte Tür bewunderte, beschloß Kale, diesen Zufluchtsort selbst zu nutzen, falls es einmal nötig werden sollte. Vielleicht hatten diese Überlebenskämpfer ja recht. Möglicherweise gab es tatsächlich irgendwelche Idioten, die eines Tages versuchen würden, die ganze Welt in die Luft zu sprengen. Sollte dieser Fall eintreten, wäre Kale zuerst hier, und wenn Johnson dann durch seine gut getarnte Tür treten wollte, würde er ihn umlegen.

Dieser Gedanke gefiel ihm. Er fühlte sich schlau und überlegen.

Dreizehn Monate später hatte er zu seiner Überraschung und zu seinem Entsetzen das Ende der Welt kommen sehen. Das Ende seiner Welt. Man hatte ihn ins Gefängnis gesteckt und des Mordes angeklagt. Er wußte, daß es nur ein Ziel für ihn gab, wenn ihm die Flucht gelingen sollte: die Berge, die Höhlen. Hier konnte er wochenlang bleiben, bis die Cops ihn nicht mehr in Santa Mira und Umgebung suchten.

Danke, Jake Johnson.

Jake Johnson ...

Jetzt saß Kale in dem gestohlenen gelben Honda. Noch vor wenigen Minuten hatte er im Gefängnis gesessen. Dann hatte er im Radio von Johnson gehört. Kale begann zu lächeln; das Schicksal meinte es gut mit ihm.

Nach seiner Flucht war das größte Problem, die Anstaltskleidung loszuwerden und sich eine geeignete Ausrüstung für die Berge zu besorgen. Er war sich nicht sicher gewesen, wie er das schaffen sollte, bis er dann im Radio gehört hatte, daß Jake Johnson mit ziemlicher Sicherheit tot war; möglicherweise befand er sich aber auch noch in Snowfield. Kale beschloß, sofort zu Johnsons Besitz in Santa Mira zu fahren. Er hatte keine Familie, also war sein Haus vorerst ein sicherer Zufluchtsort. Leider hatte Johnson nicht Kales Größe, aber er würde zumindest seine Gefängniskleidung gegen etwas aus Jakes Schrank austauschen können.

Und er würde sich Schußwaffen besorgen können. Jake Johnson, der ständig um sein Leben bangte, hatte sicher ein Arsenal in seinem Haus versteckt.

Der Deputy lebte in dem einstöckigen Haus mit den drei Schlafzimmern, das er von seinem Vater, Big Ralph Johnson, geerbt hatte. Es war keine Prachtvilla, denn Big Ralph Johnson war schlau genug gewesen, nicht zu zeigen, daß er Bestechungsgelder angenommen hatte – er hatte es gut verstanden, die Aufmerksamkeit der Steuerbehörde nicht auf sich zu ziehen. Trotzdem war das Haus bestens ausgestattet. Es lag in der Pine Shadow Lane, einer begehrten Wohngegend, wo sich große Häuser und von alten Bäumen umgebene Villen befanden. Johnsons Haus war zwar klein, aber vor der Sonnenterrasse hinter dem Gebäude war ein Swimmingpool in die Fliesen eingelassen worden. Es gab ein Zimmer mit einem antiken Billardtisch und weiteren Luxus, den man von außen jedoch nicht sehen konnte.

Kale war zweimal dort gewesen, als er die Verkaufsverhandlungen für das Grundstück in den Bergen mit Johnson geführt hatte. Ohne Schwierigkeiten fand er das Haus wieder. Er parkte den Honda in der Auffahrt, stellte den Motor ab und hoffte, daß ihn keiner der Nachbarn sehen und beobachten konnte.

Dann ging er um das Haus herum, schlug ein Küchenfenster ein und kletterte hinein. Er machte sich sofort auf den Weg in die Garage, die groß genug für zwei Autos war. Es stand allerdings nur Johnsons großer Jeep mit Allradantrieb darin. Kale hatte gehofft, den Wagen hier vorzufinden. Er öffnete das Tor und fuhr den gestohlenen Honda in die Garage. Nachdem er die Tür geschlossen hatte, und der Honda von der Straße aus nicht mehr zu sehen war, fühlte er sich sicherer.

In Johnsons Schlafzimmer durchstöberte er den Schrank und fand feste Wanderstiefel, die ihm nur eine halbe Nummer zu groß waren. Johnson war einige Zentimeter kleiner als Kale, deshalb waren die Hosen zu kurz, aber wenn er sie in die Stiefel steckte, fiel das nicht auf. An der Taille waren sie zu weit, aber dieses Problem konnte er mit einem Gürtel lösen. Kale suchte sich noch einige Sweatshirts heraus und probierte sie an. Dann betrachtete er sich im Spiegel. »Gut siehst du aus«, sagte er zu sich selbst.

Anschließend wanderte er durch das Haus und suchte nach Waffen, konnte aber keine finden. Na gut, irgendwo mußten sie ja versteckt sein. Notfalls würde er eben das ganze Haus zerlegen.

Er fing in Johnsons Schlafzimmer an und räumte den Kleiderschrank und die Schreibtischschubladen aus. Nichts. Dann durchsuchte er die beiden Nachttische. Keine Waffen. Er riß alles aus dem Einbauschrank und zog dann den Teppich vom Boden, um nach einem Versteck zu suchen, fand jedoch nichts.

Eine halbe Stunde später schwitzte er zwar, war aber nicht müde. Er sah sich begeistert die Zerstörung an, die er angerichtet hatte, und war auf eine merkwürdige Art erfreut. Das Zimmer sah aus, als habe eine Bombe eingeschlagen.

Er ging in den nächsten Raum und machte weiter. Alles, was ihm im Weg war, zerstörte er. Er wollte diese Waffen finden.

Außerdem machte ihm das hier Spaß.

10
Einige Antworten und weitere Fragen

Das Haus war außergewöhnlich sauber und ordentlich, doch die Farben und die vornehme Ausstattung machten Bryce nervös. Alles war grün oder gelb. Einfach alles. Die Teppiche waren grün, die Wände gelb gestrichen. Das Sofa im Wohnzimmer war mit einem grellen gelb-grünen Blumenmuster bedruckt, das Augenschmerzen verursachte. Die beiden Polstersessel waren smaragdgrün, und die zwei Stühle daneben hellgelb. An den Lampenschirmen der gelben Keramikleuchten hingen grüne Quasten. Die beiden Bilder an der Wand zeigten gelbe Gänseblümchen auf einem grünen Feld. Die Tapete im Schlafzimmer war noch greller als das Stoffmuster des Sofas im Wohnzimmer. Außerdem hingen dort hellgelbe Vorhänge mit üppigen Volants an den Fenstern. Auf dem Bett lagen einige Kissen – manche waren grün mit gelbem Spitzenbesatz, andere gelb mit grüner Verzierung.

Jenny hatte erzählt, daß hier Ed und Theresa Lange, deren drei halbwüchsige Kinder und Theresas siebzigjährige Mutter wohnten.

Von den Bewohnern des Hauses war jedoch keine Spur zu entdecken. Bryce war froh, daß er keine Leichen vorfand. Hier in diesem übertrieben fröhlich eingerichteten Haus hätte eine verfärbte und aufgedunsene Leiche besonders schrecklich ausgesehen.

Auch die Küche war grüngelb gestrichen. Tal stand vor dem Spülbecken. »Das hier sollten Sie sich ansehen, Chef«, sagte er.

Bryce, Jenny und Captain Arkham gingen zu Tal hinüber, die anderen beiden Deputies blieben mit Lisa an der Türschwelle stehen. Schließlich wußte niemand, was man in einem Spülbecken in einer Stadt finden würde, über die das Unheil hereingebrochen war. Vielleicht wieder einen abgeschnittenen Kopf oder zwei abgehackte Hände. Oder etwas noch Schlimmeres.

Das war es jedoch nicht, aber es war dennoch seltsam.

»Sieht aus wie ein Juwelierladen«, meinte Tal.

Beide Spülbecken waren mit Schmuck gefüllt. Hauptsächlich Ringe und Uhren für Männer und Frauen lagen da: Timex, Seiko, Bulova, und sogar eine Rolex. Manche hingen an dehnbaren Bändern, aber keine war an einem Armband aus Leder oder Plastik befestigt. Bryce sah viele Ehe- und Verlobungsringe, an denen Edelsteine glitzerten: Granate, Amethyste, Blutsteine, Topase, Turmaline. Ringe mit Rubinen und Smaragden und mit den Emblemen von verschiedenen Universitäten. Zwischen den teuren Stücken gab es aber auch billigen Modeschmuck. Bryce grub seine Hände in diese Massen kostbarer Gegenstände wie ein Pirat in einem Kinofilm und durchwühlte die glitzernden Dinge. Er entdeckte weitere Schmuckstücke: Ohrringe, Armbänder, lose Perlen aus einer Kette, die offensichtlich abgerissen war, Goldketten, eine wunderschöne Kamee ...

»Das kann doch unmöglich alles den Langes gehört haben«, sagte Tal.

»Warten Sie mal.« Jenny nahm eine der Uhren in die Hand und sah sie sich genau an.

»Erkennen Sie sie wieder?« fragte Bryce.

»Ja. Das ist eine Cartier. Kein herkömmliches Modell mit römischen Ziffern, sondern mit einem schwarzen Ziffernblatt. Sylvia Kanarsky hat sie ihrem Mann zum fünften Hochzeitstag geschenkt.«

Bryce runzelte die Stirn. »Diesen Namen kenne ich doch, oder?«

»Ja, ihnen gehörte das Candleglow Inn«, erklärte Jenny.

»Ach ja. Das waren Ihre Freunde.«

»Sie zählen ebenfalls zu den Vermißten«, warf Tal ein.

»Dan liebte diese Uhr«, sagte Jenny. »Als Sylvia sie ihm kaufte, lief das Hotel noch nicht sehr gut. Eigentlich waren die 750 Dollar eine Ausgabe, die sie sich nicht leisten konnte. Inzwischen ist die Uhr sicherlich noch mehr wert. Dan scherzte immer, daß das wohl die beste Investition gewesen sei, die sie jemals gemacht hatten.« Sie hielt die Uhr hoch, damit Tal und Bryce die Rückseite sehen konnten. Unter dem Firmenlogo befand sich eine Gravur: FÜR MEINEN DAN. Neben der Seriennummer konnte man lesen: IN LIEBE, SYL.

Bryce blickte auf den Schmuck im Spülbecken. »Diese Sachen gehören also anscheinend den Bewohnern von Snowfield.«

»Nun, ich würde sagen, sie gehören den Vermißten«, meinte Tal. »Die Opfer, die wir bisher gefunden haben, trugen noch ihren Schmuck.«

Bryce nickte. »Sie haben recht. Denjenigen, die vermißt werden, hat man offensichtlich alle Wertgegenstände abgenommen, bevor man sie ... irgendwo hingeschafft hat.«

»Diebe hätten ihre Beute nicht einfach so liegenlassen«, sagte Jenny. »Sie hätten diese Sachen nicht gestohlen und dann in ein Spülbecken geworfen, sondern eingepackt und mitgenommen.«

»Und warum liegt das Zeug dann hier?« fragte Bryce.

»Keine Ahnung«, erwiderte Jenny.

Tal zuckte wortlos mit den Schultern.

In den beiden Spülbecken funkelte und glitzerte der Schmuck.

Das Kreischen von Möwen. Hundegebell.

Galen Copperfield sah von dem Bildschirm seines Computers auf, wo er etliche Daten überprüft hatte. Er fühlte sich verschwitzt in seinem Schutzanzug und war müde. Alle Muskeln schmerzten. Einen Augenblick lang dachte er wirklich, Laute von Vögeln und Hunden gehört zu haben.

Dann fauchte eine Katze. Ein Pferd wieherte.

Der General sah sich stirnrunzelnd in dem mobilen Labor um.

Klapperschlangen. Eine ganze Menge. Alle gaben dieses unverkennbare, erschreckende Rasseln von sich.

Summende Bienen.

Die anderen hörten es auch und warfen sich unbehagliche Blicke zu.

»Das kommt durch die Funkgeräte in unseren Anzügen«, sagte Roberts.

»Richtig«, meldete sich Dr. Bettenby aus dem anderen Labor. »Wir hören es hier auch.«

»Gut«, sagte Copperfield. »Dann soll es uns eben seine Tricks vorführen. Wenn wir miteinander sprechen wollen, tun wir das über die Außenlautsprecher.«

Das Summen der Bienen verstummte. Ein Kind begann leise zu singen. Die Stimme klang weit entfernt, und man konnte nicht erkennen, ob es sich um ein Mädchen oder einen Jungen handelte.

> *»Jesus liebt mich, das weiß ich genau.*
> *So steht es in der Bibel geschrieben.*
> *Die Kinder fühlen sich zu Ihm hingezogen.*
> *Sie sind schwach, aber Er ist stark.«*

Die Stimme war süß und melodisch, aber trotzdem unheimlich. Copperfield hatte so etwas noch nie gehört. Obwohl es sich zweifellos um die zarte Stimme eines Kindes handelte, schwang darin etwas mit, das nicht dazu paßte. Die Unschuld fehlte. Ja, es lag ein Wissen über erschreckende Dinge darin. Auch Drohung, Haß und Verachtung. Es war nicht sofort erkennbar, doch unter der Oberfläche hörte man heraus, daß da etwas auf düstere und beängstigende Weise pulsierte.

> *»Ja, Jesus liebt mich.*
> *Ja, Jesus liebt mich.*
> *Ja, Jesus liebt mich.*
> *So steht es in der Bibel geschrieben.«*

»Dr. Paige und der Sheriff haben uns darüber berichtet«, sagte Goldstein. »Sie haben so etwas am Telefon und aus der Spüle gehört. Wir haben ihnen nicht geglaubt, weil es sich so lächerlich anhörte.«

»Doch jetzt klingt das nicht mehr unglaubwürdig«, meinte Roberts.

»Nein.« Goldstein war trotz seines schweren Schutzanzugs anzusehen, daß er zitterte.

»Es funkt uns über die Wellenlänge unserer Geräte in den Anzügen an«, stellte Roberts fest.

»Aber wie?« fragte sich Copperfield.

»Velazquez«, erwiderte Goldstein plötzlich.

»Natürlich«, stimmte Roberts ihm zu. »Velazquez' Anzug war mit einem Funkgerät ausgestattet. Das Ding kommuniziert mit uns über seine Ausrüstung.«

Die Kinderstimme hörte auf zu singen. Im Flüsterton sagte sie: »*Sprecht Eure Gebete. Alle. Vergeßt nicht, zu beten.*« Dann hörte man ein Kichern.

Die Männer warteten gespannt, doch es herrschte eisiges Schweigen.

»Ich glaube, es will uns bedrohen«, sagte Roberts schließlich.

»Verdammt, lassen Sie doch dieses Gerede«, fuhr Copperfield ihn wütend an. »Wir wollen doch jetzt nicht in Panik geraten.«

»Haben Sie bemerkt, daß wir jetzt auch schon von *es* sprechen?« fragte Goldstein.

Copperfield und Roberts warfen sich einen Blick zu und sahen dann ihn an, sagten aber nichts.

»Wie Dr. Paige und der Sheriff reden wir über *es*. Heißt das, daß wir jetzt ... genauso darüber denken wie sie?«

Copperfield hörte immer noch die Stimme des Kindes, die sowohl menschlich als auch unmenschlich geklungen hatte. *Es.*

»Wir haben viel Arbeit zu erledigen«, sagte er mürrisch. Dann setzte er sich wieder an den Computer, hatte aber Schwierigkeiten, sich zu konzentrieren.

Es.

Am Montag nachmittag gegen halb fünf Uhr blies Bryce die Suchaktion ab. Es würde zwar noch einige Stunden lang hell bleiben, aber alle waren erschöpft. Sie waren todmüde, weil sie viele Treppen hinauf- und hinuntergestiegen waren.

Der Anblick der Leichen und die anderen unangenehmen Überraschungen hatten sie doch arg mitgenommen. Die menschlichen Tragödien, das Entsetzen und die Angst hatten ihnen die Kehle zugeschnürt. Die ständige Anspannung war ebenso anstrengend wie die körperliche Arbeit.

Bryce hatte erkannt, daß die Männer mit dieser Aufgabe überfordert waren. In fünfeinhalb Stunden war es ihnen lediglich gelungen, einen verdammt kleinen Teil der Stadt zu begehen.

Bei diesem Tempo würde es mindestens zwei Wochen dauern, ganz Snowfield zu durchsuchen – vor allem, weil er seine Leute nur bei Tageslicht losschicken wollte. Wenn sich die Vermißten auch nach der Untersuchung des letzten Hauses der Stadt nicht finden ließen und es keinen Hinweis auf ihren Aufenthaltsort geben würde, müßten die umliegenden Wälder durchkämmt werden, und das war noch weitaus schwieriger zu bewältigen.

Letzte Nacht hatte Bryce noch nicht gewollt, daß die Nationalgarde durch die Stadt trampelte, aber nun hatten er und seine Mannschaft einen ganzen Tag lang die Stadt allein durchsuchen und bewachen müssen. Copperfields Spezialisten hatten ihre Proben genommen und dann die Arbeit damit begonnen.

Sollte sich herausstellen, daß es sich hier nicht um ein biologisches Kampfmittel handelte, würde Bryce gern das Angebot annehmen, seine Männer von der Nationalgarde unterstützen zu lassen.

Ursprünglich hatte er nur sehr wenig von der Situation gewußt und seinen Zuständigkeitsbereich nicht abgeben wollen. Daran hatte sich nichts geändert, doch er brauchte mehr Leute und war jetzt nur allzugern bereit, die Verantwortung, die von Stunde zu Stunde schwerer auf seinen Schultern lastete, mit anderen zu teilen.

Am Montag nachmittag um halb fünf Uhr rief er daher seine Mannschaft ins Hilltop Inn zurück, telefonierte mit dem Büro des Gouverneurs und besprach sich mit Jack Retlock. Die beiden Männer vereinbarten, daß die Nationalgarde sich bereithalten und sofort anrücken würde, wenn Copperfield grünes Licht gab.

Bryce hatte gerade den Hörer aufgelegt, als Charlie Mercer vom Hauptquartier in Santa Mira anrief. Er berichtete ihm von Fletcher Kales Flucht auf dem Weg zum Gerichtsgebäude, wo der Mörder angeklagt werden sollte.

Charlie wartete ab, bis Bryces Zorn sich einigermaßen gelegt hatte. »Es kommt noch schlimmer«, sagte er dann. »Er hat Joe Fermont umgebracht.«

»Verdammt, auch das noch. Weiß Mary es schon?«

»Ja. Ich bin selbst zu ihr gefahren.«

»Wie hat sie es aufgenommen?«

»Schlecht. Sie waren 26 Jahre verheiratet.«

Wieder ein Toter. Tod überall.

»Was ist mit Kale?« fragte Bryce.

»Wir glauben, daß er sich auf dem Parkplatz gegenüber ein Auto beschafft hat. Ein Wagen wurde dort gestohlen. Wir haben sofort Straßensperren errichtet, aber ich denke, daß er mindestens eine Stunde Vorsprung hat.«

»Dann ist er wohl längst über alle Berge.«

»Wahrscheinlich. Wenn wir diesen Mistkerl bis sieben Uhr nicht geschnappt haben, muß ich die Sperren aufheben. Wir haben zu wenig Männer bei allem, was jetzt geschieht, und können es uns nicht leisten, Personal auf der Straße stehen zu lassen.«

»Wie Sie meinen«, sagte Bryce müde. »Gibt es von der Polizei in San Francisco etwas Neues über die Nachricht, die Harold Ordnay auf dem Spiegel hinterlassen hat?«

»Ja, auch deshalb rufe ich Sie an. Sie haben sich endlich bei uns gemeldet.«

»Und?«

»Sie haben mit den Angestellten in den Buchläden der Ordnays gesprochen. Celia Meddock, die stellvertretende

Geschäftsführerin der Filiale, in der ausschließlich mit Raritäten gehandelt wird, konnte sich an den Namen Timothy Flyte erinnern.«

»Ist er ein Kunde?«

»Nein, Autor. Er hat nur ein Buch geschrieben. Raten Sie mal, welchen Titel es trägt.«

»Zum Teufel, woher soll ich denn das wissen! Oh, natürlich – *Der Alte Feind*.«

»Genau«, bestätigte Charlie Mercer.

»Wovon handelt das Buch?«

»Das ist das Interessante dabei. Celia Meddock sagt, darin würde das Phänomen des Massenverschwindens im Lauf der Geschichte beschrieben.«

Einen Moment lang war Bryce sprachlos. »Ist das Ihr Ernst? Soll das heißen, so etwas ist schon öfter vorgekommen?«

»Scheint so. Zumindest konnte ein Buch darüber geschrieben werden.«

»Aber wo? Wann? Warum habe ich noch nie etwas davon gehört?«

»Celia Meddock erzählte etwas über eine rätselhafte Emigration aus Städten der Mayas ...«

Das kam Bryce irgendwie bekannt vor. Ein Artikel aus einem alten Wissenschaftsmagazin fiel ihm ein, in dem von der Kultur der Mayas und verlassenen Städten berichtet worden war.

»... und dann noch etwas über die Kolonie in Roanoke. Das war die erste britische Siedlung in Amerika«, fügte Charlie hinzu.

»Darüber habe ich schon in meinen Schulbüchern gelesen.«

»Viele dieser unerklärlichen Phänomene gehen offensichtlich auf alte Zeiten zurück«, meinte Charlie.

»Meine Güte!«

»Flyte hat anscheinend eine Theorie entwickelt, die diese Ereignisse erklären könnte.«

»Und wie lautet sie?«

»Das wußte Mrs. Meddock nicht. Sie hat das Buch nicht gelesen.«

»Aber Harold Ordnay hat das offensichtlich getan. Und was er hier in Snowfield gesehen hat, muß wohl mit Flytes Theorie genau übereinstimmen. Deshalb schrieb Ordnay den Buchtitel auf den Spiegel.«

»Scheint so.«

Bryce wurde aufgeregt. »Hat sich die Polizei in San Francisco eine Ausgabe davon besorgt?«

»Nein. Mrs. Meddock hatte keine mehr. Sie sagte, Ordnay habe vor zwei oder drei Wochen ein Exemplar verkauft.«

»Können wir uns das Buch besorgen?«

»Es ist hier nie veröffentlicht worden. Das Exemplar, das verkauft wurde, stammte aus England. Das Buch wurde nur dort gedruckt und hatte nur eine kleine Auflage. Es handelt sich um eine Rarität.«

»Und wie steht es mit dem Sammler, dem Ordnay ein Exemplar verkauft hat? Haben wir seinen Namen und seine Adresse?«

»Mrs. Meddock kennt ihn kaum. Er scheint wohl kein Stammkunde zu sein. Sie meinte, Ordnay würde sich möglicherweise noch an ihn erinnern.«

»Das hilft uns nicht weiter. Hören Sie, Charlie, ich brauche unbedingt ein Exemplar dieses Buches.«

»Ich arbeite daran«, versicherte Charlie ihm. »Aber vielleicht erübrigt sich das. Es könnte sein, daß Sie die Geschichte direkt vom Autor zu hören bekommen. Flyte ist im Augenblick von London zu uns unterwegs.«

Jenny saß auf der Kante des großen Tisches in der Mitte der Lobby und starrte Bryce verblüfft an, als er sich in seinem Stuhl zurücklehnte. Sie konnte kaum glauben, was er ihr soeben erzählt hatte. »Er kommt aus London hierher? Und ist bereits unterwegs? Glauben Sie denn, er hat gewußt, was hier passieren würde?«

»Wahrscheinlich nicht«, erwiderte Bryce. »Ich denke eher, er sah seine Theorie in dem Augenblick bestätigt, als er von diesem Fall hörte.«

»Wie immer sie auch lauten mag.«

»Richtig.«

Tal stellte sich vor den Schreibtisch. »Wann wird er erwartet?«

»Kurz nach Mitternacht wird er in San Francisco eintreffen. Sein Verleger hier in den Vereinigten Staaten will am Flughafen eine Pressekonferenz mit ihm abhalten. Danach soll er sofort nach Santa Mira gebracht werden.«

»Ein Verleger in Amerika?« fragte Frank Autry. »Ich dachte, sein Buch sei hier nie erschienen.«

»Ist es auch nicht«, erwiderte Bryce. »Offensichtlich schreibt er gerade ein neues.«

»Über Snowfield?« wollte Jenny wissen.

»Keine Ahnung. Wahrscheinlich.«

Jenny runzelte die Stirn. »Meine Güte, er arbeitet aber schnell. Schon einen Tag, nachdem es passiert ist, hat er einen Vertrag, darüber ein Buch zu schreiben.«

»Ich wünschte, er würde noch rascher arbeiten und wäre jetzt bereits hier.«

Tal sagte: »Ich glaube, Doc meint damit, dieser Flyte könnte nur ein Geschäftemacher sein, der aus der Sache Kapital schlagen will.«

»Genau«, bestätigte Jenny.

»Das wäre möglich«, gab Bryce zu. »Aber vergeßt nicht, daß Ordnay seinen Namen auf den Spiegel geschrieben hat. In gewisser Weise ist Ordnay unser einziger Zeuge, und aus seiner Nachricht können wir schließen, daß sich das, was hier geschehen ist, mit den Theorien in Flytes Buch in Verbindung bringen läßt.«

»Verdammt«, fluchte Frank. »Sollte Flyte wirklich Informationen haben, die uns helfen könnten, hätte er sofort anrufen müssen, anstatt uns hier warten zu lassen.«

»Allerdings«, sagte Tal. »Bis Mitternacht sind wir vielleicht alle schon tot. Er hätte uns sagen müssen, was wir unternehmen sollen.«

»Da liegt der Hase im Pfeffer«, erklärte Bryce.

»Wie meinen Sie das?« fragte Jenny.

Bryce seufzte. »Nun, ich habe das Gefühl, Flyte hätte uns angerufen, wenn er wüßte, wie wir uns schützen sollen. Ich befürchte, er weiß zwar, mit welcher Kreatur oder übernatürlichen Macht wir es hier zu tun haben, aber er hat nicht die leiseste Ahnung, was man dagegen tun kann. Unabhängig davon, was er uns erzählen kann, wird er wahrscheinlich nicht in der Lage sein, uns das zu verraten, was wir wirklich wissen müßten – wie wir einen Ausweg finden könnten, um unser Leben zu retten.«

Jenny und Bryce tranken in der Einsatzzentrale Kaffee und sprachen darüber, was sie tagsüber entdeckt hatten. Sie versuchten, Erklärungen für all diese sinnlosen Dinge zu finden: die verhöhnende Kreuzigung des Priesters, die Kugeln auf dem Küchenboden im Haus der Sheffields, die Leichen in den von innen verriegelten Autos …

Lisa saß neben ihnen. Allem Anschein nach war sie in ein Kreuzworträtselheft vertieft, das sie in einem der Häuser gefunden hatte. Plötzlich hob sie jedoch den Kopf. »Ich weiß, warum die Schmuckstücke in der Spüle lagen.«

Jenny und Bryce sahen sie erwartungsvoll an.

»Erstens muß man davon ausgehen, daß alle Vermißten tot sind«, sagte das Mädchen und beugte sich vor. »Sie sind tot – daran besteht kein Zweifel.«

»Aber ganz sicher ist das nicht, Schätzchen«, meinte Jenny.

»Sie sind tot«, erwiderte Lisa leise. »Ich weiß es, und ihr wißt es auch.« Ihre grünen Augen glänzten, als habe sie Fieber. »Es hat sie geholt und dann aufgefressen.«

Jenny dachte an Lisas Reaktion, als Bryce ihnen am Abend zuvor von den gequälten Schreien am Telefon erzählt hatte, nachdem *es* in der Leitung gewesen war. Lisa hatte gesagt: »*Vielleicht hat es irgendwo an einem dunklen Ort – in einem Keller oder einer Höhle – ein Netz gesponnen und alle Vermißten in einem Kokon bei lebendigem Leib aufgehängt. Es hebt sie sich möglicherweise auf, bis es wieder Hunger bekommt.*«

Alle hatten das Mädchen angestarrt und beinahe gelacht, doch dann begriffen sie, daß in ihren Worten ein Funken Wahrheit stecken konnte, auch wenn sie noch so verrückt klangen. Es mußte ja nicht unbedingt ein Netz, Kokons oder riesige Spinnen geben, aber um irgendein Ding handelte es sich hier. Zuerst hatte niemand es sich eingestehen wollen, doch es bestand die Möglichkeit, daß es ein unbekanntes Wesen gab, das Menschen auffraß.

Und jetzt beharrte Lisa noch einmal darauf: »Es hat sie aufgefressen.«

»Aber wie erklärt das die Sache mit dem Schmuck?« fragte Bryce.

»Nun, nachdem es die Leute verspeist hat, hat es möglicherweise die Juwelen wieder ausgespuckt«, erklärte Lisa. »So wie wir einen Kirschkern ausspucken würden.«

Dr. Sara Yamaguchi betrat das Hilltop, beantwortete an der Tür kurz eine Frage der Wache und ging dann durch die Lobby zu Jenny und Bryce hinüber. Sie trug zwar noch ihren Schutzanzug, aber den Helm, die Sauerstoffflasche und die Luftbereinigungsanlage hatte sie abgelegt. In der Hand hielt sie einige zusammengefaltete Kleidungsstücke und einen dicken Stapel hellgrüner Notizblätter.

Jenny und Bryce standen auf, um sie zu begrüßen. »Ist die Quarantäne schon aufgehoben?« fragte Jenny.

»Schon? Ich habe das Gefühl, als hätte ich jahrelang in diesem Anzug gesteckt.« Ihre Stimme klang viel angenehmer und heller als über die Sprechanlage und paßte zu ihrer zarten Figur. »Es ist herrlich, wieder frische Luft einatmen zu können.«

»Sie haben Bakterienkulturen angelegt, oder?« fragte Jenny.

»Ich habe damit angefangen.«

»Dauert es nicht vierundzwanzig bis achtundvierzig Stunden, bis man die Ergebnisse ablesen kann?«

»Doch, aber wir sind zu dem Entschluß gekommen, daß es sinnlos ist, noch länger zu warten. Mit den Kulturen werden wir keine Bakterienstämme bekommen – weder bösartige noch andere.«

Diese eigenartige Aussage verwirrte Jenny, aber bevor sie nachfragen konnte, sprach die Genetikerin weiter: »Außerdem hat Meddy uns gesagt, es sei sicher.«

»Meddy?«

»Die Abkürzung für medizinische Analyse- und Berechnungssysteme«, erklärte Dr. Yamaguchi. »Unser Computer Meddy hat alle Daten der Autopsien und Tests umgesetzt, dann berechnet, wie groß die Möglichkeit ist, daß es sich hier um eine biologische Verseuchung handelt, und ist zu dem Ergebnis gekommen, daß die Chance bei Null Komma Null liegt.«

»Und Sie vertrauen einer Computeranalyse so sehr, daß Sie ungefilterte Luft einatmen?« fragte Bryce erstaunt.

»Meddy hat sich in über achthundert Probeläufen kein einziges Mal geirrt.«

»Aber das hier ist kein Probelauf«, wandte Jenny ein.

»Richtig, doch nach allem, was wir bei den Autopsien und pathologischen Test herausgefunden haben ...« Dr. Yamaguchi hob die Schultern und reichte Jenny die grünen Blätter. »Hier. Das sind die Ergebnisse. General Copperfield meinte, Sie würden sie sich gern ansehen. Wenn Sie Fragen dazu haben, erkläre ich Ihnen gerne den Sachverhalt. Alle Männer sind jetzt in den Labors und ziehen sich die Schutzanzüge aus, und ich sehne mich auch danach. Mich juckt es bereits überall.« Sie lächelte und kratzte sich am Hals. Die behandschuhten Finger hinterließen leichte rote Streifen auf ihrer porzellanfarbenen Haut. »Kann ich mich hier irgendwo waschen?«

»In einer Ecke in der Küche haben wir ein Waschbecken aufgestellt, und es gibt dort auch Seife und Handtücher. Die Intimsphäre ist zwar leider nicht gewahrt, aber darauf wollten wir verzichten, um nicht allein zu sein.«

Dr. Yamaguchi nickte. »Verständlich. Wo finde ich dieses Waschbecken?«

Lisa sprang auf und warf das Kreuzworträtselheft zur Seite. »Ich zeige es Ihnen. Außerdem werde ich darauf achten, daß die Männer, die in der Küche arbeiten, Ihnen den Rücken zudrehen und keine neugierigen Blicke riskieren.«

Bei den blaßgrünen Blättern handelte es sich um Computerausdrucke, die auf eine Länge von 30 cm zugeschnitten, numeriert und am linken Rand mit einer Plastikschiene zusammengeheftet waren.

Bryce sah Jenny über die Schulter, während sie den ersten Teil mit Seth Goldsteins Aufzeichnungen über die Autopsie von Gary Wechlas Leiche durchblätterte. Goldstein hatte Anzeichen für ein mögliches Ersticken und heftige allergische Reaktionen auf eine unbekannte Substanz gefunden, konnte die genaue Todesursache aber nicht feststellen.

Das Ergebnis der ersten pathologischen Tests erregte Jennys Aufmerksamkeit ganz besonders. Mit Proben von Gary Wechlas Hautgewebe und Körperflüssigkeiten waren Bakterienkulturen angelegt und mikroskopisch untersucht worden. Durch eine Dunkelfelduntersuchung hatte man nach kleinsten Mikroorganismen in seinem Körper gesucht. Das Testergebnis war verblüffend.

BAKTERIENKULTUR – COMPUTERGESTEUERT
 ÜBERWACHT VON BETTENBY
 20 DER PROBEN WURDEN ANSCHLIESSEND
 PERSÖNLICH ÜBERPRÜFT

ERSTE PROBE:
    ESCHERICHIA COLI
    KEINE FORMEN VORHANDEN
    UNNORMALE DATEN
    KEINE LEBENDEN KOLIBAKTERIEN IM DARM

KLOSTRIDIEN
    KEINE FORMEN VORHANDEN
    UNNORMALE DATEN
    KEINE LEBENDEN KLOSTRIDIEN VORHANDEN

PROTEUS-BAKTERIEN
    KEINE FORMEN VORHANDEN
    UNNORMALE DATEN

Weitere Bakterienarten wurden aufgelistet, nach denen der Computer und Dr. Bettenby gesucht hatten. Das Ergebnis war bei allen Tests gleich.

Jenny erinnerte sich an Dr. Yamaguchis Bemerkung, die sie nicht verstanden hatte: keine bösartigen oder andere Bakterien. Diese Daten waren wirklich so ungewöhnlich, wie der Computer festgestellt hatte.

»Komisch«, sagte Jenny.

»Ich verstehe kein Wort von dem, was da steht. Könnten Sie das bitte für mich übersetzen?«

»Nun, normalerweise wimmelt es in einer Leiche von Bakterien«, erklärte Jenny. »Eine Zeitlang bildet sie einen idealen Nährboden. So viele Stunden nach Gary Wechlas Tod müßten sich in seinem Körper sehr viele Klostridien befinden, die sich durch die Gasbildung entwickeln.«

»Und?«

»In der Probe finden sich keine lebenden Klostridien. Der Darm müßte eigentlich auch von Proteus-Bakterien angefüllt sein. Dabei handelt es sich um Saprophyten.«

»Erklären Sie mir das«, bat Bryce geduldig.

»Verzeihung. Das heißt, daß diese Bakterien in toten oder verfaulenden Körpern gedeihen.«

»Und Wechlas ist zweifellos tot.«

»Allerdings. Und deshalb hätte man noch weitere Bakterienarten finden müssen. Mikrokokken, zum Beispiel, oder den Bazillus mesentericus. Es gab allerdings überhaupt keine Mikroorganismen, die man normalerweise bei einer Leiche im Zustand der Verwesung vorfindet. Noch seltsamer ist, daß sich auch keine lebenden Kolibakterien im Körper befanden. Selbst vor Wechlas Tod hätten sie in einer Vielzahl dort leben müssen – und sollten eigentlich auch jetzt noch da sein. Wir alle haben Kolibakterien im Dickdarm. Sie, ich, Gary Wechlas, alle. Solange sie im Darm bleiben, sind sie üblicherweise nicht schädlich.« Jenny blätterte weiter. »Hier, sehen Sie sich das an. Bei der Suche nach toten Mikroorganismen wurden eine Menge Kolibakterien gefunden. Alle waren längst abgestorben. In Wechlas' Körper gibt es keine lebenden Bakterien.«

»Und was bedeutet das?« fragte Bryce. »Etwa, daß die Leiche nicht verwest?«

»Nicht nur das. Es wird noch unverständlicher. Der Grund, daß die Leiche nicht verwest, ist eine massive Dosis von Sterilisierungs- und Stabilisierungsmitteln, die injiziert wurden, Bryce. Die Leiche wurde mit einem äußerst wirksamen Konservierungsmittel behandelt.«

Lisa brachte ein Tablett mit vier Tassen Kaffee, Löffeln und Servietten an den Tisch, an dem Dr. Yamaguchi, Jenny und Bryce saßen. Sie reichte jedem eine Tasse und nahm die vierte in die Hand.

Sie befanden sich im Speisesaal des Hilltop an der Fensterfront. Draußen war die Straße in das rotgoldene Licht der Nachmittagssonne getaucht.

In einer Stunde ist es wieder dunkel, dachte Jenny. Dann werden wir eine weitere lange Nacht durchstehen müssen.

Sie schauderte. Den heißen Kaffee brauchte sie jetzt wirklich dringend.

Sara Yamaguchi trug nun eine hellbraune Cordhose und eine gelbe Bluse. Ihr langes schwarzes Haar fiel ihr seidig glänzend über die Schultern. »Wahrscheinlich haben Sie alle schon etliche dieser alten Tierfilme von Walt Disney gesehen und wissen, daß einige Spinnen- und Wespenarten – und auch andere Insekten – ihren Opfern ein Konservierungsmittel injizieren, um sie für späteren Verzehr oder die Fütterung ihrer Jungen aufheben zu können«, sagte sie. »Das Mittel in Mr. Wechlas' Gewebe ähnelt diesen Substanzen, ist aber komplizierter aufgebaut und wirkt viel stärker.«

Jenny dachte an die unglaublich große Motte, die Stewart Wargle angefallen und getötet hatte. Diese Kreatur konnte jedoch unmöglich ganz Snowfield ausgelöscht haben. Selbst wenn Hunderte dieser Wesen irgendwo in der Stadt gelauert hätten, wäre es ihnen nicht gelungen, alle Einwohner zu erwischen. Eine Motte von dieser Größe konnte sich auf keinen Fall Zugang zu verschlossenen Autos und Häusern oder verbarrikadierten Zimmern verschaffen. Da draußen war noch etwas anderes.

»Wollen Sie damit sagen, ein Insekt hat all diese Menschen getötet?« fragte Bryce Sara Yamaguchi.

»Die uns vorliegenden Untersuchungsergebnisse sprechen nicht dafür. Ein Insekt hätte das Konservierungsmittel mit einem Stachel injiziert. Es wäre also dann auf jeden Fall ein Einstich da. Auch wenn er winzig wäre, hätten wir ihn entdeckt. Seth Goldstein hat buchstäblich jeden Quadratzentimeter der Leiche mit einem Vergrößerungsglas untersucht. Er hat sogar die Körperbehaarung mit einer Creme entfernt, um die Haut noch genauer betrachten zu können. Es gab keinen Einstich oder eine andere Verletzung, die durch die Injektion hätte entstehen müssen. Wir befürchteten, uns getäuscht zu haben, deshalb haben wir eine zweite Autopsie vorgenommen.«

»Bei Karen Oxley«, sagte Jenny.

»Ja.« Sara beugte sich zum Fenster vor, beobachtete einen Moment lang die Straße und hielt nach General Copperfield und den anderen Ausschau. Dann drehte sie sich wieder um und sagte: »Wir haben die gleichen Testergebnisse erhalten. Keine lebenden Bakterien im Darm. Die Verwesung wurde auf unnatürliche Weise aufgehalten, und das Gewebe war mit einem Konservierungsmittel durchtränkt. Die Daten waren wieder völlig unverständlich, aber zumindest wissen wir jetzt, daß wir uns nicht geirrt haben.«

»Aber wie kam das Mittel in den Körper, wenn es nicht injiziert wurde?« fragte Bryce.

»Wir vermuten, daß es extrem leicht absorbierbar ist, durch Hautkontakt in den Körper eindringt und sich innerhalb weniger Sekunden im Gewebe verteilt.«

»Könnte es sich eventuell doch um ein Nervengas handeln? Möglicherweise ist das Präservieren der Leichen nur ein Nebeneffekt«, meinte Jenny.

»Nein«, widersprach Sara Yamaguchi. »Bei Gas hätten wir Rückstände an den Kleidern der Opfer gefunden, und das war nicht der Fall. Außerdem hat diese Substanz zwar eine toxische Wirkung, aber die chemische Analyse zeigt, daß es sich nicht um einen Giftstoff, sondern eben um ein Konservierungsmittel handelt.«

»War diese Substanz die Todesursache?« fragte Bryce.

»Sie hat sicherlich dazu beigetragen, aber genaue Aussagen können wir darüber noch nicht machen. Zum Teil wurde der Tod wohl durch die toxische Wirkung verursacht, wir haben jedoch auch Anzeichen für Sauerstoffmangel entdeckt. Bei den Opfern wurde die Luftröhre für einen gewissen Zeitraum zugedrückt oder völlig blockiert.«

Bryce beugte sich vor. »Also wurden sie stranguliert und sind erstickt?«

»Ja, aber wir wissen noch nicht genau, auf welche Weise.«

»Aber das kann doch nicht sein«, warf Bryce ein. »Das hätte mindestens ein oder zwei Minuten gedauert. Diese Leute sind aber schnell gestorben – innerhalb von wenigen Sekunden.«

»Außerdem haben wir bei den Oxleys keinerlei Anzeichen für einen Kampf gefunden«, sagte Jenny. »Menschen, die erdrosselt werden, schlagen in der Regel wild um sich und werfen dabei Gegenstände um.«

Die Genetikerin nickte. »Richtig. Das ergibt keinen Sinn.«

»Warum sind die Körper so stark angeschwollen?« wollte Bryce wissen.

»Wir halten das für eine toxische Reaktion auf das Konservierungsmittel.«

»Die Verfärbungen auch?«

»Nein. Da ... da liegt die Sache anders.«

»Inwiefern?«

Sara antwortete nicht sofort, sondern starrte einen Moment lang stirnrunzelnd auf ihre Kaffeetasse. »Die Haut und das darunter liegende Gewebe zeigen eindeutig, daß die Verfärbungen durch äußere Einwirkung verursacht wurden. Es handelt sich um klassische Prellungen, die weder auf die Schwellungen noch auf die allergische Reaktion auf das Konservierungsmittel zurückzuführen sind. Allem Anschein nach sind die Opfer wiederholt von heftigen Schlägen getroffen worden. Das ist einfach verrückt, denn wird jemand so brutal geschlagen, findet man zumindest eine Fraktur. Und noch etwas: Die Prellungen sind am ganzen Körper gleich stark. An den Oberschenkeln, den Händen, auf der Brust, überall. Das ist eigentlich völlig unmöglich.«

»Warum?« fragte Bryce.

Jenny erklärte es ihm. »Wenn jemand mit einem schweren Gegenstand geschlagen wird, werden zwangsläufig einige Körperteile stärker verletzt als andere. Niemand kann jeden Hieb mit der gleichen Wucht und im gleichen Winkel ausführen. Aber genau das wäre nötig gewesen, um diese Prellungen zu verursachen.«

»Außerdem sind auch an Körperstellen Blutergüsse vorhanden, die ein Angreifer mit einem Schlagstock oder einer ähnlichen Waffe niemals treffen würde«, fügte Sara hinzu. »Unter den Achselhöhlen, zwischen den Hinterbacken oder an den Fußsohlen. Mrs. Oxley hatte sie auch dort, obwohl sie Schuhe trug!«

»Anscheinend sind die Verletzungen des Unterhautgewebes, das die Verfärbungen verursachte, nicht durch Schläge entstanden«, sagte Jenny.

»Aber wodurch dann?« fragte Bryce.

»Ich habe keine Ahnung.«

»Und sie sind schnell gestorben«, gab Lisa noch einmal zu bedenken.

Sara lehnte sich in ihrem Stuhl zurück, kippte ihn nach hinten und sah wieder aus dem Fenster zu dem Hügel hinauf, wo die Labors standen.

»Dr. Yamaguchi, was ist Ihre Meinung?« fragte Bryce. »Ich meine damit nicht Ihr sachkundiges Urteil, sondern Ihre persönliche Ansicht. Haben Sie irgendeine Theorie, was hier vor sich geht?«

Sie wandte sich ihm zu und schüttelte den Kopf. Ihr schwarzes Haar schwang hin und her und fing die Strahlen der sinkenden Sonne ein. Rote, grüne und blaue Lichtreflexe leuchteten kurz auf und schimmerten wie ein Regenbogen in einer Ölpfütze. »Nein, ich habe leider keine Theorie. Keine logische Erklärung. Nur denke ich ...«

»Was?«

»Nun, ich glaube jetzt, daß es eine kluge Entscheidung war, Isley und Arkham mitzunehmen.«

Jenny stand dem Gedanken an eine außerirdische Invasion immer noch skeptisch gegenüber, aber Lisa war fasziniert. »Glauben Sie wirklich, es kommt aus einer anderen Welt?« fragte das Mädchen.

»Vielleicht gibt es auch noch andere Möglichkeiten«, erwiderte Sara. »Aber im Augenblick fällt mir keine ein.« Sie sah auf ihre Armbanduhr und rutschte ungeduldig auf ihrem Stuhl hin und her. »Wo bleiben sie denn nur so lange?« Wieder sah sie aus dem Fenster.

In den Bäumen draußen rührte sich nichts. Die Markisen vor den Läden hingen schlaff herunter. Die Stadt war totenstill.

»Sagten Sie nicht, die Männer wollten die Schutzanzüge verpacken?«

»Schon, aber das dürfte nicht so lange dauern.«

»Wenn etwas passiert wäre, hätten wir Schüsse gehört.«

»Oder Explosionen«, sagte Jenny. »Sie haben doch Molotowcocktails gebastelt.«

»Sie hätten bereits vor fünf oder zehn Minuten hier sein müssen«, beharrte die Wissenschaftlerin. »Und es ist immer noch keine Spur von ihnen in Sicht.«

Jenny dachte an die unglaubliche Lautlosigkeit, mit der *es* sich Jake Johnson geholt hatte.

Bryce zögerte einen Augenblick lang und schob dann seinen Stuhl zurück. »Ich denke, es kann nichts schaden, wenn ich mit ein paar Männern hingehe und nachsehe.«

Sara Yamaguchi wandte sich abrupt vom Fenster ab. »Irgend etwas stimmt hier nicht.«

»Nein, das glaube ich weniger«, sagte Bryce.

»Aber Sie spüren es doch auch«, entgegnete Sara. »Das weiß ich. Meine Güte.«

»Machen Sie sich keine Sorgen«, beruhigte Bryce sie, doch der Ausdruck in seinen Augen war nicht so gelassen, wie seine Stimme klang. Während der vergangenen vierundzwanzig Stunden hatte Jenny gelernt, in diesen halbgeschlossenen Augen zu lesen. Jetzt drückten sie Anspannung und nackte Angst aus.

»Es ist noch viel zu früh, um sich aufzuregen«, fuhr Bryce fort.

Aber alle wußten es. Sie wollten es nicht wahrhaben, doch es war ihnen ganz klar. Der Schrecken hatte wieder begonnen.

Bryce wählte Tal, Frank und Gordy als Begleitung zu dem Laborwagen aus.

»Ich komme auch mit«, erklärte Jenny.

Bryce war damit nicht einverstanden. Er hatte mehr Angst um sie als um Lisa, um seine eigenen Männer oder um sich selbst.

Eine unerwartete und außergewöhnliche Beziehung war zwischen ihnen entstanden. Bryce fühlte sich wohl in Jennys Gegenwart, und ihr schien es genauso zu gehen. Er wollte sie nicht verlieren.

»Es wäre mir lieber, wenn Sie hierbleiben würden«, sagte er deshalb.

»Ich bin Ärztin«, entgegnete Jenny, als wäre das nicht nur ihr Beruf, sondern ein Schutzschild, das jede Gefahr von ihr fernhalten würde.

»Das hier ist eine regelrechte Festung. Hier ist es sicherer.«

»Nirgendwo ist es sicher.«

»Das habe ich auch nicht behauptet. Ich sagte nur, hier ist es *sicherer*.«

»Vielleicht brauchen sie ärztliche Hilfe.«

»Wenn sie wirklich angegriffen wurden, sind sie entweder tot oder verschwunden. Bisher haben wir noch keine Verletzten gefunden, oder?«

»Es gibt immer ein erstes Mal.« Jenny drehte sich zu Lisa um. »Hol mir meinen Arztkoffer, Liebes.«

Das Mädchen rannte sofort zu der behelfsmäßigen Krankenstation.

»Lisa bleibt aber auf jeden Fall hier«, erklärte Bryce.

»Nein«, widersprach Jenny. »Sie bleibt bei mir.«

»Hören Sie zu, Jenny«, begann Bryce aufgebracht. »Hier herrscht der Ausnahmezustand. Ich kann Ihnen befehlen hierzubleiben.«

»Und wie wollen Sie Ihren Befehl durchsetzen? Etwa mit der Waffe?« gab sie zurück, wobei ihre Stimme jedoch keineswegs feindselig klang.

Lisa kehrte mit der schwarzen Ledertasche zurück.

Sara Yamaguchi stand bereits an der Eingangstür des Hotels und rief: »Beeilen Sie sich. Bitte kommen Sie schnell.«

Wenn *es* wirklich über das Labor hergefallen war, gab es wohl keinen Grund mehr zur Eile.

Bryce warf Jenny einen Blick zu. Ich kann dich nicht beschützen, Doc. Verstehst du das nicht? Bleib hier, wo die Fenster verriegelt und die Türen bewacht sind. Verlaß dich nicht darauf, daß ich dich beschützen werde, denn ich werde dich enttäuschen. So wie ich auch Ellen enttäuscht habe ... und Timmy.

»Also los«, sagte Jenny.

Bryce war sich seiner Machtlosigkeit schmerzlich bewußt, als er die Gruppe aus dem Hotel auf die Straße führte, wo *es* an der nächsten Ecke lauern konnte. Tal ging mit Bryce voraus. Jenny, Sara Yamaguchi und Lisa folgten ihnen, und Frank und Gordy bildeten die Nachhut.

Langsam wurde es kühl. In dem Tal unterhalb der Stadt hatte sich leichter Nebel gebildet; in knapp einer Dreiviertelstunde würde es dunkel werden. Die untergehende Sonne warf blutrote Strahlen auf die Straßen. Überall tauchten lange, verzerrte Schatten auf. In den Fenstern der Häuser spiegelte sich das Lichtfeuer – der Anblick erinnerte Bryce an die Augenhöhlen einer Kürbislaterne an Halloween.

Die Stille auf der Straße schien noch bedrohlicher als am Vorabend.

Ihre Schritte hallten, als durchquerten sie eine riesige, verlassene Kathedrale.

Vorsichtig gingen sie um die Kurve.

Drei leere Schutzanzüge lagen zusammengeknüllt mitten auf der Straße. Ein weiterer befand sich halb im Rinnstein, halb auf dem Gehsteig. Zwei der Helme waren zerbrochen.

Etliche Maschinenpistolen waren auf der Straße verstreut, einige unbenutzte Molotowcocktails am Straßenrand aufgereiht.

Die hintere Tür des Wohnmobils stand offen. Im Wagen lagen weitere leere Schutzanzüge und Waffen. Von den Männern keine Spur.

»General? General Copperfield?« rief Bryce.

Grabesstille.

»Seth!« schrie Sara Yamaguchi. »Will? Will Bettenby? Galen? Meldet euch doch bitte!«

Nichts. Niemand.

»Sie konnten keinen einzigen Schuß abgeben«, sagte Jenny.

»Und auch nicht schreien«, fügte Tal hinzu. »Die Wachen an der Eingangstür des Hotels hätten das auf jeden Fall gehört.«

»Scheiße«, stieß Gordy hervor.

Bei beiden Wohnmobilen standen die hinteren Türen offen. Bryce hatte das Gefühl, daß sie dort drin etwas erwartete. Am liebsten hätte er sich umgedreht und wäre davongelaufen, aber das konnte er nicht tun. Wenn er in Panik geriet, würde das die anderen mitreißen, und Panik war eine Einladung dazu, sich töten zu lassen.

Sara ging auf die Hintertür des ersten Wohnmobils zu, aber Bryce hielt sie zurück.

»Verdammt, das sind meine Freunde!« protestierte sie.

»Ich weiß«, sagte Bryce. »Aber lassen Sie mich zuerst einen Blick hineinwerfen.«

Einen Augenblick lang konnte er sich jedoch überhaupt nicht bewegen. Vor Angst war er wie gelähmt. Doch dann ging er los.

11
Computerspiele

Bryce hatte seine Dienstwaffe gezogen und entsichert. Mit seiner freien Hand riß er die Tür weit auf, sprang zurück und richtete seine Pistole auf das Labor. Es war leer. Auf dem Boden lagen zwei zerknitterte Schutzanzüge, ein weiterer hing über einem Drehstuhl vor einem der Computer.

Er ging weiter zu dem zweiten Labor.

»Lassen Sie mich das machen«, sagte Tal.

Bryce schüttelte den Kopf. »Nein, bleiben Sie bei den Frauen – sie sind unbewaffnet. Wenn dort irgend etwas herauskommt, nachdem ich die Tür geöffnet habe, laufen Sie los.«

Sein Herz klopfte ihm bis zum Hals, als er seine Hand auf die Tür des zweiten Wagens legte. Er zögerte und stieß sie dann vorsichtig auf.

Dieses Labor war ebenfalls leer. Außer zwei Schutzanzügen war nichts zu sehen.

Als Bryce seinen Kopf in den Wagen streckte, ging plötzlich die Deckenbeleuchtung aus. Erschrocken über die plötzliche Dunkelheit zuckte er zurück, doch eine Sekunde später brannte wieder Licht. Allerdings kam es nicht von den Lampen an der Decke. Das seltsame grüne Leuchten verwirrte ihn, bis er bemerkte, daß es von den drei Bildschirmen kam, die sich alle gleichzeitig eingeschaltet hatten. Dann erlosch es wieder. Auf den Monitoren begann es zu flackern – zuerst auf allen dreien gleichzeitig, dann abwechselnd. Immer wieder gingen sie an und aus. Schließlich waren sie alle auf einmal in Betrieb und verbreiteten ein unheimliches Licht in dem Labor.

»Ich gehe hinein«, sagte Bryce. Die anderen protestierten, doch er lief rasch über die Stufe durch die Tür. Vor dem ersten Monitor blieb er stehen und betrachtete die sechs Wörter, die hellgrün auf dem dunklen Hintergrund aufleuchteten.

JESUS LIEBT MICH – DAS WEISS ICH.

Bryce warf einen Blick auf die anderen beiden Bildschirme. Auf ihnen stand das gleiche geschrieben. Ein kurzes Flackern, dann veränderte sich der Text.

DENN SO STEHT ES IN DER BIBEL GESCHRIEBEN.

Bryce runzelte die Stirn. Was war das nur für ein Programm? Das waren doch die Worte aus dem Lied, das im Hotel aus dem Abfluß gekommen war.

IN DER BIBEL STEHT NUR SCHEISSE, teilte ihm der Computer jetzt mit und begann wieder zu flackern.

JESUS IST TOT.

Die letzten drei Wörter blieben einige Sekunden lang auf dem Schirm. Bryce hatte den Eindruck, als verbreite das grüne Licht Kälte. So wie ein Kaminfeuer warmes Licht ausstrahlte, gab dieses Leuchten eine Eiseskälte ab, die ihm durch die Knochen fuhr.

Das war kein normales Programm – und ganz bestimmt auch kein Code oder System, das General Copperfields Männer eingespeichert hatten.

Wieder flackerte es.

JESUS IST TOT. GOTT IST TOT.

Flackern.

ICH LEBE.

Flackern.

WIE WÄRE ES MIT EINEM RATESPIEL?

Bryce blickte auf den Bildschirm und fühlte eine abergläubische Angst in sich aufsteigen. Furcht und eine gewisse Scheu schnürten ihm die Kehle zu. Sein Magen verkrampfte sich, aber er wußte nicht genau, warum. Ganz tief in sich, auf einer Ebene seines Unterbewußtseins, spürte er, daß er sich in der Gegenwart von etwas befand, das böse war, aus alter Zeit stammte … und irgendwie vertraut war.

Wie aber konnte er es kennen? Er wußte schließlich nicht einmal, was *es* war. Und trotzdem ... Vielleicht kannte er es doch. Tief in seinem Inneren und instinktiv wußte er möglicherweise Bescheid. Wenn es ihm nur gelingen würde, Zugang zu den Erinnerungen an seine kulturelle Geschichte zu bekommen. Er war immer noch skeptisch, glaubte aber, daß ihm das helfen könnte, die Wahrheit über das Ding herauszufinden, das die Einwohner Snowfields überwältigt und abgeschlachtet hatte.

Wieder ein Flackern.

SHERIFF HAMMOND? WOLLEN SIE EIN RATESPIEL MIT MIR MACHEN?

Es erschreckte Bryce, seinen Namen auf dem Schirm zu lesen. Dann aber folgte eine noch größere und unangenehmere Überraschung.

ELLEN.

Da stand der Name seiner toten Frau in leuchtenden Buchstaben geschrieben. Jeder Muskel seines Körpers spannte sich an. Er wartete darauf, daß noch etwas erscheinen würde, doch eine Zeitlang war nur dieser Name zu lesen, der ihm so viel bedeutete, und es gelang ihm nicht, seinen Blick abzuwenden. Doch dann ...

ELLEN VERFAULT.

Das verschlug ihm den Atem. Wie konnte es etwas über Ellen wissen?

ELLEN FÜTTERT JETZT DIE WÜRMER.

Was war das? Und was hatte es zu bedeuten?

TIMMY WIRD STERBEN.

Die Prophezeiung glühte grün auf.

Bryce schnappte nach Luft. »Nein«, flüsterte er. Während der vergangenen Jahre hatte er oft gedacht, es wäre besser, wenn Timmy erlöst würde. Noch gestern hätte er gesagt, daß ein schneller Tod für seinen Sohn ein Segen wäre. Aber jetzt dachte er anders darüber. Snowfield hatte ihm gezeigt, daß es nichts Schlimmeres gab als den Tod. In den Armen des Todes gab es keine Hoffnung mehr, doch solange Timmy lebte, bestand sie noch. Schließlich hatten ihm die Ärzte gesagt, sein Sohn habe keine schweren Hirnschädigungen davongetragen. Wenn er also aus dem Koma erwachen würde, hätte er eine gute Chance, wieder ganz gesund zu werden. Es gab die Möglichkeit einer Heilung, und es gab Hoffnung. Also sagte Bryce nein zu dem Computer. »Nein.«

TIMMY WIRD VERFAULEN. ELLEN VERFAULT. ELLEN VERFAULT IN DER HÖLLE.

»Wer bist du?« fragte Bryce und kam sich sofort albern vor, weil er mit dem Computer wie mit einem Menschen sprach. Wenn er eine Frage stellen wollte, mußte er sie eingeben.

WIE WÄRE ES MIT EINER KLEINEN UNTERHALTUNG?

Bryce wandte sich von dem Terminal ab, ging zur Tür und lehnte sich aus dem Wagen.

Die anderen waren erleichtert, ihn zu sehen.

Er räusperte sich und versuchte seine Erschütterung zu verbergen. »Dr. Yamaguchi, ich brauche Ihre Hilfe.«

Tal, Jenny, Lisa und Sara Yamaguchi stiegen in das Wohnmobil. Frank und Gordy blieben auf der Straße und sahen sich in der jetzt rasch eintretenden Dämmerung nervös um.

Bryce zeigte Sara die Bildschirme.

WIE WÄRE ES MIT EINER KLEINEN UNTERHALTUNG?

Er erzählte den anderen, was er bisher gesehen hatte.

»Aber das ist unmöglich«, unterbrach Sara ihn. »Der Computer hat kein Programm, das dieses Vokabular enthält und es ihm ermöglichen würde ...«

»Etwas hat den Computer unter Kontrolle«, sagte Bryce.

»Unter Kontrolle? Wie denn?« fragte Sara stirnrunzelnd.

»Das weiß ich nicht.«

»Und wer soll das sein?«

»Nicht *wer*«, sagte Jenny und legte den Arm um ihre Schwester. »Ich würde eher fragen *was*.«

»Ja«, stimmte Tal ihr zu. »Dieses mordende Ding – was immer es auch sein mag – hat die Kontrolle über Ihren Computer übernommen, Dr. Yamaguchi.«

Mit skeptischer Miene setzte sich die Wissenschaftlerin an eines der Terminals und schaltete den Drucker ein. »Auf jeden Fall werde ich das hier ausdrucken lassen. Vielleicht nützt es uns ja etwas.« Sie zögerte eine Weile, bevor sie ihre schmalen, fast kindlichen Hände auf die Tastatur legte. Bryce sah ihr über die Schulter, und Tal, Jenny und Lisa schauten auf die anderen beiden Bildschirme. Plötzlich verschwand der Text. Sara starrte auf das grün leuchtende Feld, gab dann ihren Zugangscode ein und tippte eine Frage.

IST DA JEMAND?

Die Antwort erschien sofort direkt unter Saras Worten.

JA.

WER BIST DU?

ZAHLLOS.

»Was soll das bedeuten?« fragte Tal.

»Ich weiß es nicht.« Die Genetikerin stellte ihre Frage noch einmal und erhielt wieder die gleiche rätselhafte Antwort.

ZAHLLOS.

»Fragen Sie nach seinem Namen«, schlug Bryce vor.

Während Sara tippte, erschienen ihre Worte sofort auf allen drei Bildschirmen.

HAST DU EINEN NAMEN?

JA.

WIE HEISST DU?

VIELE.

DU HAST ALSO VIELE NAMEN?

JA.

NENNE EINEN DEINER NAMEN.

CHAOS.

WELCHE NAMEN HAST DU SONST NOCH?

DU LANGWEILST MICH, DU DUMME SCHLAMPE. STELL MIR EINE ANDERE FRAGE.

Die Wissenschaftlerin sah Bryce schockiert an. »Das ist ein Wort, das in diesem Computerprogramm nicht existiert.«

»Fragen Sie es nicht, *wer*, sondern *was* es ist«, schlug Lisa vor.

»Genau«, sagte Tal. »Lassen Sie sich von ihm beschreiben, wie es aussieht.«

»Ich glaube nicht, daß der Computer so programmiert ist, daß er diagnostische Aussagen über sich selbst machen kann«, wandte Sara ein. »Er wird uns nur einige Diagramme seiner Schaltungsanordnung liefern.«

»Nein«, widersprach Bryce. »Vergessen Sie nicht, daß Sie jetzt keine Programme abrufen. Das hier ist etwas anderes. Der Computer dient nur als Kommunikationsmittel.«

»Natürlich. Trotz der Worte, die es verwendet hat, möchte ich immer noch glauben, daß ich die gute alte Meddy vor mir habe.«

Sara dachte kurz nach und tippte dann: GIB UNS EINE PHYSISCHE BESCHREIBUNG.

ICH LEBE.

DRÜCK DICH GENAUER AUS, forderte Sara.

ICH BIN VON NATUR AUS UNSPEZIFISCH.

BIST DU EIN MENSCH?

AUCH DIESE MÖGLICHKEIT STEHT MIR OFFEN.

»Es spielt mit uns«, meinte Jenny. »Und amüsiert sich dabei.«

Bryce fuhr sich mit einer Hand über das Gesicht. »Fragen Sie es, was mit Copperfield geschehen ist.«

WO IST GALEN COPPERFIELD?

TOT.

WO IST SEINE LEICHE?

VERSCHWUNDEN.

WOHIN?

DU BIST EIN LANGWEILIGES DUMMES WEIB.

WO SIND DIE ANDEREN, DIE BEI GALEN COPPERFIELD WAREN?

TOT.
HAST DU SIE GETÖTET?
JA.
WARUM HAST DU SIE UMGEBRACHT?
IHR
Sara drückte rasch auf die Tasten: DEUTLICHER.
IHR SEID
UNKLAR. DEUTLICHER.
IHR SEID ALLE TOT.

Bryce sah, daß Saras Hände zitterten. Trotzdem vertippte sie sich nicht – ihre Finger flogen geschickt über die Tasten.
WARUM WILLST DU UNS TÖTEN?
DAFÜR SEID IHR DA.
SOLL DAS HEISSEN, DASS WIR NUR HIER SIND, UM GETÖTET ZU WERDEN?
JA. IHR SEID VIEH. IHR SEID SCHWEINE. IHR SEID WERTLOS.
WIE HEISST DU?
LEERE.
UNKLAR. DEUTLICHER.
NICHTS.
WIE HEISST DU?
UNZAHL.
BESCHREIB DAS DEUTLICHER.
DU LANGWEILST MICH. BESCHREIB ERST EINMAL MEINEN SCHWANZ, DU SCHLAMPE.

Sara wurde rot. »Das ist doch verrückt.«

»Man kann seine Gegenwart hier beinahe fühlen«, sagte Lisa.

Jenny legte ihre Hand ermutigend auf die Schulter ihrer Schwester und drückte sie an sich. »Wie meinst du das, Liebes?«

Die Stimme des Mädchens klang nervös und zitterte leicht. »Ich kann es spüren.« Sie sah sich in dem Labor um. »Die Luft scheint dicker zu sein, findet ihr nicht?

Und kälter. Es ist, als würde etwas hier vor uns ... Gestalt annehmen.«

Bryce verstand sie sehr gut.

Tal bemerkte Bryces Blick und nickte. Er spürte es auch.

Trotzdem war Bryce sicher, daß dieses Gefühl sehr subjektiv war. Nichts würde hier Gestalt annehmen, und die Luft war auch nicht dicker als noch vor wenigen Minuten. Das kam ihnen nur so vor, weil sie alle so angespannt waren, daß es ihnen schwerfiel zu atmen. Das war nur allzu verständlich. Und es war jetzt kälter, weil die Nacht hereinbrach.

Die Bildschirme wurden für einen Moment dunkel.

WANN KOMMT ER? war dann zu lesen.

UNKLAR. DEUTLICHER, tippte Sara wieder.

WANN KOMMT DER EXORZIST?

»Mein Gott«, sagte Tal. »Was soll das denn jetzt?«

ERKLÄRE DAS, forderte Sara.

TIMOTHY FLYTE.

»Das kann ich nicht glauben«, stieß Jenny hervor.

»Es kennt diesen Flyte«, sagte Tal. »Aber woher? Und hat es etwa Angst vor ihm?«

HAST DU ANGST VOR FLYTE?

DUMME SCHLAMPE.

HAST DU ANGST VOR FLYTE? tippte Sara unbeirrt noch einmal.

ICH HABE VOR NICHTS ANGST.

WARUM INTERESSIERST DU DICH FÜR FLYTE?

ICH HABE ENTDECKT, DASS ER ES WEISS.

WAS WEISS ER?

ER WEISS VON MIR.

»Anscheinend können wir die Möglichkeit ausschließen, daß Flyte ein Betrüger ist«, sagte Bryce.

WEISS FLYTE, WAS DU BIST? tippte Sara.

JA. ICH WILL IHN HIERHABEN.

WARUM WILLST DU DAS?

ER IST MEIN MATTHÄUS.
UNKLAR. DEUTLICHER.
ER IST MEIN MATTHÄUS, MARKUS, LUKAS UND JOHANNES.

Sara runzelte die Stirn und sah Bryce fragend an. Dann flogen ihre Finger wieder über die Tasten. HEISST DAS, FLYTE IST DEIN APOSTEL?

NEIN. ER IST MEIN BIOGRAPH. ER ZEICHNET MEIN WERK AUF. ICH WILL, DASS ER HIERHERKOMMT.

WILLST DU IHN AUCH TÖTEN?

NEIN. ICH SICHERE IHM FREIES GELEIT ZU.

WAS HEISST DAS?

IHR WERDET ALLE STERBEN, ABER FLYTE WERDE ICH ERLAUBEN, AM LEBEN ZU BLEIBEN. DAS MÜSST IHR IHM SAGEN. WENN ER DAS NICHT WEISS, WIRD ER NICHT KOMMEN.

Saras Hände zitterten jetzt noch stärker als zuvor. Sie vertippte sich, mußte ihren Text löschen und neu eingeben.

WIRST DU UNS LEBEN LASSEN, WENN WIR FLYTE NACH SNOWFIELD BRINGEN?

IHR GEHÖRT MIR.

WIRST DU UNS AM LEBEN LASSEN?

NEIN.

Bisher war Lisa für ihr Alter ungewöhnlich tapfer gewesen, doch als ihr das Schicksal, das ihr bevorstand, so schonungslos auf dem Computerdisplay mitgeteilt wurde, fing sie leise zu weinen an.

Jenny tröstete ihre Schwester so gut sie konnte.

»Was immer das auch sein mag – dieses Ding ist sehr von sich überzeugt«, meinte Tal.

»Noch sind wir nicht tot«, sagte Bryce bestimmt. »Es gibt Hoffnung, solange wir am Leben sind.«

Sara legte ihre Hände wieder auf die Tastatur.

WOHER KOMMST DU?

AUS URALTER ZEIT.

ERKLÄR UNS DAS.
DU LANGWEILST MICH, SCHLAMPE.
BIST DU EIN AUSSERIRDISCHES WESEN?
NEIN.

»Damit wäre die Sache für Isley und Arkham erledigt«, sagte Bryce, bevor er daran dachte, daß die beiden bereits tot waren.

»Außer es lügt«, warf Jenny ein.

Sara wiederholte eine Frage, die sie schon einmal gestellt hatte.

WAS BIST DU?
DU LANGWEILST MICH.
WAS BIST DU?
DUMMES FLITTCHEN.
WAS BIST DU?
VERPISS DICH.

WAS BIST DU? tippte Sara noch einmal und hieb dabei so heftig auf die Tastatur, daß Bryce befürchtete, sie würde sie zerbrechen. Anscheinend war ihr Zorn jetzt stärker als ihre Angst.

ICH BIN GLASYALABOLAS.
UNKLAR. DEUTLICHER.
DAS IST MEIN NAME. ICH BIN DER GEFLÜGELTE MIT DEM GEBISS EINES HUNDES. FÜR ALLE EWIGKEIT BIN ICH DAZU VERDAMMT, DASS MIR SCHAUM VOR DEM MUND STEHT.

Bryce starrte verständnislos auf den Bildschirm. War das ernst gemeint? Ein Geflügelter mit einem Hundegebiß? Das mußte wieder eines der Spielchen sein, an denen es Gefallen fand.

Der Bildschirm wurde dunkel, doch nach einer kurzen Pause erschienen neue Worte, obwohl Sara keine Frage gestellt hatte.

ICH BIN HABORYM. ICH BIN DER MANN MIT DEN DREI KÖPFEN. EINER IST VON EINEM MENSCHEN, EI-

NER VON EINER KATZE UND EINER VON EINER SCHLANGE.

»Was soll denn dieser Mist?« fragte Tal niedergeschlagen.

Die Luft war deutlich kälter geworden.

Das ist nur der Wind, sagte sich Bryce. Der Wind, der durch die Tür bläst und die Kühle des Abends hereinweht.

ICH BIN RANTAN.

Der Bildschirm flackerte.

ICH BIN PALLANTRE. ICH BIN AMLUTIAS, ALFINA, EPYN, FUARD, BELIAL, OMGORMA, NEBIROS, BAAL, ELIGOR – UND VIELE ANDERE MEHR.

Die seltsamen Namen glühten für einen Moment lang auf allen drei Schirmen und verschwanden dann wieder.

ICH BIN ALLES UND NICHTS. ICH BIN NIEMAND UND JEDER.

Die Worte wurden gelöscht, und die drei Bildschirme leuchteten für einen Moment hellgrün auf. Dann wurden sie dunkel, und die Deckenbeleuchtung schaltete sich wieder ein.

»Das ist wohl das Ende des Interviews«, sagte Jenny.

Belial. Das war einer der Namen, den es sich gegeben hatte.

Bryce war zwar kein zutiefst religiöser Mensch, aber belesen genug, um zu wissen, daß Belial entweder ein Name des Satans oder einer der anderen gefallenen Engel war. Ganz sicher konnte er das nicht sagen.

Gordy Brogan war als überzeugter Katholik der Gläubigste von ihnen allen, also bat Bryce ihn, sich die Namen auf dem Ausdruck anzuschauen, nachdem er als letzter das Labor verlassen hatte.

Sie standen auf dem Bürgersteig neben dem Wohnmobil, und Gordy las im schwindenden Tageslicht die entscheidenden Zeilen. Spätestens in zwanzig Minuten würde es stockdunkel sein.

»Hier«, sagte Gordy und deutete auf das zusammengefaltete Papier. »Dieser Name. Baal. Ich weiß nicht genau, woher ich ihn kenne. Nicht aus der Kirche. Vielleicht habe ich ihn einmal in einem Buch gelesen, vielleicht. Allerdings nicht im Katechismus.«

Bryce bemerkte, daß Gordys Tonfall und sein Sprechrhythmus seltsam klangen. Das war nicht nur seine Nervosität. Manche Worte stieß er übertrieben schnell hervor, andere sprach er langsam aus und steigerte sich dann zu einem rasenden Tempo.

»In einem Buch?« fragte Bryce nach. »Vielleicht etwa in der Bibel?«

»Nein, das glaube ich nicht. Ich lese nicht sehr oft in der Bibel. Das sollte ich aber. Regelmäßig. Diesen Namen habe ich in einem anderen Buch gelesen. In einem Roman. Ich kann mich aber nicht mehr genau daran erinnern.«

»Und wer ist dieser Baal?«

»Ich glaube, das soll ein sehr mächtiger Dämon sein«, erwiderte Gordy. Irgend etwas war mit seiner Stimme nicht in Ordnung – oder mit ihm selbst.

»Und die anderen Namen?« fragte Bryce.

»Sie sagen mir nichts.«

»Ich dachte, das wären ebenfalls Namen von Dämonen.«

»Nun, wissen Sie, in der katholischen Kirche wird jetzt nicht mehr so viel über die Qualen in der Hölle gepredigt. Vielleicht ist das ein Fehler«, sagte er. Seine Stimme klang immer noch merkwürdig. »Ja, man sollte mehr davor warnen. Ich denke nämlich, daß Sie recht haben. Das sind die Namen von Dämonen.«

Jenny seufzte müde. »Also hat es wieder mit uns gespielt.«

Gordy schüttelte heftig den Kopf. »Nein, das war kein Spiel. Es hat uns die Wahrheit gesagt.«

Bryce runzelte die Stirn. »Gordy, Sie glauben doch nicht wirklich, daß es sich hier um einen Dämon, den Satan selbst oder etwas Ähnliches handelt?«

»Das ist doch alles Unsinn«, erklärte Sara Yamaguchi.

»Genau«, stimmte Jenny ihr zu. »Diese Vorführung über den Computer und dieses dämonische Bild, das es uns vermitteln will, soll uns nur in die Irre führen. Es wird uns niemals die Wahrheit über sich verraten, denn dann könnten wir eine Möglichkeit finden, es zu besiegen.«

»Und wie erklären Sie sich dann den gekreuzigten Priester über dem Altar in der Kirche?« fragte Gordy.

»Das war nur ein weiterer Akt dieser Scharade«, meinte Tal.

In Gordys Augen lag nicht nur Furcht. Man sah ihm an, daß er seelische Qualen litt.

Das hätte ich eher kommen sehen müssen, warf Bryce sich im stillen vor.

Gordy sprach mit leiser, aber eindringlicher Stimme weiter: »Ich glaube, die Zeit ist gekommen. Das Ende. Der Jüngste Tag. Genau wie es in der Bibel steht. Daran habe ich bisher nicht geglaubt. Ich glaubte an alles, was die Kirche lehrt, aber nicht an einen Tag des Jüngsten Gerichts. Eigentlich war ich der Meinung, alles würde für immer so weitergehen. Aber jetzt ist er gekommen, oder? Ja, und das nicht nur für die Menschen in Snowfield, sondern für uns alle. Das Ende. Also frage ich mich, welches Urteil wohl über mich gesprochen wird. Und ich habe Angst. Mir wurde eine spezielle Gabe in die Wiege gelegt, und ich habe sie einfach weggeworfen. Wie der heilige Franziskus konnte ich schon immer gut mit Tieren umgehen. Das ist wirklich wahr. Kein Hund bellt mich an, keine Katze kratzt mich. Wußten Sie das? Alle Tiere mögen mich und vertrauen mir. Vielleicht lieben sie mich sogar. Selbst scheue Eichhörnchen haben mir schon aus der Hand gefressen. Das ist wirklich eine Gabe. Meine Eltern wollten daher, daß ich Tierarzt werde, aber ich habe nicht auf sie gehört und mein Talent vergeudet. Statt dessen bin ich Polizist geworden und habe mich bewaffnet. Das sollte nicht sein. Ich hätte niemals eine Waffe tragen dürfen. Ich tat es zum Teil, weil ich wußte, daß meine Eltern dagegen waren. Damit wollte ich meine Unabhängigkeit beweisen, verstehen Sie? Aber ich habe vergessen, daß es in der Bibel heißt, man soll Mutter und Vater ehren, und so habe ich sie nur verletzt. Und ich habe Gott den Rücken zugekehrt, indem ich sein Geschenk nicht angenommen habe. Nein, es war noch schlimmer – ich habe auf seine Gabe gespuckt. Gestern abend habe ich beschlossen, den Polizeidienst zu quittieren und die Waffe abzulegen. Ich wollte Tierarzt werden, aber es war anscheinend schon zu spät. Das Urteil war schon gesprochen, auch wenn ich es noch nicht begriffen hatte. Ich habe Gottes Geschenk zurückgewiesen, und jetzt ... Ich habe Angst.«

Bryce wußte nicht, was er Gordy sagen sollte. Seine eingebildeten Sünden waren so weit entfernt von dem wahren Bösen, daß es beinahe lächerlich war. Wenn jemand aus ihrer Runde in den Himmel kommen würde, dann sicherlich Gordy. Allerdings glaubte Bryce nicht daran, daß der Tag des Jüngsten Gerichts gekommen war. Ihm fiel jedoch nichts ein, wie er Gordy jetzt beruhigen konnte, denn diesem großen Jungen mit dem muskulösen Körperbau konnte man seinen Irrglauben nicht mehr ausreden.

»Timothy Flyte ist Wissenschaftler und kein Theologe«, erklärte Jenny bestimmt. »Wenn Flyte eine Erklärung für die Dinge hat, die hier vorfallen, dann hat sie ganz sicher eine wissenschaftliche und keine religiöse Basis.«

Gordy hörte ihr gar nicht zu. Tränen strömten ihm über das Gesicht. Seine Augen wirkten glasig. Er warf den Kopf zurück und starrte zum Himmel hinauf. Offensichtlich sah er dort nicht den Sonnenuntergang, sondern eine himmlische Straße, auf der die Erzengel und die Heerscharen Gottes in einem Feuerball herabstiegen.

In seinem Zustand konnte man ihm keine geladene Waffe anvertrauen. Bryce zog Gordy die Pistole aus dem Halfter und nahm sie an sich. Der Deputy schien es gar nicht zu bemerken.

Bryce sah, daß Gordys merkwürdiger Monolog Lisa erschüttert hatte. Sie wirkte sehr betroffen und verwirrt.

»Alles in Ordnung«, versicherte er ihr. »Das ist nicht das Ende der Welt. Der Tag des Jüngsten Gerichts ist noch nicht gekommen. Gordy ist nur ... ein bißchen aufgeregt. Wir werden das schon schaffen. Glaubst du mir, Lisa? Meinst du, es gelingt dir, noch eine Weile so tapfer zu sein wie bisher?«

Sie antwortete ihm nicht sofort, aber dann nahm sie sich zusammen und stellte fest, daß sie tatsächlich noch ein wenig Kraft besaß. Es gelang ihr sogar, sich ein schwaches, unsicheres Lächeln abzuringen.

»Du bist ein tolles Mädchen«, sagte Bryce. »Ähnlich wie deine große Schwester.«

Lisa sah kurz zu Jenny hinüber und richtete ihren Blick dann wieder auf Bryce. »Sie sind aber auch ein toller Sheriff«, sagte sie.

Er fragte sich, ob sein Lächeln ebenso zaghaft war wie ihres. Ihr Vertrauen beschämte ihn, denn er verdiente es nicht.

Ich habe das Mädchen angelogen, dachte er. Der Tod ist noch immer hier. Und er wird wieder zuschlagen. Vielleicht bleiben wir einen ganzen Tag lang verschont. Aber früher oder später wird es wieder geschehen.

Er wußte nicht, daß einer von ihnen bereits in der nächsten Minute sterben würde.

12
Schicksal

In Santa Mira verbrachte Fletcher Kale am Montag den größten Teil des Nachmittags damit, Jake Johnsons Haus Zimmer für Zimmer zu zerstören. Er amüsierte sich prächtig dabei.

In der Speisekammer hinter der Küche fand er endlich Johnsons Versteck. Die Regale und der Fußboden waren mit genügend Vorräten in Dosen und Flaschen für mindestens ein Jahr vollgestellt. Doch der wahre Schatz lag unter dem Linoleum und den Bodenbrettern in einem Geheimfach. Dort hatte Johnson eine kleine, sorgfältig ausgewählte Waffensammlung versteckt. Die Schußwaffen waren einzeln in Plastikfolien eingeschlagen. Kale wickelte sie aus und fühlte sich dabei wie an Weihnachten. Er fand zwei Smith & Wesson Combat Magnum – das war wahrscheinlich die beste und stärkste Faustfeuerwaffe der Welt. Wenn man sie mit 357er Munition lud, war sie die tödlichste Waffe, die man besitzen konnte. Damit ließ sich sogar ein Grizzlybär aufhalten. Mit den leichteren 38er Patronen war sie eine äußerst nützliche und treffsichere Pistole für die Jagd auf Kleinwild. Dann war da noch eine 12-kalibrige Remington 870 Brushmaster, bei der Kimme und Korn verstellbar waren. Der Schaft des Gewehrs ließ sich herunterklappen. Es hatte einen Pistolengriff, ein erweitertes Magazin und einen Schulterriemen. Außerdem gab es zwei Jagdgewehre und eine M-1. Das beste war jedoch das bereits geladene Sturmgewehr Heckler & Koch HK91 mit acht Magazinen zu je dreißig Schuß, für das es noch eine zusätzliche Munition von mehreren tausend Schuß gab.

Fast eine Stunde lang untersuchte Kale die Waffen, spielte mit ihnen herum und berührte sie beinahe liebevoll. Sollten die Cops ihn auf seinem Weg in die Berge entdecken würden sie sich wünschen, sie wären ihm niemals begegnet.

In dem Loch im Boden der Speisekammer lag auch eine Menge Geld. Die Scheine waren sorgfältig zusammengerollt, mit Gummiringen versehen und in fünf große Einmachgläser gestopft worden. In jedem der Gläser befanden sich drei bis fünf Bündel. Kale nahm sie mit in die Küche und stellte sie auf den Tisch. Dann suchte er im Kühlschrank nach einem Bier, mußte sich aber mit einer Dose Pepsi begnügen. Er setzte sich an den Tisch und begann, seinen Schatz zu zählen.

126.880 Dollar.

In Santa Mira war in letzter Zeit das Gerücht umgegangen, daß Big Ralph Johnson mit Bestechungsgeldern ein Vermögen angehäuft hatte, das er versteckte. Offensichtlich war das der Rest von Big Ralphs geheimem Vorrat an Schmiergeldern. Das war genau der Grundstock, den Kale brauchte, um ein neues Leben zu beginnen.

Es lag eine gewisse Ironie darin, daß er das Geld erst jetzt gefunden hatte. Er hätte Joanna und Danny nicht töten müssen, wäre er letzte Woche schon darauf gestoßen. Das hier war mehr, als er gebraucht hätte, um sich die Schwierigkeiten mit High Country Investments vom Hals zu schaffen.

Als er vor eineinhalb Jahren Teilhaber bei High Country geworden war, hatte er nicht ahnen können, welches Desaster damit auf ihn zukam. Damals hatte er geglaubt, das wäre die günstige Gelegenheit, die ihm das Schicksal früher oder später zugedacht hatte.

Alle Teilhaber der High Country Investments hatten ein Siebtel der Summe aufbringen müssen, die nötig war, um ein zwölf Hektar großes Grundstück östlich von Santa Mira in den Bergen zu kaufen, in Parzellen aufzuteilen und zu erschließen. Kale war gezwungen gewesen, jeden verfügbaren Dollar zu investieren, wenn er in das Geschäft einsteigen wollte, doch der mögliche Gewinn war ihm dieses Risiko wert gewesen.

Das Highline Ridge-Projekt entwickelte sich jedoch zu einem entsetzlich geldgierigen Monster mit einem ungeheuerlichen Appetit.

Jeder der Partner hatte sich verpflichtet, sich anteilmäßig an Folgekosten zu beteiligen, sobald das zur Verfügung gestellte Kapital aufgebraucht war. Sollte Kale oder einer seiner Partner diese Vereinbarung nicht einhalten, war er nicht mehr an dem Geschäft beteiligt und würde auch keine Entschädigung für bereits investiertes Kapital erhalten. Vielen Dank und auf Wiedersehen. Die übrigen Partner müßten dann zu gleichen Teilen seinen Anteil übernehmen, erhielten aber auch den Gewinn, der ihm zugestanden hätte. Eine solche Vereinbarung sollte die Finanzierung des Projekts erleichtern und Interesse bei den Investoren wecken, die – normalerweise – sehr liquid waren. Allerdings gehörten auch Mut und starke Nerven dazu.

Kale hatte nicht mit Nachzahlungen gerechnet. Das vorhandene Kapital schien ihm mehr als ausreichend zu sein. Doch er hatte sich geirrt.

Als die erste Nachforderung von 35.000 Dollar kam, war er zwar schockiert gewesen, hatte sich aber nicht geschlagen gegeben. Er wollte sich zehntausend Dollar von Joannas Eltern leihen, eine Hypothek über zwanzigtausend Dollar auf das Haus aufnehmen und den Rest irgendwie zusammenkratzen.

Allerdings machte Joanna Probleme. Sie war von Anfang an dagegen gewesen, daß er sich an dem Projekt beteiligte. Ihrer Meinung nach war es eine Nummer zu groß für ihn. Sie sagte, er solle endlich aufhören, sich für einen tollen Geschäftsmann auszugeben.

Er hatte trotzdem weitergemacht, und als die Forderung kam, hatte Joanna sich an seiner Verzweiflung geweidet. Natürlich nicht offensichtlich – dafür war sie zu schlau. Sie wußte, daß ihr die Rolle der Märtyrerin eher lag als die der Hexe. Kein einziges Mal erklärte sie: ›Das habe ich dir gleich gesagt.‹ Aber sie klagte ihn mit ihren Blicken an und behandelte ihn auf demütigende Weise.

Schließlich hatte er sie dazu überreden können, eine Hypothek auf das Haus aufzunehmen und sich Geld von ihren Eltern zu leihen. Das war nicht leicht gewesen.

Er hatte gelächelt und genickt, sich die dummen Ratschläge und die höhnische Kritik von den anderen angehört und sich dabei geschworen, daß er es ihnen irgendwann auf die gleiche Art und Weise heimzahlen würde. Wenn er erst einmal mit High Country das große Geld verdient hatte, würde er sie alle im Staub kriechen lassen. Vor allem Joanna.

Doch dann wurde zu seinem Entsetzen eine zweite Nachforderung fällig. Dieses Mal sollte jeder der sieben Partner 40.000 Dollar zahlen.

Er hätte auch dieser Verpflichtung nachkommen können, wenn Joanna ihn wirklich unterstützt hätte. Sie hätte das Geld von dem Treuhandvermögen abzweigen können. Als ihre Großmutter fünf Monate nach Dannys Geburt gestorben war, hatte die alte Hexe ihrem Enkel achtzigtausend Dollar hinterlassen. Joanna verwaltete das Vermögen und hätte die vierzigtausend Dollar für die zweite Nachforderung von High Country leicht locker machen können. Doch Joanna hatte sich geweigert. »Was ist, wenn nun eine weitere Nachzahlung ansteht?« hatte sie gefragt. »Dann verlierst du alles, Fletch, und Danny besitzt nur noch die Hälfte seines Erbes.« Er hatte versucht, sie davon zu überzeugen, daß keine dritte Forderung kommen würde, aber sie hatte natürlich nicht auf ihn hören wollen. Sie gönnte ihm den Erfolg nicht und wollte lieber zusehen, wie er alles verlor, damit sie ihn demütigen und ruinieren konnte.

Er hatte keine andere Wahl gehabt, als sie und Danny zu töten. Nach den Bestimmungen würde der Trust aufgelöst, sollte Danny vor seinem einundzwanzigsten Geburtstag sterben. Nach Abzug der Steuern würde das Geld dann Joanna gehören. Und sie hatte in ihrem Testament ihren Ehemann zum Erben eingesetzt. Wenn er sie also beide aus dem Weg räumte, gehörte ihm nicht nur Dannys Erbe, sondern auch die zwanzigtausend Dollar aus Joannas Lebensversicherung.

Das Miststück hatte ihm keine Wahl gelassen. Es war nicht seine Schuld, daß sie sterben mußte. Sie hatte ihren Tod selbst verschuldet, weil sie alles so geregelt hatte, daß ihm kein anderer Weg offenstand.

Kale dachte an ihren Gesichtsausdruck, als sie die Leiche des Jungen und die Pistole in seiner Hand gesehen hatte, und lächelte.

Er betrachtete das Geld, das auf Jake Johnsons Küchentisch lag, und sein Lächeln wurde noch breiter.

126.880 Dollar.

Noch vor wenigen Stunden war er im Gefängnis gewesen, hatte keinen Pfennig besessen und auf einen Prozeß gewartet, der ihm wahrscheinlich die Todesstrafe eingebracht hätte. Die meisten Menschen wären in einer solchen Lage vor Verzweiflung erstarrt. Fletcher Kale hatte sich jedoch nicht geschlagen gegeben, denn er wußte, daß er für große Taten vorgesehen war. Und hier war der Beweis dafür. In unglaublich kurzer Zeit hatte er aus dem Gefängnis fliehen können, war nun in Freiheit und um 126880 Dollar reicher. Er besaß ein Vermögen, Waffen, ein Transportmittel und ein sicheres Versteck in den nahegelegenen Bergen.

Endlich hatte es begonnen. Sein ganz besonderes Schicksal offenbarte sich ihm.

13
Phantome

»Wir sollten besser wieder zum Hotel zurückkehren«, schlug Bryce vor.

In einer Viertelstunde würde sich die Nacht über die Stadt senken; jetzt schon drängten sich die Schatten aus den Ecken, wo sie sich tagsüber versteckt hatten. Sie bewegten sich aufeinander zu und bildeten überall dunkle Teiche. Der Himmel leuchtete in bunten Farben – orange, rot, gelb und violett –, warf aber nur noch ein schwaches Licht auf Snowfield.

Sie ließen das Labor hinter sich, in dem *es* vor kurzem über den Computer mit ihnen in Verbindung getreten war, und gingen auf die nächste Ecke zu. Als die Straßenlaternen endlich aufleuchteten, hörte Bryce hinter sich ein Winseln und dann ein Bellen.

Alle drehten sich um und warfen einen Blick zurück.

Hinter ihnen humpelte ein Hund an dem Wohnwagen vorbei und versuchte mühsam, sie einzuholen. Ein Airedale. Anscheinend war sein linkes Vorderbein gebrochen. Seine Zunge hing ihm aus dem Maul, und sein Fell war stumpf und verfilzt. Er machte einen ungepflegten Eindruck und sah aus, als wäre er verprügelt worden. Nachdem er sich noch einen Schritt vorwärts gequält hatte, blieb er stehen, leckte sein verwundetes Bein und winselte erbärmlich.

Das plötzliche Erscheinen des Hundes verblüffte Bryce. Der erste Überlebende, den sie gefunden hatten. Auch wenn er nicht in besonders guter Verfassung war, lebte er noch.

Aber warum? Was hatte er Besonderes an sich, das ihn gerettet hatte, während alle anderen umgekommen waren?

Die Antwort auf diese Frage könnte ihnen vielleicht helfen, das hier zu überleben.

Gordy reagierte als erster.

Der Anblick des verwundeten Hundes berührte ihn tiefer als die anderen. Er konnte es nicht ertragen, ein Tier leiden zu sehen. Lieber würde er die Schmerzen auf sich nehmen. Sein Herz schlug schneller. Dieses Mal war seine Reaktion noch stärker als gewöhnlich, denn er wußte, daß das kein normaler Hund war, der Hilfe und Trost brauchte. Dieser Airedale war ein Zeichen von Gott. Ja, Gott wollte ihm damit zeigen, daß er Gordon Brogan noch eine Chance gab, seine Begabung zu nutzen. Er konnte mit Tieren ebensogut umgehen wie Franz von Assisi, also durfte er diese Aufgabe nicht ablehnen oder sie auf die leichte Schulter nehmen. Wenn er noch einmal Gottes Geschenk zurückweisen würde, war ihm die ewige Verdammnis sicher. Aber wenn er diesem Hund helfen würde ... Tränen stiegen ihm in die

Augen und rollten über seine Wangen – Tränen der Erleichterung und des Glücks. Gordy war überwältigt von der Gnade Gottes. Es gab keinen Zweifel daran, was er jetzt tun mußte. Er lief auf den Airedale zu, der etwa sechs Meter entfernt von ihm auf der Straße stand.

Jenny starrte den Hund zuerst entgeistert an, doch dann stieg eine unbändige Freude in ihr auf. Das Leben hatte über den Tod triumphiert. Es hatte doch nicht jedes Lebewesen in Snowfield erwischt. Dieser Hund, der sich jetzt müde hinsetzte, als er Gordy auf sich zukommen sah, hatte überlebt, und das bedeutete, daß sie es schaffen konnten, diese Stadt lebend zu verlassen.

Doch dann fiel ihr plötzlich die Motte ein. Auch sie hatte gelebt, aber sich keineswegs friedlich verhalten.

Jenny dachte an Stu Wargles Leiche, die wiederauferstanden war.

Der Hund, der nun halb im Schatten auf dem Gehsteig lag, senkte seinen Kopf und bellte winselnd darum, gestreichelt zu werden.

Gordy ging in leicht gebückter Haltung auf ihn zu und sprach dabei liebevoll und beruhigend auf ihn ein: »Keine Angst, alter Junge. Ganz ruhig. Braver Hund. Alles wird wieder gut. Nur ruhig ...«

Entsetzen stieg in Jenny auf. Sie öffnete den Mund, um zu schreien, aber die anderen waren schneller als sie.

»Gordy, nicht!« rief Lisa.

»Zurück!« schrien Bryce und Frank Autry wie aus einem Mund.

Tal brüllte: »Gehen Sie weg von ihm, Gordy!« Aber Gordy schien sie nicht zu hören.

Als Gordy dem Hund näher kam, hob der Airedale seinen Kopf vom Boden und winselte leise und einschmeichelnd. Es war ein schönes Tier. Wenn sein Bein geheilt und sein Fell gewaschen und gebürstet war, würde er einen prächtigen Hund abgeben.

Gordy streckte ihm eine Hand entgegen.

Der Hund schnüffelte daran, leckte sie aber nicht ab.

Gordy streichelte ihn. Das arme Ding fühlte sich unglaublich kalt und ein wenig feucht an.

»Armer Kerl«, sagte Gordy.

Der Hund roch seltsam. Scharf. Eigentlich ekelerregend. Einen derartigen abstoßenden Geruch hatte Gordy noch nie wahrgenommen.

»Wo um alles in der Welt hast du dich denn herumgetrieben?« fragte er den Hund. »Worin hast du dich nur gewälzt?«

Der Hund winselte und begann zu zittern.

Gordy hörte die anderen hinter sich rufen, aber er war zu sehr mit dem Airedale beschäftigt, um sich darum zu kümmern. Er legte beide Arme um den Hund und drückte ihn vorsichtig an seine Brust. Die verwundete Pfote baumelte herunter.

Noch nie hatte er erlebt, daß ein Tier so eiskalt war. Es lag nicht nur daran, daß das Fell des Hundes naß war, sondern auch von seiner Haut schien keine Wärme auszugehen.

Der Airedale leckte Gordy die Hand. Seine Zunge war ebenfalls kalt.

Frank hatte aufgehört zu rufen und starrte Gordy an. Bisher war nichts Schreckliches passiert, also war es vielleicht wirklich nur ein normaler Hund. Möglicherweise war er ...

Dann geschah es.

Der Hund leckte Gordys Hand, und ein eigenartiger Ausdruck trat in das Gesicht des Deputys. Das Tier begann, sich ... zu verwandeln.

O Gott.

Es sah aus, als würde ein unsichtbarer Bildhauer mit geschickten Händen einen Klumpen Knetmasse umformen. Das verfilzte Fell schien zu schmelzen und seine Farbe zu verändern. Dann veränderte sich auch die Beschaffenheit des Körpers, bis er schließlich überall von grünlichen Schuppen bedeckt war. Der Kopf sank in den Rumpf zurück, der inzwischen nur noch ein formloser Klumpen aus zuckendem Gewebe war. Die Beine wurden kürzer und dicker. Der Vorgang dauerte nicht länger als fünf oder sechs Sekunden, und dann ...

Gordy starrte entsetzt auf das Ding, das er in den Armen hielt.

Ein Eidechsenkopf mit bösartigen gelben Augen begann sich aus der gestaltlosen Masse herauszubilden, in die der Hund sich verwandelt hatte. Aus dem gallertartigen Gewebe tauchte das Maul der Eidechse auf. Eine gespaltene Zunge schoß hervor, und eine Reihe spitzer, kleiner Zähne wurde sichtbar.

Gordy versuchte das Ding auf den Boden zu werfen, doch es klammerte sich an ihm fest. Großer Gott, es klebte an ihm, als wäre es um seine Arme herumgewachsen. Er hatte das Gefühl, seine Hände würden sich mitten in dieser Kreatur befinden.

Dann war es nicht mehr kalt, sondern mit einemmal warm. Und dann heiß. Schrecklich heiß.

Noch bevor die Eidechse ganz aus der zuckenden Gewebemasse aufgetaucht war, begann sie sich wieder aufzulösen, und ein neues Tier entstand. Es war ein Fuchs, der jedoch gleich wieder verschwand und die Gestalt von zwei Eichhörnchen annahm, die wie siamesische Zwillinge zusammengewachsen waren, sich aber rasch trennten und dann ...

Gordy begann zu schreien. Er schwenkte seine Arme und versuchte, das Ding abzuschütteln.

Inzwischen war es so heiß wie Feuer. Der Schmerz war unerträglich.

Bitte, lieber Gott ...

Die Schmerzen breiteten sich über seine Arme und Schultern aus.

Gordy schrie und schluchzte und stolperte einen Schritt vorwärts. Wieder schüttelte er die Arme und versuchte, seine Hände zu befreien, doch das Ding ließ ihn nicht los.

Die zur Hälfte ausgebildeten Eichhörnchen zerschmolzen. Einen Moment lang erschien eine Katze, und dann bildete sich etwas anderes heraus – großer Gott, nein, nur das nicht. Ein Insekt, so groß wie der Airedale, mit sieben oder acht Augen auf einem ekelerregenden Kopf. Eine Menge stacheliger Beine und ...

Der Schmerz erfaßte jetzt Gordys ganzen Körper. Er stolperte seitwärts, fiel auf die Knie und lag dann am Boden. In seiner Qual trat er wild um sich und wand sich auf dem Gehsteig.

Sara Yamaguchi starrte ungläubig auf Gordy. Das Biest, das ihn angriff, schien seine DNA-Struktur völlig unter Kontrolle zu haben. Es konnte sein Äußeres beliebig und mit unglaublicher Geschwindigkeit verändern.

Eine solche Kreatur konnte es einfach nicht geben, das wußte sie genau. Schließlich war sie Biologin und Genetikerin. Es war unmöglich, aber trotzdem spielte es sich vor ihren Augen ab.

Das spinnenähnliche Gebilde löste sich ebenfalls wieder auf, und ein neues Phantom trat an seine Stelle. Das Wesen schien in seiner natürlichen Form nur aus gallertartigem Gewebe zu bestehen – grau und rostrot gefleckt. Es wirkte wie eine Kreuzung aus einer Amöbe und einem ekelhaften Schimmelpilz. Die schleimige Masse legte sich um Gordys Arme ...

Plötzlich tauchte eine von Gordys Händen daraus hervor, doch sie war kaum mehr als Hand erkennbar. Meine Güte, da waren nur noch Knochen – skelettierte Finger, steif und weiß. Das Fleisch war vollständig abgelöst worden.

Sara würgte, stolperte zurück und übergab sich.

Jenny riß Lisa ein paar Schritte von dem Ding weg, mit dem Gordy kämpfte.

Das Mädchen schrie ununterbrochen.

Der Schleim floß um die Knochenhand, packte die nackten Finger und umgab sie mit einem Handschuh aus pulsierendem Gewebe. In wenigen Sekunden waren auch die Knochen verschwunden. Sie lösten sich auf, und der Überzug rollte sich zusammen und verschmolz wieder mit dem Organismus. Das Ding wand sich auf abscheuliche Weise hin und her, schäumte, blies sich auf und fiel wieder in sich zusammen. Dort, wo sich gerade noch eine Aushöhlung befunden hatte, sah man im nächsten Augenblick eine Wölbung. Gordy wehrte sich verzweifelt, als der Schleim an seinen Armen nach oben zu den Schultern kroch. Nichts blieb übrig – keine Stümpfe, keine Knochen, einfach nichts. Das Ding fraß alles auf. Schließlich begann es sich auf seiner Brust auszubreiten. Jeder Teil von Gordys Körper, den es berührte, verschwand, als würde er in einem Faß mit stark ätzender Säure aufgelöst.

Lisa wandte sich von dem Sterbenden ab und klammerte sich schluchzend an Jenny.

Gordys Schreie waren jetzt unerträglich.

Tal zückte seine Waffe und lief auf Gordy zu.

Bryce hielt ihn auf. »Sind Sie verrückt, Tal? Wir können ihm nicht mehr helfen.«

»Wir können ihn von seinen Qualen erlösen.«

»Kommen Sie diesem Ding nicht zu nahe!«

»Wir müssen nicht sehr nah herangehen, um einen sicheren Schuß abzugeben.«

Gordys Augen spiegelten Entsetzen wider, und er begann schreiend, Jesus um Hilfe zu bitten. Er trommelte mit den Fersen auf den Boden, bäumte sich zitternd auf und versuchte immer noch, sich von der Last seines entsetzlichen Angreifers zu befreien.

Bryce zuckte zusammen. »Also gut. Schnell.«

Sie gingen einige Schritte auf den Deputy zu, der nun im Todeskampf lag, und eröffneten das Feuer. Mehrere Kugeln trafen ihn, die Schreie verstummten.

Hastig zogen sie sich wieder zurück.

Das war kein Versuch gewesen, dieses Ding zu töten, das Gordy auffraß. Sie wußten, daß ihre Waffen ihm nichts anhaben konnten, und jetzt verstanden sie auch, warum nicht. Mit Geschossen konnte man nur jemanden töten, indem man lebenswichtige Organe oder Blutgefäße zerstörte. Dieses Ding hatte jedoch offensichtlich weder Organe, noch einen Blutkreislauf oder ein Skelett. Es schien eine Masse von undifferenziertem, aber hochentwickeltem Protoplasma zu sein. Eine Kugel würde es zwar durchbohren, aber das erstaunlich formbare Fleisch würde einfach in den Schußkanal fließen und die Wunde in Sekundenschnelle schließen.

Das Wesen begann nun, Gordy noch schneller in lautloser Raserei zu verschlingen, und innerhalb von wenigen Sekunden war keine Spur mehr von ihm zu sehen; nur der Verwandlungskünstler blieb übrig. Er war gewachsen und jetzt größer als der Hund – sogar größer als Gordy, dessen Körper er in sich aufgenommen hatte.

Tal und Bryce eilten zu den anderen zurück, aber sie flohen nicht in das Hotel, sondern beobachteten das amöbenhafte Wesen auf dem Bürgersteig, während das Dämmerlicht langsam in Dunkelheit überging.

Das Wesen nahm wieder eine neue Form an. In wenigen Sekunden hatte sich das formlose Protoplasma in einen riesigen, bedrohlichen Wolf verwandelt, der seinen Kopf zurückwarf und den Himmel anheulte.

Dann zuckte sein Kopf, und der wilde Gesichtsausdruck verschwand. Tal sah, daß das Ding menschliche Züge annahm. Die Wolfsaugen wurden zu Menschenaugen, und ein Teil eines menschlichen Kinns bildete sich heraus. Gordys Augen? Sein Kinn? Die Verwandlung dauerte nur einen Augenblick lang, dann floß das Gesicht wieder zurück in die Wolfsform.

Ein Werwolf, dachte Tal.

Aber er wußte, daß das nicht stimmte. Dieses Ding war *nichts*. Auch wenn es noch so furchterregend und real wirkte, war das Bild des Wolfs ebenso falsch wie alle anderen scheinbaren Identitäten, die das Ding angenommen hatte. Für einen Moment stand *es* da und fletschte bedrohlich seine riesigen, messerscharfen Zähne. Es war viel größer als jeder Wolf, der jemals die Wälder und Ebenen dieser Welt durchstreift hatte. Seine Augen glühten wie der Sonnenuntergang in einem trüben Rot.

Gleich wird es angreifen, dachte Tal. Er schoß auf das Wesen. Die Kugeln schlugen ein, hinterließen aber keine sichtbaren bleibenden Wunden und verursachten offensichtlich auch keine Schmerzen.

Der Wolf wandte sich mit einer Art kühler Gleichgültigkeit von Tal ab, der immer noch feuerte, und trottete auf den offenen Kanaleinstieg zu, in dem das Stromkabel des fahrbaren Labors verschwand.

Plötzlich stieg etwas aus dem Kanal auf und erhob sich immer höher in das Zwielicht des Himmels. Die dunkle pulsierende Masse zitterte leicht und spritzte dann eine Fontäne in die Luft, die wie Abwasser aussah. Es war jedoch keine Flüssigkeit, sondern eine gallertartige Substanz, die eine Säule bildete, so breit wie das Einstiegsloch zur Kanalisation. In rhythmischen Bewegungen baute sie sich immer weiter auf und wuchs auf einen Meter an, dann auf zwei, auf zweieinhalb ...

Etwas berührte Tal am Rücken. Er zuckte zusammen, versuchte, sich umzudrehen und stellte fest, daß er gegen die Mauer des Hotels gestoßen war. Er war sich nicht bewußt gewesen, daß er immer weiter vor dem aus dem Kanal aufsteigenden Ding zurückgewichen war.

Er sah, daß diese pulsierende Säule sich wieder in Protoplasma verwandelte und sich veränderte – so wie vorher der Airedale zu einem Wolf geworden war. Dieses Ding war jedoch viel größer. Riesig. Tal fragte sich, was wohl unter der Straße noch verborgen war – er befürchtete, daß dieses Wesen überall in der Kanalisation war und sie hier nur einen verschwindend kleinen Teil von ihm sahen.

Als es eine Höhe von etwa drei Metern erreicht hatte, begann es sich erneut zu verwandeln. Die obere Hälfte der Säule breitete sich zu einem Schirm aus, der dem Kopf einer Kobra ähnelte. Dann floß mehr des formlosen, glitzernden Gewebes aus der Säule in den Schirm und verbreiterte ihn immer weiter, bis sich zwei riesige Flügel mit dunkler Haut herausbildeten, die an eine Fledermaus erinnerten. Sie wuchsen in rasender Geschwindigkeit aus der gestaltlosen Säule heraus. Dann nahm auch der Teil zwischen den Flügeln Gestalt an. Große, überlappende Schuppen und kleine Hinterbeine mit Klauen erschienen. Das Wesen wurden zu einer geflügelten Schlange.

Die Flügel flatterten.

Das Geräusch klang wie ein Peitschenhieb. Tal drückte sich gegen die Wand.

Die Flügel flatterten.

Lisa klammerte sich an Jenny. Die Ärztin drückte ihre Schwester an sich, aber ihre Aufmerksamkeit war auf dieses monströse Ding gerichtet, das aus der Kanalisation aufgestiegen war. Es zuckte und wand sich im Dämmerlicht hin und her – wie ein lebendig gewordener Schatten.

Wieder bewegte es seine Flügel, und Jenny spürte einen kalten Lufthauch.

Dieses neue Phantom sah aus, als würde es sich von dem Protoplasma in der Kanalisation lösen wollen. Jenny rechnete damit, daß es sich in den düsteren Abendhimmel erheben oder sie angreifen würde.

Ihr Herzschlag beschleunigte sich. Sie wußte, daß eine Flucht unmöglich war. Mit jeder Bewegung würde sie nur die Aufmerksamkeit des Wesens auf sich ziehen. Es war sinnlos, Energie auf einen Fluchtversuch zu verschwenden, da es keinen Ort gab, wo man sich vor diesem Ding verstecken konnte.

Weitere Straßenlaternen leuchteten auf, und einige gespenstische Schatten schlichen sich heimlich davon.

Jenny beobachtete gebannt, wie sich am oberen Ende der drei Meter hohen Säule ein Schlangenkopf bildete. Zwei haßerfüllte grüne Augen erschienen in dem formlosen Gewebe. Es kam ihr vor, als würde sie zusehen, wie zwei bösartige Tumore im Zeitraffer wuchsen. Die ovalen Augen waren verschleiert und milchig – anscheinend blind. Doch sie wurden rasch klarer, und Jenny konnte zwei erweiterte schwarze Pupillen sehen. Diese Augen starrten mit einem bösartigen Ausdruck auf Jenny und die anderen. Das Wesen riß sein riesiges Maul auf und entblößte eine Reihe spitzer weißer Zähne, die aus schwarzem Zahnfleisch wuchsen.

Jenny dachte an die Namen der Dämonen, die auf dem Bildschirm erschienen waren, die höllischen Namen, die dieses Ding sich selbst gegeben hatte. Die Masse aus formlosem Fleisch, die sich in eine geflügelte Schlange verwandelte, sah tatsächlich aus wie ein Dämon aus der Hölle.

Das Phantom in Gestalt eines Wolfes, das den Körper von Gordy Brogan aufgesaugt hatte, erschien nun am Fuß der Säule. Es stieg gegen das pulsierende Gewebe und verschmolz dann mit ihm. In weniger als einer Sekunde hatten sich die beiden Kreaturen vereinigt.

Offensichtlich war der erste Verwandler kein eigenständiges Wesen, sondern ein Teil dieser gigantischen Kreatur, die sich unter der Straße in der Kanalisation befand. Anscheinend konnte der wesentliche Bestandteil dieses Dings Teile ablösen und ihnen spezielle Aufgaben zuweisen – wie den Angriff auf Gordy Brogan. Anschließend wurden sie zurückgerufen.

Das Geräusch der flatternden Flügel hallte durch die Stadt. Plötzlich begannen die Flügel, wieder mit der Säule zu verschmelzen, die dabei immer breiter wurde. Der Kopf der Schlange verschwand. *Es* war der Vorführung wohl müde geworden. Die Beine und die Füße, die mit drei spitzen Krallen bewaffnet waren, zogen sich ebenfalls in die Säule zurück, bis schließlich nur noch die dunkel gefleckte, brodelnde Masse zurückblieb. Einige Sekunden lang bewegte das Ding sich wie eine Vision des Bösen über dem Schacht, dann begann es sich in die Kanalisation zurückzuziehen.

Kurz darauf war es verschwunden.

Lisa hatte aufgehört zu schreien. Sie schnappte nach Luft und weinte.

Bryce sah aus, als habe ihn der Blitz getroffen. »Kommt mit. Wir sollten ins Hotel zurückkehren, bevor es noch dunkler wird«, sagte er schließlich.

Vor der Eingangstür des Hotels standen keine Wachen.

»Das bedeutet Ärger«, meinte Tal.

Bryce nickte. Vorsichtig öffnete er die Doppeltür und betrat das Gebäude. Fast hätte er dabei auf eine Waffe getreten, die auf dem Boden lag.

Die Lobby war leer.

»Verdammt«, fluchte Frank Autry.

Sie durchsuchten jedes Zimmer im Haus. Die Kantine war verlassen, und auch in dem provisorischen Schlafsaal und in der Küche konnten sie niemanden entdecken.

Kein einziger Schuß war abgegeben worden. Niemand hatte geschrien, und doch war keiner entkommen.

Zehn weitere Hilfssheriffs waren einfach verschwunden.

Draußen war es wieder Nacht geworden.

14
Abschied

Die sechs Überlebenden – Bryce, Tal, Frank, Jenny, Lisa und Sara – standen in der Eingangshalle des Hilltop Inn am Fenster. Die Skyline Road lag im Spiel der Schatten und des Lichts der Straßenlaternen still und ruhig da. Die Nacht schien wie eine Zeitbombe leise zu ticken.

Jenny dachte an den überdachten Gang neben der Bäckerei der Liebermanns. Letzte Nacht hatte sie geglaubt, etwas zwischen den Dachbalken gesehen zu haben, und Lisa hatte ein Ding gesehen, das sich an die Mauer gedrückt hatte. Wahrscheinlich hatten sie sich beide nicht getäuscht. Der Verwandlungskünstler – oder zumindest ein Teil von ihm – war dort gewesen und hatte sich lautlos an den Wänden und Balken entlanggeschlichen. Später hatte Bryce in dieser Passage wohl ebenfalls ein Stück des dunklen Protoplasmas gesehen, das gerade durch den Abfluß kroch, nachdem es sie belauert hatte oder irgendeine geheimnisvolle, unergründliche Aufgabe erfüllte.

Jenny erinnerte sich auch an die Oxleys in dem verbarrikadierten Zimmer. »Die verschlossenen Räume sind nun kein Geheimnis mehr«, sagte sie. »Dieses Wesen könnte unter der Tür oder durch ein Heizungsrohr gekrochen sein. Selbst das kleinste Loch oder eine schmale Ritze wären groß genug. Harold Ordnay hat sich in seinem Badezimmer eingeschlossen, also hat das Ding ihn wahrscheinlich durch den Abfluß des Waschbeckens oder der Badewanne erwischt.«

»So war es wohl auch bei den Opfern in den von innen verriegelten Autos«, meinte Frank. »Es konnte sich um den ganzen Wagen winden und dann durch Lüftungslöcher eindringen.«

»Wenn es will, kann es sich völlig lautlos bewegen«, sagte Tal. »Deshalb wurden so viele Leute überrascht. Es war hinter ihnen, drang durch einen Türspalt oder den Heizungsschacht ein und wurde dann immer größer. Die Opfer bemerkten es erst, wenn es angriff.«

Aus dem Tal stieg Nebel auf und senkte sich über die Straße; die Straßenlaternen wurden in milchige Wolken getaucht.

»Wie groß es wohl ist?« überlegte Lisa laut.

Einen Moment lang antwortete ihr niemand. »Riesig«, sagte Bryce schließlich.

»Vielleicht so groß wie ein Haus«, sinnierte Frank.

»Oder so groß wie dieses Hotel«, meinte Sara.

»Möglicherweise sogar noch größer«, sagte Tal. »Immerhin hat es anscheinend die ganze Stadt auf einen Schlag überfallen. Es könnte so groß sein wie ein unterirdischer See aus lebendem Gewebe, der sich unter Snowfield erstreckt.«

»Wie Gott«, sagte Lisa.

»Was?«

»Es ist überall«, erklärte Lisa. »Es sieht und weiß alles. Genau wie Gott.«

»Wir haben fünf Streifenwagen«, sagte Frank. »Wenn wir uns also auf diese Autos verteilen und alle gleichzeitig die Stadt verlassen ...«

»Es würde uns aufhalten«, unterbrach Bryce ihn.

»Vielleicht würde es uns nicht alle erwischen. Ein Wagen könnte durchkommen.«

»Es hat eine ganze Stadt vernichtet.«

»Ja ... Sie haben recht«, gab Frank zögernd zu.

»Außerdem hört es uns wahrscheinlich im Moment gerade zu«, gab Jenny zu bedenken. »Es würde uns aufhalten, noch bevor wir in die Autos gestiegen sind.«

Alle warfen einen Blick auf die Heizungsschächte an der Decke, doch hinter den Metallgittern war nichts zu sehen. Nur Finsternis.

Sie versammelten sich um einen Tisch im Speisesaal ihrer Festung, die eigentlich keine mehr war, und gaben vor, Lust auf eine Tasse Kaffee zu haben, weil ihnen das ein Gefühl der Gemeinsamkeit und Normalität gab.

Bryce verzichtete darauf, eine Wache an der Tür aufzustellen – es war ohnehin sinnlos. Wenn es wollte, würde es sie holen.

Draußen verdichtete sich der Nebel und drückte gegen die Fensterscheiben.

Wie unter einem Zwang sprachen sie über das, was sie gesehen hatten. Sie waren sich alle bewußt, daß sie mit dem Tod rechnen mußten. Daher wollten sie verstehen, wie und warum sie sterben sollten. Der bloße Gedanke daran war schrecklich, doch am schlimmsten war, daß ihnen dieser Tod vollkommen sinnlos vorkam.

Bryce war dieses Thema nicht fremd. Vor einem Jahr hatte ihm ein Lastwagenfahrer alles beigebracht, was es über einen sinnlosen Tod zu wissen gab.

»Diese Motte«, begann Lisa. »War sie wie der Airedale? Wie dieses Ding, das Gordy gepackt hat?«

»Ja«, erklärte Jenny. »Die Motte war nur ein Phantom – ein kleines Teil dieses Verwandlers.«

»Es war nicht Stu Wargle, der dich letzte Nacht belästigt hat«, sagte Tal zu Lisa. »Wahrscheinlich hat der Verwandler Wargles Leiche in sich aufgenommen, nachdem wir den Lagerraum verlassen haben. Als es dich dann später erschreckt hat, nahm es sein Äußeres an.«

»Anscheinend kann dieses verdammte Ding die Gestalt jedes Menschen oder Tieres annehmen, sobald es das Lebewesen verschlungen hat«, meinte Bryce.

Lisa runzelte die Stirn. »Aber wie war das mit der Motte? Es kann sie nicht gefressen haben, weil es ein solches Wesen gar nicht gibt.«

»Nun, vielleicht gab es Insekten von dieser Größe vor Millionen von Jahren im Zeitalter der Dinosaurier«, erwiderte Bryce. »Möglicherweise hat der Verwandler damals diese Tiere gefressen.«

Lisa sah ihn mit großen Augen an. »Meinen Sie damit, dieses Ding aus dem Kanal ist vielleicht Millionen Jahre alt?«

»Zumindest läßt es sich nicht in den Bereich der biologischen Gesetze einordnen, die wir gelernt haben, nicht wahr, Dr. Yamaguchi?«

»Da haben Sie recht«, bestätigte die Genetikerin.

»Warum sollte es dann also nicht unsterblich sein?«

Jenny sah ihn skeptisch an.

»Haben Sie dagegen einen Einwand?« fragte Bryce.

»Gegen die Möglichkeit, daß es praktisch unsterblich ist? Nein. Das akzeptiere ich. Es könnte tatsächlich aus dem Mesozoikum stammen und die Fähigkeit besitzen, sich selbst ständig zu erneuern, so daß es unsterblich ist. Aber was ist mit der geflügelten Schlange? Es fällt mir schwer, zu glauben, daß es ein solches Wesen jemals gegeben hat. Wenn der Verwandler nur die Gestalt von Lebewesen annehmen kann, die es vorher verspeist hat, wie kann er sich dann als geflügelte Schlange präsentieren?«

»Solche Tiere hat es doch gegeben«, wandte Frank ein. »Der Pterodaktylus war ein Reptil mit Flügeln.«

»Stimmt, aber es war keine Schlange«, erwiderte Jenny. »Der Pterdodaktylus war ein Vorfahre der Vögel, aber dieses Ding war eindeutig eine Schlange, und das ist etwas ganz anderes. Es sah aus wie eine Figur aus einem Märchen.«

»Nein«, widersprach Tal. »Mich erinnerte es an einen Voodookult.«

Bryce drehte sich überrascht um. »Was wissen Sie über Voodoozauber?«

Tal wandte den Blick ab und zögerte eine Weile. »Als ich ein kleiner Junge war, lebte ich in Harlem«, sagte er schließlich. »In unserem Mietshaus wohnte eine unglaublich dicke

Dame. Sie hieß Agatha Peabody und war eine *Boko*. Das ist eine Art Hexe, die Voodoozauber praktiziert, um böse Kräfte freizusetzen. Sie verkauften Zaubersprüche und half Leuten, sich gegen ihre Feinde zu wehren. Das war natürlich alles Unsinn, aber uns Kindern erschien das äußerst aufregend und unheimlich. Mrs. Peabodys Tür stand immer offen, denn ihre Kunden gingen ständig ein und aus. Einige Monate verbrachte ich viel Zeit bei ihr, sah mir alles an und hörte ihr zu. Ich entdeckte einige Bücher über Schwarze Magie mit Zeichnungen des Satans aus Haiti und Afrika. Auch Voodoofiguren und Juju-Dämonen waren dargestellt. Eine davon war eine riesige, geflügelte Schlange. Sie war schwarz, hatte schreckliche grüne Augen, und ihre Flügel glichen denen einer Fledermaus – genau wie bei dem Ding, das wir heute abend gesehen haben.«

Draußen verdichtete sich der Nebel noch mehr und legte sich in dem diffusen Licht der Straßenlaternen langsam gegen die Fensterscheiben.

»Ist das wirklich der Teufel?« fragte Lisa. »Ein Dämon aus der Hölle?«

»Nein«, erwiderte Jenny. »Das Ding gibt sich nur dafür aus.«

»Aber warum nimmt es die Gestalt des Teufels an? Und warum gibt es sich selbst Namen von Dämonen?«

»Dieser Hokuspokus scheint ihm Spaß zu machen«, meinte Frank. »Damit will es uns quälen und entmutigen.«

Jenny nickte. »Ich vermute, daß es nicht auf die Gestalt seiner Opfer beschränkt ist. Es kann wohl deren Form annehmen, sich aber auch in andere Figuren verwandeln, die in seiner Vorstellung existieren. Wenn nun eines der Opfer einmal etwas mit dem Voodookult zu tun hatte, kann *es* eben auch eine geflügelte Schlange darstellen.«

Dieser Gedanke erschreckte Bryce. »Wollen Sie damit sagen, es nimmt nicht nur den Körper seiner Opfer, sondern auch ihre Kenntnisse und Erinnerungen in sich auf?«

»Sieht ganz so aus«, bestätigte Jenny.

»Vom biologischen Standpunkt aus ist so etwas nicht unbekannt«, erklärte Sara Yamaguchi und strich sich nervös mit beiden Händen ihr langes schwarzes Haar hinter die Ohren zurück. »Wenn Sie zum Beispiel eine bestimmte Art eines Plattwurms eine Weile durch ein Labyrinth schicken, an dessen Ende sich Futter für ihn befindet, lernt er mit der Zeit, immer schneller an sein Ziel zu kommen. Zermahlt man diesen Wurm und verfüttert ihn an einen Artgenossen, wird dieser ebenfalls rasch seinen Weg durch das Labyrinth finden, obwohl er vorher noch nicht an den Tests teilgenommen hat. Irgendwie hat er wohl auch die Erfahrung und das Wissen seines Vorgängers aufgenommen, indem er sein Fleisch verspeist hat.«

»Deshalb weiß der Verwandler auch über Timothy Flyte Bescheid«, sagte Jenny. »Harold Ordnay kannte ihn, und deshalb kennt *es* ihn jetzt auch.«

»Aber woher, zum Teufel, wußte Flyte davon?« fragte Tal.

Bryce zuckte mit den Schultern. »Diese Frage kann nur er uns beantworten.«

»Warum hat es Lisa letzte Nacht in der Toilette nicht geholt? Und warum hat es uns alle nicht schon erledigt?«

»Es spielt mit uns.«

»Ja, es hat Spaß daran, uns zu quälen.«

»Das auch. Aber ich glaube, daß es uns noch leben läßt, damit wir Flyte herlocken können.«

»Es will, daß wir ihm freies Geleit zusichern.«

»Wir sind nur der Köder.«

»Genau.«

»Und wenn wir unseren Zweck erfüllt haben, dann ...«

»Ja.«

Etwas stieß von außen heftig an die Mauer des Hotels. Die Scheiben klirrten, und das ganze Haus schien zu beben.

Bryce stand so hastig auf, daß er den Stuhl umwarf.

Wieder ein Aufprall. Dieses Mal noch heftiger und lauter. Dann hörte man ein kratzendes Geräusch.

Bryce lauschte angespannt und versuchte festzustellen, woher die Laute kamen. Sie schienen von der Erde rasch nach oben zu wandern.

»Da zieht sich etwas außen an dem Gebäude hoch«, meinte Frank. »Etwas sehr Großes.«

»Der Verwandler«, sagte Lisa.

»Aber nicht in seiner gallertartigen Gestalt«, warf Sara ein. »Sonst würde es lautlos an der Wand nach oben kriechen.«

Sie starrten alle an die Decke, lauschten und warteten.

Welche Gestalt hatte das Phantom dieses Mal angenommen? fragte sich Bryce.

Wieder ein Kratzen, ein Klicken und Klappern. Das Geräusch des Todes.

Bryces Hand war kälter als der Griff seiner Waffe.

Die sechs Überlebenden gingen zum Fenster und sahen hinaus. Dicker Nebel lag über der Straße.

Dann sahen sie plötzlich, wie sich einen Block entfernt im Halbschatten einer Natriumdampflampe etwas bewegte. Ein bedrohlicher Schatten, der durch den Nebel verzerrt wurde. Bryce erkannte einen Krebs mit spinnenartigen Beinen – so groß wie ein Auto. Eine riesige, mit Sägezähnen bewehrte Klaue blitzte einen Moment lang auf und verschwand dann wieder in der Dunkelheit. Dann war noch kurz ein fiebrig zitternder Fühler zu sehen, bevor die Kreatur wieder in der Nacht verschwand.

»Eine dieser verdammten Krabben versucht, an der Wand des Hotels hochzuklettern«, sagte Tal. »Das ist ein Wesen, das eigentlich nur in einem Alptraum eines Alkoholikers im Delirium tremens vorkommt.«

Sie hörten, wie das Ding das Dach erreichte. Seine Füße aus Chitin kratzten über die Schieferziegel.

»Was hat es vor?« fragte Lisa beunruhigt. »Warum gibt es vor, etwas zu sein, was es nicht ist?«

»Vielleicht macht es ihm einfach Spaß, sich zu verstellen«, erwiderte Bryce. »Es gibt ja auch tropische Vögel, die gern Laute nachahmen, nur um sich selbst zu hören.«

Mit einemmal hörte das Geräusch auf dem Dach auf.

Die sechs warteten. Die Nacht schien sie wie ein wildes Tier zu belauern und auf den richtigen Zeitpunkt für den Angriff zu warten.

Sie waren zu unruhig, um sich wieder hinzusetzen, also blieben sie am Fenster stehen.

Draußen bewegten sich nur die Nebelschwaden.

»Jetzt verstehe ich, wie die gleichmäßigen Prellungen entstanden sind«, flüsterte Sara Yamaguchi. »Dieses Wesen hat seine Opfer umschlungen und dann erdrückt. Die Blutergüsse stammen von einem brutalen und länger andauernden Druck. So erklärt sich auch der Sauerstoffentzug – der Verwandler hat seine Opfer vollständig eingekapselt.«

»Ich frage mich, ob dieses Wesen bei diesem Vorgang auch den Konservierungsstoff produziert hat«, murmelte Jenny.

»Höchstwahrscheinlich«, erwiderte Sara. »Deshalb haben wir an den Leichen, die wir untersucht haben, auch keine Einstiche finden können. Anscheinend wird das Konservierungsmittel in die Poren gepreßt – eine Art osmotische Anwendung.«

Jenny dachte an ihre Haushälterin Hilda Beck, die erste Tote, die sie und Lisa gefunden hatten.

Ein Schauder lief ihr über den Rücken.

»Das Wasser«, stieß Jenny hervor.

»Was?« fragte Bryce.

»Der Verwandler hat das destillierte Wasser ausgeschieden, das wir gefunden haben.«

»Wie kommen Sie darauf?«

»Der menschliche Körper besteht zum größten Teil aus Wasser. Nachdem dieses Ding sich seine Opfer einverleibt und damit jedes Milligramm an Mineralien, Vitaminen und Kalorien aufgenommen hat, stieß es ab, was es nicht brauchte – Mengen von überschüssigem, reinem Wasser. Die Pfützen, die wir entdeckt haben, sind die Überreste der Vermißten. Es gibt weder Leichen, noch Skelette – nur Wasser ... Und auch das ist bereits verdunstet.«

Die Geräusche auf dem Dach waren verstummt. Es herrschte Schweigen. Die Phantomkrabbe schien verschwunden zu sein.

Draußen in der Dunkelheit waberte der Nebel, und in dem gelblichen Schein der Straßenlampen war nichts zu entdecken.

Schließlich wandten sie sich von dem Fenster ab und gingen zurück an den Tisch.

»Kann man das verdammte Ding denn nicht töten?« fragte Frank.

»Mit Kugeln nicht, das haben wir ja gesehen«, erwiderte Tal.

»Vielleicht mit Feuer«, meinte Lisa.

»Unsere Soldaten hatten Molotowcocktails vorbereitet«, erinnerte Sara sie. »Der Verwandler hat sie aber anscheinend so schnell überfallen, daß ihnen keine Zeit blieb, sich eine der Flaschen zu holen und den Docht anzuzünden.«

»Außerdem würde Feuer wohl nicht viel nützen«, sagte Bryce. »Wenn das Ding brennen würde, könnte es wahrscheinlich den Teil von sich ablösen, der in Flammen steht, und den Hauptteil seines Organismus in Sicherheit bringen.«

»Sprengstoff ist sicher auch sinnlos«, meinte Jenny. »Ich habe das Gefühl, daß man dieses Ding in tausend Teile zersprengen könnte, und es würden sich sofort viele kleine Verwandler herausbilden, die sich alle unbeschadet wieder vereinigen würden.«

»Kann dieses Ding also getötet werden oder nicht?« fragte Frank noch einmal.

Eine Weile herrschte Schweigen. Dann sagte Bryce: »Nein. Soweit ich das beurteilen kann, ist das nicht möglich.«

»Aber was sollen wir dann tun?«

»Das weiß ich nicht«, bekannt Bryce. »Ich habe keine Ahnung.«

Frank Autry rief seine Frau Ruth an und sprach fast eine halbe Stunde mit ihr. Tal telefonierte auf der anderen Leitung mit einigen seiner Freunde. Später besetzte Sara Yamaguchi fast eine Stunde lang das Telefon. Auch Jenny rief einige Leute an, unter anderem ihre Tante in Newport Beach, mit der dann auch Lisa sprach. Bryce redete mit einigen seiner Kollegen in Santa Mira, mit denen er schon seit Jahren zusammenarbeitete und die inzwischen auch seine Freunde geworden waren. Danach telefonierte er noch mit seinen Eltern in Glendale und mit Ellens Vater in Spokane.

Die sechs Überlebenden gaben sich alle sehr optimistisch und sprachen davon, daß sie mit dieser Sache bald fertig werden und Snowfield schon in Kürze verlassen würden.

Bryce wußte jedoch genau, daß sie alle nur versuchten, das Beste aus dieser schlimmen Lage zu machen. Ihm war klar, daß es sich hier nicht um gewöhnliche Telefonate handelte. Trotz des betont fröhlichen Tonfalls hatten sie nur einen düsteren Zweck: die sechs Überlebenden nahmen Abschied.

15
Inferno

Sal Corello, der Presseagent, der Timothy Flyte am Flughafen in San Francisco abholen sollte, war ein kleiner, aber muskulöser Mann mit weizenblonden Haaren und dunkelblauen Augen. Er wirkte wie eine einflußreiche Persönlichkeit. Wäre er nicht nur einen Meter siebzig, sondern einen Meter achtzig groß, könnte er durchaus mit Robert Redford konkurrieren. Seine Intelligenz, sein Witz und sein Charme machten jedoch die fehlenden Zentimeter wett. Er wußte genau, wie er das bekommen konnte, was für ihn und seine Klienten gut war.

Normalerweise gelang es Corello, mit allen Reportern so geschickt umzugehen, daß man sie beinahe für zivilisierte Menschen halten konnte, doch heute abend war das anders. Diese Story war brandheiß und erregte zuviel Aufmerksamkeit. So etwas hatte Corello noch nie erlebt. Hunderte von Reportern und Neugierigen stürzten sich auf Flyte, sobald sie ihn entdeckt hatten. Sie zerrten an der Kleidung des Professors, schoben ihm Mikrofone vor das Gesicht, blendeten ihn mit einem Blitzlichtgewitter und stießen laut und hektisch ihre Fragen hervor. »Dr. Flyte ...« – »Professor Flyte ...« – » ... Flyte!« Flyte, Flyte, Flyte, Flyte ... Die Fragen waren in dem chaotischen Stimmengewirr kaum mehr zu verstehen. Sal Corello bekam Ohrenschmerzen. Der Professor war zuerst völlig verblüfft und schien sich dann zu fürchten. Corello packte den alten Mann am Arm und boxte sich mit ihm durch die tobende Menschenmenge. Er war zwar klein, konnte aber sehr bestimmt vorgehen. Als sie die kleine Plattform erreichten, die Corello und die Sicherheitskräfte in der Lounge aufgestellt hatten, sah Professor Flyte aus, als würde er gleich vor Angst sterben.

Corello nahm das Mikrofon in die Hand und brachte die Menge rasch zum Schweigen. Er bat das Publikum, Flyte eine kurze Erklärung abgeben zu lassen, und versprach den Journalisten, daß sie danach Fragen stellen könnten. Dann stellte er den Redner vor und trat zur Seite.

Als alle Timothy Flyte genau sehen konnten, machte sich Skepsis breit. Corello sah den Menschen an, daß sie befürchteten, der Professor wolle sie auf den Arm nehmen. Flyte sah tatsächlich ein wenig verrückt aus. Sein weißes Haar stand von seinem Kopf ab, als habe er gerade einen Finger in eine Steckdose gesteckt, seine Augen waren vor Angst und in dem Bemühen, gegen die Müdigkeit anzukämpfen, weit aufgerissen, und sein Gesicht wirkte wie das eines alten Säufers. Er war unrasiert, seine Kleidung war zerknittert und hing unförmig an seinem Körper. Er erinnerte Corello an einen dieser Spinner, die an den Straßenecken standen und vor dem baldigen Weltuntergang warnten.

Burt Sandler, der Agent von Wintergreen und Wyle, hatte Corello schon darauf vorbereitet, daß Flyte eventuell keinen guten Eindruck auf die Presseleute machen würde, doch darüber hätte er sich keine Sorgen machen müssen. Die Journalisten wurden bereits unruhig, als der Professor sich einige Male vor dem Mikrofon laut räusperte, doch innerhalb weniger Minuten waren sie von seinen Worten gefesselt. Er berichtete von der Kolonie auf Roanoke, den vermißten Mayas, dem mysteriösen Verschwinden vieler Seeleute und der Armee, die 1711 einfach vom Erdboden verschwunden war. Es wurde mit einemmal sehr ruhig, und Corello entspannte sich.

Flyte erzählte ihnen von dem Eskimo-Dorf Anjikuni, das fünfhundert Meilen nordwestlich der kanadischen Polizeistation in Churchill lag. An einem verschneiten Nachmittag im November 1930 war ein franko-kanadischer Pelzjäger namens Joe LaBelle in Anjikuni eingetroffen und hatte feststellen müssen, daß alle Bewohner verschwunden waren. Alle Besitztümer – darunter auch die wertvollen Jagdgewehre – waren noch vorhanden. Er entdeckte zur Hälfte verspeiste Mahlzeiten und Schlitten ohne Hunde. Das schloß die Möglichkeit aus, daß das gesamte Dorf an einen anderen Ort gezogen war. LaBelle beschrieb die Siedlung später als ›so gespenstisch wie einen Friedhof bei Nacht‹. Er wandte sich sofort an die Polizeistation in Churchill. Es wurde eine gründliche Untersuchung eingeleitet, doch von den Bewohnern Anjikunis fand man keine Spur.

Die Reporter schrieben eifrig mit und nahmen seine Rede auf Band auf. Schließlich erklärte Flyte ihnen seine oft verspottete Theorie über den Alten Feind. Es waren überraschte Ausrufe und ungläubige Zwischenfragen zu hören, doch keiner der Anwesenden griff den Professor an oder äußerte offen Zweifel.

Sobald Flyte seine vorbereitete Ansprache vorgetragen hatte, zerrte Sal Corello ihn am Arm an den Mikrofonen vorbei durch die Tür hinter der Plattform und brach damit sein Versprechen, daß der Professor sich anschließend noch den Fragen der Presseleute stellen würde.

Ein empörtes Raunen ging durch die Menge, und die Reporter versuchten, Flyte zu folgen.

Das Sicherheitspersonal des Flughafens wartete bereits auf Corello und den Professor. Einer der Wachmänner schlug die Tür hinter ihnen zu und hielt somit die Meute der protestierenden Journalisten zurück.

»Hier entlang«, sagte er.

»Der Hubschrauber ist gelandet«, meldete einer seiner Kollegen.

Sie hasteten durch ein Labyrinth von Gängen, stiegen einige Treppen hinunter und liefen durch eine Stahltür auf das windgepeitschte Rollfeld hinaus, wo ein schnittiger blauer Helikopter – ein großer, gut ausgestatteter Bell Jet Ranger – bereits auf sie wartete.

»Das ist der Hubschrauber des Gouverneurs«, erklärte Corello.

»Ist der Gouverneur hier?« fragte Flyte erstaunt.

»Nein, aber er hat Ihnen seinen Hubschrauber zur Verfügung gestellt.«

Als sie in den geräumigen Passagierraum stiegen, begannen die Rotoren sich schneller zu drehen.

Timothy Flyte preßte seine Stirn gegen die kalte Fensterscheibe und beobachtete, wie San Francisco unter ihm in der Nacht verschwand. Er war nervös. Bevor das Flugzeug gelandet war, hatte er sich benommen und erschöpft gefühlt, doch jetzt war er hellwach und konnte es kaum erwarten, mehr über die Vorgänge in Snowfield zu erfahren.

Der Jet Ranger war ein ungewöhnlich schneller Hubschrauber. Der Flug nach Santa Mira dauerte nur knapp zwei Stunden. Corello – ein cleverer, beredter Mann, der viel und schnell sprach – half Timothy dabei, sich auf die nächste Pressekonferenz vorzubereiten. Die Reise war im Nu vorbei.

Der Hubschrauber setzte mit einem dumpfen Schlag auf dem Parkplatz hinter der Polizeistation auf. Corello drückte die Tür gegen den Wind auf, noch bevor die Rotoren aufgehört hatten, sich zu drehen, sprang aus dem Hubschrauber und streckte Timothy die Hand entgegen, um ihm herauszuhelfen.

Eine Gruppe von Journalisten drängte sich bereits an den Zaun, hielt ihnen Mikrofone und Kameras entgegen und rief ihnen Fragen zu.

»Wir werden später eine Erklärung abgeben, wenn wir dazu bereit sind.« Corello mußte schreien, um sich verständlich zu machen. »Jetzt wartet die Polizei bereits auf Sie, um Sie mit dem Sheriff in Snowfield zu verbinden.«

Einige Hilfssheriffs brachten Timothy und Corello rasch in ein Büro im Flughafengebäude, wo bereits ein Mann in Uniform auf sie wartet. Er hieß Charlie Mercer, war kräftig gebaut, trat so energisch und bestimmt auf wie ein erfolgreicher Geschäftsführer und hatte die buschigsten Augenbrauen, die Timothy jemals gesehen hatte.

Timothy ließ sich zu einem Schreibtisch führen und setzte sich auf einen Stuhl.

Mercer wählte die Nummer in Snowfield, unter der er Sheriff Hammond erreichen konnte, und stellte den Lautsprecher an, so daß Timothy den Hörer nicht in die Hand nehmen mußte und außerdem alle anderen im Raum das Gespräch hören konnten.

Nachdem Hammond Timothy begrüßt hatte, kam er sofort zur Sache. »Dr. Flyte, wir haben den Alten Feind gesehen. Zumindest glauben wir, daß es sich um das Ding handelt, mit dem Sie sich beschäftigt haben. Es ist ein riesiges Wesen, das einer Amöbe gleicht – ein Verwandlungskünstler, der jede beliebige Gestalt annehmen kann.«

Timothy legte seine zitternden Hände auf die Stuhllehnen. »Meine Güte.«

»Ist das der Alte Feind, den Sie beschrieben haben?«

»Ja. Ein Überlebender aus einem anderen Zeitalter. Millionen Jahre alt.«

»Sie können uns sicher mehr darüber erzählen, wenn Sie hier sind – vorausgesetzt, ich kann Sie überreden, zu uns zu kommen«, sagte Bryce.

Timothy hörte nur mit halbem Ohr zu. Er dachte an den Alten Feind – er hatte über ihn geschrieben und fest an seine Existenz geglaubt, war jedoch nicht darauf gefaßt gewesen, daß sich seine Theorie einmal tatsächlich bestätigen würde.

Hammond berichtete ihm von dem schrecklichen Tod eines Hilfssheriffs namens Gordy Brogan.

Timothy und Sal Corello waren entsetzt. Mercer und die anderen hatten diese Geschichte anscheinend schon vor Stunden gehört.

»Sie haben es gesehen und leben noch?« fragte Timothy verblüfft.

»*Es* mußte einige von uns am Leben lassen«, erklärte Hammond. »Wir sollten versuchen, Sie zu überreden, hierherzukommen. Es hat Ihnen freies Geleit zugesichert.«

Flyte kaute nachdenklich auf seiner Unterlippe.

»Dr. Flyte? Sind Sie noch da?« fragte Hammond.

»Was? Ja, natürlich. Was wollen Sie damit sagen? Es hat mir freies Geleit zugesichert?«

Hammond erzählte ihm die erstaunliche Geschichte über die Unterhaltung mit dem Alten Feind mit Hilfe des Computers.

Bei dem Bericht des Sheriffs bracht Flyte der Schweiß aus. Er sah vor sich auf dem Schreibtisch eine Schachtel Papiertaschentücher stehen, zog eine Handvoll heraus und tupfte sich damit das Gesicht ab.

Als der Sheriff seine Geschichte beendet hatte, holte der Professor tief Luft. »Ich hätte nie damit gerechnet …«, sagte er mit belegter Stimme. »Nie hätte ich gedacht, daß …«

»Was meinen Sie damit?« fragte Hammond.

Timothy räusperte sich. »Nun, ich habe nicht geglaubt, daß der Alte Feind sich auf einem ähnlichen Intelligenzniveau wie ein Mensch befinden würde.«

»Ich befürchte sogar, *es* ist uns überlegen«, sagte Bryce.

»Aber ich habe immer gedacht, es handle sich nur um ein einfältiges Tier mit stark eingeschränktem Eigenbewußtsein.«

»Das ist es sicherlich nicht.«

»Mein Gott, das macht es noch viel gefährlicher!«

»Werden Sie herkommen?« fragte Bryce.

»Das hatte ich eigentlich vor«, erwiderte Timothy. »Aber wenn es ein intelligentes Wesen ist und mir freies Geleit zusichert …«

Plötzlich erklang die klare Stimme eines fünf- oder sechsjährigen Jungen: »Bitte, bitte, Dr. Flyte, kommen Sie her und spielen Sie mit mir! Bitte! Wir werden viel Spaß miteinander haben.«

Bevor Timothy antworten konnte, hörte er eine sanfte, musikalische Frauenstimme: »Ja, lieber Dr. Flyte, besuchen Sie uns doch. Sie sind hier willkommen. Niemand wird Ihnen etwas tun.«

Dann kam die warme, herrliche Stimme eines älteren Mannes aus der Leitung: »Es gibt noch so viel, was Sie über mich erfahren sollten, Dr. Flyte. Kommen Sie hierher, und beginnen Sie Ihre Nachforschungen – das wird Ihnen Weisheit verschaffen. Das Angebot für freies Geleit ist ernstgemeint.«

Schweigen.

»Hallo? Hallo?« fragte Timothy verunsichert. »Wer ist denn da?«

»Ich bin noch dran«, erwiderte Hammond.

Die anderen Stimmen waren nicht mehr zu hören.

»Jetzt bin nur noch ich in der Leitung«, fügte der Sheriff hinzu.

»Aber wer waren diese Leute?« fragte Timothy.

»Das waren keine wirklichen Menschen, sondern nur Phantome. Verstehen Sie denn nicht? Der Alte Feind hat Ihnen soeben mit drei verschiedenen Stimmen freies Geleit zugesichert, Dr. Flyte.«

Timothy sah die anderen vier Männer in dem Raum an, die alle wie gebannt auf den schwarzen Lautsprecher starrten, aus dem Hammonds Stimme und die Laute dieser Kreatur gekommen waren.

Dr. Flyte zerknüllte das bereits feuchte Taschentuch in seiner Hand und wischte sich damit noch einmal das schweißüberströmte Gesicht ab. »Ich werde kommen«, sagte er.

Jetzt richteten sich alle Augen auf ihn.

»Wir können nicht davon ausgehen, daß es sein Versprechen halten wird«, gab Sheriff Hammond zu bedenken. »Wenn Sie erst einmal hier sind, kann es auch Sie töten.«

»Aber wenn es sich um ein intelligentes Wesen handelt ...«

»Das bedeutet nicht, daß es sich an die Regeln halten wird«, unterbrach Hammond ihn. »Wir alle sind davon überzeugt, daß diese Kreatur die Verkörperung des Bösen ist, Dr. Flyte. Würden Sie sich auf ein Versprechen des Teufels verlassen?«

Plötzlich ertönte wieder die süße Kinderstimme in der Leitung. »Wenn Sie kommen, Dr. Flyte, werde ich nicht nur Sie, sondern auch die sechs Menschen verschonen, die hier in der Falle sitzen. Ich werde sie laufenlassen, wenn Sie mit mir spielen. Sollten Sie nicht kommen, werde ich mir diese Schweine vorknöpfen und sie zerquetschen. Ich werde ihnen das Blut herauspressen und ihre Gedärme zerdrücken. Wenn ich sie zu Brei verarbeitet habe, fresse ich sie auf.«

Diese Wort wurden mit zarter, unschuldiger Kinderstimme vorgetragen, und das machte sie noch bedrohlicher, als wenn sie wütend in tiefem Baß herausgeschrien worden wären.

Timothy klopfte das Herz bis zum Hals.

»Damit ist die Entscheidung gefallen«, sagte er. »Ich werde kommen. Mir bleibt keine andere Wahl.«

»Sie sollten aber nicht wegen uns kommen«, meinte Hammond. »Vielleicht wird es Sie wirklich verschonen, denn es nennt Sie seinen Matthäus, Markus, Lukas und Johannes. Uns wird es jedoch nicht entkommen lassen – egal, was es jetzt auch sagt.«

»Ich komme«, wiederholte Flyte beharrlich.

Hammond zögerte. »Also gut. Einer meiner Männer wird Sie bis zur Straßensperre vor Snowfield fahren. Den Rest des Weges müssen Sie allein zurücklegen. Ich kann es nicht riskieren, noch einen Mann zu verlieren. Können Sie fahren?«

»Ja, Sir«, antwortete Timothy. »Stellen Sie mir einen Wagen zur Verfügung, dann komme ich allein zu Ihnen.«

Plötzlich war die Leitung tot.

»Hallo?« rief Timothy. »Sheriff?«

Keine Antwort. *Es* hatte sie unterbrochen.

Timothy sah Sal Corello, Charlie Mercer und die anderen beiden Männer an, deren Namen er nicht kannte.

Sie starrten ihn an, als sei er bereits tot und läge in einem Sarg.

Wenn mich der Verwandler in Snowfield erwischt und ich sterbe, wird es keinen Sarg für mich geben, dachte er. Auch kein Grab. Und keinen ewigen Frieden.

»Ich fahre Sie bis zur Straßensperre«, sagte Charlie Mercer.

Timothy nickte.

Es war Zeit zu gehen.

16
Von Angesicht zu Angesicht

Um zwölf Minuten nach drei – mitten in der Nacht – begannen in Snowfield die Kirchenglocken zu läuten.

In der Lobby des Hilltop Inn sprangen Bryce und die anderen von ihren Stühlen auf.

Die Feuersirenen heulten auf.

»Jetzt ist Flyte hier«, meinte Jenny.

Alle sechs eilten auf die Straße hinaus.

Die Straßenlaternen flackerten und warfen Schatten, die sich in den Nebelschwaden wie Marionetten bewegten.

Am Ende der Skyline Road bog ein Wagen um die Ecke. Das Licht der Scheinwerfer bohrte sich wie Speere durch den Dunst und verbreitete einen silbrigen Schimmer.

Die Laternen hörten abrupt auf zu flackern. Bryce trat rasch in einen der gelben Lichtkegel und hoffte, daß Flyte ihn dort trotz des Nebels sehen würde.

Die Glocken läuteten immer noch, und die Sirene schrillte, während das Auto langsam den Hügel heraufkroch. Der grün-weiße Streifenwagen parkte etwa drei Meter vor Bryce am Randstein; der Fahrer schaltete die Scheinwerfer aus.

Dann ging die Tür auf, und Flyte stieg aus. Er sah nicht so aus, wie Bryce ihn sich vorgestellt hatte. Die Brille mit den starken Gläsern ließ seine Augen unnatürlich groß erscheinen. Sein dünnes weißes Haar war zerzaust und umgab seinen Kopf wie ein Heiligenschein. Irgend jemand in der Polizeistation von Santa Mira hatte ihm eine kugelsichere Weste geliehen, an der das Abzeichen des Büros des Sheriffs auf der linken Brust angebracht war.

Die Glocken hörten auf zu läuten, und auch die Sirene verstummte nach einem letzten krächzenden Geräusch. Tiefe Stille senkte sich über die nebelverhangene Straße.

Flyte sah sich um, lauschte und wartete.

»Es will sich offensichtlich noch nicht zeigen«, sagte Bryce schließlich.

Flyte drehte sich um. »Sheriff Hammond?«

»Ja. Gehen wir hinein und machen es uns gemütlich, während wir warten.«

Im Speisesaal des Hotels gab es heißen Kaffee.

Zitternde Hände stellten Tassen auf den Tisch und klammerten sich dann nervös daran fest, um ruhiger zu werden.

Die sechs Überlebenden beugten sich vor, um kein Wort von Timothy Flytes Bericht zu verpassen.

Lisa war offensichtlich begeistert von dem britischen Wissenschaftler, doch Jenny hatte ernsthafte Zweifel. Der Mann kam ihr vor wie die perfekte Karikatur eines zerstreuten Professors. Als er jedoch über seine Theorien zu sprechen begann, war sie gezwungen, ihre ursprünglich negative Meinung über ihn zu ändern, und schon bald war sie ebenso fasziniert wie Lisa.

Er erzählte ihnen von den vermißten Armeen in Spanien und China, von den verlassenen Städten der Mayas und der Kolonie von Roanoke.

Und er berichtete von Joya Verde, einer Siedlung im südamerikanischen Dschungel, die anscheinend ein ähnliches Schicksal wie Snowfield erlitten hatte. Joya Verde – das grüne Juwel – war eine Handelsniederlassung am Amazonas, weit abgelegen von der zivilisierten Welt. 1923 verschwanden dort an einem Nachmittag sechshundertfünf Menschen. Es mußte sich irgendwann in dem Zeitraum abgespielt haben, in dem keiner der Frachter vor der Küste lag, die regelmäßig dort anlegten. Zunächst hatte man angenommen, daß die Indianer in der Nachbarschaft, die eigentlich als friedlich galten, überraschend angegriffen hatten, doch es wurden weder Leichen noch Anzeichen eines Kampfes oder von Plünderei gefunden. Auf der Tafel der Missionsschule befand sich jedoch eine Nachricht: *Es hat keine Form und kann doch jede Gestalt annehmen.* Die meisten Menschen, die sich mit dem Geheimnis von Joya Verde beschäftigten, glaubten nicht daran, daß diese neun mit Kreide gekritzelten Worte etwas mit dem Verschwinden der Bevölkerung zu tun hatten, doch Flyte dachte anders darüber – und Jenny tat es jetzt ebenfalls.

»Auch in den verlassenen Städten der Mayas wurde eine Botschaft gefunden«, berichtete Flyte. »Archäologen haben Bruchstücke eines in Hieroglyphen geschriebenen Gebets entdeckt, das wohl aus der Zeit des Massenverschwindens stammt.« Flyte dachte nach und zitierte dann: »Böse Geister leben unter der Erde. Ihre Macht schläft in einem Felsen. Wenn sie erwachen, steigen sie auf wie kalte Lava und nehmen fließend viele Gestalten an. Dann begreifen auch stolze Männer, daß wir alle nicht mehr als Stimmen im Donner sind – Gesichter im Wind, die verweht werden, als hätte es sie nie gegeben.«

Flytes Brille war ihm von der Nase gerutscht. Er rückte sie zurecht und fuhr fort: »Manche Menschen glauben, daß sich dieses Gebet auf die Gewalt von Erdbeben und Vulkanausbrüchen bezieht. Ich denke jedoch, daß es auf den Alten Feind bezogen ist.«

»Wir haben hier auch eine Nachricht gefunden«, sagte Bryce. »Den Teil eines Wortes.«

»Wir können jedoch nichts damit anfangen«, erklärte Sara Yamaguchi.

Jenny erzählte Flyte von den beiden Buchstaben P und R, die Nick Papandrakis mit Jod an die Wand seines Badezimmers gepinselt hatte. »Der dritte Buchstabe war nicht erkennbar. Es könnte sich um ein U oder ein O handeln.«

»Papandrakis«, sagte Flyte und nickte heftig. »Ein Grieche. Ja, das bestätigt, was ich Ihnen gesagt habe. War dieser Mann stolz auf sein kulturelles Erbe?«

»Ja, sehr«, erwiderte Jenny. »Warum?«

»Nun, wenn er stolz darauf war, ein Grieche zu sein, hat er sich wahrscheinlich gut in der griechischen Mythologie ausgekannt«, sagte Flyte. »Und dort kommt ein Gott namens Proteus vor. Ich nehme an, daß Mr. Papandrakis seinen Namen an die Wand schreiben wollte. Proteus war ein Gott, der auf der Erde lebte, keine eigene Gestalt besaß, jede Form annehmen konnte, die er wollte, und sich von allem ernährte, das er begehrte.«

»Was hat es mit dem Gerede von übernatürlichen Dingen auf sich?« fragte Tal Whitman nervös. »Als wir mit diesem Wesen über den Computer kommuniziert haben, hat es sich Namen von Dämonen gegeben.«

»Gestaltlose Dämonen und böse Götter, die jede Form annehmen können, die sie wollen, sind in den meisten alten Mythen und Weltreligionen häufig vertreten«, erklärte Flyte. »Eine solche Kreatur aus der Mythologie taucht in allen Kulturen dieser Welt unter verschiedenen Namen auf. Im Alten Testament erscheint Satan zuerst in Gestalt einer Schlange, dann als Ziegenbock, Widder, Hirsch oder Käfer, und er verwandelt sich auch in ein Kind, einen Bettler oder in andere Menschen. Unter anderem wird er der Meister des Chaos, der Gestaltlosigkeit und der Tücke genannt – er ist ein Biest mit vielen Gesichtern. In der Bibel steht geschrieben, daß Satan ›so veränderlich wie ein Schatten‹ und ›so klug wie Wasser‹ ist. Wasser kann sich in Dampf oder Eis verwandeln, und Satan kann jede Gestalt annehmen, die er sich wünscht.«

»Wollen Sie damit sagen, daß dieser Verwandler hier in Snowfield tatsächlich der Teufel ist?« fragte Lisa.

»Nun ja ... auf gewisse Weise schon.«

Frank Autry schüttelte den Kopf. »Nein. An solche Spukgeschichten glaube ich nicht, Dr. Flyte.«

»Ich auch nicht«, versicherte Flyte ihm. »Ich will damit nicht sagen, daß dieses Ding ein übernatürliches Wesen ist. Das ist es sicher nicht. Es ist eine reale Kreatur aus Fleisch – allerdings nicht so gebaut wie wir. Auch wenn es kein Geist oder Teufel ist, halte ich es in gewisser Beziehung für Satan, denn diese Kreatur – oder ein anderes monströses Wesen aus dem Mesozoikum – hat den Mythos von Satan entstehen lassen. Die Menschen in prähistorischer Zeit müssen einem dieser Wesen begegnet sein, und einige von ihnen haben überlebt und davon berichtet. Natürlich beschrieben sie ihre Erlebnisse in einer Sprache, die uns heute mythisch und abergläubisch erscheint. Ich glaube, daß es sich bei den meisten dämonischen Figuren in den verschiedenen Weltreligionen um diese Verwandler handelt. Die Berichte über sie wurden über viele Generationen weitergegeben, bis sie dann in Hieroglyphen, auf Schriftrollen und schließlich in gedruckten Buchstaben schriftlich festgehalten werden konnten. Es wird ein reales, sehr seltenes und gefährliches Biest mit Ausdrücken beschrieben, die man nur in religiösen Mythen findet.«

Jenny fand diesen Teil von Flytes Theorie zugleich verrückt und brillant, unwahrscheinlich, aber überzeugend. »Dieses Ding nimmt auf irgendeine Weise das Wissen und die Erinnerungen seiner Opfer auf, wenn es sie frißt«, sagte sie. »Es weiß daher, daß viele Menschen es für den Teufel halten, und es scheint ihm auf perverse Weise Spaß zu machen, diese Rolle zu spielen.«

»Anscheinend empfindet es Freude dabei, uns zu verspotten«, fügte Bryce hinzu.

Sara Yamaguchi strich sich ihr langes Haar hinter die Ohren. »Können Sie uns dafür eine wissenschaftliche Erklärung geben, Dr. Flyte? Wie kann eine solche Kreatur existieren? Wie funktioniert es aus biologischer Sicht? Haben Sie darüber eine wissenschaftlich fundierte Theorie?«

Bevor Flyte antworten konnte, kam *es*.

Oben an der Wand unterhalb der Decke lockerten sich plötzlich die Schrauben eines Heizungsschachts, und das Gitter flog auf einen Tisch und rutschte dann scheppernd auf den Boden.

Jenny und die anderen sprangen von ihren Stühlen auf. Lisa schrie auf und deutete nach oben.

Der Verwandler quoll aus dem Schacht und blieb dunkel, naß und pulsierend an der Wand hängen. Die Masse glänzte wie blutiger Schleim.

Bryce und Tal griffen zu ihren Waffen, zögerten aber dann. Es gab nichts, was sie tun konnten.

Das Wesen floß weiter aus der Lüftung, schwoll an, bewegte sich hin und her und wuchs zu einem widerlichen Klumpen heran, der rasch die Größe eines Menschen erreicht hatte. Dann kroch es an der Wand nach unten auf den Boden und bildete dort einen immer größer werdenden Wall. Nach wie vor sickerte die Masse aus dem Schacht.

Jenny warf Dr. Flyte einen Blick zu. Sein Gesichtsausdruck wandelte sich von Erstaunen in Angst, dann sah sie Ekel und Entsetzen in seinen Augen.

Das zähflüssige, schäumende dunkle Protoplasma war jetzt so groß wie etwa drei oder vier Menschen, und noch immer strömte mehr dieser abscheulichen, übelkeiterregenden Masse aus dem Lüftungsschacht.

Lisa würgte und wandte ihren Blick ab, doch Jenny konnte dieses Ding nicht aus den Augen lassen. Eine groteske Faszination ging von ihm aus.

In der riesigen Anhäufung des formlosen Gewebes, das sich in den Raum ergossen hatte, begannen sich Gliedmaßen zu bilden, die jedoch nach wenigen Sekunden wieder verschwanden. Arme von Männern und Frauen tauchten auf, als suchten sie Hilfe. Dünne, wild um sich schlagende Kinderärmchen wuchsen aus der gallertartigen Masse. Stumm und mitleiderregend wurden kleine Hände ausgestreckt. Es war schwer, dabei nicht zu vergessen, daß es sich hier nicht wirklich um die Arme von Kindern handelte, die der Verwandler in sich gefangenhielt, sondern um Imitationen – Phantome, die nicht menschlich waren. Sie waren nur ein Teil von *ihm*. Nun erschienen auch Krallen und Gliedmaßen von Tieren in der Brühe aus Protoplasma. Unglaublich riesige Körperteile von Insekten wurden sichtbar, die auf furchterregende Weise wild um sich schlugen, aber dann ebenso schnell wieder verschwanden, wie sie sich gebildet hatten.

Der Verwandler wälzte sich durch den Raum; mittlerweile war er größer als ein Elefant.

Jenny und die anderen zogen sich zur Fensterfront zurück, während das Ding sich weiter auf mysteriöse und anscheinend ziellose Weise veränderte.

Auf der Straße vollführten die Nebelschwaden ihren eigenen Tanz und wirkten wie eine gespenstische Reflexion des Verwandlers.

Plötzlich begann Flyte eindringlich zu sprechen und die Fragen zu beantworten, die Sara Yamaguchi ihm gestellt hatte. Es hatte den Anschein, als habe er das Gefühl, nicht mehr viel Zeit dafür zu haben.

»Vor etwa zwanzig Jahren ist mir die Idee gekommen, daß vielleicht eine Verbindung zwischen dem Massenverschwinden und dem unerklärlichen Aussterben von besonderen Arten in vormenschlichen geologischen Zeitabschnitten besteht. Ich denke da zum Beispiel an die Dinosaurier.«

Der Verwandler pulsierte und zuckte. Die Masse reichte nun fast bis zur Decke und füllte den gesamten hinteren Teil des Raums aus.

Lisa klammerte sich an Jenny.

Ein kaum wahrnehmbarer, widerlicher Geruch verbreitete sich zunehmend im Raum. Es roch nach Schwefel – beinahe wie in der Hölle.

»Es gibt viele Theorien, die versuchen, das Aussterben der Dinosaurier zu erklären«, fuhr Flyte fort. »Aber keine von ihnen kann alle Fragen restlos beantworten. Ich habe mir daher überlegt, ob die Dinosaurier nicht vielleicht einer anderen Kreatur zum Opfer gefallen sind – einem natürlichen Feind, der ihnen bei der Jagd und im Kampf überlegen war. Das müßte dann natürlich ein Wesen mit einem sehr schwachen Knochenbau gewesen sein. Möglicherweise besaß es auch gar kein Skelett, denn es wurden keine Fossilien einer Tierart entdeckt, die es mit diesen großen Sauriern hätte aufnehmen können.«

Ein Zittern durchlief die dunkle, zuckende Schleimmasse, und Dutzende von Gesichtern begannen sich plötzlich herauszubilden.

»Wenn nun einige dieser amöbenartigen Lebewesen Millionen von Jahren überlebt haben ...«, sagte Flyte.

Gesichter von Menschen und Tieren schimmerten in der formlosen Masse.

»Sie könnten zum Beispiel in unterirdischen Flüssen oder Seen gelebt haben.«

Einige der Gesichter besaßen keine Augen, andere besaßen keinen Mund. Dann aber erschienen plötzlich Augen und öffneten sich. Sie wirkten erschreckend real, und in ihnen lag ein Ausdruck des Schmerzes, der Angst und der Verzweiflung.

»Vielleicht befanden sie sich auch Tausende von Metern unter dem Meer.«

Jetzt bildeten sich Münder aus der Masse heraus. Die Lippen in den Phantomgesichtern öffneten sich zu einem stummen Schrei.

»Sie erbeuteten ihre Opfer in den Ozeanen und tauchten nur hin und wieder auf, um nach Futter zu jagen.«

Gesichter von Katzen, Hunden und prähistorischen Reptilien erschienen in dem Schleim.

»Manchmal haben sie sich vielleicht auch von menschlichen Wesen ernährt.«

Jenny hatte den Eindruck, als würden sich diese Gesichter an einen verschleierten Spiegel pressen. Keines von ihnen nahm wirklich Gestalt an, sondern mußte sofort wieder mit der Masse verschmelzen, damit sich zahllose neue Figuren bilden konnten, die aber ebenfalls sofort wieder verschwanden. Die ununterbrochen flackernden Schatten zeigten die Verlorenen und Verdammten.

Schließlich hörte die Masse auf, sich zu bewegen, und verhielt sich für einen Moment lang ganz ruhig. Sie pulsierte nur noch ganz langsam und beinahe unmerklich.

Sara Yamaguchi stöhnte leise auf.

Jenny nahm Lisa in den Arm und drückte sie an sich.

Niemand sprach. Einige Sekunden lang wagte keiner, auch nur zu atmen.

Dann gab der Alte Feind erneut eine Demonstration seiner Verwandlungsfähigkeit und streckte abrupt mehrere Tentakel aus. Einige davon waren dick und trugen Saugnäpfe wie ein Tintenfisch, andere waren dünn wie ein Seil. Manche waren glatt und andere zerfurcht. Sie wirkten furchterregender als die breiten, feuchten Tentakel. Ein Teil dieser Fangarme glitt auf dem Boden hin und her, warf Stühle um und schob Tische zur Seite, während andere in der Luft tanzten, als folgten sie der Musik eines Schlangenbeschwörers.

Dann schoß das Wesen plötzlich hervor und schlug blitzschnell zu.

Jenny stolperte zurück und prallte gegen die Wand.

Die zahlreichen Tentakel fuhren zischend durch die Luft und schnellten wie Peitschenhiebe auf sie zu.

Lisa konnte ihren Blick nicht länger abwenden und schnappte nach Luft.

Im Bruchteil einer Sekunde verlängerten sich die Tentakel, und einer der Fangarme legte sich wie ein Seil um Jennys Hand. Das Fleisch fühlte sich kalt und glitschig an.

Nein!

Sie riß sich los und war erleichtert darüber, wie leicht ihr das gelang. Anscheinend war das Ding nicht an ihr interessiert – zumindest *noch* nicht.

Lisa und sie duckten sich, als über ihnen die Tentakel durch die Luft zuckten.

Flyte versuchte hastig, dem Wesen auszuweichen und stolperte. Einer der Fangarme folgte ihm und schwebte einen Augenblick lang über ihm, als wolle er ihn erdrücken. Dann zog er sich jedoch wieder zurück. Das Wesen war wohl auch an Flyte nicht interessiert.

Bryce feuerte auf das Ding, obwohl er wußte, daß es sinnlos war. Tal schrie etwas, was Jenny nicht verstehen konnte, und trat rasch vor sie und Lisa, um sie von dem Wesen abzuschirmen.

Der Verwandler glitt an Sara vorüber und stürzte sich dann auf Frank Autry. Offensichtlich war er derjenige, den das Wesen haben wollte. Zwei dicke Tentakel legten sich blitzschnell um Franks Körper und zogen ihn von den anderen weg.

Frank schlug wild um sich und versuchte sich zu befreien. Sein Gesicht war vor Entsetzen verzerrt.

Alle schrien auf – sogar Bryce und Tal.

Bryce lief auf Frank zu und packte seinen rechten Arm, um ihn von dem Wesen zu befreien, doch es klammerte sich unnachgiebig an ihm fest.

»Schafft dieses Ding weg!« schrie Frank. »Weg damit!«

Bryce versuchte, einen der Fangarme von Franks Körper zu lösen, doch sofort fuhr ein anderer dicker, schleimiger Tentakel in die Luft und versetzte Bryce einen so heftigen Schlag, daß er stürzte.

Frank wurde vom Boden gehoben und festgehalten. Seine Augen traten hervor, als er auf die dunkle, fließende Masse des Alten Feinds hinabsah, die sich ständig veränderte. Verzweifelt trat er um sich, doch es half ihm nichts.

Wieder bildete sich eine Gestalt aus dem Schleim heraus und erhob sich zitternd in die Luft. An einer Seite des Tentakels löste sich die grau und rotbraun gescheckte Haut auf. Rohes, nasses Gewebe trat hervor.

Lisa würgte.

Der Anblick des eiternden Fleisches verursachte ihr Übelkeit, außerdem war der widerliche Gestank noch stärker geworden.

Eine gelbliche Flüssigkeit tropfte aus der offenen Wunde an dem Tentakel. Dort, wo die Tropfen auf den Boden fielen, brodelten und schäumten sie und fraßen sich in die Fliesen.

Jenny hörte, wie jemand rief: »Säure!«

Franks Schreie wurden schriller und drückten deutlich Entsetzen und Verzweiflung aus.

Der Tentakel versprühte Säure und legte sich wie ein Halseisen um den Nacken des Hilfssheriffs.

»O Gott, nein!«

»Schau nicht hin«, befahl Jenny ihrer Schwester.

Der Verwandler führte ihnen nun stolz vor, wie er Jakob und Aida Liebermann enthauptet hatte – wie ein Kind, das sich mit seinem Können großtun wollte.

Franks Schreie erstarben mit einem blubbernden, gurgelnden Röcheln. Der Tentakel fraß sich mit erstaunlicher Geschwindigkeit durch seinen Hals. Ein oder zwei Sekunden nachdem Frank zum Schweigen gebracht worden war, löste sich sein Kopf vom Rumpf und fiel auf die Fliesen.

Jenny spürte, wie ihr die Galle hochkam, und sie schluckte heftig. Sara Yamaguchi schluchzte laut.

Das Ding hielt Franks kopflosen Körper immer noch in der Luft. In dem Schleimklumpen, aus dem die Tentakel wuchsen, öffnete sich jetzt ein riesiges, zahnloses Maul. Es war groß genug, um den Körper eines Mannes zu verschlingen. Die Tentakel zogen die Leiche des Deputys in den weit geöffneten Schlund. Dann floß dunkles Fleisch um seinen Leib, und kurz darauf war er verschwunden. Der Mund schloß sich und wurde unsichtbar.

Frank Autry war nicht mehr.

Bryce sah entsetzt auf den abgetrennten Kopf. Franks blicklose Augen starrten ihn an.

Bryce dachte an Ruth Autry. Sein Herzschlag beschleunigte sich, als er sich vorstellte, daß sie nun allein leben mußte. Sie und Frank hatten sich sehr nahegestanden. Es würde ihm sehr schwerfallen, ihr diese Nachricht zu überbringen.

Die Tentakel zogen sich wieder in die schleimige, pulsierende Masse zurück. Nach wenigen Sekunden waren sie verschwunden.

Das formlose, zuckende Wesen füllte nun ein Drittel des Raumes aus.

Bryce konnte sich vorstellen, wie es durch prähistorische Sümpfe floß und sich im Schlamm an seine Beute heranschlich. Ja, es hätte es sicherlich mit Dinosauriern aufnehmen können.

Bisher hatte er geglaubt, daß der Verwandler ihn und einige der anderen am Leben gelassen hatte, weil sie Flyte nach Snowfield locken sollten. Nun wurde ihm aber klar, daß das nicht der Fall war. Der Verwandler hätte die Möglichkeit gehabt, ihre Stimme am Telefon zu imitieren und somit Flyte dazu bewegen können, nach Snowfield zu kommen. Das Wesen hatte sie aus einem anderen Grund verschont. Vielleicht wollte es sie vor Flytes Augen töten, um ihm genau vorzuführen, wie das funktionierte.

Großer Gott!

Der Verwandler ragte jetzt bedrohlich vor ihnen auf. Seine riesige, gallertartige Masse pulsierte so stark, als wären etliche Herzen darin verankert.

»Ich wünschte nur, ich könnte davon eine Gewebeprobe bekommen«, sagte Sara Yamaguchi mit zitternder Stimme. »Ich würde alles dafür geben, mir das einmal unter dem Mikroskop anzusehen und die Struktur der Zellen zu untersuchen. Vielleicht könnten wir dann eine Schwachstelle finden ... einen Weg, dieses Ding zu besiegen.«

»Ja, ich möchte es mir auch genauer ansehen. Ich will es verstehen und begreifen«, sagte Flyte.

Plötzlich wucherte etwas aus der formlosen Masse heraus. Eine menschliche Gestalt begann sich zu bilden. Bryce war entsetzt, als er Gordy Brogans Gesichtszüge erkannte. Das Phantom blieb jedoch gestaltlos – der Körper wurde klumpig und das Gesicht war nur undeutlich zu erkennen. Der nur halb gebildete Mund öffnete sich, doch es war nicht Gordys, sondern Stu Wargles Stimme zu hören, die alle aus der Fassung brachte.

»Gehen Sie zum Labor«, ertönte es klar aus den verschwommenen Lippen. »Ich werde Ihnen alles zeigen, was Sie sehen wollen, Dr. Flyte. Sie sind mein Matthäus, mein Lukas. Gehen Sie in das Labor.«

Die unfertige Nachbildung von Gordy Brogan löste sich auf wie Rauch und verschwand wieder in der pulsierenden Masse.

Das Wesen zog sich an der Wand nach oben und begann, in den Heizungsschacht zu verschwinden.

Wieviel von diesem Ding mag sich wohl noch hinter den Wänden des Hotels verbergen? fragte Bryce sich unbehaglich. Was wartet in der Kanalisation noch auf uns? Wie groß ist dieser Gott namens Proteus?

Während das Ding sich zurückzog, öffnete es einen Mund, der nicht größer war wie der eines Menschen, doch dann bildeten sich Dutzende davon heraus, und verschiedene Geräusche waren zu hören: das Zwitschern von Vögeln, der Schrei von Möwen, das Summen von Bienen, ein Knurren und Zischen, das liebliche Gelächter eines Kindes, ein Gesang aus weiter Entfernung, das Heulen einer Eule und das unheilverkündende Rasseln einer Klapperschlange verschmolzen zu einem furchteinflößenden Chor.

Dann verschwand der Verwandler in dem Heizungsschacht. Nur Franks abgetrennter Kopf und das verbogene Gitter erinnerten daran, daß eine Kreatur aus der Hölle hier gewesen war.

Die elektrische Wanduhr zeigte jetzt vierundvierzig Minuten nach drei Uhr; die Nacht war beinahe vorüber.

Bryce fragte sich, wie lange es noch dauern würde, bis es endlich dämmerte. Eineinhalb Stunden? Eine Stunde und vierzig Minuten? Noch länger?

Wahrscheinlich spielte es keine Rolle.

Er erwartete ohnehin nicht, den Sonnenaufgang noch einmal zu erleben.

17
Ego

Die Tür des zweiten Wohnmobils stand weit offen. Die Lichter brannten und die Bildschirme leuchteten auf. Alles war vorbereitet.

Jenny hatte versucht daran zu glauben, daß sie es doch noch schaffen würden und vielleicht eine kleine Chance hätten, den Verlauf der Ereignisse zu beeinflussen. Doch nun war auch diese geringe Hoffnung verschwunden, an die sie sich geklammert hatte. Sie waren machtlos, konnten nur tun, was *es* wollte und dorthin gehen, wohin es ihnen gestattet wurde.

Die sechs versammelten sich in dem Labor.

»Und nun?« fragte Lisa.

»Wir werden warten«, erwiderte Jenny.

Flyte, Sara und Lisa setzten sich vor die leuchtenden Bildschirme. Jenny und Bryce lehnten sich an einen Tisch, und Tal blieb an der offenen Tür stehen und sah hinaus.

Nebelschwaden zogen vorbei.

Jenny hatte Lisa gesagt, sie sollten warten, doch das war nicht einfach. Jede Sekunde war eine Tortur. Alle waren aufs Äußerste angespannt und rechneten mit weiteren schauerlichen Ereignissen.

Wo würde sich der Tod wieder zeigen? In welcher absurden Gestalt würde er erscheinen? Und wen würde er dieses Mal treffen?

»Dr. Flyte, wenn diese prähistorischen Wesen Millionen von Jahren in unterirdischen Seen, in Flüssen und auf dem Grund der Meere überlebt haben und nur aufgetaucht sind, um Nahrung aufzunehmen, warum sind dann solche Phänomene von Massenverschwinden nicht viel häufiger geschehen?« fragte Bryce schließlich.

Flyte zupfte sich mit einem seiner langen, dünnen Finger am Kinn. »Weil diese Wesen nur selten auf Menschen treffen.«

»Warum?«

»Ich bezweifle, daß mehr als eine Handvoll dieser Kreaturen überlebt hat. Wahrscheinlich sind die meisten einer klimatischen Veränderung zum Opfer gefallen. Das hat wohl die wenigen Überlebenden dazu gezwungen, sich unter die Erde und in die Ozeane zu begeben.«

»Aber selbst wenn es sich nur um wenige handelt ...«

»Es sind nur einige Exemplare«, betonte Flyte. »Sie haben sich offensichtlich über die ganze Erde verteilt und müssen wahrscheinlich nur hin und wieder Nahrung zu sich nehmen. Denken Sie zum Beispiel an die Boa Constrictor – diese Schlange kann wochenlang ohne Futter auskommen. Dieses Ding ernährt sich vielleicht nur sporadisch – möglicherweise braucht es nur alle paar Monate oder sogar nur einmal in einigen Jahren Futter. Sein Stoffwechsel unterscheidet sich so sehr von unserem, daß eigentlich alles denkbar ist.«

»Könnte es vielleicht auch eine Art Winterschlaf halten, der einige Monate oder sogar mehrere Jahre dauert?« fragte Sara.

»Ja, sicher.« Flyte nickte. »Das ist eine sehr gute Idee. Damit hätten wir eine Erklärung dafür, daß dieses Ding nur selten Menschen begegnet. Ich darf Sie auch daran erinnern, daß die Menschheit weniger als ein Prozent der Erdoberfläche bewohnt. Selbst wenn der Alte Feind regelmäßig auftauchen würde, wäre eine Begegnung mit ihm sehr unwahrscheinlich.«

»Und wenn doch, würden wir ihm höchstwahrscheinlich auf dem Meer begegnen, denn der größte Teil der Erde ist von Wasser bedeckt«, meinte Bryce.

»Genau«, bestätigte Flyte. »Würde es die gesamte Besatzung eines Schiffes erwischen, gäbe es keine Zeugen, und wir würden nie etwas darüber erfahren. In der Geschichte der Seefahrt gibt es zahllose Berichte über verschwundene Boote und Geisterschiffe, deren Mannschaft spurlos verschwunden ist.«

»Die *Mary Celeste*«, sagte Lisa und warf ihrer Schwester einen Blick zu.

Jenny dachte daran, wann Lisa dieses Schiff zum ersten Mal erwähnt hatte. Es war an dem Sonntagabend gewesen, als sie im Haus der befreundeten Santinis den eben gedeckten Tisch vorgefunden hatten.

»Das ist ein berühmter Fall«, stimmte Flyte ihr zu. »Er ist aber nicht einzigartig. Hunderte von Schiffen sind unter geheimnisvollen Umständen verschwunden, seit darüber verläßliche Berichte erstattet wurden. Es geschah bei gutem Wetter, in Friedenszeiten und ohne logische Erklärung. Zehntausende von Seeleuten sind wohl verschwunden.«

»Da gibt es doch dieses Gebiet in der Karibik, in dem so viele Schiffe als vermißt gemeldet wurden«, sagte Tal, der noch immer an der offenen Tür Wache hielt.

»Das Bermuda-Dreieck«, warf Lisa ein.

»Richtig«, erwiderte Tal. »Könnte es sein, daß …?«

»Meinen Sie, ob dort auch einer dieser Verwandler sein Unwesen getrieben hat? Gut möglich«, sagte Flyte. »Im Lauf der Jahre gab es in dieser Gegend ein unerklärliches Fischsterben, also ist die Theorie vom Alten Feind durchaus realistisch.«

Plötzlich leuchteten deutlich einige Wörter auf den Bildschirmen auf.

ICH SCHICKE EUCH EINE SPINNE.

»Was soll das bedeuten?« fragte Flyte.

Sara begann zu tippen. UNKLAR. DEUTLICHER.

Die Nachricht wurde wiederholt. ICH SCHICKE EUCH EINE SPINNE.

DEUTLICHER.

SCHAUT EUCH UM.

Jenny sah sie zuerst. Sie saß links neben Sara auf dem Tisch. Die schwarze Spinne war nicht so groß wie eine Tarantel, aber viel größer als eine gewöhnliche Spinne.

Sie rollte sich zu einer Kugel zusammen und zog ihre langen Beine ein. Dann veränderte sie ihre Gestalt. Ihre Haut schimmerte, bevor ihr schwarzer Körper die grau-rote Färbung des Verwandlers annahm. Die Spinne verschwand, und aus dem formlosen Fleisch bildete sich eine abstoßende unnatürlich große Kakerlake heraus. Danach erschien eine kleine Maus mit zuckenden Schnurrhaaren.

Eine neue Botschaft leuchtete auf dem Bildschirm auf.

HIER IST DIE GEWEBEPROBE, DIE SIE WOLLTEN, DR. FLYTE.

»Warum ist das Ding plötzlich so entgegenkommend?« fragte Tal.

»Weil es weiß, daß wir es mit nichts von dem bekämpfen können, was wir über es herausfinden«, erwiderte Bryce düster.

»Es muß einen Weg geben«, sagte Lisa eindringlich. »Wir dürfen die Hoffnung nicht aufgeben.«

Jenny beobachtete verblüfft, wie die Maus sich in einen formlosen Klumpen verwandelte.

DAS IST MEIN LEIB, DER FÜR EUCH HINGEGEBEN WIRD. Wieder verspottete das Wesen sie mit einem Bibelzitat.

Der Klumpen bewegte sich ständig und bildete kleine Vertiefungen und Auswüchse. Wie die größere Masse, die Frank Autry getötet hatte, schien dieses Ding sich keine Sekunde lang stillhalten zu können.

SEHT DAS WUNDER MEINES FLEISCHES, DENN NUR DURCH MICH KÖNNT IHR UNSTERBLICHKEIT ERLANGEN. NICHT DURCH GOTT ODER CHRISTUS. NUR DURCH MICH.

»Jetzt verstehe ich, was Sie damit meinten, als Sie davon sprachen, daß es Freude daran hat, sich über uns lustig zu machen«, sagte Flyte.

Der Bildschirm flackerte wieder auf.

IHR DÜRFT ES BERÜHREN. ES WIRD EUCH KEINEN SCHADEN ZUFÜGEN.

Alle wichen sofort vor der fremdartigen, fleischigen Masse zurück.

HOLT EUCH EINE PROBE FÜR EURE TESTS. TUT DAMIT, WAS IHR WOLLT.

Wieder ein Flackern.

ICH MÖCHTE, DASS IHR MICH VERSTEHT UND BEGREIFT, WELCHE WUNDER ICH VOLLBRINGEN KANN.

»Dieses Ding ist nicht nur selbstbewußt, sondern ausgesprochen arrogant«, sagte Flyte.

Sara Yamaguchi streckte zögernd ihre Hand aus und berührte mit einer Fingerspitze den kleinen Klumpen des Protoplasmas.

»Es fühlt sich nicht so warm an wie unsere Haut. Eher kühl und ein wenig ... fettig.«

Das schmale Stück des Verwandlers begann zu zittern.

Sara zog rasch ihre Hand zurück. »Ich brauche einen Querschnitt davon.«

»Ja«, stimmte Jenny zu. »Wir müssen ein oder zwei Scheiben abschneiden, um sie unter das Mikroskop zu legen.«

»Außerdem brauche ich einen Teil für das Elektronenmikroskop und ein größeres Stück für die chemische und mineralische Analyse«, sagte Sara.

Über den Bildschirm des Computers wurden sie von dem Alten Feind ermutigt.

MACHT WEITER. VORWÄRTS. LOS, VORWÄRTS.

18
Eine kleine Chance

Nebelschwaden wurden durch die Tür in das Labor geweht.

Sara beugte sich über ein Mikroskop. »Unglaublich«, sagte sie leise.

Jenny saß neben ihr an einem zweiten Mikroskop und untersuchte ebenfalls eine Gewebeprobe des Verwandlers. »Eine solche Zellstruktur habe ich noch nie gesehen«, erklärte sie.

»Es ist eigentlich unmöglich, aber hier haben wir den Beweis«, sagte Sara.

Bryce stand hinter Jenny und hätte nur zu gern einen Blick durch das Mikroskop geworfen. Natürlich hätte ihm das nicht viel gebracht, da er den Unterschied zwischen normaler und fremdartiger Zellstruktur nicht erkennen würde. Trotzdem wollte er sich die Proben unbedingt ansehen.

Dr. Flyte war zwar Wissenschaftler, aber kein Biologe, und wußte über Zellstruktur nicht viel mehr als Bryce – trotzdem beugte er sich über Saras Schulter, um einen Blick auf das Testmaterial zu werfen. Auch Tal und Lisa standen in der Nähe und warteten interessiert darauf, sich einen Teil dieses Teufels unter dem Mikroskop anzusehen.

Sara sah angestrengt durch das Vergrößerungsglas. »Der größte Teil des Gewebes besitzt überhaupt keine Zellstruktur«, erklärte sie.

»Bei dieser Probe hier verhält es sich ebenso«, sagte Jenny.

»Aber alle organischen Lebewesen haben eine Zellstruktur«, meinte Sara. »Das ist doch ein Zeichen, daß es sich um lebendes Gewebe handelt – gleichgültig, ob es von einer Pflanze oder einem Tier stammt.«

»Diese Masse sieht nicht organisch aus«, sagte Jenny. »Aber eigentlich kann das nicht möglich sein.«

»Stimmt. Wir alle wissen, daß dieses Ding sehr lebendig ist«, warf Bryce ein.

»Einige Zellen kann ich sehen«, sagte Jenny. »Es sind allerdings nur sehr wenige.«

»Ja, das ist hier auch so«, bestätigte Sara. »Jede dieser Zellen scheint unabhängig von den anderen zu existieren.«

»Sie sind weit voneinander entfernt und scheinen in einem Meer aus undifferenzierter Materie zu schwimmen«, erklärte Jenny.

»Die Zellwände sind sehr flexibel«, fügte Sara hinzu. »Der Zellkern ist dreifach gespalten – das ist sehr ungewöhnlich. Und er nimmt mehr als die Hälfte des Innenraums einer Zelle ein.«

»Was bedeutet das?« fragte Bryce. »Ist das wichtig?«

Sara runzelte die Stirn und lehnte sich zurück. »Das weiß ich nicht. Ich habe keine Ahnung, was das zu bedeuten hat.«

Plötzlich erschien auf dem Bildschirm eine Frage.

HABT IHR ETWA NICHT DAMIT GERECHNET, DASS DAS FLEISCH DES SATANS AUSSERGEWÖHNLICH IST?

Der Verwandler hatte ihnen einen Klumpen seines Fleisches in der Größe einer Maus geschickt. Bisher hatten sie nur etwa die Hälfte dieses Materials für die Tests benötigt. Der Rest lag in einer Schale auf dem Schreibtisch.

Die gallertartige Masse zuckte und begann sich wieder in eine Spinne zu verwandeln, die ruhelos in der Schüssel umherkroch. Dann verwandelte sie sich in eine Kakerlake, in eine Schnecke, eine Heuschrecke, und schließlich in einen grünen Käfer mit roten Punkten auf seinem Panzer.

Jetzt saßen Bryce und Dr. Flyte vor den Mikroskopen, und Lisa und Tal warteten, bis sie an die Reihe kamen.

Jenny und Sara standen vor einem der Bildschirme und beobachteten, wie der Computer die Untersuchungen eines Zellkerns des Verwandlers auswertete.

»Haben Sie schon irgendeine Idee?« fragte Jenny.

Sara nickte, ohne den Blick vom Bildschirm abzuwenden. »Im Augenblick kann ich nur Vermutungen anstellen, aber ich würde sagen, daß diese undifferenzierte Materie, aus der diese Kreatur besteht, jede beliebige Zellstruktur annehmen kann. Es kann sein Gewebe verändern, wie es ihm beliebt. Mit dieser Fähigkeit kann es die Zellen eines Hundes, eines Hasen oder auch eines Menschen nachahmen. Im Ruhezustand hat es jedoch keine eigene Zellstruktur. Die wenigen Zellen, die wir entdeckt haben, müssen wohl auf irgendeine Weise dieses amorphe Gewebe steuern. Die Zellen geben die Befehle, produzieren Enzyme und geben chemische Signale ab, die dem unstrukturierten Gewebe mitteilen, was es zu tun hat.«

»Heißt das, diese vereinzelten Zellen bleiben unverändert – unabhängig davon, welche Gestalt das Wesen annimmt?«

»Ja, das scheint so zu sein. Wenn der Verwandler zum Beispiel in Gestalt eines Hundes erscheint und wir eine Probe seines Gewebes nehmen könnten, würden wir die Zellen eines Hundes sehen. Allerdings würden wir auch auf einige Zellen stoßen, die einen dreifach gespaltenen Kern besitzen. Das würde uns verraten, daß es sich nicht wirklich um einen Hund handelt.«

»Könnte uns diese Erkenntnis helfen, uns zu retten?« fragte Jenny.

»Das glaube ich nicht.«

Der formlose Klumpen in der Schale hatte wieder die Gestalt einer Spinne angenommen. Dann löste sich das Insekt auf, und Dutzende von winzigen Ameisen krochen über den Rand der Schüssel hinaus auf den Boden. Sie liefen aufeinander zu und bildeten einen Wurm, der sich einen Moment lang krümmte und sich dann in eine riesige Kellerassel verwandelte. Dann erschien ein Käfer. Die Verwandlungen schienen immer rascher abzulaufen.

»Wie das Gehirn wohl aussieht?« überlegte Jenny laut.

»Wie meinen Sie das?« fragte Sara.

»Dieses Ding muß doch ein Intelligenzzentrum besitzen. Sein Erinnerungsvermögen, sein Wissen und seine Fähigkeit, logisch zu denken, ist doch wohl sicher nicht in diesen vereinzelten Zellen gespeichert.«

»Da haben Sie wahrscheinlich recht«, erwiderte Sara. »Irgendwo in diesem Wesen befindet sich möglicherweise ein Organ, das dem menschlichen Gehirn ähnelt. Es sieht bestimmt ganz anders aus, erfüllt aber die gleichen Funktionen. Ich vermute, es kontrolliert die Zellen, die wir entdeckt haben, und diese wiederum beherrschen das formlose Protoplasma.«

»Diese Gehirnzellen hätten eine entscheidende Gemeinsamkeit mit den vereinzelten Zellen in dem amorphen Gewebe«, sagte Jenny aufgeregt. »Sie würden wohl nie ihre Form verändern.«

»Das mag sein. Es ist sehr schwer, sich vorzustellen, daß Erinnerungsvermögen, logisches Denken und Intelligenz in einem Gewebe gespeichert werden können, das nur eine unveränderliche, feste Zellstruktur besitzt.«

»Das heißt also, dieses Gehirn ist verletzlich«, sagte Jenny.

In Saras Augen leuchtete ein Funken Hoffnung auf.

»Sollte dieses Gehirn nicht aus amorphem Gewebe bestehen, kann es sich auch nicht regenerieren. Wenn man also ein Loch hineinschlägt, wird die Verletzung bleiben, und das Gehirn wird dauerhaft geschädigt sein. Und dann wäre es nicht mehr in der Lage, das amorphe Gewebe zu kontrollieren, das seinen Körper verwandeln kann. Somit würde das ganze Wesen sterben.«

Sara starrte sie an. »Jenny, ich glaube, Sie haben da etwas sehr Wichtiges entdeckt.«

»Wenn wir das Gehirn lokalisieren würden und einige Schüsse darauf abfeuern könnten, wäre es uns vielleicht möglich, dieses Ding zu erledigen«, sagte Bryce. »Aber wie sollen wir das anstellen? Ich habe das Gefühl, daß der Verwandler es gut beschützt und vor uns versteckt.«

Jennys Aufregung legte sich wieder. Bryce hatte recht. Möglicherweise war das Gehirn der Schwachpunkt dieses Wesens, aber sie hatten keine Gelegenheit, diese Theorie zu überprüfen.

Sara brütete über dem Ergebnis der mineralischen und chemischen Analyse des Gewebes.

»Hier finden sich extrem viele Kohlenwasserstoffe«, sagte sie. »Und einige von ihnen sind nicht nur spurenweise vorhanden. Der Gehalt ist enorm hoch.«

»Kohlenstoffe sind ein Grundelement jedes lebenden Gewebes«, wandte Jenny ein. »Was ist daran also so besonders?«

»Die Vielfalt des Kohlenstoffs in mehreren Formen«, erklärte Sara.

»Hilft uns dieses Ergebnis weiter?«

»Das weiß ich nicht«, erwiderte Sara nachdenklich und widmete sich wieder ihren Unterlagen, um die anderen Daten zu studieren.

Kellerassel. Heuschrecke. Raupe. Käfer. Ameisen. Wieder eine Raupe und eine Kellerassel. Dann eine Spinne, ein Ohrwurm, eine Kakerlake, ein Tausendfüßler und noch einmal eine Spinne.

Lisa starrte auf den Klumpen in der Schale. Er veränderte sich von Minute zu Minute immer schneller.

Irgend etwas stimmte hier nicht.

»Petrolatum«, sagte Sara.

»Was ist das?« fragte Bryce.

»Vaseline«, erklärte Jenny.

»Sie wollen doch nicht etwa sagen, daß dieses amorphe Gewebe aus Vaseline besteht?« fragte Dr. Flyte.

»Nein, nein«, versicherte Sara hastig. »Natürlich nicht. Hier handelt es sich ja um lebendes Gewebe. Allerdings gibt es Übereinstimmung in den Kohlestoffwerten. Die Zusammensetzung dieses Gewebes ist selbstverständlich wesentlich komplexer als die von Petrolatum. Ich sehe hier viel mehr Mineralien und Chemikalien als in einem menschlichen Körper. Auch etliche Säuren und alkalische Stoffe ... Mir ist unerklärlich, wie sich dieses Ding ernährt, wie es atmet und ohne ein Kreislauf- oder Nervensystem existieren kann. Ich weiß auch nicht, auf welche Weise es neues Gewebe bildet, ohne seine Zellstruktur zu benutzen. Die Kohlenwasserstoffwerte sind allerdings enorm hoch ...«

Ihre Stimme wurde leiser, sie wandte den Blick von den Testergebnissen ab und blickte nachdenklich ins Leere.

Tal hatte das Gefühl, daß die Wissenschaftlerin plötzlich sehr aufgeregt war. Das zeigte sich zwar weder an ihrem Gesichtsausdruck noch an ihrer Körperhaltung, aber Tal spürte, daß sie irgend etwas Wichtiges entdeckt hatte.

Er warf Bryce einen Blick zu und bemerkte, daß auch er die Veränderung an Sara wahrgenommen hatte.

Beinahe unbewußt kreuzte Tal seine Finger.

»Kommt und seht euch das hier an«, sagte Lisa eindringlich.

Sie stand vor der Schale, in der der Rest der Gewebeprobe lag, der noch nicht benutzt worden war.

»Schnell!« rief sie, als niemand sofort reagierte.

Jenny kam mit den anderen herbeigelaufen. Alle starrten auf das Ding in der Schüssel.

Heuschrecke, Wurm, Tausendfüßler, Schlange, Ohrwurm ...

»Es geht immer schneller«, berichtete Lisa.

Spinne, Wurm, Tausendfüßler, Spinne, Schlange, Spinne, Wurm, Spinne, Wurm ...

»Es hat sich noch nicht einmal zur Hälfte in einen Wurm verwandelt, wenn es schon wieder die Gestalt einer Spinne annimmt«, sagte Lisa. »Anscheinend wird es immer hektischer. Seht ihr? Irgend etwas stimmt mit diesem Ding nicht.«

»Es scheint, als hätte es die Kontrolle über sich verloren«, meinte Tal.

»Ja, es wirkt, als wäre es völlig zusammengebrochen«, sagte Dr. Flyte.

Wieder veränderte sich die Beschaffenheit des kleinen formlosen Klumpens. Eine milchige Flüssigkeit trat aus, und dann brach das Gewebe zu einem nassen Häufchen lebloser Masse zusammen.

Das Ding bewegte sich nicht mehr und nahm auch keine andere Form mehr an.

Jenny wollte es berühren, wagte es aber nicht.

Sara nahm einen kleinen Spatel und stieß es damit an. Es rührte sich nicht.

Sie rührte die Masse um. Das Gewebe verflüssigte sich weiter, zeigte aber keine Reaktion.

»Es ist tot«, sagte Flyte leise.

Bryce wandte sich aufgeregt an Sara. »Was war in der Schüssel, bevor Sie die Probe des Gewebes hineingelegt haben?«

»Nichts.«

»Irgendeinen Rückstand muß es gegeben haben!«

»Nein.«

»Verdammt, denken Sie nach. Davon hängt vermutlich unser Leben ab.«

»Die Schale war absolut sauber und steril.«

»Aber irgend etwas in dieser Schüssel muß eine Auswirkung auf das Gewebe des Verwandlers gehabt haben«, sagte Bryce. »Ist das denn nicht eindeutig?«

»Und das ist unsere Waffe gegen dieses Ding«, fügte Tal hinzu.

»Richtig. Das ist es, womit wir den Verwandler töten können«, sagte Lisa.

»Nicht unbedingt«, erwiderte Jenny, obwohl es ihr leid tat, die Hoffnungen ihrer kleinen Schwester zunichte zu machen.

»Ja, das klingt zu einfach«, stimmte Flyte ihr zu. »Wir sollten uns nicht darauf versteifen.«

»Vor allem, weil es noch andere Möglichkeiten geben könnte«, meinte Jenny.

»Welche?« wollte Bryce wissen.

»Na ja ... Wie wir wissen, kann der Hauptteil dieses Dings einige Teile seines Körpers abstoßen und ihnen eine andere Gestalt verleihen. Es kann sie ausschicken und auch wieder zurückrufen – so wie es das bei Gordy gemacht hat. Aber nehmen wir doch einmal an, daß diese abgetrennten Körperteile nur eine kurze Zeit ohne ihren Versorgungsmechanismus überleben können. Dieses amorphe Gewebe braucht vielleicht ständig einen Nachschub von Enzymen, um bestehen zu können – Enzyme, die nicht in diesen Kontrollzellen gebildet werden, die sich nicht überall in dem Wesen befinden ...«

»Also Enzyme, die sich nur im Gehirn des Verwandlers entwickeln«, sagte Sara nachdenklich.

»Genau. Jedes abgetrennte Körperteil müßte sich also wieder an die Gesamtmasse anschließen, um seinen Bedarf an Enzymen oder anderen für ihn lebenswichtigen Substanzen zu erneuern.«

»Das ist nicht unwahrscheinlich«, meinte Sara. »Schließlich produziert das menschliche Gehirn auch Enzyme und Hormone, ohne die wir nicht leben könnten. Warum sollte der Verwandter nicht auf ähnliche Weise funktionieren?«

»Schön und gut«, sagte Bryce. »Aber was bedeutet das für uns?«

»Wenn das nicht nur eine Theorie ist, sondern eine wirkliche Entdeckung, könnten wir den Verwandler töten, indem wir sein Gehirn zerstören«, erklärte Jenny. »Diese Kreatur wäre dann nicht mehr fähig, Teile abzustoßen und sich in andere Lebewesen zu verwandeln. Ohne diese wichtigen Enzyme oder Hormone würden die Einzelteile zu einem leblosen Brei verschmelzen – genau wie es mit diesem Ding in der Schüssel geschehen ist.«

Bryce lehnte sich enttäuscht zurück. »Damit sind wir genauso weit wie vorher. Wir müssen herausfinden, wo sein Gehirn sitzt, bevor wir es erledigen können, aber das wird es niemals zulassen.«

»Nein«, widersprach Sara und deutete auf die Schale mit der leblosen, schleimigen Masse. »Das hier sagt uns etwas sehr Wichtiges.«

»Was?« fragte Bryce müde. »Etwas, das unser Leben retten könnte, oder geht es nur um eine weitere unverständliche Information?«

»Wir wissen jetzt, daß dieses amorphe Gewebe in einem empfindlichen Gleichgewicht lebt, das gestört werden kann«, entgegnete Sara und wartete, bis Bryce diese Nachricht aufgenommen hatte.

Die tiefen Sorgenfalten in seinem Gesicht glätteten sich schließlich ein wenig.

»Der Verwandler ist besiegbar«, fuhr Sara fort. »Er ist nicht unsterblich – das zeigt uns dieses Gewebe in der Schale.«

»Aber wie können wir diese Erkenntnis nützen?« fragte Tal. »Wie können wir das chemische Gleichgewicht dieses Dings stören?«

»Genau das müssen wir jetzt herausfinden«, antwortete Sara.

»Haben Sie denn schon eine Idee, wie wir das anstellen sollen?« fragte Lisa die Wissenschaftlerin.

»Nein«, erwiderte Sara. »Keine einzige.«

Jenny hatte plötzlich das Gefühl, daß Sara Yamaguchi nicht die Wahrheit sagte.

Sara wollte ihnen von ihrem Plan erzählen, aber sie brachte kein Wort heraus. Ihre Strategie bot nur einen sehr dürftigen Hoffnungsschimmer, und sie wollte den anderen keinen Mut machen, um sie dann wieder enttäuschen zu müssen. Außerdem war ihr klar, daß der Verwandler ihr zuhörte. Sollte sie also wirklich eine Wunderwaffe gegen ihn gefunden haben, durfte er nichts davon erfahren – er würde ihre Pläne sonst sofort vereiteln. Es gab keinen Ort, an dem sie in Sicherheit mit Jenny, Bryce und den anderen darüber sprechen konnte. Sie konnte nur versuchen, vorläufig den Alten Feind in seiner maßlosen Arroganz und seiner angeblichen Überlegenheit zu bestätigen.

Für die Durchführung ihres Plans brauchte sie jedoch einige Stunden Zeit. Der Verwandler war Millionen Jahre alt und eigentlich unsterblich. Was bedeuteten für ein solches

Wesen schon einige Stunden? Aber es würde ihre Bitte sicherlich erfüllen.

Sie setzte sich wieder an einen der Computer. Ihre Augen brannten, sie war müde und brauchte dringend Schlaf. Alle würden sich bald ausruhen müssen. Die Nacht war fast vorüber. Sara fuhr sich mit der Hand über die Augen und begann dann zu tippen.

BIST DU DA?

JA.

WIR HABEN EINE REIHE VON TESTS DURCHGEFÜHRT, tippte sie, während die anderen ihr gespannt über die Schulter sahen.

DAS WEISS ICH.

WIR SIND VON DEN ERGEBNISSEN FASZINIERT UND MÖCHTEN MEHR ÜBER DICH ERFAHREN.

KEIN PROBLEM.

WIR MÖCHTEN NOCH WEITERE TESTS DURCHFÜHREN.

WARUM?

DAMIT WIR DICH BESSER KENNENLERNEN KÖNNEN.

UNKLAR. DEUTLICHER, lautete die spöttische Antwort.

Sara überlegte einen Moment lang und tippte dann weiter.

DR. FLYTE BRAUCHT MEHR DATEN, UM DICH RICHTIG BESCHREIBEN ZU KÖNNEN.

ER IST MEIN MATTHÄUS.

DR. FLYTE BRAUCHT WEITERE ANGABEN, UM DEINE GESCHICHTE RICHTIG ERZÄHLEN ZU KÖNNEN.

Drei Linien leuchteten in der Mitte des Bildschirms auf.

BRAVOURÖS GESPIELTE TROMPETEN

DIE BESTE GESCHICHTE, DIE JEMALS ERZÄHLT WURDE. BRAVOURÖS GESPIELTE TROMPETEN.

Sara war sich nicht sicher, ob das Wesen es ernst meinte oder ob sein Ego wirklich so groß war, daß es sich mit Christus verglich.

Wieder leuchtete der Bildschirm auf.
MACHT WEITERE TESTS.
DAFÜR BRAUCHEN WIR NOCH EINIGE SACHEN AUS EINEM LABOR.
WARUM? IHR HABT DOCH EIN GUT AUSGESTATTETES LABOR.

Saras Hände waren feucht. Sie wischte sie an ihrer Jeans ab, bevor sie weitertippte.

DIESES LABOR IST NUR FÜR EINEN BEGRENZTEN BEREICH VORGESEHEN. HIER GEHT ES NUR UM DIE ANALYSE VON CHEMISCHEN UND BIOLOGISCHEN KAMPFSTOFFEN. WIR SIND NICHT AUF EIN WESEN WIE DICH VORBEREITET, DAHER MÜSSEN WIR ZUSÄTZLICHE LABOREINRICHTUNGEN BEKOMMEN, UM UNSEREN JOB RICHTIG DURCHFÜHREN ZU KÖNNEN.
DANN LOS.
ES WIRD ALLERDINGS EINIGE STUNDEN DAUERN, UM DAS BENÖTIGTE MATERIAL HERZUSCHAFFEN, teilte Sara dem Wesen mit.
MACHT WEITER.

Sara starrte auf die grün aufleuchtende Schrift und konnte kaum glauben, daß es so leicht war, Zeit zu gewinnen.

WIR MÜSSEN IN DAS HOTEL ZURÜCKGEHEN UND VON DORT AUS TELEFONIEREN, tippte sie.
DANN MACH ENDLICH WEITER, DU LANGWEILIGE SCHLAMPE. LOS, VORWÄRTS.

Saras Hände wurden wieder feucht. Sie wischte sie an ihrer Hose ab und stand auf.

An den Blicken der anderen sah sie, daß sie genau wußten, daß sie ihnen etwas verheimlichte. Offensichtlich verstanden sie jedoch ihre Beweggründe. Woher? War sie so leicht zu durchschauen? Bedeutete das, daß *es* auch Bescheid wußte?

Sie räusperte sich. »Also los«, sagte sie mit zitternder Stimme.

»Warten Sie«, bat Timothy Flyte. »Nur ein oder zwei Minuten, bitte. Ich möchte etwas ausprobieren.«

Er setzte sich an den Computer. Obwohl er im Flugzeug ein paar Stunden geschlafen hatte, war er nicht hellwach. Er schüttelte den Kopf und atmete einige Male tief durch.

HIER IST TIMOTHY FLYTE, tippte er dann.

ICH WEISS.

WIR MÜSSEN UNS UNTERHALTEN.

DANN LOS.

MÜSSEN WIR DAS DENN UNBEDINGT ÜBER DEN COMPUTER TUN?

DAS IST BESSER ALS IN EINEM BRENNENDEN BUSCH.

Einen Augenblick wußte Timothy nicht, was das Wesen damit meinte. Als er dann den Witz verstanden hatte, hätte er beinahe laut gelacht. Dieses verdammte Ding hatte anscheinend Sinn für Humor – wenn er auch ungewöhnlich und pervers war. Er schrieb weiter.

LEBEWESEN DEINER UND MEINER SPEZIES SOLLTEN IN FRIEDEN MITEINANDER LEBEN.

WARUM?

WEIL WIR BEIDE AUF DIESER ERDE LEBEN.

AUCH DER BAUER LEBT HIER MIT SEINEM VIEH. IHR SEID MEIN VIEH.

ABER WIR SIND DIE EINZIGEN ARTEN AUF DIESER WELT, DIE INTELLIGENZ BESITZEN.

IHR GLAUBT, SEHR VIEL ZU WISSEN. IN WIRKLICHKEIT WISST IHR SO WENIG!

WIR SOLLTEN ZUSAMMENARBEITEN, forderte Flyte beharrlich.

IHR SEID MIR UNTERLEGEN.

WIR KÖNNTEN VIEL VONEINANDER LERNEN.

ES GIBT NICHTS, WAS ICH VON EURER ART LERNEN KÖNNTE.

VIELLEICHT SIND WIR KLÜGER, ALS DU DENKST.

IHR SEID DOCH STERBLICH, NICHT WAHR?

JA – FÜR MICH IST EUER LEBEN SO KURZ UND UNBEDEUTEND WIE DAS LEBEN EINER EINTAGSFLIEGE FÜR EUCH.

WENN DAS DEINE MEINUNG IST, WARUM SOLL ICH DANN ÜBER DICH SCHREIBEN?

ES AMÜSIERT MICH, DASS EINER VON EUCH EINE THEORIE ÜBER MEINE EXISTENZ ENTWICKELT HAT. DAS IST BEINAHE SO, ALS WÜRDE MAN EINEM AFFEN EIN SCHWIERIGES KUNSTSTÜCK BEIBRINGEN.

ICH GLAUBE NICHT, DASS WIR DIR UNTERLEGEN SIND, tippte Flyte mutig.

VIEH.

ICH DENKE, DU WILLST NUR DESHALB, DASS ÜBER DICH GESCHRIEBEN WIRD, WEIL DU EIN MENSCHLICHES EGO ENTWICKELT HAST.

IRRTUM.

ICH GLAUBE, DASS DU ERST EINEN VERSTAND BEKOMMEN HAST, NACHDEM DU INTELLIGENTE MENSCHEN GEFRESSEN HAST.

DEINE IGNORANZ ENTTÄUSCHT MICH.

Timothy versuchte das Wesen noch weiter herauszufordern. ICH MEINE, DU HAST ERST DURCH DEINE MENSCHLICHEN OPFER WISSEN UND ERINNERUNGSFÄHIGKEIT BEKOMMEN. DAS BEDEUTET, DU VERDANKST DEINE INTELLIGENZ UND DEINEN ENTWICKLUNGSPROZESS UNS.

Keine Antwort.

Timothy löschte die Zeilen und begann wieder zu tippen.

DEIN BEWUSSTSEIN SCHEINT EINE SEHR MENSCHLICHE STRUKTUR ZU HABEN – DAS BEDEUTET EIN ICH, EIN ÜBER-ICH UND SO WEITER.

VIEH, lautete die Antwort.

Der Bildschirm flackerte kurz auf.

IHR SCHWEINE. ERBÄRMLICHE TIERE, stand dann dort geschrieben.

Nach einem erneuten Flackern erschienen die Worte: IHR LANGWEILT MICH. Dann wurden alle drei Bildschirme mit einemmal dunkel.

Timothy lehnte sich seufzend zurück.

»Das war immerhin ein guter Versuch, Dr. Flyte«, sagte Sheriff Hammond.

»Dieses Ding ist sehr arrogant«, erwiderte Flyte.

»Es hält sich anscheinend für Gott«, meinte Jenny Paige.

»In gewisser Beziehung ist es das ja vielleicht auch«, mutmaßte Lisa.

»Ja«, stimmte Tal Whitman ihr zu. »Es besitzt schließlich die Macht eines Gottes.«

»Oder die des Teufels«, sagte Lisa.

Über den Straßenlaternen färbte sich der Himmel mit den Nebelschwaden jetzt grau; die ersten Anzeichen der Morgendämmerung kündigten sich an.

Sara wünschte, Dr. Flyte hätte den Verwandler nicht so kühn herausgefordert. Sie befürchtete, daß er jetzt ein Versprechen nicht mehr einhalten würde.

Auf dem kurzen Weg vom Labor zum Hilltop Inn hatte sie ständig Angst, ein Phantom würde aus den Nebelschwaden auftauchen und über sie herfallen. Das Ding durfte sie einfach nicht erwischen. Nicht jetzt, wo es einen kleinen Hoffnungsschimmer gab.

Plötzlich erklangen aus einiger Entfernung seltsame Tierstimmen und Schreie, wie Sara sie noch nie zuvor gehört hatte. *Es* führte ihnen wieder einmal vor, auf welche Weise es sich verwandeln konnte. Ein teuflischer Schrei erklang in nächster Nähe, und die Überlebenden drängten sich aneinander. Sie wurden jedoch nicht angegriffen.

Die Stadt wirkte trotz der Geräusche immer noch wie ausgestorben. Es regte sich kein Lufthauch, die Nebelschwaden hingen bewegungslos über den Straßen. Auch im Hotel erwartete die Überlebenden keine Überraschung.

Sara setzte sich an den Schreibtisch und wählte die Nummer des Standorts der zivilen Verteidigungseinheit in Dugway, Utah.

Jenny, Bryce und die anderen versammelten sich um sie und hörten gespannt zu.

Wegen der Krise in Snowfield war nicht nur die übliche Nachtschicht in dem Büro in Dugway. Captain Daniel Tersch, ein Psychologe der Armee und Spezialist für ansteckende Krankheiten, der für diesen Fall eingesetzt worden war, hatte alle Vorkehrungen getroffen, um nötige Maßnahmen in die Tat umzusetzen.

Sara berichtete ihm von ihren Entdeckungen, beschrieb die mikroskopischen Testergebnissen von dem Gewebe des Verwandlers und erzählte ihm, was sie bei den mineralischen und chemischen Untersuchungen herausgefunden hatte.

Tersch war fasziniert, obwohl das nicht sein Fachgebiet war. »Petrolatum?« fragte er überrascht, nachdem Sara ihm davon erzählt hatte.

»Dieses amorphe Gewebe ähnelt Petrolatum nur insofern, als es aus einer Mischung von ähnlichen, hochwertigen Kohlenwasserstoffen zusammengesetzt ist. Natürlich ist es wesentlich komplexer aufgebaut.«

Sie betonte diesen Punkt, weil sie wollte, daß Tersch die Information an die anderen Wissenschaftler in Dugway weitergab. Wenn sich ein anderer Genetiker oder Biochemiker mit den Daten befaßte, würde er vielleicht ihren Plan durchschauen und die Waffe bereits dementsprechend vorbereiten. Das würde ihr viel Zeit sparen und außerdem das Risiko verringern, daß der Verwandler ihr dabei auch noch über die Schulter sah.

Sie konnte Tersch nicht sagen, was sie vorhatte, denn es war sicher, daß der Alte Feind zuhörte. In der Leitung rauschte es leise ...

Schließlich zählte Sara zusätzliche Laborgeräte auf, die sie benötigte. »Die meisten dieser Dinge können Sie sich in Universitäten und Industrielabors hier in Nordkalifornien ausleihen«, erklärte sie. »Ich bitte Sie nur darum, die Genehmigung dafür und den Transport so schnell wie möglich zu organisieren.«

»Was genau brauchen Sie?« fragte Tersch. »Ich denke, ich kann dafür sorgen, daß Sie die Sachen in fünf bis sechs Stunden haben.«

Sara las ihm eine Liste von Geräten vor, die sie eigentlich gar nicht brauchte. Erst danach sagte sie: »Außerdem benötige ich so viel wie möglich von der zehnten Generation von Dr. Chakrabartys kleinem Wunder. Und dazu zwei oder drei Druckluftsprühgeräte.«

»Wer ist denn Chakrabarty?« fragte Tersch verblüfft.

»Ich glaube nicht, daß Sie ihn kennen.«

»Und das kleine Wunder? Was meinen Sie damit?«

»Notieren Sie nur Chakrabarty, zehnte Generation.« Sara buchstabierte ihm den Namen.

»Ich habe keine Ahnung, worum es hier geht«, sagte Tersch.

Gut, dachte Sara erleichtert. Ausgezeichnet.

Würde Tersch wissen, was Dr. Ananda Chakrabartys kleines Wunder war, hätte er es vielleicht ausgeplaudert, bevor sie ihn daran hindern konnte, und damit wäre der Alte Feind gewarnt gewesen.

Rasch sprach sie weiter und versuchte unauffällig, aber schnell das Thema zu wechseln. »Ich habe keine Zeit, Ihnen das jetzt zu erklären, Dr. Tersch. Einige Ihrer Mitarbeiter wissen mit Sicherheit darüber Bescheid. Jetzt sollten wir handeln. Dr. Flyte möchte seine Untersuchungen fortsetzen, und dazu braucht er alle Gegenstände, die auf meiner Liste stehen. Fünf oder sechs Stunden, sagten Sie?«

»Das müßte klappen«, antwortete Tersch. »Wie sollen wir die Sachen liefern?«

Sara warf Bryce einen Blick zu. Er würde es nicht riskieren wollen, das Leben eines weiteren Kollegen aufs Spiel zu setzen, um mit dem Wagen etwas in die Stadt zu bringen. »Wäre es möglich, die Ausrüstung mit einem Hubschrauber einzufliegen?«

»Natürlich.«

»Sagen Sie dem Piloten, er soll nicht landen. Der Verwandler könnte den Eindruck bekommen, daß wir fliehen wollen. Er würde uns und die Mannschaft überfallen und töten, sobald der Hubschrauber aufsetzt. Der Pilot soll in einer geringen Höhe in der Luft bleiben, so daß die Sachen mit einer Winde heruntergelassen werden können.«

»Das wird aber ein recht großes Paket werden«, gab Tersch zu bedenken.

»Ich bin sicher, die Leute werden es schaffen.«

»Na gut. Ich mache mich sofort an die Arbeit. Ihnen wünsche ich viel Glück.«

»Vielen Dank«, sagte Sara. »Das werden wir brauchen.«

Sie legte auf.

»Plötzlich erscheinen fünf oder sechs Stunden wie eine Ewigkeit«, meinte Jenny.

Alle warteten geduldig darauf, etwas über Saras Plan zu erfahren, aber sie wußten, daß sie jetzt nicht darüber sprechen konnten. Trotz des Schweigens spürte Sara, daß die anderen Hoffnung schöpften.

Seid nicht zu optimistisch, dachte sie beunruhigt. Es war durchaus möglich, daß ihr Plan nicht den gewünschten Erfolg brachte. Eigentlich standen ihre Chancen sehr schlecht. Sollte der Plan scheitern, würde der Verwandler wissen, was sie vorhatte und sie und die anderen auf eine besonders brutale Art töten.

Draußen dämmerte es. Die Nebelschwaden wirkten nicht mehr fahl, sondern leuchteten in den ersten Strahlen der Morgensonne blendend weiß auf.

19
Die Erscheinung

Fletcher Kale wachte in der Morgendämmerung auf.

Im Wald war es noch dunkel, nur hier und da fielen milchige Lichtstrahlen durch das dichte Laub der großen Bäume; durch die vorüberziehenden Nebelschwaden wirkte alles leicht verschwommen.

Kale hatte die Nacht in dem großen Jeep verbracht, der Jake Johnson gehörte. Jetzt stand er auf, stellte sich neben den Wagen und lauschte angestrengt, ob ihn jemand verfolgte.

Am Abend zuvor war er gegen elf Uhr auf dem Weg zu Jake Johnsons geheimem Zufluchtsort die Mount Larson Road hinaufgefahren. Als er dann den Jeep auf die kleine unbefestigte Straße gelenkt hatte, die auf die Berge nördlich von Snowfield führte, war er auf ein Problem gestoßen. Im Scheinwerferlicht tauchte ein weißes Schild auf, auf dem in großen roten Buchstaben das Wort ›Quarantäne‹ geschrieben stand. Da er zu schnell fuhr, schaffte er es nicht, rechtzeitig zu bremsen, und hinter der Kurve sah er eine Straßensperre vor sich. Zwei Hilfssheriffs stiegen aus dem Streifenwagen, der quer auf der Straße stand.

Er erinnerte sich daran, daß er gehört hatte, die Gegend um Snowfield sei zur Quarantänezone erklärt worden. Anfangs hatte er angenommen, das beträfe nur den Teil auf der anderen Seite der Berge. Er trat auf die Bremse und wünschte, er hätte sich die Nachrichten genauer angehört.

Die Fahndung nach ihm lief, und es war auch ein Foto von ihm in Umlauf gebracht worden. Diese Männer würden ihn erkennen und innerhalb einer Stunde wieder ins Gefängnis einliefern.

Jetzt konnte er nur noch auf einen Überraschungseffekt hoffen. Die Polizisten erwarteten wahrscheinlich keine Schwierigkeiten bei ihrer langweiligen Aufgabe, eine Straßensperre zu bewachen.

Das HK 91-Sturmgewehr lag auf dem Beifahrersitz unter einer Decke. Er zog es hervor, stieg aus dem Jeep und eröffnete das Feuer. Die Automatik knallte laut, und die Deputies zuckten und vollführten im Nebel einen kurzen Totentanz.

Kale rollte die Leichen in den Straßengraben, schob den Streifenwagen zur Seite und fuhr den Jeep daran vorbei. Dann ging er zurück und brachte den Polizeiwagen wieder an die Ausgangsstelle, damit es so aussah, als sei der Mörder nicht daran vorbeigekommen und in die Berge gefahren.

Er fuhr auf dem Waldweg drei Meilen weiter, bis er an einen kleinen Weg kam, der jedoch bald endete. Nachdem er den Jeep im Gebüsch versteckt hatte, stieg er aus.

Außer dem HK 91-Gewehr hatte er noch etliche Waffen bei sich, die er bei Johnson gestohlen hatte. Die 126.880 Dollar hatte er in den sieben Taschen seiner Jacke verteilt, die sich alle mit einem Reißverschluß schließen ließen. In der Hand hielt er eine Taschenlampe. Mehr brauchte er nicht, denn in der Höhle waren genügend Vorräte vorhanden.

Die letzten fünfhundert Meter mußte er zu Fuß zurücklegen, doch stellte er bald fest, daß er das trotz seiner Taschenlampe nicht schaffen würde. Bei dem Nebel würde er sich mit großer Wahrscheinlichkeit im Wald verlaufen und dann im Kreis herumlaufen, bis er vollkommen die Orientierung verloren hatte. Nach wenigen Schritten kehrte Kale um und ging zu dem Jeep zurück, um hier auf die Morgendämmerung zu warten.

Selbst wenn die beiden toten Hilfssheriffs noch in der Nacht entdeckt wurden, und die Cops annahmen, daß der Mörder in die Berge geflüchtet war, würde es bis zum Morgen dauern, um einen Suchtrupp ausschicken zu können.

Bis diese Leute dann hier waren, würde er sich längst in seiner Höhle in Sicherheit befinden.

Kale schlief auf dem Vordersitz des Jeeps. Es war nicht sehr bequem, aber besser als im Gefängnis.

Jetzt stand er im Morgenlicht neben dem Wagen und lauschte. Nichts war zu hören. Das hatte er allerdings auch nicht erwartet. Es war ihm nicht vom Schicksal bestimmt, in einem Gefängnis zu verrotten. Eine goldene Zukunft lag vor ihm – das war ihm klar.

Er gähnte, streckte sich und pinkelte dann gegen den Stamm einer großen Pinie.

Eine halbe Stunde später, als es heller geworden war, folgte er dem Fußweg, den er in der letzten Nacht nicht hatte finden können. Das Gebüsch war niedergetrampelt – anscheinend waren vor kurzem einige Leute hier gewesen. In der Dunkelheit hatte er das nicht sehen können.

Vorsichtig ging er weiter und streckte das Gewehr aus. Er war bereit, jeden niederzuschießen, der ihm in den Weg kam.

Nach weniger als dreißig Minuten erreichte er die Lichtung vor der Hütte und sah, wer den Weg vor ihm betreten hatte. Acht große Harleys, alle mit dem Namen der Chrom-Dämonen versehen, standen vor dem Haus.

Das war Gene Terrs Bande. Nicht alle von ihnen – wahrscheinlich ungefähr die Hälfte der Mitglieder.

Kale kauerte an einem Kalkfelsen am Rand der Lichtung nieder und sah sich um. Es war niemand zu sehen. Leise holte er ein Ersatzmagazin für das Gewehr aus seinem Wäschesack und schob es hinein.

Wie waren Terr und seine bösartigen Kumpels hierhergekommen? Es war äußerst schwierig, mit einem Motorrad in die Berge zu fahren, aber diese verrückten Kerle liebten wohl den Nervenkitzel und die Gefahr.

Aber was, zum Teufel, wollten sie hier? Wie hatten sie die Hütte gefunden, und warum waren sie gekommen?

Kale lauschte angestrengt auf die Stimmen der Motorradfahrer, um herauszubekommen, was sie vorhatten. Nach einer Weile wurde ihm bewußt, daß nicht einmal das Geräusch von Insekten oder Vögeln zu hören war. Absolut nichts. Das war unheimlich.

Dann aber raschelte es hinter ihm im Gebüsch. Ein leises Geräusch, das aber in dieser unnatürlichen Stille klang wie ein Kanonenschuß.

Kale, der auf dem Boden kniete, rollte sich schnell wie eine Katze zuerst zur Seite und dann auf den Rücken und riß das Gewehr hoch.

Er war bereit zu töten, aber auf diesen Anblick war er nicht vorbereitet gewesen. Jake Johnson stand etwa acht Meter vor ihm. Im Nebel tauchte er unter den Bäumen hervor und kam grinsend auf ihn zu. Splitternackt.

Dann raschelte links neben Johnson etwas im Gebüsch.

Kale sah die Bewegung aus den Augenwinkeln, drehte sich hastig um und hob das Gewehr.

Ein weiterer Mann kam aus dem Wald und stapfte mit bloßen Füßen durch das hohe Gras. Auch er war nackt und grinste breit.

Das Schlimmste war, daß auch dieser Mann Jake Johnson war.

Kale sah erschrocken und verwirrt von einem zum anderen. Die beiden Männer waren sich so ähnlich wie eineiige Zwillinge. Aber Jake war doch ein Einzelkind gewesen, oder? Von einem Zwillingsbruder hatte Kale nie etwas gehört.

Nun trat eine dritte Gestalt aus dem Schatten einer riesigen Tanne. Wieder Jake Johnson.

Kale schnappte nach Luft. Es wäre vielleicht möglich, daß Jake Johnson einen Zwillingsbruder hatte, aber er war sicher kein Drilling.

Irgend etwas stimmte hier nicht. Plötzlich waren es nicht nur diese unerklärlichen Drillinge, die Kale Angst einjagten.

Mit einemmal erschien ihm alles bedrohlich: der Wald, der Nebel, die steinerne Silhouette der Berge ...

Die drei Gestalten, die sich aufs Haar ähnelten, kamen langsam von verschiedenen Seiten den Hang herauf auf Kale zu. Ihre Augen trugen einen seltsamen Ausdruck, und ihre Münder wirkten grausam.

Kale sprang auf. Sein Herz klopfte bis zum Hals. »Stehenbleiben!«

Obwohl er sein Gewehr auf sie richtete, gingen sie weiter. »Wer seid ihr? Was seid ihr? Was soll das?« fragte Kale.

Sie gaben ihm keine Antwort. Wie Zombies kamen sie näher auf ihn zu.

Kale riß den Wäschesack mit den Waffen an sich und zog sich hastig stolpernd von dem unheimlichen Trio zurück.

Nein, inzwischen war es kein Trio mehr. Ein vierter Jake Johnson tauchte aus dem Wald auf – nackt wie die anderen.

Kales Angst verwandelte sich in Panik.

Die vier Johnsons kamen beinahe geräuschlos auf ihn zu. Nur das trockene Laub unter ihren Füßen raschelte. Die Steine, die scharfen Gräser und Dornen schienen ihnen nichts auszumachen. Einer von ihnen begann, sich gierig die Lippen zu lecken, und die anderen folgten augenblicklich seinem Beispiel.

Kales Magen krampfte sich zusammen und ihm wurde eiskalt. Er fragte sich, ob er vielleicht den Verstand verloren hatte. Dieser Gedanke war jedoch rasch wieder verschwunden. Kritische Betrachtungen seiner eigenen Person waren Kale fremd, also hielt er sich auch dieses Mal nicht lange damit auf.

Er ließ den Wäschesack fallen, nahm das HK 91-Sturmgewehr in beide Hände und eröffnete das Feuer. Dabei schwenkte er die Waffe nach allen Seiten. Er sah, daß er die Männer getroffen hatte. Wunden brachen auf, aber es trat kein Blut aus. Sie waren nur kurz zu sehen, schlossen sich dann in wenigen Sekunden wieder und verheilten.

Die Männer kamen weiter auf Kale zu.

Nein, das waren keine Männer – das mußte irgend etwas anderes sein.

Hatte er Halluzinationen? Vor Jahren, während seiner Schulzeit, hatte Kale sehr oft LSD genommen. Jetzt fiel ihm ein, daß man selbst nach Monaten oder sogar Jahren noch Flashbacks erleben konnte. Ihm selbst war das zwar noch nie passiert, aber er hatte davon gehört. War das hier ein Flashback? Eine Halluzination? Vielleicht.

Aber diese Männer vor ihm glänzten, als würde sich der Morgentau auf ihre nackte Haut legen, und solche Einzelheiten registrierte man bei Halluzinationen eigentlich nicht. Außerdem war diese Situation vollkommen anders als alles, was er bisher unter Drogeneinfluß erlebt hatte.

Noch immer grinsend hob einer der Doppelgänger den Arm und deutete auf Kale. Es war unglaublich – das Fleisch an seiner Hand hatte sich abgelöst und war anscheinend wie flüssiges Wachs an einer Kerze in den Arm zurückgeflossen. Das Handgelenk wurde dadurch dicker, aber von den Fingern blieben nur noch weiße Knochen zurück. Mit einem dieser Knochenfinger deutete der Mann zornig und anklagend jetzt auf Kale.

Kale wurde schwindlig. Die anderen drei hatten sich auf eine noch makaberere Weise verändert. Bei einem war aus einem Teil des Gesichts das Fleisch verschwunden. Ein Bakkenknochen ragte heraus, und eine Reihe Zähne war zu sehen. Das rechte Auge – ohne Lid und umgebende Haut – schimmerte feucht in der kahlen Höhle. Bei dem dritten Mann fehlte ein Stück des Rumpfes. Man konnte seine spitzen Rippen und die dunklen, pulsierenden Organe sehen. Der vierte besaß nur noch ein normales Bein, das andere bestand lediglich aus Knochen und Sehnen.

Als sie näher kamen, sagte einer von ihnen: »Du Kindermörder.«

Kale ließ schreiend sein Gewehr fallen und rannte los.

Als er vor der Hütte weitere Johnsons entdeckte, blieb er stehen. Es gab keinen Ausweg! Er konnte sich nur in die Höhle flüchten! Schnaufend und keuchend lief er wieder los und bahnte sich wimmernd einen Weg durch das Gestrüpp vor dem Eingang. Rasch warf er einen Blick zurück und sah, daß ihn sechs Johnsons immer noch verfolgten. Er hastete in die dunkle Höhle hinein und wünschte, er hätte seine Taschenlampe bei sich. Mit einer Hand tastete er sich an der Wand entlang und versuchte, sich daran zu erinnern, welchen Weg er nehmen mußte. Ihm fiel ein, daß es viele Abzweigungen gab, und plötzlich erschien ihm dieser Ort keineswegs mehr so sicher wie vorher. Vielleicht war er in eine Falle gelaufen. Ja, sie wollten, daß er hierherkam. Er sah sich um, entdeckte zwei dieser verfaulenden Wesen und hastete weiter. Dabei hörte er sich selbst aufschreien. Immer tiefer stürzte er sich in die Dunkelheit, denn eine andere Möglichkeit hatte er nicht. Er schürfte sich die Hand an einem scharfen Stein an der Wand auf, stolperte, fuchtelte wild mit den Armen und fing sich wieder. Endlich erreichte er eine der Abzweigungen, und dann sah er die Tür vor sich. Er stürmte in die erste Kammer und schlug die Tür hinter sich zu, obwohl er wußte, daß sie sich davon nicht aufhalten lassen würden. Dann sah er, daß in der nächsten Kammer Licht brannte. Wie gebannt ging er an den aufgestapelten Lebensmitteln vorbei darauf zu.

Das Licht kam von einer Campinglampe.

Kale betrat die dritte Kammer. Was er dort in dem blassen, weißlichen Licht der Gaslampe sah, ließ ihm das Blut in den Adern gefrieren. Es war aus dem unterirdischen Fluß aufgestiegen und durch das Loch gekrochen, in dem Jake Johnson seine Wasserpumpe installiert hatte. Es wand sich hin und her, zuckte und pulsierte. Dunkles, blutbeflecktes Fleisch. Formlos.

Flügel begannen sich herauszubilden, verschwanden aber sofort wieder.

Ein Geruch von Schwefel hing in der Luft. Er war nicht stark, aber ekelerregend.

Eine zwei Meter hohe Säule aus Schleim bildete sich, in der Augen erschienen, die ihren Blick auf Kale richteten.

Er wich zurück, prallte an die Mauer und klammerte sich daran fest, als könnte er sich damit in die Realität zurückbefördern und sich vor diesem Wahnsinn retten.

Einige dieser Augen waren menschlich, andere nicht. Sie sahen ihn durchdringend an, schlossen sich dann und verschwanden wieder.

Münder öffneten sich. Zähne und Fänge wurden sichtbar. Gespaltene Zungen fuhren über schwarze Lippen. Aus anderen Mündern schlängelten sich wurmartige Tentakel, zuckten durch die Luft und wurden dann unsichtbar. Ebenso wie die Flügel und die Augen, tauchten auch die Münder schließlich wieder in die formlose Masse ein.

Wenige Meter vor diesem pulsierenden Ding, das aus dem Schacht gequollen war, saß ein Mann im Halbschatten auf dem Boden. Sein Gesicht war nicht zu erkennen.

Als er sah, daß Kale ihn bemerkt hatte, beugte er sich vor und ließ das Licht der Lampe auf sein Gesicht fallen. Er war mindestens einen Meter neunzig groß, trug einen Bart und lange Locken. Um seine Stirn hatte er sich ein Band geschlungen. An einem Ohr baumelte ein goldener Ohrring. Er lächelte auf eine merkwürdige Weise und hob eine Hand zum Gruß. Auf der Handfläche war ein rot-gelbes Auge tätowiert.

Gene Terr.

20
Biologische Kriegsführung

Der Hubschrauber der Armee kam dreieinhalb Stunden nach Saras Gespräch mit Daniel Tersch in Dugway – also zwei Stunden eher als versprochen. Offensichtlich war er von einer Basis in Kalifornien losgeschickt worden, und anscheinend hatten Saras Kollegen auch verstanden, was ihr Plan war. Sie hatten begriffen, daß sie den größten Teil der Geräte gar nicht brauchte und ihr nur das geschickt, womit sie den Verwandler außer Gefecht setzen wollte. Sonst hätte der Hubschrauber nicht so schnell eintreffen können.

Lieber Gott, laß es wahr sein, betete Sara. Sie mußten ihr das richtige Material geschickt haben.

Der große, mit Tarnfarbe gestrichene Hubschrauber schwebte ungefähr zwanzig Meter über der Skyline Road und wirbelte die Nebelluft auf. Das Geräusch der zwei Rotoren hallte durch die ganze Stadt.

An einer Stelle wurde eine Tür geöffnet, ein Mann beugte sich heraus und sah nach unten. Er versuchte nicht, sich mit ihnen zu unterhalten – das Dröhnen der laufenden Drehflügel und des Motors machte eine Verständigung unmöglich. Mit Handzeichen, die zuerst unverständlich erschienen, erkundigte er sich, wo die Ladung heruntergelassen werden sollte.

Sara wies die anderen an, sich auf der Straße in einem Kreis aufzustellen, der etwa einen Durchmesser von vier Metern hatte. Sie faßten sich nicht an den Händen, blieben aber dicht beieinander.

Ein in Leinen gewickeltes, an einem Seil befestigtes Bündel, das etwas größer war als ein Mensch, wurde aus dem Hubschrauber geschoben und mit einer elektrischen Winde langsam nach unten befördert. Es landete so sanft auf dem Boden, daß man das Gefühl hatte, darin würden rohe Eier befördert.

Bryce trat einige Schritte vor und löste den Schnappverschluß des Kabels, noch bevor Sara und die anderen bei ihm waren.

Der Hubschrauber flog sofort auf das Tal zu und zog nach oben, als er die Gefahrenzone verließ.

Sara kniete neben dem Bündel nieder, begann in fieberhafter Eile die Nylonschnur zu lösen und hatte nach wenigen Sekunden alles ausgepackt. Sie seufzte erleichtert, als sie die beiden blauen Kanister sah, auf die jemand mit einem weißen Stift etliche Zahlen und Wörter geschrieben hatte. Ihre Nachricht war richtig verstanden worden. Sie fand auch drei Sprühtanks, die so ähnlich aussahen wie die, die man zur Schädlingsbekämpfung verwendete. Allerdings wurden sie nicht mit einer Handpumpe bedient, sondern hatten mit Druckluft gefüllte Zylinder. Jeder dieser Tanks war mit einem Gurt versehen, so daß man ihn auf dem Rücken tragen konnte. Ein Gummischlauch mit einer Hochdruckdüse aus Metall von einem Meter Länge ermöglichte es, ein Ziel aus einer Entfernung von bis zu vier Metern anzusprühen.

Sara hob einen der Tanks an. Er war schwer, da er bereits mit der Flüssigkeit gefüllt war, die sich auch in den zwei blauen Kanistern befand.

Während der Hubschrauber im Westen am Himmel verschwand, fragte Lisa: »Ist das wirklich alles, was Sie angefordert haben, Sara?«

»Das ist alles, was wir brauchen«, erwiderte Sara ausweichend. Sie sah sich nervös um und erwartete jeden Augenblick den Angriff des Verwandlers. Doch es war keine Spur von ihm zu sehen.

»Bryce, Tal, könnten Sie zwei dieser Tanks tragen?« bat sie.

Der Sheriff und sein Deputy schoben ihre Arme in die Tragegurte und zogen vor der Brust die Riemen fest, bis sie das Gewicht optimal verteilt hatten.

Obwohl es ihnen niemand gesagt hatte, schienen sie zu wissen, daß diese Tanks eine Waffe enthielten, mit der sie den Verwandler vielleicht vernichten konnten.

Sara wußte, daß sie vor Neugier beinahe platzten, und war beeindruckt, daß sie ihr noch keine Fragen gestellt hatten.

Den dritten Tank hatte sie sich eigentlich selbst umschnallen wollen, aber er war viel schwerer, als sie gedacht hatte. Wenn sie sich anstrengte, würde sie ihn vielleicht tragen, aber nicht schnell genug benutzen können. Und in den nächsten Stunden kam es vor allem auf Schnelligkeit und Beweglichkeit an.

Einer der anderen mußte den dritten Tank tragen. Lisa kam nicht in Frage – sie war kaum größer als Sara. Flyte litt unter Arthritis und war zu schwach. Damit blieb nur noch Jenny übrig. Sie war zwar auch nur einige Zentimeter größer als Sara und nur fünfzehn oder zwanzig Pfund schwerer, doch schien sie in ausgezeichneter körperlicher Verfassung zu sein. Sicherlich würde sie mit dem Sprühgerät zurechtkommen.

Flyte protestierte zunächst, aber nachdem er versucht hatte, den Tank hochzuheben, gab er nach. »Ich muß wohl doch älter sein, als ich dachte«, sagte er müde.

Jenny war ebenfalls der Meinung, daß sie dafür am besten geeignet sei. Sara half ihr, den Tank anzulegen und die Gurte festzuzurren. Jetzt waren sie für den Kampf gerüstet.

Von dem Alten Feind war allerdings immer noch nichts zu sehen.

Sara wischte sich den Schweiß von der Stirn. »Gut. Sobald das Ding sich zeigt, müßt ihr sprühen. Zögert keine Sekunde damit. Sprüht es ein, bis es durchtränkt ist, weicht zurück, wenn es notwendig ist, aber versucht dann, es wieder hervorzulocken, um es weiter einsprühen zu können.«

»Ist das eine Säure?« erkundigte sich Bryce.

»Nein«, erwiderte Sara. »Es wird allerdings ähnlich wirken – wenn wir Glück haben.«

»Wenn es keine Säure ist, was ist es dann?« fragte Tal.

»Ein hochentwickelter Mikroorganismus, der absolut einzigartig ist.«

»Bakterien?« fragte Jenny erstaunt.

»Ja. Sie schwimmen in einer Nährlösung.«

Lisa runzelte skeptisch die Stirn. »Wollen wir den Verwandler denn krank machen?«

»Das hoffe ich«, erwiderte Sara.

Nichts rührte sich. Und trotzdem spürten sie, daß dort draußen etwas lauerte und mit dem feinen Gehör einer Katze oder eines Fuchses lauschte. Das Wesen hatte Ohren, die ganz außergewöhnlich ausgestattet waren.

»Wenn wir Glück haben, wird dieses Wesen sehr, sehr krank«, fuhr Sara fort. »Eine Krankheit ist anscheinend die einzige Möglichkeit, es zu töten.«

Jetzt war ihr Leben in Gefahr, denn *es* wußte nun, daß sie es bekämpfen wollten.

Flyte schüttelte den Kopf. »Der Alte Feind ist ganz anders beschaffen als Menschen und Tiere. Krankheiten, die anderen Spezies gefährlich werden könnten, schaden ihm nicht.«

»Richtig«, bestätigte Sara. »Aber diese Mikrobe verursacht keine gewöhnliche Erkrankung. Sie ist eigentlich kein Organismus, den man als Krankheitserreger bezeichnen könnte.«

Snowfield wirkte jetzt wie ein Bild auf einer Postkarte.

Sara sah sich eine Weile unbehaglich um und erzählte ihnen dann von Ananda Chakrabarty und seiner Entdeckung.

1972 hatte General Electrics, wo Dr. Chakrabarty gearbeitet hatte und die erste vom Menschen entwickelte Bakterie geschaffen hatte, seine Erfindung patentieren lassen.

Chakrabarty hatte mit Zellfusion einen Mikroorganismus hergestellt, der die Kohlenwasserstoffteile von Erdöl verzehren und verdauen konnte. Diese Bakterie konnte also bei Ölkatastrophen im Meer eingesetzt werden. Sie fraß Teile des Öls auf und machte es damit harmloser für die Umwelt.

Nach einer Reihe von starken Protesten und Klagen von mehreren Seiten, gelang es General Electrics, das Patent durchzusetzen. Im Juni 1980 erließ der Oberste Gerichtshof ein aufsehenerregendes Urteil und entschied, daß Chakrabartys Entdeckung nicht in der Geschichte der Natur lag, sondern allein ihm zuzuschreiben sei, wonach er auch das Recht auf ein Patent habe.

»Von diesem Fall habe ich schon gehört«, sagte Jenny. »Die Geschichte wurde groß aufgemacht – vor allem unter dem Aspekt, daß ein Mensch dabei gegen Gott antritt.«

»General Electrics hatte eigentlich nicht vor, dieses Projekt zu vermarkten. Der ursprüngliche Organismus war sehr empfindlich und konnte nur in einem Labor existieren, wo er ständig bewacht werden mußte. Das Patent dafür wurde dann beantragt, um herauszufinden, wie es rechtlich mit anderen Experimenten auf genetischem Gebiet aussehen würde, die vielleicht rentabler sein würden. Nach der Entscheidung des Gerichts arbeiteten dann andere Wissenschaftler jahrelang an diesem Organismus, und mittlerweile ist er zwölf bis achtzehn Stunden außerhalb des Labors lebensfähig. Auf dem Markt ist diese Bakterienkultur inzwischen unter dem Namen Biosan-4 erhältlich und wurde schon auf der ganzen Welt zur Bekämpfung von Ölkatastrophen erfolgreich eingesetzt.«

»Und das ist in diesen Tanks?« fragte Bryce.

»Ja, als Lösung, die man versprühen kann.«

In der Stadt herrschte Grabesstille. Trotz der strahlenden Sonne am blauen Himmel war die Luft kühl. Sara hatte das Gefühl, daß *es* zugehört hatte und bald kommen würde. Wahrscheinlich befand es sich schon in nächster Nähe.

Die anderen spürten es auch. Sie sahen sich unbehaglich um.

»Erinnern Sie sich noch, was wir entdeckten, als wir die Zellstruktur des Verwandlers untersuchten?« fragte Sara.

»Sie meinen die hohen Kohlenwasserstoffwerte«, sagte Jenny.

»Ja, aber das allein war es nicht. Wir fanden alle Arten von Kohlenstoffen in hoher Konzentration.«

»Sie erzählten uns, es würde Petrolatum gleichen«, sagte Tal.

»Nur in einigen Bereichen«, erklärte Sara. »Das ist natürlich lebendes Gewebe – sehr fremdartig, aber komplex und lebendig. Ein so außergewöhnlicher Gehalt an Kohlenstoffen weist darauf hin ... Ich will damit sagen, daß das Gewebe dieses Wesens ein Organ mit einem Stoffwechsel ist, das Petrolatum ähnelt. Deshalb hoffe ich, daß Chakrabartys Bakterien ...«

Irgend etwas näherte sich.

»Sie hoffen, daß sie sich in den Verwandler hineinfressen wie in eine Öllache«, mutmaßte Jenny.

Es schien zu kommen.

»Ja«, antwortete Sara. »Ich hoffe, es wird die Kohlenstoffe angreifen und dadurch das Gewebe zerstören. Oder es zumindest so aus dem chemischen Gleichgewicht bringen, um den gesamten Organismus zu destabilisieren.

Es kam näher.

»Ist das wirklich die einzige Chance, die wir haben?« fragte Flyte.

»Ich denke schon.«

Wo ist dieses Ding? fragte sich Sara und sah sich um. Die Häuser und die Straßen waren verlassen. In den Bäumen regte sich nichts. Woher kam es nur?

»Das klingt nicht sehr ermutigend«, meinte Flyte zweifelnd.

»Die Chance ist auch nur gering, aber eine andere haben wir nicht.«

Plötzlich ertönte ein Geräusch. Ein Zwitschern und Zischen, das allen die Haare zu Berge stehen ließ. Sie erstarrten und warteten.

Stille senkte sich wieder über die Stadt. Die Morgensonne spiegelte sich in einigen Fenstern wider und ließ das Glas der Straßenlampen aufleuchten. Die schwarzen Schieferdächer glänzten, als wären sie in der Nacht poliert worden. Der Nebel hatte sich auf die glatten Flächen gelegt und einen feuchten Schimmer hinterlassen.

Nichts rührte sich. Nichts geschah. Das Geräusch war verstummt.

Bryce Hammond sah Sara beunruhigt an. »Dieses Biosan – ist es schädlich für uns?«

»Völlig harmlos«, versicherte Sara ihm.

Wieder ein Geräusch. Nur ein kurzer Ausbruch, dann herrschte wieder Stille.

»Jetzt kommt etwas«, sagte Lisa leise.

Gott möge uns helfen, dachte Sara.

Bryce spürte, daß Lisa recht hatte. Auch er hatte das Gefühl, daß etwas Schreckliches auf sie zukam. Die Luft wurde dicker und kühler. Die Stille wirkte mit einemmal bedrohlich. War das Wirklichkeit oder nur Einbildung? Er war sich nicht sicher – er wußte nur, daß er es fühlte.

Das Geräusch setzte wieder ein. Diesmal war es nicht nur ein kurzes Aufheulen, sondern ein anhaltendes, schrilles Kreischen. Es war ohrenbetäubend. Beinahe klang es, als würde jemand mit einer elektrischen Bohrmaschine arbeiten, doch Bryce wußte, daß es sich nicht um etwas so Harmloses und Alltägliches handelte.

Nein, dieser kalte, metallische Klang erinnerte ihn an Insekten. Ja, das war das unnatürlich laute Summe von Bienen oder Hornissen.

»Die drei, die nicht mit einem Sprühgerät bewaffnet sind, sollten sich besser in die Mitte stellen«, sagte er.

»Genau«, stimmte Tal zu. »Wir bilden einen Kreis um euch und können euch so ein wenig schützen.«

Wenn das Biosan keine Wirkung zeigt, wird das nichts nützen, dachte Bryce.

Das seltsame Geräusch wurde lauter.

Sara, Lisa und Dr. Flyte drängten sich aneinander, und Bryce, Jenny und Tal umringten sie.

Plötzlich erschien in der Nähe der Bäckerei ein monströses Wesen am Himmel, flog über die Häuser und schwebte dann einige Sekunden lang über der Skyline Road. Eine Wespe. Ein Phantom von der Größe eines Schäferhundes. Ein solches Insekt hatte es während der Jahrmillionen, die der Verwandler schon existierte, bestimmt niemals gegeben. Das mußte wieder ein Produkt seiner bösartigen Fantasie sein, eine seiner schrecklichen Erfindungen. Die schillernden Flügel hatten eine Spannweite von über einem Meter. Sie leuchteten in den Farben eines Regenbogens. Die schwarzen, schräg liegenden Facettenaugen ragten aus dem spitz zulaufenden Kopf und trugen einen bösartigen Ausdruck. An den vier zuckenden Beinen hingen zangenförmige Füße. Der gekrümmte, zweigeteilte Körper war so weiß wie Schimmel und hatte am Ende einen etwa dreißig Zentimeter langen Stachel.

Bryce hatte mit einemmal das Gefühl, seine Eingeweide würden sich in Eiswasser verwandeln. Die Wespe schwebte nicht mehr. Sie griff an.

Jenny schrie auf, als die Wespe auf sie herunterstieß, lief jedoch nicht davon, sondern richtete die Sprühdüse des Tanks auf das Ding und drückte auf den Knopf. Ein kegelförmiger, milchiger Strahl stieg in die Luft, hatte jedoch nur eine Reichweite von etwa zwei Metern.

Die Wespe befand sich noch in sechs Metern Entfernung, aber sie kam rasch näher.

Jenny drückte den Knopf ganz herunter. Jetzt schoß die Flüssigkeit aus der Düse fünf Meter weit durch die Luft.

Auch Bryce fing an zu sprühen. Die beiden Strahlen trafen sich, verschmolzen miteinander und stiegen nach oben.

Die Wespe kam in Reichweite. Die Strahlen trafen sie, verdunkelten die schillernden Farben ihrer Flügel und durchtränkten ihren Körper.

Das Insekt zögerte einen Moment und sank nach unten, als könne es die Höhe nicht mehr halten. Es starrte sie immer noch aus haßerfüllten Augen an, aber sein Angriff war gescheitert.

Jenny war erleichtert und schöpfte Hoffnung.

»Es funktioniert!« rief Lisa.

Doch dann griff die Wespe sie wieder an.

Gerade als Tal gedacht hatte, sie seien in Sicherheit, kam die Wespe durch den Dunst des Biosan-4 wieder auf sie zugeflogen. Sie schien zwar langsamer geworden zu sein, hielt sich aber in der Luft.

»Duckt euch!« rief Bryce.

Sie zogen ihre Köpfe ein, und die Wespe flog über sie hinweg. Von ihren grotesken Beinen und ihrem Stachel tropfte eine milchige Flüssigkeit.

Tal richtete sich auf, um ihr einen weiteren kräftigen Strahl Biosan zu verpassen.

Die Wespe versuchte sich auf ihn zu stürzen, doch noch bevor Tal sie besprühen konnte, flatterte sie wild mit den Flügeln und stürzte dann auf die Straße. Sie summte wütend und versuchte vergeblich, wieder aufzusteigen. Dann verwandelte sie sich.

Timothy Flyte und die anderen wagten sich näher an das Insekt heran. Sie beobachteten, wie sich eine formlose Masse aus Protoplasma bildete. Die Hinterbeine eines Hundes erschienen, dann eine Schnauze, an der man erkennen konnte, daß es sich um einen Dobermann handelte. Ein Auge öffnete sich. Der Verwandler schaffte es aber nicht mehr, die Transformation zu Ende zu bringen. Der Hund verschwand wieder, und das amorphe Gewebe zitterte und pulsierte heftig. So etwas hatte Timothy noch nie gesehen.

»Es stirbt«, sagte Lisa.

Timothy starrte staunend dieses seltsame Fleisch an, das sich immer weiter zusammenzog.

Seine Oberfläche brach an verschiedenen Stellen auf, Pusteln bildeten sich, die eine dünnflüssige gelbe Substanz absonderten. Das Ding begann noch stärker zu zucken. Weitere Wunden öffneten sich. Verletzungen jeglicher Form und Größe erschienen auf der pulsierenden Masse. Schließlich degenerierte dieses Phantom wie die kleine Gewebeprobe in der Schale zu einer leblosen Pfütze aus stinkendem, wäßrigem Brei.

»Meine Güte, Sie haben es tatsächlich geschafft!« rief Flyte und drehte sich zu Sara um.

Drei Tentakel schwebten drei Meter hinter ihr.

Sie stiegen aus einem Abfluß hoch und kamen auf sie zu. Jeder davon war so dick wie Timothys Handgelenk. Die Spitzen glitten rasch über den Boden und waren jetzt nur noch einen Meter von Sara entfernt.

Timothy schrie auf, um Sara zu warnen, aber es war bereits zu spät.

Jenny fuhr herum. *Es* war da.

Drei Tentakel fuhren mit erschreckender Geschwindigkeit durch die Luft, zuckten bösartig vorwärts und packten Sara. In einem Bruchteil einer Sekunde hatte sich einer der Fangarme um die Beine der Genetikerin gelegt, der zweite um ihre Hüfte, und der dritte um ihren schlanken Nacken.

Verdammt, es ist einfach zu schnell für uns, dachte Jenny. Fluchend drehte sie sich um, richtete die Düse ihres

Sprühgeräts auf Sara und die Tentakel und drückte auf den Knopf.

Bryce und Tal kamen ihr mit ihren Geräten zu Hilfe, aber sie waren alle zu langsam. Es war zu spät.

Saras Augen weiteten sich. Ihr Mund öffnete sich zu einem stummen Schrei. Dann wurde sie in die Luft gehoben und wie eine Puppe hin und her geschleudert.

Nein! Jenny betete leise. *Nein.*

Saras Kopf fiel ihr von den Schultern und prallte mit einem entsetzlichen, übelkeiterregenden Krachen auf die Straße.

Jenny würgte und stolperte zurück.

Die Tenktakel hoben sich vier Meter in die Luft. Sie zuckten und wanden sich, als das Biosan das amorphe Gewebe zerstörte. Wieder brachen Wunden auf. Wie Sara gehofft hatte, wirkten diese Bakterien auf den Verwandler in etwa wie Schwefelsäure auf menschliches Gewebe.

Tal rannte an Jenny vorbei direkt auf die drei Tentakel zu.

Was um alles in der Welt hatte er vor?

Tal lief durch die sich windenden Schatten der Tentakel und betetet, daß sich keiner dieser Fangarme auf ihn herabstürzen würde. Als er den Abfluß erreichte, aus dem sie sich geschlängelt hatten, sah er, daß sich die drei Auswüchse von der Hauptmasse des dunklen pulsierenden Protoplasmas lösten. Der Verwandler stieß das infizierte Gewebe ab, bevor die Bakterien sein Zentrum erreichen konnten. Tal steckte die Düse seines Sprühgeräts durch das Gitter des Abflusses und sprühte Biosan hinein.

Die Tentakel rissen sich vom Rest des Wesens los und wanden sich zuckend auf der Straße. In der Kanalisation zog sich der feuchte Schleim vor dem Spray zurück und stieß noch ein Stück von sich ab, das zitterte, schäumte und dann starb.

Selbst der Teufel war verwundbar. Auch Satan war nicht unverletzlich.

Ermutigt sprühte Tal noch mehr der Flüssigkeit in den Abfluß.

Das amorphe Gewebe zog sich weiter zurück und kroch zurück in den Schacht, bis es außer Sicht war. Wahrscheinlich stieß es noch weitere Teile ab.

Tal drehte sich um und sah, daß die Tentakel inzwischen nur noch eiternde Stränge waren, die wild um sich schlugen und – offensichtlich unter großen Qualen – zu einem stinkenden, leblosen Brei zerfielen.

Er richtete seinen Blick auf einen anderen Abfluß, betrachtete die verwaisten Häuser und den Himmel und fragte sich, woher der nächste Angriff kommen würde.

Plötzlich rumpelte es unter seinen Füßen, und der Straßenbelag brach auf. Flytes Brille zerbrach, als er auf den Boden geschleudert wurde. Tal taumelte zur Seite und wäre beinahe über Flyte gestolpert.

Wie bei einem Erdbeben fing der Bürgersteig wieder an, in wellenförmigen Bewegungen zu zittern – dieses Mal noch stärker als zuvor. Doch das war kein Erdbeben. *Es kam.* Nicht nur ein Teil von ihm, kein weiteres Phantom, sondern sein Mittelpunkt, vielleicht sogar seine gesamte Riesenmasse drängte sich mit unglaublicher Kraft an die Oberfläche wie ein betrogener Gott, der alles zerstören und sich in seinem furchtbaren Zorn an den Männern und Frauen rächen wollte, die es gewagt hatten, ihn zu bekämpfen. Das Wesen formte sich zu einer gewaltigen Masse aus Muskeln und Sehnen und drückte so fest nach oben, daß die Schotterstraße aufbrach.

Tal wurde zu Boden geschleudert und schlug mit dem Kinn auf. Benommen versuchte er sich wieder aufzurichten, um das Sprühgerät benutzen zu können, sobald der Alte Feind auftauchte. Der Boden schwankte jedoch so stark, daß es ihm nur gelang, sich eine Weile auf allen vieren zu halten. Dann legte er sich wieder hin und wartete.

Wir werden alle sterben, fuhr es ihm durch den Kopf.

Bryce lag ebenfalls flach auf dem Boden und versuchte sich am Straßenbelag festzuklammern.

Lisa befand sich neben ihm. Wahrscheinlich schrie sie laut oder weinte, aber er konnte sie in dem ohrenbetäubenden Lärm nicht hören.

Der Krach steigerte sich zu einer atonalen Symphonie, die durch die Skyline Road hallte. Das Kreischen, Knirschen und die Geräusche von zersplitternden Gegenständen vermittelten den Eindruck, als würde die ganze Erde auseinanderbrechen. Aus den immer breiter werdenden Rissen in der Straße stieg Staub auf.

Die Straße neigte sich mit ungeheurer Gewalt zur Seite. Asphaltstücke flogen durch die Luft. Einige waren nur so klein wie Kieselsteine, andere so groß wie eine Faust. Manche Brocken waren aber bestimmt fünfzig, hundert oder sogar zweihundert Pfund schwer und flogen bis zu drei Meter hoch in die Luft, als die Kreatur unablässig von unten gegen die Straßendecke stieß.

Bryce zog Lisa an sich und versuchte sie zu schützen; er spürte, daß sie heftig zitterte.

Das Pflaster unter ihnen hob sich, fiel dann mit einem lauten Krachen wieder nach unten und hob und senkte sich sofort noch einmal. Geröll regnete auf Bryce und sein Sprühgerät herab. Einige Brocken trafen seine Beine und seinen Kopf, und er zuckte zusammen.

Wo war Jenny? Bryce sah sich verzweifelt um.

Die Straße hatte sich hochgeschoben, und in der Mitte der Skyline Road hatte sich ein Grat gebildet. Offensichtlich befand Jenny sich auf der anderen Seite und klammerte sich dort fest.

Sie lebt, dachte er. Mein Gott, sie muß einfach noch am Leben sein!

Ein riesiger Betonbrocken wurde links neben ihm aus der Straße gerissen und flog zwei oder drei Meter in die Luft. Bryce war sicher, er würde sie treffen, und legte seine Arme ganz fest um Lisa. Wenn der Stein wirklich auf sie fallen würde, könnte sie das allerdings auch nicht retten. Statt dessen traf er Timothy Flyte. Er fiel dem Wissenschaftler auf die Beine, brach sie ihm und klemmte sie ein. Flytes Schmerzensschreie waren so laut, daß Bryce sie trotz des Höllenlärms hören konnte.

Das Beben ging weiter. Die Straße hob sich noch weiter in die Höhe, und Trümmer des Asphalts wurden durch die Morgenluft geschleudert.

In wenigen Sekunden würde *es* die Oberfläche durchbrechen und sich auf sie stürzen, bevor sie auch nur eine kleine Chance hatten, aufzustehen und sich zu wehren.

Ein Geschoß aus Beton von der Größe eines Baseballs wurde von dem Verwandler mit enormer Gewalt aus dem Abfluß in die Luft geworfen und schlug nur wenige Zentimeter neben Jennys Kopf ein. Ein Splitter traf sie an der Wange und riß ihr die Haut auf. Einige Blutstropfen quollen hervor.

Dann ließ der Druck von unten, der die Straße aufgerissen hatte, mit einemmal nach.

Die Straße hörte auf zu beben und wölbte sich nicht mehr nach oben.

Die Geräusche der Zerstörung verstummten. Jenny hörte ihren eigenen beschleunigten und rauh klingenden Atem.

Einen Meter von ihr entfernt versuchte Tal Whitman sich zu erheben. Auf der anderen Seite des Kamms schrie jemand gequält auf. Jenny konnte nicht sehen, um wen es sich handelte.

Auch sie wollte jetzt aufstehen, doch dann begann die Erde plötzlich wieder zu beben, und sie wurde flach auf den Boden geworfen.

Tal stürzte ebenfalls laut fluchend auf die Straße.

Abrupt begann die Straße einzustürzen. Ein Seufzer wurde hörbar, dann brachen Stücke an den Seiten ab und fielen ins Leere. Es klang, als würden die Betonteile nicht in die

Kanalisation, sondern in einen tiefen Abgrund stürzen. Schließlich brach der gesamte hochgeschobene Abschnitt mit donnerndem Krachen zusammen, und Jenny stand an dem schmalen Rand.

Sie legte sich auf den Bauch, hob den Kopf und wartete darauf, daß etwas aus der Tiefe aufsteigen würde. Welche Form würde der Verwandler dieses Mal annehmen?

Aber nichts geschah. Aus dem Loch kam nichts hervorgekrochen.

Die Grube war drei Meter breit und mindestens fünfzehn Meter lang. Auf der anderen Seite versuchten Bryce und Lisa aufzustehen. Als Jenny das sah, hätte sie beinahe einen Freudenschrei ausgestoßen. Sie lebten noch!

Dann entdeckte sie Timothy Flyte. Seine Beine waren unter einem riesigen Betonklotz eingeklemmt, und er war auf einem Straßenabschnitt gefangen, der über den Rand der Grube hinausragte. Jeden Augenblick konnte er abbrechen und den Wissenschaftler in die Tiefe reißen.

Jenny rutschte einige Zentimeter vor und starrte in das Loch. Es war mindestens zehn Meter tief – an einigen Stellen vielleicht noch viel tiefer. Sie konnte es nicht genau abschätzen, denn der Boden lag im Schatten. Anscheinend war der Alte Feind nicht nur aus der Kanalisation, sondern auch aus den alten Kalksteinhöhlen aufgestiegen, die weit unter der Erde lagen und früher sehr stabil gewesen waren.

Welche ungeheure Stärke und unvorstellbare Größe mußte dieses Wesen besitzen, um nicht nur die Straße, sondern auch die Felsformation darunter bewegen zu können? Und wohin war es jetzt verschwunden?

Die Grube schien leer zu sein, aber Jenny wußte, daß es irgendwo dort unten sein mußte. Vielleicht in den tieferen Regionen, in den unterirdischen Kammern, um sich vor dem Biosan zu verstecken. Dort wartete es wahrscheinlich ab und belauschte sie.

Sie hob den Kopf und sah, daß Bryce versuchte, Flyte zu retten. Ein kurzer, trockener Knall hallte durch die Luft. Der Sockel, auf dem Flyte saß, neigte sich und drohte abzubrechen und in den Abgrund zu stürzen.

Bryce erkannte die Gefahr. Er kletterte über einen schiefen Straßenabschnitt, um Flyte noch rechtzeitig zu erreichen.

Jenny glaubte nicht, daß er es schaffen würde.

Dann knarrte und bebte der Boden unter ihren Füßen, und ihr wurde bewußt, daß auch sie sich in Gefahr befand.

Vorsichtig stand sie auf. Der Betonboden unter ihr brach mit einem Donnerschlag zusammen.

21
Luzifer

Die Schatten an den Wänden der Höhle veränderten sich ständig, und auch das Wesen, das die Schatten warf, blieb keine Sekunde lang ruhig. In dem merkwürdigen Mondlicht der Gaslampe sah die Kreatur aus wie eine Rauchsäule, die sich hin und her bewegte. Das Wesen wirkte formlos und war blutrot.

Obwohl Kale gern geglaubt hätte, daß es nur Rauch war, wußte er es besser. Ektoplasma. Das mußte es sein. Dieses Zeug, aus dem Dämonen, Geister und andere Wesen aus einer anderen Welt bestanden.

Kale hatte nie an Geister geglaubt. Die Vorstellung, daß es ein Leben nach dem Tod gab, war für ihn nur eine Krükke, die Schwächlinge brauchten, aber nicht er. Doch jetzt ...

Gene Terr saß auf dem Boden und starrte die Erscheinung an. Sein goldener Ohrring glitzerte.

Kale stand mit dem Rücken an einer der kühlen Kalksteinwände und preßte sich dagegen. Er hatte das Gefühl, als sei er bereits mit dem Felsen verschmolzen.

Noch immer hing der abstoßende Geruch nach Schwefel in der feuchten Luft.

Von der linken Seite kam ein Mann aus dem ersten Raum des unterirdischen Verstecks. Nein, das war kein Mann, sondern einer der Doppelgänger von Johnson. Anscheinend derjenige, der ihn Kindermörder genannt hatte.

Kale stöhnte verzweifelt auf.

Das war die dämonische Version von Johnson, bei der die Hälfte des Fleisches am Schädel fehlte. Ein feuchtes Auge starrte Kale aus einer leeren Augenhöhle bösartig an. Dann wandte sich der Dämon dem monströsen Wesen in der Mitte des Raums zu. Er ging zu der zuckenden, schleimigen Säule hinüber, breitete seine Arme aus, legte sie um die gallertartige Masse und verschmolz mit ihr.

Kale beobachtete es ungläubig.

Wieder kam ein Jake Johnson herein. Ihm fehlte das Fleisch am Rumpf. Unter den freiliegenden Rippen pochte ein blutiges Herz und die Lungen weiteten sich. Trotzdem fielen die Organe nicht durch die Lücken im Körper. So etwas war doch unmöglich! Anscheinend handelte es sich auch hier um eine Erscheinung, eine teuflische Kreatur, die direkt aus der Hölle kam. Hier roch es nach Schwefel – dem Gestank des Teufels –, und deshalb war wohl alles möglich.

Kale glaubte jetzt daran. Die andere Alternative wäre gewesen, dem Wahnsinn zu verfallen.

Die übrigen vier Johnsons kamen nacheinander herein, warfen Kale einen kurzen Blick zu und wurden dann von der pulsierenden, schleimigen Masse aufgesogen.

Die Gaslampe zischte leise, und das Echo hallte von den Wänden.

Aus der gallertartigen Masse des Besuchers aus der Unterwelt wuchsen grauenhafte schwarze Flügel heraus. Sie bildeten sich jedoch nicht ganz aus und verschwanden wieder in der Säule, aus der sie gekommen waren. Dann nahmen insektenartige Gliedmaßen Form an.

Schließlich begann Gene Terr zu sprechen. Er sah aus, als befände er sich in Trance, aber seine Augen blitzten lebhaft. »Meine Kumpels und ich kommen zwei- oder dreimal im Jahr hierher. Das ist nämlich der ideale Ort für einen Todesfick, verstehst du? Hier hört oder sieht kein Mensch etwas. Kapiert?«

Jeeter riß seinen Blick von der Kreatur los und sah Kale direkt in die Augen.

»Was, zum Teufel, ist ein ... ein Todesfick?« fragte Kale.

»Na ja, so alle zwei Monate – manchmal auch öfter – taucht eine Braut bei den Chrom-Dämonen auf und will mitmachen, verstehst du? Diese Weiber wollen einen Freund aus unseren Kreisen haben. Manchmal ist es ihnen aber auch scheißegal, wer von uns es mit ihnen treibt. Sie wollen einfach nur Abwechslung haben.« Jeeter kreuzte seine Beine wie zu einer Yogaübung und legte die Hände in den Schoß. Er sah aus wie ein bösartiger Buddha. »Hin und wieder sucht einer von uns gerade nach Frischfleisch, oder die Braut ist einfach cool. Dann kann sie bei uns mitmachen. Das passiert allerdings nicht sehr oft. Meistens schicken wir sie einfach zum Teufel.«

In der Mitte der Höhle schmolzen die Insektenbeine wieder in die Schleimsäule zurück. Dutzende von Händen begannen sich zu formen, und die Finger öffneten sich wie die Blütenblätter einer fremdartigen Pflanze.

»Dann und wann meldet sich aber auch eine verdammt gutaussehende Braut, die wir aber nicht brauchen und nicht bei uns haben wollen«, fuhr Jeeter fort. »Wir wollen dann nur ein wenig Spaß mit ihr haben. Oder wir sehen einen Teenager, der von zu Hause abgehauen ist. Eine süße, sechzehnjährige Anhalterin nehmen wir immer mit – egal, ob ihr das gefällt oder nicht. Wir geben ihr ein wenig Koks oder Hasch. Dann fühlt sie sich richtig gut, und wir bringen sie hierher, wo uns niemand stört. Wir vögeln sie einige Tage lang, und wenn keiner von uns mehr einen hochbringt, machen wir sie auf irgendeine wirklich spannende Art alle.«

Das dämonische Wesen in der Mitte des Raums veränderte sich wieder. Die vielen Hände schmolzen, und eine Reihe Münder mit rasiermesserscharfen Zähnen öffnete sich.

Gene Terr warf einen Blick auf diese Erscheinung, schien sich aber nicht davor zu fürchten. Er lächelte sogar.

»Heißt das, ihr bringt sie um?« fragte Kale.

»Ja«, bestätigte Jeeter. »Auf irgendeine interessante Art. Die Leichen begraben wir dann hier. Wer sollte sie in dieser gottverdammten Wildnis jemals finden? Das ist ein prikkelndes Gefühl und hat uns immer echt Spaß gemacht. Bis letzten Sonntag. Am Nachmittag waren wir alle auf der Wiese vor der Hütte, haben etwas getrunken und uns mit einer Braut vergnügt, als plötzlich Jake Johnson total nackt aus dem Wald gekommen ist. Zuerst dachten wir, er wollte die Alte auch vögeln, wir könnten ein wenig Spaß mit ihm haben und ihn dann wie die Braut später umlegen, damit es keine Zeugen gibt. Bevor wir ihn uns schnappen konnten, kam allerdings noch ein Jake hinter den Bäumen hervor, und dann ein dritter …«

»Ich habe das gleiche erlebt«, sagte Kale.

»Dann tauchte noch einer auf, und noch einer. Wir haben auf sie geschossen und sie mitten in die Brust getroffen, aber sie kamen einfach weiter auf uns zu. Little Willie, einer meiner besten Freunde, lief auf einen dieser Johnsons zu und griff ihn mit dem Messer an, aber das hat auch nichts genützt. Dieser Jake hat sich Willie gegriffen, ihn festgehalten und sich dann plötzlich in ein seltsames Ding verwandelt. Er war nicht mehr Johnson, sondern ein formloses, blutiges Wesen. Es hat Willie aufgefressen – nein, eigentlich hat es ihn irgendwie aufgelöst. Mann, ich sage dir, dieses Ding wurde immer größer und hat sich in einen riesigen Wolf verwandelt …«

»Mein Gott«, stieß Kale hervor.

»So einen großen Wolf hast du noch nie gesehen, Mann. Die anderen Johnsons haben sich ebenfalls verwandelt – in riesige Eidechsen mit spitzen Zähnen und in Tiere, die ich noch nie zuvor gesehen habe. Sie verfolgten uns, und wir konnten nicht auf unseren Maschinen abhauen, weil sie uns abfingen. Einige meiner Leute wurden getötet, und den Rest haben sie auf diesen Hügel gejagt.«

»Zu den Höhlen«, sagte Kale. »Bei mir war es genauso.«

»Wir wußten bis dahin noch nichts von diesen Höhlen«, erklärte Terr. »Wir kamen im Dunkeln hereingelaufen, und diese Dinger haben angefangen, noch mehr von uns umzubringen.«

Die Münder verschwanden jetzt wieder.

»Ich hörte die Schreie, wußte nicht, wo ich war, und verzog mich schließlich in eine Ecke. Ich hoffte, dieses Wesen würde mich dort nicht wittern, aber viel Hoffnung hatte ich nicht.«

Das blutige Gewebe pulsierte und zuckte.

»Nach einer Weile haben die Schreie aufgehört. Alle waren tot. Es war unheimlich still, bis ich plötzlich spürte, daß sich etwas bewegte.«

Kale hörte Terr gebannt zu, hielt dabei aber seinen Blick auf die Schleimsäule gerichtet. Jetzt erschien wieder ein Mund, der dem Maul eines exotischen Fisches glich. Es öffnete sich gierig und saugte die Luft ein, als wäre es auf Nahrungssuche.

Kale schauderte. Terr lächelte.

Auf der Oberfläche der Kreatur bildeten sich weitere saugende Mäuler.

Jeeter lächelte noch immer und erzählte weiter. »Dann saß ich hier in der Dunkelheit, hörte etwas, aber nichts greift mich an. Statt dessen erscheint ein schwaches Licht, das immer heller wird. Einer der Jakes hat eine Gaslampe angezündet. Er sagte mir, ich solle mit ihm kommen. Zuerst wollte ich nicht, doch dann packte er meinen Arm. Seine

Hände waren eiskalt, Mann, und er ist verdammt stark. Er zerrte mich hierher, wo dieses Ding aus dem Boden kommt. So etwas hatte ich noch nie gesehen. Ich hätte mir beinahe in die Hose gemacht. Er befahl mir, mich zu setzen, ging zu diesem Schleimding und verschmolz damit. Die Lampe hat er mir dagelassen. Seitdem bin ich allein mit dem Ding, das sich ständig verändert.«

Kale sah, daß es sich immer noch verwandelte. Die Mäuler verschwanden, und Dutzende von erschreckend spitzen Hörnern mit Widerhaken wuchsen aus den zitternden Flanken der Kreatur. In den verschiedenen Formen und Farben tauchten sie aus der gallertartigen Masse hervor.

»Seit eineinhalb Tagen sitze ich jetzt hier und beobachte das Ding«, sagte Terr. »Nur manchmal nicke ich ein oder hole mir schnell etwas zu essen aus dem anderen Raum. Hin und wieder spricht es auch mit mir. Es scheint alles über mich zu wissen – auch Dinge, die nur meine engsten Vertrauten bei den Chrom-Dämonen erfahren haben. Es weiß von den Leichen, die wir hier vergraben haben und sogar von diesen dreckigen Mexikanern, die wir umgelegt haben, um den Drogenring zu übernehmen. Selbst über den Bullen weiß es Bescheid, den wir vor zwei Jahren in Stücke gehackt haben. Noch nicht einmal die anderen Cops haben Verdacht geschöpft, daß wir damit etwas zu tun hatten, verstehst du? Dieses seltsame, wunderbare Ding kennt alle meine Geheimnisse. Wenn es etwas noch nicht weiß, stellt es mir Fragen, und es kann verdammt gut zuhören. Es findet mich in Ordnung, Mann. Ich hätte nie gedacht, daß ich ein solches Wesen jemals kennenlernen würde, obwohl ich mir das immer gewünscht habe. Ich bete es seit Jahren an. Meine ganze Gang hat früher einmal in der Woche eine schwarze Messe gefeiert, aber ich habe nie geglaubt, daß es mir wirklich einmal erscheinen würde. Wir haben Opfer gebracht – auch Menschenopfer –, und die dafür bestimmten Gesänge gesungen, aber wir konnten es nicht anlocken. Das hier ist wie ein Wunder.« Jeeter lachte. »Mein ganzes Leben lang tue ich schon sein Werk, Mann. Ich habe es angebetet, und jetzt ist es endlich da. Das ist wie ein Wunder.«

Kale wollte das gar nicht verstehen. »Da komme ich nicht mit«, sagte er.

Terr starrte ihn an. »O doch. Du weißt genau, wovon ich rede, Mann. Du weißt Bescheid.«

Kale antwortete nicht.

»Du hast gedacht, das ist ein Dämon aus der Hölle. Aus der Hölle kommt es tatsächlich, Mann. Allerdings ist es kein Dämon. Er selbst ist es. Er! Luzifer.«

Zwischen den zahlreichen spitzen Hörnern öffneten sich kleine glühendrote Augen in dem zitternden Fleisch und starrten sie haßerfüllt und böse an.

Terr winkte Kale näher zu sich heran. »Er erlaubt mir weiterzuleben, weil er weiß, daß ich sein getreuer Jünger bin.«

Kale bewegte sich nicht. Sein Puls raste. Es war nicht nur Angst, die seinen Adrenalinspiegel hochtrieb. Da gab es noch ein anderes Gefühl, das ihn überwältigte, aber er konnte es nicht so recht einordnen.

»Er läßt mich leben«, sprach Jeeter weiter, »weil er weiß, daß ich immer sein Werk tun werde. Einige der anderen waren ihm wohl nicht so ergeben wie ich, deshalb hat er sie getötet. Aber ich bin anders. Mich läßt er leben, damit ich sein Werk fortsetze – vielleicht für immer.«

Kale blinzelte.

»Aus dem gleichen Grund verschont er auch dich«, fuhr Jeeter fort. »Das ist sicher. Auch du tust sein Werk.«

Kale schüttelte den Kopf. »Ich war nie ein ... ein Teufelsanbeter. An so etwas habe ich nie geglaubt.«

»Egal. Du tust trotzdem sein Werk – und es macht dir Spaß.«

Die roten Augen richteten sich auf Kale.

»Du hast deine Frau umgebracht«, sagte Jeeter.

Kale nickte benommen.

»Mann, du hast sogar deinen kleinen Jungen umgelegt. Das muß *sein* Werk sein, oder?«

Keines der roten Augen zwinkerte. Kale begann, das Gefühl in ihm zu begreifen. Begeisterung, Erstaunen ... religiöse Verzückung.

»Wer weiß, was du im Lauf der Jahre noch alles getan hast«, meinte Jeeter. »Vieles davon war sicher sein Werk. Vielleicht sogar alles. Du bist wie ich, Mann. Ein geborener Anhänger Luzifers. Du und ich ... das liegt einfach in unseren Genen, Mann. Verstehst du mich?«

Kale löste sich von der Wand und trat einen Schritt vor.

»Ja, so ist es gut«, ermutigte Jeeter ihn. »Komm her, näher zu ihm.«

Kale wurde von seinen Gefühlen überwältigt. Schon immer hatte er gewußt, daß er sich von den anderen Menschen unterschied. Er war besser, etwas Besonderes. Das war ihm klar gewesen, so etwas hatte er allerdings nicht erwartet. Doch nun war der unwiderlegbare Beweis da, daß er auserwählt war. Er verspürte eine unbändige Freude, die sein Herz höher schlagen ließ.

Er kniete sich neben Jeeter vor dieses wunderbare Wesen.

Endlich war er am Ziel. Sein großer Augenblick war gekommen.

Hier erfüllt sich mein Schicksal, dachte Kale.

22
Die andere Seite der Hölle

Der Boden unter Jennys Füßen brach mit einem lauten Krachen ein. Sie kroch hastig zurück, war aber nicht schnell genug. Der Straßenbelag bewegte sich und zerfiel in kleine Stücke.

Jetzt würde sie in das Loch fallen. Meine Güte, nein! Wenn der Sturz sie nicht das Leben kostete, würde *es* aus seinem Versteck kommen, sie packen und davonschleifen. Es würde sie verschlingen, bevor die anderen auch nur einen Versuch machen konnten, sie zu retten.

Tal Whitman hielt sie an den Füßen fest. Jenny baumelte kopfüber in den Abgrund unter ihr. Der Betonboden bröckelte und landete krachend auf dem Grund. Unter Tals Füßen begann die Erde wieder zu beben, und beinahe hätte er Jenny losgelassen. Doch dann gelang es ihm, sie zurückzureißen und festen Boden zu erreichen. Er half ihr auf die Beine.

Jenny wußte, es war biologisch unmöglich, daß ihr Herz sich jetzt in ihrem Hals befand. Trotzdem schluckte sie heftig.

»Mein Gott«, sagte sie atemlos. »Vielen Dank, Tal! Wenn Sie nicht ...«

»So etwas gehört zu meinen Aufgaben«, sagte er, obwohl er beinahe selbst in die Schlangengrube gestürzt wäre.

Nur eine Lappalie, dachte Jenny und erinnerte sich an die Geschichte, die Bryce ihr über Tal erzählt hatte.

Sie sah, daß Timothy Flyte auf der anderen Seite des Lochs nicht so viel Glück hatte wie sie. Bryce würde ihn nicht mehr rechtzeitig erreichen.

Der Boden unter Flytes Füßen gab nach. Ein Stück Beton – drei Meter lang und einen Meter breit – fiel in die Tiefe und riß den Archäologen mit sich. Es landete jedoch nicht sofort auf dem Boden, sondern schlitterte über eine Wand nach unten und blieb auf einem Steinhaufen liegen.

Flyte lebte noch und schrie vor Schmerzen.

»Wir müssen ihn schnell herausholen!« rief Jenny.

»Es hat keinen Sinn, es zu versuchen«, entgegnete Tal.

»Aber ...«

»Sehen Sie doch!«

Es stürzte sich explosionsartig aus einem der Tunnels heraus auf Flyte, die offensichtlich in tiefer gelegene Höhlen führten. Ein riesiges Phantom aus Protoplasma stieg zitternd auf, erhob sich drei Meter in die Luft und löste sich dann von der Hauptmasse, die sich offensichtlich in der Höhle versteckt hielt. Das Ding ließ sich auf den Boden fallen und verwandelte sich in eine unglaublich fette Spinne von der Größe eines Pferdes. Sie war nur drei oder vier Meter von Flyte entfernt und kroch mordgierig auf ihn zu.

Timothy lag hilflos auf dem Betonbrocken, mit dem er in die Tiefe gestürzt war. Als er die Spinne auf sich zukommen sah, wurden seine Schmerzen von einer Welle unbeschreiblichen Entsetzens verdrängt.

Die dünnen schwarzen Beine tasteten sich in dem Steinbruch voran. Das Ding hatte einen blassen, glänzenden Leib, der wie aufgebläht wirkte. Es kam viel schneller vorwärts, als es einem Menschen gelungen wäre. Auf den Spinnenbeinen befanden sich Tausende von borstigen, drahtigen Haaren. Jetzt war es nur noch zwei Meter von Timothy entfernt. Es stieß einen Schrei aus, der in ein Zischen überging und allen einen Schauder über den Rücken jagte.

Nur noch eineinhalb Meter. Ein Meter.

Vor Timothy blieb es stehen, und er sah den Rachen mit dem riesigen, klauenartigen Unterkiefer vor sich. Er befand sich am Rand des Wahnsinns.

Plötzlich fiel ein milchiger Regen auf Flyte herab. Einen Moment lang dachte er, die Spinne würde ihn mit Gift bespritzen, doch dann wurde ihm klar, daß es sich um das Biosan handelte. Am Rand der Grube standen die anderen und sprühten die Flüssigkeit auf ihn und das Wesen.

Auf dem schwarzen Körper der Spinne begannen sich weiße Flecken zu bilden.

Bryces Sprühgerät war durch die umherfliegenden Steine beschädigt worden. Kein Tropfen kam mehr heraus.

Fluchend schnallte er den Tank ab und legte ihn auf die Straße. Während Tal und Jenny von der anderen Seite der

Erdspalte Biosan in das Loch sprühten, lief Bryce eilig zu dem Abfluß und holte sich die zwei Ersatzkanister mit der Flüssigkeit, die durch die Erdstöße über den Gehsteig gerollt waren und jetzt im Rinnstein lagen. Jeder der Behälter war mit einem Griff versehen. Bryce packte beide. Sie waren sehr schwer. Er lief damit zum Rand der Grube, zögerte kurz und kletterte dann mit beiden Kanistern hinunter. Irgendwie schaffte er es, nicht zu stolpern und beide Tanks fest in den Händen zu halten.

Er ging nicht zu Flyte. Jenny und Tal taten schon alles, was möglich war, um die Spinne zu vernichten. Also rutschte er über das Geröll auf das Loch zu, durch das der Verwandler sein letztes Phantom herausgeschickt hatte.

Timothy Flyte beobachtete entsetzt, wie die Spinne über ihm sich in einen riesigen Hund verwandelte. Es war eine Kreatur, die direkt aus der Hölle zu kommen schien. Ein Teil seines Gesichts war menschlich. An den Stellen, an denen es nicht mit Biosan besprüht war, glänzte sein Fell noch schwärzer als der Leib der Spinne. Seine riesigen Pranken waren mit spitzen Krallen versehen, und seine Zähne waren so groß wie Timothys Finger.

Sein Atem stank nach Schwefel und nach irgend etwas noch Schlimmerem.

Als die Bakterien sich in sein Fleisch hineinfraßen, erschienen Wunden auf seiner Haut, und Timothy schöpfte Hoffnung.

Der Hund sah ihm in die Augen und sagte mit einer schrecklichen, blechernen Stimme: »Ich dachte, du wärst mein Matthäus, aber du warst mein Judas.«

Der riesige Rachen öffnete sich.

Timothy schrie auf.

Obwohl die Kreatur bereits von den Bakterien zerfressen wurde, schnappte sie zu und biß ihm brutal in sein Gesicht.

Tal Whitman stand am Rand der Grube und beobachtete gleichzeitig das grausame Schicksal von Flytes Ermordung und Bryces selbstmörderisches Unternehmen mit den beiden Kanistern.

Das Phantom löste sich zwar unter dem Einfluß des säurehaltigen Biosans auf, aber es starb nicht schnell genug. Es biß Flyte zuerst ins Gesicht und dann in den Hals.

Bryce war jetzt sieben Meter von dem Höllenhund entfernt und hatte das Loch erreicht, aus dem noch vor einigen Minuten das Protoplasma aufgestiegen war. Er begann, einen der Behälter aufzuschrauben.

Der Hund zerfleischte Flytes Gesicht. Die Hinterbeine der Kreatur lösten sich bereits schäumend auf und verloren ihre Form, aber das Phantom kämpfte darum, solange wie möglich seine Gestalt zu behalten und Flyte zu malträtieren.

Bryce hatte nun von dem ersten Behälter den Deckel abgeschraubt. Tal hörte, wie er klappernd auf den Boden fiel, als Bryce ihn wegwarf. Er war sicher, jetzt würde gleich etwas aus den Höhlen emporschießen und Bryce in tödlicher Umarmumg umschlingen.

Flyte hatte aufgehört zu schreien.

Bryce hob den Kanister und goß die Lösung in das unterirdische Netz, das sich unter dem Loch im Boden der Grube befand.

Flyte war tot.

Von dem Hund war nur noch der riesige Kopf übrig, an dem überall eitrige Wunden aufbrachen. Obwohl ihm der Körper fehlte, schnappte er noch immer nach dem toten Archäologen.

Timothy Flytes Körper war zerfleischt und blutüberströmt.

Lisa, die allein auf einer Seite der Grube stand, wich schaudernd einige Schritte zurück. Dann ging sie zu dem Gitter über dem Abfluß, blieb stehen und begann zu zittern.

Erst jetzt bemerkte sie, wo sie sich befand. Sie dachte an die Tentakel, die aus der Kanalisation gekommen waren und Sara Yamaguchi getötet hatten. Hastig sprang sie auf den Gehsteig und warf einen Blick zurück auf die Häuser. Sie stand nicht weit entfernt von einer der Passagen zwischen den beiden Geschäften. Ängstlich starrte sie auf das geschlossene Tor.

Lauerte hinter ihm etwas und beobachtete sie jetzt?

Lisa trat einen Schritt vor, sah das Abflußgitter und ging rasch wieder zurück.

Zögernd wandte sie sich zuerst nach links und schließlich nach rechts, doch in jeder Richtung hätte sie an einer dieser Passagen vorbeigehen müssen. Das hatte keinen Sinn. Sie würde einfach hier stehenbleiben. Auch ein anderer Ort wäre nicht sicherer.

Als Bryce begann, Biosan aus dem blauen Kanister in das Loch im Boden zu schütten, glaubte er, dort unten eine Bewegung wahrzunehmen. Er erwartete jeden Augenblick den Angriff eines Phantoms, das ihn in die Tiefe ziehen würde. Rasch goß er den gesamten Inhalt des Tanks in die Höhle. Nichts rührte sich.

Schwitzend schleifte er den zweiten Kanister durch die Trümmer und gebrochenen Rohrleitungen. Er ging vorsichtig um eine funkensprühende Stromleitung herum, sprang über eine kleine Pfütze, die sich neben einem lecken Wasserrohr gebildet hatte, und lief dann an dem toten Flyte und den stinkenden Überresten des Phantoms vorbei, das den Wissenschaftler getötet hatte.

Bryce erreichte schließlich das nächste Loch im Boden. Er kniete nieder, schraubte den Verschluß des zweiten Behälters auf und schüttete den Inhalt hinunter. Als der Kanister leer war, warf er ihn zur Seite und rannte los. Er wollte aus der Grube hinausklettern, bevor das Phantom ihn auf die gleiche Weise angriff wie Flyte.

Der Aufstieg war schwieriger, als er gedacht hatte. Ein Drittel des Wegs hatte er bereits geschafft, als er hinter sich etwas Schreckliches hörte.

Jenny beobachtete, wie Bryce versuchte, sich an den Wänden der Grube nach oben zu ziehen. Sie hielt den Atem an und befürchtete, er würde es nicht schaffen.

Dann richtete sich ihr Blick auf das erste Loch, in das Bryce das Biosan geschüttet hatte. Der Verwandler stieg aus seinem unterirdischen Reich empor und legte sich auf den Boden der Grube. Das Wesen sah aus wie eine Flut von geronnenem Abwasser. An den Stellen, die von der bakteriellen Lösung getroffen worden waren, wirkte das Fleisch dunkler als vorher. Die Masse brodelte und pulsierte so stark wie nie zuvor. Vielleicht war das ein Anzeichen für Verfall. Die milchigen, durch die Infektion erzeugten Flecken breiteten sich nun deutlich sichtbar auf das ganze Wesen aus. Blasen bildeten sich, schwollen an und platzten. Häßliche Wunden brachen auf und sonderten eine wäßrige gelbe Flüssigkeit ab. Innerhalb weniger Sekunden quoll mindestens eine Tonne dieses amorphen Fleisches aus dem Loch hervor. Es war anscheinend überall infiziert, aber trotzdem sprudelte lebendes, gallertartiges Gewebe wie ein Lavastrom heraus. Aus einem anderen Loch floß ebenfalls Masse heraus. Das Gewebe kroch über das Geröll und begann, sich wieder zu verwandeln. Formlose, wild rudernde Arme tauchten auf, die sich in die Luft streckten, dann aber schnell wieder in der schäumenden, zuckenden Masse verschwanden. Aus anderen Löchern ertönten grauenhafte Geräusche: Stimmen von unzähligen Männern, Frauen und Tieren, die alle vor Schmerzen, Entsetzen und blanker Verzweiflung schrien. Jenny konnte das Heulen dieser Lebewesen in Not nicht mehr ertragen. Einige dieser Stimmen klangen vertraut – sie glaubte, ihre Nachbarn und guten Freunde schreien zu hören, und hielt sich die Ohren zu. Das laute

Klagen der Leidenden war jedoch zu laut. Natürlich handelte es sich um den Todesschrei einer einzigen Kreatur, des Verwandlers, doch da *es* offensichtlich keine eigene Stimme besaß, war es gezwungen, seine inhumanen Gefühle des Entsetzens auf eine menschliche Art auszudrücken.

Das Wesen floß über das Geröll auf Bryce zu.

Bryce war bis zur Hälfte der Grube nach oben geklettert, als sich das Geheul von vielen Stimmen hinter ihm in einen Wutschrei verwandelte.

Er wagte einen Blick zurück. Schätzungsweise drei oder vier Tonnen des Gewebes waren mittlerweile in die Grube geflossen, und ständig sprudelte noch mehr nach, als wolle die Erde alles hervorbringen, was eigentlich in ihrem Inneren verborgen war. Das Fleisch des Alten Feindes zuckte und brodelte. Überall platzten eiternde Blasen auf. Das Wesen versuchte, geflügelte Phantome zu bilden, war aber anscheinend schon zu schwach dazu. Die halb herausgebildeten Vögel oder Insekten lösten sich entweder zu einem eitrigen Brei auf oder sanken kraftlos wieder in die Hauptmasse zurück. Trotzdem bewegte sich der Alte Feind immer noch wütend auf Bryce zu. Es hatte mittlerweile bereits fast den ganzen Boden der Grube bedeckt und streckte Tentakel aus, die sich zwar aufzulösen schienen, aber immer noch Kraft besaßen.

Bryce drehte sich rasch wieder um und versuchte, den Rand des Lochs zu erreichen.

Die beiden großen Fenster des Restaurants, vor denen Lisa stand, explodierten. Das Glas fiel auf den Gehsteig. Ein Splitter traf sie an der Stirn, aber sonst erlitt sie keine Verletzungen. Die meisten Scherben landeten vor dem Haus.

Eine abscheuliche, schattenhafte Masse schob sich durch die zerbrochenen Fenster.

Lisa wich zurück, stolperte und wäre beinahe gestürzt.

Das übelriechende, schleimige Fleisch schien das ganze Haus auszufüllen, aus dem es hervorquoll.

Etwas legte sich um Lisas Knöchel.

Aus dem Kanalgitter hinter ihr hatten sich Tentakel geschoben, die sie nun packten.

Schreiend versuchte sie, sich davon zu befreien und stellte fest, daß es ihr erstaunlich leicht gelang. Die dünnen, wurmähnlichen Fangarme fielen von ihr ab. Überall brachen Wunden auf, und innerhalb weniger Sekunden waren sie zu leblosem Schleim degeneriert.

Auch die widerliche Masse, die aus dem Restaurant kroch, fiel den Bakterien zum Opfer. Schäumende Fetzen lösten sich und klatschten auf das Pflaster. Trotzdem bewegte sich das Wesen weiter vorwärts und bildete Tentakel, die durch die Luft zuckten. Anscheinend suchten sie Lisa, aber sie reagierten nur zögernd, als seien sie nahezu gelähmt oder blind.

Tal sah von der anderen Straßenseite aus, wie die Fenster zerbarsten, doch bevor er auch nur einen Schritt machen konnte, um Lisa zu helfen, explodierten hinter ihm auch die Fenster der Lobby und des Speisesaals des Hilltop Inn. Er drehte sich verblüfft um. Beide Türen flogen auf, und aus ihnen und den zerbrochenen Fenstern quollen Unmengen von pulsierendem Protoplasma. Meine Güte, wie groß war dieses Ding eigentlich? So groß wie die ganze Stadt? Oder wie der Berg, aus dem es gekommen war? Unbeschreiblich groß? Es bildete etliche Tentakel, während es weiterrollte. Es schien zwar von der Krankheit befallen zu sein, war aber wesentlich kräftiger als der Teil von ihm, der Bryce in der Grube angreifen wollte. Bevor Tal die Düse des Sprühgeräts heben und auf den Knopf drücken konnte, hatten ihn die kalten Tentakel mit unglaublicher Kraft gepackt. Er wurde über die Straße zum Hotel gezerrt – zu der Mauer aus Schleim, die noch immer aus den zertrümmerten Fenstern hervorquoll. Die Tentakel begannen, sich durch seine Kleidung zu fressen. Die Säure fühlte sich an wie Feuer auf seiner Haut. Blasen bildeten sich. Tal schrie auf, als er die Brandmale auf seinen Armen und seinem linken Oberschenkel spürte. Ihm fiel ein, wie Frank Autry von einem dieser Tentakel enthauptet worden war, indem dieses Ding sich durch seinen Hals gefressen hatte. Dann dachte er an seine Tante Becky, und danach ...

Jenny wich einem Tentakel aus, der sie packen wollte. Sie sprühte Tal und die drei schlangenhaften Gebilde an, die ihn in ihrem Griff hatten. Zerfallendes Gewebe fiel herunter, aber sie lösten sich nicht ganz auf.

Selbst dort, wo sie das Fleisch mit der Flüssigkeit nicht getroffen hatte, brachen nässende Wunden auf. Das ganze Wesen war infiziert und wurde von innen zerfressen. Lange konnte es nicht mehr durchhalten – aber vielleicht noch lange genug, um Tal Whitman zu töten.

Er schrie und schlug um sich.

Verzweifelt ließ Jenny die Düse fallen und ging auf Tal zu. Sie packte einen der Tentakel, die ihn umschlangen, und versuchte, ihn von seinem Körper zu lösen. Einer der anderen Tentakel griff nach ihr. Sie befreite sich ohne Schwierigkeiten von dem Ding. Anscheinend war der Alte Feind durch die Bakterien schon sehr geschwächt.

Der Tentakel in ihren Händen zerfiel in Stücke. Das tote Gewebe stank widerlich.

Jenny unterdrückte ihren Brechreiz und zerrte an den anderen Fangarmen, bis sie sich schließlich von Tal lösten. Der Deputy brach stöhnend und blutend zusammen.

Die blinden Tentakel, die durch die Luft fuhren, berührten Lisa nicht. Sie zogen sich in die ekelerregende Masse zurück, die aus dem Restaurant gequollen war. Dieses Monstrum zuckte heftig, schäumte und stieß infizierte Stücke ab.

»Es stirbt«, sagte Lisa laut, obwohl niemand sie hören konnte. »Der Teufel stirbt.«

Bryce kroch die letzten Meter auf dem Bauch an der steilen Wand aus der Grube heraus und zog sich schließlich über den Rand nach oben.

Er warf einen Blick zurück. Der Verwandler war nicht einmal in seine Nähe gekommen. Ein unglaublich großer See aus Gelatine bedeckte den Boden der Grube. Hin und wieder bildeten sich noch die Umrisse von Menschen und Tieren heraus, aber der Alte Feind verlor seine Fähigkeit, ein anderes Lebewesen zu imitieren. Die Phantome wirkten verschwommen und schwerfällig. Der Verwandler verschwand langsam unter einer Schicht aus seinem eigenen toten und sich zersetzenden Gewebe.

Jenny kniete sich neben Tal nieder. Er hatte häßliche Wunden an den Armen und auf der Brust. Sein linker Oberschenkel war aufgerissen und blutete stark.

»Haben Sie starke Schmerzen?« fragte sie.

»Während es mich festhielt, waren sie beinahe unerträglich, aber jetzt ist es nicht mehr so schlimm.« An seinem Gesichtsausdruck war jedoch deutlich zu erkennen, daß er immer noch litt.

Der riesige Berg aus Schleim, der aus dem Hilltop hervorgekrochen war, zog sich nun wieder in die Kanalisation zurück, aus der er aufgestiegen war, und hinterließ eine Bahn von dampfenden Überresten seines verwesenden Fleisches.

Das war wie der Rückzug eines Mephistopheles. Zurück in die Unterwelt und auf die andere Seite der Hölle.

Jenny war erleichtert, weil sie nun das Gefühl hatte, daß ihnen im Moment keine Gefahr drohte. Sie sah sich Tals Wunden genauer an.

»Ist es schlimm?« fragte er.

»Nicht so schlimm, wie ich angenommen hatte«, erwiderte sie und bedeutete ihm, sich wieder auf den Rücken zu legen. »An einigen Stellen ist die Haut und auch Fettgewebe herausgebissen worden.«

»Und was ist mit den Venen und Arterien?«

»Es war schon zu schwach, um sich noch tiefer einbrennen zu können. In dem Gewebe an der Oberfläche sind etliche Kapillargefäße zerstört. Daher kommen auch die Blutungen. Aber ich hätte es mir schlimmer vorgestellt. Sobald es sicher scheint, dort hineingehen zu können, hole ich meine Tasche und versuche, eine Infektion zu verhindern. Ich denke, Sie sollten sich für einige Tage zur Beobachtung in ein Krankenhaus begeben, falls sich noch eine verzögerte allergische Reaktion auf die Säure oder andere toxische Stoffe entwickelt. Meiner Meinung nach wird es Ihnen aber schon bald wieder gutgehen.«

»Wissen Sie was? Sie reden, als wäre alles vorüber.«

Jenny blinzelte und warf einen Blick auf das Hotel. Durch die zerschmetterten Fensterscheiben konnte sie den Speisesaal sehen. Von dem Alten Feind war keine Spur zu entdecken.

Sie drehte sich um und blickte auf die Straße. Lisa und Bryce kamen von der anderen Seite der Erdspalte herüber.

»Ich denke, so ist es auch«, sagte sie. »Ich glaube wirklich, es ist vorbei.«

23
Apostel

Fletcher Kale hatte keine Angst mehr. Er saß neben Jeeter und sah zu, wie das satanische Fleisch immer bizarrere Formen annahm.

Nach einer Weile spürte er, daß seine linke Wade juckte. Er kratzte sich geistesabwesend, während er weiter die wahrhaft wunderbare Verwandlung dieses dämonischen Besuchers betrachtete.

Da Jeeter sich bereits seit Sonntag in den Höhlen aufhielt, wußte er nichts von den Ereignissen in Snowfield. Kale erzählte ihm, was er davon erfahren hatte, und Jeeter war begeistert.

»Das ist ein Zeichen, verstehst du?« sagte er. »Damit zeigt er der Welt, daß seine Zeit gekommen ist. Seine Herrschaft wird jetzt bald beginnen. Er wird tausend Jahre lang die Erde beherrschen. Das steht sogar in der Bibel, Mann – tausend Jahre lang die Hölle auf Erden. Alle werden leiden – bis auf dich, mich und noch ein paar andere Leute, die so sind wie wir. Wir sind die Erwählten, Mann! Seine Apostel. Wir können mit Luzifer die Welt regieren. Sie wird uns gehören, und wir werden jedem Menschen alle abscheulichen Dinge antun können, die wir uns wünschen. Niemand wird uns jemals etwas anhaben können. Verstehst du das?« Terr packte Kale am Arm. Seine Stimme klang aufgeregt, und sein religiöser Eifer ließ ihn erzittern. Das übertrug sich auf Kale, der ebenfalls in eine krankhafte Verzückung geriet.

Als Jeeter seine Hand auf seinen Arm legte, glaubte er den feurigen Blick des rot-gelben Auges seiner Tätowierung zu spüren. Es war ein magisches Auge, das ihm direkt in die Seele schaute, die düsteren Tiefen, und damit eine Blutsverwandtschaft entdeckte.

Kale räusperte sich, kratzte sich am Knöchel und an der Wade und sagte dann: »Klar verstehe ich das. Natürlich.«

Die Säule aus Schleim in der Mitte des Raums begann einen peitschenähnlichen Schweif zu formen. Flügel bildeten sich, breiteten sich aus und flatterten kurz. Große, sehnige Arme wuchsen hervor. Die Hände waren riesig und an den Fingerspitzen mit Krallen versehen. An der Spitze der Säule tauchte ein Gesicht in der zuckenden Masse auf. Kinn und Backenknochen sahen aus wie aus Granit gemeißelt, der Mund hatte dünne Lippen, hinter denen schiefe gelbe Zähne hervorblitzten. Die Eckzähne erinnerten an eine Schlange, die Nase an die Schnauze eines Schweins. Die unheimlichen dunkelroten Facettenaugen waren nicht menschlich, sondern glichen denen einer Fliege. Wie ein Zeichen eines Zugeständnisses an die christliche Mythologie wuchsen dem Wesen Hörner aus der Stirn. Die grün-schwarzen Haare schienen aus Würmern zu bestehen. Sie glänzten fettig und ringelten sich zu einem verworrenen Knoten zusammen.

Die grausame Mund öffnete sich.

»Glaubt ihr?« fragte der Teufel.

»Ja«, erwiderte Terr ehrfürchtig. »Du bist mein Herr.«

»Ich glaube auch«, sagte Kale mit zitternder Stimme und kratzte sich an der rechten Wade.

»Seid ihr mein?« wollte die Erscheinung wissen.

»Ja, für immer«, antwortete Terr, und Kale stimmte ihm ängstlich zu.

»Werdet ihr mich niemals im Stich lassen?«

»Nein, niemals.«

»Wollt ihr mir einen Gefallen erweisen?«

»Ja«, sagte Terr.

»Was immer du willst«, fügte Kale hinzu.

»Bald werde ich euch verlassen«, erklärte die Erscheinung. »Noch ist die Zeit meiner Herrschaft nicht gekommen. Aber es wird nicht mehr lange dauern. Einige Voraussetzungen müssen jedoch vorhanden sein, um diesen Tag zu erleben. Prophezeiungen müssen sich erfüllen. Dann werde ich zurückkehren und der Menschheit nicht nur ein Zeichen geben, sondern tausend Jahre lang herrschen. Bis dahin werde ich euch mit meiner gewaltigen Macht schützen. Niemand wird euch verletzen oder eure Pläne vereiteln können. Ich schenke euch die Unsterblichkeit und verspreche euch, daß die Hölle für euch ein Ort sein wird, an dem ihr viel Freude erleben und unermeßliche Belohnungen erhalten werdet. Als Gegenleistung dafür müßt ihr fünf Aufgaben erfüllen.«

Er sagte ihnen, was sie tun mußten, um den Beweis zu erbringen, daß sie ihn verehrten. Während er zu ihnen sprach, brachen überall an seiner Oberfläche Blasen und Schwären auf, die eine dünne gelbe Flüssigkeit absonderten.

Kale fragte sich, was das zu bedeuten hatte, aber dann begriff er, daß Luzifer der Urheber aller Krankheiten war. Vielleicht war das eine eindeutige Mahnung daran, welche schrecklichen Seuchen er ihnen schicken könnte, wenn sie nicht bereit waren, die fünf Aufgaben zu übernehmen.

Die fleischige Masse schäumte und begann, sich aufzulösen. Große Stücke fielen auf den Boden, einige wurden durch die krampfhaften Bewegungen an die Wand geschleudert. Der Schwanz des Teufels brach ab und zuckte am Boden hin und her. Innerhalb von wenigen Sekunden war nur noch ein lebloser Brei übrig, der nach Tod stank.

Nachdem der Teufel ihnen gesagt hatte, was sie tun sollten, hatte er sie gefragt: »Gilt unser Pakt?«

»Ja, er gilt«, hatten Terr und Kale erwidert.

Das Gesicht Luzifers, das mit nässenden Wunden bedeckt war, schmolz ebenso wie die Hörner und die Flügel. Das Ding zuckte und wand sich hin und her und verschwand dann in den unterirdischen Fluß. Zurück blieb nur eine eitrige Flüssigkeit.

Eigenartigerweise verschwand das stinkende tote Gewebe nicht, nachdem die Erscheinung verschwunden war. Das verwesende, übelkeiterregend stinkende Fleisch glitzerte im Licht der Gaslampe.

Allmählich legte sich Kales Verzückung. Durch seine Hose spürte er die Kälte, die von dem Steinboden ausging.

Gene Terr hustete. »Na ... also, war das vielleicht nichts?«

Kale kratzte seine juckende Wade und stellte fest, daß sie dumpf klopfend schmerzte.

Er hatte das Ende der Periode seiner Nahrungsaufnahme erreicht. Eigentlich hatte er sogar zuviel zu sich genommen. Er hatte vorgehabt, sich an diesem Tag durch die Höhlen und unterirdischen

Kanäle in einen Fluß und dann ins Meer zu begeben. Er wollte an den Rand des Kontinents gelangen und in den Ozean hinausschwimmen. Zahllose Male hatte er seine Ruhephasen, die oft viele Jahre dauerten, in den kühlen, dunklen Tiefen der Meere verbracht. Dort unten, wo der Druck so hoch war, daß nur wenige Lebewesen ihn aushalten konnten, und wo die absolute Dunkelheit und Stille ihm Ruhe verschaffte, konnte der Alte Feind seinen Stoffwechsel verlangsamen und in den erwünschten Traumzustand versinken, in dem er ungestört nachdenken konnte.

Aber er würde das Meer nicht mehr erreichen. Nie mehr. Er lag im Sterben.

Diese Vorstellung war jedoch so unfaßbar, daß er sich noch nicht mit dieser grausamen Realität abfinden konnte. Unter den Snowtop Mountains hatte der Verwandler weitere Teile seines Gewebes abgestoßen. Immer tiefer hatte er sich verkrochen und war in den dunklen Fluß der Unterwelt eingetaucht und in die Behausungen des Orcus, Hades, Osiris, Erebus, Minos, Loki und Satan vorgedrungen. Immer wenn er glaubte, frei von diesen gefräßigen Mikroorganismen zu sein, stellte sich irgendwo in seinem amorphen Gewebe ein Kribbeln ein. Etwas stimmte nicht. Er verspürte einen scharfen Schmerz, der sich nicht mit menschlichen Qualen vergleichen ließ, und war gezwungen, noch mehr des infizierten Fleisches abzustoßen. Also stieg er noch tiefer hinab, in die Gehenna, nach Sheol, nach Abbadon und in den Abgrund der Hölle. Im Verlauf der Jahrhunderte hatte er gern die Rolle Satans übernommen und auch andere Figuren verkörpert, die die Menschen für die Verkörperung des Bösen gehalten hatten. Er hatte sich darüber amüsiert, wie abergläubisch sie waren. Jetzt war er zu dem Schicksal verdammt, das zu der Mythologie paßte, die er selbst geschaffen hatte. Voll Bitterkeit dachte er über die Ironie dieser Situation nach. Er war verdammt und mußte für den Rest seines Lebens in Finsternis und Verzweiflung existieren – und wahrscheinlich würden ihm nur noch wenige Stunden bleiben.

Zumindest hatte er zwei Apostel zurückgelassen. Kale und Terr würden sein Werk fortsetzen, wenn er das nicht mehr tun konnte. *Sie würden Angst und Schrecken verbreiten und Rache üben. Für diese Aufgabe waren sie ausgezeichnet geeignet.*

Nun war dem Verwandler nur noch sein Gehirn und ein minimaler Rest seines Stützgewebes geblieben. Er zog sich in eine kleine Nische in einem Felsen der Unterwelt zurück und wartete auf sein Ende. In seinen letzten Minuten verspürte er rasenden Haß auf die ganze Menschheit.

Kale krempelte sein Hosenbein auf und betrachtete seine rechte Wade. Im Licht der Gaslampe sah er zwei kleine roten Flecken, die anschwollen und stark juckten. Die Haut war sehr empfindlich.

»Insektenstiche«, sagte er.

Gene Terr warf einen Blick darauf. »Zecken. Sie bohren sich unter die Haut. Der Juckreiz hört erst auf, wenn man sie mit einer Zigarette ausgebrannt hat«, erklärte er.

»Hast du Zigaretten hier?«

Terr grinste. »Ich habe noch ein paar Joints. Damit funktioniert es auch, und außerdem haben die Zecken dann einen schönen Tod.«

Sie rauchten einige Joints, und Kale brannte mit den glühenden Stummeln die Zecken heraus. Es tat nicht sehr weh.

»Im Wald mußt du dir immer die Hosenbeine in die Stiefel stecken«, sagte Terr.

»Das habe ich doch getan!«

»Ach ja? Und wie sind die Zecken dann an dein Bein gekommen?«

»Keine Ahnung«, erwiderte Kale.

Sie zündeten sich noch einen Joint an. Kale runzelte die Stirn und sagte: »Er hat uns doch versprochen, daß uns niemand verletzen oder aufhalten könnte, weil wir unter seinem Schutz stehen.«

»So ist es, Mann. Wir sind unbesiegbar.«

»Aber warum habe ich dann diese verdammten Zecken im Bein?«

»Mensch, das ist doch keine große Sache.«

»Wenn er uns aber wirklich beschützen würde ...«

»Hör zu, vielleicht sind diese Insektenstiche auch ein Zeichen, um den Pakt mit ihm zu schließen. Ein wenig Blut gehört dazu, verstehst du?«

»Und warum hast du keine Zeckenbisse?«

Jeeter hob die Schultern. »Das ist doch unwichtig, Mann. Außerdem haben dich diese verdammten Viecher doch schon gebissen, bevor wir den Pakt geschlossen haben, oder?«

»Ja, stimmt.« Kale nickte. Er war von dem Gras schon leicht benebelt. »Da hast du recht.«

Eine Weile schwiegen sie. Dann sagte Kale: »Was meinst du, wann wir von hier verschwinden können?«

»Sie suchen dich sicher noch überall.«

»Aber wenn sie mir nichts anhaben können ...«

»Es hat doch keinen Sinn, sich das Leben schwerzumachen«, entgegnete Terr.

»Wahrscheinlich hast du recht.«

»Wir werden uns noch ein paar Tage ganz ruhig verhalten. Bis dahin hat sich die Aufregung gelegt.«

»Und dann legen wir die fünf um, so wie er es uns befohlen hat. Aber was tun wir nachher?«

»Wir machen einfach weiter, Mann.«

»Und wo?«

»Irgendwo. Er wird uns den Weg zeigen«, sagte Terr.

Er schwieg eine Weile. Dann sagte er: »Erzähl mir, wie du deine Frau und dein Kind umgebracht hast.«

»Was willst du denn wissen?«

»Alles, Mann. Was war das für ein Gefühl, als du deine Alte umgelegt hast? Und wie war es bei dem Jungen? Das interessiert mich am meisten. Ich habe noch nie ein Kind umgebracht. Hast du ihn ganz schnell ins Jenseits befördert oder die Sache eine Weile hinausgezögert? War es anders als die Ermordung deiner Frau? Was genau hast du mit dem Kind gemacht?«

»Nur das, was ich machen mußte. Sie standen mir im Weg.«

»Sie waren ein Klotz am Bein, was?«

»Ja, beide.«

»Klar, das kann ich mir vorstellen. Aber was genau hast du mit ihnen gemacht?«

»Ich habe meine Frau erschossen.«

»Und den Jungen auch?«

»Nein, den habe ich mit einem Beil erschlagen.«

»Ist das wirklich wahr?«

Sie rauchten noch einige Joints. Die Gaslampe zischte, und durch das Loch im Boden stiegen die flüsternden und gurgelnden Geräusche des unterirdischen Flusses empor. Kale erzählte, wie er Joanna, Danny und die Hilfssheriffs umgebracht hatte.

Jeeter war jetzt bekifft und kicherte. »He, Mann, wir beide werden einen irren Spaß haben. Denkst du nicht auch, daß wir beide uns eine tolle Zeit machen können? Erzähl weiter. Mann, wird das ein Spaß!«

24
Sieg?

Bryce stand auf dem Bürgersteig, sah sich in der Stadt um, lauschte angestrengt und wartete. Von dem Verwandler war keine Spur zu sehen. Er konnte jedoch noch nicht glauben, daß das Ding wirklich tot war, sondern befürchtete immer noch, es würde ihn sofort anfallen, wenn er einen Moment lang nicht auf der Hut war.

Tal Whitman lag ausgestreckt auf dem Boden. Jenny und Lisa säuberten seine Wunden, puderten die Verbrennungen mit einem Antibiotikum ein und legten ihm Verbände an.

In Snowfield war es wieder so still wie auf dem Grund eines Meeres.

Nachdem Jenny sich um Tal gekümmert hatte, sagte sie: »Wir sollten ihn sofort in ein Krankenhaus bringen. Die Wunden sind zwar nicht tief, aber es könnte doch noch zu einer allergischen Reaktion auf die Toxine des Verwandlers kommen. Er könnte plötzlich Probleme mit der Atmung oder dem Blutdruck bekommen. In einem Krankenhaus ist man auf solche Fälle vorbereitet – ich bin es nicht.«

Bryce beobachtete eine Weile die Straße. »Was ist, wenn wir alle in einem fahrenden Auto gefangen sind und *es* zurückkommt?«

»Wir nehmen die Sprühgeräte mit.«

»Aber vielleicht haben wir keine Zeit, sie einzusetzen. Das Wesen könnte aus einem Schacht kommen, den Wagen überfallen und uns auf diese Weise töten, ohne daß uns auch nur die geringste Chance bleibt, die Geräte zu benutzen.«

Alle lauschten, aber in der Stadt regte sich nichts. Nur eine leichte Brise kam auf.

»Es ist tot«, sagte Lisa.

»Das wissen wir nicht sicher«, wandte Bryce ein.

»Fühlen Sie den Unterschied denn nicht?« fragte Lisa eindringlich. »Es ist weg. Tot. Das spürt man doch an der Luft!«

Bryce wurde klar, daß das Mädchen recht hatte. Der Verwandler war nicht nur in physischer, sondern auch in psychischer Form allgegenwärtig gewesen. Er hatte seine bösartigen Absichten förmlich fühlen können. Der Alte Feind hatte anscheinend etwas ausgestrahlt, das man nicht sehen oder hören konnte. Aber diese Vibrationen, die psychische Beeinflussung war im Unterbewußtsein spürbar gewesen und hatte sich in die Seele eingebrannt. Das war jetzt vorbei. Er fühlte sich nicht mehr bedroht.

Bryce atmete tief ein. Die Luft roch sauber und frisch.

»Wenn Sie noch nicht fahren wollen, ist das in Ordnung«, sagte Tal. »Machen Sie sich keine Sorgen um mich. Wir können auch noch eine Weile warten. Mir geht es gut.«

»Ich habe meine Meinung geändert«, erklärte Bryce. »Wir fahren jetzt, und nichts wird uns aufhalten. Lisa hat recht. *Es* ist tot.«

Als Bryce den Motor des Streifenwagens anließ, fragte Jenny: »Wissen Sie noch, was Flyte über die Intelligenz dieses Wesens gesagt hat? Als er sich mit ihm über den Computer verständigt hat, behauptete er, dieses Ding hätte sein Wissen und Bewußtsein erst erlangt, nachdem es anfing, intelligente Lebewesen zu verspeisen.«

»Ich kann mich daran erinnern«, sagte Tal, der mit Lisa auf dem Rücksitz saß. »Das hat ihm ganz und gar nicht gefallen.«

»Und? Worauf wollen Sie hinaus, Doc?« fragte Bryce.

»Nun, wenn es seine Intelligenz dadurch erworben hat, daß es unser Wissen und unsere Fähigkeit, Dinge zu erkennen, mit seiner Nahrung aufgenommen hat ... hat es dann auch die Grausamkeit und Bösartigkeit der Menschen übernommen?«

Jenny sah, daß diese Frage Bryce unangenehm war, aber sie ließ nicht locker. »Wenn man es sich genau überlegt, sind die wirklichen Teufel eigentlich die Menschen. Natürlich nicht alle von uns, aber diejenigen, die gestört und krank sind und niemals Einfühlungsvermögen oder Mitgefühl empfinden können. Wenn der Verwandler wirklich der Teufel war, den wir aus der Mythologie kennen, dann ist das Böse in den Menschen vielleicht keine Reflexion des Teufels, sondern der Teufel selbst spiegelt sich nur in der Grausamkeit und Brutalität wider, die die Menschheit anwendet. Vielleicht steckt das dahinter – wir haben uns den Teufel selbst nach unserem eigenen Bild erschaffen.«

Bryce schwieg eine Weile. »Möglicherweise haben Sie recht«, sagte er dann. »Es hat wohl keinen Sinn, Energie darauf zu verschwenden, sich vor Teufeln, Dämonen und Geistern zu fürchten, die uns in der Nacht heimsuchen könnten. Letztendlich werden wir niemals etwas Schlimmeres erleben, als den Ungeheuern unter uns zu begegnen. Die Hölle ist dort, wo wir sie uns schaffen.«

Sie fuhren die Skyline Road entlang.
Die Stadt wirkte heiter und friedlich.
Nichts versuchte sie aufzuhalten.

25
Gut und Böse

Am Sonntagabend, eine Woche nachdem Jenny und Lisa Snowfield in Grabesstille vorgefunden hatten, fünf Tage nach dem Tod des Verwandlers, besuchten sie Tal im Krankenhaus. Es hatte sich doch eine leichte toxische Reaktion auf die von dem Verwandler abgesonderten Flüssigkeiten eingestellt. Dazu kam eine Infektion, die allerdings nicht lebensgefährlich war. Jetzt war er fast wieder gesund und wartete ungeduldig darauf, entlassen zu werden.

Als Lisa und Jenny sein Zimmer betraten, saß er in seiner Uniform in einem Stuhl am Fenster und las eine Zeitschrift; Waffe und Halfter lagen auf dem kleinen Tisch neben ihm.

Lisa umarmte ihn, bevor er aufstehen konnte. Tal drückte das Mädchen an sich.

»Gut sehen Sie aus«, sagte Lisa zu ihm.
»Du noch viel besser«, erwiderte Tal.
»Sie werden noch allen Frauen den Kopf verdrehen.«
»Und wegen dir werden sich die Jungs überschlagen.«

Dieses Ritual spielte sich jeden Tag ab. Es war eine kleine Zeremonie, die die Zuneigung füreinander widerspiegelte und Lisa immer zum Lachen brachte. Jenny freute sich darüber. In den letzten Tagen hatte ihre kleine Schwester nicht oft gelächelt, und in der vergangenen Woche hatte sie kein einziges Mal gelacht.

Tal stand auf, und Jenny nahm ihn in den Arm. »Bryce ist bei Timmy«, sagte sie. »Er wird gleich kommen.«

»Ich habe den Eindruck, daß er mit dieser Situation jetzt viel besser umgehen kann«, meinte Tal. »Im letzten Jahr konnten wir deutlich sehen, wie sehr Timmys Zustand ihn belastet hat, doch jetzt scheint er damit zurechtzukommen.«

Jenny nickte. »Er hatte sich eingeredet, es wäre besser, wenn Timmy sterben würde. In Snowfield hat er seine Meinung geändert. Ich glaube, er weiß jetzt, daß es nichts Schlimmeres als den Tod gibt. Solange jemand lebt, kann man noch hoffen.«

»Ja, sie sagen hier auch, daß es noch Hoffnung für ihn gibt.«

»Wenn Timmy in einem Jahr immer noch im Koma liegt, könnte Bryce seine Meinung wieder ändern, aber im Augenblick scheint er dankbar dafür zu sein, sich jeden Tag eine Weile zu seinem kleinen Jungen setzen und seine Hand halten zu können.« Jenny warf Tal einen strengen Blick zu. »Warum sitzen Sie hier eigentlich in Ihrer Uniform herum?«

»Ich werde entlassen.«

»Fantastisch!« jubelte Lisa.

Zur Zeit hatte Timmy einen Zimmergenossen, der achtzig Jahre alt war und an einen ständig piepsenden Monitor und ein keuchendes Beatmungsgerät angeschlossen war.

Timmy hatte nur eine Nadel im Arm, um Infusionen zu bekommen, aber seine Bewußtlosigkeit war ebenso tief wie die des alten Mannes. Ein oder zweimal in der Stunde flatterten seine Augenlider, seine Lippen bewegten sich und ein Muskel in seiner Wange zuckte – allerdings dauerte das nie länger als eine Minute.

Bryce saß neben dem Bett, schob eine Hand durch das Gitter und legte sie vorsichtig auf die Hand seines Sohnes. Seit der Zeit in Snowfield genügte ihm dieser bescheidene

Kontakt. Er freute sich darüber. Jeden Tag, wenn er den Raum verließ, fühlte er sich ein wenig besser.

Es war schon Abend und nicht sehr hell in dem Krankenzimmer. Am Kopfende des Betts war eine kleine Lampe an der Wand befestigt. Der schwache Lichtstrahl ließ jedoch nur Timmys Schultern erkennen. Sein Körper unter der Bettdecke lag im Schatten. Im Halbdunkel sah Bryce, daß sein Sohn trotz der künstlichen Ernährung viel Gewicht verloren hatte. Seine Wangenknochen traten deutlich hervor, und er hatte dunkle Augenringe. Die Kinnpartie sah sehr zerbrechlich aus. Der Junge war schon immer klein für sein Alter gewesen, aber nun schien Timmys Hand zu einem viel jüngeren Kind zu gehören. Aber sie war warm.

Bryce zog sich einige Papiertaschentücher aus einer Schachtel, stand auf, ging zum Fenster und sah auf Santa Mira.

Er weinte jeden Tag, wenn er hierherkam, aber die Tränen, die er vergoß, waren anders als früher. Sie brannten heiß, aber sie schienen das Elend wegzuschwemmen und eine heilende Wirkung zu haben.

»Entlassen?« fragte Jenny stirnrunzelnd. »Wer hat das gesagt?«

»Ich.« Tal grinste.

»Seit wann sind Sie Ihr eigener Arzt?«

»Ich dachte, ich sollte eine zweite Meinung einholen, also habe ich mich selbst konsultiert und mir empfohlen, nach Hause zu gehen.«

»Tal ...«

»Hören Sie, Doc – mir geht es bestens. Die Schwellung geht zurück, und ich habe seit zwei Tagen kein Fieber mehr. Es wird Zeit, mich zu entlassen. Wenn Sie versuchen, mich noch länger hier einzusperren, haben Sie mich auf dem Gewissen, wenn ich sterbe.«

»Wenn Sie sterben?«

»Ja. Das Essen hier bringt mich noch um.«

»Er sieht aus, als könnte er sofort auf einen Tanzball gehen«, meinte Lisa.

»Seit wann bist du Ärztin?« fragte Jenny. Dann wandte sie sich an Tal. »Also gut, lassen Sie mich mal sehen. Ziehen Sie Ihr Hemd aus.«

Rasch und ohne Mühe legte er das Hemd ab. Er schien tatsächlich nicht mehr so verspannt zu sein wie am Tag zuvor. Jenny nahm ihm vorsichtig den Verband ab und stellte fest, daß er nicht gelogen hatte. Die Schwellung war kaum mehr zu sehen, und die Wunden heilten gut ab.

»Wir haben es geschafft«, versicherte Tal ihr.

»Normalerweise entlassen wir abends keine Patienten. Die Formulare werden am Morgen ausgefüllt, und zwischen zehn und zwölf Uhr kann der Patient dann entlassen werden.«

»Gesetze sind dazu da, um gebrochen zu werden.«

»Von einem Polizisten hört man so etwas nicht gern«, sagte sie spöttisch. »Hören Sie, Tal, es wäre mir wirklich lieber, wenn Sie noch eine Nacht hierbleiben würden – nur für den Fall, daß Sie …«

»Aber ich finde es besser, zu gehen. Ich werde hier noch verrückt.«

»Sie sind also wirklich fest entschlossen?«

»Natürlich ist er das«, warf Lisa ein.

»Sie haben hier meine Waffe in einem Safe eingeschlossen, in dem sie ihre Medikamente aufbewahren. Ich mußte bei einer ganz entzückenden Krankenschwester namens Paula meine ganze Überredungskunst aufbringen, damit sie mir die Pistole heute nachmittag brachte. Ich habe ihr gesagt, daß Sie mich heute entlassen würden. Paula ist eine sehr attraktive, alleinstehende Frau – sie ist einfach zum Anbeißen und …«

»Das reicht«, unterbrach ihn Lisa. »Ich bin schließlich noch minderjährig.«

»Ich möchte mich mit Paula verabreden«, fuhr Tal unbeirrt fort. »Ich könnte mir vorstellen, den Rest meines Lebens mit ihr zu verbringen. Wenn Sie mich hier festhalten, Doc, dann muß ich meine Pistole wieder abgeben, und Paulas Oberschwester könnte herausfinden, daß sie mir die Waffe noch vor meiner Entlassung gegeben hat. Paula könnte ihren Job wegen mir verlieren. Dann würde sie nie mit mir ausgehen, ich könnte sie nicht heiraten, und es würde niemals kleine Tal Whitmans geben. Ich würde in ein Kloster gehen und im Zölibat leben. Sie sehen also, daß Paula die einzige Frau ist, die ich heiraten werde. Wenn Sie mich nicht entlassen, wird es auf dieser Welt niemals einen kleinen schwarzen Einstein oder Beethoven geben.«

Jenny schüttelte lachend den Kopf. »Na gut. Dann werde ich Ihr Entlassungsformular ausfüllen. Heute abend können Sie gehen.«

Tal umarmte sie und zog dann rasch sein Hemd wieder an.

»Paula soll sich vorsehen«, sagte Lisa. »So wie Sie aussehen, könnte es gefährlich werden, wenn Sie anderen Frauen begegnen.«

»Was? Ich bin doch ein schüchterner Mensch. Der gute alte Tal Whitman ist kein Frauenheld.«

»Natürlich nicht«, sagte Lisa lächelnd.

»Wenn Sie …«, begann Jenny, doch Tal drehte sich plötzlich um und schob sie unsanft zur Seite. Sie prallte mit der Schulter gegen die Bettkante und stürzte. Dann hörte sie Schüsse und sah Lisa fallen. Sie wußte nicht, ob das Mädchen getroffen worden war oder nur Schutz suchte. Einen Moment lang dachte sie, Tal hätte auf sie geschossen, doch dann sah sie, daß er erst jetzt seine Pistole aus dem Halfter zog.

Noch während der Knall der Schüsse verhallte, zersplitterte das Fenster, vor dem Tal stand.

»Laß die Waffe fallen!« schrie Tal.

Jenny drehte sich um und sah Gene Terr in dem hellen Licht stehen, das durch den Gang hereinfiel.

Bryce stand im Schatten am Fenster und wischte sich die Tränen mit dem bereits feuchten Papiertaschentuch ab. Er hörte ein leises Geräusch hinter sich und nahm an, es sei die Krankenschwester. Als er sich umdrehte, sah er Fletcher Kale vor sich stehen. Einen Moment lang starrte er ihn ungläubig an.

Kale stand am Fußende von Timmys Bett. In dem schwachen Licht war er kaum zu erkennen. Er hatte Bryce noch nicht gesehen und beobachtete den schlafenden Jungen. Er grinste, und auf seinem Gesicht lag ein Ausdruck des Wahnsinns. In der Hand hielt er eine Pistole.

Bryce trat von dem Fenster zurück und griff rasch nach seiner eigenen Waffe. Zu spät fiel ihm ein, daß er keine Uniform trug und deshalb auch kein Halfter trug. Aber er hatte eine 38er an einem Gurt in seinem Strumpf stecken. Er bückte sich, um sie herauszuziehen, doch Kale hatte ihn entdeckt.

Er riß die Waffe hoch und feuerte dreimal.

Bryce hatte das Gefühl, als hätte ihn ein Vorschlaghammer getroffen. Ein Schmerz durchfuhr seine linke Lende und breitete sich dann in seiner Brust aus. Als er stürzte, hörte er drei weitere Schüsse knallen.

»Fallen lassen«, brüllte Tal. Eine weitere Kugel prallte von dem Bettgestell ab und knallte gegen die Decke. Einige Platten der Akustikdecke fielen auf den Boden.

Tal duckte sich und feuerte zweimal. Der erste Schuß traf Jeeter am linken Oberschenkel, und die zweite Kugel schlug in seinen Bauch ein und warf ihn nach hinten. In einer Ecke blieb er blutüberströmt liegen und rührte sich nicht mehr.

»Was, zum Teufel, ist denn hier los?« fragte Tal.

Jenny rief nach Lisa und kroch auf allen vieren um das Bett herum, um nachzusehen, ob sie noch am Leben war.

Seit einigen Stunden ging es Kale sehr schlecht. Er hatte Fieber, und seine Augen brannten, als hätte er Sandkörner darin. Es war ganz plötzlich gekommen. Zuerst hatte er Kopfschmerzen, und als er am Bett des Jungen stand, wurde ihm übel, und seine Knie wurden weich. Er verstand das nicht. Angeblich wurde er doch beschützt und war unbesiegbar. Vielleicht war Luzifer ungeduldig geworden, weil sie fünf Tage gewartet hatten, bevor sie die Höhle verließen. Die Krankheit war möglicherweise eine Ermahnung, sich jetzt endlich an die Arbeit zu machen. Die Symptome würden sicher verschwinden, wenn der Junge starb. Ja, genau so würde es kommen. Kale grinste das Kind an, das im Koma lag, hob seine Waffe und zuckte zusammen, als er plötzlich einen Krampf in den Gedärmen verspürte.

Dann sah er, daß sich im Schatten etwas bewegte. Ein Mann kam auf ihn zu. Hammond. Kale eröffnete sofort das Feuer und schoß die ganze Trommel leer. Ihm war schwindlig, er nahm alles nur verschwommen wahr, und sein Arm war so schwach, daß er die Waffe kaum halten konnte. Selbst aus nächster Nähe würde er sein Ziel höchstwahrscheinlich verfehlen.

Hammond stürzte zu Boden und blieb bewegungslos liegen.

Obwohl das Licht gedämpft und Kales Blick verschleiert war, sah er Blutflecken an der Wand und auf dem Boden.

Kale lachte fröhlich und fragte sich, wann die Krankheitssymptome denn nun endlich abklingen würden. Immerhin hatte er jetzt eine Aufgabe erfüllt, die Luzifer ihm aufgetragen hatte. Kale schwankte auf Hammond zu, um ihm noch einen letzten Schuß zu verpassen. Selbst wenn der Sheriff schon tot war, wollte Kale ihm sein blasiertes Gesicht noch wegblasen. Danach würde er sich um den Jungen kümmern.

Das hatte Luzifer gewollt. Fünf Tote: Hammond, der Junge, Whitman, Dr. Paige und das Mädchen.

Kale beugte sich zu Hammond hinunter.

Plötzlich schlug der Sheriff blitzschnell zu. Er riß die Pistole aus dem Halfter, das oberhalb seines Fußgelenks befestigt war, und feuerte, bevor Kale reagieren konnte.

Kale stolperte und stürzte. Er war getroffen. Seine Pistole fiel ihm aus der Hand. Er hörte das scheppernde Geräusch, als die Waffe gegen das Bettgestell flog.

Das kann nicht sein, dachte er. Ich werde doch beschützt. Niemand kann mir etwas antun.

Lisa war am Leben. Als sie hinter das Bett gefallen war, hatte sie sich nur in Sicherheit bringen wollen. Sie war nicht von einer Kugel getroffen worden. Jenny drückte ihre Schwester an sich.

Tal beugte sich über Gene Terr. Der Chef der Motorradgang hatte ein großes Loch im Bauch. Er war tot.

Eine ganze Mannschaft hatte sich in dem Zimmer versammelt: Krankenschwestern, Pfleger, einige Ärzte und zwei Patienten im Bademantel und nur mit Hausschuhen an den Füßen.

Ein rothaariger Pfleger kam angelaufen. Er sah aus, als würde er unter Schock stehen. »Im ersten Stock hat es auch eine Schießerei gegeben!«

»Bryce«, sagte Jenny. Vor Angst wurde ihr plötzlich eiskalt.

»Was geht hier eigentlich vor?« fragte Tal zum wiederholten Mal.

Jenny rannte in den Gang hinaus, dann durch die Tür zum Treppenhaus, schlug sie hinter sich zu und hastete die Stufen hinunter.

Tal holte sie ein, kurz bevor sie den ersten Stock erreicht hatte, und hielt ihr die Tür auf. Gemeinsam liefen sie zu Timmys Zimmer.

Dort hatten sich auch bereits einige Menschen versammelt. Jennys Herz klopfte heftig. Sie drängte sich durch die Menge.

Jemand lag am Boden. Eine Krankenschwester kniete neben ihm. Jenny dachte zuerst, es sei Bryce, doch dann sah sie den Sheriff auf einem Stuhl sitzen. Eine Schwester schnitt ihm gerade das Hemd an der Schulter auf. Er war also nur verletzt.

Bryce zwang sich zu einem Lächeln. »Vorsichtig, Doc«, sagte er. »Wenn Sie immer so schnell reagieren, könnte man denken, Sie wollten Ihren Kollegen einen Patienten wegschnappen.«

Jenny brach in Tränen aus. Sie konnte nichts dagegen tun. Noch nie in ihrem Leben hatte sie sich über etwas so sehr gefreut wie über den Klang seiner Stimme.

»Das ist nur ein Kratzer«, erklärte Bryce.

»Sie sind genau wie Tal«, erwiderte sie und lachte unter Tränen. »Geht es Timmy gut?«

»Kale hat versucht, ihn umzubringen. Wenn ich nicht hier gewesen wäre ...«

»Ist das Kale?«

»Ja.«

Jenny wischte sich mit dem Ärmel die Tränen von den Wangen und sah sich Bryces Wunde an. Die Kugel hatte die Schulter durchschlagen. Wahrscheinlich waren keine Knochen gesplittert, aber sie wollte trotzdem eine Röntgenaufnahme machen lassen. Die Wunde blutete stark, deshalb gab Jenny der Schwester die Anweisung, einige mit Borsäure getränkte Wattebäusche aufzulegen.

Bryce würde bald wieder gesund werden.

Nachdem sie den Sheriff versorgt hatte, wandte sich Jenny dem Mann auf dem Boden zu. Sein Zustand war ernst. Die Krankenschwester hatte seine Jacke und sein Hemd geöffnet und die Schußwunde in der Brust freigelegt. Er hustete, und Blut lief über seine Lippen.

Jenny bat die Schwester, eine Trage zu holen und einen Chirurgen zu benachrichtigen. Dann sah sie, daß Kale Fieber hatte. Seine Stirn war heiß und sein Gesicht gerötet. Als sie sein Handgelenk hob, um seinen Puls zu messen, entdeckte sie überall rote Flecken darauf. Sie schob den Ärmel seines

Hemds hoch und stellte fest, daß sich diese Pusteln auch am Arm ausgebreitet hatten. An seinem anderen Handgelenk waren sie ebenfalls zu sehen, aber nicht in seinem Gesicht. Auch der Hals war nicht befallen. Auf seiner Brust hatte Jenny blaßrote Flecken bemerkt, diese aber für Blutspuren gehalten. Jetzt sah sie sich die Stellen noch einmal genauer an und erkannte, daß sie den Flecken an seinen Armen glichen.

Masern? Nein, das mußte etwas viel Ernsteres sein.

Die Schwester kam mit zwei Pflegern und einer fahrbaren Liege zurück.

»Wir müssen diese Etage und auch das Stockwerk darüber unter Quarantäne stellen«, erklärte Jenny. »Wir haben es hier mit einer Krankheit zu tun, die ich noch nicht einordnen kann.«

Bryce wurde geröntgt, seine Wunde frisch verbunden. Danach kam er in einen Raum, der in der Nähe von Timmys Zimmer lag. Die Schmerzen in seiner Schulter wurden immer stärker, denn die Auswirkungen des Schocks begannen nachzulassen. Schmerzstillende Mittel lehnte er ab, weil er einen klaren Kopf behalten wollte, bis er genau wußte, was hier gespielt wurde.

Jenny besuchte ihn eine halbe Stunde, nachdem man ihn ins Bett gebracht hatte. Sie sah erschöpft aus, war aber trotzdem noch eine Schönheit. Ihr Anblick war jetzt die beste Medizin für ihn.

»Wie geht es Kale?« fragte Bryce.

»Die Kugel hat sein Herz nicht getroffen. Ein Lungenflügel und eine Arterie sind verletzt. Normalerweise hätte er gute Chancen, aber er muß sich nicht nur von seiner Verwundung erholen. Er leidet außerdem noch am Rocky-Mountain-Fleckfieber.«

Bryce sah sie erstaunt an. »Fleckfieber?«

»An seiner rechten Wade befinden sich zwei Brandwunden. Offensichtlich hat er sich mit einer Zigarette Zecken aus der Haut gebrannt. Diese Krankheit wird von Zecken übertragen. Nach seinen Wunden zu urteilen, wird er wohl vor fünf oder sechs Tagen gebissen worden sein. Das ist ungefähr die Inkubationszeit von Fleckfieber. Die Symptome haben wohl erst innerhalb der letzten Stunden eingesetzt. Ihm war sicher schwindlig. Er hat gefroren und fühlte sich schwach.«

»Deshalb hat er so schlecht gezielt«, sagte Bryce. »Er hat dreimal aus nächster Nähe auf mich geschossen und mich nur einmal erwischt.«

»Dann sollten Sie Gott dafür danken, daß er Kale die Zecken unter sein Hosenbein geschickt hat.«

Bryce dachte eine Weile nach. »Es scheint tatsächlich, als hätte Gott uns geholfen, nicht wahr? Aber was hatten Kale und Terr vor? Warum sind sie das Risiko eingegangen, bewaffnet hier zu erscheinen? Ich kann verstehen, daß Kale mich und Timmy töten wollte. Aber warum hatten er und Terr es auch auf Tal, Sie und Lisa abgesehen?«

»Sie werden das jetzt kaum glauben können«, erwiderte Jenny. »Seit Dienstag hat Kale einen schriftlichen Bericht darüber verfaßt, was seit dem ›Tag der Erscheinung‹ geschehen ist. So nennt er das. Anscheinend haben Kale und Terr einen Pakt mit dem Teufel geschlossen.«

Am Montagmorgen um vier Uhr – nur sechs Tage, nachdem er über die Erscheinung geschrieben hatte – starb Kale im Krankenhaus. Kurz vor seinem Tod öffnete er die Augen, starrte die Krankenschwester mit wildem Blick an und sah dann an ihr vorbei. Es war, als würde er hinter ihr etwas Schreckliches sehen. Irgendwie brachte er die Kraft auf, seinen Arm zu heben, als wolle er sich vor etwas schützen. Dann stieß er einen schwachen, heiseren Schrei aus. Als die Schwester versuchte, ihn zu beruhigen, sagte er: »Aber das ist doch nicht mein Schicksal!« Kurz darauf war er tot.

Am 31. Oktober, mehr als sechs Wochen nach den Ereignissen in Snowfield, gaben Tal Whitman und Paula Thorn, die Krankenschwester, mit der er sich verabredet hatte, eine Halloween-Party in Tals Haus in Santa Mira.

Bryce hatte sich als Cowboy verkleidet, Jenny als Cowgirl, und Lisa kam in einem Hexenkostüm. Sie trug einen spitzen schwarzen Hut und hatte sich stark geschminkt.

Tal öffnete die Tür. »Putt, putt!« rief er. Er stand als Huhn verkleidet vor ihnen.

Ein so lächerliches Kostüm hatte Jenny noch nie gesehen. Sie lachte so laut, daß sie erst nach einer Weile bemerkte, daß auch Lisa kicherte.

Das war das erste Mal seit sechs Wochen, daß das Mädchen laut lachte. Bisher hatte sie nur hin und wieder gelächelt. Jetzt aber lachte sie so lange, bis ihr Tränen über die Wangen liefen.

»He, was soll das?« fragte Tal in gespielter Empörung. »Du siehst in deinem Hexenkostüm auch ziemlich dumm aus.«

Er zwinkerte Jenny zu, und ihr wurde klar, daß er sein Kostüm ausgesucht hatte, weil er wußte, welche Wirkung er damit bei Lisa erzielen konnte.

»Du lieber Himmel! Gehen Sie schnell wieder ins Haus«, sagte Bryce. »Was sollen denn die Leute denken, wenn sie einen Deputy so sehen? Sie werden noch den letzten Rest von Respekt vor der Polizei verlieren.«

An diesem Abend beteiligte sich Lisa an den Gesprächen und machte begeistert bei den Spielen mit. Und sie lachte viel dabei. Das war ein Neubeginn.

Im August des folgenden Jahres verbrachten Jenny und Bryce ihre Flitterwochen in Waikiki. Jenny beobachtete, wie Bryce nachdenklich vom Balkon ihres Hotelzimmers auf den Strand blickte.

»Machst du dir Gedanken, weil du nicht bei Timmy sein kannst?« fragte sie.

»Nein, aber ich habe tatsächlich gerade an Timmy gedacht. Seit einiger Zeit habe ich das Gefühl, daß alles wieder in Ordnung kommen könnte. Es ist wie eine Vorahnung. Letzte Nacht hatte ich einen Traum. Timmy wachte aus dem Koma auf, begrüßte mich und sagte mir, er wolle einen Hamburger haben. Es war ein ungewöhnlicher Traum – alles schien so real zu sein.«

»Nun, die Hoffnung hast du doch nie aufgegeben, oder?«

»Doch. Eine Zeitlang war sie verschwunden, aber jetzt ist sie wieder da.«

Sie blieben noch eine Weile schweigend auf dem Balkon stehen, genossen den warmen Wind, der über das Meer blies, und lauschten dem Rauschen der Wellen.

Dann liebten sie sich wieder.

An diesem Abend saßen sie in einem guten chinesischen Restaurant in Honolulu. Sie tranken Champagner, obwohl der Kellner höflich andeutete, daß zu manchen Gerichten ein anderes Getränk besser passen würde. Er schlug ihnen vor, Tee zu servieren, um die Geschmacksnerven nicht zu betäuben.

Beim Dessert sagte Bryce: »Timmy hat in meinem Traum noch etwas zu mir gesagt. Er sah, wie verblüfft ich war, als er endlich aufwachte. ›Daddy, wenn es einen Teufel gibt, muß es doch auch einen Gott geben‹, sagte er. ›Hast du das nicht begriffen, als du dem Teufel begegnet bist? Gott würde es nicht zulassen, daß ich mein ganzes Leben verschlafe.«

Jenny sah ihn unsicher an.

Bryce lächelte. »Mach dir keine Sorgen. Ich bin nicht verrückt, und ich werde auch kein Geld an die Scharlatane schicken, die ihre Predigten über irgendeinen Fernsehkanal bringen. Ich werde sie nicht bitten, für Timmy zu bitten, und ich werde auch nicht regelmäßig in die Kirche gehen. Sonntag ist schließlich der einzige Tag, an dem ich ausschlafe kann. Wovon ich spreche, hat nichts mit den üblichen religiösen Praktiken zu tun.«

»Ja, aber das war doch nicht wirklich der Teufel«, sagte Jenny.

»Meinst du?«

»Es war ein prähistorisches Wesen, das ...«

»Wäre es nicht möglich, daß es beides war?« unterbrach sie Bryce.

»Wollen wir in unseren Flitterwochen tatsächlich eine philosophische Diskussion eingehen?«

»Ich habe dich unter anderem wegen deines Verstandes geheiratet.«

Später, als sie im Bett lagen und einschlafen wollten, sagte Bryce: »Der Verwandler hat mir klargemacht, daß es auf dieser Welt noch viel mehr Geheimnisse gibt, als ich gedacht habe. In Zukunft werde ich nichts mehr für unmöglich halten. Wenn ich bedenke, was wir in Snowfield durchgemacht haben ... Tal hatte gerade seine Pistole umgeschnallt, als Jeeter in das Zimmer kam, und Kale konnte wegen des Fleckfiebers nicht richtig zielen. Ich denke, es war uns bestimmt, zu überleben.«

Sie schliefen ein, wachten in der Morgendämmerung auf und liebten sich wieder.

»Eines weiß ich ganz sicher«, sagte Jenny.

»Was?«

»Es war vorherbestimmt, daß wir heiraten.«

»Auf jeden Fall.«

»Wohin das Schicksal uns auch getrieben hätte – wir wären uns früher oder später begegnet.«

Am Nachmittag gingen sie am Strand spazieren. Das Geräusch der Wellen erinnerte Jenny an große Räder, die sich drehten. Ihr fiel das alte Sprichwort ein, in dem es hieß, daß Gottes Mühlen langsam mahlen. Das Donnern der Wellen ließ in ihren Gedanken ein Bild von zwei riesigen Mühlsteinen entstehen, die sich aneinander rieben.

»Meinst du also, es hat einen Sinn gehabt?« fragte sie.

Bryce mußte nicht fragen, was sie damit meinte. »Natürlich. Alle Höhen und Tiefen im Leben haben einen Sinn.«

Die Wellen schlugen schäumend an den Strand.

Jenny lauschte dem Geräusch der Mühlräder und fragte sich, welche Geheimnisse und Wunder, welche Schrecken und Freuden in diesem Augenblick wohl entstanden, die in der Zukunft Wirklichkeit werden würden.

Eine Anmerkung für den Leser

Wie alle Charaktere in diesem Roman ist auch Timothy Flyte eine fiktive Person, aber viele seiner Phänomene von Massenverschwinden, von denen er spricht, sind kein Produkt der Fantasie des Autors. Sie haben sich tatsächlich ereignet. Die verlassene Kolonie in Roanoke, das Geheimnis der leerstehenden Häuser in Anjikuni, dem Dorf der Eskimos, das unerklärliche Verschwinden der Mayas und der unzähligen spanischen Soldaten im Jahr 1711, der ebenso rätselhafte Verlust des chinesischen Bataillons, der 1939 bekannt wurde, sowie einige andere Fälle, die in diesem Buch erwähnt werden, sind geschichtliche Ereignisse und als solche dokumentiert.

Es gibt auch wirklich einen Dr. Ananda Chakrabarty. Die in diesem Buch geschilderten Details wurden einer seiner Veröffentlichungen entnommen. Dr. Chakrabartys Bakterien waren außerhalb eines Labors nicht lebensfähig. Biosan-4, die widerstandsfähige Art davon, existiert jedoch nur in diesem Roman.

Auch der Alte Feind ist natürlich nur ein Produkt der Fantasie des Autors. Aber was wäre, wenn ...